저항의 미학3

*Die Ästhetik des Widerstands 3*
Peter Weiss

First Published by Suhrkamp Verlag, Germany in 1981
Copyright ⓒ Suhrkamp Verlag Frankfurt am Main 1981
Korean Translation Copyright ⓒ 2016 by Moonji Publishing Co., Ltd.
All rights reserved.

This Korean edition was published by arrangement with Suhrkamp Verlag.
이 책의 한국어판 저작권은 저작권사와 독점 계약한 ㈜문학과지성사에 있습니다.
저작권법에 의해 보호받는 저작물이므로 무단 전재 및 복제를 금합니다.

대산세계문학총서 135

# 저항의 미학 3

Die Ästhetik des Widerstands

페터 바이스 지음 ― 홍승용 옮김

문학과지성사
2016

**대산세계문학총서 135_소설**

# 저항의 미학3

지은이 페터 바이스
옮긴이 홍승용
펴낸이 주일우
펴낸곳 ㈜**문학과지성사**
등록번호 제1993-000098호
주소 121-894 서울 마포구 잔다리로7길 18(서교동 377-20)
전화 02) 338-7224
팩스 02) 323-4180(편집) 02) 338-7221(영업)
전자우편 moonji@moonji.com
홈페이지 www.moonji.com

제1판 제1쇄 2016년 3월 15일

ISBN 978-89-320-2846-0
ISBN 978-89-320-2843-9 (전 3권)
ISBN 978-89-320-1246-9 (세트)

이 책은 대산문화재단의 외국문학 번역지원사업을 통해 발간되었습니다.
대산문화재단은 大山 愼鏞虎 선생의 뜻에 따라 교보생명의 출연으로 창립되어
우리 문학의 창달과 세계화를 위해 다양한 공익문화사업을 펼치고 있습니다.

# 차례

주요 등장인물


**나**  스웨덴에서 공산당에 입당하여 글을 쓰면서 조직 활동에 가담한다.

**어머니**  파시즘의 폭력을 체험하고 자폐증에 빠져 환각의 세계에서 살아간다.

**아버지**  스웨덴으로 이주하여 염색공장에서 일하며 어머니를 돌본다.

**호단**  '나'의 멘토로 자유 독일 문화연맹 의장을 맡아 진보세력의 통합을 호소한다.

**보위에**  스웨덴의 작가로 한동안 러시아혁명과 나치에 열광했으나 절망한다. 어머니의 침묵을 이해하며, '나'와 반대되는 개인주의 입장에서 '나'의 문학관에 심대한 영향을 미친다.

**베너**  스웨덴에 파견된 코민테른 대표로 1942년 체포된 뒤 배신자로 낙인찍힌다.

**비쇼프**  스웨덴의 반파쇼 조직과 독일 저항단체를 연결하며 눈에 띄지 않는 가운데 어디서나 헌신적으로 일해 주인공 '나'에게 '성자'로 여겨진다.

**로스너**  코민테른 기관지 발행자. 당 조직이 일망타진된 상태에서도 불굴의 의지로 혼자 여러 이름과 문체로 기사를 작성하고 편집하여 기관지를 발행한다.

**슈탈만**  스웨덴에서 두려움이나 사심 없이 활동하는 반파쇼 저항운동가.

**슐체 보이젠** 독일 공군장교로 반파쇼 저항조직을 결성하여 자신이 얻은 군사정보를 소련에 넘긴다.

**코피** '나'의 친구. 슐체 보이젠 그룹에 가담하여 무전으로 군사정보를 소련에 보낸다.

**하일만** '나'의 친구. 슐체 보이젠 그룹의 일원으로 군수뇌부 가까이서 암호병으로 일한다. 헤라클레스의 민중적 의미를 역설한다.

**일러두기**

1. 이 책은 Peter Weiss의 *Die Ästhetik des Widerstands 3*(Frankfurt am Main: Suhrkamp Verlag, 1986)를 우리말로 옮긴 것이다.
2. 본문의 주는 모두 옮긴이의 것이다.

1부

그녀는 눈 속에 무릎을 꿇고 있었다. 하지만 춥지는 않았다. 어쩌면 그것은 희고 부드러운 모래였을지도 모른다. 두 손을 점점 더 깊이 집어넣었다. 구름은 끼었지만 빛은 눈부셨다. 팔꿈치에 닿을 때까지 팔을 파묻었다가 치켜들었다. 손에서 눈가루들이 흩날렸다. 그렇게 규칙적인 동작으로 계속해서 치켜들었다가 파묻었다. 그녀 앞에는 다른 사람들이 무릎을 꿇고 있었다. 그녀는 누더기가 된 회색 수건으로 감싼 등판들을 보았다. 맨발들을 보았고, 발꿈치와 발가락이 반쯤 흰 눈 속에 파묻힌 것을 보았다. 그리고 양손을 더 깊이 파묻었다. 그들이 무릎을 꿇고 있던 곳은 틀림없이 바다를 등진 백사장이었을 것이다. 바닷가는 가까웠지만 철썩이는 파도 소리는 없었다. 아예 조용했다. 그들은 참호를 파는 아이들 같았다. 그녀 앞에서 무릎을 꿇고 있는 여자들 가운데에는 아이들도 있었다. 몇몇은 더워서 옷을 벗어젖히고 있었다. 그들이 몸을 굽혔다 펼 때면 어깨와 허리의 피부가 빛났다. 그런 상태가 계속되었고 아무도 멈추지 않았다. 어머니의 얼굴은 공허하고 무감각했다. 입은 반쯤 벌어져 있었고, 눈은 멍하니 앞을 응시하고 있었으며, 나를 알아보지 못했다. 아버지는 어머니의 손을 잡은 채 어머니 옆에 말없이 앉아 있었다. 창문 밖에는 교정의 가지치기한 나무들에서 파릇파릇 새싹이 돋아나고 있었다. 어머니는 이렇게 구덩이를 파는 일이 영원히 계속될 수 없으리라는 것을 알았다. 하지만 어머니는 닥쳐오게 될 것들과 아직 거리를 두었다. 사람들 주위의 광채는 여름날의 더위 때문이거나 몸들이 뜨거워졌기 때문에 생긴 것이었다. 이때가 겨울일 수는 없었다. 하지만 어머니는 등 뒤에서 어떤 가죽 같은 것, 어떤 금속 같은 것을 감지했다. 그것은 그곳에 잠복해 있었다. 그것을 더 강하게 감지할수록 어머니는 더욱 몸을 돌릴 수 없었다. 하지만 어머니는 그것이 머리와 발톱을 갖추고 있다는 것을 알았다. 또 그것이 어머니를 없애려면 어머니를 건드릴 필요조차 없다는 것을 알았다. 사소한 동작이나 입김만으로도 모두가 몸을 일으키기에 이미 충분했다. 어머니도 거의 즐겁기까지 한 이 구덩이 파는 일을 그만두는 것 말고 할 일이 없었다. 그렇게 그들은 무릎을 꿇고 있었다. 어머니는 사람들의 등이 팽팽해지고, 아이들의 발과 발가락이 모래 속으로 파고드는 모습을 보았다. 아무도 주위를 둘러보지 않았다. 아버지는 몸을 일으켜 창가로 갔다. 내게 자기 쪽으로 오라고 손짓했다. 그리고 학교를 비스듬히 지나 도로 맞은편에 있는 밝은 회색으로 다시 칠한 공장 전면을 가리켰다. 아버지는 이 공장에서 일자리를 찾았다. 부모님 댁의 이 방에서 공장까지 가는 길이 아버지의 생활 근거지를 이루었다. 부모님이 바른스도르프를 떠나 서부 스웨덴의 이 작은 산업도시에 도착하기까지 일 년 동안의 극히 암담했던 방랑 생활은 없었던 듯했다. 역에서 오는 길에 아버지는 보헤미아 점령 직후 바른스도르프 공장 소유자들이 스웨덴에 설립하려는 직물 인쇄 공장에 고용해준다는 보장을 받았노라고 내게 알려주었다. 우리는 나지막한 청회색 구름 아래 황량한 플랫폼을 따라 걸었다. 구름은 서쪽에서만 빛나고 있었다. 그곳에서는 햇빛이 구름 사이를 선명하게 뚫고 나왔다. 아버지의 소식을 들은 직후 나는 주말을 부모님 댁에서 보내려고 했다. 늦은 오후의 따가운 햇살 아래 아버지의 얼굴에서는 동요를 엿볼 수 있었다. 하지만 아버지 혼자 나를 마중 나왔다고 해서 불안을 느끼지는 않았다. 역장은 빨간 신호 표지를 들고 작은 탑이 솟아 있는 역사 안의 자기 사무실로 돌아갔다. 하차장 옆쪽의 화물 차량에서 사람들이 조는 듯한 모습으로 천천히 상자들을 내리고 있었다. 기차는 우리 앞을 지나 직선 구간에서 작아졌고 희미해지는 삼림과 반짝이는 호수 사이로 시야에서 사라져갔다. 역 앞에는 젊은이들이 자전거에 의지한 채 둘러서 있었다. 어느 한 자전거 핸들에 달린 벨 손잡이가 계속 작동했다. 시영(市營) 호텔 베란다의 열린 창문에서 음악이 울려나왔다. 길가에 늘어선 상수리나무들에 해가 비치고 있었다. 아직 노르스름한 새싹들의 다채로운 모습이 햇빛에 드러났다. 새싹은 고치를 뚫고 나온 벌레의 끈적끈적하고 주름진 날개 같았다. 햇빛은 점점 잎이 없어지는 가지 아래쪽에 검은 그림자를 만들어냈다. 거리 뒤의 장터 한가운데에는 동상이 하나 서 있었다. 오른쪽으로는 흰 기둥들 위로 상부가 돌출해 있는 목조 건물 여관 앞으로 일련의 창고들이 이어졌다. 공원 가운데에는 도랑이 흘렀다. 도랑은 철둑 아래쪽 양조장에서 시작해 우리 앞에서 연못 쪽으로 이어졌다. 연못에서는 기이하게 인공적인 모습을 한 백조들이 거품덩어리 사이로 헤엄을 치고 있었다. 공원 쪽으로 내려가는 길에 아버지는 바른스도르프의 기계와 날염 설비의 해체, 포장, 그리고 염색 공장과 완제품 제작소의 재건을 위해 도안을 완성하는 일에 대해 이야기했다. 기름으로 반짝이는 냇물 위의 작은 석조 다리 위에 왔을 때 아버지가 말했다. 당시에는 체코슬로바키아라는 나라의 잔재가 아직 존재했고, 그 시민으로서 아버지는 독일의 보안 업무를 맡고 있는 관료들의 감시를 받으면서 운영이 중단된 공장에 머물 수 있었다. 봄이면 급류를 이루는 만다우 강의 높은 둑 앞에 있던 이 공장의 벨벳 날염 사업에서 아직 외국 자본이 빠져나가기 전이었다. 점령군에게는 외국환이 중요했기 때문에 영국으로 망명한 공장주들은 압수된 재고품을 되살 수 있었고 수출 허가를 받기도 했다. 1939년 2월 아버지는 발송을 시작했다. 기술자들과 지배인의 출장을 준비하기도 했다. 사업을 재개하는 데 아버지의 전문지식은 유용했을 것이다. 하지만 조합사무실과 스웨덴 영사관에서 서류들을 가져오기 위해 어머니와 함께 3월 15일 프라하에 머물고 있을 때 독일군이 진격해오자 아버지는 깜짝 놀랐다. 우리는 길게 뻗은 플란 가에 들어섰다. 그 끝에 있는 공장을 아버지는 팔을 뻗어 가리켜 보이며 바른스도르프의 공장처럼 자신의 공장이라고 불렀다. 멋진 가구가 딸린 베트의 하숙집 앞을 지나갔다. 그 집에서 부모님은 처음 며칠 동안 방을 한 칸 빌렸지만, 그 후 어머니의 발병 탓에 더 이상 머물 수 없었다. 이어서 이제 부모님이 살고 있는 기다란 목조 건물에 도달했다. 아버지는 어머니의 장애 상태에 대해 말하며 어머니가 아직도 자신이 겪은 일들의 후유증에 사로잡혀 있다고 설명했다. 그 전에 내 일에 대해 묻고 목판 염색에서 자신이 맡은 일을 설명한 뒤, 스웨덴의 임금률과 조합들의 지위를 거론하면서 우선 우리 사이의 실질적 공통점을 확인하고 싶어 했다. 대문을 통과해 마당 쪽으로 난 숙소로 갈 때, 나는 아버지의 넓고 창백한 얼굴에 눈물이 흐르는 것을 보았다. 우리가 나란히 창가에 섰을 때 아버지는 안정감 내지 안전하다는 느낌이 충분히 오래 지속되면 어머니는 무감각 상태를 극복하고 다시 사물을 보고 다시 우리와 이야기할 수 있을 것이라고 말했다. 우리가 마지막으로 만난 뒤로 2년 반 이상이 흘렀다. 우리는 식탁 앞 어머니 옆에 앉았다. 어머니는 안락의자에 꼼짝하지 않고 앉아 있었다. 나는 스톡홀름, 스페인, 파리 등에 대해 이야기했다. 그것은 비록 수많은 사건들을 빈약하게 암시하는 것일 뿐이었고, 또 어머니의 침묵 때문에 목소리도 가라앉으려 했지만, 아버지는 계속해서 이야기해달라고 부탁했다. 나는 아버지가 그랬듯이 마치 어머니가 우리 이야기를 알아듣는 것처럼 어머니를 향해서도 말하게 되었다. 어머니의 왼손은 부러진 것처럼 손바닥을 위로 한 채 무릎에 얹혀 있었고, 오른손은 마치 다가오는 무엇인가를 저지하려는 모습으로 치켜들고 있었다. 방 안의 양탄자는 베딩의 플루크 가에 있는 우리 주방 벽의 칠과 똑같은 녹색이었다. 베를린의 주방, 브레멘의 그뤼넨 가에 있는 다락방, 보헤미아의 바른스도르프에 있는 지하실 등을 언급할 때에는 아직 말하지 않은 것들의 부담을 없애주는 친밀감이 생겨났다. 수많은 사람들과 꼭 마찬가지로 우리는 오랜 기간 서로에 대해 아무것도 알지 못했고, 아직 살아 있다는 사실을 서로에게 알리지 못했다. 플랫폼에서 포옹할 때에는 아버지가 힘들어 한다는 점을 알아차릴 수 있었다. 하지만 이제 병든 어머니가 있는 자리에서 아버지는 자제력과 확신을 보여주었다. 나는 독일이 벨기에, 네덜란드, 프랑스를 공격했다는 소식이 막 들려오던 1940년 5월의 이 토요일처럼 부모님이 서로 한마음이 된 모습을 본 적이 없다. 아버지는 마치 어머니에게 한마디 한마디 다짐하듯이 천천히 말했다. 이처럼 신중하고 다정하게 이야기해서인지 사건들은 일상적인 일처럼 여겨졌다. 두 분의 피난은 거대한 방랑의 일부였다. 두 분은 대양 너머 다른 대륙들을 염두에 두었다. 마르세유, 제네바, 로테르담, 리스본, 오데사, 이스탄불 등은 신탁과 마술적 희망의 장소들이었다. 영사관과 대사관들은 신전이 되었고, 그 문지방들은 입맞춤과 눈물로 젖었다. 입국허가증과 여권의 사증을 위한, 또 한 자리를 차지하기 위한 이 간청은 자연스럽고 정상적인 것이었다. 비자는 면죄를 뜻했다. 그리고 이는 자비심을 살 만한 돈을 가진 자들에게만 해당되는 것이었다. 절망 말고 내놓을 것이 없는 사람들이 늘어났다. 그런데 절망은 온갖 쓸모없는 것 가운데 가장 가치 없는 것이었다. 곧이어 어제까지만 해도 아직 부유했던 사람들조차 재산을 잃어버린 자들 속에 포함되었다. 그리고 이제는 출구도 머물 곳도 없는 방황 속으로 추락하는 일만 남았다. 아버지는 그런 사정을 가볍게 언급했으며, 프라하에서의 마지막 순간을 묘사하면서 어느새 그 일들을 지워버렸다. 마지막 순간에 아버지는 공화국이 무너진 뒤 조합사무실을 철수하는 혼란스러운 상황 속에서 내가 스웨덴에 있다는 사실을 알게 되었다. 전문직 조합을 통해 스톡홀름에서 프라하로 보낸 내 편지들 가운데 하나가 서류 사이에 끼어 있다가 바람결에 날아올랐는데, 마침 그때 아버지는 스웨덴 조직에 보내는 추천서가 기록된 쪽지를 한 장 넘겨받는 중이었다. 당사에서 아버지는 체코슬로바키아 주재 독일 사민당 지도자인 타우프[1]와 좀더 상의했다. 타우프는 다른 간부들과 함께 봉인 차량으로 바르샤바로 가고 그곳에서 스웨덴까지 비행기로 가려 했는데, 스톡홀름에서 당장 두 분의 여행을 위해 애쓰겠다고 장담했다. 아버지가 말했다. 우리도 어떻게든 바르샤바에 도착해서 스웨덴 대사관을 찾아가야 했지. 그분은 우리를 위한 지시사항들을 여기 남겨놓으려고 했다. 하지만 별 영향력도 없는 우리가 어떻게 폴란드를 통과하

---

1) Siegfried Taub(1876~1946): 체코의 정치가로 1920~38년에 체코 국회의원을, 1929~38년에는 국회 부의장을 역임했고, 1939년 스웨덴으로, 1941년에는 미국으로 망명했다.

고 우리의 관심사를 스웨덴 대사관에 알릴 수 있었겠니. 말하면서 아버지는 커피 잔을 어머니 입으로 가져갔다. 어머니는 등판들을 바라보았다. 벌거벗거나 넝마를 걸치기도 했으며, 넓고 둥근 등판도 있고 작고 가냘픈 등판도 있었다. 어머니는 그들이 보이지 않는 힘에 충격 받고 앞으로 구부러지는 모습을 보았다. 이때 그들의 육체에서 어떤 그림자 같은 빛이 흘러나왔다. 또 그들이 손을 깊이 파묻고, 구덩이 속으로 사라지는 모습을 보았다. 아버지는 어머니의 뒷머리를 받치면서 조심스럽게 과자를 한 조각 주고 어머니의 턱을 닦아주었다. 1939년 3월 말 두 분은 이른바 3국의 접경지대에 도착할 수 있었다. 슐레지엔과 체코 지역과 폴란드가 접하는 곳이었다. 두 분은 짐도 없이 그저 아버지가 폴란드 화폐로 받은 선수금만 저고리 솔기 속에 꿰매 넣어 가지고 있었다. 두 분이 빠져든 불규칙한 운동 속에서는 신경과 근육을 흔들어놓고, 두 분을 앞으로 밀쳐내기도 하고 당기기도 하는 또 하나의 막강한 힘이 드러났다. 그 힘은 정확히 계산되었고 특정한 계획에 따라 진행되었다. 망명자들은 여전히 국경선을 넘어서 여러 나라를 가로지르고 목적지를 찾을 수 있다고 생각했지만, 그들이 가는 도로나 국도들은 그들을 이미 모종의 기계장치 쪽으로 몰아갔으며, 그들의 운명은 이 기계장치에 의해 분류되고 계산되어 서로 헤어지고 천천히 혹은 좀더 빨리 말살되도록 정해져 있었다. 그들은 여전히 스스로에게나 자신들이 통과한 지역에 이름을 붙였지만 그들 자신은 이미 숫자로 변했고, 각 지역에는 다른 이름이 붙었다. 체코슬로바키아의 토막 난 시체는 보헤미아와 모라비아 보호령과 슬로바키아 자치국으로 바뀌었다. 주데텐란트[2]는 독일 제국에 합병되었고, 폴란드와

---

2) Sudetenland: 보헤미아와 모라비아와 슐레지엔의 경계 지역으로 이곳의 독일인 거주 지역을 일컫는 이름이기도 하다. 바른스도르프도 그 일부이다.

헝가리는 그 부스러기들을 낚아챘다. 국경 역들은 옮겨갔다. 자신이 밟고 있는 땅이 누구에게 속하는 것인지 불확실했다. 지난날에는 인종보다 국가에 속한다고 느끼고, 박해의 첫 징후가 나타났을 때만 해도 아직 아무 문제가 없다고 여긴 사람들도 이제는 자신이 배척당하고 추방된 존재라는 점을 인정할 수밖에 없었다. 여전히 자기 삶의 추억들을 끌고 다니는 이 사람들은 이미 눈먼 사람처럼 비틀거리기 시작했다. 그들은 숨어 있는 감시자들이 보기에 가장 싼 비용으로 도살될 가축 떼에 지나지 않았다. 이 물결은 찬란한 경관들을 통과하며 사람들의 눈을 피해 슬금슬금 동쪽으로 밀려갔다. 그 파도는 회색으로 변한 구두들이 일으키는 먼지였다. 그들을 향해 나뭇잎과 작은 깃발들로 장식한 화물차들의 파도와 더불어 동쪽으로부터 홍수가 밀려왔다. 한쪽에서는 제국의 고향까지 뻗치는 만세 소리와 승리의 도취가 출렁거리고 있었다. 다른 쪽에서는 방랑자들의 흐름이 정체되었다. 그들은 모두를 부숴버릴 것 같은 홍수 앞에서 일단 비켜서서 지치고 일그러진 모습으로 뭉쳤다가 다시 공황 상태로 밀려갔다. 이럴 때면 지친 몸으로 달려가야 했지만 나중에 적당한 때가 되면 쉽사리 잡히거나 스스로 함정으로 몰려 들어가기도 했다. 하지만 국경선을 넘기도 전에 부모님은 유대인 장사꾼들 및 수공업자들과 함께 체포되어 모라비아의 오스트라우 감옥에 들어갔다. 두 분은 독일 민족에 속한다고 할 수 있었을 것이다. 그러나 어머니는 추방당한 사람들과 함께 있으려 했다. 이제 황혼으로 방구석이 어두워지는 가운데 어머니의 입술이 움직이는 것을 보았다. 또 몇 초 동안 어머니의 눈이 무엇인가를 탐색하듯 우리를 바라보고 있는 듯했다. 아버지의 이야기를 듣자 예전에 주방 식탁에서 보낸 저녁 시간이 떠올랐다. 플루크 가에서, 슈테틴 역 철로 구역 저 위쪽에서, 혹은 바른스도르프의 니더그룬트 가에 있는 별장 지하실에서 느끼던 친밀감이 다시 떠올랐다. 아버지는 어느 좁은 감방에 대해 이야기했다. 어머니의 손가락들이 더듬듯이 움직였다. 손가락은 석재로 된 벽의 홈들과 도드라진 부분을 쓰다듬었다. 널빤지로 덮은 점토 바닥에서 곰팡이 냄새가 피어올랐다. 그 감방 안에는 1백 명 이상이 갇혀 있었다. 몇 개의 침상을 시간별로 나눠 썼다. 거기엔 아이들과 젖먹이 딸린 여인들 그리고 환자들이 누워 있었다. 변기는 넘쳐났다. 몇몇 노인이 죽었고, 그 시신은 서 있는 사람들의 발 사이를 통과해 문지방 쪽으로 밀려갔다. 사람들은 비몽사몽간에 서로 기대고 있었다. 어머니는 밀착된 몸에서 온기를 느꼈다. 어머니도 땀에 젖은 그 육체들 가운데 하나였다. 어머니는 뜨거운 손들 가운데 하나를 움켜쥐고 그 손가락들을 꽉 끼었다. 손들이 서로 얽혔듯이 어머니의 얼굴은 어느 축축한 뺨과 밀착되었다. 팔, 가슴, 엉덩이, 까칠까칠한 수염, 뒤얽힌 사지들, 쿵쾅거리는 심장, 헐떡이는 호흡, 그리고 이 사람들 가운데에 있다는 사실에서 어머니는 힘을 얻었다. 부패한 입김이 어머니에게는 만발하는 꽃 같았다. 어머니는 냄새를 깊숙이 들이마셨다. 어머니는 이러한 유기체 속에서 살았고 이러한 폐쇄 상태에서 나가려 하지 않았을 것이다. 이들과 분리된다는 것은 어머니에게는 타락이자 몰락이었을 것이다. 아버지는 계속 이야기했다. 이 지하 감옥에서 일주일을 보냈다. 어머니는 마당으로 쫓겨나 수용소로 이송되는 사람들과 같은 줄에 섰다. 아버지가 독일 민족임을 증명할 수 있는 사람들 쪽으로 어머니를 끌어당기지 않았다면 어머니는 그들과 함께 남아 있었을 것이다. 아버지는 명확히 말했다. 적의 어휘를 쓸 때면 특히 세심히 강조해서 말했다. 아이들이 축구를 하고 있는 교정 너머의 녹색 방에서 아버지는 바지 주머니에 손을 집어넣었다가 다시 끄집어내서 펼쳤다. 거기에는 이등 철십자훈장이 있었다. 그것은

1916년 갈리치아에서 받은 것이었다. 아버지는 증거 서류 및 전상자 확인서와 함께 이 십자훈장을 유일한 자산으로 지니고 있었다. 덕분에 아버지는 갑자기 젊은 감시병들의 동료가 되었다. 그들은 왜 진작 신고하지 않았느냐면서 두 분을 감독관에게 안내했다. 두 분은 통행증을 발급받았다. 또 슬로바키아의 관할 지역인 트렌친으로 가는 차표를 얻었고 식량도 함께 받았다. 그래서 두 분은 바르샤바로 가는 대신 남쪽으로 향했으며, 이곳에서 농업노동자로 여름을 보냈다. 두 분이 다시 바르샤바로 가려면 돈을 모아야 했다. 교정에서 볼을 차는 둔탁한 소리를 들으며 아버지가 말했다. 8월 중순경 우리는 어느 월경 안내자의 안내를 받아 밤중에 산악 지대를 통과해 폴란드로 들어갔단다. 그들은 조심스럽게 기어갔고 산비탈의 작은 돌멩이들도 움직이지 않도록 주의했다. 돌멩이들은 여러 차례 미끄러져 굴러갔고, 돌사태가 요란한 소리를 내며 골짜기로 쏟아져 내렸다. 그들은 다시 조용해질 때까지 숨죽이고 엎드려 있었다. 몇 주 동안 그들은 종종 체코 및 슬로바키아의 유대인들과 함께 철도 교차점인 오시비엥침[3] 방향으로 이동했다. 여기서 그들은 바르샤바로 가는 기차를 기다리려고 했다. 마침내 비엘스코비아와에 접근했다. 아버지는 이곳을 오스트리아-헝가리 군 복무 시절부터 비엘리츠라고 알고 있었다. 이른 아침 어느 들길에서 그들은 비행기 소리를 들었다. 비행기에서 뭔가 시커먼 것이 떨어졌다. 어머니는 저기 누가 떨어진다고 말했다. 그것은 소형 폭탄이었으며, 땅을 파열시켰다. 사람들은 버드나무 아래의 마른 구덩이 속에 몸을 던졌고 한참 동안 그곳에 엎드려 있었다. 아직 먼 곳에 있는 거대한 비행 편대의 윙윙거리는 모터 소리가 서서히 다가

---

3) 독일어로는 아우슈비츠.

오며 커지는 굉음처럼 들려왔기 때문이다. 곡식밭들은 아침 햇살 속에서 빛났고 하늘에는 구름 한 점 없었다. 무르익은 곡식들을 흔드는 바람도 없었다. 그러나 곡식 줄기와 흰 양귀비 사이로 스쳐 지나가는 것, 쏜살같이 달아나는 것들이 있었다. 도마뱀, 생쥐, 토끼, 그리고 뱀 따위의 작은 동물들이 내달렸다. 마치 뇌우와 우박이 쏟아지듯이, 소음이 덜거덕거리고 울부짖는 소리로 커져갔다. 하지만 하늘은 쾌청하게 텅 비어 있었다. 사람들은 아직 어디서 나는지도 모르는 커다란 소리 때문에 고막이 터질지도 모른다는 두려움에 손으로 귀를 막았다. 진동하는 땅은 발밑에서 갈라질 것 같았다. 갑자기 큰 낫으로 벤 것처럼 곡식들이 떨어졌고, 잿빛 괴물들이, 등 쪽이 볼록한 철제품들이, 교대로 무한궤도를 그리면서, 촘촘히 줄을 지어 닥쳐왔다. 어머니는 무너지는 땅바닥에 납작 엎드렸다. 어머니는 삐져나온 총열에서 머리 위로 곡식밭을 향해 총알이 발사되고 비행기들이 쳐들어왔다가 멀어져가는 모습을 풀 사이로 보았다. 모래가 잇새에서 버석거렸다. 어머니 앞의 조그만 땅은 고랑과 균열로 가득 찼다. 죽은 개미를 끌고 가던 개미 한 마리가 더듬이를 내밀고 구덩이 앞으로 가서는 앞다리를 멀리 내밀어 죽은 개미를 구덩이 너머로 밀고 갔다. 검은 딱정벌레 한 마리가 풀줄기에 기어올랐다. 풀줄기가 기울어졌고, 딱정벌레는 다시 기어 내려왔다. 그러나 아버지는 전쟁이 터진 첫날 아침의 그 순간에서 곧 그다음 두 달로 넘어갔다. 아버지는 소도시 알링소스에서 다시 노동판에 들어섬으로써 기술적으로나 경제적으로나 생계를 확보하려고 했다. 아버지는 어머니와 함께 빠져들게 된 사건들을 수학적 계산으로 개관하기 시작했다. 자신의 친숙한 삶에서 이끌려나온 사람들 모두의 정확한 숫자가 일단 파악되었다는 데서 출발해, 아버지는 다양한 추방자들의 추정치를 제시했다. 처음에 아버지는 이 수만 명 혹은 수십만 명에 대해 생생히 설명할 수 있었다. 그들은 각각 특정한 도시에서 왔고, 특정한 주소에서 살았으며, 또 어디에나 자신이 노동한 흔적을 남겼다. 그러나 그 후 그들은 대중 속에서 자신의 모습을 잃었다. 그들은 어딘가에 틀림없이 보호받을 곳이 있으리라는 막연한 희망을 여전히 품은 채, 자신의 말살을 향해 다가가고 있다는 것을 예감하지 못하면서, 초인적인 힘에 휩쓸렸다. 그러나 그들은 자연재해에 직면한 것도 아니고, 기아와 궁핍 때문에 나라를 떠나야 했던 것도 아니며, 개간할 수 있는 새 땅을 찾아 나선 것도 아니었다. 오히려 그들은 모든 이성과 모순되는 폭력에 쫓겨 한때 그들의 삶을 구성했던 모든 것을 포기한 채, 순례나 개척을 위해서가 아니라, 하룻밤 사이에 비천한 사람들 가운데 가장 비천한 존재가 되고, 아무것도 요구할 수 없게 되고 모든 품위를 빼앗긴 채, 그저 적재장, 운송 노선, 환승역, 수용소 등으로 이루어진 세계 속에서만 겨우 존재하면서, 독일이 1918년 폴란드에 빼앗겼다가 이제 다시 빼앗은 지역들을 통과해 동쪽으로 밀려갔다. 또한 그들 수백만 명은 자기 마을에서 쫓겨난 폴란드계 유대인들과 함께 더욱 형태도 없는 존재로 변해갔다. 포로가 되고 추방되어 독일로 향하는 노동력들과, 유대인들이 소탕된 지역들에 정착하기 위해 발트 해 연안 제국과 벨라루스에서 온 독일인들의 행렬이 그들과 교차했다. 10월에야 겨우 피난민들이 바이크셀 강과 부크 강 사이의 지역을 거주지로 사용할 수 있다는 규정 같은 것이 확인되었다. 아버지는 절실하게 말했지만, 어머니는 아버지가 이야기하는 것을 아무것도 받아들이지 않는 듯했다. 어머니는 낡아빠진 녹색 비로드로 덮인 안락의자에 마치 이제는 도달할 수 없는 존재인 듯이 앉아 있었다. 어머니 앞에는 안개 낀 계곡 깊숙한 곳까지 자작나무 숲의 곧고 흰 나무둥치들이 뻗어 있었다. 어머니는 나무둥치들 사이를, 때로는 똑바로 때로는 옆으로 달렸다. 어머니가 스쳐간 나무껍질은 비단처럼 매끄러웠다. 그리고 땅을 울리는 발소리, 헐떡이는 소리, 덜커덩거리는 소리 들이 다가왔다. 어머니는 다시 수많은 사람들 사이에 섞여, 이끼와 딱딱 소리를 내는 나무들 위로 달렸다. 좌우에서는 다른 사람들이 달려가고 있었다. 그들은 침구, 바구니, 도구 들과 냄비 따위를 지니고 있었다. 발 구르는 소리와 씩씩거리는 소리, 나부끼는 옷자락들, 거기에 매달린 아이들, 말을 탄 몇 사람, 땀에 젖은 말들, 철모도 무기도 없는 병사들, 소들, 송아지들, 가금들, 개 짖는 소리, 염소 울음소리, 닭 울음소리도 있었다. 또 다른 모든 것과 마찬가지로 그것들 뒤에 무엇인가 있었다. 어떤 막강한 것이 다가왔으며, 당장 그들을 덮칠 듯했다. 동시에 그것은 끝없는 것이었다. 마치 무릎까지 모래 속에 빠져 있는 것 같았고, 지하 감옥에 밀려든 것 같았고, 길가의 무덤 속에 누워 있는 것 같았다. 그 모두가 동시에 벌어졌다. 어머니는 그 한가운데에 있었다. 거기서 벗어날 수는 없었다. 아버지가 말했다. 상당한 거리를 우리는 아이들과 노인, 그리고 병자들이 탄 건초마차를 끌고 갔단다. 언덕과 산을 넘어갔는데, 그곳은 구 오스트리아령 슐레지엔 지방으로 여러 민족들이 뒤섞여 있는 곳이었어. 그곳에서는 폴란드어, 러시아어, 독일어, 우크라이나어, 그리고 히브리어를 썼단다. 어디서나 마을의 수공업자들, 소상인들, 여관집 주인들은 유대인들이었어. 농민들은 폴란드인이었고. 그자들은 쉴 자리를 찾는 사람들을 향해 개를 풀어놓더구나. 아버지는 이질적인 것들 속에서 사라지려는 것을 다시 알아볼 수 있는 맥락 속에 옮겨놓고자 하면서 이야기를 멈추었다. 1939년 가을 아버지는 자신과 어머니에게 닥쳐온 재앙이 정확히 규정할 수 있는 힘들의 작용 결과라고 보았다. 폴란드의 시골 귀족들은 그 이전 시대에 광산과 보헤미아 숲 사이의 옛 공업지대에서 지시받았던 것을 자신들의 구역에서 계속했을 뿐이다. 평화로운 지방 생활은 갑자기 다른 세상의 시간으로 바뀌었다. 이곳에서는 이제 온갖 권력을 장악한 사람들이 다른 사람들을 향해 사납게 날뛸 수 있었다. 노동자들에 의해 유대인 공장주들이 마차 끄는 말에 묶여 고함 소리와 노랫소리를 들으며 포장도로 위를 끌려가거나, 장사꾼들이 가게에서 끌려나와 목에 팻말을 걸고 광장에서 구경거리가 되었을 때, 아버지가 바른스도르프에서 보았던 것들은 이미 그 단계에서 범세계적 황폐화로 귀결될수 있는 규모였다. 개인적으로 아버지는 자신이나 비슷한 사람들을 예전부터 위축시키고 마비시키려 한 체제에 저항했다. 아버지 자신은 구정물속에 빠지지 않았다. 아버지는 우울한 표정으로 이리저리 오갔다. 한 계급의 이름으로 다른 계급들을 좌지우지한 이 폭력을 목격했을 때 아버지는 베딩 근처에서든 바른스도르프의 니더그룬트 가에서든 어디서도 조용히 앉아 있을 수 없었다. 아버지가 이때 언급한 폭력은 어떤 역병의 폭력이었다. 아버지는 그것을 거론하면서 어머니를 희생시킨 질병을 진단한 셈이었다. 아버지가 계속 주장한 바에 따르면 30, 40년 동안 내내 발작을 초래한 이 역병은 무에서, 혹은 설명할 수 없는 것에서 나오지만, 언제나 모든 개별 사항까지도 계획된 것이었다. 그 절정에 다다라서도 결코 열기가 사라지지 않았다. 거의 알아차릴 수 없을 때에도 그것은 어디선가 전율과 죽음의 공포를 수반했다. 대량학살 장치에서 비롯된 전염병은 기만적인 입맞춤에서 치명적인 능욕에 이르기까지 무수히 다양한 방식으로 확산되었다. 그리고 다른 어떤 역병보다도 더 많은 생명을 이미 앗아갔다. 그것을 제거할 수 없는 한 어머니를 치유할 방법도 찾을 수 없을 것이다. 어머니의 마음에서 비명 소리를 일깨울 수 있다면, 살아 있는 사람은 아무도 그것을 견디지 못할 것이다. 하지만 이 비명은 어머니와 함께 가고 있던 사람들 모두의 비명과 마찬가지로 이미 오래전에 억눌리고 말았다. 독을 퍼뜨리는 사람들은 우선 그들에게 침묵을 가르쳤다. 어디서 경악 소리가 솟구치더라도 그들은 그것을 일격에 침묵시켰다. 아버지가 말했다. 그런데 이제 나는 평생 나를 학대한 놈들을 위해 다시 일하고 있구나. 그리고 사람들을 서로 떼어놓는 그놈들에게 놈들의 근거지를 유지하는 데 조금 기여할 수 있다고 또 고마워하는 거야. 덕분에 이처럼 초라하게 목구멍에 풀칠할 수 있다고 말이다. 아버지는 검증되는 것, 숫자로 파악되는 집단, 질서 따위에 속하는 것에 매달리려 했지만, 어머니는 우리를 에워싸고 있는 모든 것에서 멀어졌다. 그러나 어머니가 이성을 잃지 않고 있는 우리보다 더 많은 것을 아는 것은 아닐까, 다가오는 사고의 변화 앞에서 우리의 규범에 따라 설명할 수 있는 것은 모두 덧없어지는 것이 아닐까 하는 의문 때문에 우리는 불안해졌다. 이야기를 멈추었던 아버지는 다시 폴란드의 늦가을로 돌아갔다. 반면에 어머니는 한 번도 당혹스러운 비명을 내뱉게 하지 못한 이미지들 사이를 방황했다. 그만큼 어머니는 친숙한 기억에서 멀리 떨어져 있었다. 아버지가 말했다. 언젠가 우리는 어느 가톨릭 성당 앞에 도착해 그곳에서 밤을 지내려고 했단다. 사제가 입에 거품을 물고 막더구나. 아이들이 그자에게 몸을 던지며 애원했지. 그자는 십자가를 들고 아이들에게 대들더구나. 크라쿠프 지역에 아직 남아 있던 유대인들만이 때때로 자신이 가지고 있던 물건을 조금 나누어줄 수 있었단다. 그 사람들도 동쪽으로, 붉은 군대를 향해 떠나려고 했지. 독일군 돌격대가 그들을 지나서 치고 나갔다. 그 뒤를 병참대가 따랐다. 이들은 아직 남아 있던 오두막이나 헛간을 불태워버렸고, 곡물 자루, 칠면조, 돼지 새끼 따위를 끌고 갔다. 그것은 카르파티아 산맥 기슭의 고를리체 근처에서 일어난 일이었다. 이곳에서 아버지는 1915년 5월 전투에 참여했었다. 독일 황제 군대는 이곳에서 차르의 군대를 몰아냈고 아버지가 속한 연대는 프셰미실과 렘베르크까지 진군했었다. 그런데 이제, 어느 안식일에 병사들은 유대인들을 한곳에 모았다. 랍비는 기도를 멈추지 않았다. 병사들은 그의 손을 쳐서 율법서를 빼앗았다. 그는 계속 노래를 불렀다. 병사들은 남자들의 챙 넓은 검은색 모자를 벗겼고, 그들의 머리칼을 잡아서 땅바닥에 쓰러뜨렸다. 그래도 노래는 멈추지 않았다. 그들, 남자와 여자, 노인과 아이 들은 짐차 위로 내던져졌다. 아버지가 다시 어머니를 끌어당겼다. 아버지는 서류들을 내보였다. 아버지는 슬로바키아인이었다. 예전에는 헝가리인이었고, 참전용사로 철십자훈장을 받았으며, 부상을 입었다. 아버지가 말했다. 여기 무릎에 총알이 박힌 상흔이 있습니다. 그러자 사람들은 동료처럼 아버지의 어깨를 두드리며, 이곳에는 잘못 왔고 고향 쪽으로 떠나야 한다고 말했다. 아버지는 증명 서류와 식량과 가까운 관청에 보내는 지시사항들을 받았다. 하지만 두 분은 돌아가지 않고 갈리치아의 프셰미실 쪽으로 갔다. 아버지는 1916년 늦가을 이곳의 야전요양원에 들어간 적이 있었다. 두 분은 이 도시를 우회했다. 점토질의 둔덕들로 에워싸인 경관에서 아버지는 예전의 연병장들, 숙영지의 화물역과 노란 벽돌로 만들어진 기관차 차고를 다시 알아보았다. 여기서 아버지는 가축용 차량 속의 밀집에 누워 브레멘으로 떠났었다. 두 분과 몇몇 체코 출신 유대인들이 동쪽으로 가면 갈수록 화물자동차와 장갑차들이 더욱 빠르게 그들 앞을 덜컹거리며 지나갔다. 그들 앞의 마을들은 포격을 받아 폐허가 되었다. 부대 입장에서는 자기들의 관할 지역보다 몇 킬로미터라도 더 차지하는 것이 중요했다. 부대는 곧 동쪽에서 다가오는 군대와 충돌할 것이다. 그들은 먼지와 연기를 뚫고 나아가 어느 농가의 폐허를 지나갔다. 여기서 그들은 숯으로 변한 외양간 창문틀에 한 여인이 앉아 있는 모습을 보았다. 그녀는 발을 널빤지에 디디고 몸은 파편들에 기대고 다리를 넓게 벌린 채 손은 배 위에 얹고 있었다. 아이가 그녀를 밀어냈다. 검은색 그을음 조각들이 그들 주위에 흩날렸다. 10월 말 두 분은 드네스트르 강 지류의 어느 강변 마을에서 머물 곳을 찾았다. 어느 유대인 빵집 주인이 두 분을 받아들였다. 그가 말했다. 당신들은 여기서 살아도 돼요. 곧 러시아인들이 와서 우릴 보호해줄 겁니다. 어머니는 소련 병사들이 와서 어떻게 우리를 보호해줄 것이냐고 물었다. 그들은 기름을 넣은 자동차로 진군하는 것이 아니었다. 도착한 소련 병사들은 기운 군복을 입고 낡은 무기를 든 채 도보로 걸었으며, 몇 대의 덜커덩거리는 화물차를 말들이 끌고 있었다. 어머니가 물었다. 저들이 어떻게 독일인들을 저지할 수 있겠어요. 그들은 방공호를 파고 그 안으로 들어갔다. 몇 달 전부터 논의되었던 조약은 어떻게 되었단 말인가. 이제 그 조약은 존재하지 않는단 말인가. 아니, 조약은 존재했다. 그러면 왜 그들은 진지를 구축했던가. 조약이 지속될 수 없고, 이 상황이 계속될 것이며, 독일인들이 우크라이나와 벨라루스와 코카서스를 차지하려 했기 때문이었다. 수십만 명이 리보프로 몰려갔다. 이들과 함께 부모님은 11월에 지난날 부유하고 우아했던 이 도시로 들어갔다. 아버지는 섬유산업 분야에서, 자신이 아는 바와 같이 렘베르크에 있던 수많은 직조업, 날염업, 염색업  가운데 어느 한 분야에서 일자리를 찾기를 희망했다. 하지만 기업들은 가동되지 않았고 아직 찾아낼 만한 곳은 어디나 사람들로 꽉 차 있었다. 피난민들은 도로 위에 진을 치고 있었다. 소련군은 굶는 사람들을 돌볼 수 없었다. 아버지가 말했다. 또 다른 것이 우리를 불안하게 했지. 추방된 사람들 가운데에는 폴란드와 체코의 공산주의자들이 많았는데, 이들은 곧 당원증을 지참하고 신고했어. 그들은 소집이 되었지만 복무를 하도록 끌어들여진 것이 아니라 독일 총독부 지역으로 쫓겨나게 된 거야. 수년 전 독일에서 소련으로 도피한 공산주의자들의 경우에도 사정은 다르지 않았단다. 우리는 곧 독일 제국으로 돌려보내지게 될 사람들을 몇 명 만났단다. 아버지는 계속했다. 그 사람들은 행렬에서 빠져나왔지만, 다른 사람들은 그 사이에 독일인들 수중에 들어갔더구나. 확산되는 불안은 다가오는 겨울 때문만 아니라 도대체 이제 어디로 가서 생계를 마련할 수 있겠느냐 하는 문제 때문이기도 했다. 그들은 북쪽으로 가는 길에 독일 점령 지역에 들어섰다. 그곳에서 그들은 유대인들을 위해 건설되었다는 피난처 이야기를 들었다. 그리고 그들은 마침내 집을 찾았다는 유혹에 마비되어 루블린 방향으로 가는 수많은 사람들을 보았다. 아버지 이야기에 따르면 그 무렵 어머니는 며칠 동안 사라졌었다. 아버지는 눈보라 속에서, 가족을 잃어버린 유대인들 사이에서 어머니를 다시 찾았다. 그 뒤로 어머니의 쇠약증은 더 심해졌지만, 아버지는 거의 석 달 동안 계속된 벨라루스 방황 기간에 어머니가 침묵한 것은 탈진 때문이라고 생각하곤 했다. 3월에 두 분은 레틀란트에 도착했고 리가의 스웨덴 영사관에서 스웨덴으로 가는 비행기표와 여권을 받았다. 분명히 끝없는 난관들이 따랐을 이 과정을 아버지는 다시 스쳐가듯이 말했다. 마치 어머니를 괴롭힌 모든 것이 지난 일이며 이제는 모두가 안전하다고 어머니에게 알리려는 듯했다. 저녁 늦게 아버지가 어머니를 침대에 옮겨놓은 다음에도 우리는 식탁 앞 등불 아래 오래 앉아 있었다. 아버지는 조합이 어머니를 위해 요양원의 한 자리를 제안했다고 말했다. 하지만 아버지는 그곳에 머무는 것이 어머니에게 유익하다고 생각하지 않는다고 했다. 오히려 아버지는 어머니가 모르는 사람들 사이에 홀로 남을 경우 아무리 정성껏 보살펴준다 해도 정신착란에 빠질 테고 그렇게 되면 다시는 헤어날 수 없을 것 같다고 했다. 아버지는 어머니를 치료하는 유일한 길은 어머니가 사태의 변화를 의식하게 되고, 어머니를 사로잡고 있는 그 말로 표현할 수 없는 것에서 벗어나 다른 것에 관심을 두는 것뿐이라고 믿었다. 아버지는 공장에서 지내지 않아도 될 때면 어머니 옆에 머물면서 어머니에게 안전하다는 느낌을 주려고 끊임없이 애썼다. 아버지는 불안할 이유가 조금도 없다고 부드럽게 어머니를 위로했다. 아버지는 어머니 나름대로 자신에게 답을 하고 있으며, 몽롱한 상태와 깨어 있는 상태의 비율이 서서히 변하고 있다고 말했다. 어머니가 때때로 아버지를 기다리기 위해 거리를 바라보며 창가에 서 있는 것만 보아도 최소한 호전될 가능성이 있다는 것을 알 수 있으며, 이 점에서는 의사의 의견에 동의한다는 것이다. 그 의사는 호단[4]과 친분이 있는 정신과 의사로 두 분을 몇 번 방문했으며 앞으로도 방문하겠다고 약속했다. 어머니를 이 세상에 붙잡아놓고 있는 것은 주위 사람들의 이 같은 양해였다. 넋이 나간 채로 마치 지옥에 머무는 듯한 어머니의 상태가 이처럼 무언중에 받아들여짐으로써 어머니는 세상을 떠날 수 없었던 것이다. 밤중에 나는 부엌 옆의 작은 방에서 어머니가 완전히 낯선 목소리로 중얼거리는 소리를 들었다. 다음 날 아침 나는 어머니가 완전히 탈진해 보였던 처음과 달라진 것을 알았다. 나는 어머니에게 예전의 어머니인 듯이, 언제나 한결같은 나의 어머니인 듯이 말했다. 오후에 아버지가 베트 하숙집에서 식사를 가져오고 어머니의 식사를 도

---

4) Max Hodann(1894~1946): 독일의 의사이자 사회정치학자, 성교육가, 정신과 의사로 제국의회 의사당 방화 사건 직후 4개월간 구속되었다. 1933년 스위스, 1934~40년 노르웨이로 이주했다. 1937~38년에는 스페인 내전에 국제여단 의사로 가담했으며 1940년부터 스웨덴에 거주하며 페터 바이스와 친교를 맺었다. 1944년 자유독일문화연맹 의장을 지냈으며 1944~45년 주 스톡홀름 영국 대사관과 협력했다. 자살로 생을 마쳤다.

울 때, 나는 리가 시에 대해 아버지가 언급한 그 이후로 내가 무슨 일을 했는지 이야기했다. 리가라는 이름은 우선 그림자 같은 것이기도 하고 또 그곳을 떠난다는 암시이기도 한 무엇인가를 불러일으켰다. 하지만 나는 내 생각이 무엇을 뜻하려 하는지 아직 알지 못하는 가운데 어머니를 상대하면서 어쩌면 어머니와 만날 수 있었던 사람들과 접하는 듯했다. 나는 그 도시 출신이었다. 그 도시를 잘 몰랐지만 그 이름을 들으면 예르네[5]라는 인물이 떠올랐다. 그는 스웨덴의 시인이자 과학자였는데, 17세기 중엽 리블란드의 스웨덴 총독 주치의로 그곳에 머물렀다. 그의 연극 「로시문다Rosimunda」는 브레히트가 개작하려고 한 작품 가운데 하나였다. 나는 그것을 4월에 다른 책들이 있는 상자 속에 넣어두었다. 나는 우리가 권력에 도취되고 에로티시즘에 사로잡힌 랑고바르드족[6] 여왕에 대한 찬송가와 민요, 합창, 악한과 어릿광대가 등장하는 장면 등으로 점철된 진기한 운문극을 읽으면서, 예르네의 일기를 읽었던 것을 떠올렸다. 일기에서 그는 1667년 리가를 떠나 뤼베크 근교인 묄른을 거쳐 브레멘에 이르는 자신의 여행을 서술했다. 묄른에 대해 이야기할 때 그는 울슈페겔[7]의 묘지를 묘사했다. 이때 갑자기 나는 왜 이 이야기를 했는지 이해할 수 있었다. 그것은 우리들 사이에 남아 있던 비밀스러운 결속에 필요한 것이었다. 그것은 또 몇 해가 되도록 우리가 서로를 이해할 수 있도록 도와주는 것이었다. 예르네는 브레멘 근처에 있는 델멘호르스트라는 마을에서 길을 멈추고 쉬었다. 이 지역은 우리에게 특별한 의미를 지니는

---

5) Urban Hjärne(1641~1724): 17세기 스웨덴의 의사, 과학자, 문학가.

6) Langobard: 스웨덴에서 남하한 게르만족으로 북이탈리아에 롬바르디아 왕국을 세웠다 (568~774).

7) Ulspegel: 틸 오일렌슈피겔Till Eulenspiegel의 다른 표현. 오일렌슈피겔은 16세기 민중 문학에 등장하는 14세기의 호감 가는 반항아를 말한다.

곳이었기에 그때의 메모들은 강렬하게 나를 사로잡았다. 그래서 나는 그것을 거의 문자 그대로 암송할 수 있었다. 내가 어린 시절부터 알고 있던 그 경관을 보는 순간 그는 어떤 활기에 사로잡혔다. 그는 일종의 떨림, 환희의 흥분, 강렬한 기쁨이, 시인의 기쁨이, 자신의 내면에서 일깨워졌노라고 썼다. 그 구절을 읽으면서 나는 델멘호르스트의 국도를 바라보았다. 포플러가 줄지어 서 있었고, 그 뒤에는 목초지와 방앗간이 있었다. 이곳 요양소에서 어머니는 아버지를 만났고, 1917년 2월 나를 임신했다. 잠시 동안 우리를 둘러싸고 있는 기억의 그물을 감지할 수 있었다. 하지만 곧 그것은 다시 사라졌다. 어머니의 얼굴에서는 내 말을 한마디라도 받아들였다는 표시를 전혀 읽을 수 없었다. 스톡홀름으로 돌아가는 동안 기차에서 나는 창밖으로 이 얼굴을 보았다. 이 회색빛의 큰 얼굴은 그것을 잠식하는 이미지들 때문에 희미해져 갔다. 돌로 만든 얼굴, 마모된 면의 두 눈은 멀어 있었다. 그것은 땅의 여신 가이아의 얼굴이었다. 손가락들이 부서진 왼손은 치켜세워져 있었다. 저녁의 경관들이 스쳐 지나갔다. 알키오네우스[8]는 뱀에게 가슴을 물린 채 가이아에게서 떨어져 비스듬히 쓰려졌다.

시들고 앙상한 채 눈에 덮여 있다가 다시 싹을 피우는 교정의 진녹색 나무들, 피부의 긴장 완화나 신경의 떨림과 공명에 대한 기대, 혹은

---

8) Alcyoneus: 땅의 여신 가이아의 아들. 하늘의 신들과 싸우는 과정에 헤라클레스의 화살을 맞고 쓰러지나 땅과 접하면 다시 힘을 얻어 일어나지만, 다시 쓰러진 후 헤라클레스가 그를 고향 도시 밖으로 끌어내자 힘의 원천을 잃고 죽는다.

어머니의 표정을 시간의 흐름 바깥에 붙잡아둘 것만 같은 힘줄과 근육이 이완되지 않을까 하는 기대, 벌어진 채 말라버린 입술의 거의 알아차리기 어려운 움직임, 어머니를 산책시키기 위해 들어 올리거나 붙잡거나 이끌어갈 때 혹은 발을 끌며 우리를 따라올 때면 늘어지는 어머니의 몸, 이 모두로 인해 한 달에 한 번 주말을 이용해 방문하는 동안 모든 생명체의 부단한 변화를 느끼는 내 감각이 예민해졌다. 이때 나는 종종 외적 현상들보다는 내적 사건을 더 탐구했다. 어머니는 정신을 놓고 있는 듯했지만, 어머니의 본질 속에서 의식의 전환을 요구하는 과정들을 나는 감지할 수 있었다. 우리들 사이의 의사소통은 새로운 이해력을 통해 조절되었다. 말로 표현할 수 없는 것은 귀를 기울이고 더듬는 가운데 맹인들이 잘 알고 있을 법한 소통 형식을 띠게 되었다. 우리가 길게 늘어선 목조 건물의 자연석으로 포장된 마당을 가로질러 출입문을 지나 도로로 갈 때면, 어머니는 가끔 멈춰 서서 자기 앞에 무엇인가 끔찍한 것이 나타난 듯이 더 이상 걸어가지 못했다. 그러면 우리는 다시 어머니가 마음이 내켜 한 발 한 발 걸을 수 있을 때까지 기다렸다. 우리는 공장을 따라서 철도 건널목까지 산책했다. 공장의 넓은 창문들 뒤로는 인쇄용 탁자 위에 말리려고 널어놓은 천들을 볼 수 있었다. 철도 건널목에서는 철도지기 숙소와 외진 별장들과 정원들이 이미 들판과 삼림에 접해 있었다. 또 우리는 반대 방향인 시의 외호 쪽으로 가서, 그 연못가 나무 아래의 벤치에 앉아 쉬기도 했다. 썩은 냄새가 나는 검은 물을 들여다보고 가끔 역 쪽에서 기차가 오는 소리를 들으면서, 아버지와 나는 아무 말도 없는 어머니 옆에서 몸을 기울이며 서로 이야기했고, 그런 식으로 어머니를 우리 이야기 속에 끌어들였다. 백조들이 거품 덩어리와 기름 얼룩들 사이를 이리저리 천천히 미끄러졌다. 돌아가는 길에는 목욕탕과 낡은 빈민

숙소와 조잡한 사각형 석재 위에 세워진 구빈원 다리와 베트의 하숙집 앞을 지나, 계단식으로 낮아지는 일련의 가옥들을 따라갔다. 그 맨 끝에 부모님 댁이 있었다. 우리는 행인들의 발소리와 띄엄띄엄 울리는 이야기 소리와 외침 소리 혹은 웃음소리를 들었다. 그리고 다시 어머니를 우리 가운데에서 부축하고 어머니가 갑자기 굳어버리면 계속 걷게 하려고 애썼다. 어느 낯선 여자가 우리에게 와서 우리가 취하는 방식이 어머니에게 적합하다고 확인해주기 오래전부터 이미 아버지와 나는 어머니를 이런 식으로 보살피려 했다. 처음 만났을 때 그 여자는 의사와 함께 나타났다. 나는 그녀가 어머니를 종종 보살피는 의사 브라트의 조수라고 생각했다. 진보적인 사람들 사이에서 브라트는 개척자로 통했지만, 전통적인 심리학 옹호자들은 그를 돌팔이 취급했다. 그는 자신의 치료가 환자에게 자신의 기쁨을 전파해주는 점에서 의미 있다고 여겼다. 분석가이자 시골 의사인 그는 예르네가 일기에 쓴 순진한 시인의 기쁨을 품고 있었다. 그는 자기가 가지고 온 기타의 화음에 맞춰 어머니에게 호의적인 노래들을 불러주곤 했다. 물론 이 노래들은 벨기에, 네덜란드, 프랑스 점령, 영국군의 해상 격퇴, 영국 공습 등등의 사건들에 부합되지 않았지만, 아버지가 설명했듯이 어머니를 달래는 효과가 있었다. 노래할 때면 그는 이마가 벗어지고 희미한 솜털 같은 콧수염이 난 둥글고 환한 얼굴을 뒤로 젖혔다. 의사가 곡을 붙인 시들은 슬픔을 넘어서 미끄러져갔다. 그리고 그것들이 괴로움을 심화시키지 않은 것은 의사와 함께 온 여자가 발산하는 특이한 광채로 그것이 억제되었기 때문이었다. 아직 젊은 이 여자는 부드럽고 자그마한 모습이었다. 얼굴은 작은 아이 같았으며, 머리칼은 검은색으로 짧았다. 눈도 검었고, 진하게 그린 눈썹도 검은색이었다. 그녀는 어머니 옆에 조용히 앉아서 어머니를 바라보며 때때로 어머니의 손을 쓰다듬었다. 나는 그녀가 브라트의 여인숙에서 사는 작가 보위에[9]라는 것을 알게 되었다. 그녀는 수줍음을 탔고, 그래서 이야기를 나누기까지는 오래 걸렸다. 하지만 어머니에게는 거의 헌신적으로 다정했다. 그녀 혼자 와서 내가 큰길까지 바래다주게 된 가을에야 겨우 우리는 몇 마디를 나누었다. 처음에는 머뭇거리다가 점점 더 장황하게 이야기하게 되었다. 이 대화는 그때그때 한 달씩 중단되면서 1941년 3월까지 계속되었다. 그녀는 되풀이하여 죽음이라는 주제에 빠져들었지만, 나는 이때 그녀가 회복을 요하는 어떤 힘에 대해 말하고 있다는 사실을 아직 이해하지 못했다. 그녀가 자신의 골똘한 생각에 붙인 다른 이름 때문에 그런 생각을 하지 않았다. 그녀는 자신의 생각을 진리 탐구라고 불렀다. 그녀는 모든 노력이 좌절을 겪는다는 생각을 형상적 의미로 이용하는 듯했다. 그때 그녀는 막 대작을 마무리한 상태였다. 그녀가 언급하는 내적 공허함이나 그녀를 사로잡았던 좌절을 나는 죽음의 욕구를 드러내는 징표라고 이해하지 않고 정신적 긴장의 결과라고 이해했다. 당시 우리는 인내심의 소멸에 대해 많은 이야기를 나누었는데, 이때 자주 만나게 된 호단은 그것을 통일을 위한 노력의 고갈과 정치적 몰락 탓으로 돌렸다. 그러나 보위에는 개인적인 삶을 이어갈 용기를 잃었거나 더 이상 견딜 수 없는 상태를 언급했다. 강압적인 복종을 초래하지 않는 것처럼 위장한 채로 다가오는 위험들은 항상 방어 반응을 불러일으키는 법인데, 그녀는 외려 자신의 시적 능력을 부정하는 포기 상태에 빠져버렸다. 한때 혁명적 발전에 매료되었던 그녀는 1920년대 말 근본적 변혁을 희망하며 소

---

9) Karin Boye(1900~1941): 스웨덴의 작가로 괴테, 엘리엇, 니체, 프로이트의 영향을 받았다. 한동안 나치에 열광했으며 대표작 『칼로카인』은 특히 에른스트 윙거의 영향을 받았다.

련을 여행한 뒤 실망에 빠졌다. 1932년 독일에서 벌어진 일을 겪고 더 나은 공동생활에 대한 확신을 완전히 잃었다. 그녀의 답답증은 거의 10년 동안 계속되었다. 또한 그녀는 어떤 일을 하든 단지 자신의 무능력을 느낄 뿐이었다. 그리하여 그녀는 마침내 자신의 경험들을 소설 『칼로카인 Kallocain』으로 집약하기 위해 다시 한 번 힘을 모았다. 이 책은 뮌첸베르크[10]의 사망이 알려진 직후 출판되었다. 10월 말, 피에 젖은 붕대를 머리에 감고 콧구멍에 관을 삽입하고 눈은 시커멓게 부어오른 트로츠키의 얼굴을 신문에서 본 지 두 달 뒤, 뮌첸베르크도 프랑스 남부 생마르셀랭 근처의 코네 숲에서 살해당했다. 사냥꾼 두 사람이 부러진 떡갈나무 둥지 아래 나뭇잎 속에서 목에 철사가 감긴 채 반쯤 썩은 시체를 발견했다. 처음에는 그가 자살했다는 이야기가 나왔다. 그다음 프랑스 공산당은 뮌첸베르크가 경찰의 밀정이었고 동지를 배신한 보복의 제물이 되었다는 소문을 퍼뜨렸다. 이어서 파시스트들이 그를 살해했다는 설이 떠돌았지만, 호단은 이를 받아들이지 않았다. 마찬가지로 그가 프랑스 혹은 독일의 첩자였다는 비난도 신빙성이 없었지만, 그가 독일인들에게 처형당했다는 주장도 마찬가지였다. 왜냐하면 독일인들이 그를 체포했다면 수용소로 보내거나 소련에 인도했을 터이기 때문이다. 호단은 자신의 법의학적 수사 지식에 비춰볼 때 자살에서는 거의 나타날 수 없을 만큼 경추가 빠져 있었다고 말했다. 그리고 사인은 누군가에게 무자비한 폭행을 당한 것이며, 특히 누군가가 그의 다리에 매달려 있었다고 했다. 내가 뮌첸

---

10) Willy Münzenberg(1889~1940): 독일의 정치인으로 1914년 스위스 사회주의 청년조직에서 비서로 일하며 레닌과 알게 되었다. 1918년 스위스에서 추방당하고 독일 공산당에 가입했으며, 독일 국회의원, 공산당 중앙위원을 역임하고 인민전선을 주창했으나, 1936년부터 공산당과 거리를 두다 1939년 당에서 축출되었다.

베르크의 어린 시절 체험, 그러니까 그가 아버지의 명령에 따라 목을 매기 위해 밧줄을 들고 층계로 다락방에 올라갔다는 이야기를 했지만, 호단은 자살 가능성을 부정했다. 하지만 호단은 그때의 외상이 그를 줄곧 괴롭혔을 수 있다는 점을 인정했다. 마침내 그것이 괴기하게 왜곡되어 남의 힘을 통해 그에게 닥친 셈이었다. 우리는 뮌첸베르크의 죽음에 대해 이야기하다 다시 내 어머니의 병세를 두고 의견을 나누었다. 이때 나는 뮌첸베르크가 취리히에 있던 레닌의 병세에 대해 보고한 것을 기억했다. 11월에 보위에와 산책하는 길에 나는 이 이야기를 꺼냈다. 호단이 말했듯이 뮌첸베르크의 자연미 감각에 틀림없이 부합되었을 그 숲, 론 강과 이제르 강 사이의 구릉 지대에 있는 그 숲은 그에게 자유와 방랑의 욕구를 일깨웠을 것이다. 뮌첸베르크가 그 숲에서 교살당한 일을 생각하며 나는 밧줄이 뮌첸베르크의 목을 조이던 순간, 그가 나무둥지 아래 매달려 있던 순간, 기억의 거품들이 그의 두뇌 속에서 꺼져버리는 순간, 그리고 잿빛 실체 속에서 촘촘하고 독특한 세계가 폭발하는 순간을 상상하려 했다. 이때 슈피겔 거리의 인상들도 흩어져 날아갔으며, 레닌도 그와 함께 다시 한 번 죽었다. 젊고 희망찬 혁명가인 그를 맞이한 레닌은 고통으로 굳어 있었다. 당시 그의 온몸은 만발하는 장미꽃밭처럼 붉고 두터운 발진으로 둘러싸여 있었다. 그는 뮌첸베르크에게 간청했다. 모르핀을 좀 구해주시오. 더 이상 견딜 수가 없소. 앉을 수도 누울 수도 없어서, 일주일째 잠도 자지 못했소. 뮌첸베르크는 무정부주의 노동자 의사인 브루프바허[11]의 도움으로 그에게 마취제를 구해주었다. 가슴뼈부터 왼쪽 아래 갈비뼈들을 지나 옆구리를 감싸고 척추 위까지 신경염으

---

11) Fritz Brupbacher(1874~1945): 스위스의 의사로 자유주의 성향의 사회주의 작가로도 알려졌다.

로 인한 발진이 진행되고 있었다. 네소스[12]의 독을 뒤집어썼을 때 헤라클레스가 틀림없이 그런 상태였으리라고 레닌이 말했다. 단지 흉강의 오른쪽 가장자리 한쪽만 조금 편해서 그쪽으로 반시간 정도 누울 수 있었다. 그 이상은 견디지 못했다. 게다가 오른쪽 엉덩이는 류머티즘에 걸려 있었다. 그러다 모르핀이 효력을 발휘하자 그는 한동안 두꺼운 베개에 기대 담쟁이가 덮인 골목과 마당에서 흘러오는 들큼한 냄새를 맡으며 쉴 수 있었다. 이는 그의 지식 전체 속에 침식해 들어간 하나의 작은 점, 흔적도 남지 않을 하나의 세포핵일 뿐이었다. 뮌첸베르크에 따르면, 레닌은 거대한 화상수포를 이미 넉 주째 달고 다녔다. 그래서 그는 겨우 도서관까지 갔다가 골목길의 가파른 계단을 따라 점심 식사 시간에 정확히 돌아왔다. 크룹스카야[13]의 말에 따르면 그는 밤마다 고통으로 고함을 질렀다. 모르핀이 생각을 방해해서 모르핀 맞는 걸 포기했기 때문이었다. 그는 한숨을 쉬고 비명을 질렀지만 떨면서 문장들을 쥐어짜내듯이 써냈다. 오한과 고열 발작에 시달리며 쓴 그 글은 획기적인 기록문이 되었다. 그리고 뮌첸베르크의 두뇌 속에서 모든 것이 갑자기 혈색소로, 암흑으로 변질되어갔듯이, 레닌의 두뇌 속에 남아 있던 아직 작동할 수 있는 최후의 잔재도 어둠에 휩싸였다. 보위에는 어쩌면 뮌첸베르크가 삶을 즐기려는 태도 때문에 죽게 되었을 것이라고 말했다. 아마 그는 숲 속을 거닐며 큰 소리로 노래를 부르고 그래서 누군가가 자신을 뒤쫓고 있는 소리를 듣지 못했을 것이다. 그렇게 그가 자신의 삶을 만끽한다고 느끼며 걸어가고 있을 때 적들이 뒤에서 그를 덮쳤을 것이다. 그녀는 이렇게 상상할 수 있는 것은 자신의 마음도 언제나 같았기 때문이라고 말했다. 그녀가 무

---

12) Nessus: 헤라클레스의 아내를 유혹하여 헤라클레스에게 죽은 반인반마.

13) Nadezhda Konstantionova Krupskaya(1869~1939): 레닌의 부인.

엇인가를 성취했다고 믿을 때면 언제나 곧 무엇인가를 잃어버릴 때와 같아졌으며, 충족을 추구하다 보면 단지 결핍을 맛보곤 했다는 것이다. 그녀가 지금 자신의 책을 통해 얻게 된 찬사도 그러한 사정과 모순되지 않았다. 그것은 그녀에게 거짓된 활동의 증거처럼 보였을 게 틀림없었다. 왜냐하면 전체주의 세계 속의 비인간성과 두려움을 형상화한다면, 이처럼 눈을 멀게 하는 명성을 거부했어야 할 터이기 때문이다. 그녀는 자신도 오해된 것, 매끄럽게 다듬은 것, 타협과 제한들 모두에 등을 돌렸기 때문에 당장 내 어머니에게 매료되었다고 말했다. 내 어머니를 가득 채우고 있는 것은 또한 그녀 자신이 깊이 생각하는 바를 구성하는 요소이기도 하며, 어머니는 병든 것이 아니라, 미개민족들의 표현을 빌리면, 깨달은 상태라는 것이다. 그녀는 브라트에게서 어머니 이야기를 듣는 순간 당황했다고 말했다. 그녀 자신도 지금 일어나고 있는 일을, 자신을 착란 상태로 몰아갈 끔찍한 상황이 덮치는 것으로 체험했다는 것이다. 그녀는 어떤 점에서 어머니가 우리 상상력의 한계를 넘어섰다고 주장했다. 아버지가 숫자 계산을 통해 그저 자신에게서 밀쳐낼 수 있었던 것이 어머니에게는 속속들이 생명을 지니게 되었다는 이야기였다. 우리가 아는 모든 것 바깥에 있는 무엇인가에 의해 지배되는 그런 지식을 갖고 있기 때문에 어머니가 우리들 사이에서는 더 이상 살아갈 수 없다고 보위에는 말했다. 어머니는 동떨어져 있는 존재이지만 결코 정신장애자는 아니라는 것이다. 왜냐하면 어머니가 마음속에 담고 있는 것은 진리, 우리에게는 아직 이해되지 않은 끔찍한 진리이기 때문인데, 그런 한에서 어머니는 예언자이지만 은총이 아니라 끔찍한 저주의 의미에서 그렇다는 것이다. 보위에는 자신도 최근 몇 주 동안 친숙했던 모든 것이 해체되고 모든 길이 사라지고 방향감각이 더 이상 존재하지 않게 된 상태에 빠졌다고 말했다. 그러나 완전한 절망의 세계를 바라본 어머니와 반대로 자신은 단지 완전한 개인적 무기력 상태에 빠져들었을 뿐이라고 했다. 하지만 보위에는 우리의 언어 너머에 존재하는 것을 어떻게 우리의 어휘 속으로 끌어들일지, 자신의 눈앞에서 파손되어버린 현실을 어머니가 어떻게 인정할 수 있을지, 그리고 어머니에게는 자신을 그 침잠 상태에서 끌어내려는 모든 시도가 어머니의 꿈속에서 함께 살고 있는 사람들을 속이도록 유혹하는 것으로 보일 수밖에 없지 않은지 물었다. 나는 예전에도 어머니에게는 때때로 우리를 속수무책으로 만드는 투시력이 있었다고 말했다. 보위에는 그 점에 대해 브라트와 이야기했다고 답했다. 아버지가 어머니를 병원으로 데리고 가면 브라트가 어머니를 보살폈는데, 그러지 않을 때에도 브라트는 어머니가 일상생활에서 무엇인가를 말하려는 징후가 있는지 묻는다고 했다. 보위에의 말에 따르면 브라트는 아버지에게 앞으로 몇 달이 더 걸릴지도 모르는 간병을 계속해달라고 요구해도 되는지 확신하지 못했다. 왜냐하면 어머니는 고통으로 인해 소극적으로 가만히 있을 수밖에 없었지만, 아버지는 공장에서 중노동을 해야 하고 실제 업무와 관련해 걱정할 일이 끝도 없이 이어졌기 때문이었다. 브라트는 아버지가 어머니를 끝까지 간병할 책임을 질 뿐 아니라 자신의 힘든 처지를 결코 내색하지 않을 수 있는지 판단해야 했고 그렇지 못할 경우를 대비해 다양한 증상의 정신적 장애를 치료할 수 있는 전기치료라는 대안도 고려해야 했다. 하지만 아버지는 전기치료는 생각조차 하려 들지 않았다. 그것은 단지 자신이나 다른 국외자들의 부담을 덜어주는 속임수에 불과할 뿐이라고 보았다. 아버지는 환자 자신에게 그러한 치료가 환자를 지금과 같은 상태로 만든 잔인한 짓과 다를 게 없으며, 전기충격 자체가 어머니의 병세를 더 악화시켜 아예 접근조차 할 수 없는 상태로 몰아넣으리라고 생각했다. 보위에는 내가 어머니를 5월에 다시 만난 뒤 어머니에게서 어떤 변화를 감지했느냐고 물었다. 그때 비로소 나는 어머니의 상태에 익숙해져서 그만 주의력을 잃게 되었음을 알아차렸다. 어머니에게 돌아와 어머니의 표정을 그 이전의 인상들에 대한 기억과 비교해보자 그사이에 어떤 일이 일어났는지 알게 되었다. 어머니는 우리를 보지도 않고 우리에게 말을 하지 않더라도 기계적인 동작으로나마 스스로 일어서서 옷을 입고 씻고 식사를 할 수 있었다. 또 때로는 자신이 의도한 바를 잊어버려 다시 아버지의 안내를 받아야 했지만, 그래도 외관상으로는 익숙한 일상의 흐름에 적응했다. 어머니는 낡은 가옥의 거실 창가에 서서 학교 마당을 건너다보았다. 거기서 어머니는 말할 수도 비명을 지를 수도 없는 한 아이를 보았다. 쥐 두 마리가 그 아이를 물어뜯으며 매달려 있었다. 부엌 한쪽 구석에서 아버지는 저녁 식사를 준비했다. 토요일과 일요일에는 아버지가 집안일을 했고, 주중에는 마을의 봉사자가 청소와 식사 준비를 맡았다. 나는 곰팡이 핀 목재 냄새가 나는 이 어둡고 나지막한 방들이 어머니에게 위안을 줄 수 있는지, 어머니를 엄습한 환각들 주위에 건드릴 수 없는 어떤 틀이 있는지, 혹은 답답한 이 방들이 어머니를 더욱 불안하게 하는지 말할 수 없었다. 우리가 어머니와 함께 식탁에 앉아 있을 때면 때때로 어머니는 멀리서 누군가 말을 걸어오는 듯이 귀를 기울이곤 했다. 어머니를 괴롭히는 것 가운데 아무것도 우리에게 존재하지 않는다는 사실이 두려운 느낌을 자아냈다. 아버지는 마치 내 생각을 알아챈 듯이 브라트의 병원에서 진찰할 때에는 아무런 두뇌 손상도 확인할 수 없었다고 말했다. 의사의 설명으로는 언어 능력과 행동의 의욕을 잃은 것은 정신병리학에서 특이한 것이라고 볼 수 없으며, 언젠가 환자는 다시 저절로 말할 수 있으리라고 했다. 그리고 아버지는 벌써 어머니에게 신문을 읽고 뉴스에 주석을 달아주었다. 베를린에는 비가 온다고 하면서 아버지는 어머니에게 운터 덴 린덴 가의 반짝이는 아스팔트, 소련 대사관 앞으로 가는 자동차, 몰로토프[14]가 도착할 때 경례하는 의장근위병 등을 상상할 수 있는지 물었다. 당신도 라이프치히 가와 빌헬름 가를 떠올릴 수 있을 거야. 정부청사에서는 상세한 협의를 벌였을 테지. 루마니아를 독일에 병합하는 토론, 리벤트로프[15]가 발설한 유고슬라비아와 불가리아를 점령하려는 의도는 몰로토프 쪽의 엄중한 반론을 샀을 테고. 이 나라들을 침범하는 것은 소련의 세력권을 손상하는 짓일 테니까. 아버지는 독일 총사령관이 러시아 밀사의 거부 태도에 부딪치자 격분하는 모습을 상상할 수 있다고 말했다. 독일 총사령관은 큰 홀에 메아리치는 쉰 목소리로 영국은 이제 패전했다고 볼 수 있으며, 이 섬나라를 침공하려면 단지 남동부에서 행동을 취하기만 하면 된다고 단언했다. 소련은 독일을 유럽의 지배자로 받아들이지 않을 것이며, 그래서 아버지는 이 회담을 군사적 충돌로 귀결될 수밖에 없는 두 동맹 상대국 사이의 공개적 전초전으로 이해한다고 말했다. 보위에와 내가 이야기하며 함께 걷는 길들이 점점 늘어났다. 몇 주씩 중단되기도 했지만 대화는 연속성을 유지했다. 이러한 연속성은 늘 그대로인 환경 때문에 더욱 확연해졌다. 그사이에 겨울과 봄에는 헝가리, 유고슬라비아, 알바니아, 불가리아, 그리스 등이 무너졌다. 하지만 내가 그녀와 함께 부모님 댁을 떠나거나 브라트가 시술하고 있는 건물 옆 브라트의 하숙집에서 우중충

---

14) Vyacheslav Mihaylovich Molotov(1890~1986): 스탈린의 추종자로 1920년대부터 30여 년간 소련 권력 수뇌부에 있었다.

15) Jochaim von Ribbentrop(1893~1946): 나치 정치가로 1938~45년에 독일 외무상을 지냈으며 전후 전범으로 처형되었다.

한 시 외호 앞 도로로 그녀를 데리고 올 때면, 이 외호가 시장 쪽으로 구부러지는 곳이나 감자를 들여오고 담배와 아마 경작을 도입하고 이 도시에 최초의 매뉴팩처를 설립한 알스트뢰메르[16]의 동상 앞을 지나갈 때면, 또 성 안의 공원이나 서쪽의 구릉과 숲 지역을 향할 때면, 우리의 생각을 다시 이어가는 과정에서 전쟁터들은 이미 아무 실체도 없는 것이 되었다. 보위에는 어머니의 배경에 대해 좀더 많이 알려고 했다. 나는 그녀에게 베를린에 있던 우리 집과 우리가 살던 구역의 거리들을 묘사해 주어야 했다. 그녀도 베를린의 몸젠 가에 있는 셋방에서 1년을 보냈다. 매주 세 시간씩, 처음에는 신들러에게서, 다음에는 람플에게서 정신분석을 받았다. 그리고 이 의사들에게 진료비를 지불하기 위해 『에첼 안더가스트 *Etzel Andergast*』[17]를 힘들여 번역해야 했고, 울적해지기도 했으며, 보헤미아인들 사이에서 무위도식하기도 했다. 그녀가 묘사하는 1932년의 베를린에서는 내가 학창 시절을 보낸 바로 그 도시를 연상할 만한 것이 아무것도 없었다. 정신분석가의 소파에서 느낀 그녀의 경악, 로만 식 카페 안에서 속삭이는 소리들, 그녀를 사로잡았고 일단 그녀가 암시적으로만 포기한 열정 등은 급사이자 야간학교 학생이었던 나의 생활과 어떤 식으로도 관련지을 수 없었다. 그렇지 않아도 그 시절의 이미지는 내 머리에서 사라져가고 있었다. 보위에가 어떤 신화적 재앙이 닥쳐온다고 이야기했을 때, 싸움질, 포장도로 위의 핏자국, 날카로운 호각 소리, 경찰에 쫓기며 거리를 달려가는 부상자, 리프크네히트하우스[18] 앞에서 열린

---

16) Jonas Alströmer(1685~1761): 스웨덴의 농업 및 공업 개척자.
17) 독일 작가 야코프 바서만(Jakob Wassermann, 1873~1934)이 1931년에 발표한 소설.
18) Liebknechthaus: 독일 공산당(KPD)의 중앙당사. 1934년 2월 나치스에 의해 폐쇄되었다.

집회들, 소련 영화 플래카드들, 좁은 맥주홀에서의 회합들, 호단의 라이니켄도르프 강의들, 밤마다 주방에서 책 읽기, 세계혁명에 대한 희망, 돌격대의 소란한 행진들 등등, 이 모두가 함께 섬광처럼 떠올랐다. 우리는 스포츠궁전 앞에서 공산당 전단을 배포했었다. 그곳에서는 민족사회주의 시위가 열리고 있었다. 그 바깥에서 우리는 재빨리 전단을 배포하고 시위대에게 공격을 당하기 전에 쏜살같이 달아났다. 그 안의 소란 속에서 보위에는 아주 끔찍할 만큼 잔인한 예언을 음산한 이국풍의 예식처럼 경험했다. 그녀는 유대인들의 박해 범위를 아직 완전히 파악할 수 없었다고 말했다. 신들러는 유대인 혈통이었고, 여의사 람플은 유대인과 결혼했으며, 보위에의 연인인 마르고트의 어머니는 유대인이었지만, 보위에는 인종 박해를 이해할 수 없었다. 그녀는 종교들을 전혀 구분할 수 없었고, 모든 민족 신앙에서 단지 시적인 힘을 보았을 뿐이었다. 인종주의적 이념이 인간의 사유를 지배하고 그 때문에 다수가 아무 생각 없이 소수를 사냥하게 될 가능성을 그녀는 인정할 수 없었다. 국가 전복 전야에도 그녀는 민족 봉기가 다가오고 있다고 여겼고, 자신도 황홀경에 이끌려 들어갔다고 털어놓았다. 그녀는 자신이 맹목적이었다고 말했지만, 그녀의 책을 읽자 그녀가 분열된 세계의 묘사를 통해 그 시대를 온전히 인식하고 있었음을 알 수 있었다. 하지만 그녀는 베를린 경험이 그녀에게 소설을 쓰도록 자극했다는 생각에 반대했다. 오히려 그 소설은 이미 일찍부터 그녀를 사로잡았던 무기력 상태에서 유래했노라고 주장했다. 그녀는 베를린 체류도 정신분석과 마찬가지로 쓸모없었고 그래서 다시 좌절감에 빠지게 되었다고 말했다. 우리는 우리의 작업 조건들을 비교했다. 예전부터 그녀에게 글쓰기, 특히 시 쓰기는 그녀를 아래로 끌어내리려는 것을 극복하려는 시도였다. 그녀는 언제나 죽어가는 상태 속에서 환상들을 얻어내야 했다. 한 작품을 마무리할 수 있을 때면, 이로써 시가 적어도 어느 순간에는 외부 세계의 옥죄고 목 조르는 살인적 질서들보다 우월한 어떤 힘을 지니고 있다는 것을 증명할 수 있었다. 내가 처음 글쓰기를 시작했을 때는 아직 개인적 발언이 아니라, 어쩌면 언젠가 삶의 태도를 형성하게 해줄 자료 수집이 중요했다. 나는 공부를 하도록 고무 받은 적도 없고 공부하려면 언제나 장애나 방해 요인들과 맞서야 했다. 그에 반해 보위에는 교사로 비그뷔홀름 학교에서 보낸 1936년과 1938년 사이에도 시 창작을 계속할 수 있었다. 그녀는 불안정과 불안의 표현일 뿐이었던 시 창작에 사로잡혀 있었다고 말했다. 나는 언젠가 비그뷔홀름에서 로잘린데[19]를 방문했을 때 보위에를 만났다는 생각이 떠올랐다. 그녀를 병원 로잘린데의 침대 앞에서 보았다고 생각했다. 침대는 어스름 속에 있었으며, 어스름을 배경으로 보위에의 외투에 두른 노란 넥타이가 빛나 보였다. 그녀는 로잘린데 오시에츠키와 교분이 있었다고 확인해주었다. 보위에가 보기에 로잘린데는 시골 학교 교사와 결혼함으로써, 뿌리가 뽑혀 어디에도 속하지 못하던 상태를 극복했다. 자살을 시도한 한 환자의 병실에서 그녀를 만났다는 것이 기이하게 느껴졌다. 보위에는 자신이 천성적으로 쾌활한 사람이며 생명체와 결합되어 있다고 느끼고, 다른 사람들에게는 삶을 찬양할 수도 있었다고 주장했다. 학교 수업 시간이나, 어린 독자들을 위한 자작시 낭송, 혹은 문학과 예술의 문제들을 토론할 때면 줄곧 확신을 느끼게 되지만, 그럴수록 갑자기 주위가 암담해지며 더욱 견디기 어렵다고 그녀는 말했다. 여러 거리들을 지나며 걷는 동안 나는 내 작업 가운데 시적인 것에 대한 관념이 늘 모호한 상

19) Rosalinde von Ossietzky-Palm(1919~2000): 독일 작가 칼 폰 오시에츠키의 딸. 1935년부터 스웨덴에 거주하며 반역죄로 몰린 부친을 구하기 위해 노력했다.

태라고 말했다. 거리에서는 행인들이 숙덕거리며 낯선 두 사람을 돌아보곤 했다. 나는 글쓰기를 엄청나게 광범한 것, 무형식적인 것으로서만 생각할 수 있으며, 내가 중단할 수 없는 과정 속에 빠져들었다는 것을 알 뿐이고, 낮 시간을 조금 활용할 수 있을 뿐이라 아직 해결할 수 없는 어려움들을 겪고 있다고 말했다. 일단 시작한 작업을 중단하는 것은 일종의 폭력이었다. 나는 임금노동을 줄일 수단을 찾아야 했다. 글을 씀으로써 비로소 나는 육체적으로 마모되는 이 삶이 어떤 것인지 완전히 이해할 수 있을 것 같았다. 자신이 생산하는 것을 아무것도 차지하지 못하는 노동자로서 나는 글을 쓸 때 비로소 고유한 가치가 생겨나는 것을 깨달았다. 하지만 동시에 내 마음속에는 보위에가 창작 작업의 근본 특징이라고 생각했다는 일종의 불안도 떠올랐다. 그러나 나는 그것이 늘 위협적인 경제적 난관에서 비롯된 것이라고 보았다. 보위에는 결국 아무것도 유지될 수 없으며, 자신은 흘러가는 것에서 단지 불안정한 것만을 끄집어내서, 본질적으로 깨지기 쉬운 구성물들을 만들어낼 뿐이라고 되풀이해서 주장했다. 그녀는 개별적인 꿈들은 문체라는 수단을 통해 제어된다고 말했다. 그녀는 끊임없이 다듬는 문체 덕분에 무엇인가를 발견했고 남겼다는 환상을 얻을 수 있다는 것이다. 나는 문체란 변화하는 모티프들에 상응해 때로는 무미건조하고 사무적이며, 다음에는 감동적이고 전혀 예측하지 못한 것이기도 하는 등 일종의 자체 변화를 지칭할 수밖에 없다는 것 이상을 알지 못했다. 그것은 단지 지적인 노력을 통해서만 내가 브레히트를 처음 방문했을 때 감지했다고 여긴 어떤 단련을 통해서만 확정되는 것이다. 나는 내가 쓴 것을, 자유로이 지어낸 것들의 흐름이라기보다 일종의 논문으로 받아들이려 했다. 보위에는 다시 거부했다. 왜냐하면 완전히 독립적인 세계의 생성만이 우리에게 무엇인가 의미심장한 인상을 주며, 다른 것, 눈에 보이는 것은 그저 그 확고한 자리를 차지하고 있어서 그것을 모사하려는 모든 시도는 예술과 대립하기 때문이라는 것이다. 하지만 나도 내게 직접 나타나는 것을 쓰려고 하지는 않았다. 오히려 내 주위에는 다른 언어가 결여되어 있었기에, 의식과 문화적 자산들로 충만해진 상황을 우리가 쟁취하는 과정에 대해 쓰려고 했다. 보위에와 이야기하면서 이제 내게는 이 개념들이 우리의 굴욕 속에서 얻어낸 목표로 설정한 슬로건처럼 느껴졌다. 평생을 교육으로 보낸 그녀는 내가 말하는 그런 투쟁이 무엇을 뜻하는지 금방 이해하지 못했다. 그녀에게는 글쓰기가 설혹 어떤 동요를 수반하더라도 언제나 자명한 것이었다. 아주 어린 시절부터 그녀는 시인, 철학자, 음악가 들과 가까이 지내면서 그들의 생각을 메모하고 시를 썼다. 소설 『칼로카인』은 언어의 세계를 통과해온 먼 길의 정점이었다. 그리고 그 완성의 대가가 무능력 상태 속으로 추락하는 것이기도 했다. 그래도 그녀는 자신이 천직으로 삼은 바를 결코 회피하지 않았다고 할 수 있었다. 이제 우리는 우리가 예술이라고 칭한 것, 정의 내리기 그토록 어렵고, 그토록 수없이 진부한 이름들로 불려야 했던 이 방대한 것, 원시시대부터 존재해온 이 특이한 표현 형식과 대면하고 있었다. 그 표현 형식의 빛은 늘 지극히 고통스럽고 답답한 우리의 상황 속에 파고들어 와 있었다. 보위에는 그저 가벼운 스웨덴어 억양을 잠시 드러냈을 뿐 독일어를 완벽하게 구사하면서, 자신을 종종 예술이라는 이 계시 수단에 복무하는 사제라고 보았으며, 자신이 직면한 시험들은 일종의 종교적 과제로서 글쓰기에 접근하는 일과 관련된다고 설명했다. 그녀에게는 예술이 어떤 찬송가 같은 것과 결합되어 있었다면, 나는 예술에서 냉정하게 사용할 수 있는 어떤 수공업적 요소를 찾았다. 그녀의 우울증은 내적 갈등에서 야기되었지만, 나는 내 노동력을 싸구려로 공장에 팔아야 할 필요성에 짓눌렸다. 나는 시적 자율성의 기반인 자립성을 우리가 어떻게 만들어낼 것인지 물었다. 그리고 그녀에게 나의 출발점을 묘사해주고자 했다. 나와 아버지의 공통점은 한 공장에 묶여 있다는 것이었다. 우리는 이 기계 장치에 매달렸다. 우리는 그것을 증오했지만 그것에 의존했다. 우리는 그것에 꼭 달라붙어 있었지만, 그것은 우리와 완전히 무관하게 작동해갔다. 내가 원심분리기 공장 안에서 쓰레기처럼 내던져질 것을 항상 두려워하며 기어 다녔듯이, 아버지는 섬유인쇄소 안에서 지칠 대로 지쳐갔다. 주걱으로 진하게 솟아나는 물감을 지형 위에 발랐고, 물감이 스미는 금속 망사 부분들을 통해 천에 색을 입혔으며, 등의 통증을 느끼면서 틀을 들어 올리고, 40미터 길이의 작업대 위에서 마침내 직물이 수많은 색조들을 띠게 되고 견본이 찍혀 나올 때까지, 피스톤 위로 고착용 구멍들을 직물의 다음 반복 무늬에 압착시켰다. 이처럼 앞뒤로, 위아래로 움직이고, 그렇게 작업대를 따라 리듬에 맞춰 왼쪽에서 오른쪽으로 걷고, 다시 처음부터 움직이는 것이 아버지의 일과였다. 이 일은 휴식 시간 동안 푸르스름한 빛이 감도는 나지막한 방에서 어머니를 보살피기 위해 도로를 가로질러 달려갈 때에만 중단되었다. 나는 보위에게 계속 이야기했다. 이 끊임없는 곤궁과 가난이 어머니를 무기력하게 만드는 데 틀림없이 일조했을 것이다. 어머니는 일상의 힘든 일들을 겪으면서도 일종의 청결, 그러니까 명쾌하고 정직한 행동방식을 유지하려고 평생 노력했는데, 이제 어머니가 겪을 수밖에 없었던 굴욕들은 더 이상 견딜 수 없는 것이었다. 어머니는 틀림없이 자신이 더 이상 앞으로 나아갈 수 없다는 것을 깨달았을 것이다. 그런데 어머니에게 일어난 일은 반세기 동안 길을 닦아온 것이었다. 태어날 때부터 이미 어머니는 삐뚤어진 세계 속에 내던져졌던 것이다. 실어증에 빠지기 전에는 좌절하지 않으려고 몹시 긴장했었다. 내가 어렸을 때 어머니는 내가 스스로에게 믿음을 갖도록 해주고, 궁핍을 극복하도록 환상의 문을 만들어줄 수 있었다. 이제 우리는 주변을 한 바퀴 도는 동안 달베리 가까지 갔다. 이곳은 이 도시의 북쪽 경계선을 이루는 고지대 도로였다. 그 뒤로는 숲이 우거지고 절벽처럼 갈라진 언덕이 솟아 있었다. 그때 보위에가 갑자기 놀란 표정을 지었다. 주위의 도시와 바다와 언덕 들을 돌아보면서 그녀는 아무 악센트 없이 수용 능력에는 한계가 있으며, 이 한계에 도달하면 포기하고 희망을 버려야 한다고 말했다. 그럴 때에도 여전히 희망을 품고 있으면, 이미 끝장난 것이기 때문이라고 했다. 다음 몇 주 동안 나는 그녀의 말을 곱씹곤 했다. 3월 말에 다시 그녀를 보았을 때, 그녀는 부산스러울 정도로 활기를 띠고 있었다. 그녀는 어머니 옆에 앉아서 쉬지 않고 어머니에게 속삭였다. 그러면서 아이들 손처럼 작은 자신의 손으로 환자를 쓰다듬었다. 그다음 우리는 갈대가 무성한 미에른 만까지 갔다가 거기서 들길로 철로를 따라 베스트라 보다르네 마을로 산책했다. 산책 중 그녀는 그때까지 내게 말하지 않았던 것, 베를린에 있는 젊은 처녀와 그녀의 애정 관계를 모두 털어놓았다. 그녀는 자신의 연인 마르고트를 스톡홀름으로 데리고 온 뒤 부담을 느끼게 된 일이며, 심리학자로 브라트의 병원에서 일하다가 지금은 불치병을 앓고 있는 시인 나트호르스트와의 관계에 대해서도 이야기했다. 나트호르스트는 이 연상의 여자 친구 보위에에게 보호를 받고자 했지만, 보위에는 이제 더 이상 그 친구를 도울 수 없다고 했다. 마르고트에게 느끼는 책임감도 보위에를 무기력하게 만들었다. 그녀는 물론 몇 년 전에 마르고트를 구해주었다. 하지만 이는 이기심에서 한 일이었다. 당시에는 보위에도 유대인인 마르고트가 말살의 위협을 받는지 몰랐다. 그 처녀에 대한 보위에의 갈망은 곧 가라앉았다. 그녀는 자립적이지 못해 자신에게 부담이 된 이 동료에게 싫증을 느끼게 되었다. 마르고트는 이제 그녀에게 방해물이 되었을 뿐이었다. 그녀는 일을 위해 홀로 있는 것이 필요했다. 그녀의 말에 따르면 홀로 있다는 것은 죽음의 평온과도 같은 것이었다. 그녀는 마르고트를 프랑스로 보냈다. 몇 주도 안 되어 마르고트는 불안해하며 그녀에게 돌아왔다. 그녀는 마르고트에게 거처를 마련해주었고 공부하도록 도왔다. 그리고 그녀는 끔찍하게 뒤틀린 유년기에서 온 자신의 복제품 같은 마르고트를 밀쳐내고, 마르고트에게서 벗어나 세상과 동떨어진 알링소스의 은거지로 달아나야 했다. 여기서 그녀는 지난해 여름 쉬지 않고 단 하나의 영감에만 사로잡혀 책을 썼다. 그녀는 다시 놀라는 표정으로, 삶의 마지막 단계를 다룬 이 책은 아마 자신이 연인에게 저지른 살인을 정당화하는 것일 뿐이리라고 말했다. 그러고는 덧붙여 말했다. 나는 우리 모두에게 닥쳐온 그 냉기를 설득력 있게 묘사할 수 있었는지 도무지 알지 못하겠어요. 그녀는 내 어머니가 우리에게 표현할 말이 있다면 그게 무엇인지 알 것 같다고 주장했다. 그녀는 어머니의 마음속을 들여다보려고 애썼다. 모든 것이 우리 앞에 있지만, 그것이 항상 어머니에게서 미끄러져 달아난다는 사실 때문에 어머니는 미치게 된다는 것이다. 그녀는 어머니가 증인이므로 내가 어머니를 보호해야 한다고 말했다. 어머니는 진정한 파괴를 이해했기 때문에 아마 우리의 삶으로 다시는 돌아올 수 없을 텐데, 돌아오려면 어머니가 그 엄청난 일에서 관심을 돌리고 그것을 부정해야 하기 때문이라고 설명했다. 그러한 것들을 알면서는 결코 우리 세상에서 버틸 수 없기 때문에 어머니는 정신을 놓고 있다는 것이다. 그녀가 말했다. 당신들은 그분을 그렇게 놓아두어야 합니다. 그분을 깨우면 우선 그분의 정신이 광기의 파국을 겪게 될 겁니다. 나는 아직 보위에가 자신의 종말에 다가가고 있다는 것을 감지하지 못했다. 오히려 내게는 그녀가 전향 때문에 들떠 있는 듯했다. 그녀는 마치 내가 아니라 자기 자신에게 말하는 것 같았다. 다름 아니라 내가 그녀와 가깝지 않았기에, 또 내가 곧 사라지리라는 것을 알고 있었기에 그녀는 자신의 마음을 열 수 있었다. 그녀는 이제 혼자서만 헤쳐 나갈 수 있으며, 남의 도움은 모두 포기했다고 말했다. 이제까지는 늘 자기부정의 강압 아래 행동해왔다는 것이다. 그녀는 자신의 욕망을 부끄러워하는 것에서 벗어나기 위해 베를린으로 여행했지만, 그곳에서 오히려 더 깊이 자학에 빠지고 말았는데, 이는 여행 전에 이미 예상한 일이었다. 1928년과 1929년에 그녀는 『마의 산』[20]을 번역했다. 처음에 그녀는 생각해볼 만한 연애 이야기 때문에 이 책에 매료되었다가 문장들을 그 궁극적인 내용까지 철저히 연구하고 나서 혐오감에 빠졌다. 사랑의 기능들이 남성의 관점에서만 묘사되고 있으며 더구나 부드러움과 갈망이 여성에 대한 비하와 경멸로 갑자기 전도되기 때문이었다. 소설 끝부분에서 젊은 남성과 나이 든 남성이 함께 자신들이 사랑하는 상대를 비판한다. 그들은 좌절하면서도 자신의 남성적 우월성을 유지하며, 자신들이 함께 생각해낸 것을 여자 탓으로 돌린다. 즉 여자는 자신을 주도적이지 못한 수동적 존재로, 단지 대상으로만 느끼며 여성답게 아부에 약해 남자의 일차적 선택에 자신을 내맡긴다는 것이다. 보위에는 남자와 함께 살면서 느끼는 완벽한 수치감과, 남자가 여성의 이미지를 만들 때 그 말로 다 할 수 없는 오만을 갑자기 명확하게 깨달았다고 말했다. 그런데 수많은 여자들이 그런 이미지를 받아들일 수밖에 없는 것으로 여겼다. 그녀는 역겨워하며 번역 작업을

---

20) 독일 작가 토마스 만이 1924년에 발표한 장편소설.

마무리했다. 그러고는 남성의 억압에서 벗어나려고 노력했다. 이때 그녀의 결혼도 깨어지게 되었다. 베를린에서 받은 정신분석이 비록 충분한 것은 아니었지만 그래도 오래전부터 존재해왔으나 되풀이하여 억압해온 성향, 즉 남자와 함께 있으면서 찾지 못한 헌신성을 한 여자와 나누겠다는 자세를 인정하게 된 점은 적지 않은 성과였다. 하지만 그 후 그녀는 다시 내적 갈등으로 무기력해졌다. 그녀는 두들겨 맞고 복종하도록 교육받은 병적인 처녀 마르고트와, 모든 선입견을 넘어서 공개적으로 결합하지는 못했다. 그들은 둘 다 이중으로 무기력하고 상처 받기 쉬운 상태에 빠져들고 말았다. 그녀가 말했다. 우리는 무기의 철커덕 소리와 명령 소리로 떠들썩한 남자들의 세계에 둘러싸여 있었어요. 그리고 그녀는 그 세계에서 비롯된 영적 황폐화를 자신의 소설에서 재현했다고 말했다. 하지만 그녀 자신이 그러한 세계에 그토록 매료되어 있었다. 그녀는 자신이 파멸의 최면에 굴복해 스포츠궁전의 대중들 한가운데에서, 높이 뻗은 팔들의 숲에서, 팔을 치켜들던 순간을 잊어버릴 수 없다고 했다. 그녀는 이마에 흘러내린 검은 머리칼을 느슨한 손동작으로 뒤로 쓸어 넘기던 저 위쪽의 얼굴에 자신이 빠져들었고 그래서 열광의 무아지경에 동조했다는 것을 생각할 때면 언제나 부끄러워 죽어버리고 싶다고 고백했다. 작은 마을 베스트라 보다르네 아래쪽 해안에서, 아직 눈이 남아 있고 얼음 덩어리들이 쌓인 이곳에서 우리는 잠시 동안 베를린 가까이 가 있었다. 중대한 전환 이전의 베를린이었다. 그곳에는 이처럼 쉿쉿거리는 소리와 신음 소리가 있었고, 길모퉁이에서는 호각 소리와 금속성 발굽 소리가 났다. 그곳에서는 뭔가 약한 것을 찌르고 때렸으며, 이처럼 다가왔다 멀어져가는 헐떡임이 있었고, 그림자처럼 다가왔다가 쏜살같이 지나가는 것들이 있었다. 그러고는 비명 소리, 목소리들의 뒤섞임, 외침 소리 등이 처음에는 홀연히 나타났지만, 다음에 그것은 울부짖는 소리로, 요란한 폭풍으로까지 커졌다. 우리 둘은 그 생각을 떨쳐버렸다. 주변이 완전히 고요해서 우리는 귓속에서 피가 도는 소리를 들을 수 있었다. 그녀는 사랑 때문이 아니라 단지 쾌락의 충족을 위해 어떤 일을 하고 난 다음에는 이처럼 김빠진 느낌에 사로잡혔다고, 역겨움으로 일그러진 표정을 지으며 말했다. 육체는 정신적 힘으로 만들어진 모든 것을 무시하고 경멸하며 방탕하게 시(詩)의 성과물들을 찢어버렸다고 설명했다. 그녀는 자신의 책을 통해 이러한 간극을 넘어서려고 시도했지만, 이러한 시도는 좌절했고, 그 책은 그녀의 작가 생활을 끝장냈다. 그녀는 아니타 나트호르스트를 버리는 것이 아마도 자신에게 가장 어려운 일일 것이라고 말했다. 하지만 이 또한 곧 불가피해질 것이 틀림없으리라고 보았다. 나는 그녀의 말이 얼마나 유효한지 이해하지 못했다. 그녀는 무력해지는 그 여자를 몽상적으로 묘사하는 일에 빠져들었다. 하지만 동시에 어떤 적대적인 음조도 엿들을 수 있었다. 보위에는 독자적으로 남성의 주도권을 깨뜨릴 수 없었기에 나트호르스트를 존경하는 가운데 그녀를 남성적 권위를 가진 존재로 만들었다고 말했다. 나트호르스트의 아름다움에 대한 묘사는 내가 받은 인상들과는 어긋났다. 나는 나트호르스트를 몇 번 본 적 있었다. 그녀의 몸매는 거칠고 키가 컸으며 그녀의 얼굴은 보위에가 묘사하듯이 부드럽고 정신적이라기보다 둔하고 평범해 보였다. 그녀는 두터운 저고리와 넓은 바지를 입었고 커다란 장화를 신었으며, 브라트가 있는 곳의 여러 하인들 가운데 어느 하녀나 하인과도 같았다. 보위에는 우아한 곱슬머리라고 말했지만, 브라트의 수용소와 이제 급수장으로 개조된 구빈원 사이의 저택에서 머리칼은 엉성하고 뼈대는 굵고 앞으로 구부정한 그녀의 모습이 내 눈에 띄기도 했다. 그 저택은 무너지도록 방치된 상태였다. 높은 판자 울타리에 난 출입문 옆에는 비스듬한 지붕으로 덮인 창고로 들어가는 둥근 대문이 있었다. 창고에는 의사가 외부 환자들을 찾아갈 때 쓰는 자동차가 있었다. 차는 덜컹거리는 무개차로, 앞쪽에서 공구를 돌려 시동을 거는 것이었다. 창고에는 고풍스러운 마차도 있었는데, 시골을 다니느라 마차 바퀴에는 흙이 잔뜩 묻어 있었다. 마구간에는 이제 말이 한 필도 없었지만 여물통 주위에는 아직 말똥이 있었고, 벽에는 먼지 앉은 기구들이 매달려 있었다. 사다리 같은 계단이 방으로 나 있었고, 그 방에서 브라트가 환자를 상대로 정신분석을 했다. 그 아래에는 닭장으로 만든 칸막이 안에서 닭들이 꼬꼬댁거렸고, 기구들이 널려 있었으며, 나무둥치 위에 장작을 올려놓고 패기도 했다. 우리가 시내로 돌아가 진흙투성이인 이 저택에 들어섰을 때 보위에는 이 집을 두려워했다. 이 집은 서로 몰래 다가가기도 하고 정신과 의사의 방으로 몇 시간씩 사라지기도 하고 희망도 없이 다시 나타났다 방황하며 시간을 허비하기도 하는 망명자들이 모여 있는 곳이었다. 나는 자그마하고 가냘픈 보위에가 짧은 저고리를 입고, 이 농장에 서 있는 것을 보았다. 톱질을 할 때, 도끼로 나무둥치를 칠 때, 머리가 잘리게 될 닭들이 울 때, 그녀는 얼굴을 알아볼 수 없는 기이한 인물들 사이에 서 있었다. 어느 건강한 사내아이가 더러운 비옷에 허리띠를 두른 채 손도끼를 팔 아래 끼고 그녀에게 다가왔을 때, 그녀는 병아리를 한 마리 잡아서 두 손에 들고 있었다. 내가 그다음에, 그러니까 토요일인 4월 26일에 찾아갔을 때 어머니는 몹시 흥분해 있었다. 아버지 말로는 보위에가 사흘 전 잠시 부모님과 함께 있었는데, 주문을 걸듯이 어머니에게 이런저런 말을 한 뒤, 작별 키스를 하고는 사라졌다는 것이다. 실종된 그녀를 찾아 경찰, 민병대, 자원봉사자 등이 시 주변의 숲을 수색했다. 어머니는 허리를 똑바로 세우고 앉아 있었으며, 입술을 움직였고, 때로는 속삭이는 소리와 한숨 소리를 내기도 했다. 일요일에 나는 보위에와 함께 걸은 모든 길들을 되짚어보았다. 또 그녀가 갈 만한 오솔길들을 살펴보았다. 달베리 가까지 가보았다. 언젠가 우리가 가파르게 비탈진 곳 가장자리에 머물렀던 곳이다. 오후에 어느 농부가 그곳 도시 경계선 근처 도로 위쪽으로 멀리 떨어지지 않은 산 위에서 그녀를 발견했다. 그녀는 떡갈나무 아래 이끼 긴 돌들 사이에 쪼그리고 앉아 있었다. 회색 모직 옷을 입고 니트 모자를 쓰고 있었다. 앙상한 관목 가지들 사이로 그녀는 붉은 저녁노을 속에서, 다음에는 보랏빛 안개 속에서, 마침내 어둠 속에서 반짝이는 불빛으로 점철된 그 아래 도시를 바라보았다. 그리고 등불들이 꺼지기 시작하자 그녀는 알약을 먹고 병의 물로 입을 헹궈 삼켰다. 목이 조여, 한두 알 이상을 삼킬 수 없었다. 점점 피곤해지자 그녀는 병의 물을 다 마셨다. 잔설에 묻힌 발이 차가워졌다. 살로니카에서 그리스 군이 항복한 그 4월 24일 밤에는 얼음이 얼었다. 그녀는 군대를 위해 가슴에 성호를 긋는 동안 병 속에 얼음이 생기는 것을 보았다. 전날의 추위가 가시자 곧장 봄이 찾아왔다. 우리 방의 창문은 열려 있었다. 나는 저녁 기차로나 스톡홀름으로 돌아가 역에서 바로 오전 근무에 들어갈 것이다. 우리는, 아버지와 나는, 보위에의 사망 소식을 들은 뒤 어머니 옆에 앉아 있었다. 어머니는 울기 시작했다. 하지만 원래 울 이유는 아무것도 없었다. 왜냐하면 어머니는 카린 보위에가 아직 살아 있는 것을 보았기 때문이다. 바윗덩어리들 사이의 땅이 솟아올라 갈라졌다. 그녀의 머리가 촉촉한 월귤나무 줄기 사이에서 떠올랐다. 머리칼 위에는 나뭇잎이 얹혀 있었다. 눈을 감고 눈썹을 떨고 있는 그녀의 얼굴은 위쪽을 향하고 있었다. 가늘고 흰 목, 어깨, 쇄골 들이 나타났다. 이제 그녀는 실뿌리들이 얽혀 있는 땅바닥에서 얼른 일어났으며, 두 손으로 양치식물과 툭툭 떨어지는 관목 가지들을 움켜잡았고, 구덩이 가장자리에 의지해 벌써 공중으로 솟아올랐다. 그녀는 몸을 뻣뻣하게 뻗은 채 불쑥 솟아나 거의 뛰쳐나오는 듯했다. 어머니는 그녀의 이가 서로 부딪고, 그녀가 온몸으로 떠는 것을 보았다. 하지만 그녀의 얼굴은 행복해 보였다. 어머니는 부활한 그녀가 회색 모직 저고리와 회색 치마를 입고 자기 옆을 지나가는 것을 그저 잠시 보았을 뿐이다. 그리고 자기 주위를 돌아보았을 때 똑같은 일이 사방에서 일어나고 있는 것을 목격했다. 도처에서 작은 언덕들이 위로 젖혀져 벌어졌고, 그곳에서 머리들, 어깨들, 상체들이 나타났으며, 이로부터 팔들이 뻗어 나왔고, 엉덩이와 다리가 그 뒤를 따라 나타났다. 어머니는 이 모든 이들 때문에, 무수히 많은 그 사람들 때문에 울었다. 그들은 시선이 닿는 한 땅에서든, 봉오리가 맺히고 꽃이 피는 나뭇가지에서든, 어디서든 떠올랐다. 얼굴은 창백했고 피부는 찢어져 종종 살인지 천인지 구분할 수 없었다. 그런데 그들은 모두 살아 있었다. 그들의 이는 서로 부딪쳤다. 그것은 귀뚜라미 소리처럼 끊임없이 나는 밝은 소리였다. 그때 살랑거리는 숨소리가 났고, 이것이 눈물에 젖은 어머니의 얼굴을 시원하게 해주었다. 어머니의 친구는 그녀 위로 사라져갔다. 이때까지도 어머니는 아래로 뻗은 그녀의 맨발 발가락을 보았다. 이제 그녀는 떠나갔다. 그러면서 그녀는 살아 있었다. 땅속에서 허공으로 솟아올라 멀어져간 모든 사람이 계속해서 살아 있듯이. 헐벗거나 겨우 옷을 입은 이 여인들, 갈비뼈가 불거지고 다리는 가늘어진 이 벌거숭이 아이들, 검은 얼룩으로 뒤덮이고 넝마로 둘러싸인 이 남자들, 이 모든 얼굴들, 눈을 꼭 감은 채 희미해졌지만, 말쑥하든 수염이 났든, 이들 모두가 살아 있었고, 모두가 숨을 쉬었다. 그리고 어머니는 내가 떠나야 했을 때에도 여전히 울고 있었다.

이제야 비로소, 그녀가 죽은 다음에야, 그녀의 책들을 연구하면서, 또 호단과 함께 그녀에 대해 이야기하면서 나는 그녀를 알게 되었다. 나는 그녀의 인격을 재구성했다. 반년이 넘도록 함께 오가고도 그녀가 점점 살아 있는 사람들에게서 멀어진다고 의심해본 적은 없었다. 호단은 그녀가 수없이 자살을 시도했으며, 원래 그것은 이미 오래전부터 그녀가 친구들과 교제하는 형식이었다고 해석했다. 그녀는 자신을 붙잡아주지 않으면 가버리겠다고 위협해 사람들을 자기 쪽으로 끌어당겼다는 것이다. 호단은 그것을 협박이 아니라 일종의 극단적 생활 태도라고 부르고 싶어 했다. 그는 그녀가 이런 태도로 동료들이 줄 수 없는 어떤 것을 동료들에게 요구했다고 보았다. 그는 그녀가 매일 밤 먹는 수면제를 빼앗으려 했으나 실패했다. 예전에 그녀가 아직 학교에 있을 때는 잠들 때까지 여자 친구가 침대 머리에서 기다려야 했다. 나트호르스트와 브라트도 언제나 그녀에게서 약품들을 찾아냈을 것이다. 하지만 처음에는 아직 구조 요청이었던 단계에서 매번 더 밀려가 그녀는 결국 결정적인 상황에까지 도달한 것이다. 호단은 죽음의 유혹이 일종의 습관처럼 될 수 있다고 설명했다. 그녀가 이미 그토록 가까이 다가갔던 죽음에 언젠가는 완전히 자신을 맡겨야 한다는 일종의 병적 욕망을 느꼈을 수 있다는 것이다. 그래서 종말을 향한 동경이 구원을 바라는 희망을 능가했다는 이야기였다. 나는 그녀가 나와 대화를 나누면서 표현했던 것 가운데 미처 해석하지 못한 것이 있다는 생각을 떨칠 수 없었다. 우리가 함께 있는 동안 나는 눈앞에 나타나는 것에 만족했었다. 그녀의 태도, 표정, 나를 향해 몸을 돌리던 그녀의 방식, 내가 그녀의 마음에 남긴 인상의 반사, 그리고 의사소통 수단인 언어에서 감지할 수 있었던 것, 정보들, 음높이, 휴지부 등이 그런 것이었다. 이 모두는 언제나 친구들과 나의 교제를 규정했다. 우리는 특정한 외부세계에 함께 존재했으며, 함께 이 세계를 계몽할 수단과 방법을 찾으려 했다. 나는 어머니의 삶도 언제나 우리의 생활권에 포함시켰다. 어머니의 마음속에서 일어나는 일을 우리가 이해할 수 없을 때도 그랬다. 아무튼 나는 어머니의 유래를 알았고, 어머니는 내 마음속에 자리 잡고 있었으며, 어머니가 우리 가까이 머물 수밖에 없다는 생각 말고 달리 생각할 수 없었다. 그러나 보위에와 말할 때면 나는 점점 더 멀리 떠밀려가는 사람을 상대한 셈이었다. 내가 이성에 호소하면 그녀는 종종 답답하고 파괴적인 것이라고 물리쳤다. 하지만 그녀가 생각했던 것은 정치 지도자들이 내세우는, 굴복을 인정하는 데에나 쓰이는 가짜 이성이었다. 그녀는 그런 이성이 자신의 충동들을 질식시키고 외적 지배 구조를 유지하는 것이며, 시의 근원을 이루는 모든 것과 대립할 수밖에 없다고 보았다. 그녀는 한때 학생운동인 클라르테[21] 출신으로 사회적 갈등에 자기 나름의 입장을 취하면서 선동에 관여했으며, 사회적 투쟁에 참여하기도 했다. 그러나 그 후 당 권력의 영향력에 직면하자, 그녀의 내면에 여전히 존재하던 불가침의 영역으로 물러났다. 그리고 그것을 근거 삼아 아직 그녀에게 남아 있던 에너지로, 그녀의 극히 개인적인 생각과 느낌까지도 잘라내려 드는 간섭을 거부했다. 그녀는, 내가 현실에 충실한 증거 자료에서 출발해 생각한 것처럼, 시간이 지나도 조명될 수 없을 어떤 미로들 속에서 길을 잃은 것이 아니었다. 오히려 그녀는 자신의 책 『칼로카인』에서 이미 심각하게 일그러진 현실의 상상 가능한 마지막 전개 과정에 몰두했으며, 우리가 자체 보존 충동 속에서 감히 간파하지 못

---

21) Clarté: 프랑스 평화주의자 앙리 바르뷔스Henri Barbusse가 주도한 운동. 보위에는 한 때 이 운동의 총서기 역할을 맡았다.

한 모든 것을 직접 눈앞에 존재하는 어떤 것으로 만들었다. 보위에는, 이 온화한 동지, 눈에 띄지 않는 외모와 나이의 이 음울한 자아는, 두 개의 강력한 집단으로 나뉜 무자비한 세계를 묘사함으로써, 작가가 되려는 젊은 노동자의 이론적으로 구성된 삶 전체를 넘어서버렸다. 그녀의 표현들 가운데 내게는 때때로 정신의 산물에 지나지 않는다고 여겨졌던 것, 감정에 치우친 것으로 보였던 것이 나의 합리적 체계를 흔들어놓았다. 우리는 글쓰기에 대해 말할 때 서로 어긋나는 이야기를 했다. 그녀는 자기 세대의 스웨덴 문학 작품들을 읽도록 나를 자극했다. 나는 그 작품들 속에서 그녀와 유사한 것들을 수없이 보았다. 하지만 그녀의 마지막 책을 반복해서 읽으면서 비로소 나는 그녀가 말하고자 했던 것이 무엇이었는지 알 수 있었다. 그녀가 묘사한 것은 내가 생각했던 것처럼 유토피아가 아니라, 현재적인 것의 탐구였다. 외견상 우리 현실에서 멀어지게 만드는 시간 이동이 외려 현존하는 것을 보여주는 식이었다. 그녀가 마음속에 담고 있던 책임감은 성적 갈등보다, 국가가 살인 기구로 변하는 것을 막지 못한 인간의 무능력에 가담했다는 사실과 더 관련 있었다. 오랜 전쟁 이후 표면상 차이 나는 두 제국이 공존했다. 하지만 그 차이는 군사적 비중의 변화에서만 찾을 수 있었다. 확연한 경쟁 관계는 단지 군사력 증강을 초래하는 데 기여했을 뿐이다. 양측 지휘부의 눈에는 적을 타도할 적절한 시기를 찾는 것만이 중요했다. 고도의 경계 태세 속에서 이루어지는 상호 감시의 긴장 상태는 지금 상황과 똑같았다. 하지만 이런 상황에서 우리가 좋아하는 쪽이 승리할 가망은 전혀 없었다. 이제 선택의 가능성, 심지어 구분의 감각조차 완전히 사라지게 되는 미래를 바라보게 되었다. 이런 눈으로 보면 모든 사상적 활동이 끔찍한 상호 테러로 인해 암울해질 것이다. 절망 속에서 살고 있는 이 연대기 서술자는 자유에 대한 기억의 잔재들이 질식될 수 없다고 믿었다. 하지만 그는 두 제국을 하나의 단일한 권력으로 통합한 이웃 나라의 전격전 이후 야만성이 배가되어 이러한 꿈의 불씨도 사그라졌음을 깨달을 수밖에 없었다. 호단은 우리의 가장 끔찍한 두려움을 표현하는 보위에의 능력을 부정하려 하지 않았다. 하지만 이 고통스러운 진리 추구의 종말은 우리 자신의 의도와 모순되는 것이었다. 그가 말했다. 실천적인 심사숙고에 따라 행동하도록 배운 탓에 우리는 또한 우리와 교류하는 사람들을, 영향을 끼치고 변화를 초래할 수 있는 정치와 관련지어서 보려는 경향이 있지. 하지만 우리는 완전히 낯설고 법칙도 없는 영역들 속에서 갑자기 충돌하는 것을 피할 수 없어. 우리는 이 지옥에 대해 아무것도 알려 하지 않아. 그곳에서는 우리 힘이 소진될 테니까. 우리는 식별할 수 있는 것에 매달리고, 직접적인 위험을 이겨내기 위해 서둘러서 당면한 문제들에 대해 재빨리 결론을 내려야 하고, 일시적 구호들에 만족해야 하지. 이 경우 우리는 이런저런 오해를 감수하게 되는 거야. 우리의 재능은 일상적 문제를 대하는 우리의 태도와 관계되는 것을 임시변통으로 정리하는 데 족할 뿐이야. 감정의 사냥터에서 우리는 홀로 남게 되는 걸세. 우리는 도덕과 윤리를 외적 관계들의 차원에 옮겨놓음으로써 우리 행위에 책임성의 외관을 부여하지. 어디서나 파열과 분열이 등장하면 우리는 책임을 서로에게 떠넘겨버린다네. 우리가 무기력한 자, 무지한 자, 괴로워하는 자, 장애인으로 서로 만날 가능성 같은 건 남아 있지 않아. 그는 계속 말했다. 보위에가 옳았어. 구제불능의 이성으로 날조된 이 삶에 그녀는 동조하지 않으려고 한 거야. 그 때문에 치른 대가는 절망적인 상황 속에서 파멸하는 것이었지. 호단은 기침하고 웃으며 다시 말을 이었다. 우리는 이런 도덕, 이런 윤리에 매달리지. 그것이 우리의 불안과 의심 속에서 얻어낸 최고의 것이기 때문이야. 우리가 움직이고 있는 표면 영역은 피부처럼 얇은 것이지만, 그곳의 공통점을 그 아래에 있는 충동과 갈망의 바다 모를 미로보다 더 선호할 수 있을 걸세. 우리에게는 우리를 스페인으로, 비합법 활동으로, 정치적 지하생활로 이끌어간 이 활동들밖에 없어. 그것으로 남들을 도울 수 있지. 그리고 이 빈약한 근거가 말이나 협상에 현혹되면, 그저 계산할 수 없는 것, 궤변, 낙담과 씁쓸함 속에서 사라지는 것만 남을 뿐이네. 하지만 그는 우리의 의도를 실현하기 위해 활용해야 하는 조직들을 더 이상 믿을 수 없었던 보위에를 이해한다고 말했다. 그도 오늘날에는 화합을 위한 제안들을 거의 볼 수 없다고 했다. 나는 보위에가 군중들로 넘치는 스포츠궁전 연단에 등장한 히스테리성 얼굴의 사나이에게 속았고, 또 너무 늦게야 그의 연설에 담긴 야비함을 파악하게 되었다는 그녀의 이야기를 호단에게 전했다. 호단은 우리들 가운데 많은 이들이 여전히, 꼭 결정적인 문제에 부닥칠 때 종종 아이들 같아진다고 말했다. 그는 우리가 어머니 가슴을 더듬은 기억에서 비롯된, 우리에게 더는 존재하지 않는 조화를 이루고자 하는 희망에 지배 받는다고 설명했다. 또 그는 우리 모두가 그렇듯이 보위에도 틀림없이 자신의 내면에서 어머니와 아버지를 찾았고 이들을 점점 더 아쉬워하면서 다른 인물들로 대체했다고 보았다. 그래서 그녀는 버림받은 수많은 사람들에게 당시 신의 계시처럼 나타난 존재에 사로잡혔는데, 이미 거창한 약속의 환상적인 면을 간파한 뒤에 그녀에게 그런 일이 일어났다는 것이다. 그가 말했다. 나는 우리 세대가 파시즘으로 인한 황폐화보다 소련을 사로잡은 재앙에 더 많이 규정되었다고 주장하고 싶네. 독일에서 나타난 현상은 우리가 처음부터 잘 알고 있었지만, 노동자 국가를 완전히 어린애처럼 믿으며 의지했기 때문일세. 독일의 권력에는 미리 맞설 준비를 하고 반격할 수도 있었고 또 도망칠 수도 있었어. 하지만 소련에는 우리도 관여했고 이제 독일과의 충돌이 점점 불가피해지는 지금은 여전히 소련을 지지할 걸세. 이상주의적 기대 속에서 소련과 결합되어 있던 고양된 분위기가 사라져 아쉬워하게 된 뒤, 그녀는 통제 장치의 속박에서 벗어나 독일에서 주저하지 않고 새로운 공동체라는 허깨비의 품에 안겼다는 것이다. 호단의 설명에 따르면, 그녀는 저항할 수 없었고, 사람들과 함께 환호성을 지를 수밖에 없었으며, 대중들과 하나가 되려 했는데, 그녀를 이런 방향으로 몰아간 것은 살려는 소망이 아니라 죽음 속에서 사라지려는 소망이었다. 왜냐하면 대중 속에 동화되는 것은 죽음 속에 동화되는 것과 같기 때문이다. 사람들은 죽음 속에서 서로 만나며, 죽음 속에서 모든 시대의 무수한 사람들이 모이고, 죽음 속에서만 인생의 무절제를 이해할 수 있다는 이야기였다. 이때 나는 어머니가 보위에에게 어떤 의미를 지녔었는지 생각해보았다. 어머니는 그녀에게 무한성과 초시간성을 추구하는 감정을 일깨워주었다. 그 속에는 예전에 살았던 것, 앞으로 살게 될 것 모두가 현존해 있었다. 그리고 이것이 그녀에게 작별의 동기를 마련해주었다. 그녀에게는 다른 것이 더 이상 아무것도 남아 있지 않았다. 그녀는 난관을 해결하기 위해 모든 가능성을 모색했다. 개별 인간에게 접근하는 것은 더 이상 자연스럽지 못했을뿐더러, 일련의 생체 해부가 될 수밖에 없었으며, 어떤 애착도 갖게 해주지 않았다. 왜냐하면 누구를 상대해도 안심해서는 안 되었기 때문이다. 가장 가까운 사람이 부지불식간에 배신자가 되었기에, 어떤 생각의 단편을 흘리지 않도록 모든 사람을 경계해야 했다. 그녀에게 그처럼 엄격한 본색을 드러낸 국가 체제가 누구에게서든 마지막 비밀까지 캐낼 수 있는 진리의 혈청 칼로카인을 소유하게 된 이래, 사람들은 자신의 꿈 때문에 심판을 받기도 했다. 이 주사약의 사용은 법적으로 합법화되었다. 그리고 두려운 것은, 책 속의 일인칭 인물인 그녀가, 이 녹색 빛을 띠는 용액의 발명자라는 점이었다. 그녀는 알려는 욕구를 버릴 수 없었기 때문에, 또 생각의 통제에 만족하지 않고 자신의 내면에서 과거 언어의 흔적들을 생생히 유지했기 때문에 죽음을 택했다. 국가가 독재 권력을 행사하며 절대 순응을 요구하는 세계에서는 독자적 인식을 추구하려는 충동들이 더 이상 존재해서는 안 되며, 다른 삶의 형식들을 기억만 해도 유죄 판결을 받을 수밖에 없었기 때문이다. 날조와 허위가 최고의 진리라고 불리는 곳에서 진실이라고 할 수 있는 유일한 행위는 자살이었다. 끊임없는 발각 위험에 노출된 가운데 몇몇 사람들은 범죄를 저지르기로 결정했다. 세계대전 시대 이후 파묻혀 있는 문화를 기억하기 위해, 국가의 지배에서 달아나 외진 곳에서 살기로 한 것이다. 나는 보위에의 내면에서 예술적 표현의 추구와 동일한 진리 추구가 분열 되었던 마지막 해에 그녀가 어떻게 살아야 했는지 자문해보았다. 자기 자신에 대한 두려움을 그녀는 무자비한 외부세계에 떠넘겼다. 그녀 내면 의 진리는 견딜 수 없는 것이었다. 그것은 일종의 부정된 진리가 되어버 렸다. 화학 도시 4번에서 자발적 희생봉사를 취재하는 기자로 일하며 그 녀는 스스로 박해 대상이 되었다. 진리를 위해 투쟁하면서 점점 더 자살 하려는 결심에 빠져들었다. 하룻밤 내내 그녀는 사랑하는 동료 병사 옆 에서 혈청을 통해 강제로 그에게서 진리를 밝혀내려는 생각에 사로잡힌 채 누워 있었다. 이런 식으로 진리에 귀의하기 위해서였다. 그녀의 수수 한 모습은 가면이었다. 그녀는 자신의 세계에서 단지 평소와는 다른 눈 길만 보내도, 색다른 표정만 지어도 금방 눈에 띄는 데다, 불안을 드러내 는 것은 체포될 수 있을 만큼 위험하다는 것을 알았다. 어린아이 같은 그 여자는 이 지경에 이르렀다. 문학의 내적 언어가 더 이상 외적 생활

형식들과 결합될 수 없었으며, 예술의 절대적 자유에 대한 요구는 삶 속에서 실현 불가능해 무산될 수밖에 없었던 것이다. 이데올로기적 정치 조직인 당이야말로 인간을 완전하게 만들 도구라고 생각했는데, 오히려 국가 자체로, 불변적이고 결정적이며 화석화된 것의 본보기가 되었다. 예술과 대립하는 원칙, 견고하게 정립될수록 더욱 살인적인 것이 될 수밖에 없는 원칙이 된 것이다. 그리하여 마침내 어느 순간부터는 아무것도 존재하지 않게 되고, 여전히 시를 쓰려는 충동은 내면에서 소모되었다. 예전에 그녀는 다시 깨울 수 없을 정도로 그렇게 많은 약을 복용한 적이 없었다. 하지만 이번엔 아무도 자신을 찾지 못하리라 확신했다. 그리고 이번에는 더 이상 능가할 수 없는 최후의 행위에 대한 소망만이 일깨울 수 있는 기쁜 마음으로 잠에 빠졌다. 그녀는 방해받지 않고 여기 빙하 시대의 돌들 사이에서 사라질 수 있었다. 하지만 그렇더라도 우리는 아직 인간의 행위에 대한 우리의 이해를 심화하기 위해, 어쩌면 그녀의 선택을 암시해줄 몇 가지 성격적 특징을 발견할 수 있을 걸세. 호단의 말이었다. 그녀에게는 충동적인 것 자체가 이미 일종의 병이었다. 남성적인 것과 여성적인 것 사이의 경계선들이 그녀의 내면에서는 유동적이었다. 아니타는 모성적인 면을 구현했지만, 보위에에게서 달아나고 그녀를 거부하고 엄격히 대함으로써 어떤 남성적 인물이 될 수도 있었다. 동시에 아니타는 질투심으로 감시당하는 연인이었으며, 그녀 자신은 또한 브라트에게 구애했다. 하지만 브라트는 자신을 버린 아내를 다시 찾으려 했다. 유대인 처녀 마르고트는 보위에에게 가련하게 매달렸는데, 결국 보위에는 아니타와 의사 사이의 애정 관계를 상상만 했던 셈이다. 이것이 보위에가 태고 시대의 본보기에 따라 움직인 원무였다. 그녀의 성생활은 장애를 겪었다. 그녀는 여인으로서, 여성적 유기체로서 아무 기능도 찾지 못했다. 그녀의 지성이 이루어낸 해결책은 다시 그녀의 감각 앞에 제약으로 나타났다. 그녀는 자신을 정의하지 못했다. 베를린에서의 정신분석 때문에 너무 강렬한 힘이 작동하게 된 뒤, 그녀는 죄의식에 빠져 어떤 평정도 되찾지 못했다. 호단이 설명했다. 그 여자는 자신이 원했던 상태, 또 본질적으로 원래 그 여자 자신이었던 상태가 되어서는 안 된다고 자신을 저주했지. 자신의 열망에 완전히 자신을 내맡기는 대신 그 여자는 정상인들이 광기라고 여긴 상태 속에서 파멸을 맞았던 걸세. 그 뒤에 남은 것은 그녀를 도울 수 없다는 모든 이의 인식, 누구나 자기 자신의 삶에 대해 결정할 권리가 있다는 나트호르스트의 태연한 논평, 시골 의사의 단순하고 즐거운 휘파람, 그리고 내가 언젠가 하숙집에서 그녀를 찾지 못하고 엉뚱한 곳에서 그녀를 만났던 갑작스러운 기억 등이었다. 토요일 저녁이었던 그때 그녀는 플란 가로 향하는 길가의 무도장 마당에 서 있었다. 그것은 자갈이 박힌 흙 마당이었다. 사람들은 입구로 가는 계단 위로 몰렸고, 그녀는 옆으로 비켜서 있었다. 그녀의 표정은 절망적이었다. 그녀는 완전히 생각에 잠겨 있었고 나를 알아차리지 못했다. 아마 내가 누군지도 몰랐을 것이다. 나는 그녀에게 말을 걸지 않고 물러나, 그녀가 그 뒤로도 한참이나 거기 서 있는 것을 대문 밖에서 바라보았다. 이 모든 일을 어떻게 글로 다 쓸 수 있겠어요. 내가 호단에게 말했다. 그러자 그가 다시 웃으며 대답했다. 자네는 자네 작업을 위해 연필과 종이 한 장만 있으면 되지만, 내게는 거창한 진료 장비와 치료 도구가 필요하다네. 그리고 아무도 자네의 직업적인 손 운동을 방해하지 않지만, 나는 국가로부터 개업 허가를 받지 못하고 있단 말일세. 린드너 광장 앞의 신축 주택에서 지금 그가 자신을 닮아 눈이 까만 두 살배기 아들을 발치에 데리고 내 앞에 앉아 있듯이, 쿠에바 라 포티타 요양원과 빌라 칸디

다에서 나는 그가 상처 입거나 좌절한 병사의 침대 머리에서 무자비하면서도 주의 깊은 태도로 병사를 안심시키던 모습을 종종 보았다. 그는 언제나 하나의 논평이나 질문을 통해, 불확실한 것들을 인식하고 조망할 만한 맥락 속에 옮겨놓았다. 그는 장애인이 자신감을 유지하도록 용기를 다시 불어넣고, 불안과 모순들로 인해 우왕좌왕하는 사람들을 달랠 줄 알았다. 최상의 지휘자들이 전방에서 자제력과 확신을 통해 해낼 수 있었던 것을 그는 후방에서 인간의 나약함과 의심에 대한 지식을 통해 수행해냈다. 그는 마르카우어[22]에 대해 언급했다. 우리는 1938년 여름 그녀의 운명과 마주쳤다. 그의 말에 따르면 하마터면 그도 나중에 파리에서 뮌첸베르크를 덮친 동무들에게 총살당할 뻔했다. 이들 가운데 적어도 한 사람은 스톡홀름의 지하에 머물고 있었다. 아이가 일어나 비틀거리다 넘어지면서 엄마에게 안겨 옹알거렸다. 아이는 부모의 관심에 둘러싸여 자신의 세계를 발전시키고 자신이 발견한 것들로 가득 채울 것이다. 호단은 아이를 데리고 가는 아내를 부드럽게 바라보았다. 그리고 이제 그도 자신의 생각에 빠져 있는 듯해서 그를 바라보아서는 안 될 것만 같았다. 내가 시선을 돌리는 동안, 호단은 자신의 아내가 방금 떠난 방에 있었다. 그것은 오슬로의 필레스트레데에 있는 가구 딸린 방이었다. 벽들은 벽지의 풍성한 꽃무늬로 뒤덮여 있었다. 한 줄기 아침 햇살이 커튼 주름을 통과해 비쳐 들었다. 방 안에는 아직도 그녀가 있던 흔적이 남아 있었다. 호단은 공동체가 모두 해체된 다음 다시 한 번 결혼 생활을 하려 했다. 2년 전 2월의 일이었다. 그가 그 직전에야 알게 된 그녀는 스톡홀름으로 여행하기 위해 역으로 가는 길이었다. 그는 그녀를 따라가

---

22) 스페인 내전에 참전한 공산주의자로 여성해방적 관점을 지녔다. 당에 대한 비판적이고 무정부주의적인 성향을 드러내어 1938년 당에서 제거되었다.

려고 했다. 하지만 도시가 깨어나는 소음 속의 정글 같은 방에 혼자 앉아서 그는 밤중에 잊었던 병이 다시 덮쳐오는 것을 느꼈다. 그는 질식할 지경이었다. 주사가 있는 탁자까지 억지로 몸을 옮겨 자신의 허벅지에 바늘을 찔렀다. 나는 4층 창문을 통해 광장을 바라보았다. 광장에서는 어린 자작나무와 플라타너스가 바람에 흔들리고 있었다. 그다음 급경사진 도로 뒤로 육중한 교각들과 함께 트라네베리 다리가 솟아올랐다. 또 일련의 새 주거 구역들로 끝나는 드로트닝홀름 가 저편의 초원과 나무들, 스토라 에싱엔 섬 주위의 강물 위로 불빛들이 쏟아지며 스쳐가는 모습, 그리고 안개 속에서 사라져가는 멜라렌 호수 남쪽 연안의 공장들이 보였다. 호단이 말했다. 우리가 써먹을 만한 정치적 관념들에 다시 도달하는 데에는 수년이 걸렸어. 스페인에서 우리는 확신의 정점에 도달했는데, 여기서 그 특이한 열정이 사라져 가면서 결합이 서서히 와해되기 시작했지. 공화국 방어망의 붕괴를 우리는 막을 수 없었어. 그곳에 머물던 마지막 해에 나는 인민전선의 불가능성을 명확히 이해하게 되었다네. 이 통일전선은 너무 늦게 등장했거나 아직 때가 오지 않은 거야. 그것을 떠맡아야 할 사람들이 당에 대한 과거의 생각에서 벗어나지 않았기 때문이지. 그들의 경직성은 내가 처음에 믿었던 것처럼 전쟁의 무자비함이 아니라 이기주의와 거만함과 복수욕에서 나온 것이었어. 우리는 군사적 열세 때문이 아니라 그 때문에 패했지. 우리가 더 이상 서로 믿을 수 없었다는 것이야말로 힘을 잃게 된 이유일세. 도주 후 파리에서 다시 결합의 필요성을 논의했지만, 이는 그저 공개적인 당 정책을 요구한 사람들을 체포하고 끌고 가는 모습에서 우리 눈을 돌리기 위한 것이었지. 그는 그렇게 사태를 본다고 말했고, 나는 다시 그를 바라볼 수 있었다. 그는 독일과의 온갖 협상에 따라 스웨덴이 파쇼 유럽에 편입될 위험이 증대한 이래 자신에게는 단지 영국만이 남아 있다고 보았다. 그는 영국으로 이주하기를 희망했다. 한 달 전 이미 그는 런던에 있는 노르웨이 망명정부에 시민권 획득 청구서를 보냈다. 노르웨이 노동당과는 오래전부터 긴밀한 관계를 유지하고 있었다. 스웨덴에서는 결코 정착할 수 없었다. 여기서는 관청이 계속 트집을 잡았고, 의사회는 그를 욕보였다. 여기서 그는 자신의 능력으로 오테센 옌센[23]의 사무실에서 익명으로 조언 활동을 하는 것 말고 다른 어떤 일도 허용 받지 못했다. 그런데도 그는 1941년 4월 말 거의 평온하게, 아마 영국에서 긍정적인 답이 오기를 기대하면서, 혹은 아이를 보는 즐거움으로 활동했다. 스페인에서도 그는 그렇게 일할 수 있었지만 뒤로 물러나 자기 방에서 질식 발작을 일으키며 혼자 있곤 했다. 이제 그는 내 일에 대해 좀더 알려고 했다. 나는 아침마다 공장에서 일이 끝난 뒤 속이 텅 빈 상태로 글을 쓰려 책상 앞에 앉아 이미 날아가 버린 어제의 문장들을 찾아내려 애쓴다고 이야기했다. 그러자 그는 소재가 모든 외적 공격에서 벗어난 확고한 차원이 없다면 예술 활동은 전혀 생각할 수 없다고 말했다. 그렇지 않다면 늘 가난하고 비참하게 살아간 모든 이의 창작을 어떻게 납득할 수 있겠느냐는 것이었다. 그는 종종 예술과 문학을 불가능하게 만드는 것처럼 보이는 것이 실제로는 삶을 가능하게 하는 노동의 전제 조건이라고 주장했다. 나도 확실히 그렇게 느꼈다. 왜냐하면 몇 주째 아무것도 써내지 못하고 쓴 것을 되풀이해서 지우고 처음부터 다시 시작할 때에도 결코 낙담하지 않았기 때문이다. 나는 물론 아직 숙달이 덜 되었고 아직 호단이 말한 영역에까지 치고 들어가지 못했으며, 여전히 쓰레기와 진흙 더미 속에서 자료를 찾아내야

---

23) Elise Ottesen-Jensen(1886~1973): 노르웨이 및 스웨덴의 성교육자, 무정부주의자. 스웨덴 아나르코-생디칼리스트 조합의 일원이었다.

했다. 호단이 말했다. 아마 자네는 자신의 글쓰기를 전적으로 옹호하지 못하고, 글을 씀으로써 동료 노동자들을 괴롭힌다고 생각할 걸세. 그의 말이 맞았다. 공장에서 나는 지니고 다니던 노트를 남들 몰래 꺼내들곤 했다. 점심 시간에 하차장 뒤의 건물 맨 위층 식당까지 가려면 5분이 소요되기에 이를 포기하고, 보온병과 양철 도시락통을 들고 코를 찌르는 산 냄새를 맡으며 세면대 가장자리에 앉아 있을 때, 표제어들을 기록하는 것은 내게 주제넘거나 뭔가 추잡한 일처럼 보였을 것이다. 하지만 이때 나는 예전부터 육체적 활동과 지적 활동 사이에 어떤 단절이 생기지 않도록 노력했다. 그리고 공장과 조립장에서 기계적으로 이루어지는 것을 우리가 의식적으로 받아들여야 한다고 고집했다. 다름 아니라 우리가 억압받고 경멸받았기 때문에 나는 노동자 계급 출신 작가들이 쓴 책들에서 용기를 얻어 우리 작업장을 다른 여러 곳과 마찬가지로 하나의 교육 장소로, 공책을 펴는 것이 자명한 장소로 이해하려고 했다. 하지만 도대체 내가 거기에 무엇을 쓰느냐 하는 질문부터가 나를 두렵게 했다. 연구하고 계속 교양을 쌓으려는 사람은 자신이 다른 사람들보다 더 잘났다고 생각한다는 책망을 들을 것 같았다. 그리고 작업반장이나 기술자가 그런 질문을 할 경우, 그것은 버릇없는 거동 때문에 해고되거나 산업 스파이로 체포되는 것을 의미했다. 하지만 의식적으로 메모하는 일을 꺼리게 되는 것은 무엇보다 오랜 기간 순응해왔기 때문이라고 할 수 있었다. 이 순응 상태에서는 여러 가지 기술들의 친숙한 공동작업과 일상적인 일이 서로 의존하며 일종의 안도감을 주는데, 이런 안도감이야말로 우리가 잃고 싶지 않은 것이기 때문이었다. 이 독특한 태만은 전공 분야 모임에서 주석 주조의 안전 문제나 충분치 못한 시간급에 대해 논할 때의 격렬함과 모순되었다. 사람들은 축구를 할 때나 관심을 기울였다. 이때에는 무감각에 대한 거부와 남의 삶에 대한 모든 욕구가 이 기민한 재주를 향해 쏟아졌으며, 이렇게 허용된 잠깐 동안의 자유 속에서 자립성과 창의력에 대한 온갖 욕구가 불타올랐다. 그다음에 남는 것은 무자비한 수면 욕구뿐이었다. 하지만 얼마나 많은 이야기들이 말없이 삽, 집게, 수레를 써서 일하는 가운데에 숨어 있었고, 얼마나 많은 이야기가 피스톤, 벨트, 바퀴, 지레, 막대, 관, 통풍창, 샤프트 사이의 단조로운 운동들 속에 쌓여 있었던가. 이것들은 모두 이미 오래전부터 용기가 부족해 언급할 가치가 없는 어떤 것이 되어버렸지만, 내 글쓰기의 소재가 될 수 있었을 것이다. 그리고 누구나 그 속에서 자신의 처지를 변화시킬 힘을 인식할 수도 있었을 것이다. 다만 우리에게는 이 심층부를 파헤칠 시간이 없었다. 그리고 만일 내가 성급히 굴었다면, 불쾌감 때문에 비웃음이나 비난을 샀을 것이다. 그들에게 다가갔다가 자칫 밀정 의혹을 살 것이 두려워 나는 우리에게는 다만 공장 생활이 전부일 뿐이라는 완고한 생각을 극복하는 데 꼭 필요했을 질문들을 삼갔다. 그리고 로예뷔나 셀린과는, 한동안 침체해 있지만 새로운 조건 속에서는 정치력을 회복할 수 있는 세대들의 관리 경험에 대해서만 이야기했다. 이렇게 나는 무엇인가를 준비하고 무엇인가를 검토했다. 혹은 나의 무엇인가가 검토되었다. 그리고 그러한 것에 대해서는 어떤 모델도, 어떤 사용 지침도 없었다. 호단은 우리의 내면에 내가 신봉해야 할 새로운 인간 유형이 자리 잡고 있다고 말했다. 그리고 이 점을 이미 베를린에서 그가 도피하기 전에 우리에게 말하지 않았느냐고 물었다. 방 안에는 가구들이 넘쳐났지만 모든 것이 깨끗하게 반짝였다. 식탁에는 레이스 커버가 덮여 있었고, 소파에는 방석들이 가득 놓여 있었으며, 장식장에는 화병과 작은 인형들과 액자에 든 사진들이 빼곡히 차 있었고, 벽에는 온통 그림들이 걸려 있었다. 그는 버석

거리는 버드나무 의자에서 일어나, 외투를 걸치고, 베레모를 쓰고, 목에 목도리를 둘렀다. 그러고는 나를 따라 문 쪽으로 왔고, 집 뒤 산비탈 앞에 있는 녹지에서 산책을 하기 위해 린드너 광장까지 나와 함께 갔다. 말 오줌나무 숲 사이로 올라가는 오솔길에서 돌풍에 휩싸인 채 우리는 다시 보위에 이야기를 나누었다. 하지만 경기장 기초 건설 현장 옆에 버스 정류소가 있고, 그 서쪽 호안을 울브순다 호수의 거품 나는 파도가 때리는 골짜기 아래를 내려다볼 때, 우리는 돌풍으로 숨이 막혀 몸을 돌리고 몇 줄로 늘어선 사각형 건물들 뒤로 몸을 피해야 했다. 5층짜리 흰색 가옥들이 늘어서 있고 가끔 탑들이 끼어 있는 곳을 따라가면서, 우리는 다시 한 번 보위에의 행위들에서 현실 묘사에 기여할 수 있는 결론을 이끌어내려고 했다. 한쪽은 예술과 정치 생활의 극복할 수 없는 간극이라는 관념에 지배받았을 것이고, 다른 한쪽에게는 예술이 정치와 분리될 수 없다는 것이 적합한 설명일 것이다. 아마 이는 동일한 사태에 대한 상이한 견해일 뿐이었을 것이다. 외적 상황이 예술에 가한 압력 때문이 아니라, 외견상 흔들리지 않는 현실에 예술로, 그러니까 자립적 사고로 영향을 끼치는 능력이 훼손되었기 때문에 예술이 좌절했다고 생각하는 사람은 표면 영역에 머물기 위해 구명대 하나를 마련한 것이다. 반면에 보위에는 가능한 한 깊이 잠수하는 것을 그만둘 수 없었다. 호단이 물었다. 하지만 보위에가 모순의 끊임없는 도발을 받는 가운데 종합을 도외시하고 단지 역설만을, 그녀를 결국 좌절시킨 비극적 역설만을 보지 않았다면, 그 사람의 진리 추구는 어떻게 되었을까. 그는 기침 때문에 발작으로 몸을 떨면서 어느 출입문 안으로 뛰어들어가 손수건에 침을 뱉었다. 그리고 허파를 그렁거리며 보위에의 운명을 어머니의 운명과 결합하면서, 끔찍한 것은 두려운 모습들을 들여다보는 것이 아니라고 말했다. 이러한 것들은 무한히 계속되면서 점점 더 상상할 수 없는 잔인함으로까지 변해 갈 수 있을 것이다. 오히려 영원히 고정되어 있는 것, 이 거대하고 접근할 수 없는 질서, 어떤 불안 요인을 거의 내보이지 않는 것, 이 단순하게 그저 현존하는 것, 자명하게 계속 작용하면서 마침내 넓게 가지를 친 우회로를 거쳐 우리의 목을 조르고 우리를 말살하는 모든 것을 규정하는 것이야말로 끔찍하다는 것이다. 그는 계단 옆 벽에 기댄 채 반복해서 말했다. 끔찍한 것은 우리가 노력하면 볼 수 있는 두려운 것이 아니라 진부하고 빈틈없이 짜여서 움직일 수 없는 것을 인식하지 못하는 우리의 무능력이지. 그는 이야기하면서 아이들이 샛바람을 맞받으며 자전거를 타고 있는 신설 도로를 바라보았다. 이게 도대체 뭐겠어. 엄청난 양으로 우리를 혼란스럽게 하는 이 숫자, 지구상의 온갖 지역들을 지나 자신의 죽음을 향해 갔던 이 수많은 사람들, 그들은 원시시대부터 규칙에 속하지 않았을까. 이 무수한 대중들은 이해할 수 없다기보다 오히려 무의미한 존재 아니었을까. 그런 것에 익숙해지는 것이 이미 오래전부터 유전적인 것이 되었기 때문이지. 인류의 역사는 살인의 역사 아니었나. 예부터 강자들은 수많은 사람들이 죽어가는 과정에 약자들을 내맡겨놓았고, 수십만, 수백만 명씩 노예화하고 살육하지 않았던가. 아시리아와 이집트 왕국에서, 그리스와 마야 왕국에서, 최고의 지배권과 성스러운 영도의 요구를 내세우는 가운데, 대개는 신들의 명예를 위해 말일세. 종종 휴머니즘적이고 심지어 민주주의적인 견해들이 뒤따르기도 했지. 열등하다거나 무가치하다고 심판하면서 말이야. 기독교인들을 박해할 때의 로마인들, 바빌로니아인들을 말살한 페르시아인들, 페르시아를 침범한 아랍인들, 힌두교도들을 정복한 마호메트 교도들, 무어 족과 마호메트 교도들을 뿌리 뽑은 스페인인들, 종교재판, 무수한 민족을 희생시킨 식민주의의 엄청난 약탈 원정 등등은 언제나 정의로운 활동을 표방했지. 몰락해도 마땅한 어느 한 종족이나 종교에 맞서 다른 종족이나 종교의 우월성을 주장했던 거야. 살인자들은 언제나 두려움도 없이, 후회도 없이, 굴복한 사람들의 수난과 고통에 대한 일말의 감수성도 없이 행동하지 않았나. 그들은 황제들, 왕들, 제후들, 약탈자들, 재세례파와 편집증적 모험가들, 심지어 우리 당의 지도자들에게서 명령받은 바를 수행하기 위해 서둘러 대지 않았나. 그들은 언제 어디서나 수십만, 수백만 명을 증오해서가 아니라 그럴 수밖에 없어서 말살할 태세 아니었던가. 친숙한 일상 질서에 속하는 전쟁 혹은 성공하거나 실패한 혁명 이후의 말살들을 논외로 하더라도 이처럼 거만함에서 나오는 분노는 우리 삶의 구성 요소 아니었나. 중세 이래로 이단자이자 희생양이었던 유대인들이 이제 또 제거되어야 한다고 해서 우리가 놀랄 수 있겠어. 그는 진보라는 의미의 발전을 논할 수는 없으며, 기술적 성과에 대해서도 그다지 말할 것이 없다고 보았다. 판결 받은 사람들을 사자 앞에 내던지거나, 불길에 쑤셔 넣거나, 그들의 가슴을 찢고 살아 있는 심장을 끄집어내거나, 말뚝으로 찔러 죽이거나, 형차에 묶어 사지를 찢어 죽이거나, 화형에 처하거나 하는 것은, 그들의 목에 총을 쏘거나 기관총으로 끝장내는 것보다 더 번잡한 일이었다. 이제는 일이 좀더 빨리 진행되었지만, 일정한 양을 끝내는 데 하루 혹은 일주일이 걸렸든, 한 달 혹은 몇 년이 걸렸든 궁극적으로는 동일한 결과에 도달했다는 것이다. 돌아가야겠다고 손짓을 하면서 그가 주장했다. 이 땅을 이처럼 피로 적시는 일의 의미는 지배자들이 공동의 범죄를 통해 그 추종자들을 더욱 확고하게 자신들에게 결속시키는 것이지. 우리는 콘크리트 덩어리들 앞을 지나 다시 그의 집 앞 사각형 광장으로 올라갔다. 자작나무를 반사하는 유리창 뒤로 사라지기 전에 문 앞에서 그가 말했다. 지난 몇 년 동안 우리는 한 명의 독재자에 의한 인간 말살의 그늘 아래 있었지만, 이제는 다른 인물이 살인 행위와 관련해 저지른 일, 그리고 그 이전의 모든 것을 능가하는 듯해 보이는 일을 헤아려야겠지.


하지만 엄청난 인명을 학살하는 권력이 작동했다는 사실이 아니라, 그 속에서 몇몇은 이러한 행위에 맞서 활동할 수 있었다는 점이 본질적이었다. 또 이때 생각할 가치가 있는 것은 그들을 별로 알아볼 수 없다거나 그들이 그토록 눈에 띄지 않았다는 점이 아니라, 그들이 아무튼 존재했다는 점, 그들이 박해를 피했다는 점, 그들이 함정에 빠지지 않았다는 점, 그들이 서로 소통하며 공동으로 계획을 세우기 위해 은밀한 통로들을 찾았다는 점이었다. 이 순간 수백 명이 한 구덩이 안에 쓰러졌다는 점이 결정적인 것은 아니었다. 왜냐하면 이로써 그들은 이미 쓸모없게 되었기 때문이다. 오히려 결정적인 것은 몇몇 소수가 조직을 갖고 있다는 점, 작은 세포들이 이제 확대되리라는 점이었다. 중요한 것, 모든 것을 무색하게 만드는 것은 끊임없는 파열과 붕괴가 아니라, 굉음과 비명과 신음 소리 한가운데에서 견디려는 노력이었다. 되풀이해서 폐허 더미들을 치워야 했고, 작은 활동 공간을 만들어야 했다. 그리고 눈사태가 다시 밀려오고 땅이 울릴 때 그러한 것이 무의미해 보여서는 안 되었다. 왜냐하면 그렇게 보이면 이미 그 말살 세력이 그대 마음속에 침입해 들어와 그대를 벌써 굴복시켰을 터이기 때문이다. 상황이 지금처럼 이렇게 유리한 적은 없었다고, 어떤 손실도 적에 대한 승리를 막을 수 없으리라고 스스로에게 말하는 것이 필수적이었다. 하지만 활동의 안내자인 이성에는 많은 것이 모순되었다. 그는 자신의 숙소에서 스벤손이라고 불렸지만 진짜 이름은 지하의 가장 가까운 동료들만 알고 있었다. 그는 이 도시에 머문 이래, 저질러진 오류들을 분석해야 했다. 당시 각자는 자신이 할 수 있는 일을 해냈다. 여러 결함들을 추가로 계산해야 했다. 왜냐하면 이곳에 숨은 사람들은 제 나름의 약점과 부족한 면을 안고 있었기 때문이다. 하지만 저쪽 국내에 머문 사람들은 적을 쓰러뜨리기 위해 저항한 유일한 자들이었다. 그리고 그들은 각각 자신의 운동에서 서로에게 의지했다. 하지만 그들이 위치해 있는 영역이 좁을수록 서로 사이좋게 지내기가 어려워졌다. 그는 자기 앞에 있는 서류들도 알아보기 힘들 만큼 희미한 불빛 속에서 책상 앞에 앉아, 지난 모임 이래로 마음에 품고 있던 분노를 억누르려 애썼다. 그는 대화가 아무 성과 없이 진행될 때면 언제나 자신을 엄습하는 이 둔탁하고 묵직한 느낌을 입안과 관자놀이에서 맛보았다. 그의 머리는 마치 납으로 가득 찬 듯했다. 게다가 아이가 울고 있었고, 목소리들은 격하게 부딪쳤다. 그는 방문을 닫을 수 없어 화가 났다. 그는 연기로 둘러싸일 수밖에 없었다. 나무 파이프의 주둥이 부분을 빨았고, 톡 쏘는 맛의 연기를 뿜어냈다. 연기 때문에 기침을 했지만 미친 듯이 담배 연기를 뿜었다. 마침내 그를 중심으로 방 안이 온통 연기로 꽉 찼다. 그는 묘사와 설명을 위한 말들을 찾으려고 애썼다. 그가 창백한 손가락으로 들고 있는 아닐린 펜 끝의 글자들, 자극들은 그의 두뇌 창고에서 달아나고 있었다. 그는 힘줄이 솟은 하박부와 손의 발작적인 운동들이 선들 위에 전달되는 모습을 보았다. 선들은 갈고리로, 동그라미로, 곡선으로, 뾰족한 모서리로 변했다. 비록 그는 여기 고립된 상태에서 램프 아래의 희미한 불빛 속에서 한 민족 전체를 상대하고 있었고, 게다가 아직 독재를 무너뜨리고 평화를 쟁취할 수 있기를 기대하는 척했지만, 자신이 쓰는 것을 주제넘거나 교만한 것이라고 여기지 않았다. 그의 머리에서 손으로, 또 손에서 연필을 통해 종이 위에 흘러나오는 말들은 그에게 아직 낯설어 보일 수도 있었다. 하지만 그는 그것을 읽어가면서 관심을 쏟았다. 파이프를 문 잇새로 바람 소리를 내며 그것을 거의 열광적으로 읽었다. 누런 종이 위에 호소를 위해 정리된 것은 전수받은 생각으로 만들어낸 것이었다. 몇 년 전부터 그는 당의 언어를 관리해왔다. 구호와 결의들을 작성했고, 중앙위원회의 회의에서 자신의 생각을 다듬었으며, 주어진 지침에 순응했다. 내부 활용과 공중을 위해 규정된 것을 구분했다. 직접적인 통제 없이도 그는 이제 특히 꼼꼼히 규정에 따르겠다는 책임감으로 인해, 자신이 개인적인 생각에 굴복하려는 불안하고 심지어 망상으로까지 번지는 유혹에 빠지는 것을 감지했다. 극히 잔인한 폭력 아래 처해 있고 거의 10년 전부터 그릇된 교육을 받아 탈정치화되고 불안에 시달리게 된 한 민족이 언젠가 이러한 폭력에 저항할 수 있다고 주장하려면, 우선 사고 능력의 변화를 위한 증거들을 내놓아야 할 것이다. 또 그런 변화들이 지루한 계몽 작업 없이 어떻게 가능한지도 입증해야 할 것이다. 또한 당이 불가침조약에도 불구하고, 우호협정에도 불구하고, 파시즘과의 싸움을 중단하지 않았음을, 전술적인 이유에서 밝히지 않았지만 어쩌면 곧 공공연히 천명하게 될 경우, 이 또한 증명되어야 할 것이다. 왜냐하면 1933년 이전에도, 망명 기간에도 당은 이 투쟁을 성공적으로 수행하지 못했으며, 오히려 소홀히 해 스스로의 패배를 거들었기 때문이다. 어떻게 당이 민중 편이라고 주장할 수 있겠는가. 당은 불법적으로 겨우 생명을 연장하고 있었으며 당 자체가 도움이 아쉬운 상태였다. 새로운 당의 기반을 일단 만들어야 하지 않을까. 과거의 오류들을 일소하고, 이미 이룩한 것과 이룩할 수 있는 것에 대한 검증 바깥에 있는 것은 모두 포기해야 하지 않을까. 그는 동부의 확전 징후가 늘어나고 있는 지금 그러한 건설이 절실히 필요해졌다고 디미트로프[24]를 확신시켰었다. 그러나 소련 당 지도부는 아직 독일의 공격을 고려하려 들지 않았다. 그리고 현재의 관계를 방해할 수도 있는 모든 것을 회피하려 했다. 그는 국내에서 활동할 능력을 갖춘 사람들이 아직 수적으로 너무 적고, 테러 진압을 위해서는 군사적인 방법밖에 없다는 확신에서 출발했으며, 또 결정적 충돌에 대비해 소련이 스스로 무장되어 있다고 여길 수 있기 전에 우선 회복해야 할 뒤처진 부분도 인식했다. 그래서 그는 1930년대 말에 시작해 그 이래로 첨예화된 논쟁의 한가운데에 있었는데, 여기서는 자기 자신의 양심을 질식시키고, 서로 감시하고, 오로지 최고 기구의 의견만을 인정하는 것이 아직 중요했다. 연기로 꽉 찬 자기 방 안에서, 하지만 당장이라도 바깥에서 열어젖힐 수 있는 방 안에서 그는 코민테른의 사무실에서 벌인 토론들을 짚어보았다. 바깥 창문 아래에는 크렘린의 불그레한 요철 담장이 있었다. 또 그는 자신에게 맡겨진 과제를 떠올렸다. 그것은 이곳에서 여러 가지 불화를 초래했었다. 민족 문제를 떠맡고 이를 당의 이해관계에 알맞도록 조율하는 일, 또 다른 대표자들과 마찬가지로 자기도 거의 알지 못하는 어떤 민족, 각자에게 서로 일치할 수 없는 다른 관념을 일깨우는 어떤 민족에 대해 말한다는 것은 무모한 모험이었다. 확실한 보고자들을 지역에 파견해야 했고, 신뢰할 만한 상황 묘사와 미지의 그룹들에 대한 정보가 필요했다. 남쪽 지역은 두려운 영역이었다. 그곳에서는 아직 활동적이던 간부들이 사라지고, 밤낮으로

---

24) Georgi Mikhailovich Dimitrov(1882~1949): 불가리아의 정치가. 1935~43년에 코민테른 총비서로 일했으며, 1946년부터 불가리아의 수상을 지냈다.

무기를 제작하고 거짓말을 꾸미느라, 거창하게 짓밟고 으깨며 공포를 퍼뜨리는 거대한 사업으로 소란스러웠다. 그는 아직 그곳으로 여행하면 안 되었다. 그는 파리에서 필요했기 때문에 스페인행이 허락되지 않았듯이, 이때에도 자신의 위치에서 기존의 거점들을 조망하고, 동부에서 공격이 벌어질 경우에 대비해 접선을 유지하도록 외부에 머물라는 지시를 받았었다. 입안과 관자놀이의 압박이 심해졌다. 그는 자신이 활용할 수 있는 조력자들을 떠올렸다. 어떤 식으로 접선을 받아들여야 할지를 두고 토론할 때에도 모든 말을 검토해야 했다. 그가 조직 형태의 혁신을 생각하고 있다는 암시는 불신을 유발할 테고 즉각 고발 조치로 이어질 것이다. 저항 그룹들과의 동맹과 노동자당들의 공동전선을 이루느냐, 아니면 아예 노동운동을 하나의 통일정당으로 융합하느냐는 구분해서 생각해야 했다. 당이 이제는 분열의 시대로부터 교훈을 이끌어내야 하며, 제국주의에는 단지 통일정당을 통해서만 대응할 수 있고, 그런 정당이 없을 경우 이 전쟁에서 다시 자본이 우월한 위치를 차지하게 되리라는 주장은 친밀한 대화에서도 결코 말할 수 없었다. 긴밀한 관계를 복원하려고 주도하는 것이 배반으로 해석되지 않기에는, 코민테른이 두 정당 사이의 구분을 너무 고집했다. 모든 노동자를 위한 단일정당의 설립은 독립을 위한 노력과 같은 의미를 지니는 것이었다. 질식과 마취 상태가 그를 엄습했다. 그와 생각을 같이한 수많은 인물이 제거되었다. 당은 이제 지도 권력의 외곽 초소일 뿐이었다. 이것이 없다면 지도 권력도 존재할 수 없을 것이다. 또 지도 권력을 강화하는 데 당이 전력을 기울이지 않는다면 지도 권력도 결코 발판을 마련할 수 없을 것이다. 그는 서류 언어, 기관원의 언어를 속삭였다. 디미트로프는 스웨덴 지부장을 비판할 때 가족적인 태도를 취하지 말라고 그에게 권했다. 그래서 그도 지부장을 아른트[25]라는 가명으로만 불렀다. 중앙위원회에 소속된 그의 상대는 너무 서두르다 실패한 시도들만 아니라 자신이 코민테른 기관지에 기고한 글들의 민족주의적 어조에 대해서도 해명해야 했다. 편집자 로스너[26]는 그것이 용납될 수 없다는 점을 인식했어야 했다. 하지만 로스너를 주의력이 부족하다고 비난할 수는 없었다. 1년 반 전부터 숨어 지내며 여전히 유일하게 활동하는 인터내셔널의 기관지를 관리한다는 것은 충분한 업적이었다. 책과 신문으로 가득 찬 좁은 방에 은둔해 있는 로스너를 방문했을 때 그는 친숙함을 느꼈었다. 아른트는 서부 전투에서 승리한 뒤 독일군이 브란덴부르크 성문을 통과해 들어오는 장면을 묘사하면서 프로이센 정신의 옹호자가 되었다. 그는 명령받은 대로 제국주의 전쟁을 비난하면서도 군 질서에, 박자를 맞춰 굉음을 내는 제식 행렬에 경탄을 감추지 못했다. 그는 마치 목격자인 것처럼 암울하게 찡그린 병사들의 얼굴을 묘사하고는 계속되는 전쟁에 대한 그들의 분노와 외국 강제 노동자들과 그들의 연대를 표명했었다. 하지만 군복을 입은 노동자들에게서는 아무것도 기대할 것이 없었다. 그들은 1914년이나 1918년과 마찬가지로 1939년에도 명령에 따랐다. 그리고 자신의 지배자들을 향해 총을 겨누느니 차라리 총을 던져버렸다. 그는 전단으로 쓸 텍스트의 처음 몇 줄을 지워버렸다. 그도 이런 소망에, 당의 가설들에서 늘 반복되는 이 비

---

25) Karl Arndt(1907~1987): 본명은 메비스Mewis. 1924년 독일 공산당에 입당하고 1933년 이후 독일 및 망명지 비합법 독일 공산당 책임자로 일했다. 1939년 독일 공산당 중앙위원을 지내고 1942~43년 스웨덴에 억류되었다가 1963년 이후 주폴란드 동독 대사를 지냈다.

26) Jakob Rosner(1890~1970): 오스트리아 공산당원으로 1926년부터 디미트로프의 동료로 지냈으며 1939~43년 비합법으로 스웨덴에서 코민테른 기관지 『세계Die Welt』를 발행했다. 1945년 오스트리아로 귀환한 뒤 1951~65년 오스트리아 공산당 중앙위원을 지냈다.

합리주의에 빠져 있었다. 아마 그들은 그 때문에 그처럼 서로 부딪쳤으며, 전략의 모든 수단들을 심사숙고하고, 전략적 이익을 위해 그것들을 연구하고, 주어진 상황에 부합하지 않는 것을 폐기하고, 현재 현명하다고 여겨질 만한 것을 선택하는 등의 능력을 갖추지 못했을 것이다. 그는 두 손으로 이마와 관자놀이를 눌렀다. 그리고 관직을 얻기 위한 다년간의 경쟁과 자체 보존 충동 분위기 속의 불화로 인해 상호 관계들이 깨어졌어도, 서로 접근할 수 있는 통로를 찾으려 애썼다. 그곳에는 아른트가 뻣뻣하게 몸을 뒤로 활짝 젖히고 서 있었다. 어떻게 저런 자세를 취할까. 그러고는 불안정한 청록색 눈길을 그에게 던지며, 재빨리 뒤로 젖혔던 몸을 앞으로 굽혔다. 아무도 외부에서 자신에게 와서 지시를 해서는 안 되며, 아무도 자기만큼 독일 사정을 알지는 못한다고 말하는 듯했다. 아른트가 그에게 변명과 공격적인 태도를 보임으로써, 슈탈만[27]이라는 다른 인물이 스페인 전쟁 때부터 빨치산 지휘관이었던 슈탈만 자신에게 붙어 다닌 영웅적 명성을 입증하기는 어려웠을 것이다. 특히 당 재정 관리와 지하생활자들의 보호를 책임지고 있는 이 인물이 제기하는 막무가내식 용기 검증이 그에게는 몹시 거북했다. 하지만 정치국 사무소가 해체될 때까지 이 사무소의 한 자리를 놓고 자신과 경쟁한 이제까지의 조직가보다는, 설혹 서류에 이성적인 문장을 작성하지는 못하더라도 어느 부대든 전방에 붙잡아두었던 이 지휘관이 더 마음에 들었다. 로스너의 방 창문은 꽃무늬가 많은 커튼 뒤로 반쯤 열려 있었고 마당 둘레의 담쟁이

---

27) Richard Stahlmann(1891~1974): 본명은 일러Iller 또는 일너Illner. 1919년 독일 공산당에 입당한 뒤 1923년 소련에서 군사훈련을 받고 중국, 스페인 등지의 봉기와 내전에 참전했으며, 1940년 스웨덴에서 베너, 메비스, 로스너 가까이에서 비합법 활동을 했다. 전후 동독에서 보안업무를 맡으며 1966년 카를 마르크스상을 수상했다.

에서 나는 참새 소리가 창문으로 흘러들어왔다. 이 방에서는 긴장을 풀고 대화를 나누었다. 그의 일에 부담이 되는 갈등들을 암시하는 일은 거의 없었고, 모스크바에서 함께 보낸 기간이 화제일 때에는 솔직하게 이야기 했다. 그들은 상대의 속셈을 알아내기 위해서가 아니라 괴로운 문제가 있음을 서로 확인하기 위해 천천히 접근했는데, 이는 일종의 교제 형식이었다. 로스너는 거의 알아차리기 어려운 암시들로 이루어진 관용어를 구사할 만큼 코민테른 경험이 충분했다. 전문가들은 그러한 관용어를 통해 빗나간 견해라는 비난을 피할 줄 알았다. 그는 슈탈만을 주로 야외에서 만났다. 슈탈만에게는 방이 너무 좁았고, 또 감시자들을 더 쉽게 알아볼 수 있는 사방이 터진 곳을 슈탈만이 고집했기 때문이다. 슈탈만은 의욕이 넘치는 태도로 접선 장소에 어슬렁어슬렁 다가와서, 그를 도심의 유행 상점들 앞으로 끌고 갔다. 슈탈만은 감탄의 눈으로 쇼윈도를 보았다. 그가 큰 상점을 지나 함 가까지 배회하는 것을 그만두게 하기는 어려웠다. 슈탈만은 동행한 그를 기업체나 정부의 요원들이 드나드는 레스토랑으로 데리고 갈 수 없어서 실망스러워했다. 슈탈만은 식료품 카드를 넉넉히 공급받아서 이들 상점에 드나들 수 있었다. 그의 눈에 그곳은 이 도시의 거칠고 모험적인 풍경 가운데 일부였다. 또 큰 머리와 흰 머리가 조금 생긴 검은 머리카락, 넓고 육중한 어깨를 한 슈탈만은 모스크바에서 온 이 여행자가 찾는 외진 공원에서보다 군중이 가장 많은 그곳에서 오히려 눈에 덜 띈다고 확신했다. 하지만 몹시 대담한 본성을 지닌 슈탈만이, 비록 당을 구하기 위해 마지막 숨을 거둘 때까지 싸우겠지만, 베를린에서 당의 새로운 중심부를 건설하는 데 적합한지, 이를 위해서는 오히려 눈에 덜 띄고, 조심스러운 전술가가 필요하지 않을지 그는 자문했다. 그는 그 점을 인정하고, 자신과 같은 성격을 지닌 자만이 그런 사명을 떠맡을 수 있으리라고 확신했다. 허나 이제 그는 지부 지도부의 감독을 맡았다. 그는 디미트로프와 피크[28]의 지지를 받아 아른트와 부딪치게 된 것이다. 그러나 아른트에게는 아직도 중앙위원회에 동맹자들이 있었다. 그래서 아른트는 몇 가지 경솔한 처신을 인정하고 당장 이 특사의 계획에 담긴 오류들을 찾기 시작했다. 옆에 놓인 서류뭉치에서 그는 남아 있다고 여겨지는 당 세포의 정보가 적힌 쪽지를 끄집어냈다. 그것을 불빛 아래로 가져가 암호화된 이름과 자료들을 근거로 앞으로의 활동에 활용될 개요를 작성하기 시작했다. 큰 종이 위쪽에 그는 자신의 가명인 풍크[29]를 적었다. 그리고 그 둘레에 직선으로 사각형 모양의 테두리를 그렸다. 여기서부터 그는 한 묶음의 방사선 모양 괘선들을 아래쪽으로 그었다. 그는 1년 전부터 계획한 것들을 각각의 사각형 안에 집어넣었다. 1940년 3월 도표에서 에른스트라고 칭한 에메를리히[30]와 발터라는 가명의 할마이어[31]는 코페하겐에 왔다. 그들의 다음 여행은 점령으로 지체되었다. 사각형에서 다시 선이 그어졌다. 할마이어는 6월 덴마크 어선으로 킬에 잠입해 들어갔다.

---

28) Wilhelm Pieck(1876~1960): 독일 정치가. 사회민주당원으로 출발해 스파르타쿠스단과 독일 공산당 창당에 가담했으며, 1938년부터 모스크바에서 활동했다. 1945년에는 동독 통일사회당 공동대표를, 1949년에는 동독 수상을 역임했다.

29) Funk, 본명은 헤르베르트 베너Herbert Wehner(1906~1990): 1927년 독일 공산당에 입당해 1935년 소련에서 독일 공산당 중앙위원회 위원으로 선출되었으며 1937~41년에 코민테른 중유럽 비서국의 독일 공산당 대표를 역임했다. 1940년부터 스웨덴에서 활동하다가 1942년 체포되어 2년 5개월간 수감되었으며, 배신자로 몰려 공산당에서 축출되었다. 그 후 사민당에 입당해 1946년부터 서독에 거주하며 1949~83년 서독 국회의원을 지냈다.

30) Arthur Emmerlich(1907~1942): 독일 공산당원. 1933년 이후 저항활동에 가담했으며 1942년 체포되어 플뢰첸제에서 처형되었다.

31) Rudolf Hallmeyer(1908~1943): 독일 공산당원. 1933년부터 저항활동을 했으며 1940년 체포되어 1943년 플뢰첸제에서 처형되었다.

베를린에서 그는 갈[32]의 자리를 떠맡았다. 갈은 당 중심을 건설하는 임무를 받았으나 1939년 12월 체포되었다. 그는 갈의 둥글고 순박한 얼굴을 떠올렸다. 불법으로 독일을 지나는 여행길에 파리와 프라하에서 갈을 만났었다. 선반공 갈 외에 역시 금속노동자로 감옥에서 고문을 당하며 수년을 견딘 넬테[33]도 당 지도부에 가담했었다. 넬테는 갈과 함께 체포되었다. 그는 이마가 넓고 머리칼이 많이 빠져 거의 대머리가 된 갈의 깊숙한 눈에서 나오는 눈빛을 떠올렸다. 그 두 사람에게서는 그들의 운명을 포함하는 좀더 큰 사각형을 가리키는 선이 그어졌다. 파이프조립공 할마이어의 머리칼은 헝클어지고 귀는 삐져나왔다. 그는 1940년 8월 24일 체포되었다. 그로부터도 플뢰첸제 교도소를 나타내는 사각형으로 이어지는 선이 그어졌다. 에메를리히는 7월에 프리슬란트 쪽 국경을 넘어 시골길로 플렌스부르크로 갔다. 그것은 불필요한 위험을 자초한 행동이었다. 그곳에서 그는 베를린으로 가서 슈테펠바우어,[34] 글로거,[35] 그륀베르크[36]의 그룹에서 일했다. 서기인 그는 슈테펠바우어를 베를린 시절부터 알고 있었다. 콧수염을 기르고 코안경을 낀 이 신중한 천성의 중년 남자는 베딩과 오버쇠네바이데 지구의 학교에서 강의를 했다. 정상적인 상황에서 사

---

32) Willi Gall(1910~1941): 독일 공산당원. 1939년 체포되어 1941년 플뢰첸제에서 처형당했다.

33) Otto Nelte(~1941): 독일 공산당원. 비합법으로 『베를린 민중신문』을 발간했으며 1939년 체포되어 1941년 플뢰첸제에서 처형당했다.

34) Kurt Steffelbauer(1891~1942): 독일 공산당원. 1938~39년 베를린의 비합법 공산당 지역 지도자의 한 명으로 에메를리히가 1940~41년에 발행한 비합법 간행물 『적기』를 위해 일했다. 1941년 체포되어 1942년 처형당했다.

35) Johannes Gloger(1891~1942): 독일 공산당원. 지멘스 공장에서 기업체 세포를 구성할 때 참여했으며. 1941년 체포되어 1942년 처형당했다.

36) Alfred Grünberg(?~1942): 반나치 저항활동을 하다 1940년 체포되어 1942년 처형당했다.

는 이 공직자의 집은 4년 동안 밀사들을 위한 거점이었다. 에메를리히의 여행과 같은 시기에 하리Harry라고 적어놓은 슈메어[37]는 스웨덴 화물선 네스토르 폰 예테보리 호로 브레멘에 잠입했다. 그의 체류에 관해서는 아무것도 밝혀지지 않았다. 베버라고 불리는 비아트레크[38]는 중앙위원회 위원으로 1940년 봄부터 불법으로 코펜하겐에 체류하면서 출국할 기회를 기다렸다. 아른트는 그가 당 노선에서 벗어났으며 불가침조약에 대한 불만을 드러냈다고 비난했었다. 야코프라는 이름으로 불린 벨터[39]는 상위 서열 중 그와 가장 가까운 인물로, 1940년 4월 여행할 계획이었다. 하지만 그는 스웨덴 경찰에 발각되어 롱모라 수용소에 갇혔다. 그는 자르 지역 선거전에서부터 알아온 벨터를 석방시키려고 계획했다. 그의 눈앞에 마치 조각이라도 해놓은 듯한 벨터의 머리, 아주 잘 다듬은 모습이 떠올랐다. 인내심과 용기를 갖춘 벨터는 과제를 감당할 수 있을 것이다. 다만 그가 체포될 경우 독일에 남은 그의 가족에게 어떤 일이 벌어질지가 걱정이었다. 그는 벨터가 부모와 자매, 그리고 아내와 어린 아들에게 애착을 품고 있는 것을 알았다. 그다음에는 스벤이라고 이름 붙인 헹케[40] 차례였

---

37) Heinrich Schmeer(1906~1957): 독일 공산당 기관원. 1933년 체포되었다. 1938년 스웨덴으로 망명한 뒤 수차례 독일로 불법 입국했다. 1940년 체포되어 종신형을 선고 받고 1945년 석방되었으나 고문으로 장애인이 되었다.

38) Heinrich Wiatrek(1896~1945): 독일 공산당 간부. 1939년부터 스톡홀름에서 메비스와 베너의 동료로 일했다. 1941년 코펜하겐에서 체포되어 1943년 사형 선고를 받고 1945년 처형되었다.

39) Jakob Welter(1907~1943): 독일 공산당 간부. 1935년 이후 스웨덴에서 망명 생활을 하면서 1940년 공산당 예테보리 지역 그룹의 책임자로 일했다. 1943년 체포되어 사형 선고를 받았다.

40) Georg Henke(1908~?): 독일 공산당원. 제2차 세계대전 중 비합법으로 스웨덴에서 활동하다 1942~43년 체포되었으나 1946년 귀환했다. 1968~72년 주북한 동독 대사를 지냈다.

다. 그는 8월 초 스웨덴 선원 발스트룀[41]의 보호를 받으며 화물선 프레드만 호로 뤼베크로 갔다. 거의 한 달 동안 그는 베를린에 머물렀다. 커다란 사각형은 베를린을 나타내는 것이었다. 그것은 서서히 복잡해지는 거리들로 채워졌다. 집, 광장, 역, 하천 들이 생겨났다. 그림이 넘쳐나기 전에 그는 긴장으로 가벼이 떨면서 확인된 암호들을 적어 넣었다. 9월에 스웨덴으로 돌아올 수 있었던 헹케는 그에게 아직 활동하는 간부들의 소식을 전해주었다. 직업이 정밀기계공이었던 우리히[42]는 서기인 그와 대략 같은 나이였다. 그는 우리히의 친절과 솔직성을 기억했다. 우리히는 루카우 교도소에서 석방된 뒤 기업체 세포를 조직하기 시작했다. 기계 제작자인 자에프코브[43]는 풀스뷔텔과 다하우 수용소에서 5년을 보낸 뒤 1939년 6월 그와 합류했다. AEG 터빈 공장, 오버슈프레 케이블 공장, 오스람, 지멘스, 바마크, 브란덴부르크 모터 공장 등지에서는 그들과 가장 친밀한 남녀 노동자들인 메트, 플뢴, 리체, 지덴토프, 슈미르갈, 티피어[44]

---

41) Elis Wahlström: 스웨덴 선원. 제2차 세계대전 초기 헹케가 독일과 스웨덴을 밀항할 때 돌보아준 인물이다.

42) Robert Uhrig(1903~1944): 독일 공산당원. 1934년 체포되었다가 석방된 후 베를린 비합법 당 조직의 책임자로 일했다. 1942년 다시 체포되어 1944년 처형되었다.

43) Anton Saefkow(1903~1944): 1924년부터 독일 공산당원. 1933년 체포되어 2년간 수감되었다가 1939년까지 강제수용소에 수용되었다. 석방된 후 1941년부터 우리히와 일했고 그가 체포된 후 독일 공산당 베를린 조직을 책임졌다. 1944년 체포되어 같은 해 처형되었다.

44) Franz Mett(1904~1944): 독일 공산당원. 우리히/뢰머 저항 조직의 일원이었다. 1933년 루카우 수용소에 있다 1936년 석방된 뒤 베를린에서 비합법 공산당 지역지도부에서 비합법 기업체 세포 건설을 맡아 활동했다. 1942년 체포되어 1944년 처형당했다.
Fritz Plön(1906~1944): 스위스인으로 독일 공산당원이었으며 1944년 처형당했다.
Wilhelm Rietze(1903~1944): 독일 노동자로 반파쇼 투사였다. 1934년 체포되어 루카우 교도소에 3년간 수감되었다가 풀려난 뒤 우리히 조직에 가담했으며 1942년 다시 체포되어 1944년 살해당했다.
Fritz Siedentopf(1908~1944): 독일 공산당원. 반파쇼 저항 활동가였다. 베를린에서

등만 아니라 사민당 조합원들도 공조했다. 그들 중 한 명인 톰시크[45]는 사민당 지도부와의 접선을 주선했다. 그는 행동 통일을 위해 활동한 사람들을 나타내는 기호를 표시했다. 전직 국회의원인 레버[46]는 볼펜뷔텔 교도소 및 에스터베겐과 작센하우젠 강제수용소에서 4년을 보냈다. 하우바흐[47]는 이미 카프 폭동[48]에 맞서 싸운 반군국주의자로 2년 반을 에스터베겐에서 보냈다. 한때 헤센의 내무상이었던 로이시너[49]는 로켄부르크 교도소와 뵈르거모어 및 리히텐부르크 수용소에서 1년을 보냈다. 예나 민중대학의 교장으로 그도 알고 지내던 라이히바인[50]은 이제 마스[51]

  몇몇 반파쇼 그룹을 이끌었으며 1944년 처형당했다.
  Otto Schmirgal(1900~1944): 독일 공산당원. 프로이센 주의회 의원을 역임했다. 반파쇼 저항운동에서 공산당 세포를 이끌었으며, 체포된 후 심한 고문을 받고 1944년 처형당했다.
  Elfriede Tygör(1903~1944): 독일 공산당원. 반파쇼 저항 활동을 했으며 체포된 후에도 강제수용소 안에서 비합법 활동을 계속했다. 1944년 처형당했다.
45) Leo Tomschik(1903~1944): 오스트리아 출신의 독일 사민당원. 1938년부터 우리히와 긴밀히 접촉했다. 1942년 체포되었고 1944년 자살했다.
46) Julius Leber(1891~1945): 사민주의 정치가로 1933~37년 강제수용소 안에서 저항운동을 벌였으나 1944년 체포되어 1945년 처형되었다.
47) Theodor Haubach(1896~1945): 사회민주주의 성향의 언론인. 1933년부터 저항 활동을 했으며 1944년 체포되어 1945년 처형되었다.
48) Kapp Putsch: 극우파 정치인 볼프강 카프Wolfgang Kapp와 발테르 폰 루트비츠 Walther von Luttwitz가 바이마르공화국을 전복하려고 시도한 폭동. 노동자들의 저항으로 5일 만에 무산되었다.
49) Wilhelm Leuschner(1890~1944): 노조 지도자이자 사민주의 정치인. 1928년부터 헤센 주 내무상을 역임했다. 1933년부터 1년간 강제수용소에 있었고, 그 후 저항운동에 가담했다가 1944년 체포되어 같은 해 처형당했다.
50) Adolf Reichwein(1898~1944): 사회민주주의 문화정치가. 1930년대 초 사민당원. 할레에서 역사학 교수로 일하다가 1942년부터 저항운동에 가담했다. 1944년 체포되어 처형되었다.
51) Hermann Maas(1897~1944): 사회민주당 기관원. 저항운동에 가담했고, 1944년의 히틀러 암살단원들과 접촉했다. 1944년 처형되었다.

와 미렌도르프[52)]처럼 베를린 국립박물관에서 일했다. 그가 베를린에서 만났던 교사이자 기자인 지크[53)]도 『적기*Die Rote Fahne*』[54)]를 위해 글을 썼는데, 이제는 지하 신문을 준비하고 있었다. 이를 위해 그는 지크에게 자료를 보내려 했고 신문의 제호를 내부 전선Die Innere Front이라고 정했었다. 그들은 모두 합법적으로 시내에서 살고 있었다. 그들 가운데 지난날 국립극장의 연출자였던 요리사 쿠크호프[55)]는 선원으로 이미 1918년에 입당했다가 1920년대 말에 출당되었지만, 다시 당을 위해 일했고, 조넨부르크 수용소에 아홉 달 동안 잡혀 있다가 폐병으로 귀향 조치 받았다. 국민경제학자 하르나크[56)]와 그는 소련의 계획경제에 대해 토론했었다. 하지만 그에게는 영국의 문예학자인 하르나크의 부인과 괴테에 대해 나눈 대화가 더 선명했다. 언어학자인 구도르프[57)]는 교도소와 수용소에

---

52) Carlo Mierendorff(1897~1943): 사민주의 정치가. 저항운동에 가담했으며 강제수용소에서 폭격 중 사망했다.

53) John Sieg(1908~1944): 미국에서 출생해 1910년 독일로 이주했다가 1923년 다시 미국으로 돌아간 뒤 1928년 독일로 귀국해 저널리스트 겸 작가로 활동했다. 1929년 독일 공산당원이 되었고 1933년부터 저항활동을 하다가 1942년 체포된 뒤 자살했다.

54) 1918년 카를 리프크네히트와 로자 룩셈부르크가 발간한 스파르타쿠스단 기관지로 독일 공산당이 창설된 뒤 1945년까지 당 기관지 역할을 했다. 나치 집권 후 불법화되자 저항운동가들에 의해 지하로 유포되었다.

55) Adam Kuckhoff(1887~1943): 프랑크푸르트 예술가극장의 설립자. 저항운동에 가담해 비합법 신문 『내부 전선』 제작에 참여했다. 1942년 체포되어 1943년 처형되었다.

56) Arvid Harnack(1901~1942): 미국에서 경제학을 연구하고 1928년 독일로 귀국해 1930년 베를린 마르크스주의 노동자학교에서 강의하며 1933년부터 저항활동을 했다. 제국경제성에서 일하며 소련에 정보를 제공하다 전쟁이 발발하자 슐체-보이젠과 저항단체 붉은 예배당을 결성했다. 1942년 체포되어 처형되었다.

57) Wilhelm Guddorf(1902~1943): 문헌학자. 1922년 독일 공산당원이 되어 『적기』 편집에 참여했으며 1934년 비합법 활동으로 체포되어 루카우 교도소와 작센하우젠 수용소에 잡혀 있다 석방된 뒤 1939년부터 슐체-보이젠/ 하르나크 조직에서 활동했다. 1942년 체포되어 1943년 처형되었다.

서 5년을 보낸 뒤라 육체적으로 허약했다. 그는 풍크가 단지 별 하나로 만 표시할 수 있었던 조직의 중심 인물과 극히 긴밀하게 접촉하고 있었다. 그 인물로부터 내각, 고위사령부, 외교관, 고급장교 들로 선이 뻗쳐 있었다. 헹케의 보고로는 당의 경계를 넘어서는 관계들과 공동전선의 단초들이 있었는데, 이는 고무적인 일이었다. 그러나 통일에 대한 생각이 어느 규모냐 하는 문제는 남아 있었다. 도시의 들끓는 유기체와 비교하면 이 선과 매듭들의 거미줄은 빈약하고 무의미했다. 활동가들에 대한 그의 관념들은 도식적이었다. 하지만 가능성으로 남아 있는 것은 모두 그들에게 달려 있었다. 그들과 관련해서는 두 줄짜리 성격 묘사가 뜻할 수 있는 것 말고 아무것도 떠오르지 않았다. 그러나 빈약하게 줄을 긋고 관련을 짓는 가운데 이들의 얼굴이 밀려왔다. 종종 그들의 모습을 거의 알아볼 수 없더라도 그들은 생존하는 최상의 인물들이라고 할 수 있었다. 헹케의 인상들은 아른트가 제시한 것처럼 민중들이 전쟁에 지쳐 있다는 가정과 모순되었다. 그는 아른트가 안전이 검증되지도 않은 여행길을 제안하고, 또한 그에게 확실히 적의 통제 아래 있는 주소들을 추천한 것이 코앞에 다가온 내부 변혁에 대한 희망 때문이었는지 자문했다. 하지만 확실한 은신처도 없고 모든 정보를 신뢰할 수도 없으며 전달자나 조력자들의 반응도 계산할 수 없는 가운데 그가 어떻게 각각의 개별 사안들을 예견할 수 있었겠는가. 머릿속에서 그는 이미 희미해지는 아른트와 다시 논쟁을 벌이기 시작했다. 그는 체포된 뒤에는 아마도 변절자가 되었을 숄츠[58]를 방문하는 일을 헹케에게 맡겼다고 아른트를 비난했다. 또 왜 그가 역시 감시받고 있을 게 빤한 자신의 여자 친구와 만나지 말도록 헹케에게 조언하지

---

58) Gerhard Scholz(1903~?): 독문학자. 1933년부터 비합법 활동을 했으며 1936년 체코로, 1938년 스웨덴으로 망명했다가 구동독에서 독문학 교수로 재직했다.

않았는지 물었다. 그러나 자신과 예전부터 가까웠던 헹케가 스스로 겪은 일들을 이야기할 때의 평온함에 감명을 받으며 바나디스 공원에서 나눈 대화를 생각하자, 그는 그런 것을 도대체 계산할 수 있는 것인지, 각 개인이 매 순간 조심해야 할 뿐인지, 단지 각자가 자신의 본능과 주의력에만 의존해서 그래야 하는지 새삼 따져보았다. 그들이 눈 덮인 길과 목욕탕 건물을 돌아 나란히 걷는 동안, 1940년 늦여름 헹케가 잠입해 들어갔던 베를린이 밀려왔다. 불투명 유리벽으로 된 목욕탕은 바위벽 앞의 얼음 덩어리 같았다. 엄격하고 노련하며 세련되게 활동하는 연사인 헹케가 화물선 스크루통 속에서 왕복 여행을 했다는 것은 상상할 수 없었다. 그런 헹케가 그 도시에 대한 자신의 인상들을 말했다. 그 말을 들으며 동시에 그는 썰매 타는 아이들의 모습에서 모스크바를 떠올렸다. 하지만 모스크바는 무한히 멀리 떨어져 있었다. 이런 자각이 마치 충격처럼 다가왔다. 그는 스톡홀름에 있는 것이다. 공원 아래쪽에는 큰 도로가 호수 쪽으로 나 있었다. 그 위로는 언덕 꼭대기에 앙상한 나무들 뒤로 요새 같은 건물이 솟아 있었다. 헹케가 말하는 것처럼 거기에는 자그마한 망루탑 네 개와 해자가 있었다. 헹케는 숙소를 배당받지 못했던 처음 며칠 밤을 알브레히트 가의 기독교 수용원에서 보냈다고 했다. 프리드리히 가 역 근처였다. 식사는 철교 아래의 아싱어 식당에서 해결했다. 원탁 앞에 서서 소시지와 감자샐러드를 자판기에서 빼서 노동자와, 고용자, 제복 입은 군인 들과 팔꿈치를 맞대고, 자신의 박해자들 사이에 끼어서 먹었다. 그들은 그를 알아보지 못했다. 즉시라도 달아날 태세 속의 이 태연함, 그리고 이질적인 외모 때문에 자신이 노출될 수밖에 없으리라는 이 두려움이 헹케와 함께 걷고 있는 그에게도 전파되었다. 그리고 적지 깊숙한 곳까지 여행했던 그 자신의 체험과 뒤섞였다. 헹케는 누군가 말을 걸면 멍하니 피곤한 모습으로 야근 중인 척하고 재빨리 소시지에 겨자를 좀 쳐서 먹고는 맥주를 한 모금 마시고 떠나며 작별 인사를 던졌다. 육중한 이층버스들이 덜컹거리며 지나갔다. 그 후 그는 빠르게 적응해갔다. 때로는 적응이 너무 빨리 이루어졌다. 자신이 안전하다고 믿었고, 언어에 빠져들어 갔다. 아무튼 이곳 출신이었고 이곳 방언에 친숙했다. 그러다 마치 자신의 입으로 다른 사람이 말하는 것을 듣는 것만 같아 소스라쳤다. 이러한 분열은 위험했다. 그는 언제나 관찰해야 했고 남의 말을 들어야 한다는 것을 한순간도 잊어서는 안 되었다. 저기 눈 속의 아이들처럼 힘겹게 앞으로 나아가야 했다. 그러다 아무 힘도 들이지 않고 익숙하게 전격적인 전환 태세를 취한 채 길을 따라 내려가는 것이다. 루멜스부르크 지구의 별장 지대에서 그는 숄츠를 만나 슈메어와 할마이어에 대해 물었다. 슈메어는 자신이 감시당하는 것을 알아차린 뒤 도시 바깥에 머문다고 했다. 하지만 그는 위장 주소를 하나 받았다. 그곳에서 할마이어와 에메를리히에게 접근할 수 있다고 했다. 체포되었을 때 가혹한 고문을 당한 숄츠를 그가 중계자로 언급했을 때에는 즉각 은신처들을 바꾸었다. 여자 친구를 며칠 동안 잠복하며 기다렸다. 그녀의 일터 근처인 모렌 가와 샬로텐 가 모퉁이에서 마침내 그녀를 만났다. 그녀는 소스라치게 놀라며 그에게 당장 피해야 한다고 말했다. 그녀는 심문을 받았으며, 그자들이 슈메어의 사진을 보여주며 그를 아는지, 그녀의 옛 약혼자인 그에 대해 들은 이야기가 있는지 물었다고 했다. 아마 그들은 이미 그가 여기 있는 것을 알 거라고 했다. 그녀를 다시 보고 싶은 유혹 때문에, 잔다르멘 광장[59] 앞의 똑같은 모양을 한 두 성당 앞을 걸었다. 그녀를 다시 한 번 멀리서 바라보았다. 이 얼굴,

---

59) Gendarmenmarkt: 베를린 중심가에 위치한 광장. 오페라하우스 좌우에 프랑스 성당과 독일 성당이 있다.

파란 모자를 쓴 밀랍 같은 얼굴. 그러고는 전차로 브리츠 구역의 말히너 가까지 갔다. 슈메어를 아는 남자가 산다고 생각했던 집에 편지를 한 통 써서 한 사내아이에게 들려 보냈다. 그러나 그 남자는 거기 살지 않았다. 다음에는 넬테를 찾아 아들러스호프 구역으로 갔다. 금속노동자 넬테는 1933년에 곧장 감옥에 들어간 인물 중 하나였다. 그는 반쯤 죽도록 구타 당했으며 나중에 석방되었다. 그는 넬테가 살았던 거리로 갔다. 종종 그 곳에 갔었다. 그 집 문을 알아보았고 계단을 따라 올라갔다. 문패는 아 직 그대로 있었다. 초인종을 울리자 문이 열렸다. 여자가 벌어진 입에 손 을 갖다 대고 빨리 떠나라고 속삭이며 외쳤다. 넬테는 12월에 다시 감옥 에 들어갔다는 것이다. 나중에 다시 한 번 루멜스부르크로 갔다. 숄츠는 당혹스러워했다. 슈메어가 다시 체포되었으니 빨리 떠나라고 경고했다. 이 모두는 일종의 방황처럼 보였다. 하지만 그것은 특정한 전제 조건들 에 따라 통제되는 조사였다고 헹케는 말했다. 그는 부단히 옮겨가는 당 의 구성과, 모아비트, 노이쾰른, 샬로텐부르크, 리히텐베르크, 프렌츨라 우어 베르크 구역 등지 세포들 사이의 결합들을 꿰뚫어보고 있었고, 함 부르크와의 접촉에 대해서도 감을 잡고 있었다. 여기서는 야코프와 베스 틀라인[60]을 만날 수 있었다. 또 그는 슈탈만의 주소를 확인하기 위해 쾨 니히스베르크도 갔었고, 그곳 대학 학생의 서류를 갖추고 뤼베크로도 갔었다. 스웨덴의 믿을 만한 동료와 약속한 대로 만나기 위해서였다. 그 에게 스톡홀름 지부 지도부에 대한 임시 보고서를 넘겨주어야 했다. 그

---

60) Bernhard Bästlein(1894~1944): 독일의 정치가로 1912년 사민당에, 1920년 공산당 에 입당했다. 1923~31년 공산당 신문 편집인으로 활동했으며 국회의원으로 선출된 1933년 체포되어 1935~40년 강제수용소에 있다 석방된 뒤 공산당 비합법 조직을 책 임졌다. 1942년 다시 체포되었다가 1944년 탈옥했으나 같은 해 또 체포되어 처형되었다.

후 다시 베를린에 왔을 때 그는 이 수도에 자신이 머물 곳은 없다는 사실을 깨달을 수밖에 없었다. 이제 아무도 그를 감히 받아주려고 하지 않았다. 각자가 도주 중이었고 자신의 은신처를 찾았다. 할마이어는 사라졌다. 에메를리히의 충고에 따라 그는 뤼베크로 돌아갔다. 여기서 그는 하루 종일 산책을 했고, 스웨덴 선원들이 찾는 노점에서 커피를 마셨으며, 밤에는 건축 공사장과 폐허 속에 숨었고, 발스트룀을 태우고 화물 부두에 들어오기 전에 메멜을 우회하는 프레드만 호를 기다렸다. 자신의 이름을 거의 잊어버린 특사는 2월 말 스톡홀름 자유항에 도착한 직후 기거할 수 있게 된 방, 문이 닫히지 않는 방 책상 앞에서 몸을 일으켜 세웠다. 그리고 부엌과 마루에서 아이의 우는 소리와 섞여 들려오는 말다툼 소리에 발작적으로 귀를 기울였다. 하지만 그가 들은 것은 병과 가난에 대한 탄식일 뿐이었다. 주인 내외는 이 낯선 자에게 도움을 주었지만 자신들의 생계를 더 이상 감당할 수 없었다. 접시닦이인 부인이 가족을 돌보았다. 남편은 독일 감옥에 4년간 수감되어 있다가 석방되었지만, 자신의 모국 스웨덴에서는 공산주의자로 배척받았으며, 얼마 전 용접공 일에서도 해고되었다. 그들은 서로 다툰 것이 아니었다. 단지 절망이 그들을 덮쳤을 뿐이다. 그는 손가락으로 좀더 세게 머리를 눌렀다. 연기 속에서 그 남자의 등이 보였다. 쇠좆매로 맞아 깊은 상처가 나 있었다. 처음 이야기를 나눌 때 이미 그 남자는 그 앞에서 몸을 보여주었다. 남자는 그와 마찬가지로 삼십대 중반이었지만, 쑥 들어간 뺨과 퀭한 눈과 엉성한 머리칼 때문에 몇 살은 더 들어 보였다. 이 괴로운 남자를 서서히 죽이는 일은 독일에서 시작되었고 스웨덴에서도 계속되었다. 남자가 스스로를 묘사할 때 그는 고통스러웠다. 그는 짓밟히고 고문당한 사람들을 너무 많이 보아왔다. 그래서 이 여윈 몸에 새겨진 고문의 흔적들이 각별한 인상을 남기지는 못했다. 그는 모스크바에서 가까운 친구들이 체포되는 것을 매일 겪다시피 했고, 또 그들이 살해되거나 밀고자가 되었다는 보고를 듣고도 침묵해야 했다. 그의 입장에서 미네우르가 자신에게 묘사해주는 것은 어떤 재판 과정보다 오히려 삶 자체와 마찬가지인 지극히 비열한 수많은 짓들 가운데 하나였다. 누군가 우연히 지나가는 선원을 감옥에 처넣는 것이 자신에게 이롭다고 보았다. 그자가 이 알지도 못하는 사람을 붙잡은 것은 몇 초 전에 또 다른 별로 중요하지 않은 사람을 잡지 않았기 때문이었다. 미네우르는 이처럼 아무렇게나 굴러가는 소송 절차 속에 빠져들어 갔다. 이 일에는 스웨덴 해군 목사도, 절차에 따라 보고를 받은 스웨덴 영사도 관심을 두지 않았다. 일단 어느 자그마한 추적자와 마주치자 미네우르는 이미 수상한 자가 되었고, 일단 감옥에 던져지자 이미 피고가 되었다. 확실히 미네우르는 불법적인 전단을 돌렸고, 정치 선전을 했으며 밀정짓을 했다. 공산주의자에게는 이제 변호도 없었다. 자신의 무죄를 맹세하려는 어떠한 시도도 스스로를 고발하는 소리처럼 들렸을 것이다. 곁들여 말하자면 오랜 실업 끝에 고용되었다가, 아무런 공식 절차 없이 해고되어, 낯선 항구도시를 방황하면서, 자리가 하나 비어 있는 배가 한 척 어딘가 있다는 소문을 따라다닌 것, 이것 때문에 미네우르는 부랑자이자 빨갱이라고 찍혔다. 그의 눈초리 속에는 체포자로 하여금 붙잡도록 자극하는 무엇인가가 있었다. 미네우르는 투옥을 피할 수 없는 자였다. 투옥은 슬픔으로 여윈 그의 얼굴에 씌어 있었다. 일단 판사 앞에 끌려가면 미네우르는 이미 기결수였다. 그를 심문한 자들은 증거 자료에 대해 묻지 않았다. 그의 배를 짓밟은 자들, 그에게 납 알이 달린 채찍을 내려친 자들은 그의 자백을 기다리지 않았다. 모든 것이 지하실 깊숙한 곳에서 지루하게 일어났다. 이때 미네우르가 죽어버렸더라도 아무도 상관하지 않았을 것이다. 또 이때 자신들 가운데 한 명이, 이 학대받는 사람들 가운데 한 명이, 무력해진 사람들 가운데 한 명이, 독일에, 풀스뷔텔 수용소에 갇혀 있다는 것을 알린 몇몇 노동자들이 없었다면, 미네우르에게 닥친 일이 그들에게도 닥칠 수 있다는 것을 그들이 알지 못했다면, 또 그들이 위원회를 만들고, 이른바 기회가 만들어져 몇몇 신문이 이 문제를 떠맡을 때까지 소동을 벌이지 않았다면, 베를린 주재 스웨덴 대사인 이 리카르드라는 자는 그동안 그 죄수가 들어가 있던 브레멘 근교 카머베르크 교도소까지 가지 않아도 되었을 것이다. 예부터 나리께서 아랫것을 다루듯이, 미네우르는 감방 바닥에 누워 있는 몸뚱어리에게 말을 걸었다. 이제 일어나도 된다, 이제 자유다, 집에 가도 된다, 잘 가라 등등. 입안의 이가 부서지고 썩어버린 상태로 겨우 목숨이 붙어 있던 미네우르는 비틀거리며 일어섰다. 그러고는 감방에 처박힐 때와 마찬가지로 우연히 밖으로 내쫓겼다. 어느 기차에 태워져 고향으로 보내졌다. 보상은 물론 논의되지 않았다. 미네우르는 복권된 것이 아니라 사면되었던 것이다. 미네우르는 석방된 범죄자였다. 그와 같은 자는 아무것도 요구할 것이 없었고, 조용히 행동해야 했다. 그리고 미네우르의 친구들이 그를 성대히 맞이한 다음, 여러 기관들이 개입했다. 이제는 채찍과 독방이 아니라 느긋하고 관료적인 방법으로 그를 파멸시키는 일들을 계속했다. 실업자 지원, 환자 복지, 식량카드 등을 박탈하고, 사용자들의 블랙리스트에 기록하고, 경찰이 감시하고, 5년 이상 묵은 세금을 청구함으로써, 몇몇 노동자들의 노력으로 겨우 벗어나온 오물 속으로 미네우르를 새로이 밀어 넣었다. 이야기를 듣는 그에게는 그자들이 룩스 호텔에서 플리크, 레멜레, 에베르라인[61]을 데려가던 순간

---

61) Leopold Flieg(1893~1939): 독일 공산당 창당 멤버로 뮌첸베르크와 가까웠고 1933년 이후 파리에서 독일 공산당을 위해 일했다. 1937년 모스크바에서 체포되어 1939년 처형

이 이처럼 열린 문 앞에 미네우르와 나란히 서 있는 것보다 더 가까웠다. 그는 이미 여러 차례 당장이라도 자기 책상으로 가려고 했다. 그러나 미네우르는 이야기를 계속했다. 그는 자기 뜻과는 달리 공감하는 척했다. 말하는 사람을 위해서라기보다는 스웨덴 인민 가정의 사정을 알아보기 위해서였다. 그렇지 않아도 혼란스러운 신경 때문에 이 전과자는 어느 작업장에도 나타날 수 없었을 것이다. 전쟁 발발 이후 스스로를 비하하고 영향력도 없었던 미네우르의 당 의원들은 그에게 필요한 도움을 줄 수 없었다. 미네우르는 돌아왔을 때 잠시 주목을 받았지만, 이런 분위기는 이미 오래전에 사라졌다. 미네우르와 관련한 신문 기사거리는 이제 아무것도 없었다. 전쟁 첫해의 추운 겨울에 미네우르는 다리 밑 장작 창고들 사이에서 밤을 지내야 했다. 그러나 당이 운영하는 맥줏집에서 여자 동무를 만났고, 그녀가 그를 자기 집에 받아들였다. 이 경우에도 같은 밑바닥 출신들 사이에서 다시 화합이 이루어졌다. 단지 여기서만 남의 불행에 대한 이해심을 찾을 수 있었다. 그래서 최소한 쉴 수 있었겠다고 손님인 그가 말했다. 정치국원 레멜레는 수용소에서 분별력을 잃었다. 노동위원회를 건설할 때부터 당에 소속되었던 사람의 사고력이 박살나버린 것이다. 중앙위원회의 조직비서인 플리크도 무너질 수밖에 없었다. 그리고 룩셈부르크[62]의 동료이자 코민테른 1차 회의 참가자인 에베르라인도 제거되었다.

---

되었다.

Hermann Remmele(1880~1939): 1897년에 사민당에 가입하고 독립사민당 창당 멤버가 되었다. 1920년 공산당원으로 국회의원에 선출되었으며 1923~26년 『적기』 주간을 맡아 일했다. 1932년 플리크 등과 당 지도부에 맞서 1933년부터 모든 당직에서 배제되고 1937년 체포되어 제거되었다.

Hugo Eberlein(1887~1944): 독일 공산당 창당 멤버. 1937년 소련에서 체포되었다.

62) Rosa Luxemburg(1887~1919): 폴란드 출신 정치가. 유럽 노동운동 및 프롤레타리아 국제주의의 대표 인물로 마르크스주의 이론가 및 반군국주의자로 활동했다. 카를 리프

그는 그자들이 이 중환자를 방에서 끌고 나가 견딜 수 없는 심문을 받도록 한 날 새벽을 떠올렸다. 지난날의 이 동료 투사들이 눈앞에 떠올랐다. 그들과 함께 노이만, 슐테, 슈베르트,[63] 뮌첸베르크 등도 떠올랐고, 두려움이 그를 엄습했다. 당의 완전성을 고려하면서 그는 이 사람들을 이반자, 분파주의자, 기회주의자라고 낙인찍고, 이들을 제거하는 일을 거들었다. 그는 자신이 알아차리지도 못하는 가운데 어떤 체제를 작동하게 했는지 생각했다. 그리고 제국의회 의사당 방화 사건의 재판 과정에서 모든 고문을 견뎌낸 디트벤더[64]도 밀정, 모략가, 배신자가 되었다고 고발할 권리가 자신에게 아직 남아 있는지 자문했다. 디트벤더는 결국 총살당했다. 그가 남아 있었더라도 똑같은 일을 당했을 것이다. 이 점을 그는 확신했다. 왜냐하면 그와 마찬가지로 당내에서 단지 감시만 하려 들고 또 그와 마찬가지로 경력주의자들을 공격하는 그의 적들이 충분히 많았기 때문이다. 그래서 그는 다른 자들에게도 죽음으로나 속죄될 만한 죄

크네히트와 스파르타쿠스단을 주도하면서 1918~19년에 『적기』 발행인으로 독일 공산당 창당 멤버가 되어 강령 제정을 주도했다. 스파르타쿠스 봉기 실패 후 리프크네히트와 함께 극우파들에게 살해되었다.

63) Heinz Neumann(1902~1937): 독일 공산당원으로 1922년부터 당 기관지 『적기』 편집인으로 루트 피셔 및 마슬로 그룹과 대립했다. 1929년 당 중앙위원, 1930~32년 국회의원을 지내며 텔만, 피크, 울브리히트 그룹과 대립했다. 1935년부터 소련에 체류하다 1937년 체포되어 제거되었다.
Fritz Schulte(1890~1938): 독일 공산당원으로 1927년 당 중앙위원을 역임했다. 1933년 파리로 망명한 뒤 일탈적인 견해를 대변하다가 1935년 정치국에서 밀려났다. 1935년부터 모스크바에 체류하다가 1938년 스탈린의 숙청에 희생되었다.
Hermann Schubert(1886~1938): 독일 공산당원. 1933년부터 파리 공산당 중앙위원회 정치국원으로 활동하며 공산당의 공식 입장과 대립했다. 1935년부터 모스크바에 체류하다 1937년 체포되어 제거되었다.
64) Walter Dittbender(1891~1937): 1920년 독일 공산당에 가입하고 제국의회 의사당 방화 사건 직후 체포되어 1934년까지 강제수용소에 수감되었다. 소련으로 망명했으나 1936년 체포되고 1937년 처형되었다.

로 그를 고발할 온갖 이유가 있으리라고 생각했다. 그는 아주 짤막한 진술의 결론들만 알고 있었다. 이제는 그러한 것을 원하지도 않고 단지 절체절명의 순간에 당을 위해 식견이 짧은 사람들 혹은 복종하지 않는 사람들에게 책임감을 불어넣고 자아비판을 하도록 호소하려 했을 뿐이라고 스스로 다짐해도 아무 도움이 되지 않았다. 한편 미네우르는 그나 그와 같은 부류의 인물들을 좌절시킬 수밖에 없었던 것과는 완전히 다른 재교육에 참여할 수 있었다. 미네우르는 저 건너 파트부르 가의 쇠더 역 위쪽 낡은 공장에서 용접공 과정을 이수했다. 그리고 마침내 융프루 가에 있는 어느 공장에서 일거리를 찾았다. 그곳에서는 자동차용 목탄 엔진을 제작했다. 독일 당의 전권을 위임받아온 그는 스벤손이라는 가명으로 방금 도착해 그저 용기를 주는 말을 좀 중얼거렸을 뿐이다. 그가 떠나온 세계에서는 박해당하는 사람들이 자신과 가까운 사람들에게서 떨어져 알 수 없는 곳에서 제거되었다. 반면 미네우르는 비록 5월에 다시 일자리를 잃었고 노어란드에서 나무를 베라는 관공서의 요구에 따르지 않았기 때문에 실업수당을 받을 수 없었지만, 그의 생활에는 여전히 확고한 주소가 있었고, 집과 아내와 아이가 있었다. 미네우르는 격분하면서 자신이 중노동을 할 수 없다는 의사의 증명서를 그에게 보여주었다. 그는 연기 속에서 헤엄치고 있는 자신의 탁자 앞에서, 바로 옆에서 나던 목소리에서 해방되자 갑자기 특이한 안도감을 느꼈다. 그는 석 달 전 이 나라 땅을 밟던 순간으로 다시 돌아간 자신의 모습을 떠올렸다. 자유항에서였다. 그는 탈린에서 온 배의 세관 검사가 끝난 뒤 숨어 있던 곳에서 기어 나왔다. 소련 통상단 대표들이 그를 맞이했다. 그는 배에 남은 관료의 외투를 입고 대기하던 자동차에 탔다. 그들은 눈보라를 뚫고 운동장과 경기장을 지나 발할라 거리까지의 짧은 구간을 달렸다. 그곳의 전차 정거장 앞 가로수길 한가운데에서 쇠데르만이 기다리고 있었다. 그는 구스타프라는 가명으로 스웨덴 당에서 외국 동지들과의 접선을 책임지고 있었다. 이 같은 저녁 시간에는 그들이 시내를 가로질러 온 길을 정확히 되짚어보는 것이 그에게 중요했다. 기억력을 훈련하듯이 그는 그들이 한마디 말도 없이 4호선을 타고 오덴 가의 잿빛 골짜기를 통과해 높직한 성 에리크 다리와 프리드헴 광장을 지나 베스테르 다리까지 간 것을 생각했다. 그들은 마리베리 구역의 언덕 지대를 통과해 걸어서 릴라 에싱엔 섬을 향해 갔을 때에야 말하기 시작했다. 어느 뾰족 지붕 집을 뒤덮은 눈 밖으로 점토로 만든 난쟁이와 산짐승들이 삐져나와 있었다. 목가적이지만 아직 겨울잠을 자면서 인사를 하는 듯했다. 도시 한가운데에서 그들은 시골 지역에 들어선 것만 같았다. 바람이 낡은 위수지 건물들 둘레에 눈으로 보루를 쌓아놓았다. 저 아래 만 가장자리의 검은 나무들에서 까마귀들이 날아올랐다. 그곳의 얼음을 통과하며 얼음 조각들로 덮인 채 끊어지기도 한 도랑들이 지나고 있었다. 보트를 보관하는 창고와 작은 부두들이 있었다. 붉은빛이 도는 금발에 키다리인 쇠데르만이 절벽 위에 남아서 주변을 둘러보며 그에게 거대한 두 개의 아치가 있는 베스테르 다리, 회갈리스 교회, 도시를 남북으로 따라가며 구시가지로 이어지는 우퍼 가, 그 위의 롱홀멘에 방사형으로 펼쳐진 감옥, 그리고 에싱엔 섬을 가리켜 보였다. 이때 처음으로 해방감이 그를 찾아왔다. 그리고 그의 안내자가 그에게 새로운 거처 가까운 곳의 접선 장소를 알려주는 동안, 힘든 과제가 목전에 있었지만 두려운 위협에서 벗어났다는 느낌이 가시지 않았다. 그들이 막 도착한 작은 다리 위쪽에서, 테라스, 하얀 창문 장식, 정원의 기둥 위에 세운 정자 따위가 딸린 밝은 황색 목조 건물을 보았을 때 그가 오랫동안 알지 못했던 평화가 그를 에워쌌다. 그

때 그는 왜 자신이 이 도시에 체류하기 시작할 때면 되풀이해 자신을 돌아보았는지 알았다. 그것은 자신에게 아직도 돌아갈 길이 있는지, 새로운 삶이 시작되었는지, 자신이 여전히 당에 소속되었다는 사실을 의심하지 않으면서 당의 변화를 위해 활동할 것인지 등의 절박한 문제 때문이었다. 그는 탁자에 의지해 일어섰다. 끊임없이 책임 추궁과 검증과 변호가 이루어지던 시절이 다시 떠올랐다. 그는 법정에서처럼 손을 짚고 서서 마누일스키,[65] 디미트로프, 울브리히트[66]를 상대했다. 파이프가 비었다. 그는 파이프를 채우려고 했지만 릭스블란드닝 상표가 붙은 갈색 종이팩 담뱃갑은 비어 있었다. 그는 부스러기들을 조금 모아 반쯤 그슬린 찌꺼기에 불을 붙였다. 프리드헴 광장 앞 가게가 이미 문을 닫았을 경우 중앙역 앞에서 담배를 사려면 한참을 걸어야 했다. 서류뭉치를 찢어서 바구니에 던져 넣고, 읽은 신문을 묶어서 서류가방에 쑤셔 넣고, 오래 앉아 있다가 다리를 움직여 창문을 향해 한 발씩 다가가서 창문을 열어젖히는 것은 매우 즐거운 일이었다. 담배 연기 속에서 소용돌이가 일어났다. 그는 램프를 끄고 문을 향해 더듬어 갔다. 집주인이 그를 묵게 하기 위해 마루에 내놓은 침대 옆을 지나 살그머니 마루를 지나가려고 했다. 하지만 아기 옷을 가득 걸어놓은 부엌에서 남자가 그에게 손짓을 했다. 가슴 위로 방금 단추를 잠근 여자가 배불리 젖을 먹고 요람에 누워 있는 아기와 마찬가지로 남자에게도 젖을 먹인 것처럼, 남자는 자기 입

---

65) Dmitri Manuilski(1883~1959): 소련의 정치가로 1924~43년까지 코민테른 집행위원회 의장단 일원이었으며 서유럽 코민테른 활동 책임자 중 한 명이었다. 1945년 국제연합 창설 당시 소련 대표를 맡았다.

66) Walter Ulbricht(1893~1973): 독일 공산당 창당 멤버로 1935년 파리, 1936~37년 스페인, 1938년부터는 모스크바에서 활동하다 1945년 독일로 귀국해 통일사회당(SED) 창당 시 부의장을 맡았다. 1960년 피크 사망 후 동독 수상을 지냈다.

을 닦았다. 그는 이제 남자에게 붙잡히고 싶지 않았다. 침대를 가로질러 옷장 앞의 외투와 옷가지들 사이를 지나 문 손잡이를 향해 갔고 계단 아래로 뛰어 내려갔다. 그는 당이 지불하는 적은 임대료로 그에게 방을 넘겨준 그들에게 고마워하고 싶지 않았다. 그는 그들의 절박한 고통으로부터 달아나 단지 그에게 약속되어 있던 다른 방으로 이사할 수 있기만을 바랐다. 거기서는 방해받지 않고, 거기서는 문이 닫히고, 거기서는 전화를 사용할 수 있기를 희망했다. 하지만 이곳은 안전한 집이었다. 미네우르 가족 이외에 직공장 달그렌, 이용사 헨릭손, 우체부 라르손, 라디오수선공 린드베리, 십장 팔름, 전기기사 외스틀룬드, 아래쪽의 우유가게 주인 에들룬드 등이 이 집에 살고 있었다. 세입자들이 바뀌거나 친척과 친구가 기거하는 것은 여기서 드문 일이 아니었다. 그는 대문 뒤의 문패 앞을 지나갈 때면 언제나 이름들을 만족스럽게 읽었다. 그는 비현실적일 만큼 환한 초여름 밤의 거리로 나섰다. 위쪽 그의 방에서는 창문을 닫고 커튼을 쳐놓았기에 백야가 머지않다는 것을 잊고 있었다. 북쪽으로, 심야에 태양이 있는 곳까지 여행하고 싶었다. 그는 숨어 지내고 자신의 이름을 부정하는 데 짜증이 났다. 그러나 다음 몇 주 동안에는 새로이 밀사 한 명을 배에 태워 독일로 보내기 위해 준비하는 일로 바쁠 것이다. 그리고 아른트는 그가 조그마한 실수만 해도 그를 함정에 빠뜨리려고 노리고 있었다. 대문 앞의 미지근한 공기 속에서 그는 슈탈만도 원망했다. 슈탈만은 접선로가 차단되었다는 핑계로 조사 결과들을 암호화하고 마이크로필름에 담아 모스크바로 보내는 일을 아직도 하지 않았다. 그는 반대되는 보고를 작성하려는 지부장보다 앞질러야 한다는 것을 알고 있었다. 코민테른에서 사태를 판단할 때, 헹케가 얻은 경험들을 아른트가 유리하게 이용하게 된다면, 어떻게 자신이 옳다는 것을 증명할 수 있겠는가. 가만히 서 있는 자는 주목을 끌었고 걷는 사람은 그렇지 않았기에 가만히 서 있는 것은 바람직하지 않았지만, 그는 문지방에 버티고 있었다. 아마 이는 마침내 모든 경계심을 내던지고 평범한 거주자 노릇을 하려는 충동과도 어울렸을 것이다. 그는 도대체 아른트를 왜 비난해야 하는지 자문했다. 자신은 지금 경찰이 감시하는 역까지 갈 태세가 아닌가. 단지 담배를 피우겠다는 생각으로 이제 그가 메비스라고 부르는 아른트보다 더 큰 위험을 감수하지 않는가. 메비스는 여기서 몇 구역 떨어져 있는 디스포넨트 가에서 달렘[67]의 딸인 그의 아내 집에서 살고 있었다. 메비스의 아내는 합법적인 프랑스 여권을 갖고 망명자들에게 언어 강의를 했다. 9시 직전이었다. 대문이 닫히기 전에 에싱엔 브로 가 맞은편에 있는 집에 도착하려면 이제 움직여야 했다. 적어도 이 짧은 거리라도 걷는 것이 필요했다. 22번지인 그의 집은 도로 모퉁이에 있었다. 도로가 길모퉁이 쪽으로 올라가다 다시 다리 쪽으로 내려가는 곳이었다. 철제 교각 위에 세워진 이 다리로 급사면과 덤불숲과 강의 지류 위로 작은 에싱엔 섬과 큰 에싱엔 섬이 연결되어 있었다. 언덕 아래에는 창고와 부두 시설을 갖추고 야근조를 위해 훤히 불을 밝힌 프리무스 공장과 룩스 공장 구역들이 늘어서 있었다. 다리까지 이어진 몇 개의 원형 도로들이 이제 그가 내려가고 있는 가운데 길을 중심으로 그 공장 구역들을 성채처럼 에워싸고 있었다. 19번지 집의 문은 브로 가의 한 골목에 있었다. 이곳에는 그를 처음 며칠 동안 받아주었던 프리툐프가 살았다. 그 건너편 마리베리의 강안에는 밝은 황색 주택이 정원의 진녹색을 배경으로 빛나고 있었다. 그

---

67) Franz Dahlem(1892~1981): 독일 공산당원으로 스페인 내전 중 국제여단에서 독일 공산당 및 코민테른을 대변했다. 프랑스에 체류하다 1941년 독일로 넘겨져 마트하우젠 수용소에 1945년까지 억류되었다. 1957년까지 동독 통일사회당 중앙위원을 지냈다.

는 구스타프와 그 낡은 뾰족 지붕 집을 지나갔었다. 그때 그들은 도로를 따라 올라오고 있었다. 구스타프는 부분적으로 아직 골조 상태인 신축 건물을 가리켜 보였었다. 그리고 그가 대문을 열고 계단을 올라가 초인종을 눌렀을 때에는 그가 이곳에서 스벤이라고 소개된 이래 아무것도 바뀐 것이 없는 듯했다. 그는 프리토프가 활발한 모습으로 나타나자 아직 단호하지 못한 태도로 자신의 소망이 얼마나 절박한지 암시했다. 하지만 이 또한 이곳에서 익숙한 교제의 일부였다. 그가 해야 하는 말은 복도에서 금방 끝낼 수 있는 것이 아니었다. 프리토프는 그에게 주방 옆의 식사할 수 있는 자리에 앉으라고 권했다. 프리토프의 아내가 커피를 준비했고 식탁보를 덮었으며, 구운 과자를 가져왔다. 그는 아까 자기 집 문턱에서도 유지하고 있던 평정심이 필요하다고 느꼈다. 그가 이런 식으로 영역을 벗어나지 않은 것은 안정을 찾고 짐을 덜어야 한다는 욕구에 부합되었다. 근래에는 그러한 욕구가 갑자기 그를 엄습하곤 했다. 프리토프가 그에게 담배를 주고 파이프가 다시 연기를 뿜자, 갑자기 스토아적인 반성의 성향과 무제한적 행위에 대한 욕망 사이의 모순이 그를 압도했다. 하지만 이는 그의 작업 과정을 이루는 상호보완적 두 측면일 뿐이었다. 언어가 뒤섞이며 말을 더듬는 것이 문제를 설명하는 데 특히 어려움을 야기할 것으로 보였다. 하지만 정치적 박해와 당 금지령의 위협으로 인해 거의 지하생활을 하고 있던 스웨덴 동무들에게는 슬로건만으로도 충분했다. 독일과 스웨덴의 당은 코민테른의 지국으로서 서로 결합되어 있었다. 독일군의 경유지가 된 스웨덴이 적의 영향권에서 벗어나야 했듯이, 스웨덴의 반파쇼 운동가들에게는 독일 안의 방어 진지들을 확대하는 것이 중요했다. 스웨덴의 노동자들과 선원들의 지원 없이는 행동이 불가능했을 것이다. 이곳 지부의 지휘소 내부에서 계획된 것은 공동의 관심 속에서 시행되었다. 그렇기는 해도 비밀스러운 협력 활동에서는 각자의 과제와 관계없는 모든 문제에 대해서는 함구할 필요가 있었다. 모두 자신에게 부여된 일을 수행했다. 그리고 그에게나 다른 관계자들에게나 꼭 알아야 하는 것 이상은 알지 않는 것이 중요했다. 서로 나누는 말 한마디 한마디 뒤에는, 극히 제한된 동의의 공간 속에서, 안정을 파괴할 온갖 수단을 갖춘 어떤 심문의 가능성이 도사리고 있었다. 건축 자재로 넘쳐나는 흙마당 위의 작은 집 한구석 식탁에서 그의 계획들 전체가 논의되었다. 세부 문제는 두 가지만 논의하면 되었다. 첫째 문제는 그의 활동이 성공하기 위한 전제 조건으로서 오래전부터 협의해왔듯이 프리토프의 누이 집으로 이사하는 일이었다. 그는 자신의 일에는 좀더 크고 방해받지 않는 공간이 필요하다고 반복해서 주장했다. 노동자들이 밀집한 도시 구역인 스톡홀름 남부의 고틀란드 가가 릴라 에싱엔보다는 자신의 접선에 더 유리하다는 이야기였다. 릴라 에싱엔의 경우 이곳에 사는 수많은 독일 망명자들 가운데 누군가가 자신을 알아볼 위험이 있다고 주장했다. 그가 노르웨이에서 도주한 뒤 당 지도부의 일원인 마테른[68]은 구스타프의 소개로 고틀란드 가에 방을 하나 빌렸다가, 코민테른의 명령에 따라 소련으로 가기 위해 3월에 그곳을 떠났다. 그러나 가족 문제 때문에 그 뒤로 그 방을 활용할 수 없었다. 프리토프가 이사는 6월 중순까지 기다려야 한다고 설명하자 조바심이 다시 치밀어 올랐다. 미네우르와 그의 가족이 자신에게 거실을 내준 것이 그에게는 당연했듯이, 그는 프리토프의 누이도 일을 위해 그에게 숙소를 제공해야 한

---

68) Hermann Matern(1893~1971): 1919년 독일 공산당에 입당하고 1933년 체포된 뒤 1934년 탈주해 스칸디나비아로 망명했다. 1941년 모스크바로 이주했다가 1945년 동독으로 귀국해서 1954년부터 동독 의회 의장 대변인을 지냈다.

다고 요구했다. 그리고 프리툐프의 아내는 다시 한 번 시누이와 논의하겠다고 말했다. 이로써 그는 둘째 문제로 넘어갔다. 그것은 신속히 해결되어야 할 포괄적인 사업과 관련된 것이었다. 이에 대해 프리툐프는 그에게 독일인 여성 동무와 만나기로 약속되어 있다고 알려주었다. 그는 프리툐프의 아내가 때때로 그녀를 만난다는 것을 알았지만 비쇼프[69]라는 이름은 말하지 않았었다. 그는 또한 쇠데르만을 단지 구스타프라고만 불렀다. 가명으로 교류하는 것은 자기 자신의 가명에 익숙해지는 데 도움이 되었다. 마치 이름을 바꿈으로써 종종 감당하기 어려운 과제의 무게를 대리인에게 떠넘길 수 있는 것만 같았다. 이는 치명적으로 위험한 순간에 자기 자신에 대해 어떤 거리감을 둘 수 있게 했다. 이어서 그는 지나가는 말처럼 6월 8일 일요일 아침 9시에 드로트닝홀름 바깥의 루뵈 교회 앞에서 그를 기다리는 사람이 있으리라는 말을 들었다. 그리고 이제 그를 중심으로 하는 모임은 해산되었다.


　문이 잠겼다. 발소리가 멀어져갔다. 그녀는 혼자 선실 안에 있었다. 둥근 창문은 비스듬히 안쪽으로 열려 있었다. 유리창에는 부두의 일부가 비쳤다. 그녀가 옷장에 숨어야 할 때에는 수부장이 그녀에게 신호를 보낼 것이다. 그녀의 시선은 창유리에 고정되었다. 아침 5시였다. 선원복 안에

---

69) Charlotte Bischoff(1901~1994): 독일의 공산주의자이자 반파쇼 투사로 1934년 소련으로 이주해 1937년까지 코민테른과 관계했으며 1938년 스톡홀름으로 파견되었다가 1941년 독일로 잠입해 여러 저항단체들과 함께 일했다. 전후에는 통일사회당에 입당했고 1957년부터 당 중앙위원회의 마르크스-레닌주의 연구소에서 동독의 공식적 『노동운동사』 집필에 참여했다.

그녀는 두 벌의 겉옷과 두 겹으로 된 내복을 껴입고 있었다. 챙 달린 모자가 그녀의 짧게 깎은 머리칼을 감췄다. 목에는 양모 숄을 둘렀다. 옷솔기에는 암호화된 전언들을 꿰매어 넣어두었다. 마이크로필름에 담은 전단용 텍스트들, 7백 마르크, 독일 식료품 카드들도 가지고 있었다. 늦어도 4주 뒤면 그녀는 베를린에 있을 것이다. 오늘, 일요일인 1941년 6월 29일, 브로스트룀 선박 제품 1,250톤짜리 화물선 페름 호는 예테보리항을 떠난다. 목적지는 브레멘이었다. 스베르드가 유리창이 보이는 자리에 섰다. 그는 가볍게 손을 들었다. 휘파람 소리가 울렸다. 그녀는 옷장으로 들어가 문을 닫고 고무 외투 뒤에 섰다. 통로에서 목소리들이 가까워졌다. 열쇠가 또다시 경고를 하며 자물쇠에 부딪쳤다. 문이 열렸다. 스베르드와 슈타르켄베르크가 선실로 들어왔다. 그들은 문으로 돌아가 세관과 이야기했다. 한동안 그들은 문 앞에 서 있었다. 그리고 조타실로 올라갔다. 문은 열려 있었다. 그녀는 옷장 문에 귀를 갖다 댔다. 사방에서 발소리가 들려왔다. 발소리는 갑판 위로, 철제 계단 아래로 울렸다. 잔교가 치워졌다. 위쪽에서는 전신기의 지레가 움직였다. 종소리 신호에 맞춰 기계가 작동하기 시작했다. 배가, 열일곱 명의 승무원이 있는 이 작은 배가 진동했다. 계선주에서 풀어낸 앞쪽의 동아줄들이 뱃전에 부딪쳤다. 천천히 전진하라는 신호가 왔다. 스크루가 돌아가며 쉿소리가 울렸다. 기둥에 묶여 있던 마지막 동아줄이 풀렸다. 여행이 시작되었다. 수부장이 옷장을 열었고 비쇼프에게 손을 내밀었다. 눈부셔하며 그녀가 나왔다. 그녀 혼자 남았다. 문은 밖에서 잠겼다. 크레인과 창고들이 미끄러져 지나갔다. 텅 빈 청색 전차가 안드레 가를 따라 예른 시장 쪽으로 달렸다. 몇 척의 거대한 외국행 기선이 있는 스티그베리 부두는 조용했다. 그러나 어선들이 있는 항만에는 활기가 넘쳤다. 그녀는 창문에서 뒤로 물러나 궤짝 위에 앉았다. 세 가지 시간 계산법이 있었다. 하나는 태초부터 세계의 몰락까지의 시간이다. 또 하나는 그녀의 탄생에서 죽음까지의 시간이다. 다른 하나는 업무가 지속되는 시간이다. 마지막 것이 지금 타당한 시간 계산법이었다. 그 시간은 작은 구간들로 나뉘었다. 각 구간은 각각의 개별 방식으로 넘어서야 했다. 그녀의 주의력은 언제나 가장 가까이 있는 것을 향했다. 아무리 준비가 정확했더라도 결정적인 것은 언제나 예견하지 못한 것이었다. 필요한 만큼 주의를 기울일 때 동요해서는 안 되었다. 페름 호 선상에서 그녀는 두 국면을 겪었다. 밤 1시에 그녀는 스베르드와 함께 셉스브로 부두로 갔다. 이때가 배에 타기 적합한 시간이었다. 어둡다기보다 오히려 밝은 편인 어스름 속에서는 모든 형태들이 불확실한 모습이었다. 지나가면서 스베르드는 그녀에게 고물 쪽 자기 방의 둥근 창을 가리켜 보였다. 그것은 부둣가에서 몇 미터 위, 창고의 천창 높이에 있었다. 그 위에는 옆 통로 쪽과 상갑판 쪽에 창문이 있는, 조타실 구조물이 있었다. 바로 그 뒤에는 흰색으로 B 자를 써넣은 굴뚝이 있었다. 앞 갑판은 배 길이의 3분의 2 이상을 차지했다. 그곳은 아직 비어 있었다. 우데발라에 도착해서야 델프세일로 보낼 목재 화물을 실을 예정이었다. 창고 공간은 볼베어링을 담은 상자들로 가득 차 있었다. 그것은 브레멘에서 인도될 것들이었다. 닻줄 구멍에서 삐져나온 닻 아래쪽에는 배의 균형을 잡기 위한 물탱크가 있었다. 상갑판의 천창을 지나는 작은 계단을 통해 그곳에 들어갈 수 있었다. 그녀는 독일 해역을 지날 때 그곳에 숨어야 했다. 비쇼프는 스베르드가 스페인에서 싸웠고 독일로 자료와 요원들을 몇 차례 보내준 적이 있다는 것을 알았다. 배에는 그가 믿을 수 있는 사람이 한 명 있었다. 기관사인 슈타르켄베르크는 그들에게 현문에서 안전 신호를 보낼 것이다. 승무원으로는 선장 말고 세 명의 항해사, 한 명의 수부장, 세 명의 기관사, 여섯 명의 선원, 한 명의 주방장과 두 명의 급사가 있었다. 그들은 배를 지나쳐 간 다음 몸을 돌렸다. 그리고 천천히 돌아왔다. 슈타르켄베르크가 잔교 위 입구에 나타나 그들에게 신호를 했다. 희미한 불빛 속에서 그들은 승선용 계단을 넘어갔다. 이미 열려 있는 선실로 들어섰다. 슈타르켄베르크는 그 옆에 기거했다. 다른 쪽에 화장실이 있었다. 그녀가 나가려 할 때에는 스베르드와 슈타르켄베르크가 통로를 확인해줄 것이다. 그들은 그녀에게 먹을 것과 씻을 물을 가져다줄 것이다. 야간 감시를 맡은 슈타르켄베르크는 사라졌다. 스베르드가 문 앞에 빗장을 질렀다. 그는 그녀에게 둥근 창문의 메커니즘을 설명해주고 부두를 되비치도록 각을 조정했다. 그녀는 독일제 세면도구가 든 작은 가방을 옷장에 넣었다. 스베르드는 그녀에게 모포가 하나 있는 위쪽 침상을 내준 다음 아래 침상에서 몸을 뻗었다. 그녀는 여행 중에 옷을 벗지 않을 것이다. 선실에서의 처음 몇 시간 동안 그녀는 자지 않았다. 그녀는 오랫동안 잠자지 않고 견뎌냈다. 쉬는 것만으로 충분했다. 3시에는 대낮처럼 밝았다. 햇살이 구름의 베일을 통과하며 굴절되었다. 놋쇠로 된 창문틀이 반짝였다. 식탁에 고정되어 있는 놋쇠 램프와 궤짝이나 옷장의 놋쇠 장식들도 반짝였다. 가구들은 붉은 마호가니 제품이었다. 대못으로 고정한 벽들과 철제 들보로 받쳐놓은 천장은 흰색으로 칠해져 있었다. 안정적인 공간이었다. 3주 이상 그녀가 기거할 공간이었다. 배는 예타 엘브 강을 통과해 대형 선창들을 지나갔다. 구름이 다시 짙어졌고 서쪽에서 어두운 덩어리를 이루었다. 해안에서 멀어졌을 때 그녀는 창가에 다가갔다. 시원한 바람줄기가 그녀를 때렸다. 바깥에서 자물쇠에 열쇠 꽂히는 소리가 났다. 그녀는 단숨에 옷장 안으로 들어갔다. 그러나 슈타르켄베르크가 금방 그녀를 나오게 했다. 그는 그녀에게 아침 식사와 물 한 통을 가져왔다. 식탁 앞에서 그녀는 숄을 풀고 모자를 벗었고 축축한 머리칼을 빗었다. 그녀는 머리맡에서 짤깍거리는 가위 소리와 웃음소리를 들었고 갑자기 안도감을 느꼈다. 그녀 바로 앞에 눈을 찡그린 슈탈만의 얼굴이 있었다. 그의 눈가에는 부채 모양으로 주름이 나 있었다. 그는 그녀의 이마에서 잘라낸 머리칼을 불었다. 발스트룀이 목덜미를 털어냈다. 스베르드는 빗과 솔을 들고 이발 상태를 살폈다. 슈탈만이 다시 머리칼을 여기저기 잘라냈다. 화덕에서는 주방장인 요세프손이 작별 식사를 준비했다. 그녀는 그의 집에서 묵었다. 그녀의 어깨에서 수건을 치웠다. 흰 수건이 펄럭였다. 그들은 그녀를 에워싸고 그녀의 외모와 태도를 평가했다. 슈탈만이 그녀의 빗은 머리칼을 헝클어뜨리고 조금 불규칙하게 잘라냈다. 그는 머리칼 한 줌을 부적으로 간직했다. 팽팽한 옷 때문에 그녀는 튼튼해 보였다. 그녀의 키는 크지 않았다. 하지만 적어도 뒤에서 보면 두툼한 구두를 신고 챙 있는 모자를 쓴 채 손을 바지 주머니에 넣고 있는 그녀의 모습은 젊은 선원 같아 보였다. 발스트룀이 그녀의 바지 혁대를 좀더 팽팽하게 조였다. 그녀는 팔을 움직이고, 몸을 뻗고, 굽히고, 돌리고, 걸어가야 했다. 스베르드는 그녀의 목이 통나무 같은 저고리 밖으로 너무 가늘게 삐져나오는 것을 알았다. 그는 그녀에게 자신의 양모 숄을 둘러주었다. 피상적으로 보아서는 변장을 알아보지 못하리라는 데 그들은 동의했다. 예기치 못한 사람들을 만날 경우 언제나 몸을 돌리고 무슨 일에든 열심히 매달려요. 발스트룀이 말했다. 그게 잘되면, 모두 잘되겠네요. 그녀가 대답했다. 가능한 모든 우연에 대해 논의했다. 이런저런 상황에서 어떻게 행동해야 하는지 궁리했다. 하지만 그들이 그녀를 시험했다면 그녀는 통과하지 못했을 것이다. 그녀는 시험을 잘 치르는 인간이 아니라고 말했다. 그리고 모두 동의했다. 요리를 하고 고기를 구웠으며 식탁이 준비되었다. 자정 직전까지 먹고 마셨다. 하지만 그녀는 자기 잔을 비우지 않았다. 아무도 그녀가 떠날 때 슈탈만이 그녀를 셉스브로 부두까지 바래다주는 것을 막을 수 없었다. 그때 그는 운하 앞의 방파제에 꼼짝도 하지 않고 서 있었다. 그리고 웃느라 일그러진 그의 넓은 얼굴 위로 눈물이 흐르는 듯해 보였다. 항구 시설들은 안개 속으로 멀어져갔다. 그들은 엘브스보리 만 쪽으로 다가갔다. 파도가 해안을 세차게 때렸다. 항해 중 배의 동요는 그녀에게 역겹지 않았다. 그녀의 몸과 그녀의 호흡은 규칙적으로 오르락내리락하는 데 적응했다. 그녀는 마치 자신의 목적지를 향해 요람을 타고 가는 듯했다. 갈색 돛을 단 한 무리의 어선들이 비바람을 뚫고 지나갔다. 일주일 이상 타는 듯이 덥더니 이틀 전에야 겨우 시원해지고 비가 왔다. 그때 바로 스톡홀름에서 그녀의 출발 허가가 나왔다. 그녀는 요세프손의 부엌에 앉아 스베르드가 마련한 배의 설계도를 다시 한 번 훑어보았다. 그녀는 어둠 속에서도 모든 통로와 계단, 천창과 골방 들을 찾을 수 있다고 믿었다. 배를 보기도 전에 이미 그녀는 배에 익숙해졌다. 다만 그들이 당장 공해로 나가지 못하고, 우데발라에서 화물을 받기 위해 리뵈 만에서 또 북쪽으로 선회해야 해서 답답했다. 해안 가까이 있는 회색의 앙상한 바위섬들 사이를 통과해 그들은 작은 항구를 향해 갔고, 저녁 늦게 그곳에 도착했다. 예테보리에서 벗어난 뒤 그녀는 2년 반을 보낸 적이 있는 나라에 다시 왔다. 그녀에게 쉽지 않은 이별이 또다시 지루하고 괴롭게 이루어질 수밖에 없었다. 탯줄 같은 밧줄로 육지와 연결된 배 안에서 그녀는 자유롭지도 어디에 소속되지도 않은 상태로 있었다. 적에게서 벗어난 지 얼마 되지도 않아 스스로 결심하여 적을 상대하러 가면서, 그녀는 이별을 아직 충분히 절실하게 경험하지 못한 것처럼, 벌이라도 받는 것처럼 이별을 반복할 수밖에 없었다. 당시에는, 그러니까 레닌그라드 항에서 배가 그녀의 딸이 남아 있는 소련을 떠나기 전, 아이와의 이별은 아무것도 아닌 것 같았다. 그리고 이제 그녀는 화물 부두 앞에서 조용히 숨어 있던 며칠 동안 포로가 어떻게 감시자들에게서 벗어날 수 있는지 증명해야 하는 것만 같았다. 안심시키려 애쓰는 동지들의 제스처도, 그들의 위로도 그녀의 마음을 가라앉히지 못했다. 하지만 헌신적으로 그녀에게 애착을 보이던 사람들의 신뢰만은 변치 않으리라고 그녀도 믿었다. 끊임없이 긴장하면서 그녀는 둥근 창을 통해 밖을 내다보았다. 묶어놓은 긴 널빤지들이 크레인으로 운반되는 것을 보았다. 명령하는 외침 소리, 갑판 위의 목재가 부드럽게 부딪치는 소리, 화물을 지지하기 위해 옆쪽에 말뚝을 세우느라 망치질하는 소리, 꽉 조인 밧줄들이 삐걱거리는 소리 등을 들었다. 해가 비치자 열기는 찌르는 듯했다. 옷은 그녀의 피부에 들러붙었고 땀은 이마와 얼굴 위로 흘러내렸다. 하지만 그녀는 감히 창문 가까이로 가지 못했다. 모자도, 숄도 벗지 않았다. 습기로 찌는 공기 속에서 거의 질식할 것 같았다. 특히 반쯤 잠이 든 상태에서는 불안이 찾아왔다. 하지만 그것은 멀리 떨어진 것이었고, 깊이 생각해서는 안 되는 것이었다. 왜냐하면 그런 것은 그녀가 계획한 것에서 주의를 돌리게 하기 때문이었다. 지나간 일을 돌아보고 싶을 때 그녀는 되도록 자유로운 결심에 따라 되짚어볼 뿐 반쯤 마취된 상태에서 지난 일에 압도되지 않으려 애썼다. 지난 일에 빠져, 현재에 신속하게 의식을 집중하지 못할 수도 있을 것이다. 힘겹게 지나간 모든 것 가운데 너무 많은 것이 갑자기 펼쳐질 수도 있을 것이다. 그녀는 자신을 미트졸다트라 부르고 경각심을 품었다. 자신의 이름을 불렀다고 믿고는 소스라치게 놀랐다. 그녀는 벽에 달린 붙박이 거울을 향해 몸을 돌렸다. 자그마하고 낯설고 변장을 한 얼굴을 노려보았다. 그녀는 속삭였다. 주의해야지. 오래 움직이지 않고 있는 것은 위험해. 시간감각을 잃게 되니까. 경고의 노크 소리를 듣고 재빨리 옷장으로 뛰어들어감으로써 이 상태가 끝났을 때에는 사흘 밤낮이 지나간 뒤였다. 밧줄들이 늘어졌고, 이로써 그녀의 질식 상태도 끝났다. 7월 2일 저녁 폭우 속에서 그들은 마르스트란드에 정박했다. 다른 배들이 도착할 때까지 기다리기 위해서였다. 배들의 호위를 받으며 그들은 카테가트와 대벨트 해협을 지나 킬 만으로 갈 예정이었다. 기다리는 동안 그녀는 다시 자신과의 일체감을 느꼈다. 그녀는 배 전체를 감지했다. 어디서 발소리가 오는지, 어디서 문이 열리거나 닫히는지, 어디서 무엇을 문지르고, 어디서 미는지 구분했다. 그녀는 선내 연락용 전신기 손잡이를 어떻게 작동하는지 알았고, 곧 그때그때의 조작법을 계산했다. 그녀는 배와 동화되었다. 그녀는 배 자체이기도 했다. 배의 맥동과 움직임을 귀와 손가락 끝에서 느꼈다. 그녀의 피부는 진동하는 양철판들과 하나였다. 그녀는 머릿속으로 통로들을 스쳐 지나며 자신이 알 수 없는 어떤 것을 건드릴 때면, 스베르드가 오는 대로 그것에 대해 물었고, 마침내 칸막이 하나하나, 관 하나하나, 사다리 하나하나 모두와 친숙해졌다. 배들이 그들과 접선하기 전의 단조로운 시간에도 전혀 답답하지 않았다. 그녀는 통 속의 물로 씻었고, 식탁에서 식사를 받아먹었고, 화장실에 가기 위해 때때로 선실을 떠났다. 그리고 더 이상 자신이 자면서 신음하거나 비명을 지를지 모른다고 두려워할 필요가 없었다. 모든 에너지를 요구하며 끝날 줄 모르는 극도의 긴장된 순간들이 이어졌다. 그런 순간들은 시간이 되고 일과가 되었다. 하지만 넓게 열린 전망과 더불어 그녀 앞에서 하루는 순식간에 지나갔다. 그녀는 이미 19일부터 예테보리에 있었고, 6월 22일 일요일에는 모든 것이 깨졌다고 믿었다. 라디오는 아침 일찍부터 독일의 소련 공격을 알렸다. 그녀는 라디오를 틀고 굳어버렸다. 잠시 후 자기 입이 벌어져 있는 것을 알아차렸다. 독일 방송에서는 팡파르가 울렸다. 그녀는 요세프손의 주방 의자에서 벌떡 일어났다. 창문으로 밀려온 열기가 그녀를 향해 쳐들어왔다. 그녀는 요리사를 깨우기 위해 옆방으로 달려갔다. 바깥의 마스트후그스 교회에서 삐져나온 작은 도로는 평화롭고 조용했다. 요세프손이 기어 나왔다. 슬로바키아, 헝가리, 루마니아는 독일 편이었다. 장갑차들이 벌써 내륙 깊숙이 치고 들어갔다. 핀란드의 참전이 예상되었다. 보도에 따르면 붉은 군대는 놀랐다고 했다. 우리 모두처럼 놀랐다는 것이다. 하지만 오래전부터 계산된 일이었다. 그런데도 이제 이 사실 때문에 침대에서 뛰쳐나온 것이다. 슈탈만과 발스트룀이 달려왔고 잠시 후에는 스베르드도 왔다. 아래쪽 거리들은 눈부신 태양 속에서 텅 비어 있었다. 한여름 축제 직전의 일요일이었다. 저쪽 최전방에서는 사람들이 짓밟힐 것이다. 우리 같은 사람들이 탱크 바퀴 아래 으깨질 것이다. 여기서는 아직 사람들이 자고 있었다. 혹은 숲 속의 오두막이나 해수욕장에 있었다. 종이 울렸다. 하지만 경고를 위한 것이 아니라 기도하러 오라고 부르는 것이었다. 반짝거리는 공기 속에서 언덕 위의 탑에서 흘러온 음파가 출렁였다. 하루 종일 스톡홀름과는 전혀 접촉하지 못했다. 들판에는 이교도 풍의 화환으로 장식된 말뚝들이 세워졌다. 내일 저녁에는 춤과 노래판이 벌어질 것이다. 여기저기서 사람들이 입을 벌리고 신문을 들여다보았다. 그러나 비명을 지르지는 않았다. 음악을 연주할 것이다. 벌써 악기들을 조율하고 있었다. 창고 안이나 다리 위에서 발을 구를 것이다. 풀밭에서는 아이들이 원을 그리며 뛰어놀 것이다. 수도에서, 성에서, 의회에서는 소모성 모임들이 열릴 것이다. 하지만 그곳 사람들도 대부분은 시골로 갔거나 암초섬으로 갔다. 사람들은 여름과 수확과 태양을 즐길 것이다. 긴 겨울 사이의 짧은 빛의 계절이었다. 대단한 날들이었다. 한여름 축제 때 이렇게 더운 게 실로 몇 년만이었다. 사람들이 숨 막히는 사무실, 가게, 작업장, 공장 등에서 달아났다고 누가 그들을 탓하겠는가. 그들이 숲 속에 처박히고, 물속에 들어가고, 반짝이는 바다로 노를 저어 돛배를 몰고 간다고, 고통이나 증오로 비명을 지르지 않는다고 누가 뭐라고 하겠는가. 슈탈만이 주먹을 쥐며 이야기했다. 이제 놈들은 스웨덴을 통해 노르웨이와 독일 사이를 오갈 뿐만 아니라, 스웨덴 기차로 핀란드로도 갈 겁니다. 왕이 그러기를 바라고, 정부는 이에 따를 테지요. 이제 마침내 외칠 수 있겠군요. 파시즘은 우리의 철천지원수라고 말입니다. 조용히 해요. 사람들이 우리 말을 들을 수도 있어요. 발스트룀이 말했다. 사방이 바다였다. 배들은 닻에 매달려 있었다. 물고기들이 쇠사슬을 맴돌며 건드렸다. 불가사리, 해파리, 해초 등이 모래 속에 깊이 박힌 쇠붙이 주위를 떠다녔다. 그리고 저녁 전에 벌써 정부의 공표가 있었다. 노르웨이의 일개 사단을 핀란드로 보내라는 독일과 핀란드의 요청을 승인하는 것이었다. 스웨덴이 무사하기 위한 대가였다. 그러나 서방 세력들은 어떻게 대응할 것인가. 소련은 어떻게 반응할 것인가. 콜론타이[70] 옆의 외무상. 독일 대사 옆의 외무상. 외무상 옆의 영국과 프랑스 대사. 그리고 슈탈만의 불룩한 이마에 찡그린 얼굴. 그의 벌어진 입. 윗입술이 젖혀지고 이가 드러났다. 쾨니히스베르크 출신인 그는 말을 씹으면서 일개 사단이 무엇인지 장황하게 설명했다. 세 개의 보병연대, 두 개의 포병연대, 두 개의 기갑연대, 몇 개의 기

---

70) Aleksandra Mikhaylovna Kollontay(1872~1952): 소련 초기 사회복지 위원이자 여
성해방운동 선구자로 1924년 주노르웨이 소련 대사를 시작으로 주스웨덴 영사, 스웨덴
전권대사를 역임했다.

갑 방어 부대, 수색대, 공병대, 통신대, 여기에 병참, 참모, 화약 공급이 따른다. 그것은 2만 명 이상의 병력으로 이루어진 작은 군대라는 것이다. 그 사단의 이름도 알려주었다. 그것은 엥엘브레크트라고 했다. 그것은 시작에 불과했다. 그렇게 계속될 것이다. 스웨덴으로서는 선택의 여지가 없었다. 거절하면 점령당할 것이다. 소련과 서방 세력들의 동의를 염두에 두었다. 월요일에는 당보가 파시즘에 맞선 사회주의의 전쟁을 선언했다. 하지만 이데올로기적인 징후는 더 이상 없었다. 그것은 일종의 애국전쟁이었다. 영국 및 프랑스와의 결속이 중요했다. 스웨덴의 중립은 유지되어야 했다. 이 땅은 독일의 적들에게 작전회의나 협상을 위해 쓰일 수 있었다. 스웨덴이 전쟁에 말려들지 않는 한 우리도 이곳에서 활동을 계속할 수 있었다. 화요일에도 스톡홀름의 지도부에서 여전히 아무런 소식도 오지 않았다. 일종의 마비가 일어난 듯했다. 소련의 지시는 없었다. 우리는 하던 준비를 계속하자고 슈탈만이 결정을 내렸다. 중고품 가게에서 선원복 한 벌을 샀다. 가장 작은 치수를 찾아냈다. 하지만 그녀는 옷 속으로 거의 사라질 듯했다. 재단공이기도 했던 요세프손이 바지와 상의를 만들기 시작했다. 온갖 옷가지들을 몸에 맞는지 시험해보았다. 그녀의 가슴이 작아서 좋았다. 그녀는 옷 위로 겉옷을 껴입었다. 땀에 젖은 채 잔뜩 껴입고 일어섰다. 아무도 웃지 않았다. 수요일, 무더위 때문에 마비된 채 그들은 지도를 들여다보고 있었다. 독일군은 급행군으로 비텝스크, 스몰렌스크, 민스크, 키예프, 브랸스크까지 접근했다. 레닌그라드는 에스토니아와 핀란드에 협공당했다. 페름 호의 출발은 일주일 연기되었다. 늦어도 금요일에는 스베르드가 선원이 되어야 했다. 기다림은 절망으로 변했다. 매 순간이 질문들로 폭발했다. 행동은 더 이상 생각할 수도 없었다. 생각은 마비되었다. 한순간 한순간 조용히 있어야 했다. 배의 도

면을 보던 시선이 전화기를 향했다. 발스트룀이 수화기를 귀에 댔다. 슈
탈만이 답을 하라고 외치고 있었다. 마침내 접선이 되었고 위장 주소도
정해졌다. 계속 운행하라는 것이었다. 하지만 그들은 망설였다. 상황 변
화로 인해 여행이 더욱더 위험해지지 않았을지 걱정이었다. 목요일인 26
일이었다. 그늘에서도 32도였다. 그녀는 나라를 가로질러 슈탈만이 소리
치는 것을 들었다. 여행의 시점이 예전보다 더 유리하다는 주장이었다.
새로운 원정에 집중하느라 항구들의 감독이 느슨하리라는 점도 염두에
둘 수 있다고 했다. 또 페름 호보다 더 나은 배는 찾을 수 없다고 했다.
굴대가 덜그럭거렸고, 닻의 사슬을 끌어올리는 소리가 요란했다. 조타실
에서는 지레가 작동하기 시작했다. 이제 스크루가 다시 소리를 냈다. 열
다섯 척의 배로 구성된 호송대는 말굽 모양으로 욀란 반도의 해안 동쪽
을 따라 서서히 움직였다. 날씨는 맑아지기 시작했다. 7월 6일 저녁 페름
호는 다시 레쇠에 정박했다. 밤이면 여행을 중단해야 했다. 깃발을 달고,
뱃전에는 커다란 글자로 나라 이름을 쓴 채 배들은 희미한 빛 속에 자리
잡고 있었다. 바다는 평온했다. 바닷물을 통해 억누른 목소리가 전해져
왔다. 먼 곳의 기침 혹은 웃음소리가 마치 선실에서 나듯이 울려왔다.
가라앉은 해는 나지막한 구름들을 검붉은빛과 보랏빛으로 물들였고, 마
침내 독특한 무지갯빛 어스름이 찾아왔다가, 몇 시간 후 다시 장밋빛으
로 밝아졌다. 그녀는 궤짝 위에 쪼그리고 앉아 그 모습을 뚫어져라 바라
보았다. 아름답다는 인상을 전해주는 것은 무엇일까 하고 그녀는 자문했
다. 비스듬히 돛대 끝까지 늘어선 작은 깃발들의 행렬과 더불어, 길게 뻗
은 선체의 실루엣들이 조화롭게 배열된 것이 그것일까. 하늘과 물 사이
에 있는 배들의 위치에서 야기되는 외견상의 무중력 상태가 그것일까.
바다는 하늘의 밝은 청색을 머금었으며, 두 색조가 서로 녹아들었다. 수

평선은 거의 지워졌다. 하지만 그것은 예술 작품이 아니었다. 인간의 손으로 빚은 그림 같은 조형물이 아니라, 실제적이고 기술적인 규칙에 부응하는 어떤 것이었다. 그것은 어뢰와 비행기 공격의 위협을 받으며 전쟁 한가운데에 있는 화물선들이었다. 그런데도 떠다니는 형체들과 투명한 배경면의 관계는 그녀를 행복한 상태에 빠지게 해주었다. 매일 저녁, 그레노, 칼룬보리, 스벤보리, 슐레스비히 등의 해상에서 그녀는 밤 시간을 기다렸다. 밤 시간은 점점 어두워지고 점점 감춰지면서 점점 더 매력적인 이미지를 그녀 앞에 만들어냈다. 스베르드는 6월 16일 예테보리에 들어왔을 때, 페름 호로 여러 노선을 항해했다. 여기서 그는 곧 발스트룀과 접선했고 그에게 승객 한 명을 감춰줄 수 있게 되었다고 알렸다. 그가 새로 고용되기 전에, 배가 떠나기까지는 일주일이 예상되었다. 당시 그는 새로 배를 타기 전에 기관실 수리를 맡고 화물 상자들의 적재를 감독해야 했다. 도움을 줄 의향이 있는 동지가 한 사람 배에 있으며, 다른 선원도 신뢰할 만하다는 이야기에, 스웨덴 항구들을 출입하는 모든 것에 대해 알고 있는 발스트룀은 밀사가 즉각 출발하도록 신호를 보냈다. 그녀는 독일로 가게 된 후 뱃사람들의 연대감을 알게 되었다. 그들 가운데 몇몇은 스베르드가 자기 방에 여자를 한 명 감추어두고 있다는 것을 알 수밖에 없었다. 그들은 묻지도 않고 그에게 자기 몫의 식사에서 일부를 떼어주었다. 스베르드와 슈타르켄베르크는 선장이 아무것도 모른다고 확신했다. 그녀가 배에 타고 있다는 것을 아는 승무원들은 한마디도 발설하지 않을 것이다. 그리고 선장이 선원들의 선실에 발을 들여놓는 일은 없을 것이다. 선장이 어떤 태도를 취하든 그에게 신뢰를 기대할 수는 없었다. 그는 당국의 세계에 속해 있었다. 그들이 킬 만에 접근해갔을 때에는 한여름이 되었다. 기온은 35도까지 올라갔다. 원형 창문으로는 바람 한 점 들어오지 않았다. 그녀는 침상에 늘어져 있었다. 땀방울이 눈으로 흘러들었다. 햇살을 뚫고 천장을 쳐다보았다. 물의 반사광이 끊임없이 반짝이며 지나갔다. 그녀는 사막에 누워 있었다. 그녀 위에서는 바다의 신기루가 끓어오르고 있었다. 그녀는 이제 일어설 수 없었다. 열기에 녹아버린 것이다. 손을 움직일 수도, 머리를 돌릴 수도 없었다. 사막은 끝이 없었다. 세상이 사막이었다. 아직 삶의 잔재들이 존재한다면, 그것들은 사막 속에 있었다. 그 속에서는 아직 모든 것이 들끓고 있었다. 곧 그것은 메마를 것이다. 모든 인간과 짐승, 모든 식물과 도시가 메마를 것이다. 흰 모래가 해골과 뿌리와 돌 위에 덮일 것이다. 그녀의 눈은 더 이상 떠지지 않았다. 햇빛이 딱 붙은 눈꺼풀을 뚫고 들어왔다. 심장 박동에 맞춰 밝아졌다 어두워졌다 했다. 아직 심장은 뛰었다. 곧 그것도 멈출 것이다. 심장이 쿵쿵거렸다. 그녀는 옷을 벗었다. 그녀는 바다 속으로 뛰어들었다. 그녀는 작열하는 모래 속에 누워 있었다. 파도는 가라앉았다. 바닷물이 사라졌다. 그녀의 눈은 잔뜩 충혈되었다. 곧 그녀의 내면에 암흑이 퍼질 것이다. 슈탈만이 그녀 앞에서 손을 들었다. 천천히, 천천히,라고 그가 말했다. 깊이, 고르게 숨을 쉬어요. 그럴 수가 없어요. 그녀는 자기가 말하는 소리를 들었다. 견뎌요. 바깥은 그래도 당신 마음속보다 더 시원해요. 그가 말했다. 기계 소리를 들으며 잠들도록 해요. 이 금속 마찰음, 이 구르는 소리, 두드리는 소리. 유리창에 눌려 납작해진 슈탈만의 얼굴. 그는 그녀와 발스트룀을 따라 예테보리로 오겠다고 고집했다. 풍크와 아른트는 그러지 말라고 충고했다. 하지만 그는 기차 출발 직후 씽긋 웃으며 객실 문 앞에 나타났다. 그들이 막 구시가지 앞의 방호벽을 넘어서 기적 소리에 맞춰 터널로 들어갔을 때였다. 훤해졌을 때 슈탈만은 사라지고 없었다. 후딩에, 툴링에, 툼바 등 외곽지들이 스쳐 지나갔다. 바퀴들이 철도 위에서 덜컹거렸다. 슈탈만이 다시 바깥 복도에 나타났다. 그의 수그린 모습이 이리저리 흔들렸다. 그는 머리칼을 흩날리며 열린 창가에 서 있었다. 차장이 왔다. 그녀의 심장이 멎었다. 그는 웃느라 입을 일그러뜨리며 차장에게 차표를 건네주었다. 검표기가 찰각거렸고 차장은 벌써 다음 차례로 넘어갔다. 그들은 차장에게 차표를 내밀었다. 그러고 나서 그들은 바깥에 함께 서 있었다. 그는 비록 가장 위험한 처지로 경찰에 1년 이상 쫓기고 있었지만, 그녀는 그와 가까이 있을 때 늘 안전하다고 느꼈다. 아마 그녀도 이미 추적당하고 있을 것이다. 그녀는 석방된 뒤로 자기를 1년 반 전에 체포한 팔란더 형사의 감시를 받는다는 것을 알았다. 그와 룬드크비스트와 뢴, 이 세 명의 전문가들은 사회부장관 뮐러에게서 정치적 망명자들의 감시를 지휘하도록 위임받았다. 필요에 따라 애매하게 침묵하거나 아첨하며 수다를 떨기도 하는 이 세 명의 하인은 독일의 위계질서에도 복무하고 있었다. 즉 독일을 위해 정보를 제공하고 기꺼이 베를린에서 환영을 받기도 했다. 남에게 고통을 주는 이 슈퍼맨들은 최신판 사진을 붙인 그녀의 인상착의를 독일에 넘겼다. 스톡홀름에서 출발한 지 거의 한 달이 지난 지금 그들은 그녀가 헤예르스텐스 가 자기 방에서 살지 않는다는 사실을 이미 오래전부터 확실히 알고 있었다. 아스푸덴에서 집을 같이 썼던 린드너[71]가 심문을 받았다. 팔란더는 독일의 관할 관청에 그녀가 실종되었다고 알렸다. 7월 11일 저녁 킬 만 앞에서 수로 안내자의 보트가 그들에게 접근해왔을 때, 스베르드는 그녀를 상자가 쌓인 창고 공간을 지나 앞 갑판으로 데려갔다. 여기서 그녀는 좁은 천창을 통과해 작은 사다리로 배의 균형 유지용 저수탱크

---

71) Paul Lindner(1900~?): 오스트리아의 의사. 1940년부터 스웨덴에 망명해 영국 영사관에서 일했다.

까지 내려갔다. 천창은 스베르드가 다시 그녀의 머리 위에서 잠가버렸다. 뱃머리의 이 저수탱크 바닥에서는 물이 절벅거렸다. 그녀는 킬 운하를 통과해가는 동안 밤새도록, 아마 다음 날 낮에도 한동안 거기 머물러야 할 것이다. 그녀는 식사와 보온병에 든 커피를 받았다. 그리고 손전등과 벨트도 하나 얻었다. 잠들거나 힘이 없을 때 깊은 곳으로 미끄러져 들어가지 않도록 사다리에 몸을 묶어놓기 위해서였다. 펌프로 탱크 안에 물을 채우게 될 경우 그녀는 천창 뚜껑 있는 데까지 기어 올라가야 했다. 비록 그녀는 도면과 모형을 통해 이 공간의 모든 개별 요소들을 알고 있었지만, 바닥이 뾰족해지는 통 속에 갇혀 있는 상태, 기름 섞인 죽은 바닷물 냄새, 윈치가 돌아갈 때의 소음 등은 상상할 수 없었다. 발스트룀과 헹케와 함께 그녀는 여행 직전 스톡홀름 항해박물관에 갔었다. 둥근 중앙홀에서 넓게 펼쳐진 흰색의 측랑과 밝은 녹색의 구리 지붕이 있는 이 고급스러운 건물은 층이 진 풀밭 앞에 있었다. 풀밭에서는 아이들이 놀고 있었다. 그 앞에는 카누와 돛배가 가득 떠 있는 동물원의 호수가 있었다. 그들은 박물관 안에서 대담한 뱃머리 모양들, 고풍스러운 복장의 선장과 장군이 있는 화려한 선실, 돛 네 개짜리 범선의 선원 침대, 쌍돛 범선과 쾌속 범선의 경탄스러운 모형들 사이를 이리저리 돌아다녔다. 지하실에는 상선들의 단면 모형들이 있었다. 그녀는 밀랍 귀마개를 가지고 가라는 헹케의 충고를 잊었다. 모형의 정교함, 이 꿈같은 장난감의 정교함 때문에, 그녀는 폭풍과 작열하는 태양을 뚫고 이 항구에서 저 항구로 항해해온 거칠고 낡은 화물운반선을 잊어버렸던 것이다. 그 모형에는 자그마한 철제 사다리들, 양묘기에서 관을 통해 나와 균형 유지용 물탱크 위에서 동그랗게 말린 우아한 사슬들, 핀 대가리 크기의 리벳들이 줄지어 박혀 있고 매끄럽게 칠한 벽면들 따위가 갖춰져 있었다. 이제 그녀는 이 화물선 안에 앉아서 헹케처럼 감금 상태, 천둥소리와 부서지는 소리, 악취, 축축한 소용돌이 등을 극복해야 했다. 헹케도 그 안이 그저 비좁고 시끄러웠다는 것 말고는 별다른 이야기를 하지 않았다. 완전한 어둠 속에서 시간감각이 다시 사라졌다. 그녀는 감히 등을 켜지 못했다. 어딘가 틈새가 있어 불빛이 밖으로 새어나갈지도 몰랐기 때문이다. 그들이 정박한 뒤로 몇 시간이 지난 듯했다. 하지만 손목시계의 야광침을 보자 이제 겨우 반시간이 지난 것을 알았다. 갑자기 독일 말소리가 들렸다. 그것은 철제 벽들을 통해 날카롭게 들려왔다. 그녀는 그 소리가 가까이 있는 선창에서 나는지 갑판에서 나는지 구분할 수 없었다. 목소리는 그녀의 가장 내밀한 신경섬유 속에까지 파고들었다. 하지만 그녀는 자신이 두려워하지 않는다는 것을 확인했다. 스웨덴 항구들에 있을 때처럼, 사람들이 자신을 체포할 수도 있다는 사실 때문에 불안하지는 않았다. 그녀는 적국에 와 있고 전쟁 중이었다. 이제 발각된다면 그녀는 병사로서 죽을 것이다. 그녀는 해야 할 일을 했다. 그녀는 벨트를 풀고 사다리 아래로 내려갔다. 그리고 발목 위까지 물에 잠긴 상태로 이물 구석으로 갔다. 여기서는 아마 누군가 천창을 통해 탐조등을 비추더라도 들키지 않을 것이다. 몸이 작아 보이도록 그녀는 팔을 머리 위로 뻗었다. 이 초라한 배가 어떤 뱃머리 모양을 하고 있는지 저 위에서 알았다면. 이물에서 얼마나 단호한 나이아데스[72]와 사이렌,[73] 니오베[74]와 니케[75]의 자매가 나타날 수 있는

---

72) Naiades: 그리스 신화에 등장하는 물의 요정.
73) Siren: 그리스 신화에 등장하는 여인과 새 또는 여인과 물고기가 혼합된 존재로 매혹적인 노래로 지나는 선원들을 유혹해 죽인다고 전해진다.
74) Niobe: 테베의 왕 암피온의 부인. 자식이 많아 거만해졌다고 신의 노여움을 사 자식들을 모두 잃고 석상이 되었다.
75) Nike: 그리스 신화의 승리 여신. 로마 신화에서는 빅토리아.

지 알았다면. 어떤 돌풍이 그들을 피해갔는지 알았다면. 그들의 목소리는 이제 멀어져갔다. 그러고는 배가 부서지는 듯한 굉음을 내며 사슬이 그녀 위로 내려왔다. 닻이 닻줄 구멍으로 들어갔다. 그녀는 쇠줄의 진동 때문에 사다리 앞까지 밀려났다. 그녀는 그곳에 귀먹은 상태로 쪼그리고 있었다. 고막이 터진 것만 같았다. 그때 금속의 진동을 통해 다시 스크루축이 돌아가는 것을 알아차렸다. 몇 척의 배만 만 안으로 들어와 홀테나우 쪽으로 향했고, 나머지 호송선들은 동쪽으로, 뤼베크, 슈트랄준트, 단치히 쪽으로 속도를 늦추며 나아갔다. 발스트룀은 들어가고 나가는 이중의 수문, 그 위에 떠다니는 계류기구들, 운하 내안의 사각 석재 등이 있는 운하를 그녀에게 묘사해주었다. 그들은 슐레스비히홀슈타인의 저지대를 통과해, 제슈테트, 렌츠부르크, 브라이홀츠, 샤프슈테트, 호흐돈 등을 지나, 엘베 강 어귀의 브룬스뷔텔로 갈 것이다. 그녀는 이미 방목지와 습지, 늪지대를 보았고, 농장과 마을들을 보았다. 그리고 배들이 달빛 속에서 초원을 지나 미끄러져가는 것을 상상했었다. 그때 다시 목소리가 울리고 철제 다리의 널빤지 위에서 구두 발소리가 났다. 이 명령 소리, 바삐 움직이는 발소리는 그녀가 잘 알고 있는 것이었다. 그녀는 청각을 잃지 않아 그저 만족스러울 뿐이었다. 그녀는 적의 목소리를 들었다. 하지만 그것은 그녀의 언어였다. 그녀의 청소년기, 망명기까지의 세월은 이 언어 속에 담겨 있었다. 7년에 걸친 망명기에도 그녀는 이 언어를 썼다. 그녀는 나라를 빼앗겼지만 언어를 빼앗기지는 않았다. 그녀는 언어를 소유했고, 나라도 다시 얻게 될 것이다. 이제 저지독일어 소리를 들을 수 있었다. 노동자들이 창고 문을 열었다. 아마 그들 가운데 한 명은 그녀의 적이 아닌 듯했다. 목소리들이 친밀감을 일깨웠다. 다시 호각 소리와 명령 소리가 곧 이질감을 만들어냈다. 그녀는 이 나라로 잠입할 것이다. 그리고 이 나라의 언어로 말할 것이다. 자신이 외국에서 왔고 자신과 이 나라 사이에는 7년의 세월이 가로놓여 있다는 점을 부인할 것이다. 어쩌면 그녀가 알고 있던 사람들 가운데 몇몇을 만나게 될 것이다. 근본적으로 변한 것이 그녀에게는 평범한 일이 되었다는 점을 그녀는 배워야 했다. 어떤 발걸음을 떼든 망설여서는 안 되었다. 이전에 그녀는 여러 도시들의 도로에서 자신이 배회하는 모습을 상상할 수 있었다. 헹케는 그녀에게 자신이 베를린을 다시 보았던 상황을 묘사해준 적이 있다. 그녀는 자기도 지시받은 목적지들을 찾을 수 있으리라고 믿었었다. 그러나 이제 이미 가까이 와 있던 상륙이 다시는 도달할 수 없어 보이는 먼 곳으로 밀려났다. 그리고 그녀가 이미 오래전에 떠났던 도시가 그녀에게 다가왔다. 그녀는 스톡홀름에 있었다. 마지막 날 동료 몇 사람과 그녀는 다시 한 번 자신이 찾아가야 할 주소들을 점검했다. 눈앞의 과제는 파악할 수 있었다. 머릿속에서 그녀는 전차 정거장들에 들어섰고 계단을 따라 지하철로 갔다. 머릿속에서는 지금 따로따로 고립된 말로 울리고 있는 언어가 벌써 바다처럼 그녀를 에워쌌다. 바다 위에서도 종종 베를린의 집들을 손에 잡을 수 있었다. 하지만 이 나라에 잠입해 들어온 지금, 그녀는 모든 것을 잃어버렸다. 단지 알 수 없는 것만이 그녀를 에워쌌고, 녹슨 금속 탱크 속에서, 엔진이 웅웅거리고 물이 철썩거리는 가운데, 그녀는 낯선 곳으로 들어갔다. 스톡홀름, 이 도시가, 암흑이 그녀의 감각들을 감싸고 있는 지금처럼 그렇게 공기 좋고, 그렇게 찬란한 적은 없었다. 꿈속처럼, 아주 깊은 밤중처럼, 현란한 색들이 생겨날 수 있었고 무의식 상태에서 생각은 여행을 떠났다. 그녀는 인셀스타트 안에서 움직였다. 남쪽 바닷가, 엘리베이터 타워 옆에 있는 선원의 집이 그녀에게 나타났다. 셉스브로 앞의 보세 창고들 건너편 선원 알선소가 보였다. 그녀는 물 위를 바라보았다. 작은 흰색 연락기선이 갈매기 떼 사이로 동물원 쪽으로 가고 있었다. 발스트룀이 아무 소식도 없이 그녀 옆에 다가올 때까지 그녀는 자신이 무엇을 기다리는지 되풀이해서 잊어버렸다. 그는 매일 배들의 도착과 출발에 대해 알아본 것을 가지고 왔고, 예테보리 항구의 화물선들 소식을 얻어왔다. 그러나 목적지가 적합하지 않거나 선원들의 구성이 불리했다. 그리고 스베르드는 페름 호의 선박업소가 있는 크리스티네함에서 첫 소식을 보낸 이후 아직 아무 소식도 없었다. 그녀의 여행은 결정되었다. 그녀는 오래전부터 이번 여행을 자원했다. 하지만 왜 이 여행을 맡으려 하는지 헹케가 물었을 때 그녀는 대답할 수 없었다. 저 위쪽, 자신의 구역인 스베아 도로에서 헹케는 그렇게 물었다. 두 사람은 바나디스 공원을 가로질러 수영장까지 걸었다. 사람들이 물속으로 첨벙 뛰어드는 소리, 헐떡거리는 소리, 날카로운 웃음소리를 들을 수 있었다. 그들은 그가 살고 있는 되벨른 가의 모퉁이를 길에서 내려다보았다. 잠시 후 헹케가 자신의 물음에 스스로 답하며 외쳤다. 무슨 놈의 질문이람. 누군가 가야 하기 때문에 가는 겁니다. 헹케는 본성상 그녀와 통했다. 그는 자신의 행운을 믿었다. 그리고 일이 틀림없이 잘될 거라고 다짐했다. 사정은 간단해서, 부상당한 동지 한 사람이 현장에 있으며, 그를 데려와야 한다는 것이었다. 그 이상은 아니었다. 누군가 그 일을 해야 했다. 그것은 한여름 축제 일주일 전의 일이었다. 그녀는 정확히 그날, 6월 16일을 기억했다. 왜냐하면 저녁에는 모든 것이 명확하며 사흘 뒤에는 떠난다는 명령이 떨어졌기 때문이다. 그리고 그 향기 나는 밝은 녹색의 평화로운 분위기 속에서 헹케는 그녀에게 베를린에 대해 이야기해주었다. 당신은 저기 유리벽 뒤에서 헤엄치는 사람들 가운데 한 사람 같아야 합니다. 물에 뛰어들어야지요. 그다음 힘들이지 않고 미끄러지는 겁니다. 하지만 익숙하게, 물개처럼 잽싸게 방향을 틀 태세가 되어야 합니다. 이런 비유를 하면서 그는 웃음을 참지 못했다. 이 순간 반짝이는 검은 머리칼을 한 그는 물개처럼 보였다. 그의 웃음이 빈 공간에서 메아리쳤다. 뤼베크 앞에서 영국군의 공습이 진행되는 동안 그도 닻줄 보관함 아래 숨어 있어야 했다. 그런 일은 당장이라도 다시 일어날 수 있을 것이다. 항구들과 수송선이 이제는 거의 매일 밤 폭격당했다. 그녀는 비행기 모터의 둔탁한 소리를 들을 수 있는지 귀를 기울였다. 하지만 조용했다. 다만 내항 벽 앞에서 방호재를 물에 넣는 소리, 문들의 돌쩌귀가 딸가닥거리는 소리, 배의 기관들이 소리를 죽여 돌아가는 소리만 들렸다. 그녀는 자신이 이제 겨우 홀테나우의 수문을 지나 운하 안에 들어섰는지, 아니면 이미 오래전에 내륙에 도달해 어느 철교 앞이나 어쩌면 비텐 호수 남쪽의 늪지대에 왔는지 확신할 수 없었다. 마지막으로 시계를 본 지 몇 시간이 지났다. 왜 여행하려고 하느냐는 질문은 자연스러운 것이었다. 왜 오래전부터 현지의 상황에 친숙했던 사람들, 이미 예전에도 비밀 업무를 보며 그곳에 머문 사람들, 군사투쟁을 해온 다른 사람들이 가지 않는가. 적어도 슈탈만은 전쟁터에 있었고, 다른 두 사람, 즉 아른트와 풍크는 오히려 참모에 속했으며 계획을 세웠고 당을 지휘했다. 슈탈만은 그녀에게 자기도 따라가게 될 것이라고 말했다. 당은 그때까지 그것을 허락하지 않았다. 그는 스톡홀름에서 필요한 인물이었다. 아른트와 풍크도 그녀에게서 소식을 받자마자 그녀를 따라 베를린으로 가겠다는 의사를 밝혔다. 그녀의 과제는 요원들에게 길을 닦아주고 현지에서 활동하는 것이 그들에게 가능한지 알아내는 것이었다. 그것은 명예로운 과제였다. 당의 지도자들은 보호되어야 했다. 비록 그녀의 신상명세는 경찰에 들어가 있었지만 높은 현상금이 붙어 있는 사람들보다는 그녀가 잠적하기 더 쉬울 것이다. 그녀가 체포될 경우 그녀의 손실은 감수할 수 있을 것이다. 아래쪽에는 사람들이 많았고 위쪽에는 사람들이 적었다. 그리고 적을수록 그들을 대체하기 어려워졌다. 모든 차원에서 활동들은 서로 얽혀 있었고, 그것들이 당 전체를 형성했다. 그리고 당은 그 일을 남자가 해냈느냐 아니면 여자가 해냈느냐를 구분하려 하지 않을 것이다. 그녀는 당에 소속된 이래로 어디서나 아무 요구 없이 당연한 듯이 해야 할 일을 하는 여자들을 보았다. 로자와 체트킨[76]이 있었지만 당은 남자들이 이끌었다. 중앙위원회에는 여성이 한 명도 없었다. 그녀는 그래야만 한다고 배웠다. 예부터 남자들이 조직가들이었다. 그녀는 위로 올라가려 하지 않았다. 그녀가 위험스러운 여행에 파견되었다는 것 자체가 충분한 인정이었다. 그녀가 답답증에서 벗어나지 못한다면, 그것은 통 안에 갇혀 있기 때문이었다. 그녀는 지시들이 위에서 내려온다는 데 이의를 제기할 생각이 없었다. 위에는 가장 풍부한 경험을 갖춘 사람들이 있었다. 남자들도 위로부터 명령을 받았다. 각자 위에는 더 높은 기관이 있었다. 그녀는 당을 지지하기로 결정했다. 그러나 당에 있는 남자들은 그녀에 대해 결정을 내렸다. 남자들은 당 안에서 자신의 업무를 찾았다. 당은 남자들에게 성장을 위한 발판이었다. 그녀는 자신과 대등한 사람들 사이에서 이름 없는 사람에 속했다. 그녀는 눈에 띄지 않는 사람에 속했다. 남자들은 발전하려 했다. 남자들도 당을 위해 최선을 다하려 했다. 그러나 이때 그들은 특권을 위해 서로 싸웠다. 그녀는 남자들을 그들의 명성에 따라 판단했다. 하지만 그녀는 아른트가 풍크를 향해 고함치는 소리를 들었다. 그녀는 지

---

76) Clara Zetkin(1857~1933): 프롤레타리아 여성운동의 창시자이자 지도자로 독일 노동운동의 좌익 대표자였다. 1919년 공산당에 입당하고 1927~29년 공산당 중앙위원회 위원을 지냈다.

하실에 있는 아이처럼 노래할 수 있었을지도 모른다. 주먹으로 자기 이마를 쳤다. 하지만 소리는 계속해서 울렸다. 그녀는 그가 외치는 소리를 들었다. 자신을 비난한 상대방이 겁쟁이이며 독일 여행을 비겁하게 피한다는 것이었다. 풍크는 그녀에게 이 문제에 대해 아무 말도 하지 않았다. 하지만 그의 침묵은 그녀에게 자기만족적인 것처럼 보였다. 그리고 그가 그녀에게 맡긴 과제와 그녀가 그의 물품 구입에 동행해야 한다는 것이 무슨 상관이었는지 그녀는 자문해보았다. 그는 스투레 광장 앞에서 넥타이를 고를 때 그녀가 조언해주기를 바랐다. 아마 그는 그녀를 신뢰 관계 속에 끌어들이려고 했을 것이다. 아니면 그도 이미 민간인 생활에 너무 동화되어, 더 이상 그들이 기대하는 일들 때문에 영향을 받지는 않았을 것이다. 여자 점원과 흥정해가며 거울 앞에서 바꿔본 그 많은 넥타이들이 그에게 왜 필요하단 말인가. 그리고 왜 그는 가장 좋은 구두, 그처럼 아름다운 둥근 구두창이 달린 헝가리제 구두를 신어야 한단 말인가. 그는 구두에 대해 훤히 알고 있었다. 그 자신이 한때는 구두장이였다. 혹은 어느 구두 공장의 종업원이었다. 그는 그녀의 일을 어떤 중요한 업무에서 일탈시켜 사적인 것으로 만들었다. 그는 여성인 그녀를 남성의 조수로 비하시켰다. 그녀는 억지로 이해하려 했다. 그녀가 처해 있는 삶을 평범하게 만드는 것은 해로울 것 없었다. 그녀는 사실 영웅이 아니었고 영웅이 되려 하지도 않았다. 일상은 계속되었다. 왜 풍크가 자신의 의상에 신경을 쓰지 말아야 한단 말인가. 사실 헹케도 자신이 기거하고 있는 집의 여자 동지와 오페라에 갔고, 「장미의 기사Rosenkavalier」[77])와 「마술피리」를 관람했다. 다시 아른트가 말했다. 그녀는 선생님 같은 어조를

---

77) 휴고 폰 호프만슈탈의 대사에 리히하르트 슈트라우스가 곡을 붙인 오페라.

들었다. 그가 독일 상황을 속속들이 안다는 것은 사실이었다. 수년 전부터 그는 독일 제국의 전 분야에 대해 보고를 받았다. 하지만 왜 그는 그녀 앞에서 자신의 지식을 뽐내야 한단 말인가. 스파이로 떠나는 것은 그녀였다. 그는 뒤에 남은 것이다. 남자들은 자신을 더 강한 자, 가장 인내심 있는 존재라고 여겼다. 그러나 그들의 강인함, 그들의 표현 능력이 어디에 쓰이는 것인지 그녀는 자문했다. 그녀는 한편으로 가장 진보적인 세력들을 규합해야 하는 당에 복무하려는 남자들의 의지와, 또 한편으로 경력에 대한 욕구 혹은 출세욕 사이의 갈등을 깨달았다. 불의와 착취에 맞선 투쟁 뒤에는 남자들 간의 투쟁이 있었다. 그리고 이 투쟁은 외부의 적에 맞선 투쟁만큼이나 광포하게 진행되었다. 그러나 그들은 패거리 형성이나 상호 공격과 배제를 결코 자신의 이익 욕구 탓으로 여기지 않을 것이다. 그들이 한 것은 언제나 당의 요구에만 따르는 것이었다. 그렇다. 헹케가 있었다. 발스트룀과 스베르드도 있었다. 그녀는 그들의 얼굴에서는 그들이 긴장하지 않고 있다는 것을 당장 알아보았다. 그리고 이완 상태는 언제나 욕심과 질투가 없는 경우에만 생겨났다. 그들의 시선에는 악의가 없었다. 그들의 턱 근육은 부풀어 오르지 않았다. 그들의 입은 악문 것이 아니었다. 그들에게는 남자의 일과 여자의 일 사이에 아무 구분도 없었다. 그녀는 슈탈만을 생각했다. 그녀는 이제 거의 무덤 속에 있는 상태였다. 그 속에서 그녀는 대체로 자기 방식으로, 즉 동지로서이기는 하지만, 그를 사랑한다고 스스로에게 털어놓을 수밖에 없었다. 그녀가 다시 나간다 해도 이런 생각은 말하지 못하고 속으로 삼키게 될 것이다. 슈탈만은 겁이 없었다. 그가 뽐낼 때에는 단지 오만했기 때문이지 경쟁자들과 겨루기 위해서가 아니었다. 그는 자리를 위해 싸우지 않았다. 확실히 그는 기꺼이 그녀와 함께 떠났을 것이다. 당을 위해 위대한 일을 해내기 위해서가 결코 아니다. 단지 그녀를 보호하기 위해서였다. 아른트와 함께 살고 있는 루이제도 그를 좋아했다. 그녀는 아직 젊었다. 갓 스무 살을 넘겼을 것이다. 릴라 에싱엔의 디스포넨트 가 4번지에 있는 그녀의 집에는 그녀의 넉 달 된 딸이 있었다. 식탁이 있는 구석의 작은 침대에 누워 있었다. 슈탈만은 아기와 장난을 쳤고, 아기는 작은 손들로 크고 잘생기고 거의 부드러운 그의 손가락을 잡았다. 그녀는 그의 머리 너머 돌출창을 통해 멜라렌 강을 내려다보았다. 흰 돛배들이 있는 푸른 물, 물가의 녹지, 빛나는 하늘 때문에 그녀는 잠시 동안 명치에서 이별의 고통을 느꼈다. 그녀는 방랑자였다. 그녀는 정착해 있는 사람들 사이를 떠돌아다녔다. 루이제는 그들이 이제 어떻게 헤쳐 나갈지 걱정했다. 이제 어학 강의도 별로 할 수 없었다. 아른트는 당에서 매월 180크로네를 받았다. 집세와 옷을 사 입는 데 충분한 돈이었다. 결코 그들이 굶을 일은 없을 거라고 슈탈만이 말했다. 이번에도 그는 식료품과 와인을 들고 왔다. 아른트와 그의 동거녀 집에서는 계획에 대해 말하지 않았다. 이 경우에는 그들의 일과를 채우는 것과 아무 관계 없는 보안이 핵심이었다. 도로 모퉁이에서, 공원에서, 카페에서, 역 대합실에서 그렇게 만난 일, 서류와 가방을 그렇게 서둘러 교환하던 일, 이 신속한 합의들, 한마디 말 혹은 하나의 제스처로 이루어진 간략하고 엄격하게 끼워 넣은 이미지들, 자동차들, 행인들, 외치는 사람들의 분주한 움직임 한가운데에서, 끝없이 늘어선 건물들 한가운데에서, 호수와 나무들 사이에서 있던 일들. 위쪽 천창의 나사에서 나는 소음에 시계를 보았을 때 그녀는 아침 4시인지 아니면 오후 4시인지 말할 수 없었을 것이다. 그녀는 다시 이물의 고랑 속에 몸을 붙였다. 그때 스베르드의 목소리를 들었다. 로테, 하고 그가 불렀다. 자신의 이름을 듣는 것은 기이했다. 그녀는 마치 이 이름을 잊어버렸다가 이제 돌려받은 듯했다. 그 이름은 기대하지 않았던 아주 다정한 존재처럼 그녀에게 다가왔다. 사다리를 기어오르려고 하자 무릎이 말을 듣지 않았다. 스베르드가 그녀에게 팔을 내밀었다. 그녀는 그의 손을 잡고 끌려 올라갔다. 그리고 새벽 어스름 속에서 자기 침상에 누웠을 때에도 이름 소리는 여전히 그녀의 마음속에서 계속 들려왔다. 식사해요, 로테. 당신은 아무것도 먹지 않고 아무것도 마시지 않았어요. 우린 이제 엘베 강 쪽으로 갑니다. 그다음에 노이베르크 등대를 지나고, 동프리슬란트 군도를 따라 보르쿰까지 간 다음, 엠스 강으로 들어가 델프세일로 갑니다. 그때 당신은 다시 탱크 안에 있어야 해요, 로테. 거기서 우리는 널빤지들을 하역합니다. 그다음에는 계속해서 베저 강으로 해서 브레멘으로 갑니다. 이제 좀 자요. 로테.

길게 직선으로 뻗은 가로수길. 은녹색으로 파도치며 양쪽으로 펼쳐지는 들판. 종달새들이 지저귀며 하늘로 솟구쳤다가 입을 크게 벌린 채 쏟아져 내렸다. 저 멀리 숲으로 덮인 언덕들이 있었다. 그는 힘차게 그곳으로 걸어갔다. 그는 멀리서 이미 우물가에 있는 그녀를 보았다. 그녀는 기대했던 것보다 키가 더 작고 말랐다. 높직한 펌프 손잡이에 기댄 채 그녀가 그를 바라보았다. 그는 걸어가며 어깨와 엉덩이를 흔들었다. 발꿈치에서는 먼지구름이 일어났다. 그녀 뒤에서는 산사나무 울타리 위로 교회가 솟아 있었다. 금빛 풍향기가 번쩍였다. 자작나무들로 에워싸인 채 하얗게 빛나는 앞마당을 가로지르며 그는 손을 들었고, 그녀에게 다가가 손을 잡았다. 손은 쇠처럼 차가웠다. 그의 이마는 넓었으며 수평으로 주름이 몇 줄 나 있었다. 턱과 입은 묵직해 보였고, 입술은 가늘었으며 왼쪽 끝이 약간 치켜 올라갔다. 첫눈에 그는 우아해 보였다. 하지만 입을 찡그린 모습은 씁쓸한 혹은 경멸하는 미소 같았다. 눈과 입 사이의 거리가 왼쪽이 오른쪽보다 짧았기 때문에, 그의 얼굴은 서로 다른 양쪽으로 나뉘었다. 그녀는 그에게 두 개의 얼굴이 있다고 생각했다. 하나는 열린 얼굴이고 다른 하나는 닫힌 얼굴이었다. 그녀의 얼굴에 대해서는 특별히 말할 것이 아무것도 없었다. 그녀의 용모를 파악할 수 없어서 그는 불쾌했다. 그는 어떤 특징이라도 찾아내려고 몇 차례 그녀를 세밀히 바라보았다. 하지만 유일한 특징은 아마 그녀의 시선이 그를 피하지 않고 그녀의 입이 아무런 동요도 드러내지 않는다는 점이었을 것이다. 그녀가 오벨리스크 앞을 지나 열려 있는 교회 문 쪽으로 가고 있을 때에도, 그는 이 얼굴이 어떤 이유에서 그러한지 궁리해보았다. 그녀의 발밑에서는 자갈이 달그락거렸다. 울타리 안쪽과 묘지들 사이로 길들이 교차되는 중앙로를 따라 단풍나무들이 늘어서 있었다. 나는 당신 남편, 프리츠 비쇼프[78]와 알고 지냈습니다. 풍크가 말했다. 그는 그녀의 얼굴이 동요하는지 보려고 그녀를 향해 고개를 돌렸다. 하지만 그녀는 단지 머리를 들고, 교회의 아스팔트 싱글 지붕을 바라보았을 뿐이다. 그것은 멜라렌 협곡의 아주 오래된 요새 교회들 가운데 하나였다. 거칠고 불그레한 화강암 벽돌로 된 것이었다. 창문 몇 개는 깊이 들어간 총안 속에 있기도 했다. 뱀처럼 구불구불한 설형문자인 루넨 문자와, 보트, 동물, 사냥꾼 등의 모습을 정으로 새겨 넣은 돌비석들은 그 이전 시대를

---

78) Fritz Bischoff(1900~1945): 샬로테 비쇼프의 남편. 독일 공산당 창당 때부터 당원이었으며 공산당에서 문화정책 활동을 맡았다. 1934년 체포되어 8년간 수감되었으며 1942년부터 강제수용소에 수감되었다. 1945년 영국 비행기의 폭격 도중 SS에 의해 사살되었다.

증언하고 있었다. 하지만 그 옆에는 아직 살아 있는 어느 광폭한 게르만인의 아내 카린 포크[79]가 묻혀 있었다. 풍크는 풀 속의 묘석 위로 몸을 굽혔다. 그녀는 10년 전에 이곳에 매장되었다. 무덤가에는 싱싱한 꽃다발이 놓여 있었다. 위대한 인물인 그 남자가 죽은 아내를 위해 이 나라를 보호하고 있다는 이야기가 쓰여 있었다. 바보 같은 소리라고 풍크가 소리쳤다. 그리고 분개하여 발을 구르고 팔을 휘저으며 큰 걸음으로 교회를 지나갔다. 교회 문에는 불규칙하게 눌린 검은색 쇳조각들이 박혀 있었다. 굵은 못대가리들이 삐져나와 있었다. 그들은 큼직한 손잡이를 잡아 문을 열고 서늘한 교회당의 회중석으로 들어섰다. 밝은 회색의 아치가 있었다. 좌우의 의자들은 회색과 흰색의 대리석 무늬로 칠해져 있었다. 중앙 통로는 또다시 시신들 위로 나 있는 길이었다. 그들은 석관들의 뚜껑판 위를 걸었다. 기도실 벼락닫이 문을 나서자 그곳에는 문자들이 문드러져서 지워져 있었다. 다른 곳에서는 서쪽에서 동쪽으로 유골이 안치되어 있는 사람들에 대한 글을 읽을 수 있었다. 그녀는 그를 따라 마리아 사무엘스도터의 묘지를 넘어서 걸어갔다. 마리아는 1654년 4월 9일 그녀의 딸인 마리아 페데르스도터와 함께 이곳에 안장되었다. 그는 양손을 설교단 위에 편 채로 벤치 위에 앉았다. 그녀는 그의 옆에 앉았다. 왜 이 사람은 나를 이렇게 호기심 어린 눈으로 바라볼까. 그녀는 자문해보았다. 창틀 속의 프레스코들은 요한 실비우스[80]가 그린 것이고, 설교단은 프레히트[81]의 작품입니다. 그가 말했다. 이곳에서 12세기 이래로 봉직한 모든 성직자들의 이름이 성물 안치소에 소개되어 있습니다. 그는 미리

---

79) Karin Fock(1888~1931): 스웨덴인으로 히틀러의 후계자였던 괴링의 첫 부인이었다.
80) Johan Sylvius(1620~1695): 17세기 스웨덴의 화가.
81) Christian Precht(1635~1695): 17세기 함부르크를 중심으로 활동한 독일 조각가.

이곳에 대해 알아냈다. 그 점이 그에게 유리했다. 그녀와 프리츠가 소풍을 할 때면 프리츠도 목적지에 어떤 볼거리들이 있는지, 그것에 대해 역사는 무엇을 말해주는지 언제나 알려고 했었다. 그녀는 아주 선명하게 남편의 얼굴을 마주 대하고 있는 듯했다. 그의 이마도 넓고 높았고 부드러운 검은 머리칼로 감싸여 있었다. 그의 입과 시선은 단호했다. 하지만 7년간의 교도소 생활을 하고도 그 모습이 상해서 일그러지지 않고 여전히 균형 잡힐 수 있을까 하고 그녀는 자문해보았다. 프롤레타리아 문화연맹 의장인 내게는 정치국이 떠맡긴 기술적인 조직보다 문화적인 일이 더 적합할 겁니다. 1930년 당시 우리는 정치적인 일이 문화적인 일과 결합되는 것을 목격했습니다. 당이 건설된 뒤 시작되었던 것들이 그때서야 그 모습을 드러낸 겁니다. 여러 가지 정치적인 계획이 알지 못하는 사이에 이미 문화적인 활동이 되어 있었습니다. 계몽과 교양을 통해 개입 가능성은 더 커졌지요. 당으로서는 지난 10년간의 인식들을 심화하고, 이미 생각의 혁명적 변화를 말해주는 인식들을 통해 그것을 보완하는 것이 중요했습니다. 우리 문학, 미술과 음악, 우리 연극, 우리의 논쟁 들은 그 절정에 달했지요. 금세기에 시작된 모든 것이 독특하게 발전했습니다. 표현력을 갖춘 것들이 모두 해체되고 난 뒤 당시 우리가 가지고 있던 연구 결과들이나 예술적 선언문들은 모두 오늘날에는 거의 상상할 수도 없는 것들이었습니다. 그것들은 피스카토르, 브레히트, 바일[82]과

82) Erwin Piscator(1893~1966): 바이마르공화국의 진보적 극 연출가. 1931년에 모스크바, 1936년 스위스, 1938년에는 뉴욕으로 이주했다. 1951년 다시 동독으로 귀국했다.
Bertolt Brecht(1898~1956): 독일의 시인이자 희곡 작가. 1933년 덴마크, 1939년 스웨덴, 1940년 핀란드, 1941년 미국으로 망명했다. 전후 동독으로 귀국했다.
Kurt Weill(1900~1950): 독일 작곡가. 브레히트의 「서푼짜리 오페라」를 작곡했으며 미국으로 망명했다.

아이슬러, 그로스, 딕스, 슐레머, 놀데, 베크만과 클레, 되블린, 무질, 브로흐, 얀 혹은 베냐민[83] 같은 사람들의 작품들만이 아니었습니다. 문화 생활을 형성한 것은 활력과 무한한 환상과 실험의 즐거움에서 나오는 전체적인 분위기였습니다. 매일 새로운 발견이 이루어졌지요. 우리는 전체 인간을 사로잡을 일대 변혁이 시작되리라고 확신했습니다. 이러한 변혁은 이 나라가 처음으로 민족적 동질성을 얻게 되었기에 그만큼 더 중요할 겁니다. 그는 질문을 던졌다. 하지만 어떻게 이 문화적 성장과 동시에 인간의 본성에 내재하던 가장 비열한 것이 확산되어 몇 년밖에 안 되는 기간에 어떤 통찰력보다도 더 강력해지는 일이 생길 수 있었을까요. 어떻

---

83) Hanns Eisler(1898~1962): 오스트리아 작곡가. 브레히트와 장기간 협업. 미국으로 망명했으나 1949년 다시 동독으로 귀국했으며 1967년 통일사회당 중앙위원회 위원이 되었다.

George Grosz(1893~1959): 독일 표현주의 화가, 삽화가. 1920년 독일 공산당에 입당했으며 1933년 뉴욕으로 망명했다.

Otto Dix(1891~1969): 독일 화가. 나치 시대에 전시 금지 처분을 받았다.

Oskar Schlemmer(1888~1943): 독일 화가, 조각가. 1920~29년 바우하우스에서 교수로 일했다.

Emil Nolde(1867~1956): 독일 표현주의 화가, 그래픽 예술가.

Max Beckmann(1884~1950): 독일 표현주의 화가.

Paul Klee(1879~1940): 스위스 화가, 그래픽 예술가. 1921~30년 바우하우스에서 일했다.

Alfred Döblin(1878~1957): 독일 작가. 대표작은 『베를린 알렉산더 광장』. 1933년 스위스, 프랑스, 1940년 미국으로 망명. 1945년 독일로 귀국했다가 1954년 프랑스로 다시 이주했다.

Robert Musil(1881~1942): 오스트리아 작가. 대표작은 『특성 없는 남자』. 스위스 망명 중 사망했다.

Hermann Broch(1886~1951): 오스트리아 작가. 대표작은 『몽유병자들』 3부작. 1938년 이후 미국에 거주했다.

Hans Henny Jahn(1894~1959): 음악 이론가, 오르간 제작자, 작가. 1933년부터 덴마크에서 망명 생활을 했다.

Walter Benjamin(1892~1940): 독일 문화철학자. 나치를 피해 망명 중 자살했다.

게 더 훌륭하고 더 정의로운 삶으로 가는 길 위의 이 이정표들이 그처럼 간단히 우민화를 통해 무너지고, 어떻게 이 비판적이고 시적인 정신이 천민들에 의해 밀려나게 되었을까요. 그가 말했다. 나는 1933년 2월까지만 해도 프리츠 비쇼프와 함께 공산주의 노동자들과 사민주의 노동자들의 단결을 통해 이 타락을 막을 수 있으리라고 생각했습니다. 우리는 새로운 통일전선을 형성하려 했습니다. 하지만 처음에 우리 편이었던 사람들 가운데 수많은 사람들이 점점 떨어져 나갔습니다. 그토록 창의력도 풍부하고, 그토록 풍부하게 해결 방안들을 제안했던 우리는 모든 문화를 포기한 폭력 앞에서 숨고 달아났지요. 이어서 그가 물었다. 한 세기 전체를 규정할 수 있었을지도 모르는 지적 능력이 갑자기 사라진다는 것, 또 책들, 잡지들, 그림들, 대화와 토론들을 통해 우리가 접하게 된 것들이 순식간에 녹아버리고 공황 상태만 남게 되었다는 것을 당신은 어떻게 납득하겠습니까. 비쇼프가 답했다. 아마 우리가 정치를 제대로 하지 못해 문화를 잃어버렸을 겁니다. 우리가 완성했다고 여긴 것은 전망이나 유토피아들이었습니다. 경험에 근거한 하부구조가 튼튼했으며 의식이 성숙했고 개방적이었다는 것은 맞는 말입니다. 당시에 고안해냈던 것들은 실현될 수도 있었을 겁니다. 그러나 그것은 여러모로 기념비적 건축의 설계도 같은 것이었을 뿐입니다. 건물 자체는 아직 없었지요. 우리는 방향을 잡았습니다. 하지만 대개는 가난하고 비참한 상태로 살았고, 그래서 자신에게 합당한 약속들이 제시되었을 때 충분한 에너지를 갖지 못했던 겁니다. 나치 집권 직전 베를린에서 문화계 인사들이 모여 연극과 콘서트를 공연하고 전시회를 열었을 때, 사실 우리는 쿠담[84]도 몰랐

---

84) Kurfürstendamm: 베를린의 중심가.

지요. 거리 세포들의 야간 교육이나, 10월 축제, 노동절, 선거 등을 위한 짤막한 선동극의 시연에 참가하고 있었습니다. 그녀는 계속했다. 하지만 저는 당신이 무엇을 말하려는지 압니다. 제 남편의 경우에도 비슷했지요. 종종 그에게 그런 말을 들었습니다. 우리가 뭔가를 생각해냈을 때에는 사고의 기쁨 혹은 즐거움이 있었습니다. 프롤레타리아 문화 말이지요. 우리는 늘 이 문제에 대해 말했습니다. 그러나 우리가 그 말을 어떻게 이해했는지 지금 생각해보면, 우리가 자전거를 타고 밖으로 나가 슈판다우 숲, 테겔 호수로 갔을 때, 또 보트에 앉아 있거나 체육 단체에 참가했을 때 프롤레타리아 문화에 가장 가까웠던 것 같거든요. 그리고 뭐랄까. 사람들이 어떤 예술 작품에서 해결책을 찾을 때 마음이 가벼워지는 것과 마찬가지로, 그러한 것이 우리에게 활력을 주었지요. 그러니까 예술은 육체적인 고취와 유사한 어떤 겁니다. 그런데 그 때문에 놈들은 프리츠를 8년 동안 감옥에 처넣었지요. 그가 말했다. 카셀의 벨하이덴 감옥요. 그녀가 덧붙였다. 그들은 한동안 아무 말 없이 앉아 있었다. 그는 생각했다. 정신적인 가치들의 파괴는 사회적 적대 관계의 결과야. 제반 세력들이 언제나 그 대립 세력들과의 충돌 속에서 발전하기 때문에, 의미심장한 것은 낡아빠진 것들과의 충돌 속에서 생겨났지. 낡은 것은 혁신의 표시가 명백해지면 명백해질수록 더욱 격렬하게 반발했어. 변화하려 드는 것을 위해서는 끊임없는 보장이 필요했을 거야. 사실 우리는 우리가 얻은 것 때문에 착각을 했지. 우리를 다시 파괴하려고 하는 다른 것들 모두가 여전히 존재한다는 사실을 망각한 거지. 우리나라는 특히 심하게 감염되어 있었어. 이 공화국, 바이마르공화국에는 그 구성 당시에 아무도 생각한 적이 없었던 의미가 부여되었지. 그 속에서는 일종의 휴머니즘적 과학 운동이 생겨났지. 그것은 호전적이고 감정에 빠져 있는 전통들과 맞서는 것이었어. 또 그것은 세상을 기쁘게 하는 것을 추구하지 않고, 오히려 심리학, 생리학, 사회학 등의 지원을 받아 분석적으로 이루어졌지. 하지만 진보적인 요인이 드러나는 곳에서는 어디서나 어두운 힘들이 규합되어 그러한 요인을 무너뜨리려 했어. 그래서 진보의 성과들이 탁월한 만큼이나 그것을 제거하는 일도 훌륭하게 이루어졌지. 한때 해방되었던 것들이 모두 질식당했어. 그는 트로츠키를 경멸하는 데 동의했지만 당시 위험의 정도를 인식한 유일한 사람이 트로츠키였다는 점을 인정할 수밖에 없었다. 비쇼프는 그를 옆에서 바라보았다. 마치 그는 마음속으로부터 흔들리는 듯했고, 열과 싸우는 듯했다. 그의 이마에는 땀이 맺혀 있었다. 몸이 안 좋은가요. 그녀가 물었다. 하지만 그는 입을 다문 채 침묵했다. 그는 생각했다. 독일에서, 파쇼 독재 치하에서만 파괴가 이루어진 것은 아니었지. 동시에, 정확히 같은 시기에, 그들이 지키기 위해 싸웠던 나라, 혁명적 사고가 절정에 이르렀던 나라, 그들이 이룩해낸 모든 것을 여전히 능가하는 절정에 이르렀던 나라, 바로 그 나라에서 끔찍한 몰락이 시작된 거야. 갑자기 위쪽 탑에서 종소리가 울리기 시작했다. 10시였다. 한 시간 있으면 예배가 시작된다. 당신은 떠날 생각입니까. 그가 물었다. 그녀는 고개를 끄덕였다. 그들은 다시 관들 위로 천천히 걸어갔다. 묘지 쪽으로 나가, 한적한 모퉁이의 벤치 위에 앉았다. 나무 울타리가 들길과 접해 있는 곳이었다. 그는 베를린에 그녀가 아는 사람이 있는지 알고 싶어 했다. 그녀는 자신의 언니가 예전에 칼스호르스트에 살았지만, 지금 주소는 이제 찾아내야 한다고 답했다. 그는 샬로테 아이젠블레터[85]를 아느냐고 물었다. 그녀에 대해서는 들은 적 있다고 답했다.

---

85) Charlotte Eisenblätter(1903~1944): 독일 공산당 저항 조직에 비당원으로 참여했으며 샬로테 비쇼프와 협력했다. 1942년 체포되어 1944년 처형되었다.

그가 말했다. 그 사람과 접촉하도록 해보세요. 프렌츨라우의 위커뮌데 가에 살고 있습니다. 그는 저고리 주머니에서 시가 지도를 꺼내 펼쳤다. 게준트브루넨 역에서 보른홀름 가로 간 다음, 노르웨이 가 쪽으로 다시 두 구역을 돌아가요. 당신도 알다시피 당신은 스칸디나비아에 체류하고 있습니다. 이제 그는 그녀의 활기 없는 얼굴을 바라보았다. 하지만 그녀의 특징은 그래서 더욱 파악하기 어려웠다. 그는 생각했다. 이 여자 피부의 주름이나 경련을 찾아내려면 돋보기가 있어야겠군. 이건 엄밀히 말해 석고상이야. 데스마스크지. 그녀는 묻고 싶었다. 왜 당신 자신이 가지 않는 거지요. 당신은 나를 총알받이로 내밀려는 거지요. 여기, 지저귀며 노래하는 검은 새 떼들이 몰려다니고 있는 이 휜한 들판 앞에 앉아, 마치 바로 옆에 있는 것처럼 베를린에 대해 이야기한다는 것은 얼마나 주제넘은 짓인가. 그녀는 그런 식으로는 일할 수 없다고 말했다. 주소들은 유용하지만 거기까지 가는 길은 자신이 평가해서 선택해야 한다고 말했다. 그녀는 이 시가 지도를 보며 베를린을 상상할 수는 없었다. 그녀는 아이젠블레터도 알았고 엘리자베트 슈마허[86]도 알았다. 또 헹케를 통해 그녀가 어디에 사는지도 알았지만 그것을 말하지 않았다. 갑자기 그녀는 풍크가 무서워졌다. 그녀에게는 단지 떠나라는 그의 명령이 필요했을 뿐이었다. 그러면 그녀는 자기 나름대로 베를린을 찾아갈 것이고 자신이 살았던 거리들과 그 구겨진 종이 위에 없는 모든 것을 찾아낼 것이다. 하지만 그녀는 풍크가 도착하기도 전에 그에 대해 경고를 해주었던 아른트도 믿지 않았다. 그녀는 조급해졌다. 그러나 그것을 숨기고 등을 뒤로 기댔다. 행복한 종달새들이 있는 하늘을 올려다보았다. 그는 그녀가 과제

---

86) Elisabeth Schumacher(1904~1942): 독일 공산당원. 쿠르트 슈마허의 아내로 공예가였다. 1941년부터 소련에 정보를 제공하다 1942년 체포되어 처형되었다.

를 수행할 수 있을지 자문했다. 너무 많은 사람들이 제대로 알지도 못하고 출발해서 금방 함정에 빠졌다. 그는 그녀가 이곳에 얼마나 머물렀는지, 생계는 어떻게 꾸리는지 물었다. 그녀는 1년간, 그러니까 1940년 4월부터, 예르데트 지구의 스메스바크 가에서 소련 영사 상무관 다비도프의 가사를 돌봤고, 한 달 전에 해고되었다고 했다. 그는 그녀가 지금 무엇을 하면서 먹고사는지 경찰이 조사했느냐고 물었다. 그것은 일종의 심문이었다. 그녀는 사실 룬드크비스트에게 호출되었으며 새로운 자리를 찾으려 한다고 말했노라고 털어놓았다. 풍크는 그녀에게 그 경찰관의 외모를 이야기해달라고 말했다. 그는 여우처럼 생겼어요. 미간은 좁았고요. 그녀가 답했다. 자기 두목 하이드리히[87]를 닮았군요. 풍크가 말했다. 그러고는 시가 지도를 다시 가리켜 보였다. 여기 크로이츠베르크의 프린첸 가앞 모리츠 가 3번지에 내 장인 장모님이 사십니다. 이 주소는 틀림없이 감시당하고 있을 거야. 그녀는 속으로 생각하고, 그곳에는 발을 들여놓지 않겠다고 작심했다. 이 사람은 나를 날려 보낼 작정이군. 그녀는 생각했다. 확실히 아른트 말이 맞아. 이 사람은 베를린 일이 불가능하다는 것을 증명하려는 거야. 이제 사람들이 묘지들 사이의 길을 걸어서, 교회 입구 쪽으로 밀려갔다. 오르간 전주곡이 기선의 기관들처럼 웅웅거렸다. 풍크는 지도를 접었다. 그들은 몸을 일으켜 울타리에 있는 빗장을 열고 들판으로 나갔다. 그는 담뱃대에 불을 붙였다. 그녀는 그의 잇새에서 담뱃대가 달그락거리는 소리를 들었다. 그는 허기진 듯이 연기를 들이마셨다. 그러고는 숲을 지나고 언덕을 넘어서 농장들 앞을 지나고 섬을 돌아가, 마침내 연못 앞 수양버들 사이에 대리석 요정들이 우아하게

---

87) Reinhard Heydrich(1904~1942): 나치 경찰 총수로 홀로코스트를 조직했다. 1942년 프라하에서 암살 시도로 부상을 입고 그 직후 탈저로 사망했다.

서 있는 성의 공원까지 먼 길을 걷는 동안, 그는 그녀에게 모든 정보에 따라 계산해낸 베를린 소재 당 조직망의 매듭점들을 설명해주었다. 그녀는 자신이 찾아가서 서류들을 전달해야 할 사람들, 현재 상황에 대한 정보를 줄 수 있는 사람들의 이름을 새겨두어야 했다. 그리고 어떤 판단에 도달하면 『민족의 파수꾼Völkischer Beobachter』[88]에 광고를 내야 했다. 그가 뒤따라가는 것이 가능하다고 여길 때에는 아이들 많은 가정에 급히 가정부 구함이라고, 경고를 하려면 여자 없는 집에 도움이 필요함이라고 광고해야 했다. 이때 그녀는 웃을 수밖에 없었다. 왜 그런지 알지 못했지만, 그녀는 그 문구들이 너무 우스워 보여 머리 위에서 균형 조절 탱크 뚜껑이 열렸을 때에도 웃고 있었다. 그녀의 머리는 얼마나 많은 생각들로 넘쳐났던가. 그녀는 얼마나 기민하게 자신의 새로운 영역으로 들어갈 것인가. 들키지 않고도 어떤 문화, 어떤 예술을 활용할 것인가. 만일의 경우에는 모든 것을 잊을 것이다. 아주 철저히 잊어서 어떤 고문으로도 그것들을 캐내지 못할 것이다. 종달새들의 그림자가 맴도는 가운데 그녀는 즐겁게 사다리를 기어올랐다. 스베르드가 그녀를 선실로 데려갔다. 7월 25일, 금요일, 늦은 오후였다. 페름 호는 브레멘 북부 그뢰펠링엔 옆 도크의 계선장에 정박했다. 내항에는 공습 때문에 들어갈 수 없어서였다. 잔교가 나와 있었고 수로 안내인은 배를 떠났다. 배에서의 마지막 단계였다. 작별의 순간이었다. 거의 한 달을 그녀는 이 선실에서 보냈다. 그녀는 다시 한 번 작은 방을 마음에 새겨두었다. 바닥 판자들의 모든 이음매, 벽에 있는 모든 대갈못, 놋쇠 장식물들에 박힌 모든 나사들을 확인했다. 스베르드와 슈타르켄베르크만 그녀와 결속되어 있는 것은 아

---

88) 1920년부터 발행된 나치 기관지.

니었다. 그녀는 자신이 만나지 못한 점령지의 다른 구성원들과도 친밀해졌다는 것을 알았다. 그녀는 수많은 사람들의 생각이 자신에게 밀려오고 자신에게 용기를 불어넣어주는 것을 느꼈다. 그녀는 옷장에서 가방을 꺼내며 얼굴을 황색 고무 외투에 갖다 댔다. 그 냄새는 그곳에 숨어 있을 때부터 친숙하게 알고 있는 것이었다. 그녀는 앞으로 며칠 동안 쓸 독일 돈과 식료품 카드를 준비해놓았다. 스베르드가 그녀에게 화물역 구역과 별장 지대를 지나 그뢰펠링엔 군용 도로까지 가는 방법을 묘사해주었다. 6시 이후 선장이 저녁 식사를 위해 회식장에 가 있을 때, 그녀는 슈타르켄베르크와 휴가로 상륙하는 몇몇 선원들과 함께 부두로 내려가게 되리라는 것이었다. 슈타르켄베르크는 그녀에게 버터 바른 빵 꾸러미를 하나 건네주었다. 하지만 그녀가 그것을 주머니에 넣기도 전에 서두르는 발걸음이 복도에서 다가왔고 문이 열렸다. 한 선원이 나타났다. 경찰이라고 속삭였다. 이미 독일 말소리가 들렸다. 벽장으로 뛰어들어갈 시간이 없었다. 스베르드가 밖으로 나갔다. 슈타르켄베르크는 문가에 서 있었다. 그녀는 둥근 창문 앞에 서 있었다. 그리고 독일인들의 시선을 등에 느끼면서 가능한 한 튼튼하고 남자다워 보이도록 노력했다. 한편 스베르드와 슈타르켄베르크는 브레멘에서 휴식 시간을 보내려면 어떻게 해야 제일 좋으냐는 질문으로 관리들을 대화에 끌어들이려고 했다. 그러면서 그들은 함께 동료처럼 농담하며 멀어져갔다. 잠시 후 스베르드가 돌아왔다. 그녀는 뺨을 부풀리고 입술을 앞으로 내밀며 숨을 깊이 들이쉰 다음 바람을 내뱉던 이 얼굴을 결코 잊지 않을 것이다. 이제는 빨리 현문을 넘어갈 필요가 있었다. 스베르드는 그녀에게 자신의 선원수첩을 주고 그녀를 포용했다. 슈타르켄베르크가 그녀를 밖으로 데려갈 때에는 몇몇 선원들이 합세했으며, 인사로 손을 들었고 그녀의 어깨를 쓰다듬고 행운을 빌었다. 고개를 돌리지 않고도 그녀는 슈타르켄베르크와 다른 두 동반자와 함께 다리를 넘어갈 때 많은 시선들이 자신을 따르고 있다는 것을 느꼈다. 그녀가 독일 땅을 밟는 순간부터 그녀의 임무 수행 가운데 아직 예측할 수 없는 단계가 시작되었다. 그 이전의 모든 것은 단지 준비 운동이었다. 그녀가 부두 끝의 감시초소까지 걸어간 걸음걸이는 이미 본 행로의 일부였다. 그것은 직접 출현하는 위협과 장애, 낭떠러지들로만 이루어질 것이다. 하지만 그녀가 이 순간 명확히 깨달았듯이, 그 행로 속에는 마치 허공에 매달린 듯한 작은 오솔길도 있었고, 그 위에서 그녀는 확고한 발걸음으로 균형을 잡았다. 연기 자욱한 어스름 속에서 그들은 병사를 향해 다가가 그에게 선원수첩을 건넸다. 그리고 슈타르켄베르크는 전차 정거장에 대해 물어가며 보초의 주의를 돌렸다. 장전된 총을 어깨끈에 메고 있던 병사는 여권을 흘끗 살폈다. 화물을 독일로 싣고 온 스웨덴 선원들은 동맹자처럼 다정한 대우를 받았다. 그는 그들 뒤에서 조심하고 사이렌 소리가 울리면 당장 방공호로 들어가라고 외쳤다. 그들은 보초가 설명해준 방향으로 걸어갔다. 창고들과 고철 쌓아놓은 곳들을 지나갔다. 그리고 길가의 빈 헛간을 보자 그들은 선원들과 헤어져 판자로 된 헛간 구석에 숨었다. 그녀는 옷을 벗었다. 상의까지도 벗어 말아서 가방에 쑤셔 넣었다. 그때 처음으로 그녀는 버터 빵을 가져오는 것을 잊었다는 사실을 알아차렸다. 여행 도중 스베르드가 다시 한 번 가위질했던 그녀의 머리칼은 이제 너무 짧아서 아마도 눈에 뜨일 것이다. 하지만 그녀가 테 없는 모자 대신 자기가 가지고 온 작고 파란 종 모양의 테 있는 모자를 쓰고 거친 구두 대신 좀더 가벼운 구두로 바꿔 신자, 슈타르켄베르크는 이제 눈앞에 나타난 그녀의 여자 같은 모습 때문에 놀라서 머리를 흔들 뿐이었다. 그는 그녀의 선원수첩과 어딘가에 파묻을 그녀의 옷가지들을 받아들었다. 그들은 서둘러 악수했다. 그녀 혼자만 길을 떠났다. 더 이상 돌아보지도 않았다. 하지만 그녀가 얼마 가기도 전에 부두쪽에서, 공장들 쪽에서, 먼 도시 쪽에서, 간헐적으로 사이렌 소리가 윙윙거렸다. 그녀는 고철 더미를 넘어 가족 유원지에 있는 몇몇 오두막들을 향해 달렸다. 옆쪽에서 이미 다른 사람들이, 노동자들, 선원들, 몇몇 여자들과 아이들이 왔고, 경사진 도로가의 방공호를 가리켰다. 그러고는 절망적인 울부짖음과 하늘의 굉음과 방공포의 발사음이 울리는 가운데 콘크리트 문 뒤로 그녀를 데려갔다. 처음엔 축축하고 차가운 지하실 속에 몸들이 뒤엉킨 상태였다. 그러다 눈이 카바이드 등의 희미한 빛에 익숙해졌다. 공습경비원은 그들에게 벤치와 침상 위의 자리를 지정해주었다. 독일에 도착하자마자 그녀는 이제 주민들 사이에 가능한 한 밀착된 상태로 앉아 있었다. 어두컴컴한 상태에서 공동으로 대피해 귀를 기울이자 그처럼 갑자기 함께 모여 있는 것이 덜 괴기해졌다. 그녀는 자신의 적들과 같은 피난처에 있다는 불쾌한 상황에 적응하려고 노력했다. 주위의 무거운 한숨, 그리고 속삭임조차 별로 없는 침묵 때문에 어떤 황홀경 같은 인상이 생겨났다. 하지만 이러한 인상은 곧 살겠다는 의지의 강압적 공동체로 전도되었다. 방공호 생활에 익숙해진 사람들은 그제야 아는 얼굴들을 찾았고, 여기저기서 신호를 보내고 부르고 했다. 몇몇은 함께 모였다. 몇몇 선원들은 그녀를 향해 웃었다. 그녀는 그들의 제복을 보고 그들이 잠수함 소속인 것을 알았다. 그녀는 눈을 감았다. 자는 척했다. 하지만 그들은 그녀 옆 바닥에 앉아 어디 출신이냐고 물었다. 선원 한 사람은 그녀를 꼬마라고 불렀다. 그녀는 전에 균형 유지용 물탱크에서 느꼈던 즐거운 상태로 돌아가보려고 노력했다. 그녀는 함부르크 출신이라고 말했다. 심지어 그녀는 함부르크 사투리를 쓸 수도 있었다. 그곳에서 남편과 몇 년 지낸 적이 있었기 때문이었다. 함부르크라면 자기도 거기서 왔다고 그 선원이 말했다. 어디 사느냐고 물었다. 랑에 라이에[89]라고 즉시 대답했다. 그리고 그녀는 웃었다. 함부르크 식으로 말하거나 어떤 거주지를 제시하는 것은 이 위장 게임 전체에 포함된 것이었다. 그러나 공습경비원의 의심하는 듯한 시선에 그녀는 조심해야겠다고 생각했다. 그 선원의 손이 그녀의 머리칼을 건드렸다. 그런데 머리칼이 짧은데, 왜 그렇게 짧은 머리를 하고 있느냐고 물었다. 운동을 합니다. 그녀가 답했다. 달릴 때에는 머리가 짧아야 합니다. 이제 더는 대화에 빠져들지 말아야 했다. 그런데 그가 다시 물었다. 주머니에 먹을 것을 가지고 있느냐는 것이었다. 카드로 배급을 받는데, 어떻게 먹을 것을 갖고 다니겠어요. 그녀가 말했다. 상관없어요. 우린 어떻게든 일정한 몸무게를 유지해야 하거든요. 그가 말했다. 나도 알아. 잠수함에서는 그래야겠지요. 그녀가 응수했다. 그녀는 이미 너무 많이 말했다. 이제는 한마디도 더 하지 않을 작정이었다. 하지만 선원은 그녀에게서 떨어지지 않았다. 그러면 어디로 갈 작정이냐고 그가 물었다. 이처럼 겉도는 실랑이로부터 함정이 될 만한 질문이 쏟아져 나올 수도 있었다. 그녀는 다시 눈을 감았다. 피곤하군요. 공습경비원은 그녀에게 침상에 누워도 된다고 말했다. 해제까지는 틀림없이 몇 시간 더 걸릴 거라고 했다. 어제는 밤새도록 계속되었다는 것이다. 그녀는 여자들과 아이들 쪽으로 누웠다. 손가방을 머리 밑에 밀어 넣었다. 두툼한 벽 때문에 소리가 약해졌지만, 그녀는 공습의 파도 소리를 들을 수 있었다. 이제는 이것이 일상이었다. 그리고 엄밀히 말해 바깥의 굉음은 그녀에게 즐거운 소리로 들릴 수밖에 없었을 것이다. 왜냐

---

89) Lange Reihe: 함부르크의 번화가.

하면 그것은 적국이 파괴 공격에 노출되어 있다는 것을 증명하는 것이었기 때문이다. 그녀는 여기서 강자들이 아니라 무기력한 자들을 보았다. 그리고 이 사람들은 그녀와 한때 가까웠던 사람들이었다. 그녀는 이런 폭풍 앞에서 그들이 어떤 기분인지 그들에게 묻고 싶었을 것이다. 그들에게 쏟아져 내리는 것이 그들 자신에 의해 야기된 것이라는 사실을 그들이 마침내 깨달았는지 알고 싶었다. 하지만 이처럼 점차 친숙해지는 것은 비록 일종의 위장막일지라도 그녀를 노출시키는 것이 될 수도 있었다. 그녀는 거리를 유지해야 했다. 이 좁은 공간 안에서 자연스러웠던 것이 더욱 가까워지려는 유혹으로 발전하도록 해서는 안 되는 것이었다. 아마 그 선원은 호의를 품었을 것이다. 어쩌면 그는 그녀를 희미한 불빛 속에서 실제의 그녀보다 더 젊다고 여겼을 것이다. 그는 20대 초반쯤 되었을 것이다. 이곳에 병사위원회가 있었던 것은 20년이 채 못 되었다. 그때 그녀는 갓 열일곱 살이었고, 이미 3년 동안 사회주의 노동자청년단에 속해 있었다. 그녀는 선원들과 남녀 노동자들에게 에워싸여 있었다. 그러나 여기 있는 사람들은 혁명을 위해 싸우지 않았다. 그녀는 칼을 하나 지녔어야 했다. 만일 이들이 그녀에게 덮쳐오면 가장 가까이 있는 자의 등을 칼로 찌르고 문으로 달려가 밖으로 달아나야 할 테니까. 그러나 그녀는 실눈으로 그들이 모두 쪼그려 앉아 있고 꽤 많은 사람들이 잠든 것을 보았다. 이 둔중한 육체들, 노동에 찌든 무거운 어깨와 팔들을 이처럼 가까이 접하면서 그들에게 들키지 않는 것이 이상했다. 그녀는 풍크나 아르트가 여기서 어떻게 대응했을지 생각해보았다. 그들은 이 사람들 속에서 의심을 샀을 것이다. 그들의 얼굴에는 이러한 폐쇄 상태에 어울리지 않는 경험들이 새겨져 있었다. 그들에게서는 외부에서 왔다는 사실을 알아볼 수 있을 것이다. 자기 아이를 꼭 끌어안고 있는 여자 옆에서 그녀는 그들과 결합되어 있다는 감정을 느끼지 않을 수 없었다. 여자는 눈을 크게 떴다. 그녀는 용기를 내서 아이를 쓰다듬었다. 오늘 일찌감치 나왔군요. 여자가 말했다. 시내에 좀더 일찍 도착할 생각이었어요. 분할지에서 감자를 가져왔지요. 하지만 여기는 나은 편입니다. 우리 쪽은 도로 반이 이미 사라졌어요. 무슨 일로 왔느냐고 여자가 물었다. 그녀는 배로 떠나는 남자 친구를 배웅했다고 대답했다. 더 이상 말할 필요는 없었다. 배 이름이나 목적지에 대해 말해서는 안 된다는 것을 알았다. 빨리 좀 끝났으면 좋겠네요. 여자가 속삭였다. 그녀는 고개를 끄덕였다. 이제 그녀는 이 사람 혹은 저 사람에게서 뭔가를 알아내는 것이 가능하다는 점, 또 억양을 통해 서로를 알아볼 수 있다는 점, 하지만 아직은 그로부터 결론을 끌어내서는 안 되고 그저 혼자가 아니라는 하나의 암시나 힌트로만 받아들일 수 있다는 점을 깨달았다. 그녀는 생각했다. 언젠가 여기 있는 이 사람들은 아마 별로 원하지 않으면서, 하지만 불가피하게, 그들에게 전혀 어울리지 않는 고공비행에 휘말려 들어갔을 테지만, 이제 그들은 주저앉은 상태에서야 다시 서로 만나게 될 것이다. 그녀는 틀림없이 잠이 들었던 것 같다. 갑자기 주위를 둘러보았을 때 자신이 어디에 있는지 알 수 없었다. 그녀는 자신이 배 이물의 저수탱크 안에 있다고 생각했다. 하지만 기계 소리도 물이 불어나는 소리도 들을 수 없었다. 그녀는 자신이 왜 누워 있는지, 또 왜 모두들 그녀에게로 몰려와 있는지 납득할 수 없었다. 작은 램프가 탱크 안에서 불타고 있었다. 아마 그녀는 바다 깊은 곳에 빠져 있었는지 모른다. 아직도 물은 스며들어오지 않았다. 함께 갇혀 있는 사람들은 말없이 기다렸다. 그들은 숨을 쉬었다. 누워 있던 한 남자가 몸을 옆으로 뒤척였다. 누군가 어두운 구석에서 나왔다. 그는 크고 둥근 철모를 쓰고 있었다. 그는 가라앉아 있는 사람들 사이를 천천히 걸어 다녔다. 그는 몸을 굽히고 벽에 귀를 댔다. 그리고 두 손으로 바닥 위를 더듬었고 지레를 당겨 올렸다. 칸막이가 하나 열렸다. 연기와 먼지의 파도가 밀려들어왔다. 그는 당장 두꺼운 문짝을 다시 닫았다. 쪼그리고 앉아 있는 사람들 몇몇이 일어섰다. 그녀는 선원들을 알아보았다. 곧 해제가 되리라고 경비원이 말했다. 새벽이 되기 전에 비행기 편대는 돌아가리라는 것이다. 옆의 여자가 자리에서 몸을 일으켰다. 다른 사람들도 침상에서 몸을 움직였다. 공습경비원이 양동이를 하나 들고 왔다. 그는 국자를 물에 담갔고, 누구에게나 마시도록 했다. 국자에는 입술 자국이 여러 개 나 있었다. 사람들이 움직였고, 옷차림을 다듬었다. 몇 사람은 이리저리 걷기 시작했다. 긴 사이렌 소리가 멀리서부터 점점 커지면서 들려왔다. 열린 문으로 연기가 불그레한 불빛으로 물들어 있는 게 보였다. 제일 먼저 나간 것은 선원들이었다. 불빛으로 인해 연기 속에서는 그들 뒤로 긴 그림자가 늘어졌다. 그림자들, 밝아지는 문틀 안으로 보이는 육체들의 검은 실루엣이 이리저리 흔들리다 사라졌고 다시 나타나곤 했다. 길이 자유롭다고 손짓들을 하고 외치기도 했다. 그녀는 지평선 위의 태양빛을 향해, 끔찍한 사이렌 소리 한가운데에서 다른 사람들 사이를 걸어갔다. 그녀는 4시 반에 저 위쪽 국도로 그뢰펠링엔에서 첫 전차가 온다는 소리를 들었다. 아이와 함께 있던 여자가 그녀 옆에서 걸어갔다. 노동자들이 그녀 옆에서 걸어갔다. 선원들은 항구 방향으로 멀어졌다. 불빛 섞인 연기들이 유원지 너머로 이어졌다. 안개가 땅바닥에서 피어올랐다. 아우성 소리는 잦아들었다. 그들은 거리로 나왔다. 그녀는 정류장 기둥 앞에 있는 한 무리의 남녀들 속에 서 있었다. 한여름 아침이 솟아나는 검은 버섯들로 에워싸여 있었다. 아무도 말하지 않았다. 안개 속에서 밝은 황색의 전차가 흔들리며 다가왔다. 그녀가 전차 안에 앉앉을 때에는 무릎이 말을 듣지 않는 것 같았다. 옆으로 난 거리를 지나 갈 때면 햇빛이 창문을 통해 따갑게 들어오다가 다시 곧 앞쪽부터 사라졌다. 전차는 점점 더 천천히 달렸다. 종대로 늘어선 사람들이 파편들을 옆으로 치웠다. 그녀는 유리조각들이 짤그락거리는 소리를 들었다. 불타버린 집이 여기저기 솟아나 있었다. 지붕에서 검댕이 조각들이 흩날렸다. 눈처럼 흩날리는 검댕이들 사이로 전차가 미끄러져 가다 멈췄다가 다시 떠나곤 했다. 불타는 나무들이 떨어져 내리고 사람들이 모여 서 있기도 했다. 그녀는 폐허 앞에서 비명을 지르고 있는 사람들, 한 줄로 늘어놓은 시체들에 밀가루 같은 것을 뿌려놓은 것들을 보았다. 또 다른 사람들은 햇빛을 받으며 폐허 더미 속에서 무엇인가를 파헤치고 움켜잡으며 기어 다녔다. 그다음 부두 옆으로, 공터, 오른쪽의 묘지, 왼쪽의 초지, 저 멀리 화물열차들, 증기를 뿜는 기관차들, 그리고 브레멘의 외곽 지역이 다가왔다. 연기 때문에 눈에서 눈물이 났다. 사방에서 우는 소리가 들렸다. 거리에는 흐느낌이 서려 있었다. 그러나 역 광장에 다가갔을 때 그녀는 나약함을 떨쳐버렸다. 그녀는 낯선 땅에 있었다. 하지만 깊숙이 알고 있던 나라였다. 말할 수 없는 고통이 그녀를 감쌌다. 무자비한 적개심과 동정심, 그리고 증오심이 그녀의 마음속에 자리 잡고 있었다. 그녀는 해야 할 일이 있었기 때문에 이곳에 돌아온 것이다. 이미 어린 시절부터 결심했던 일이었다. 당시 학교에서 사람들이 그녀에게 콧수염을 달고 칼자루 앞에 짧은 팔을 늘어뜨리고 있는 황제의 사진을 상으로 주려고 하자 그녀는 그것을 거부했다. 싫어요. 우리 집에는 이미 베벨[90]과 리프

---

90) Ferdinand August Bebel(1840~1913): 독일 사회민주주의 정치가로 독일 사민당의 창립자이자 뛰어난 이론가였다. 1892년 이후 사민당 내의 노선투쟁에서 마르크스주의 중도노선을 대변하며 통합을 위해 노력했다.

크네히트[91]의 사진이 있어요. 또 그녀는 프리츠와 좀더 가까이 있기 위해서도 왔다. 기차는 6시에 베를린으로 떠났다.


　돌아가는 일은 없었다. 이미 들어선 길은 계속되어야 했다. 이것이 아마 그에게 적용되는 유일한 계율이었을 것이다. 그리고 그는 결코 그것이 규정이기 때문이 아니라 그의 삶을 고양시키는 힘이었기 때문에 그것에 따랐다. 뭔가 잘못을 저질렀고 오류를 범했다는 생각은 그에게 없었다. 그가 어떤 행동을 수정하고 새로 시작하기 위해 머물고자 하는 법은 없었을 것이다. 그는 단지 한 가지 행동 속에서만 존재했다. 내가 그를 만날 때면 그는 마치 날아다니는 듯했다. 그를 금방 다시 시야에서 놓치지 않으려면 그와 함께 휩쓸려 다녀야 했다. 천천히 움직일 때에도 그의 주위에는 폭풍이 감싸고 있는 것처럼 보였다. 그는 마치 걸을 때마다 도움닫기를 시작하는 것 같았고, 자신의 튼튼한 어깨를 앞으로 밀쳐대는 듯했고, 그의 머리칼은 활활 불타는 듯했다. 그는 초를 다투어 약속 장소로 달려왔고, 나는 달리기 선수처럼 출발 지점에서 준비하고 있었다. 롱홀름 가의 초등학교 앞 광장에서 나는 나지막한 담장에 기대 그를 기다렸다. 그는 중앙 건물의 아치형 복도를 통해 베르크스타드 가 쪽에서 올 것이다. 가파른 층계를 한 번에 두 계단씩 밟으며 슬리프 가 쪽으로

---

91) Karl Liebknecht(1871~1919): 독일 제2제국 시기의 유명한 마르크스주의 이론가이자 반전운동가. 사민당 내 좌파혁명관을 대변했다. 1918년 11월 혁명 중에 사회주의공화국을 선포했고, 그해 말 로자 룩셈부르크와 함께 독일 공산당 창립을 주도했다. 1919년 1월 극우 자유군단의 테러로 살해되었다.

올라올 것이다. 층계 옆쪽으로는 높은 신축 건물들 사이로 관목과 어린 나무들이 뒤덮인 협곡이 있었다. 베리순드 해안 뒤의 골짜기 안에는 릴리에홀름 만 가에 부두와 공장들이 있었다. 나는 그가 슬리프 가와 베르크스타드 가 모퉁이 2층에 있는 자신의 방에 대해 씩씩거리며 투덜대는 것을 들었다. 그 거리들의 수공업적인 명칭은 그의 마음에 들었을지 몰라도 그는 자신의 숙소를 혐오했다. 그것은 일종의 감방이었다. 정면에는 바로 맞은편에 창문들이 늘어서 있었고 커튼이 쳐져 있는 일은 없었다. 이 창문들 때문에 그는 밤에 어두운 상태로 앉아 있으면 영원히 반복되는 가족생활의 단면들을 밝은 조명 속에서 바라볼 수밖에 없었다. 그는 꼭 필요한 것이 아니면 모조리 치워버렸다. 화려한 양탄자, 산속의 파티와 빨간 농가들이 있는 그림들, 뇌조와 고라니 사냥 장면을 새긴 싸구려 고블랑 직물, 작은 식탁과 스탠드, 또 그 밖에 거기 있던 나무와 도자기로 된 물건들을 모두 치웠다. 야전침대와 식탁과 의자 주변의 벽들은 삭막했다. 겨울에도 열어두었던 창문들을 이제 찌는 듯한 늦여름 밤에 닫아놓을 수는 없을 것이다. 위에 사는 사람들의 방에서 나는 웃음과 고함과 비명이 뒤섞인 대화들, 라디오의 목소리와 음악 소리를 그는 10시 반쯤 저녁 뉴스가 끝나고 마침내 조용해질 때까지 그대로 들을 수밖에 없었다. 그러고 나면 그들은 잠자리에 들어서는 아침 일찍 일하기 위해 일어날 때까지 무겁게 숨을 쉬고 코를 골았다. 슈탈만이 푸른 녹지를 뒤로하며 통로로 들어섰다. 키가 작았는데도 그는 지붕 모서리에 이마를 부딪히지 않으려는 듯이 몸을 앞으로 굽혔다. 나는 몸을 돌려 걷기 시작했다. 그는 벌써 내 옆에 와 있었다. 그리고 우리는 베스테르 다리를 향해 비탈진 길을 내려갔다. 우리 앞에는 쿵스홀멘 지구를 거쳐 시베리아로 가는 긴 도로가 우플란드 가 77번지까지 나 있었다. 나는 걷는 동안 마치 탐조등 아래에서처럼 기대하지 않았던 전망들이 사방을 향해 열리리라는 것을 알았다. 그도 늘 이 다리로 오고 싶어 했다. 여기서는 걷는 것이 공기처럼 자유로웠고, 섬들 너머로 펼쳐진 황금빛 시가지로 시야가 풍성해졌으며, 수평선 너머 멀리까지 바라볼 수 있었다. 별 모양으로 덧붙여진 감옥 날개 부분 중간 건물 창문들을 통해 지는 해가 빛나고 있었다. 거대하게 확대된 그림자들이 격자문들 뒤에서 움직였다. 거기에는 마치 사슬에 묶인 거인들, 반인반마들, 사자 인간들이 머물면서 눈부신 빛에 에워싸인 채 팔과 앞발을 들어 올리는 듯했다. 하지만 그 빛은 해가 에싱엔 섬들 너머 자줏빛 구름 속에 파묻히자 곧 사라졌다. 유리창 뒤의 거대한 머리들은 쪼그라들었고 음침한 빈 공간 안에서 사라져갔다. 우리는 언덕 위로 올라갔다. 전차들이 우리 옆을 삐걱거리며 지나갔고, 언덕을 넘어서 우리에게 다가오곤 했다. 숲에 둘러싸인 마리베리가 우리 앞에 보였다. 다리의 거대한 중앙 아치 모습을 보자 슈탈만의 목소리가 달라졌다. 그가 말한 것은 당에 대한 찬가였다. 그것은 언젠가 그를 그렇게 날아다니도록 만든 힘을 뜻하는 것이었다. 그는 왜 내가 아무 소리 없이 입당했는지, 입당은 잔치를 벌일 일이 아니었는지, 그것을 왜 내게서가 아니라 다른 사람에게서 들어야 하는지 물었다. 그러고는 마치 사자 가죽처럼 망토를 걸치려는 듯이 몸을 뒤로 젖히며 볕에 그을린 얼굴을 내게 돌렸다. 그의 눈은 한쪽으로 기울어 있었고 광대뼈는 솟아나 있었다. 그는 내 결심을 이례적이고 훌륭한 행위라고 평가한다고 다시 한 번 말했다. 그리고 이마를 찡그리며 나의 반론을 미리 막아버렸다. 당원 명부가 내게는 이미 오래전부터 이루어졌던 결속을 확인하는 것일 뿐이라는 점, 그리고 무국적자인 나는 스웨덴 당원이 된 것을 비밀에 부쳐야 했다는 점, 나 자신이나 가장 가까운 친구들에게도 내 생활에서 아무엇도 바뀐 것은 없다는 인상을 유발해야 했다는 점 등을 그는 이해하지 않았다. 하지만 그에게는 당원 동지와 나란히 걷는 것이 그냥 아는 다른 사람과 나란히 걷는 것과는 완전히 다른 일이었다. 그것은 신성불가침한 것, 목숨을 걸고 서로를 지켜야 하는 결속을 의미했다. 나는 이런 생각에 동의했지만, 당을 어떤 완성된 것으로 보는 그와 반대로, 무엇보다 당은 발전하려면 부단히 일해야 하는 어떤 구상이라고 보았다. 나는 어떤 원칙적인 태도, 여러 사람들이 추구하는 특정한 노선의 타당성을 강조하기 위해, 당에 속하려고 했다. 지금과 같은 시기에 대외적인 자제는 타당하다고 그가 말했다. 하지만 그는 왜 내가 결정적인 행보에 어떤 임시적이고 거의 주목하지 못할 것 같은 특성을 부여했는지 이해할 수 없다고 했다. 나는 공장에서 해고된 다음에야 비로소, 이제 내 정치적 활동이 발각될 위험이 적어졌기에, 사람들이 내 입당에 동의했다고 답했다. 내 일에 대한 평가상의 특이한 차이가 해고를 초래했다. 내가 육체노동을 하고 솜씨를 발휘하면서 의견을 밝히지 않는 한 어떤 의심도 생겨나지 않았다. 하지만 조합신문을 위해, 또 어느 문학잡지를 위해 글을 쓰기 시작하고 그렇게 내 경험들을 말로 옮기기 시작하자 나는 점점 더 심하게 감시를 받게 되었다. 그 결과 원심분리기 공장들의 노동 상황에 대한 기사가 나온 뒤 나는 회사의 엔지니어에게 불려가 해고되고 말았다. 그리하여 그냥 말보다 문자로 된 말의 힘이 우월하다는 것이 짧은 시간에 입증되었다. 참을성 있는 임금노예는 아무 주목도 받지 못했다. 하지만 노예가 자신의 목소리를 내자마자 바로 쫓겨났다. 그의 작업 능력은 생산에 도움이 되었고 전문 노동자들이 부족했는데도 그러했다. 3년간 공장에 소속되어 있던 나는 이방인임을 드러냈고, 이제 지식노동을 하는 프롤레타리아트 쪽으로 넘어갔다. 지식노동자들, 특히 망명자들은 힘겹게 겨우 연명할 수 있을 뿐이었다. 나는 이제 정치 활동에서는 더 자유로웠지만, 이 새로운 직업적 민첩성으로 인해 국가기관의 좀더 심한 불신을 초래했다. 그래서 나는 도시에서 추방되거나 구금되지 않기 위해 지극히 조심해야 했다. 고정 수입이 없는 외국인들은 작가나 예술가로 연명하더라도, 종종 반사회적 인물로서 수도 거주권을 박탈당하고 북부 지방의 삼림에서 강제노동을 하도록 이송되곤 했다. 불법으로 거주했던 슈탈만에게는 그런 불안이 그저 웃음거리일 뿐이었다. 외국인 여권과 거주허가증을 가지고 있는 나와 마찬가지로, 그에게는 배들이 있는 강과 리다르홀름의 둥근 탑과, 성에서 삐져나온 구시가지와, 철교들과, 동물원 뒤로 이어지는 언덕들 너머를 바라보는 시선이 어울렸다. 이 도시 구역의 한 문패에 이름이 적혀 있는 나와 마찬가지로 은신처에 사는 그도 쿵스홀멘을 향해 롤람브쇼브 초원 위로 쭉 뻗어가는 넓은 국도를 마음속으로 받아들였다. 우리가 이곳에 받아들여졌느냐 아니냐 하는 것은 논할 가치가 없었다. 우리는 1918년 11월 이래로 이미 그에게 효력을 발휘했던 단 하나의 규정에만 따랐다. 그를 노리는 자들은 그에게 조경 회사 마당을 채우고 있는 도자기 난쟁이들, 수염 달린 멍청한 얼굴로 붉은색 뾰족 모자를 쓴 채 작은 토끼와 노루들로 에워싸인 난쟁이들 이상의 존재가 아니었다. 그는 당시 탑 꼭대기에 매달린 채, 쾨니히스베르크 근처 마을 아래 교회 앞 광장에서 자그마한 모습으로 이리저리 뛰어다니고 있던 자들을 경멸하며 겨냥했다. 동판 뒤에 숨어서 그는 그들을 향해, 그 반혁명분자들을 향해 총을 쏘았다. 난쟁이 경찰들이 그에게 무슨 해를 입힐 수 있었겠는가. 그는 늘 자신을 추적하는 자들에게서 벗어났다. 갑작스럽게 뛰어 나가고, 문으로, 창문으로, 옆 골목으로, 지붕 위로 달아나곤 했다. 저 아래 공원 풀밭에는 한 쌍의 남녀가 서로 팔짱을 꼭 끼고 앉아 있었다. 아이들은 공을 따라 달렸고, 운동선수들이 원을 그리며 뛰었다. 프리드헴 광장 주위로 차량들이 밀려갔다. 성 에리크 가에는 건축물들이 솟아올랐다. 업무를 끝낸 뒤 사무실과 가게에서 나오는 수많은 사람들이 그가 마음속에 품고 있는 서사시 속으로 들어갔다. 그는 탈것과 보행자들로 넘치는 긴 플레밍 가를, 그 끝에 원심분리기 공장의 굴뚝이 솟아 있는 나의 거리를 내려다보며 다시 한 가지 추억을 암시했다. 중국 혁명가들은 독일 공산당이 붕괴된 직후, 투쟁이 불붙은 곳을 찾아다닌 데다 붉은 군대에서 훈련을 받은 그가 군사고문으로 와주기를 기대했다. 하지만 이번에 그는 영웅적인 행동은 일절 언급하지 않고 대신 프랑스 호화여객선으로 싱가포르에서 광둥으로 여행한 이야기만 들려주었다. 그는 일등실에서 어떻게 거동해야 하는지 배웠다. 저녁에는 턱시도를 입었다. 너무 꽉 끼는 것이었다. 저고리 등 쪽이 타졌다. 그는 돛을 꿰맬 때 쓰는 실을 찾았다. 타진 곳을 꿰맸다. 신사들이 바의 작은 의자들에 앉아 있었다. 그는 턱시도를 입은 유일한 인물이었다. 그는 위스키를 한 잔 주문했다. 그러자 주위에 앉아 있던 사람들이 그를 응시했다. 그들은 한 사람씩 사라졌다. 그러고는 턱시도를 입고 돌아왔다. 오케스트라가 댄스곡을 연주했다. 그는 한 여인에게 춤을 추자고 했다. 그녀가 덥다고 말했다. 그도 원숭이처럼 땀이 난다고 답했다. 그는 저고리를 벗었다. 다른 신사들도 그의 본보기를 따랐다. 우리가 체육관을 향해 갔을 때, 성 에리크 다리 앞에서 그가 말했다. 우리 헤엄치러 가야 하는데. 목이 마르자 남중국해의 번쩍거리는 이미지가 떠올랐다. 활동할 의욕이 생기자 그는 자신이 참가했던 대장정을 생각했다. 그는 풀장에 뛰어들고 싶어 했다. 그리고 레스토랑에서 나의 입당을 축하하며 화주 한 잔을 하고 싶어 했다. 하지만 나는 그것이 불가능하다는 것을 알았다. 약속이 있었기 때문이다. 운하와 철로 위에 난 높은 다리를 건너면서 그는 다시 이야기에 빠져들었다. 인파들 속에서 걸음이 늦춰지자 그의 목소리도 가라앉았다. 사방의 쏴 하는 바람 소리에 매미 소리가 뒤섞인 풍경이 나타났다. 후덥지근하고 습기 찬 열기 속에서 그는 무개차를 타고 그를 초대한 식민지 관료와 함께 똑바로 서 있었다. 그들은 프놈펜을 뒤로했고, 메콩 강을 지나 톤레사프 호수를 향해 달렸다. 멀리 푸른 산맥이 보였다. 그는 정글 속의 사원 도시에 대해 이야기해주겠다고 했다. 하지만 먼저 어떻게 그곳을 방문하게 되었는지 설명하려고 했다. 배에서 그는 캄보디아 주재 프랑스 행정관 한 사람과 이야기하게 되었다. 캄보디아는 중간 기착지였다. 이 독일 여행객의 얼굴 특징 가운데 특이한 면이 직업적 고고학자였던 그 행정관의 눈에 띄었다. 그리고 그곳 사정이 어떤지 설명도 하지 않고 행정관은 그에게 체류하는 며칠 동안 자신의 손님으로 내지 여행에 동행해달라고 제안했다. 밤에 보름달이 뜨면 여행에 도움이 될 것이라고 그가 말했다. 그들은 아침 일찍 출발했다. 들판 위에는 이제 태양의 열기가 퍼져 있었다. 울퉁불퉁한 먼지투성이 길에서 차가 멈출 때면 찌는 듯한 공기가 그들을 에워쌌다. 달리고 있을 때에는 축축한 얼굴에 불꽃이 스치고 지나가는 듯했다. 서 있을 때에는 마치 자신이 하늘을 짊어지고 있는 듯했다. 그들은 어느 마을에서 쉬었다. 벼농사를 짓는 농부들과 함께 수상 오두막집 현관에서 식사를 했다. 그늘도 별로 더 시원하지는 않았다. 하지만 커다란 녹색 잎사귀 위에 음식물을 내오는 사람들의 부드러운 동작들, 외양간 안에서 물소들이 먹이를 씹고 있고, 닭들과 새끼 돼지들의 편안한 소리를 들을 수 있는 이때의 평화로움 덕분에 숨을 쉬기가 조금 더 쉬워졌다. 그러나 그는 점차 시커멓게 때가 낀 이를 드러낸 얼굴들의 온화함이 굴욕적이라는 점을 알아차렸다. 그리고 갑자기 비명

소리가 평온을 깨자, 방금 전까지도 천진한 분위기를 띠던 것이 모두 잔인한 폭력 속으로 빠져들었다. 짧은 간격으로 매질이 철썩일 때마다 비명 소리가 들려왔다. 그들은 밖으로 달려 나갔고, 마을 공터에서 어느 한 죄인이 가죽 깔개 위에 엎드려서 손발을 뻗은 채 묶여 있는 것을 보았다. 그 뒤의 작은 탁자 앞에는 수놓은 예복을 입고 장식이 많은 둥근 두건을 쓴 토착민 재판관과 열대지방용 모자를 쓴 식민지 장교 한 명이 있었다. 길고 옆이 터진 저고리를 입고 터번을 쓴 형리가 등나무 회초리로 벌거벗은 피투성이 등판을 때리고 있었다. 그리고 이전의 평화로운 분위기는 이제 이 사건에 집중되었다. 아이들이 구경했고, 수탉 한 마리가 바로 그 옆의 모래를 파헤쳤으며, 개 한 마리가 냄새를 맡으며 속보로 다가왔다. 안내자는 여행객을 다시 오두막으로 데려갔다. 그곳에서 사람들은 이제 신음 소리로 변해가는 고통 소리를 기리며 달콤한 술을 권했다. 오후 느지막하게 그들은 반쯤 덤불로 덮인 첫째 사원의 폐허에 도착했다. 물이 말라버린 작은 하천 옆이었다. 석재 다리 난간에 신상들의 잔해가 서 있었다. 앙코르와트까지는 아직 멀었다. 그들은 평지를 가로질러 차를 몰았다. 그 뜨겁고 거대한 대지 여기저기서 금이 간 담장들이 직선으로 난 수 킬로미터짜리 운하들을 연상시켰다. 한때 운하들은 이곳 바둑판 모양의 설비로 들어와 논에 물을 대는 데 쓰였다. 이어서 숲 어귀에서는 모기 떼들이 물의 존재를 알려주었다. 저수지에는 아직 늪지 상태로 물이 남아 있었다. 점점 더 빽빽해지는 숲 속의 넝쿨들로 휘감긴 나무둥치 뒤로 길게 펼쳐진 저수지에서 물빛이 반짝였다. 제방에서는 반은 뱀이고 반은 사자인 전설적 동물들이 거대한 머리를 한 채 그들을 바라보았다. 숙소에 도착한 뒤 그들은 차에서 내렸다. 보초 한 명과 식민지 군대 병사 몇 명이 그곳에 주둔하고 있었다. 그리고 저녁 식사를 준비하고 모기장 안에 잠자리를 마련하는 동안 그들은 높은 나무 쪽부터 이미 거의 밤으로 변하고 있는 어스름 속에서, 지난 세기말에야 겨우 밀림에서 다시 발견된 크메르 왕국의 수도로 들어섰다. 굵은 나무뿌리들로 뒤덮인 길을 통해 좀더 훤한 장소와 개간지를 지났다. 늘어진 나뭇가지들 밖으로 부조와 조형물들이 첩첩이 자리 잡고 있는 계단과 능보와 기둥 문 들이 삐져나와 있었다. 그들은 직각으로 깊이 나 있는 외호에 도착했다. 그 끝은 어스름 속에서 알아볼 수 없었다. 돌로 된 길 가장자리, 모퉁이부터 평평하게 펼쳐진 흙벽, 그 배경을 이루는 벽들 앞에서 그들은 한 지배 체제가 만들어낸 공포의 대칭꼴을 접하게 되었다. 이 지배 체제는 이미 오래전에 사라졌지만 그 잔재들을 통해 말없는 들판을 아직도 여전히 사로잡고 있었다. 아침에 해가 뜰 때면 전체로는 파악할 수 없지만 부분적으로는 조망할 수 있는 이 사멸한 도시 설비의 윤곽에 대한 인상을 얻을 수 있을 것이라고 고고학자가 말했다. 그러나 지금 밤의 달빛 속에서는 조각상들을 보러 가자고 했다. 그의 얼굴이 이 고고학자에게 조각상들을 연상시켰다는 것이다. 여기서 자신의 세속 영역과 무덤들을 세운 신의 왕들과 그 자신 사이에 어떤 공통점이 있는지 그는 알려고 했다. 하지만 그를 초대한 이 고고학자는 나중에 달이 뜨면 그에게 해답이 드러날 것이라며 답을 미뤘다. 숙소로 돌아온 후 그들은 운전사와 감시병들과 함께 식사를 했다. 다양한 음식이 이 정글 도시의 미로 같은 풍부함에 상응하는 듯했다. 그리고 안내자가 인정하는 위치에 달이 이르렀을 때 그들은 새로 숲 속의 길을 따라가 넓고 직선으로 된 둑길에 이르렀다. 이 길은 벽돌로 된 토대 위로 나 있었고 물이 마른 운하 바닥을 양분하고 있었다. 옥외 계단들을 통해 옆쪽으로 내려갈 수 있었다. 그것들은 배를 대는 데 쓰였을 것이다. 멀리 떨어진 곳의 웅덩이는 잎사귀 넓은 식물들로 덮여 있었다. 길바닥을 따라서 크기만 더 클 뿐 실제 사람과 똑같은 형상들이 늘어서 있었다. 그것들은 겹쳐서 얹어놓은 바윗덩이를 조각한 것으로, 둥근 좌대 위에 쪼그리고 앉아 있었고, 팔은 몸통과 한 덩어리로 붙어 있었다. 머리에는 원추형의 두건을 쓰고 있었고 얼굴은 찾아오는 사람들을 향해 비스듬히 앞쪽을 보고 있었다. 그들은 이 얼굴들에 사로잡혔다. 그것들은 아마 1백 개는 되었을 것이다. 표정에는 별 차이가 없었다. 달빛에 드러난 눈썹 아래의 아몬드 형 눈에는 눈동자가 없었다. 넓은 코의 그늘에 덮인 입들은 우수에 젖어 슬퍼하는 모습이었다. 밀착해 있는 이 진지한 파수꾼들 옆을 지나 죽음의 문에 이르는 이 길만으로도 그 밤은 모든 밤 가운데 영원히 기억에 남을 만했을 것이다. 이어서 그들은 무화과나무들로 에워싸인 정문 건물 앞에 도착했다. 건물의 요철형 십자에서는 계단식으로 좁아지는 둥근 관을 쓴 거대한 머리들이, 자야바르만[92]의 도시에 들어섰을 때 보았던 것과 마찬가지로, 앞과 옆쪽, 그리고 바이욘 사원 쪽도 바라보고 있었다. 무럭무럭 자라는 관목 잎사귀들, 거대한 나무들의 삐져나온 가지들, 그리고 늘어진 넝쿨들도 둑길부터 계속되는 길의 직선 형태를 망가뜨리지 않았다. 그들은 뭔가 밝은 것에 이끌려갔고, 마침내 달빛에 젖은 산 덩어리 같은 것 앞에 섰다. 그것은 점차 한 덩어리로 솟아오른 조각품이 되었다. 수많은 절벽들에서 건축물이 피라미드처럼 솟아났다. 떠날 수 없는 상태에서 그들은 우선 그 전체를 보았다. 그리고 테라스에서부터 쌓아올린 석재들에서 삐져나온 수백 가지 얼굴에 감명을 받았다. 중앙의 탑은 아치에서 아치로 이어지며 점점 작아지다 꽃 모양의 관으로 마무리되었다. 그것은 외

---

92) Jayavarman: 657~1295년 사이의 크메르 왕조.

견상 혼란스러운 것들로부터 점점 하나의 체계를 알아볼 수 있게 해주는 사각형 탑들로 에워싸여 있었다. 이 탑들은 아치 속에 자리 잡고 사각형 벽들로 싸여 있었으며, 그 둘레는 모서리 탑과 가운데 문이 있는 중간 벽과 끝으로 거창하고 평평한 외벽으로 마무리되어 있었다. 몇 개의 계단으로 높인 그 외벽 회랑에는 또 탑들 사이에 몇 개의 기둥들이 서 있었다. 그림이 있는 대상 장식이 석조 대기실을 따라 나타났다. 그것은 형상들로 빽빽이 채워져 있었다. 하지만 우선 이 형상들에서는 이 왕도의 생활에 대한 연대기를 추측할 수 있을 뿐이었다. 그를 안내한 고고학자는 이 이방인보다 앞서서, 계속 직각으로 가지를 치는 주랑과 신상들이 자리 잡고 있는 마당, 그리고 장식들로 화려한 빈 복도를 통해 사원으로 들어갔다. 가파른 계단들을 올라가 한 난간에 이르렀다. 여기서는 성스러운 얼굴 모양을 지닌 여러 층의 둥근 천장 위를 볼 수 있었다. 얼굴 모양은 저 아래 다리길 앞의 모양들과 비슷했다. 그것은 네모난 돌들에 새겨 넣은 것이었다. 이 돌들의 접합부가 그 모습들을 토막 내 놓았지만 해체하지는 않았다. 그것은 그 석조 감옥 속에서 미소 짓고 있었고, 거의 삶에서 해방되어 신의 영역으로 들어가는 기쁨의 분위기를 띠고 있었다. 어디에나 같은 모습을 하고 있는 얼굴들은 방문객들보다 두 배나 컸고, 공허하고 둥근 눈으로 사방의 하늘을 응시하고 있었다. 이 얼굴들이 세계를 지배했다. 그들은 초시간적인 영역에서 와서 덧없는 존재를 넘어섰다. 하얀 달빛이 아치형의 입술, 꽃과 잎사귀로 이루어진 머리장식 가장자리, 귀걸이, 목둘레의 장신구 등을 명확하게 드러내주었다. 이마와 콧방울과 뺨과 턱이 그림자 속에서 빛났다. 그리고 머리덮개의 장식들이 탑 끝의 둥근 고리로 변해갔듯이, 그것들 사이에서, 문설주와 점점 넓어지는 담 돌출부 앞 아라베스크의 단편들이 그 의상들의 기넘비적으로 화려한 면모를 암시했다. 그는 안내자가 주장했듯이 자신의 외모가 이 왕들과 유사하다는 것이 가능한지 생각해보았다. 그리고 웃으며 입을 찡그렸다. 그때 그는 바로 이 순간 그들과 똑같다는 이야기를 들었다. 그 후 한밤중에 침대에 누워 텐트 속의 숨 막히는 열기를 견디기보다 차라리 모기를 상대하는 것이 낫겠기에 그는 얇은 모기장을 접었다. 이때에야 그는 자신들이 사원의 산맥에서 내려온 뒤에도 아직 외벽 둘레를 한참 더 거닐었다는 이 프랑스인의 말을 떠올리며 생각을 하게 되었다고 이야기했다. 그 외벽에서는 도시에 살던 사람들이 사소한 일상적 단면들에서 제스처나 동작을 취하는 모습, 현실에 가까운 그들의 모습을 볼 수 있었다. 그들 위에 있는 머리들은 돌이킬 수 없이 지속되는, 또 사람들이 아무 반론 없이 복무해야 하는, 권력의 표현이었다. 허나 벽면에 새겨진 형상들은 실제 생활의 순간들에서 따온 것이었다. 달빛을 받아서 그것들은 평면성을 잃어버렸으며, 그 모습들 뒤에서는 일종의 깊이가 생겨났다. 이는 골목길, 시장, 그리고 사원 대기실의 혼잡한 상태로 채워지는 듯 보였다. 기둥 사이에 앉아서 경건히 기도에 몰두해 있는 승려들 앞을 양과 염소 떼가 지나갔고, 그리하여 농촌 생활과 정신적 은둔 상태가 하나로 되었다. 연꽃들의 아치 속에서 명상하는 사람들 옆에는, 목동들이 새끼 양을 팔에 안거나 대나무 피리를 불거나 현악기를 뜯으면서 자리 잡고 있었다. 사냥꾼들이 코끼리와 무소를 숲에서 몰아냈다. 어부들이 그물을 펼쳤고, 거북이와 조개를 찾아 잠수했다. 수확한 벼를 거둬들여 타작했다. 여자들은 자루와 바구니가 매달린 대나무 막대기를 어깨에 메고 있었다. 이쪽에는 판매대들이 있었는데, 거기서 한 여자아이가 과일을 하나 훔쳤다. 저쪽에서는 한 매춘부가 손거울을 보며 태평하게 화장을 했다. 여기서는 여자 무용수들이 연습을 했고, 저기서는 빨래하는 여자들이 일을 했다. 이쪽에서는 도공, 빵장수, 재단사, 대장장이가 일했고, 저기서는 글 쓰는 사람을 볼 수 있었다. 시장에서 동화를 들려주는 사람이 있었고, 닭싸움이 벌어졌으며 사기꾼이 등장했다. 누워서 두 발로 바퀴의 균형을 잡고 있는 사람이 있었고, 어느 곡예사는 아이들을 교묘하게 다루었으며, 육중한 몸의 광대들이 북과 리라에 맞춰 연극판을 벌였다. 단지 개별 장면들을 구분하는 수평과 수직의 단락들만이 지배와 엄격한 질서를 알려주었다. 그리고 뒤로 물러서자 다시 민중이 차지하는 공간과 암벽에서 권좌에 앉아 있는 명령자 사이의 부적절한 관계가 드러났다. 원시림 아래에서 이 죽은 도시는 썩어가고 있었지만, 명령자의 얼굴들은 원시림 위로 삐져나왔다. 가장 바깥쪽에 있는 회랑 맨 아래의 일부는 사원 건설자들이 요구할 수 있었다. 햇빛 속에서 그 부분은 거의 벽 속으로 사라졌다. 달빛 속에서 아주 잠시 동안만 그 부분이 보는 사람에게 드러났다. 그러나 선택된 유일한 존재의 수백 가지 얼굴은 어떤 지점에서 고개를 들어도 항상 볼 수 있었다. 주위에 호상가옥들이 빽빽이 늘어선 개천과 도로들이 관통하는 중심 운하들과 호안들의 사각형 내부에 있던 앙코르톰 시는 사라졌다. 구멍이 난 사암에 부드럽고 능숙한 손으로 새겨진 연대기 말고 주민들에 대해 증언해주는 것은 아무것도 없었다. 밤의 방랑자들은 그 평화롭게 활동하고 있는 사람들을 구경한 뒤 이제까지 묘사한 도시 생활을 훨씬 능가하는 규모의 어떤 조형물 앞에 도달했다. 거기에는 숙영지에서 아직은 익살맞게 서로 씨름하고 도박하고 줄타기하는 병사들이 있었고, 집합해 있는 왕의 근위대가 있었고, 들판과 바다에서 벌어진 전투의 혼잡한 모습이 있었다. 위아래로 늘어선 세 벌의 그림은 창과 칼, 노와 망치 등을 선으로 그린 모습들로 연결되었다. 여기서는 끊임없이 일진일퇴하면서, 깃발을 휘날리며 잎이 많은 나뭇가지에 얽힌 채, 침입해오는 이웃 나라 참파의 군대에 맞서는 싸움이 진행되었다. 권력자들은 왕조의 얼굴이기도 한 자신의 얼굴을 보존했고, 우상들과 마찬가지로 기념비에서 자신의 자리를 주장했지만, 그들을 위해 싸우는 사람들은 단지 군중으로만 존재했고, 대열을 형성한 옆모습으로 두 진영의 방패와 투구를 갖추고 똑같은 거동으로 전진했다. 그들은 높은 분들의 명령에 따라 서로 충돌하는 기계들이었다. 노예 사냥을 위한 전쟁은 왕의 가계 경영에 포함되어 있었다. 크메르는 참족과 함께 안남인을 상대로 원정을 벌였다. 그다음에 크메르는 참파를 굴복시켰다. 그러자 1177년 참족이 복수를 위해 무장한 군대를 이끌고 배를 몰아 메콩 강을 거슬러 앙코르를 향해 톤레사프 호수까지 침입했다. 군대의 맨 앞에 자리 잡은 전투용 코끼리들은 모두 좌석과 궁수를 갖추고 있었다. 다리를 벌린 채 결투하며 서 있는 자들은 모두 똑같았다. 양쪽에서 방어하는 자, 공격당한 자, 쓰러지는 자 들은 똑같은 자세를 취했다. 다만 공작 깃털을 단 크메르 군대는 가슴에 십자형의 띠를 매고 있었으며, 참족 군대는 짧은 저고리를 요포로 썼고, 투구 꼭지에 목련꽃을 달았으며, 이들의 군기는 술로 장식되어 있었다. 하지만 가까이 가서 보니 전사들의 얼굴이 개성적인 특징을 띠고 있다는 걸 알게 되었다. 코가 좀더 작거나 컸고, 입은 좀더 넓거나 작았으며, 광대뼈가 더 나오기도 하고 덜 나오기도 했다. 마치 조각가가 수천 명의 집단 속에서 각 개인의 고유성을 암시하려고 노력하는 반면에 왕들은 그 개성을 잃어버리고 미라가 된 상태로 묘사한 듯했다. 내세를 위해 교육된 신적 존재들은 바위 탑들 위에서 이미 생시에도 죽은 자로서 미소 짓고 있었다. 하지만 그들의 신하들은 각자가 자신을 위해 살아 있었다. 그들은 죽음을 향해 함께 다가갔으며, 같은 걸음걸이로 무릎을 들어 올리며 발을 내디뎠다. 신성한 존재가 된 군주는 처음부터 죽음을 넘어서 있었다. 칼자루나 창자루를 움켜쥔 수많은 사람들은 뜨거운 몸으로 죽음을 대면하고 있었다. 땋은 머리를 배의 가장자리 위로 내민 노꾼들은 그들의 심장과 마찬가지로 죽음의 박자를 두드렸다. 그리고 예술적인 두뇌가 선체 주위의 물고기나 악어들과 더불어 바다의 단면을 보여주고 있는 이 자리에서는 헤엄을 치고 있는 한 무리의 작은 집단이 실제 생활에 가장 가까이 접근해 있었다. 그들은 키와 노를 부숴뜨리기 위해 적선의 용골과 고물의 돌출부 아래로 잠수했다. 그는 밤중에 벌거벗은 채 모기에 둘러싸여 매트에 누워 있을 때, 어떻게 자신의 얼굴이 고고학자로 하여금 산속 피라미드의 미소 짓는 얼굴을 상기시킬 수 있었는지 자문해보았다. 그는 끊임없이 되풀이해 싸우고 있는 병사들과 가깝다고 생각하지 않았던가. 아니면 그는 윗사람과 아랫사람 양쪽 모두에 속하지 않았던가. 그는 죽음의 문을 통과해 바이욘의 신탁을 받으러 가려고 했다. 하지만 너무 피곤했고 몸을 일으켜 창가로 가기도 어려웠다. 그는 어둠 속을 들여다보았다. 그러자 두려움이 그를 엄습했다. 아마 그는 인간들에게 내려온 신적인 존재였을 것이다. 그리고 내가 알아차리지 못한 채 우리가 바사 공원을 통과해 오던 광장 앞에 섰을 때, 그는 그날 밤 다시는 죽음을 두려워하지 않을 정도로 미쳐버렸다고 말했다. 새벽이 되기 전, 그가 안내자에게 이끌려 떠오르는 해를 맞고 있는 앙코르와트의 중앙사원을 보러 가기 직전에 그런 일이 일어났다고 했다. 그의 말에 따르면 원래 그는 더 이상 아무것도 보지 않으려고 했으며 새로운 인상들을 더는 받아들일 수 없으리라고 믿었다. 반쯤은 무기력한 상태로 그는 차로 이끌려갔고 마비된 상태로 등을 기댄 채 둑길의 문으로 갔다. 둑길은 테라스 형태로 이루어져서 거대한 저수지 속에 있는 건축물에까지 뻗어 있었다. 그는 우선 안개 속에서 높이 둑을 쌓아 만든 길의 직선 형태만 알아보았다. 그 뒤로 넓은 주랑 전면과 계단식으로 가운데 쪽으로 올라가 다시 피라미드 형태를 이루는 탑들이 아직 희미한 상태였다. 그러고는 붉은 해가 중앙 탑 뒤에서 떠오르고 동시에 매미 소리가 울리기 시작했을 때 그는 정신을 차렸다. 이제 그들은 햇빛 때문에 탑머리에 달린 세공품들을 알아볼 수 없는 동안 중앙 대문 앞의 높은 교차 지점을 향해 다가갔다. 사자 조각상들과 머리 일곱 달린 뱀이 지키는 옥외 계단들이 좌우로, 여기저기 시든 풀과 관목으로 덮인 평지까지 이어졌다. 한참 떨어진 곳에는 자그마한 앞쪽 사원과 나지막한 둑으로 둘러싸인 저수지들이 있었다. 평지 전체가 벽으로 둘러싸인 사각형 모양이었다. 깬 돌들로 다져진 바닥 때문에 나무들이 자라지 못했다. 그곳은 사열식장이었을 것이다. 아마 우기에는 넓은 관개로에서 물이 흘러들어가는 내부 호수도 있었을 것이다. 왕과 그의 신하들은 배를 통해 사원의 계단까지 갈 수 있었을 것이다. 회랑이 있는 거대한 전면부는 세 부분으로 된 입구에서 북쪽과 남쪽의 모서리 기둥들에 이르렀다. 중앙 현관의 뾰족한 지붕은 솟아오르는 지붕 모서리와 중간의 둥근 지붕과 층계 대문을 거쳐서 중앙 탑의 가장 높은 지점으로 이어지는 소실선의 시작 부분을 이루었다. 동쪽을 향해 그 중앙 현관에 들어서자 짙은 그림자가 그들을 맞이했다. 그 속에서는 벽 위에 펼쳐진 부조의 개별 요소들이 구분되지 않았다. 그곳에는 단지 서로 찌르고 물어뜯고 쫓고 쫓기는 한 무리의 육체들만이 주술에 사로잡힌 듯이 나타났다. 그들은 오른쪽으로 기둥들을 따라갔다. 그 뒤의 열린 광장은 눈부시게 밝았다. 그들은 1백 미터쯤 걸어간 다음 모서리의 홀에 도달했는데, 여기서는 남쪽 통로가 직각으로 구부러졌고, 뒤쪽으로부터 빛을 받았다. 여기도 2백 미터 이상 되고 가운데가 나누어진 벽에 얕은 돌을새김 부조가 새겨져 있었다. 그것은 거대하고 균일하며 검은색으로 광을 낸 석판들로 이루어져 있었다. 그 이음매는 매우 매끄럽게 다듬어져서 거의 눈에 띄지 않았다. 몇 군데에서 색채를 발하는 형상이 매우 정확한 윤곽 그림으로부터 분명히 드러났다. 밤중에 그들은 종종 조야하게 조각되었지만 그래도 실물에 가까운 인물들을 만났다. 이들은 위험한 생활을 하는 모습이었다. 이미 붕괴가 명백해지고, 공인들이 끌과 해머를 내팽개쳐서 수많은 것을 미완성으로 놓아두고, 민중의 힘이 출정과 무리한 건설로 탕진되었을 때인 왕국의 마지막 시기, 즉 13세기 초에 만들어진 것이었다. 이제 낮 동안 그들은 1세기 전 왕조의 고전적인 시기에 나온 작품들을 대면했다. 바이욘은 거칠고 바로크적이었다면, 앙코르와트는 위계적인 장대한 모습으로 솟아 있었다. 벽화의 첫 부분에서는 정예병들이 출정하고 있었다. 이들은 수리야바르만[93] 왕조와 자야바르만 왕조 치하에서도 되풀이해 출정했을 것이다. 여기서 그들의 태도는 어떤 패배의 징후도 보이지 않았다. 그들은 가면 같은 얼굴을 하고 조각한 머리 장식과 땋은 머리칼을 두른 채 당당한 정복자의 모습을 하고 있었다. 그들은 갈고리가 달리고 장식으로 두툼해진 창을 어깨에 메고 있었다. 무늬가 들어 있는 저고리와 앞치마의 모든 주름은 매우 섬세하게 만들어졌다. 전사와 말들의 다리가 이루는 평행선들은 다양한 모습만 아니라 운동의 변화들을 재현했다. 가장자리가 물결 모양을 이루는 꽃 같은 우산들이 긴 자루를 통해 그들 위로 솟아 있었다. 그것들은 잎사귀들로 부드럽게 에워싸여 있었다. 코끼리 코와 상아, 말들의 꼬리와 어깨

---

93) Suryavarman: 수리야바르만 1세는 자야바르만과 왕위 다툼을 벌여 1010년경부터 40여 년간 크메르를 통치했다. 수리야바르만 2세는 1113~1150년경 크메르를 통치하며 앙코르와트 건설을 명한 인물이다.

뼈들, 방패와 투구깃털 등의 둥근 형상이 나무의 휘감긴 선의 유희와 어우러졌다. 그들은 고리 모양이 도처에 새겨져 있고 식물의 색깔로 그림을 그려놓은 담벽 밑받침 부분의 직선 행로까지 나아갔다. 그 불그레하고 푸르스름하고 금빛 나는 색조들 때문에 인물들은 금속 빛을 띠었다. 앞쪽에는 전위대와 굴복한 태국 보병부대가 있었다. 이들은 위용을 뽐내는 크메르군과 대조적으로 짐승처럼 끔찍하게 찌그러진 모습으로 야만적인 장식과 조야한 대검으로 무장했을 뿐만 아니라, 이빨을 드러내는 종마들 아래에서 무질서하고 불결한 몸짓을 하고 있었다. 이 벽은 감상자에게 궁전 주인의 우월성과 막강함을 확신시키는 것이었다. 그러나 세속적인 승리는 중간 홀에 의해 중단된 다음 신의 재판으로 이어졌다. 이 재판은 죽은 사람들을 두 부류로 나누었다. 위쪽의 죽은 사람들은 단지와 상자를 들고 서둘러 낙원으로 들어섰고, 아래쪽의 죽은 사람들은 지옥에 처박혔다. 그리고 이제 하늘로 들어가는 길이 끝나고, 삭막하고 긴 우플란드 가가 지하세계에서 나온 모습들로 가득 찼다. 광적이기는 하지만 원칙에 헌신하는 스페인 전사이자 독일 공산당 재정담당관이었던 그의 생각 속에 새겨진 모습들이었다. 벌거숭이로 목이나 발이 줄에 묶인 채 형리들에게 끌려가는 저주받은 자들을 검은 새들이 쫓았다. 놀라서 지르는 외마디 비명 소리. 여러 사람이 무의미하게 애원하며 무릎을 꿇었지만, 앞쪽으로 끌려가며 두들겨 맞거나 표범들에게 공격을 받았다. 그들은 산발을 하고 수염을 헝클어뜨린 모습으로 손이 묶이거나 거꾸로 나뭇가지에 매달려 있었다. 혀를 내밀고 있는 작은 악마들이 그들 주위를 맴돌고 그들을 향해 킥킥거리며 지옥의 고문을 알렸다. 지옥에서는 영원한 목탄불이 타고 있었다. 그들은 물어뜯는 듯한 연기에서 영원히 풀려나지 못할 것이다. 크고 둥근 눈과 회색빛으로 그려놓은 입을 한 유령들이 불타는 칼로 그들을 때리고 또 때릴 것이다. 그가 말하며 이마를 닦았다. 몸통에서 분리된 사지들이 끝없이 되풀이하여 날아가고 자라나고, 또 날아갈 거야. 똑같이 찢어질 듯이 고통스럽게 말이야. 칼들이 날아다니고 불길이 스치는 가운데 우리는 77번지 대문을 지나갔다. 1층집의 둥근 창문틀에는 셀룰로이드로 만든 작은 장밋빛 플라밍고가 있었다. 그것은 방문해도 아무 문제 없다는 표시였다. 하지만 슈탈만은 나를 바나디스 도로 쪽으로 계속 끌고 갔다. 그는 로스너에게 가기 전에 내게 중간 탑에서 본 마지막 모습을 묘사해주려 했다. 그가 말했다. 우선 마당을 가로질러 간다고 생각해보게. 마당은 안쪽으로 가면서 기둥들로 이루어진 통로 사이에서 점점 좁아지지. 십자형의 중간 홀들과, 좀더 높이 있는 주랑으로 올라가는 계단들이 반복해서 나오고, 마침내 사각형 안에서 이루어지는 건축선들로부터 정방형의 수직 갱도가 형성되며, 그로부터 중심 탑으로 올라가게 되지. 이 건축은 호상가옥에서부터 발전했다. 여기서 돌로 작업한 사람들은 목각을 새기는 사람들이었다. 회랑의 기둥들은 세공하여, 촘촘히 홈을 파내고, 규칙적으로 부풀어 오르기도 하면서, 내력벽들 사이에서 점차 가늘어지는 형태로 솟아올랐다. 이 벽들에는 장미꽃 무늬가 새겨져 있었다. 그것들 옆에는 같은 넓이와 형태로 빛의 막대들이 부단히 찬연한 대조를 이루는 가운데 솟아나 있었다. 물결치는 어두운 그림자가 하얀 햇살들과 교체되면서 통로들 바닥의 네모난 돌들을 해체한 것처럼, 토대 밑받침과 천장 시작 부분에 연결된 틀의 성형물들은 여러 번 단절되어 있는데도 벽의 하중을 받고 있었다. 성채와도 같은 끝에서 두번째 테라스에서 솟아오른 모퉁이 탑은 뒤쪽을 보는 두 탑과 함께, 첩첩이 얹힌 왕관 쪽으로 축이 교묘히 이동해서, 마치 중앙의 좀더 큰 탑 쪽으로 살짝 기울어져 있는 듯한 인상을 만들어냈는데, 이 때문에 전체적으로 피라미드와 같은 형태가 이루어지게 되었다. 이 피라미드는 생각 속에서 만들어지는 것이었다. 그것은 부분적으로 속이 들여다보이는 건물처럼 보였는데, 그 상상적 윤곽은 양쪽에 솟아오르는 탑들 전체의 끝부분 위로 그어지는 것이었다. 그 조형물은 꽉 짜인 상태를 넘어섬으로써 생명력을 얻었다. 사이의 공간들은 건축물과 마찬가지로 중요했다. 상상 속의 네 삼각형이 서로 조화를 이루듯이, 보이지 않는 선들이 중앙 탑 앞의 돌출부들로부터 나왔는데, 그 선들은 구경하는 사람이 눈부셔서 눈을 감았기 때문에 태양의 광선들과 결합되고, 그런 형태로 붉은색과 은색으로 빛나는 물질적이기도 하고 실체가 없기도 한 건축물에 부피를 부여했다. 점점 넓어지는 네 개의 박공이 돌출해 있는 중앙 탑의 대문에 도달하기 전에 거의 수직으로 올라가는 계단을 기어올라야 했는데, 이 계단은 위쪽으로 갈수록 더 높아졌다. 그다음에는 동굴과 홀을 통과해 걸어갈 때마다 길이 신들과 여신들 앞으로 나 있었다. 이 신들은 계속 변하는 제스처로 층계참마다 맨 위의 둥근 지붕 앞 발코니에 이르기까지 사람을 붙잡아두려는 듯했다. 여기서 난간으로 다가간 그들 앞에는 아래쪽 현관에 들어설 때 보았던 위계가 이제 반대 방향으로 펼쳐졌다. 즉 앞쪽 건물의 천장 대들보를 따라, 그리고 마당의 저수지와 외곽 수로 위의 길을 따라, 이어서 하얀 선처럼 원시림 속의 개간지를 통과해 지평선에서 사라져가는 저지대 깊숙한 곳에까지 이르는 것이었다. 건물들은 평지 쪽에서 생각해낸 것이었다. 우선 왕들은 신하들이 땅에서 생산성을 올릴 수 있도록 했다. 동쪽의 왕국인 푸난[94]에서 수력을 이용하는 문화를 익힌 왕의 기술자들은 노동자와 노

---

94) Funan: 메콩 강 하류 지역에서 1세기부터 6세기까지 번영한 왕국.

예들의 군대를 동원해 바로 톤레사프로부터 수면 바로 위의 땅을 통과해 수로를 끌어들이고, 수갱들을 견고하게 만들고, 좁은 수로들로 서로 연결하고, 수문과 저수지와 둑과 우마차 도로들을 만들고, 숲을 벌목하고, 우기에 불어나는 물을 수차와 관들로 나누고, 벼를 심고 거두게 했다. 재화가 수백 년 동안 축적된 뒤 업적을 찬양하고 신들에게 감사하려는 소망이 생겨났다. 넓고 늘 푸른 평야의 물가에는 집들이 생겨났고, 그것들이 도시로 커졌다. 이 평야에서 풍요의 징표로서 실질적인 활동과 구분되면서 어떤 정신세계에 대한 경의로서, 창조의 꿈이 피어났다. 사람들이 개간한 것은 그들 몫으로도 돌아갔지만, 그들이 이제 종교적인 제의에 따라 모아놓아야 했던 것은 단지 통치자들이 자신을 높이는 데만 쓰였고, 식량을 생산하는 데는 점점 기여하지 못했다. 왕권을 위한 기념비를 만들기 위해 그들은 보트와 수레와 멍에를 직각 방향으로 이리저리 끌고 다녔다. 지면 아래에 있는 사암을 끄집어내서 깨고, 썰고, 문지르고, 날랐으며, 피투성이 손으로 독재자들과 이들의 참모인 사제들을 위해 이들이 살고자 하는 궁전을 지어주었다. 9세기 말 자야바르만 2세는 건축을 시작했고, 수리야바르만 1세는 1000년경에 앙코르 사원 성채의 기초를 깔았다. 다른 종족들의 흥망성쇠를 거친 150년 후 수리야바르만 2세 때 천문학자들이 계산해낸 우주의 중심에 앙코르와트가 세워졌다. 그것은 다섯 봉우리가 있는 신성한 메루 산을 모방한 것이었다. 수로와 도로와 사각형의 공원 시설, 정원과 저수지, 급수 시설과 관리소 건물, 창고와 무기고, 시장과 사열용 광장 들의 정교한 조직과 더불어 백만의 인구가 사는 도시가 성장했다. 정확하게 동서로 혹은 남북으로 나 있지 않은 도로는 없었다. 건물의 전면부나 부조로 이루어진 벽이나 집단적인 조각 가운데 미리 규정된 본보기에서 벗어난 것은 아무것도 없었다. 일상생활은 완성된 구성으로서 상부의 만족을 위해 경직된 질서 속에 존재했다. 이곳에는 우연한 것, 대각선 방향으로 된 것은 아무것도 없었다. 이곳에 자리 잡았던 각자의 본질에는 바꿀 수 없는 현존재에 대한 확신이 파고들었다. 아무도 이곳에서 혼란을 느낄 수 없었다. 이곳에서 생겨난 것은 최초의 전체주의 도시였다. 그것은 모든 개인을 한 계급의 통치 아래 복종시키는 것이었다. 이 계급은 자신을 신성하다고 선언할 만큼 충분히 자의식을 지니고 있었다. 백성들이 규율 속에서만 살았던 것에 반해 왕들은 초현세적인 방탕에 몰두했다. 건축의 대가들은 천년 동안 비슈누, 시바, 붓다의 정신으로 얻은 명상적 능력을 통해 단지 신성한 존재들만을 위해, 그리고 결국은 그 자체만을 위해 존재하는 예술을 만들었다. 그러한 예술은 경배자들이 접근할 수 없도록 함으로써 이들을 비하했듯이, 그 위탁자인 왕들도 초월했던 것이다. 이들은 자신을 신성하다고 선언했지만 죽을 수밖에 없었다. 그들은 그저 화려한 모습을 취했을 뿐 사라질 테지만, 예술은 계속해서 존속할 것이다. 그러한 예술의 감성은 잔인했다. 그것의 숭고함은 노역을 통해 얻어낸 것이었다. 노예를 거느린 다른 왕국들에서와 마찬가지로, 최상의 섬세함을 제공하는 에센스는 인간을 마모하는 데서 나온 것이었다. 그 예술은 어떤 고통들을 통해 그것이 가능했는지 묻지 않았다. 그리고 대가들과 숙련된 일꾼들은 단지 그것이 생겨나도록 하는 데 기여했을 뿐이다. 그들은 자신의 손으로 그러한 형식이 완성될 수 있도록 하는 하나의 원칙에 따랐다. 유일무이한 면은 민중의 경외와 두려움에서 생겨났다. 그리고 그것은 민중들에게 더욱 심한 비하와 파괴의 기념비가 되었다. 또한 그 예술은 노동자들에게서 힘을 빼앗았듯이 왕들을 희생시켰고, 이들에게서 부를 빨아먹었다. 왕들은 수백 년간, 죽도록 건설을 했던 것이다. 그리고 그들이 망하기 직전에 그들과 함께 몰락하게 된 이름 없는 사람들이 자신의 삶에 관한 무엇인가를 마지막 사원의 가장자리에 끼적거려 넣었다. 이들은 자신이 이룩한 것을 되찾으려 했다. 그런 다음 왕국이 망하고 도시가 황폐해진 뒤 오랫동안 힘들여 저지해놓았던 원시림이 건물 위로 덮쳐왔고 건물을 뿌리와 빽빽한 잎사귀로 감쌌다. 순식간에 전제적 정신의 기념비들은 야생의 자연으로 돌아갔다. 그리고 5백 년 뒤에야 새로운 정복자에 의해 그 자연에서 발굴되었고, 고립되고 낯설고 세상과 등진 상태로 이 나라의 가난과 계속되는 예속을 넘어서 또다시 수백 년간 혹은 수천 년간 존속하게 되었다. 바이욘은 돌로 된 얼굴로 북쪽 거대한 나뭇가지들 바깥으로 솟아나 있었다. 사멸한 채 아른거리는 그 넓은 땅 위에는, 또 우리가 지금 다시 내려가는 우플란드 가 위에는 매미들의 소란한 울음소리가 자리 잡고 있었다.

누구와 만나고 여행하고 발견한 일들에 대한 이런 식의 환상은 풍크가 슈탈만에 대해 품었던 이미지와 모순된 것이었다. 풍크는 체험한 것을 남도 알아보도록 묘사하는 능력이 그에게는 없다고 여겼다. 그가 섬세하게 심사숙고할 수 있다고는 믿지 않았다. 또 로스너는 그처럼 장황한 이야기를 늘어놓는 것을 이해하지 못했을 것이다. 확고한 윤곽을 지닌 과제 영역 밖에 있는 것들을 다루기 위해 로스너에게 가는 사람은 없었다. 그는 기껏해야 배경 음악 정도를 용납했을 뿐이다. 방금도 그렇듯이 그는 온갖 종류의 히트곡에서 관현악곡에 이르기까지 모티프에 상관없이 언제나 휘파람을 불든 흥얼거리든 고개를 끄덕거리든 아무튼 따라 했다. 나는 그가 그렇게 소리를 내야 숨 쉬기가 편해지는 건지, 그것이 그의 신경을 진동시켜 생각이 떠오르게 하는 건지 자문했다. 풍크는 몇 번 확성기를 껐다. 로스너는 그것을 당장 다시 틀었다. 그는 자신의 손동작을 전혀 알아차리지 못하는 것 같았다. 그 동작은 신문을 가위로 잘라내고 기사를 검토하고 필요 없는 종이들을 쌓아놓는 일처럼 자동적이었다. 그것은 서로 연관되어 있는 한 가지 과정의 구성 요소였다. 이 작은 방은 덜그럭거리고 딸랑거리는 소리로 가득 찼다. 우리가 읽고 토론하는 것은 언제나 풍크가 정한 주제에 포함되는 것이었다. 우리가 느꼈던 불안은 좁은 장소에서 사람들이 서로 맞부딪쳐야 한다는 데에서 비롯된 것만이 아니라, 상황의 위험성에서 비롯된 것이기도 했다. 우리가 넷씩이나 게다가 특별히 음모적인 성격을 지닌 은신처에 모였다는 것은 모든 규칙에 위배되는 것이었다. 그러나 로스너는 그곳에 머물러야만 했다. 그는 점점 더 위축되었고 다리가 마비되어 그를 다른 곳으로 데려가기는 힘들었다. 탁자 머리맡을 차지한 로스너는 전화번호부 몇 권으로 자기가 앉을 의자를 높였다. 나는 풍크 옆 침대에 앉았다. 슈탈만은 팔꿈치로 탁자 한쪽을 괴고 앉았다. 그의 무릎이 우리 무릎과 부딪쳤다. 사방에 책과 신문이 쌓여 있었고, 벽은 핀으로 고정시킨 무수한 쪽지들과 지도로 덮여 있었다. 『민족의 파수꾼』에는 비쇼프의 광고가 실렸다. 그때에는 이미 두 명의 새로운 특사가 독일로 파견되었고 이제 셋째 특사가 떠나기 직전이었다. 로스너는 심지를 낮게 내린 램프의 푸르스름한 유리 호야 아래에서 엄지와 검지 사이에 여자 없이 집안 살림을 하기 위해 도움이 필요하다는 짧은 문구가 적힌 종이를 들고 있었다. 모두 머리를 숙였다. 따뜻한 숨결이 뒤섞였다. 더 이상의 출발을 막는 경고가 광고 문구의 검은 테두리 안에 들어 있었다. 그러나 벨

터와 바그너[95]는 이미 바다를 건넜다. 억류되었던 두 사람 벨터와 자거[96]
는 스웨덴 친구들의 도움으로 밤중에 롱모라 수용소에서 탈출할 수 있
었다. 감시자들을 어렵지 않게 따돌렸고 들길 옆 철조망을 쉽게 넘을 수
있었다. 농장 바깥에서는 자동차가 기다렸다. 접선 담당자인 발스트룀이
벨터의 로테르담 도착을 신고했다. 그 전에 이미 한 번 여행한 적이 있는
바그너가 뤼베크로 왔고, 예블레에는 화물선 프레드만 호가 경험 있는
승무원들과 함께 자거를 함부르크로 데려갈 준비를 하고 정박해 있었다.
여기서는 바그너와 만날 약속이 되어 있었다. 풍크는 비쇼프의 소식이
지연되자 자거도 보내려 결심했다. 네덜란드에서 접선이 이루어진 뒤 벨
터는 바그너와 자거를 만난 다음 베를린으로 가야 했다. 반면에 바그너
와 자거는 특정한 시점에 뤼베크에 있다가 선원들의 도움을 받아 스웨덴
으로 다시 돌아와야 했다. 비쇼프의 경고 신호를 보고도 자거는 출발해
야 했다. 스톡홀름에서 두 시간 거리인 예블레에서 그를 만날 수도 있었
지만 함부르크에서 정해진 시점에 그를 기다리고들 있었고, 또 그가 풍
크 자신의 여행을 준비하는 일을 맡았기 때문에, 계획은 엄수되어야 했
다. 풍크는 자신이 만든 광고 문구가 들어 있는 『민족의 파수꾼』의 작은
쪽지를 치워버렸다. 그러고는 출항과 약속 일자가 표시된 종이를 펼쳤다.
창문은 닫히고 커튼은 내려졌다. 공기는 숨 막혔다. 부엌에서는 집주인의
목소리가 들려왔다. 그들의 그림자가 문의 유리창에 쳐진 얇은 천 위에

---

95) Willi Wagner: 독일 공산당원으로 1936년부터 덴마크, 스웨덴에 망명했다가 비합법으
로 독일에 잠입하던 중 체포되어 스웨덴에 수감되었다. 1945년 독일로 귀국해서 함부
르크에서 언론인으로 활동했다.

96) Werner Sager(1915~1976): 1930년 독일 공산당에 입당하고 1934년부터 스웨덴에 거
주했다. 1936~39년 스페인 국제여단 소속으로 내전에 참가한 뒤 다시 스웨덴으로 돌
아와 1941년 체포되었다. 전후 동독에서 인민경찰로 일했다.

서 움직였다. 풍크가 여행하려 하고 이로써 비쇼프의 정보를 무시하거나 결정적이지 않다고 단정함으로써, 서류에 작성된 것들은 다시 뭔가 자의적인 것이 되었다. 그의 여행에 대해서는 아른트와 슈탈만의 여행과 마찬가지로 이미 여러 차례 고려하기도 하고 부결하기도 했다. 여행을 정말 해야 하는지 때로는 확신이 들기도 하고 때로는 회의가 찾아들기도 했다. 그러나 그것은 피할 수 없는 일이었다. 담배를 피우고 싶은 욕망을 풍크는 파이프 주둥이 부분을 씹으며 억눌렀다. 그는 해를 향해 걸어가는 벌거벗은 어린아이가 위쪽에 그려진 성냥갑을 되풀이해 움켜쥐었다. 로스너는 그의 손을 밀어냈다. 그러면 그는 라디오를 껐고, 다시 로스너가 켰다. 길이가 3미터 반에 너비가 2미터인 이 방은 갱도 높이였다. 푸르스름한 램프 빛 위쪽으로는 점점 어두워져 천장은 이제 알아볼 수 없었다. 이 동굴은 당의 지하본부이자 임시사령부였다. 허락된 시간은 단지 한두 시간뿐이며 그 뒤엔 다시 해체될 테고, 참석자들은 개별 은신처로 떠날 것이다. 어디서나 그랬다. 한 사람 혹은 두 사람이 쪼그리고 앉아 있었고, 셋만 되어도 너무 많았다. 이 자리에는 지부 지도부 감독 임무를 띤 중앙위원회의 대리인, 오래전에 자리 잡은 코민테른 기관지 편집인, 그리고 당 재정관리 겸 최고지휘관이 참석했다. 이들이면 점령지의 세포들에게 전달될 지시에 특별한 무게를 실어주기에 충분했다. 슈탈만에게는 불확실한 상황에서 기다리는 것이 아마 가장 괴로운 일이었을 것이다. 그는 군대에 들어가지 않고 행동한다는 것을 상상할 수 없었다. 그는 풍크, 로스너, 아른트, 그리고 또 다른 사람들이 작성한 전단이나 교시문이나 정치적 강령들을 전달하는 데 만족할 수 없었고, 현장에 뛰어들려 했다. 언젠가 슈탈만은 국제여단이 해산된 뒤 갈레고[97])와 함께 소련 배를 타고 레닌그라드로 가고 있을 때 갈레고에게서 들은 이야기를 내게 해준 적이 있다. 그 모험적인 이야기 속에 그는 자신의 본성을 잔뜩 덧붙였다. 그리고 아마 그는 그때 해외에서 피상적인 활동이나 해야 하느니, 차라리 자기 나라로 돌아가 어느 한 구석으로 숨어들겠다는 그 스페인 사람의 소망을 표현했는데, 이는 우연이 아니었을 것이다. 풍크는 이러한 조급증을 질책했다. 본국으로 들어가는 것이 문제일 경우 비록 풍크 자신의 태도도 슈탈만이나 아른트의 경우와 마찬가지로 분열적이었지만, 그는 조건들이 이제 유리해 보인다고 주장했다. 상황 판단을 위해 적대 세력과 저항 세력의 규모를 비교했다. 저항 세력은 비록 보잘것없더라도 노동자당이 말살되고 끊임없는 체포와 고문과 살해가 자행된 지금은 몹시 중요했다. 아직도 여전히 소식을 전달하고, 박해당하는 사람들의 은신처를 마련하고, 구호를 벽에 그리고, 태업을 벌이고, 당 세포들을 규합할 수 있었기 때문이다. 여기서 포기하는 것은 지금까지의 모든 노력을 말살하는 것과 마찬가지일 것이다. 주요 전투는 동부의 여러 전쟁터에서 벌어지고 있었다. 지금 그곳에서 처음의 후퇴와 대규모 손실 이후 고착된 상황은 군사력이 증대될 경우 점차 침략군의 확장된 전선에 영향을 끼쳐 침략군을 움직일 수 없게 하고 의기소침하게 만들 수도 있을 것이다. 적의 들뜬 분위기가 사그라짐에 따라 여전히 자신이 지지 않는다고 믿고 있는 적국 내부에서도 끊임없는 속삭임과 빈정거림, 은밀한 동요와 전복의 기운이 감지될 것이다. 지하에 숨어 있어 숫자도 파악할 수 없지만 도처에 동맹자들을 두고 있는 듯해 보이는 사람들의 끈기만으로도 이미 군사적인 희망을 흔들 수 있었다. 야

---

97) Ignacio Gallego(1914~1990): 스페인의 공산주의 정치가로 스페인 인민공산당(PCPE) 총서기를 역임했으며, 스페인 내전 당시 공화파 쪽에서 싸우다 패배 후 1945년까지 소련에 거주했다.

전에서 한 번 패배를 맛보게 되면 국민들의 자신감도 흔들릴 것이라고 풍크가 말했다. 그래서 그는 이제까지 받아들였던 자제심을 버리고, 국내로 들어가 그곳에서 기다리는 사람들을 괴롭히는 부동 상태를 끝내자는 생각에 따를 태세였다. 그런데 그가 냉정한 심사숙고라는 척도를 포기한 순간 과거의 의심들과 위협적인 암시들이 바로 지금까지 평온하게 진행된 대화 속으로 다시 밀려들어왔다. 비쇼프의 정보 때문에 화가 난 그는 아른트를 비난했다. 바그너가 영국 대사관과 관계를 유지하고 있다고 예전에 아른트가 질책했다는 것이다. 그는 바그너를 옹호한다고 소리쳤다. 그러자 로스너가 쉬쉬하며 목소리를 낮추라고 했다. 풍크는 계속 주장했다. 만일 바그너가 영국 첩자라고 아른트가 고집한다면, 자신은 이것을, 어느 특정 집단의 눈으로 볼 때 너무 오래 인민전선에 매달려온 한 동지의 명예를 훼손하는 것으로 간주할 수 있을 뿐이라고 했다. 바로 바그너와 같은 협력자가 이제 필요한데, 왜냐하면 이제 협소한 당 정치를 넘어 모든 분야의 저항 세력을 하나의 동맹에 끌어들이는 것이 중요하기 때문이라는 것이다. 풍크의 말에 로스너는 몹시 놀랐다. 이 특사는 슈탈만이 소련 외교기관을 상대로 용납할 수 없는 방식으로 처신한다고 비난했다. 그러자 로스너는 더욱 놀랐다. 슈탈만은 경제적인 협력에만 머물러야지 당내 활동들을 알려고 해서는 안 된다는 것이었다. 그는 슈탈만의 중재를 통해 대사관 대표들이 자신을 찾고 자신에게 독일에서 벌일 공작 활동과 관련하여 지시를 내리는 것은 바라지 않는다고 주장했다. 성냥불이 타올랐다. 파이프에서 연기가 피어올랐다. 로스너는 램프를 끄고, 커튼을 옆으로 열어젖히고 창문을 열었다. 바깥의 바닥과 축축한 잎사귀에서 미지근한 습기가 밀려들어왔다. 건물 전면부의 담쟁이 한가운데에서 부엌 창문들이 반짝이며 빛났다. 사람들이 오르내리거나 구부린 채 식사를 하고 있는 모습과 함께 층계 입구도 보였다. 바로 옆 주방 식탁 주위에도 사람들이 우리와 떨어진 채, 그러나 우리를 보호하며 앉아 있었다. 소란스럽게 목소리를 내기도 하고 갑자기 침묵하기도 하는 가운데 우리가 항상 그들과 가까이 있었지만, 우리를 눈에 띄지 않도록 하는 것이 이 조력자들의 임무였다. 우리가 그들을 부르면 그들은 즉시 달려왔으며, 약간의 위험한 징후만 있어도 경고를 할 것이다. 그러면 창문을 통해 밖으로 나가 농장 건물로 넘어 들어가고 로스너를 등에 업고 대문과 복도를 지나 베스트마나 가로 가면, 그곳에 집주인의 자동차가 대기하고 있었다. 우리는 침묵할 때면 늘 그랬듯이 이렇게 언제라도 달아날 태세로 꼼짝하지 않고 귀를 기울이곤 했다. 이런 일, 이처럼 예리해진 감각으로 잠복해 있는 것, 이렇게 뛰어나가기를 기다리는 일이 우리의 삶이었다. 무기와 조직력의 부족을 기동성으로, 새로운 잠복지에 최대한 신속히 숨어버리는 방법으로 대신해야 했기 때문이다. 그리고 긴장 때문에 방금 전과 같이 논쟁을 벌이게 될 때에도 침묵이 찾아오면 모든 의견차를 잊고 단지 공동의 관심사만을 중요시하는 결속이 회복되었다. 전에도 종종 그랬듯이 나는 내가 관여하는 모든 일이 단 하나로 연관된 노력, 장애를 극복하려는 노력이라고 보았다. 그리고 이 경우 정치 행위와 예술 행위 사이에는 어떠한 모순도 없었다. 모든 표현 수단은 이해와 판단과 변혁의 가능성에 기여했다. 비쇼프의 여행, 병마에 맞선 호단의 싸움, 로스너의 인내심, 자기 일의 품위를 유지하려는 아버지의 노력, 내가 좀더 열성적으로 탐구할 수 있도록 자신의 꿈을 들여다보게 해준 슈탈만의 관대함, 접선망의 계획표에 대한 풍크와 아른트의 검토와 심사숙고, 그리고 우리가 지옥이라고 부르는 저쪽 국내에서 구상된 모든 것이, 우리의 행동방식이 아니라 지향 목표를 중요시하는 공동체에 포함되는 것이었다. 이 공동체 속에서 각자가 수행할 수 있는 최상의 일, 즉 많은 사람들이 끝까지 견뎌내는 일은 서로 분리될 수 없는 가치를 형성했다. 이렇게 우리는 우리의 작은 집단들 속에서 어쩌면 뮌첸베르크가 문화혁명이라고 생각한 것의 기초를 마련했던 셈이다. 택시 운전기사이자 아마추어 권투선수인 알고트 페테르손과 맥줏집 트라난에서 급사 일을 하고 있는 그의 아내가 바로 옆의 주방에 있었다. 그들은 2년 전부터 공산주의 인터내셔널의 대변자를 자기 집에 숨겨주고 있었다. 선원인 발스트룀, 라르손, 폰탄은 예블레 항에서 자거를 프레드만 호에 태워주는 일을 준비했다. 이 나라의 수많은 노동자들이 서서히 이루어지는 변혁에 당연한 듯이 참을성 있게 기여했다. 풍크는 파이프를 두들겨 껐다. 로스너는 창문을 닫고 커튼을 치고 등을 켰다. 논의가 계속될 수 있었다. 이제부터는 당이 독립적으로 발전해야 한다고 풍크가 말했다. 이는 소련과 등지는 것이 아니라 새로운 여건들에 적응하는 것을 의미한다고 했다. 불가침조약을 통해 코민테른은 실질적으로 지양되었다는 이야기였다. 당의 가장 중요한 과제인 파시즘에 대항하는 투쟁은 이제 대외적으로 사라졌으며, 반격이 가장 필요했던 시점에서 당은 고립에 만족할 수밖에 없었다는 것이다. 노르웨이에서처럼 프랑스에서도 당은 모든 행동에서 배제되었고 이로써 몇 년간은 정치적 기반을 상실했다는 판단이었다. 풍크의 이야기로는, 우리가 불가침조약에도 불구하고 비합법 투쟁을 통해 가장 힘든 과제를 계속 수행한다면, 이로써 프롤레타리아 국제주의는 생명을 유지할 테지만, 재건을 위해 당에 필요한 예비군을 조직에 공급할 수 없을 것이다. 그는 우리에게 끼칠 파괴적 영향을 충분히 알면서도 소련을 위해 평화협정 기간을 마련해주어야 한다는 요구에 우리가 동의했다고 보았다. 또 그는 우리가 다시 공개적으로 주적에 대해 논할 수 있게 된 지금 공산당의 역할을 새롭게 평가해야 한다고 주장했다. 이미 오래전부터 더 이상 세계혁명에 대해 이야기하지 않는 코민테른은 오늘날 조국전쟁, 무장한 인민의 전쟁, 애국 세력의 행동 통일을 옹호하며, 광범한 결속을 위한 구호들을 다시 받아들이는 가운데 당은 전쟁을 획책하거나 제국주의적이지 않고 민주적 성격을 띠는 부르주아 국가들 사이에서 확고한 자리를 찾아야 한다는 것이었다. 그의 생각에, 상호 양해와 결합 없이 당은 더 이상 존속할 수 없으며, 그러한 결합의 전제 조건은 전쟁 발발 이래로 당이 받아온 불신을 일소하는 것이었다. 당은 부르주아 계급 내부에서도 진보적 입장을 취하는 모든 사람과의 동맹을 진지하게 받아들이고 있음을 보여주어야 했다. 당은 그런 활동을 통해 소련의 짐을 덜지만, 이는 연락을 맡은 사람들의 노력이 그래 보이는 것처럼 소련의 지시에 따르기 위해서가 아니라 해방된 자기 나라에서 자립성을 얻기 위해서다. 디미트로프, 마누일스키, 토글리아티[98]의 성명에 따르면, 공산당들의 운명은 당이 자신의 정책을 각국의 특수한 계급적 상황과 동맹 가능성에 따라 수행하는 것이라고 이해할 수 있다. 그것이 다시 세계적인 운동으로 발전할 수 있는지는 불확정적이며, 당장은 공산당들 사이의 접촉이 불가능해지지는 않았어도 어려워졌다는 사실에서 출발해야 할 것이다. 이제 우리가 국내 상황에서 상상할 수 있었던 것, 그리고 그때그때 받은 보고 가운데 새로운 의문을 제기하는 것, 그래서 직접 그곳으로 가도록 자꾸 생각하게 만드는 문제들이 있을 때에는 자신의 눈으로 그 애매한 것을

---

98) Palmiro Togliatti(1893~1964): 이탈리아의 정치가로 1919년 이탈리아 공산주의 주간지 『새 질서Ordine Nuovo』의 주간으로 일했으며 1927년 이탈리아 공산당 총비서가 되었다. 1937년 스페인에서 활동하다 1940년부터 소련에 거주했으며 1945~46년 이탈리아에서 법무장관을 지냈다.

살펴보아야 한다는 것이 풍크의 주장이었다. 바로 얼마 전에 내게 들어왔고 이제 내가 전달한, 눈으로 직접 목격한 보고서에서 나는 내가 품고 있던 베를린의 이미지를 현재의 도시와 비교하고 싶은 마음도 느꼈다. 나는 자신의 꿈으로만 존재하던 것의 실재를 찾으려는 비쇼프와 헹케와 풍크를 이해했다. 뭔가 오래전에 잃어버린 것과의 일치를 다시 만들어내려는 이 욕구를 알 만했다. 그들은 자료를 가져오고 지하활동 소식을 전달할 수 있도록 하는 과제가 우선적이었다고 생각했다. 한때 서로 가까웠으나 이제 헤어지게 된 사람들 사이의 사상적 연속성과 관련한 경험을 모으려는 모든 시도는 냉정한 관찰을 위해 부정해야 한다고 보았다. 그렇기는 해도 우리의 의식이 만들어진 거리에서, 건물들 사이에서 자신이 움직이고 있다는 상상은 강력했다. 하지만 스웨덴 기술자 뉘만이라는 인물이 내게 활용하도록 가져다주는 모든 서류를 받아서 그의 모습으로 내가 밀정 활동을 하려는 계획은 거부당했다. 내가 이미 상상했던 것처럼 내 친구인 하일만[99]과 코피[100]와 만나는 것은 해서는 안 될 일일 것이다. 부모님을 찾아뵈었던 알링소스에서 나는 뉘만을 만났다. 섬유염색 공장에서였다. 그곳 실험실장을 그가 알고 있었다. 그는 그뤼나우 화학 공장 일에서 몇 주 동안 휴가를 받았다. 나보다 약간 나이가 많았을 뿐이며, 키는 같았고 외모도 비슷했다. 그는 독일로 다시 돌아갈 수 있으며 노동 허가를 제대로 받았다고 도장이 찍힌 자신의 여권을 내게 넘겨주었

99) Horst Heilmann(1923~1942): 독일의 반파쇼 저항 운동가로 1940년 베를린 대학에서 슐체 보이젠과 만난 뒤 1941년 육군에 자원 입대해 군 사령부 암호해독반에서 일하면서 얻은 정보들을 슐체 보이젠에게 전했다. 1942년 체포되어 처형되었다.

100) Hans Coppi(1916~1942): 독일의 반파쇼 저항 운동가로 1934년 공산당 청년연맹에 가입했으며 불법 전단 배포로 열여섯 살에 1년간 수감되었다. 1941년 슐체 보이젠 그룹에서 무선으로 소련과 연락 활동을 벌이다 1942년 체포되어 처형되었다.

다. 다만 사진은 바꿔야 했다. 슈탈만은 그 서류를 손에 들고 기록된 내용을 검토했다. 새로운 여권 사진을 붙여 넣는 데는 아무 어려움이 없을 것이다. 나도 인적 자료들과 아울러 화학적 정화 과정, 인조섬유 제작, 인조비단 제작에 관한 원칙적인 것들 가운데 심문에서 알아야 할 것들을 알아두었다. 나는 뉘만의 성적, 교과서, 그리고 다른 기술적 증거들을 받아놓았다. 슈탈만은 여권 위조를 담당했다. 그는 마이크로사진과 비밀문자의 전공자로 화학 과정들에 익숙했다. 그는 뉘만의 서류들을 훑어보면서 갑자기 내 팔을 움켜쥐고 비누는 무엇으로 만드는지 물었다. 고지방산들의 알카리염으로 만든다고 답했다. 고지방산들을 열거해보라고 했다. 팔미트산과 스테아르산을 들었다. 비누를 어떻게 만드느냐고 물었다. 예컨대 수산화나트륨을 바탕으로 어떤 지방산을 중화시키면 된다고 답했다. 지시제로 무엇이 있는지 아느냐고 물었다. 리트머스시험지, 페놀프탈레인, 메틸바이올렛이 있다고 했다. 반쯤 숨을 죽인 로스너의 웃음소리와 풍크의 굳은 얼굴은 유령과도 같은 판결을 의미했다. 슈탈만은 함정 질문으로 단지 내 의도가 얼마나 거만스러운지를 지적하려고 했을 뿐이었다. 하지만 부모님 댁에서 뉘만이 묘사해준 것 가운데 무엇인가를 이 당 기관원들에게 설명하려고 할 때, 이미 현실의 문턱에까지 다가온 베를린행에 대한 생각은 나를 떠나지 않았다. 뉘만과 만날 때에는 독특한 내적 동의가 이루어졌었다. 그는 1940년 10월부터 독일에서 일했으며, 일상적인 섬유기술자 생활로부터 점점 더 글쓰기가 중요해지는 영역으로 옮겨갔다. 노르셰핑의 뉘보르 섬유 공장에 고용되고 IG화학의 스웨덴 정착을 계기로 마그데부르크의 대형 세탁소에 파견되어 일하다 그뤼나우 공장에서 활동할 때까지, 그는 직물을 세탁하는 실험에, 곧 비누 제작용 기름이나 산도 측정용 지시약으로 실험하는 일에 더 이상 만족할 수 없다는 것을 일기를 쓰면서 깨닫게 되었다. 그리고 친숙하지 않은 모든 것에 개방적인 자세로, 자기 대신 독일에 가겠다는 내 요구에 당장 동의할 태세였다. 또 내가 체류하는 동안 프리데나우의 카이저로 15번지에 있는 그의 집을 써도 좋다고 내게 이미 말해주었다. 전보를 통해 3주 후에는 시급한 가족 문제를 핑계 삼아 나를 스웨덴으로 돌아오도록 할 예정이었다. 나는 이러한 계획을 세우면서 독일로 가려고 하는 다른 사람들 모두와 마찬가지로 비이성적으로 생각하지는 않았다고 여겼다. 오히려 내 눈에는 내 준비가 헹케, 비쇼프, 바그너, 벨터, 자거 등을 위한 준비보다 더 안전해 보였다. 나중에야 비로소, 당 세포 내에서 듣게 된 것과는 다른 이유에서, 그처럼 심각한 비합법 활동 속에는 나를 위한 자리가 없다는 점을 받아들여야 했다. 우리는 플란 가의 우리 방에서 뉘만이 제기하고 또 얼마 전부터 건강 상태가 나아진 어머니도 듣게 된 계획을 검토하고 평가해야 했다. 내가 말하고 듣는 사람들이 메모하고 주방이 점점 더 조용해지고 거주자들이 잠자리에 들 때, 이야기가 진행되는 동안 어머니의 얼굴 표정이 변해 내가 처음 방문했을 때의 끔찍했던 모습처럼 다시 경직된 사실을 나는 점점 더 의식하게 되었다. 어머니의 주의력이 언제 다시 경악 상태로 변했는지는 알 수 없었다. 뉘만은 우선 독일을 일반적으로 묘사했다. 이 나라는 상업과 베를린을 경제 중심지로 삼아 새로 정비된 유럽을 약탈하고, 동방에서는 노예들을, 스웨덴과 스페인에서는 철강을 끌어들이게 될 것이라고 했다. 노르웨이는 유일한 어항으로, 네덜란드는 채소밭으로, 벨기에는 석탄 창고로, 우크라이나와 벨라루스는 곡물 창고로 만든다는 이야기였다. 그리고 이는 기념비적인 건축들, 화려한 가로수 길, 연병장 등을 고려하면 놀라운 일이 아니며, 기껏해야 선언들을 통해 알려진 일을 좀더 현실화하는 일일 뿐이었다. 그러나 그다음 그가 멀리 남동쪽에 있는 자신의 작업장에서 관심을 돌리자, 점차 거리나 집 안에 있는 사람들, 우리가 소식을 듣고 싶어 하는 사람들이 떠올랐다. 단백질로 이루어진 동물성 섬유, 식물성인 면화섬유, 마무리 재료, 광염 장치 등을 갖추고 있는 저 바깥의 실험실은 일종의 유리 상자였다. 그 안에는 조머라는 기술 책임자와 로이센이라는 일급 화학자가 있었다. 정제기와 증류기들 사이의 이 그림자 같은 인물들과 떨어져서 그와 함께 글리니케와 요하니스탈 지구, 쾨니히스하이데와 노이쾰른의 공장과 아파트 지대를 통과해 도심의 밀림 속으로 덜컹거리며 굴러들어가는 전차를 떠올렸다. 이 도심의 밀림에 대해서는 되블린이나 루트만[101] 같은 사람도 그저 이런저런 추측이나 전해주었을 뿐이다. 그런데 또 이것이야말로, 이 만화경 같은 것이야말로 그 혼잡한 상황 속에, 이 그을음과 먼지, 기름과 땀 냄새 속에 빠져들고 싶은 유혹이 되었다. 그것은 내가 하일만과 코피와 함께 살았던 세계였다. 각 구역의 거리와 역들을 스쳐 지나갈 때는 이 세계의 작은 단면들만을 파악할 수 있었지 전체는 파악할 수 없었다. 관찰자의 시각에 따라 이 세계에 대한 인식이 상이했듯이, 또 보지 못한 무수한 것들 속에서 그 인식들이 언제나 방향을 잃었듯이, 뉘만이 알고 있었던 것도 우연한 것에 머물 수밖에 없었다. 그는 그뤼나우에 있는 동료 노동자들이 자신의 면전에서 독일 정부와 전쟁에 반대한다고 털어놓곤 했으며 중립을 유지할 수 있었던 그의 나라를 기꺼이 찬양했다는 점을 말하고 싶어 했다. 하지만 그는 그들이 외국인에게 말해준 이 이야기를, 또 그가 스웨덴인임을 밝혔을 때 대부분의 사람들이 말한 것을, 구속력 없는 것으로 보아야 한다는 점을 인정했다.

---

101) Walter Ruttmann(1887~1941): 독일의 영화감독. 한스 리히터와 함께 독일의 추상적 실험영화를 대표하는 인물이다.

더욱이 그가 얻은 인상은 좀 다른 것이었으며, 그래서 반항과 순응 사이의 대립이 더욱 괴기해졌을 뿐이라고 했다. 그가 보기에는 그들이 이 전쟁을 일으켰다. 그들이 그저 끌려들어갔을 뿐이라고 보기는 거의 불가능했다. 전쟁은 그들이 생각하고 행하는 것을 모두 포괄했다. 그들은 전쟁에 앞서 일어난 일들을 환영했다. 그것은 그들의 전쟁일 수밖에 없었다. 그들이 전적으로 빠져 들어가 있는 그들의 전쟁인 것이다. 왜냐하면 그렇지 않다면 전쟁이 그들의 적들에게 초래한 것에 대해 그들이 그렇게 완전히 눈을 감을 수는 없었을 것이기 때문이다. 그것이 그들의 전쟁이었기 때문에, 그들이 원한 그들의 전쟁이었기 때문에 그들은 무감각해질 수 있었다. 그들은 자신에게 달려 있는 것, 자신이 작동시킨 것에 대해 결코 깊이 생각하지 않았다. 그들은 자신에게 어떤 책임도, 어떤 죄도 없다고만 생각했다. 다정하고 정감 어린 태도를 취하는 그들의 능력, 자신에 의해 야기된 재앙을 자신에게 상기시킬 수도 있는 모든 것을 물리치는 능력은 그를 가장 당혹스럽게 했다. 이미 오래전에 한때의 자신과 손을 끊고 이제는 그 자신이 아니라 어떤 미친 사람이 되어버린 자, 부지불식간에 자신이 이런 미친 사람임을 털어놓은 자만이 그렇게 행동할 수 있었다. 이제는 더 이상 다른 삶과 비교할 수 없는 이 사람들에게서는 어떤 변화도 기대할 수 없을 것이다. 그들에게서는 평범하게 일하며 속아 넘어가는 사람들의 모습을 찾을 수 없었다. 그는 전쟁에 지치고 굴욕에 넌더리를 내는 이 사람들은 국민으로서 고발할 수도 없고 통찰력도 없다고 말했다. 그는 어떤 조직적인 저항도 보지 못했다. 그는 그저 개별적으로 박해받는 사람들이 빌머스도르프에 있는 스웨덴계 빅토리아 교회에서 은신처를 찾았다는 것만을 알았다. 그곳의 신부인 포렐[102]은 필요할 때 그에게 도움이 될 것이다. 주소는 카이저 로 바로 뒤 베를린 가 모퉁이인 란트하우스 가였다. 모든 정치적 유대에서 벗어나 있고 더구나 외지에서 왔지만 그는 어떤 일이 진행되고 있는지 알아차렸다. 그것은 길거리의 아무도 알아차리지 못하고 있는 듯한 것, 도처에서 끊임없이 일상을 파괴하는 이 끔찍한 순간들이었다. 토박이들은 개머리판에 맞으며 짐차에 실리는 그들의 희생자들, 고생으로 찌든 채 초라한 보따리를 들고 있는 이 희생자들, 장애를 겪고 있는 이 노인들, 창백한 여인의 얼굴들, 이제는 감히 울지도 못하는 이 아이들을 무관심하게 외면했다. 그런데 이 무관심은 그에게 무감각이 아니라 전반적인 동의처럼 보였다는 것이다. 그에게 행위자와 행위 사이의 괴리가 가장 명확히 드러났던 것은, 그가 어느 추방자 한 사람을 만났을 때였다고 했다. 그 사람은 가슴에 표지를 달고, 똑바로 앞을 보면서, 길가 경계석을 따라 몽유병자처럼 걸어가고 있었다. 무관심의 물결 속에서 그는 자신의 죽음을 끌고 가고 있었다. 그때 그에게는 마치 땅이 열려야 하는 것 같았다. 하지만 모두가 인도에서, 차도에서 이리저리 자기 길을 가고 있었으며, 모두가 한통속이 되어, 자신들에게 맞서는 어떤 일도 일어나지 못하게 했다. 그리고 여기서 헤매고 있는 이 한 사람은 그들과 아무 상관 없으며, 곧 사라지게 될 하나의 그림자일 뿐이었다. 단지 다른 것, 하늘로부터 매일 밤 그들의 세계로 침입해 그들의 건물을 파괴하고 불을 질러대고 그들과 같은 부류의 많은 사람들을 쓰러뜨리는 것, 그것만이 그들을 아직 믿지 못할 만큼 경악하게 했으며 불쾌하여 격분케 했다. 왜냐하면 무언가가 등 뒤에서 그들의 자랑스러운 창조물들을 공격한다는 것은 용납할 수 없는 일이기 때문이었다. 뉘만은 내가 보고할 주제로 들어

---

102) Birger Forell(1893~1958): 스웨덴의 목사로 제2차 세계대전 중 도망자, 박해받는
    자, 전쟁포로 등을 위해 일했다.

가기 전에 검은 새끼 돼지라는 선술집에 대해 이야기했다. 여기서는 E. T. A. 호프만[103]이 술을 마시며 떠들었고, 그 후에는 스트린드베리[104]와 스타니슬라브 프시비세프스키[105]를 볼 수 있었다. 그가 켐핀스키 레스토랑에서 만난 자이들리츠[106] 백작이라는 인물에 대해 말했을 때, 나는 일찌감치 그 두 시인이 지구가 평평하다는 것을 증명하기 위해 비에 젖은 포장도로 위 마차들 사이에 나란히 누워 있다가 결국 경찰에 체포된 일을 묘사하는 데로 이야기가 흘러가리라고 생각했다. 그의 이야기가 결코 황당한 것이 아니라는 점을 이해하는 데는 한참 걸렸다. 이야기가 그럴듯했던 것은 다름 아니라 언급된 인물의 기이하고 유령 같은 면모 때문이었을 것이다. 상황이 너무 정상에서 벗어났기 때문에 수상쩍은 것에 친숙해진 자만이 그것을 파악할 수 있었다. 올빼미 같은 얼굴과 검고 뻣뻣한 머리칼을 한 그 백작의 외모에도 뭔가 도깨비 같은 데가 있었다. 또한 뉘만은 오늘날 진실이란 믿지 못할 것 속에 들어 있다고 배웠기 때문에 자신이 들은 이야기를 참말이라고 받아들였다. 이야기는 괴기하고도 멜로드라마 같은 분위기로 시작되었고, 확성기에서 나오는 라그나뢰크[107]의 나팔 소리와 함께 크림, 하리코프, 쿠르스크, 모스크바로 이어졌다. 그는 식당에서 음식 주문을 멈춰야 했다. 뻣뻣이 등을 기댄 채 앉아 다리를 앞으로 뻗고 있었으며, 급사가 기다리는 동안 냅킨을 팔

103) Ernst Theodor Amadeus Hoffmann(1776~1822): 독일 낭만주의 작가, 화가, 작곡가.
104) Johan August Strindberg(1849~1912): 스웨덴의 극작가이자 소설가.
105) Stanislaw Przybyszewski(1868~1927): 폴란드 작가.
106) Walter von Seydlitz(1888~1976): 독일의 장군. 포로가 된 뒤 1943년 소련에서 창설된 친공산주의 포로 단체의 대표가 되었다.
107) Ragnarök: 신들의 운명이라는 뜻. 신들과 거인들의 투쟁 및 옛 세상의 몰락 이후 새 세상의 탄생을 그리는 북구 신화. 바그너는 「니벨룽의 반지」 4부작 중 제4부 「신들의 황혼Götterdämmerung」에서 이 주제를 다루었다.

아래 놓아두고 있었다. 옆 식탁에 앉은 사내가 어깨를 으쓱거렸다. 사내의 눈은 그의 시선을 따라서 그들의 머리 위 벽에 걸린 플래카드를 향했다. 그것은 처칠과 그 옆의 루스벨트를 묘사하고 있었다. 처칠은 보는 사람에게 등을 돌린 채 몸을 깊이 숙이고 있었고, 그래서 얼굴이 다리 사이로 삐져나오고 바지의 솔기는 터져 있었다. 서명은 폭발한다라고 되어 있었다. 고릴라로 표현된 루스벨트는 이를 드러내고 있었으며, 백악관의 미친놈이라는 이름을 달고 있었다. 옆 사람이 격한 제스처로 조용히 있으라고 경고하지 않았으면 그는 껄껄거리며 웃었을 것이다. 뉘만이 식사를 고르고 식권을 제출하자 그 옆의 사나이는 위대한 군통수권자가 시베리아로 향하려 한다고 속삭였다. 그리고 그에게 자기와 합석하자고 청했다. 그들이 이야기를 나눈 지 얼마 되지 않아서 백작은 곧바로 말살에 대해 말했다. 뉘만은 곧 그가 소련군의 말살을 염두에 둔 것이 아니라는 것을 알아차렸다. 소련군은 말살당하지 않을 테고 오히려 자신의 나라를 꽉 물고 늘어지고 침략자를 점차 몰아내 망하게 할 것이다. 아니다. 그 말살이라는 말은 어떤 종족, 즉 유대인에게 해당되는 것이었다. 사람들은 이미 오래전부터 그렇게 하려 했지만 번거로운 방식으로 그랬는데, 언제나 그저 수십 명이나 수백 명을 처치하는 무질서한 도살은 이제 끝났다는 것이다. 이제 그들은 체계를 도입했으며, 구충제를 쓰게 된 이래 해충들을 박멸했듯이 유대인을 말살할 수 있었다. 어떤 분말을 뿌리면 치명적인 독이 발생한다는 것이다. 그들은 오랜 기간 그것을 실험했다. 유대인들은 밀폐된 차량으로 이송되어 온다. 그들의 옷을 벗긴 다음 이를 없앤다고 말한다. 또한 실제로 이를 제거하기도 한다. 하지만 이가 죽기 전에 그들 자신이 이미 목을 글그렁거리며 떼 지어 쓰러진다. 사내는 뉘만에게 가까이 왔다. 감시 구멍을 통해 보았던 것을 그에게 묘사할 때 그의 얼굴은 일그러졌다. 그 안에서 사람들은 함께 몰려 있지요. 일에 쓸모가 없는 노인들, 여인들, 아이들입니다. 그들은 작은 천창이 열리는 위쪽으로 얼굴을 내밀고 있습니다. 위쪽을 향하고 있는 이 창백한 얼굴들은 서로 가까이 밀착되어 있지요. 눈들은 불안으로 부릅뜨고 있었고요. 아이들은 제 어머니에게 매달립니다. 많은 사람들이 서로 얼싸안습니다. 그들 머리 위에서 가스통을 비웁니다. 회색 먼지구름이 피어나지요. 사람들은 기침하기 시작하고 목을 움켜잡고 숨 쉬기 위해 씨름들을 합니다. 다른 사람 위로 기어오르며 손톱으로 벽을 긁습니다. 푸르뎅뎅해진 몸뚱이들이 경련을 일으키며 토사물과 배설물로 더럽혀진 채 한 덩어리를 이룹니다. 이는 5분가량 계속되며 다시 15분 정도 기다립니다. 그다음 환기를 시킵니다. 사람들이 서로 얽혀 있어서 막대기로 떼어낼 수밖에 없지요. 그들처럼 신음하고 목을 글그렁거리면서 뉘만은 사람들이 자기들을 주목하지 않는지 불안하게 주위를 둘러보았다. 이제 분말은 좀더 빨리 작용하지요. 백작이 말했다. 독일 해충박멸 회사에서 재빠르게 작업을 했습니다. 생산은 최대한으로 진행되었습니다. 약품은 효과적이고 저렴합니다. 킬로그램당 5마르크지요. 1천 명을 위해서는 약 4킬로그램이 필요합니다. 그러니까 20마르크가 필요한 셈입니다. 한꺼번에 2천 명을 제거할 수 있는 벙커가 세워졌습니다. 지하벙커지요. 바깥에는 번호가 적힌 의자들이 있는데, 옷가지와 신을 벗어 놓아두기 위한 겁니다. 시체 소각용 화덕으로 올라가는 승강기들도 있습니다. 내년 봄이면 저 멀리 떨어져 있는 총독부에서 가동을 시작할 것이라고 했다. 그는 시찰 여행 중에 콘크리트 방과 화덕의 설비와 거대한 바라크 수용소에 대해 확신할 수 있었으며 시설물의 수용력을 계산하는 일에 가담했고, 또 그 위대한 수음쟁이가 인종 청소에 대해 입에 거품을 물고 소리치는 것을 들었다고 말했다. 그는 한마디 한마디를 놓치지 말아야 하고 자기 나라에서 그 이야기를 퍼뜨려야 하며, 사람들이 자기 이야기에 귀를 기울이지 않으려 해도 그만두어서는 안 된다고 했다. 그런 동화 같은 이야기 때문에 사람들이 자신을 조롱하더라도 목소리가 나오는 한 그러한 것을 외쳐대야 한다는 것이다. 여기 시내에서 볼 수 있는 것은 저쪽 동부 지역에서 일어나게 될 일에 비하면 아무것도 아니라고 했다. 그것은 동화가 아니라 현실이며, 이 현실의 규칙을 우리는 이제 배워야 한다고 주장했다. 1월에는 모든 준비가 마무리될 것이다. 천만 명 정도의 인간을 체포하고 장부에 기록하는 일을 책임질 사업 기술 조직 혹은 관료 체제 말고도 경제정책적 목표들도 있다고 했다. 크루프 사, IG 염료회사, 그리고 수많은 대기업들이 수용소 옆에 공장들을 세웠으며, 그곳에서는 아직 힘이 남아 있는 포로들이 마지막 순간까지 활용되리라는 것이다. 이들에게서 그들이 가진 모든 것을, 머리칼과 금니까지 빼앗고, 또 그들과 관련된 최종적인 작업이 아무 낭비 없이 진행됨으로써, 그들은 국민경제학적 계획 속에 편입될 것이며, 이 계획 속에서는 이민족들로부터 민족을 순수하게 지키는 과제가 틀림없이 상당한 이익을 초래하게 될 투자들과 결합될 것이라고 했다. 그는 스스로 침묵하기 위해 입을 막고 몸을 구부리고는 주변을 살폈다. 나는 어머니가 아직 계신데 어떻게 우리가 그런 이야기를 할 수 있었을까 하고 생각했다. 그리고 내일 아침 첫 기차로 부모님에게 가야겠다고 결심했다. 식탁 주위의 얼굴들에서 나는 그런 고백을 어떻게 받아들일 것인지 확신하지 못하고 의심하는 태도를 감지했다. 스웨덴의 기술자도 유명한 귀족 가문의 변절자도 그들에게는 믿을 만해 보이지 않았다. 장군의 친척이 그들에게 제기한 것과 같은 주장들은 우선 사건들을 잘 아는 기구를 통해 보증 받아야 했다. 그런데 당에서는 아직 그런

규모의 학살에 대해 아무런 지시도 내려오지 않았다. 내가 뉘만에 대해 그들에게 전한 모든 것에 따르면 그들은 일종의 환상을 들었을 뿐이라고 생각할 수 있을 따름이었다. 하지만 뉘만은 그 증인이 그렇게 노골적으로 말할 수 있었던 것은 결코 취했기 때문이 아니라고 했다. 오히려 그가 그날 그 시간 뉘만 앞에서 자신의 부담을 털어버릴 수 있다는 점을 깨달았으리라고 보았다. 이 기술자의 솔직함을 확신하게 된 뒤, 나도 왜 자이들리츠가 그에게 고백하는 모험을 감행했을지 이해했다. 모든 외적 기준들이 사라질 경우 우리는 본능의 지시를 믿어야 했다. 이 경우 물론 일종의 모험을 해야 하지만 그처럼 조건 없는 신뢰가 타당하다는 점이 종종 입증되기도 했다. 다른 어떤 근거도 없을 경우 그래도 경험에 의지할 가능성, 즉 어떤 사람의 표정들, 눈의 표현과 제스처에서 무엇인가를 간파해낼 가능성이 존재했다. 그리고 그런 식으로 얻어낸 인상은 누구의 추천에 근거하는 것보다도 종종 더 확실했다. 이러한 면담의 일회성은 우연과 구분 능력의 공동 작용으로부터 나왔다. 나는 운송 노선과 동부의 하역 장소, 수용소의 수와 이름 등에 대한 세부 사항들까지도 언급하려고 했다. 하지만 참석자들의 주의력이 떨어진 것을 깨달았다. 또 갑자기 모든 것이 이해할 수 없게 되었다. 이야기를 듣던 사람들이 이제 제정신을 차려야 할 것 같았다. 그들은 그 보고를 따라잡으려 했고 점령국 유대인들의 운명에 대한 정보들을 수집하려 했지만, 이런 식으로 뉘만의 진술에 의존할 수는 없다고 말했다. 당원도 아니며 정치적 태도도 알지 못하는 스웨덴인을 끌어들일 경우 전체 업무에 심각한 손실이 야기될 수도 있다는 것이다. 그의 서류를 이용하면 나는 수사에 노출될 것이며, 설혹 베를린에 있는 그의 집에 들어갈 수 있다 하더라도 즉시 블록 감독이 의심할 테고 나는 그뤼나우 공장 지도부 앞에 불려가게 될 것이다.

남의 경력을 넘겨받아야 하는 활동들은 엄격히 비밀을 엄수하고 알아볼 수 있는 모든 관계를 배제하는 가운데 이루어져야 한다는 것이 하나의 계율이었다. 스웨덴인으로 위장할 경우 간부들에게 알려지지 않은 내게는 지하로 들어가는 통로들이 차단되리라는 것이다. 그들의 말에 따르면, 합법적인 길로는 아무것도 달성할 수 없으며, 불법 활동으로 다년간 경험을 얻은 사람만이 국내로 들어갈 수 있을 것이다. 그들도 이미 오래전부터 알려진 학살이 증대하리라는 점을 배제할 수 없었지만, 단지 미친 사람만이 그 백작처럼 낯선 사람에게 반역적인 이야기를 할 수 있으며 그래서 그러한 정보들은 진지한 것이라고 평가할 수 없다고 생각했다. 아마 피곤해서겠지만 그들은 일상에 좀더 가까운 영역으로 옮겨갔다. 자정이 지나 한낮의 활기가 사그라진 지금 고향도, 가족도 없이 단지 이념에만 복무하는 이 특이하게 동떨어진 생활에 대한 생각이 떠올랐다. 나지막하게 라디오에서 흘러나오는, 풍크조차 이제 외면하려 하지 않는 아리아에 귀를 기울이며 로스너가 빈에 대해 이야기하기 시작했다. 방금 들은 병든 두뇌의 산물들은 샹들리에 빛 속에서 마부들이 마차를 몰고 들어가는 오페라극장의 기둥 달린 넓은 대문, 입에 고리를 물고 있는 사자 머리들, 말 위에 높이 올라 있는 제후들의 철제상 등에 파묻혔다. 그는 이미 극장 안락의자에 앉아 있는 것처럼 흔들의자에 등을 기대고 앉아 헝클어진 머리칼을 두 손으로 움켜쥐고 머리를 이리저리 흔들고 있었다. 풍크는 이미 오래전부터 장미를 기르고 싶어 했다고 말했다. 그는 전쟁이 끝나면 언젠가 자기 것이 될 정원에서 본 이 고상한 식물의 다양한 색조와 다양한 품종들을 우리에게 묘사했다. 그리고 장미색을 띤 모습이 엄습해 다시 앙코르와트로 돌아간 슈탈만은 중앙사원을 통과하는 길에 대해 이야기했다. 어스름 속에서 그의 손가락들은 인물들의 무수한 변형들을 탐색하고 형체를 알아내면서, 다듬어진 네모난 돌들을 쓰다듬었다. 마침내 그는 한 줄기 불빛이 비치는 한 형상 앞에 이르렀다. 그때 그는 숨이 멎었다고 말했다. 춤추는 여신 데바타[108]의 얼굴 앞이었다. 입은 부드러운 붉은색으로 미소 짓고 있었고, 매끄럽고 둥근 이마는 말로 표현할 수 없는 것이었으며, 코는 비록 한 부분 파손되었지만 섬세한 면에서는 유례를 찾을 수 없었다. 그는 부드러운 자세로 들어 올린 여신의 손에 자신의 손을 얹었으며, 별 모양의 머리 단에 에워싸인 얼굴 앞에서 오래 머물렀다. 그는 도무지 거기서 벗어날 수 없었다고 했다. 그리하여 새벽에 기차역으로 갈 때 나는 세 동지의 다른 생활에서 나온 이미지를 함께 가지고 갔다. 코민테른 불굴의 대변인은 가곡 예술에 열중했고, 당의 잔인한 조직가는 향기로운 관상식물을 보살폈으며, 전사는 무희의 석상에 몰두했다.

어머니와의 이별로 인한 슬픔 때문에도 여행은 불가능해졌을 것이다. 어머니 생각으로 나는 눈이 멀게 되었을 것이다. 어머니는 마지막 몇 주 동안 음식을 거부해 몹시 쇠약해졌다. 그래서 변화 과정을 알지도 못하는 가운데, 목숨을 끊으려면 그저 숨만 멈추면 될 것 같았다. 크게 뜬 눈을 보고 그녀의 생명이 꺼졌다는 것을 갑자기 알아차릴 수 있었을 뿐이다. 새해가 시작될 때까지 나는 아버지 곁에 머물러 있었다. 하지만 우리는 서로 아무 위로도 할 수 없었다. 내가 어머니와, 아버지가 아내와

108) Devatâ: 힌두교의 하급 여신.

이별함으로써 우리는 이제까지 살아가고 일할 힘을 우리에게 준 모든 것을 잃어버린 것 같았다. 어머니는 우리가 도울 수 있기에는 너무 큰 짐을 짊어졌다. 어머니의 분별력을 회복시키려는 우리의 노력 혹은 우리의 약속은 어머니의 절망을 조금도 완화시키지 못했다. 지난해까지만 해도 우리는 어머니가 회복되는 중이라고 믿었다. 하지만 이제 어머니에게 일어난 일은 결코 재발이 아니라 이미 오래전에 고정불변으로 된 상태가 다시 나타난 것일 뿐이었다. 한동안 어머니는 말을 잃어버리지 않았고 단지 우리가 접할 수 없는 다른 표현 방식으로 감추고 있을 뿐임을 증명하려는 듯이, 아버지의 세계를 고려하면서 자신이 처해 있는 영역에 대해 무엇인가를 명확히 하려고 아버지에게 말을 건넸다. 하지만 보위에가 죽은 뒤와 마찬가지로 어머니가 돌아가신 뒤에야 비로소, 우리가 어머니의 구원 요청을 듣지 못하고 얼마나 어머니를 난관 속에 버려놓았는지 깨달으며 전율했다. 그리고 마치 우리는 어머니가 우리에게 말하려고 했던 것을 잊을 수 있어야만 이러한 좌절감에서 벗어날 수 있을 것만 같았다. 아버지가 내게 전해주고 또 내가 어머니를 찾아갔을 때 감지한 어머니의 경험들은 물론 내 마음속에 남아 있었지만, 벌써 희미해지기 시작했다. 그러한 경험들은 비록 우리의 현실에 속해 있었지만 되풀이하여 일종의 장애물에 부딪혔다. 그 장애물 뒤에는, 설혹 그 장애물을 제거할 수 있다 하더라도, 무기력 상태만이 존재했다. 그리하여 어머니와 함께 계속 살아간다는 것은 끊임없는 속임수가 될 수밖에 없었다. 나는 어머니를 애도했고 이제 내게서 사라진 것을 생각했지만, 어머니가 남긴 것을 꿰뚫어볼 수는 없었다. 뉘만이 쿠담의 레스토랑에서 나눈 대화도 잊혀갔다. 신문들은 새로운 것을 알려주지 않았다. 정부들은 침묵했고 당은 아무것도 확인해주지 않았다. 그리고 다시 베를린에 가 있는 뉘만에게서는 더 이상 아무 소식도 기대할 수 없었다. 다만 내가 1월 초에 상의하러 찾아갔던 호단만이 어머니를 사로잡았던 폭력에 대해 알고 있었다. 그는 또한 삶은 계속되어야 한다는 원리가 공허하다는 것을 알고 있었다. 인생에는 지성으로 감당할 수 없는 재앙이 늘 있었던 것이다. 어머니는 알링소스에 있는 묘지에 안장되었다. 농장들과 들판에 접해 있는 그 북쪽 모퉁이의 뉘에브로 가 쪽 울타리 앞에 묻혔다. 우리들 가운데 어머니가 처음으로 스웨덴 땅에 묻힌 것이다. 어머니는 스트라스부르 출신으로 브레멘에 와서 아버지를 만나고 나를 낳았다. 그리고 아버지와 나와 함께 베를린에 갔고, 계속해서 보헤미아의 바른스도르프로 갔으며, 폴란드를 가로질러 스웨덴에 도착했다. 여기서 어머니의 여행은 끝났다. 재산은 아무것도 남기지 않았다. 이제 아버지가 홀로 있게 된 방 안의 안락의자조차 어머니 것이 아니었다. 또 공장 안의 어떤 것도 아버지 것이 아니었다. 공장에서 아버지는 인쇄 틀을 든 채 고무를 펴놓은 탁자를 따라 걸어 다니며, 끈적하게 흐르는 물감을 국자로 망사 사이에 문질러 넣었다. 그리고 넓은 창문을 통해 종종 학교 마당을 가로질러 낡은 목조 건물을 바라보았지만, 거기서는 아버지를 기다리며 나오는 사람이 아무도 없었다. 보위에가 서리 내린 숲의 바닥에서 떠올랐을 때, 어머니는 자신의 환각을 아버지에게 알렸다. 하지만 어머니가 브레스트 남쪽의 소비보르 근교에서 눈보라 속에서 겪었던 것을 아버지에게 말하기까지는 오랜 시간이 걸렸다. 어머니는 다른 사람들과 함께 구덩이 속으로 밀려들어갔고 그들 사이에 누워 있었다. 어머니 주위에는 사람들의 몸에서 나는 온기가 있었다. 어머니는 움찔거리는 팔과 다리에 에워싸여 있었다. 목을 갈그랑거리고 이를 가는 소리 위로 부드럽게 눈이 내렸다. 그러다 조용해졌고 어머니는 흘러내리는 모래 사이로 기어 나와 눈의 바다를 뚫고 걸었다. 하지만 이는 아직 다시 돌아올 수 없도록 어머니를 사로잡은 것이 아니었다. 그것이 무엇이었는지를 어머니는 임종에 다가갔을 때 비로소 이야기했다. 내가 부모님 댁에 있을 때 우플란드 가의 밤 이후에도 여전히 어머니의 결심에 대해서는 아무것도 알아차릴 수 없었다. 내가 전부터 알고 있던 차분한 동작으로 어머니가 식사 준비를 하고 그래서 내 마음이 잔잔한 기쁨으로 가득 찼을 때, 아버지는 뉘만이 알려준 사건들 뒤에 있는 세력들에 대해 말하기 시작했다. 뉘만의 이야기는 아버지의 말과 다른 식으로 접근하기 어려운 것이었다. 아버지가 이날 오후에 말한 것은 그 기술자의 보고보다도 더 파악하기 어려웠다. 뉘만은 우리의 생활 영역에 있는 것들을 언급했으며, 우리 자신과 이야기 소재 사이에는 아무 단절이 없었다. 그리고 뉘만이 말한 것을 내가 벌써 잊어버릴 수밖에 없는 듯했던 것은, 논의된 고통들이 너무 커서 그것과 더불어 살 수는 없었기 때문일 뿐이었다. 하지만 나는 그것들이 존재한다는 것과 그것들이 언제라도 다시 알아차리게 드러날 수 있다는 점을 알았다. 그에 반해 아버지는 모든 것과 동떨어진 어떤 것에 대해 말했다. 여기서 언급된 것은 이상해 보였다. 나는 이 문제에 대해 호단에게 뭔가 설명하려 했을 때 비로소 그 점을 눈치챘다. 아버지가 말하는 동안 나는 무엇보다 아버지의 말이 우리를 둘러싸고 있는 것들과 결합될 수 없다는 점을 느꼈다. 석 달 뒤 호단의 집에서 나는 아버지가 그 말을 하기 위해 얼마나 애를 써야 했는지를 깨달았다. 이 점을 알게 되자, 이야기 내용 때문에 생겨난 거북하고 부적합하다는 인상은 덜 중요해졌다. 우선 아버지의 말은 어머니의 천성적인 차분함과 모순되었고 이와 분리되었다는 인상을 주었다. 이러한 분리는 우리가 1940년 5월 다시 만났을 때 이미 시작된 것이었다. 아버지는 그 당시 암시한 것을 이제 다시 끄집어내어 그 전체

체계를 우리에게 보여주었다. 내가 보기에 아버지는 마치 서서히 무너지는 그 작은 방을, 현실이 그 최고의 힘을 발휘하는 지점까지 끌어올리려는 듯했다. 아버지는 명확하고 논박할 수 없는 상태를 요구함으로써, 어머니가 겪은 경험들을 더욱 모호한 영역으로 몰아냈다. 아버지는 비록 언제나 우리 앞에서는 감추어져 있지만 우리의 삶을 규정한 폭력을 그려냈다. 우리가 이해할 수 없는 어머니의 내면세계와 반대로 그것은 완전히 합리적인 것이었다. 그것은 거대한 금속 체계이며, 그 앞에서 유기적 실체는 구멍투성이가 되었고 쉽사리 마모되어 거품처럼 사라졌다. 아버지가 이름을 언급한 자들은 그들 훨씬 전에 시작되었고 그들 이후에도 계속될 체계의 대리인들일 뿐이었지만, 삐걱거리는 판자 위를 이리저리 걷고 있는 아버지에게는 이제 그들을 직접 고발해야 할 때였다. 아버지에게 나의 문학 활동에 대해 말했을 때 한동안은, 글을 계속 쓰기 위해서는 예술 활동에 국한되는 것과 아무 관계도 없어 보이는 영역들에서 나온 자료들을 말로 표현하는 것보다 더 중요한 것은 없는 듯했다. 나는 이 모든 것을 언젠가 어떻게 표현할 것인지 다시 자문해보았다. 바깥의 학교 마당에서는 나무들이 젖은 채 검은색을 띠고 있을 때 나지막하고 기울어져 가는 부모님 방에서 어떤 일이 일어났는지 호단에게 이야기하려고 하자, 나는 그처럼 빗나가는 것도 끌어들일 수밖에 없었다. 그래서 그 이상해 보이는 것도 묘사할 수 있었다. 아버지가 그렇게 이름을 열거하는 것은 일단 우리에게 익숙했던 것과의 단절처럼 보였다. 그 이름들이 우리에게 친숙한 것이고 우리의 삶과 얽혀 있다고 해서 그것들을 언급하는 것이 더 당연해지는 것은 아니었다. 아마 문체상의 원칙이 떠올랐을 것이다. 나는 그 이름들과 얽혀 있는 것을 어떻게 표현해야 할지 몰랐다. 나중에 1월에야 비로소 나는 이 씁쓸한 대결의 필요성을 느꼈으며, 빈약한 모사와 어마어마한 모델 사이의 불균형에도 불구하고 아버지의 절망적이면서 동시에 내막을 알고 하는 공격에 동의했다. 나는 다름 아니라 한 인간이 임종할 때 찾아오는 이 가장 친밀한 시간이야말로 아버지가 바라는 대결에 적합하다고 생각했다. 당시 나는 어머니의 죽음이 이미 시작되었다는 인식을 회피했다. 반면에 더 이상 희망이 없다는 것을 알게 된 아버지는 이제 최후의 반항을 하며 그 이름들을 입에 담았다. 어머니가 부엌 모퉁이 선반에서 접시들을 들어서 창가 식탁으로 가져갈 때 아버지는 자신의 마음속에 확연히 새겨져 있는 이름들을 소리쳐 불렀다. 그 이름들은 마땅히 그래야 하듯이 날카롭고 가짜처럼 들렸다. 어린 시절 이미 나는 아버지가 겪은 전쟁 중에 산업체의 관리위원회에 앉아 전쟁 준비를 독려한 자들 이야기를 들은 적이 있었다. 내게는 그들의 머리가 마치 화환과 월계관에 둘러싸인 채 금화로 주조된 것처럼 보였다. 그들이 장악하고 있는 권력과 관련해 무엇인가를 경험하기 전에 그들의 고상한 혹은 호전적인 모습들은 내게 친숙했다. 그들의 우아한 십자 문양 깃발과 방패는 공장 시설과 호화로운 은행의 측면을 장식했다. 그들은 전쟁 중에도 비상시에도 손해를 입지 않았으며, 반란자들을 진압한 직후 다시 생산을 총가동할 수 있었고, 돈으로 국가기구에 파고들어가 자신의 동맹자들을 국회의원으로, 장관으로 밀어 넣거나 자신이 직접 내각에서 직책을 맡을 수 있었다. 크루프, 티센, 키르도르프, 슈티네스, 푀글러,[109]

---

109) Alfried Krupp(1907~1967): 독일 대기업가. 독일 파시즘의 핵심 인물. 1948년 뉘른베르크 전범재판에서 12년형을 언도받았으나 1951년 석방되었다.
 Fritz Thyssen(1873~1951): 독일 대기업가. 연합철강 대주주. 나치에 재정 지원을 했으며 나치 당원이자 국회의원으로 히틀러 집권에 적극 기여했다.
 Emil Kirdorf(1898~1938): 라인-베스트팔렌 대기업가. 독일 광산업 대표자로 나치에 재정 지원을 했으며 나치 당원으로 히틀러 집권에 적극 기여했다.
 Hugo Stinnes(1870~1924): 루르 지역의 대기업가이자 국회의원으로 나치에 재정

마네스만[110] 등은 반-볼셰비키 동맹을 결성했고 민족사회주의당의 재정을 지원했으며, 그들 가운데 몇몇은 당원이 되기도 했다. 이 이름들은 부엌 한구석에서 부드럽게 달그락거리는 소리와 대조되었다. 아버지가 말했다. 세계에서 가장 큰 트러스트인 IG염료 트러스트의 사장 뒤스베르크[111]는 이미 1914년에도 그랬듯이 1920년대 중반에도 우리에게 더 단순하게 살면서 절약하라고 외쳐댔어. 그리고 그 소리를 듣자 우리는 다시 전쟁이 일어날 걸 알았단다. 어머니가 식사 도구들을 들고 식탁으로 갔다. 어느새 아버지는 이름들을 계속 늘어놓고 있었다. 하니엘, 볼프, 보르지히, 클뢰크너, 회쉬, 보쉬, 블롬, 지멘스[112] 등등, 막강한 자들 가운데

지원을 했다.
Albert Vögler(1877~1945): 독일 대기업가. 연합철강의 총수로 나치 당원이었으며 히틀러 집권에 적극 기여했다. 1945년 자살했다.
110) 독일 산업 콘체른. 1890년 독일-오스트리아 강철, 파이프, 기계 제조업으로 설립되었다.
111) Carl Duisberg(1861~1935): 독일 대기업가. IG염료 콘체른의 공동 설립자로 히틀러를 강력히 지원했다.
112) Franz Haniel & Cie. GmbH: 독일 뒤스부르크에 본거지를 둔 금속, 선박, 기계 제조 기업 그룹.
R. Wolf AG: 19세기 후반에 설립된 기계 공장으로 1921년 Maschinenfabrik Buckau AG와 융합하고 제2차 세계대전 중 무기 생산을 위해 전쟁 포로들과 외국인 강제노동자들을 착취했다.
Borsig: 독일 베를린을 근거지로 19세기 전반기에 설립된 기계 제조 기업. 기관차 제조에 주력했다.
Klöckner: 1906년 뒤스부르크에 설립된 광산 및 설비투자재 산업 콘체른으로 제2차 세계대전 중에는 무기 생산을 위해 포로들과 강제노동자들을 착취했다.
Hoesch: 1871년 독일 루르 지역과 지걸란트에 설립된 철강 및 광산 기업.
Bosch: 1886년 독일 슈투트가르트 근교에 설립된 거대 자동차 전자 기업. 제2차 세계대전 중 전쟁 포로 및 강제수용소 수용자들을 착취했다.
Blohm: 1877년 독일 함부르크에 설립된 조선 기업. 제2차 세계대전 중 강제수용소에 수감된 포로들을 착취했다.
Siemens: 1847년 베를린에 설립된 기업. 전기, 모터, 의료기, 무기 등을 제조했으며 제2차 세계대전 중 강제수용소에 수감된 포로들을 착취했다.

그저 몇몇만 언급하는 것이라고 했다. 그들은 1930년경에 벌어진 자본의 세계적 투쟁을 겪었지만 잃어버린 것을 곧 다시 회복했다. 당시 그들의 부는 내 눈에도 이미 목가적인 규모를 넘어섰으며, 섬세하게 칠을 한 벽돌 굴뚝이나 세밀하게 제작된 건물 앞면 따위는 더 이상 보이지 않았고 연기로 그을린 성채나 대리석과 강철로 된 요새들만 보였다. 어머니는 조심스럽게 숟가락과 나이프와 포크를 접시 주위에 놓고 생각에 빠진 듯이 한동안 식탁 앞에 서 있었다. 이제 어머니는 예전처럼 육중한 모습이 아니었고 창문 앞에서 마른 모습을 드러냈다. 바깥에서는 셰딘 기숙학교 뒤로 지는 해의 노을이 교정 너머로 띠무늬를 이루며 밀려갔다. 아버지가 말했다. 1933년에 그들은 그때까지 자신들이 벌여온 어떤 사업보다 더 큰 사업을 시작했지. 그들은 뾰족 헬멧을 쓰고 수염이 곤두서고 손을 칼자루 끝에 대고 있는 늙은 사령관에게 다가가 다수당 총수에게 정부를 구성하도록 위임하라고 요구한 거야. 급했지. 아마 사민당원들과 공산당원들은 아직 결속을 이룰 수도 있었겠지. 그건 막아야 했어. 비록 그들은 자아도취에 빠진 천박한 얼굴의 이 벼락 출세자를 경멸했지만, 그 자는 그들의 계획을 실현하는 데 필요한 만큼 인민들을 고분고분하게 만들기에 적합했지. 코밑수염은 정치가의 인상을 위태롭게 했지만 이는 그의 난폭한 외침을 통해 얻는 존경으로 보상되었지. 부르주아지와 중간층은 민족주의적 목적을 위해 언제나 끌어들일 수 있었고, 소시민 계급은 상승을 희망하면서 싸움 패거리로 이용될 테고, 실망한 채 굶주리는 프롤레타리아트는 일거리를 얻게 될 경우 산업의 성장을 위해 궂은일들을 다 하고 행진을 할 테지. 아직 가담하려고 하지 않는 자들은 자신의 조직이나 정당 혹은 아주 적극적인 동료들이 없는 한 곧 유일한 민족사회주의 노동자당에 가담할 거야. 대규모 시위를 벌이는 대중들은 볼 수 있지만 그로부터 이익을 얻는 자들을 볼 수는 없을걸. 그들이 조용히 약탈 원정을 준비하고 민중 선동가의 정복욕과 결합하는 동안, 쇼비니즘의 합창들이 도시들을 관통하며 울려 퍼질 거다. 어머니가 천천히 조리대 쪽으로 걸어가 냄비 속을 휘저었고 도마 위에서 채소를 썰었다. 어머니는 8년 전 스페인 내전 직전 시대로 돌아갔다. 당시 놈들은 이미 보수파 수상 길 로블레스[113]와 협상해, 북부 지역 광산과 제강업에 대한 양보를 확정했었지. 그리고 파시즘이 스페인에 들어와 그들의 무기와 그들이 보낸 군대로 승리하게 된 다음, 크루프와 티센은 레스카와 올라레안의 석탄 광산과 산세바스티안과 빌바오의 군수산업에 끼어들 수 있었단다. 한편 볼프는 하엔, 리나레스, 빌체스 광산의 은과 납을 차지했고, IG염료는 우엘바의 구리와 갈리치아의 중석과 안티몬을 처분할 수 있었지. 또 당시에 크루프, 티센, 키르도르프, 푀글러, 플리크,[114] 볼프는 이미 오스트리아에서 알프스 광산업과 베른도르프,[115] 플란제,[116] 티타니트의 금속 공업을 나누어 가졌고, 카셀[117]의 헨셀[118]은 플로리츠도르프 기관차 공장을 차지했고, 슈티네스는 오스트리아 정유업을 차지했다. 또 드레스덴

---

113) José María Gil Robles(1898~1980): 스페인 정치인. 스페인 자율우익연맹(CEDA) 의 주도적 인물.

114) Friedrich Flick(1883~1972): 독일 기업가이자 전범으로 나치 집권 후 항공기를 제조 했으며 유대인 재산을 몰수해 처분하는 데 가담했고 다수의 강제수용소 수감자들 및 포로들의 노동력을 착취했다.

115) Berndorf: 오스트리아 동북부 니더외스트라이히 지방의 도시. 베른도르프 금속 공장 은 1938년 독일 기업 크룹 콘체른에 통합되었다.

116) Plansee: 오스트리아 서북부 로이테 지역에 자리 잡았던 분말야금 제조 기업. 1936년 독일 기업 에델슈탈베르케 주식회사에 매각되었다.

117) Kassel: 독일 중부 헤센 지역의 주요 도시.

118) Henschel: 카셀에 자리 잡은 독일 비행기 및 기계 공업사. 1933년부터 1945년까지 장갑차를 제조했다.

은행은 히르텐베르크 군수공장의 관리자가 되었고 독일은행은 빈의 은행연합을 합병했단다. 어머니는 화덕과 식탁 사이를 이리저리 오갔다. 아버지가 이제 전쟁 직전 최후 단계에 대해서만 말하겠다고 했을 때에는 방 안의 모든 것이 덧없어졌다. 독일 재계 지도부 요원들과 이들이 임명한 총통은 모두 보헤미아의 주인이 유럽의 주인이라는 비스마르크의 테제를 따랐다. 재계 인사들은 고상하게 뒤로 물러나 앉아 있었고, 총통은 소리를 지르며 자신의 보병부대를 체코슬로바키아로 보냈다. 병사들은 그로부터 아무것도 얻지 못했으며, 그로부터 누가 무엇을 얻었는지는 곧 드러났다. 아우시히 화학 및 야금 기업은 IG염료사로 넘어갔고, 크루프 사와 플리크 사는 브뤽스의 석탄을 맡았고 마네스만은 코모타우의 비트코비츠 공장들과 압연 공장들을 맡았으며, 은행들은 드레스덴 은행과 독일은행의 소유가 되었다. 그리고 체코슬로바키아의 나머지 부분이 굴복하자마자 보헤미아 모라비아의 기계 공장들, 프라하의 비행기 공장, 브륀의 무기 공장, 필젠의 스코다 공장은 제국 콘체른에 귀속되었다. 아버지가 말했다. 만일 그들이 우리 모두의 뒷받침을 받지 않았다면, 어떻게 그처럼 강력해질 수 있었겠니. 그들은 위에서 헤엄쳤고, 우리는 강물이었지. 그들은 우리들 위로 제1차 세계대전을 진행시켰는데, 우리는 다시 그들의 하인이 되었고 벌써 다시 우리 계급의 피를 서로 흘리게 하려고 무기를 만들었구나. 아버지는 이리저리 서성이며 계속했다. 내가 이 이름들을 거명하는 것은 이 말을 덧붙이기 위해서다. 우리가 비록 어쩔 수 없이 그런 일을 했더라도 역사를 조성하고 역사의 법칙을 만들어낸 자기들의 체계만을 아는 그자들과 마찬가지로 우리에게도 책임이 있는 거다. 그자들을 중단시키지 못한 것이 우리의 책임이지. 우리들 개개인은 눈에 띄지 않아. 우리는 단지 노동운동 속에서만 존재했지. 그리고 노동운동이 불화로 와해되었을 때, 우리의 약점이 전체적으로 드러난 거다. 그래서 우리는 저 만족할 줄 모르는 놈들의 손을 핥고 놈들의 도축물이 된 거야. 피하지 못한 사람은 도축물로 자기 길을 끝까지 가야 했지. 단지 우리가 그처럼 얼굴도 없고 그처럼 의미도 없게 되었기 때문에, 또 한때 우리의 자랑이었던 것으로 이제 어떤 국가도 만들 수 없기 때문에, 나는 우선 우리 자신에 대해 말하지 않고, 이름을 가지고 있고 그래서 좀더 쉽게 파악할 수 있는 자들에 대해 말했던 거다. 아버지는 계속했다. 내가 비겁하고 나약해서 그들을 먼저 언급했던 거다. 그들은 우리보다 더 소수이기 때문에 오히려 더 두드러지지. 또 우리는 그들보다 훨씬 더 많기 때문에 우리의 비겁함과 나약함은 더욱 중대한 거다. 우리와 필적할 사람은 없어. 우리가 인민의 중심을 형성한다. 우리는 오랫동안 그런 것을 핑계로 삼았지. 혼돈 속에서 우리는 우리 자신을 학살하는 일을 떠맡았던 거다. 전체적으로 사람들은 그 점을 거의 알아차리지 못한단다. 손실은 그저 이 가난한 무명의 가족들 안에서만 느낄 수 있으며, 여기서 아무도 묻지 않는 다른 온갖 불행들과 결합되는 거다. 동쪽을 향한 방 안은 시간이 지남에 따라 어두워져 청회색의 어스름이 스며들었다. 부엌 모퉁이에서는 벌써부터 램프불이 타고 있었다. 바깥에서는 나뭇가지들이 아직 붉은 핏줄처럼 빛을 내고 있었다. 갑자기 빛이 사라졌다. 식사하라고 우리를 불렀을 때 어머니는 허리까지 그림자 속에 잠겨 있었다. 그것은 어머니가 우리에게 보여준 최후의 친절과도 같았다. 어머니는 우리와 함께 앉아 있었지만 자신은 아무것도 먹지 않았다. 나는 불안한 마음을 자인하지 않았다. 1월에 호단과 함께 있을 때에야 비로소, 그다음 두 달간의 경험을 통해, 그날 저녁 어머니가 얼마나 탈진하고 황량한 상태였을지 알게 되었다. 그 후로 어머니는 더 이상 한마디도 하지 않았고 먹지도 않았다. 브라트가 어머니를 자기 병원으로 옮기게 했고, 그곳에서 인공적으로 영양을 주입했다. 아버지가 불러서 내가 도착했을 때 어머니는 방금 집으로 돌아온 상태였다. 몇 주 동안 계속해서 브라트는 어머니에게 식사를 강제로 주입하려고 했지만, 그것이 무용지물이라고 여기게 되었다. 그의 말처럼 환자에게 의지가 없기 때문이었다. 그는 죽음의 과정이 시작되었으며 물과 포도당과 염분으로는 보위에의 죽음이나 그 직후의 아니타 나트호르스트의 죽음 그리고 마르고트의 자살처럼 그것을 저지할 수 없다고 보았다. 우리가 어머니 침대 앞에 앉아 있을 때 철 이르게 눈이 오기 시작했는데, 어머니를 통해 단지 한 사람이 아니라 인간의 바다가 죽어가는 듯했다. 그리고 되풀이하여 끔찍한 머리를 다시 내미는 이 죽음의 히드라에 맞선 싸움을 감당하려면 헤라클레스 같은 존재가 필요했을 것이다. 그런데 어머니는 꼼짝도 하지 않고 누워 있었으며, 어머니가 아프다는 사실을 나타내주는 것은 아무것도 없었다. 어머니는 말할 수 있는 것을 말했다. 벨라루스에 있던 그해 겨울에 이미 어머니는 이 모든 방랑자들의 목적지가 어디인지 알고 있었고, 영원한 겨울 한가운데에서 떠돌고 있다고 믿었다. 그리고 아마 같은 해 겨울 11월에는 눈이 1월에 호단의 창문 앞에 내렸듯이 심하게 내려 학교 마당을 뒤덮었던 것 같다. 그해 겨울을 근거로 어머니는 이야기를 했고 아버지는 그 말을 알아듣기 위해 어머니의 입 가까이 귀를 갖다 대야 했다. 어머니는 푸른 문이 있는 흰 집을 아버지에게 상기시켰다. 아버지가 세 번째로 장교들에게 철십자훈장을 보여주고 지난날의 참전용사임을 밝힌 뒤에야 두 사람이 머물 수 있게 된 집이었다. 한밤중에 아버지가 자고 있을 때 어머니는 야전침대 위에 깬 채로 누워 있었다. 벽난로에서는 장작이 타고 있었고, 속삭이는 목소리를 들을 수 있었다. 장교들이 술을 한

병 비우며 식탁에 앉아 있었다. 별다른 내용도 없는 이 속삭임에서 어머니는 어떤 일이 닥칠지 모두 알아들었다. 그리고 어머니가 들은 것을 뉘만은 최근 어머니를 찾아갔을 때 어머니에게 확인해주었다. 어머니는 비록 쉿 소리와 총소리만을 들었지만 증인이었다. 어머니는 식탁 쪽으로 넘겨다볼 때마다 밤새도록 그들이 손가락을 점점 더 빠르게 꼽아가고 손으로 제스처를 취하는 모습을 보았다. 이러한 동작들을 보았고, 중얼거림과 웃음소리를 들었다. 그리고 또 그 여자가 있었다. 어머니는 한 여자를 보았던 것이다. 그 여자는 아이를 하나 데리고 있었다. 그 옆에는 한 남자가 있었다. 병사 세 명이 와서 그 여자에게서 아이를 떼어내 여자가 보는 앞에서 때려죽였다. 남자는 병사들에게 달려들었고, 병사들은 남자를 짓밟았으며, 다음에는 여자에게 달려들어 여자를 남자 앞에서 고문해 죽였다. 그다음 그들은 남자를 어디선가 총살하기 위해 끌고 갔다는 것이다. 하지만 아버지는 어머니가 그렇게 이야기했는지 이제 확신할 수 없었다. 그것이 어머니 생각인지 자기 생각인지 더 이상 구분할 수 없었다. 아버지는 어머니에게 그것을 왜 이제야 말하느냐고 물었지만, 어머니는 이미 침묵하고 있었다. 아버지가 더 이상 표현할 수 없었던 것은 내가 호단에게 전달하려고 했을 때 더욱 말하기 어려웠다. 어머니는 모포 아래 누워 점점 더 허약해지고 말라갔다. 하지만 우리가 어머니를 건드릴 때면 어머니는 우리를 떨리게 할 만큼 힘을 발산했다. 근래에 아버지는 스스로 생각해낸 것인지 어머니가 유발한 것인지 말할 수 없는 어떤 이미지들을 떠올리게 되었다고 했다. 여러 차례 똑같은 방식으로 음악도 들리지 않는데 어느 무도장에서 어머니와 춤을 추었다는 것이다. 두 사람은 느린 걸음으로 원을 그리며 돌았고 아버지의 팔은 어머니의 허리를 감쌌고 어머니의 손은 아버지의 어깨에 얹혀 있었다. 다리들을 기이하게 들었고 발을 내디딜 때는 소리가 나지 않았다. 그때 아버지가 누워 있는 어머니를 바라보면 마치 어머니의 입이 미소를 짓는 듯했다. 우리 눈에 어머니의 얼굴은 비록 창백한 피부 아래 뼈가 드러났지만 더욱 젊어진 듯 보였다. 길어서 베개 위에 퍼져 있는 검은 머리칼에는 흰 머리칼이 섞이지도 않았다. 우리는 어머니 침대 앞에서 교대로 밤샘을 했다. 아버지는 일을 계속해야 했다. 나 자신은 이제 고정된 일도 없고 정치 활동에서도 휴가를 받아 글쓰기로 무엇을 얻을 수 있는지 생각할 여유가 있었다. 그때까지 삶과 예술 사이에는 아무 모순이 없었다. 오히려 현실은 예술에서 그 최고의 표현을 경험했다. 하지만 이제 어머니의 생명이 내게서 멀어짐으로써 예술도 내게서 떨어져 나가기 시작했다. 어머니와의 이별이 불가피해질수록 내게는 예술적 수단도 점점 더 의심스럽고 낯설게 되었다. 내게 가장 가까웠던 어머니가 더 이상 자신을 드러내지 않는데, 내가 어떻게 예술에서 친밀성과 확실성을 찾을 수 있겠는가. 예술의 이성 혹은 정신적 제어는 더 이상 존재하지 않았다. 기껏해야 신체적인 움직임들만을 느낄 수 있었다. 그런 것이 또한 예술의 발생에서도 기초가 되었을 것이다. 하지만 어머니와 죽음의 계율을 잊고자 했을 때, 그리고 어머니의 반쯤 열리고 딱지가 앉은 입술 사이로 따뜻한 우유를 흘려 넣었을 때, 그러면 다시 그것이 입에서 흘러내렸을 때, 나는 이제 일어나는 것을 전달할 수 있는 어떤 형식도 생각할 수 없게 되었다. 아버지는 어머니가 깨어나 있던 마지막 저녁에 파멸에 대한 우리의 공동 책임을 스스로 자인하게 되었다고 자책했다. 하지만 우리가 겪은 일에 대해 당신도 책임이 있다고 내가 생각한다고 믿어서는 안 돼. 깨어나봐. 어머니를 굽어보며 아버지는 외쳤다. 하지만 차갑고 무표정한 어머니의 얼굴을 굳은 채로 바라볼 뿐이었다. 그때부터 우리는 눈이 유리창 앞에 쌓여 올라가

는 동안 우리 의식 내부에서 이루어지는 변화를 나타낼 아무 개념도 없
는 현실 속에서 어머니와 함께 살았다. 11월의 저녁들은 단 하룻저녁처
럼 되었다. 맨발을 끄는 소리를 들을 수 있고 손톱으로 벽들을 긁어대고
천창이 닫히고 찬바람이 스치는 하룻저녁이 된 것이다. 한번은 아버지의
광기가 폭발했다. 아마 아버지는 어머니의 마음속에 일종의 충격을 불러
일으키기 위해 그랬던 것 같다. 하지만 아버지가 어머니에게 큰소리를
지르고 어머니를 흔들어대자 우리들 사이의 균열은 더욱 끔찍하게 벌어
졌다. 마침내 아버지는 흐느끼며 어머니 앞에 무릎을 꿇었다. 어머니의
눈은 우리를 향했지만 보는 것은 아니었다. 우리는 어머니를 바로 눕히
고 머리칼을 쓰다듬고 입맞춤을 해주었다. 눈이 녹색 방의 빛을 흐리게
했다. 호단의 창문 앞에 있는 눈은 모든 것을 부드럽고 소리 나지 않게
만들었으며, 모든 것을 부유하는 불확실한 상태로 옮겨놓았다. 어머니는
바로 그러한 상태를 통과하며 방랑했던 것이다. 나는 호단에게, 희망을
품으면 이 삶을 견딜 수 없기 때문에 더 이상 아무것도 희망하지 않을
때에야 비로소 현실을 감당할 수 있다고 언젠가 보위에가 설명했을 때,
아마 어머니에게 가장 가까이 접근했을 것이라고 말했다. 호단은 보위에
도 어머니도 삶이 현실성을 얻는 데 꼭 필요한 동의를 찾지 못했다고 말
했다. 한편 어머니가 영혼의 경계선 앞에 멈춰 서 있었다는 아버지의 진
단은 광범한 맥락 속에서만 타당했다고 보았다. 호단이 주장했다. 우리
는 우리가 겪는 모든 것과, 가장 끔찍한 것과도 동의를 이루려고 애쓰지.
해결책을 찾기 위해서지. 그로 인해 파멸해야 하는 대가를 치르게 되는
경우에조차 우리는 맑은 정신으로 파멸해야 하는 거야. 그는 아무것에도
등을 돌리지 말고 아무것도 부정하지 말라는 요구와 어머니의 삶을 전
적으로 받아들이지 못하는 우리의 무능 사이에는 어떤 모순이 있다는

점을 의식한다고 말했다. 아마 이때 그는 나보다 오히려 자기 자신에게 말했을 것이다. 그의 주장에 따르면, 모든 과정에서 최후의 결과들을 인식하는 데는 특수하고 드문 체질이 필요하며, 그런 체질을 지닌 사람은 엄청나게 위태롭다. 왜냐하면 그들은 우리보다 더 멀리 더 깊이 보지만 우리의 세계 속에서는 더 이상 자신의 뜻을 펴지 못하기 때문이다. 이런 사람들에게는 단지 두 가지 가능성만 있다. 하나는 점점 더 밀폐적으로 되는 환각 속으로 후퇴하는 것인데, 이 경우 그들은 고독해짐으로써 점차 다른 사람들과 함께 존재하는 감각을 잃게 된다. 또 다른 하나는 예술의 세계에 들어서는 길이다. 하지만 이 길은 외부 세계를 향하겠다는 태세가 존재하는 한에서만 열려 있다. 그런 태세가 없을 경우 예술의 영역들로 들어갈 수는 없다. 호단의 말에 따르면, 자기폐쇄와 치료를 약속해주는 자기개방 사이의 경계선은 언제나 예술 속에 존재하며 「멜랑콜리아Melencolia」[119]를 좋아하는 성향에서 나타난다. 한 편의 예술 작품에서는 대개 고양보다 오히려 이처럼 이름 붙이기 어려운 것 속으로의 침잠이 우리를 더 사로잡는다는 것이다. 그래서 어머니는 뒤러가 그린 것처럼 저울과 모래시계와 시간을 알리는 종과 이해할 수 없는 숫자들이 적힌 도표 아래에서 턱을 괴고 멍하니 앞을 바라보며 접근할 수 없는 모습으로 앉아 있었다는 것이다. 그는 우리가 언젠가 이미 베를린에선지 스페인 데니아에선지 이 그림에 대해 이야기하지 않았는지 물었다. 또 배경을 이루는 만 위의 빛나는 별과 선명한 무지개를 기억하는지 물었다. 그리고 그는 서가에서 책을 한 권 들고 와 뒤적이며 그 동판화가 있는 곳을 펼쳐 보였다. 종종 그랬던 것처럼 그는 그런 걸음걸이와 동작을 통해

---

119) 알브레히트 뒤러Albrecht Dürer의 판화. 1514년 작.

책을 집어 오고 유물에 근거해 사실을 확인하려고 했다. 쇠장식이 달린 두꺼운 책이 여인의 팔 아래 놓여 있었다. 두 눈은 크게 뜨고 있었으며, 열쇠 꾸러미와 닳아버린 돈주머니가 주름 많은 의상에 매달려 있었다. 양손은 두툼하고 튼튼했다. 조용히 앉아 있었지만 그녀에게는 활동과 무관한 것이 아무것도 없었다. 그녀는 일하던 도중에 쉬면서 자신의 계획에 대해 숙고하는 듯해 보였다. 그녀는 미완의 가옥 처마복공 위에 앉아 있었다. 모든 정황에 비춰보건대 그 집은 그녀 자신이 지었거나 혹은 그녀의 도움으로 지어졌다. 그녀의 손에 있는 컴퍼스는 그녀가 설계 업무에 종사한다는 점을 암시했다. 그녀의 발치에는 목수의 도구들, 톱칼, 자, 대패, 집게, 망치, 그리고 대못 몇 개가 있었다. 도구들이 바로 그녀 옆에 있고 몇 가지는 치맛자락에 반쯤 덮여 있는 것으로 보아, 그녀 자신이 그것들을 사용했고 방금 내려놓은 것이 틀림없었다. 그런 물건들 사이에서는 기이하게도 다면체로 잘라놓은 큼직한 바윗덩어리와 공과 맷돌이 두드러져 보였다. 다듬어진 다면체 윗면과 묵직한 공 위에는 빛이 반사되고 있었다. 오랜 세월 곡식을 가는 데 쓰여서 모퉁이가 마모된 맷돌은 탑의 벽에 세워져 있었다. 뒤쪽의 담벽 앞에서는 연금술용 도가니 아래에서 숯불이 타고 있었다. 그리고 공 뒤로는 반짝이는 놋쇠로 된 기름램프를 알아볼 수 있었다. 탑 앞의 종 아래에 있는 도표 위의 숫자와 활자들은 암호문을 이루었는데, 그것은 목성의 천문학적 특징도 담고 있는 마법의 사각형이었다. 여인이 발코니로 올라오기 위해 썼던 사다리는 거칠게 다듬은 것으로 건물의 탑 부분에 기댄 채 놓여 있었다. 이 건물은 아주 이해하기 쉬운 것이지만 주거용이라기보다 오히려 명상을 위한 장소였다. 그리고 모든 것이 확고한 모습을 띠고 있었지만 어떤 다른 현실이 이미 알려진 세계 속에 파고드는 한순간이 묘사되었다. 기하학적인 물건들은 그 견고함을 통해 특정한 목적에 쓰이는 일상적 도구들을 압박했다. 맷돌은 흘러간 시간을 말해주었다. 저울의 접시는 비어 있었고 더 이상 흔들리지 않았다. 종 안에서는 추가 움직이지 않고 매달려 있었으며 항만에는 배들이 기척 없이 정박해 있었다. 멀리 있는 도시에서는 아무것도 움직이지 않았다. 하지만 시간은 멈춰 있지 않았다. 탑 모퉁이에 있는 모래시계에서는 반쯤 차 있는 위쪽 용기에서 아래쪽 용기로 가늘게 모래가 흘러내리고 있었으며, 그림 바깥으로 연결되는 종의 줄은 당장이라도 당겨질 것만 같았기 때문이다. 묵직한 석재 조형물들에는 하늘의 무지개와 별빛 속의 혜성 같은 불꽃이 상응했다. 그 별은 밤이면 애수를 불러일으키는 목성일 수도 있었다. 그리고 석판의 기호는 그것의 저항을 경고했다. 평평한 것과 둥근 것이 현존했다. 불, 공기, 물, 흙 등 4원소가 있었고, 그 속에서 생명은 세 단계로 나뉘었다. 완성의 단계는 오른쪽 발코니 계단 위의 풍만한 여인의 모습이 암시했다. 생명은 맷돌 위에 앉아 펜과 석판을 들고 있는 동자의 모습을 통해 최초의 의식을 찾았다. 또한 생명은 평화로운 양의 머리를 한 채 구부리고 잠들어 있는 마른 그레이하운드의 모습으로 동물로도 존재했다. 동물의 모습에서는 생명으로부터 안정감이 발산되었고, 아이의 모습에는 성장 과정을 시작할 생명 에너지가 집약되어 있었다. 작지만 이미 힘찬 얼굴은 주의 깊게 숙이고 있었으며, 두 손은 단호하게 필기구들을 잡고 있었다. 그리고 완성된 존재인 여인의 등에서는 수호신의 날개가 높직하게 아치를 그리며 솟아올라 있었다. 날개는 동자에게도 부드러운 솜털 형태로 달려 있었다. 여인은 초감성적인 존재로 나타났지만 여전히 인간적인 면모도 보였다. 도구들과 열쇠, 돈주머니 등을 통해 여인은 현세적인 것을 관리했다. 여인의 옷은 일 때문에 구겨져 있었으며, 그늘진 얼굴은 세상과 등을 진 것이 아니라 경험으로 넘쳤다. 자연은 비행의 재능보다는 오히려 여인이 풀어헤친 머리에 쓴 약용 수초 관의 모습으로 고통의 경감을 약속했다. 연구와 건축과 궁극적 탐구를 위한 물건들에 둘러싸인 채 여인은 어떤 천진한 존재로부터 나왔다. 그 여인에게는 우리의 사유로 해명할 수 없어 보이는 것이 포함되었다. 무지개 아래의 꼬리 달린 박쥐는 발톱으로 그림의 제목이 쓰인 천 조각을 움켜쥐고 있었다. 그림의 제목은 모든 사색과 분리할 수 없는 멜랑콜리에 정신 영역 중 첫째 자리를 정해주었다. 예술은 모든 철학과 이데올로기가 중단되는 곳에서 시작된다고 호단이 말했다. 그의 주장에 따르면, 예술은 모든 생명체에 내재하여 조절하고 생명체가 손상을 입으면 다시 회복시키는 수수께끼 같은 힘 엔텔레케이아entelecheia에서 나온다. 또 예술은 감지한 모든 것을 시각과 청각, 시공간적 방향 설정의 중심인 두뇌 속에 보존하고 그것을 신경 자극에 의해 우리가 다가갈 수 있도록 만드는 기억의 기능에 귀속된다. 이 경우 해부를 하게 되면 이처럼 기억으로 구성되는 사고 능력의 흔적들은 발견할 수 없을 것이다. 기억의 여신에게 보호를 받는 기억은 우리를 예술 행위들로 안내하는데, 우리가 세계의 현상들 가운데 많은 것을 받아들일수록 그것들을 그만큼 더 풍부하게 조합하고 다양하게 만들 수 있으며, 이 다양성에 근거해 우리 문화의 수준을 간파할 수 있다는 것이다.

    호단은 예술과 인도주의가 동일한 것을 의미한다고 말했었다. 이처럼 삶에 참여하지 않고는, 자기포기에 맞선 끊임없는 투쟁에 참여하지 않고는, 상황을 늘 새로워지는 관점들로 조명하려는 이 충동 없이는, 예술의 광범한 영향을 이해할 수 없기 때문이라는 이야기였다. 그의 주장으로는, 예술의 대응들은 언제나 대단한 것이었다. 왜냐하면 예술은 유일하게 시대적 명제들을 감히 논박했기 때문이다. 예술은 늘 위장막 아래서이긴 해도 당대를 앞질러 갔고, 왜곡된 이미지들에 맞서 진리를 제시했다. 그러나 진리와 인도주의라는 말은 윤리와 도덕의 개념처럼 정치적 악용 때문에 거의 악명 높은 것이 되었다. 예술에 대해서도 우리는 아주 드물게만 어떤 특수한 것으로서 논했으며, 또 예술을 누구에게 선물로 주어지는 것이 아니라 힘겹게 습득해야 하는 수작업으로 이해하려 했다. 돌이킬 수 없는 것이라는 인상을 받으며 우리가 예술의 배경에 대해 심사숙고한 것은, 예술적 언어가 어떤 식으로 전달되고 어떤 식으로 영향을 받는지 확인하기 위해서였다. 우리가 어머니를 따라갈 수 없었던 것은 어떤 형이상학적이고 신비한 것 때문이 아니었다. 우리는 명백한 것을 넘어서는 것과 관련해 아직 아무 목록도 가지고 있지 않았다. 우리의 무기력 상태는 잠정적인 것이었다. 우리의 전체 발전 과정을 보면 예감들로부터, 탐색적인 연구들로부터 비로소 구체적인 판단들이 형성될 수 있다는 점이 드러났던 것이다. 무언가가 몽상처럼 맹아 상태로 존재한다면 그것은 이미 우리의 현실 내부에 자리 잡고 있는 것이었다. 호단의 말에 따르면 예술은 정치를 통해 충족되지 못하는 것을 어느 정도 보상해야 한다. 예술은 정치와 동일한 공간에 자리 잡고 있지만, 최근 10여 년 동안 정치는 우리의 소망에 부합되는 모든 것과 멀어졌으며, 그래서 우리는 정치의 척도들을 그저 그릇된 것이자 강압적인 것으로 느낄 수밖에 없을 것이다. 호단은 언젠가 어머니가 겪은 것을 묘사할 수 있으리라고 말했다. 우리가 어머니의 침묵만을 체험한 반면 어머니는 모든 것이 다가오는 것을 보았다는 것이다. 대중들이 살인자들을 향해 환호하고, 여자들이 울부짖으며 아이들에게 축복해달라고 그들을 향해 아이들을 들어 올렸을 때 이미 어머니는 무엇이 우리를 기다리고 있는지 틀림없이 알았다는 이야기였다. 그는 우리가 우리의 힘을 과소평가하며 스페인으로 갔고, 정치에 예속되어 대량학살의 서막에 관여했기에 이제 우리의 초라한 거주 지역에 있다고 보았다. 그의 말에 따르면, 혁명의 나라 역시 엄청난 투쟁에 빠져들기도 전에 그 품위를 잃었다. 이 투쟁에서 이 나라는 아마 그 위대성을 회복하고 수백만 명의 죽음을 대가로 우리 생각을 바꾸도록 해줄 것이다. 우리가 우리의 삶을 다시 의미 있게 해주는 것을 얻기 위해서는 죽음과 파멸을 통과해 가야 하며 우리의 힘을 거짓과 망상 사이에 쏟아 넣어야 한다는 사실이야말로 오늘날 우리가 극복해야 할 갈등이라는 것이다. 나는 지금 우리에게 닥친 것이 어떤 새로운 언어로만 표현된다고 생각했다. 그러나 호단은 우리의 목적을 위해서는 모든 사람이 아는 것 말고 다른 언어가 있을 수 없다고 응수했다. 또 표현해야 할 것들을 이해할 수 있게 만들려면 다름 아니라 이미 낡아버린 말들로 전달해야 한다고 주장했다. 나에게 새로운 것은 단지 내가 우리말로 쓴 것을 이제 조합신문들에, 특히 금속 분야의 신문에 제공하기 위해 사전의 도움을 받아 이 나라 말로 번역했다는 사실뿐이었다. 하지만 독일과 스페인에서 내가 경험한 것을 보고할 때면 내 정치적 소속을 암시하게 될 모든 것을 피했다. 내가 말하려고 하는 것과 나 자신이 아직 얼마나 동떨어져 있는지는 맷돌 위에서 글을 쓰고 있는 동자의 모습을 보면 확연했다. 나도 석판을 통해 글쓰기를 배웠다. 플레밍 가의 내 책상에서 글자를 한 자씩 읽을 때면 나는 브레멘 브라우트 가의 초등학교 교실에서 스펀지로 지웠던 축축한 분필 냄새를 맡았고, 둔탁한 음으로 종종 우리 생각을 어지럽혔던 항구의 뱃고동 소리를 들었다. 그해 겨울 나는 자주 흥분했다. 우리는 현실의 법칙들에 따르도록 배웠지만, 나는 스며드는 불확실한 상태를 근거로 현실을 다시 구성하곤 했다. 얼마 전까지도 내 옆에는 그뤼넨 가의 우리 이웃 화부의 아들 베르톨트 메르츠[120]가 등나무 지팡이로 맞을까 불안하게 숨을 쉬며 닳아버린 책상 앞에 앉아 있었다. 그런데 나는 벌써 전령으로서, 전달자로서 눈 더미를 따라 스톡홀름 거리들을 걷고 있었다. 로스너의 은신처에서 나와 풍크에게 전달해야 할 원고들이나, 아니면 다른 사람들에게서 받아 로스너에게 전달해야 할 서류를 가지고 있었다. 자료의 전달은 사다리 방식으로 이루어졌다. 아무도 하나 이상의 주소를 알아서는 안 되었다. 한 명의 전달자가 빠지면 기다리지 않았다. 접선 지점으로 가는 길은 5분 후에 따라갔다. 전달자가 오지 않으면 중단되었다. 이렇게 거리들을 통과해 가며 신문 가판대들을 지날 때면, 그리고 가판대에 게시된 신문에 격전지들의 이름이 활자화되어 있는 것을 보면 나는 무엇인가 엄청나게 과장된 것을 느꼈다. 그 속에서는 정치가 제멋대로 지배하고 있었다. 여기서도, 또 볼호프와 칼리닌 근처의 전선을 휩싸고 있는 눈 속을 걷고 있더라도, 호단은 우리가 균형을 이루게 해주는 분별력을 잃어버렸으며, 우리가 추구하는 것은 그저 수류탄과 화염방사기와 탱크와 폭탄을 통해서만 실행될 수 있을 뿐이고, 우리에게는 자체 내에서도 여러모로 분열되어 있는 적대 세력들의 이 극단적 첨예화 내지 최종 충돌밖에 남아 있지 않다는 점을 지적할 수 있었을 것이다. 우리가 과학적 인간이었다면 스스로를 상호이해와 무한한 고통 완화로 이끌어갈 수 있었을 테지만, 우리는 가장 광폭하고 음험한 수단을 동원하는 폭력을 향해 다가갔다. 우리를 둘러싸고 있는 위장막의

---

120) Berthold Merz: 브레멘 시절 페터 바이스의 이웃에 살던 친구.

무게는 단지 눈보라를 통해서만 덜어낼 수 있었는데, 그것은 우리의 불운에서 비롯된 결과였다. 우리가 할 수 있는 최선을 다해내고 있다는 환상 속에서 우리 모두가 함께 가담했던 속임수의 결과였던 것이다. 길고넓은 대로를 벗어나 호른스툴로 가는 호른스 가에서 나는 누가 내 어깨를 움켜잡으리라고 계속 예상하며 링 거리 모퉁이를 향해 걸어갔다. 10월에 자거와 바그너가 화물선 프레드만 호로 돌아오다 쇠데르텔리에 항구에서 체포된 이래 우리는 감시받고 추적당한다고 느낄 수밖에 없었다. 파울손, 쇠데르스트룀, 룬드크비스트, 뢴 형사의 이름은 낙인처럼 그들의 생각에서 떠나지 않았다. 형사들은 그들을 독일 보안경찰에 인도하려했다. 모든 것이 보복의 분위기에 젖어 있는 상황이라, 형사들도 자거가언젠가 자신들에게서 달아났던 일 때문에 보복하려 했다. 형사들과 연결되어 있고 그의 체포를 보고받은 자들의 손에서 자거는 가장 신속히 무해한 존재가 될 것이다. 형사들은 충실한 파수꾼으로 행동했다. 자신의상관들에게 칭찬을 받으면 그들은 아첨을 떨었다. 그들의 상관은 사회부장관인 묄러와 그의 서기관인 에를란더였다. 그 둘은 모두 사민당원이었다. 이들의 블랙리스트에는 다양한 혐의 수준에 따라 등급이 나뉘어 감시받고 추적당하고 체포되어야 할 인물들 8만 명의 명단이 들어 있었다. 그들은 두 사람을 체포했지만 애석하게도 직접 고문할 수는 없었다. 그래서 두 사람이 고문당하도록, 이들은 독일 첩자이니 이송되어야 한다고핑계를 댔다. 그들은 베를린에 있는 친구들이 제3의 인물 벨터의 행방에대해 그 두 사람에게서 파악해낸 것을 곧 알게 되리라는 기대에 젖어 이간계의 영역에 들어섰다. 이 영역은 그들이 근면한 시민이자 가장들로서살아온 곳이기도 했다. 이미 의회가 이 유해한 자들의 문건 유포를 금지했듯이, 이 영역에서는 이들의 조직을 금지할 필요가 있었다. 하지만 동시에 조합들 내부에서, 브란팅[121]과 비그포르스[122] 혹은 몇몇 자유주의 신문들을 중심으로 하는 서클들에서는 합법성을 고수하면서, 때로는 자거와 바그너가 당한 일을 막아내기도 한 저항운동이 강화되기도 했다. 민주주의의 잔재들은 경찰국가와 투쟁하는 데 있었다. 경찰국가의 집권자들은 독일 십자군이 볼셰비즘을 파괴해주기를 기대했다. 비록 레닌그라드와 모스크바 앞이나 쿠르스크와 하리코프 근교, 그리고 크림에서의 공격은 정체되었지만, 그들은 아직 독일군의 승리를 의심하지 않았다. 소식들은 소련군의 돌파와 독일군의 후퇴를 알렸다. 붉은 군대의 동맹군들은 얼어붙은 라도가 호수를 가로질러 핀란드에 진입했다. 핀란드는 이제 스웨덴의 지원을 받는 독일군 편에서 싸우고 있었다. 하지만 1939년 늦가을 소련의 예상이 사실로 확인되었고 이로써 북서부 국경을 보장 받기 위한 당시의 전쟁 행위들이 정당화되었지만, 그렇다고 어떤 새로운 평가를 하게 된 것은 아니었다. 우리에게 정치는 여전히 모든 것을 과거의 것과 다른 어떤 것으로 만들기 위한 하나의 수단으로 여겨졌다. 전쟁 초기를 근거로 보면 이 사건들은 논박할 수 없는 논리를 지니는 것처럼 보였다. 풍크도 다시 한 번 불가침조약이 당시 제국주의의 음모들 속에서 불가피했다고 설명했다. 그러나 노동운동에 끼친 조약의 영향, 즉 국제적 연대 및 투쟁 계획의 상실은 언급하지 않았다. 반파쇼 투쟁에 대한 거부와 적에 대한 수치스러운 인정으로 인해, 노동자들은 방향을 잃게 되었다. 그래도 변화한 상황에서 하루하루 노동자들이 자신의 무기력 상태를 떨쳐버리고 일어서는 모습은 본보기가 되었다. 그러나 모든 대립적 이데

---

121) Georg Branting(1891~1965): 스웨덴의 사회주의 정치가로 스웨덴의 망명자 위원회 위원과 스페인을 위한 스웨덴의 원조위원회 의장을 역임했다.
122) Ernst Johannes Wigforss(1881~1977): 스웨덴의 사민주의 정치가이자 언어학자.

올로기 체제들 사이의 화해 결의 뒤에서는 지난 수년간의 온갖 오류들이 드러났다. 이는 궁극적으로 역사가 우리를 압도하게 된 곳에서만 확인된 것이 아니다. 오히려 우리는 일단 안전해 보였지만 이어서 파국에 이르러 전쟁으로 귀결되었던 개별 단계들을 떠올릴 수밖에 없었다. 그래서 수많은 사람들이 마비 상태에 빠져 있었다. 그리하여 상황은 다시 세기 전환기와 비슷해졌다. 즉 민족이 분열되어 그 가운데 일부는 무기와 산업과 은행을 차지하고 다른 사람들은 수세를 취했다. 더욱이 지금, 수십 년간의 계급투쟁을 겪은 후, 아직 남아 있는 용기와 결단력을 더 이상 공공연히 드러내서는 안 되었다. 프롤레타리아트는 자신의 해방을 열어젖히기 시작한 단계로 돌아간 것이 아니라, 자신의 모든 패배들을 넘어서 앞으로 내던져진 것이다. 또한 프롤레타리아트는 지난날 러시아 편을 들지 못했듯이 오늘날 혁명에 대한 호소를 결코 깨닫지 못했다. 로스너가 보기에 이러한 무감각과 우유부단은 역사 진행에 필요한 것이었다. 여기에는 직선적인 것이 없으며 끊임없는 중단과 일탈만이 존재한다는 것이다. 그러나 지난날 저지른 오류들이 해명되지 않으면 새로 되풀이하여 그릇된 결정을 내릴 수밖에 없지 않느냐고 내가 묻자, 그는 그저 고개를 저을 뿐이었다. 그러한 요구와 논박들은 세력 관계들의 동요에 의존할 뿐이며, 아무것도 미리 말할 수 없고 모든 것이 제반 여건에 부응할 수밖에 없다는 것이었다. 아니면 그는 아예 아무 대답도 하지 않고 그저 이 없는 입을 찡긋거렸고, 그래서 탁자 위의 물잔에 비친 그의 입도 찡긋거렸다. 우묵해진 입 때문에 그의 얼굴에는 벤 자국과 고랑과 결절과 잔주름 들이 생겨났다. 또한 그의 용모에서는 그가 자신의 은신처에서 잡지 머리기사의 딱딱한 활자들을 통해 접하게 되는 세계를 이미 오래전에 자신에게만 속하는 세계로 만들었으며, 내면의 대륙과 바다로 풍성한 이 세계가 그의 삶을 가능케 해준다는 점을 엿볼 수 있었다. 그는 수령이니 지도자니 영도자니 하는 인간들이 아성에 앉아서 민중들을 자신의 의지에 굴복시키는 모습을 보았다. 하지만 그에게는 능 저 위쪽 오래된 차르의 궁전이 정의의 본거지였다. 7월 초 당시 죽음의 정적 속에서 1주일이 지난 뒤 크렘린에서 울려나온 목소리는 습격당한 나라의 주민들을 형제자매들이라고 불렀다. 라디오 중계를 들은 슈탈만도 울며 붉은 광장을 채운 사람들에 대해 말할 때 눈시울을 적셨다. 적이 전선을 돌파해 수도를 향해 다가오는 동안 이 후두음의 목소리는 용기와 확신을 전파했다. 그리고 11월 독일인들이 이미 성문 앞에 와 있을 때 다시 그 목소리가 레닌이 누워 있는 대리석 블록 위로 울렸다. 그리고 이번에는 눈보라치는 광장에 군대가 모였으며, 이어서 군대는 넓은 포위 공격으로 적을 격퇴했다. 위대한 감정이 물자전을 지배했다. 아무도 지난 몇 년간의 잔인한 일들을 생각하지 않았다. 사람들은 해묵은 사랑 혹은 격세유전적인 힘에 사로잡혔다. 그리고 국부 행세를 한 그는 교회들이 다시 신자들에게 문을 열도록 허락했다. 모든 세력이 자신의 땅을 방어하기 위해 몰려들 수 있도록 하기 위해서였다. 1917년 11월 러시아에서 근본적으로 새로운 일이 일어났듯이, 러시아는 다시 모든 패자들의 본보기가 되리라는 것이다. 슈탈만은 러시아에서 지난날 세계혁명을 위해 투쟁했듯이 오늘날에도 억압받는 나라들의 노동자들을 위해 투쟁하고 있다고 확신했다. 쾨니히스베르크 출신인 그 아르투어 일러는 그루지야 출신인 스탈린의 이름을 따라 자신의 가명을 택했다. 붉은 군대의 일원이었던 그는 위대한 애국전쟁 속에서 확연해진 영웅주의를 스스로도 내세울 만했다. 코민테른 신문들의 보도에 담긴 격정은 전투의 차원과 부합되어야 마땅했다. 하지만 그것은 필자들이 자기 찬양에나 써먹는 미약한 광채였을 뿐이었다. 글을 쓰지 않는 그는 찬사에 휘말려들 필요가 없었다. 그는 자신이 최고의 요구에 부합된다는 점을 언제라도 증명할 수 있음을 알았다. 기사를 쓰는 사람들에게 그들 자신의 원칙을 찬양하는 말이 된 것들이 그에게는 사회주의 고향과의 자명한 연대를 의미했다. 그는 지난날의 소홀함과 오류와 날조 때문에 변명할 이유가 없었다. 그는 러시아 혁명과 중국 혁명 초기에 현장에 있었다. 국제여단에 초기 멤버로 가담했던 그는 독일에 소요가 일어난다면 독일에 있을 것이다. 그곳에서 독재자에 의해 파괴자와 정복자로 훈련된 자들, 초인과 세계 지배의 유토피아를 교육받은 자들은 눈 속에 갇혀 있었다. 아른트로 불리는 메비스는 전쟁 초기 몇 달간의 끔찍한 위협이 지나자 소련에서의 약진을 자기 나라에 적용해 그곳에도 동요의 징후가 있다고 믿었다. 그는 이미 독일 노동자 계급의 재탄생을 염두에 두었다. 이번에는 그들도 위대한 본보기에 따라 자신의 민족적 사명에 충실하게 자본의 지배를 무너뜨리리라고 생각했다. 그에 따르면, 제국주의 세력들의 조건이 아니라 소련의 보호 아래에서만 평화를 얻을 수 있을 것이다. 그래서 독일 국내의 당을 강화하고 당의 선전 활동을 도와 적합한 순간에 당이 주도권을 장악할 수 있도록 모든 힘을 쏟아야 했다. 그러나 풍크는 어디서도 목전에 다가온 저항의 징후를 보지 못했다. 오히려 전쟁의 열광적 동기가 새로 생겨난 듯했다. 일본의 공격 이후 미국이 전쟁에 끌려들어가게 되자 전 세계가 전쟁에 휘말리게 된 것이다. 스톡홀름에서 겸손하게 스벤손으로 행세하는 이 중앙위원회 위원은 지난해 여름부터 프리데만이라는 이름으로 매주 로스너의 전단에 논설을 썼다. 또 그는 때때로 베그너라는 가명을 쓰기도 했는데, 몇 가지 위장막 아래에는 베너라는 본명을 가지고 있었다. 그는 메비스가 민족적 과제들에 대해 의견을 말하는 것을 방해했다. 미래의 독일에는 메비스가 대변하는 형태로는 민족적 과제를 위한 자리가 존재하지 않으리라고 보았다. 민족주의적 전통들을 상기시킬 수 있는 것은 모두 피해야 했다. 아른트의 이름은 간행물에서 사라졌다. 하지만 메비스는 르와레, 스월름스, 슈나이더, 혹은 슐체라는 이름으로 아직 편집부에 남아 외국 노동운동에서 일어나는 사건들을 보도했다. 쇠데르 구역의 썰렁한 회색 도로 가에 있는 방으로 풍크는 6월 중순에 이사해 들어갔다. 그곳에서 그는 다시 국제주의로 귀결되어야 할 발전 과정에 대한 자신의 구상을 적어놓은 산더미 같은 메모를 가지고 이제 아무런 방해도 받지 않으며 작업했다. 종이 위에 쓰인 것들은 종종 다른 논설들과 거의 구분할 수 없었다. 단지 코민테른 그룹 내의 모순들과 거부 반응을 아는 사람만이 소련의 투쟁을 찬양하고 독일 군국주의의 패배를 예언하는 것에서 의견 갈등을 읽어낼 수 있었다. 그러나 암호화된 이름들에서 필자들의 특성을 알아볼 수 있었을 것이다. 프리데만은 평화를 추구하는 사람으로서 자신을 슈탈만이라고 칭한 사람과 구분되었다. 메비스는 독일의 위대성과 통일을 예언적으로 노래한 인물, 군가식의 애국적 가곡들을 쓴 시인 아른트에게 매료되었다. 로스너는 탑에서 찾은 아이를 기억하며 하우저라고 서명했다. 또 다른 사람, 자이데비츠[123]는 크라프트라는 이름으로 아마 적대 관계들 속에서 자신의 입장을 관철시킬 수 있음을 표현하려 했을 것이다. 단지 헹케만이 자신의 경제 분석들에 서명할 때 어떤 암시도 하지 않았으며, 자신을 에르나 슈미츠라고 칭함으로써 남성적 자만심에 일격을 가했다. 동부에서 전환이 이루어지고 추방당한 당

---

123) Max Seydewitz(1892~1987): 사민당 국회의원으로 1933년 체코, 1938년 노르웨이, 1940~45년 스웨덴으로 망명했으며 사민당과 공산당의 행동 통일을 지지했다. 1945년 공산당에 입당하고 1947~52년 작센 주지사를 지냈다.

이 공고해지기 시작한 지금 풍크는 자신의 위치를 지킬 뿐만 아니라 최고지도부에 더욱 접근하겠다는 명예욕에 사로잡혀 자신이 작성하는 모든 문장을 철저히 검토해도 탈이 없도록 심사숙고했다. 그는 노동자당들의 파국을 단지 파쇼 폭력 탓으로만 돌렸고, 유럽의 점령국들에서 파괴된 조직들을 열거했으며, 국제적 결속의 종말과 위에서 내려오는 명령을 자유로운 결의와 민주적인 통제의 원리로 대체할 필요성을 지적했다. 그는 지금처럼 불구화된 노동자 계급이라면 어느 나라에서도 독자적으로 살 수 없으며, 계속 새로운 질서를 추진하려는 시도들 앞에서 수동적으로 반응하고 침묵한다면 몰락할 수밖에 없는 국제적 존재라고 지적했다. 하지만 이런 주장이 자기파괴를 암시하지는 않더라도 자신의 당에 대한 비판으로 이해되지는 않을지 그는 자문했다. 사민당이 일을 되어가는 대로 내버려두고 더 좋은 시기를 기다리도록 부추겼다는 점에서 책임을 져야 한다고 보면서, 그는 세계를 새로이 건설할 때 자신의 인터내셔널이 다시 주도적인 역할을 해야 한다고 주장했다. 그는 양심에 거리낌 없이 그렇게 할 수 있었다. 그는 스웨덴의 당에 사민주의 노동자의 일부와 아래로부터의 통일전선을 구축하라고 권고했기 때문이다. 전에도 종종 그랬듯이 사민당 지도부는 이러한 행동을 공산주의적 분열 전술이라고 거부했다. 권력의 뒷받침을 받아 노동자의 애국적 관심을 부단히 강조하는 아른트의 공격을 받자 그는 인민들의 통일전선을 위한 새로운 규정들을 제 나름대로 해석하려고 했다. 그는 소련에서 통일전선을 주도한 스탈린을 끌어들이고 그의 애국주의를 강조함으로써, 아른트의 반론을 막아버리고, 애국전쟁을 좀더 폭넓은 연관 관계 속으로 끌어들였으며, 거대 영토 지배에 맞선 투쟁과 모든 민족을 위한 무제한의 자결권을 요구했다. 그는 그러한 명제들을 전적으로 책임질 수 있다고 확신할 때까지 되풀이하여 검토하고 돌이켜보았다. 그는 소련 사람들의 대범성에서 야기되는 효과를 지적했으며 다른 나라들에서의 반격 과제에 대해 논했다. 그는 어떤 위계의 정점에 의해 강요되는 거짓된 통일, 예속민들의 통일을 반대했다. 그리고 예속 상태를 끝내고 조국을 해방시키기 위한 노동자들의 투쟁에서 야기될 초국가적 통일을 기대했다. 하지만 그가 담배 연기로 꽉 찬 방에 내려진 커튼 뒤에서 그런 식의 진부한 생각을 정리할 때, 그러한 사고 과정의 위험한 요소가 그를 압박했다. 다시 그는 자신이 모든 당에 대한 처분권을 단지 소련의 당에만 유보하려고 했다는 느낌이 들었다. 다음에는 대량 체포와 금고형과 처형 등으로 이어진 오슬로 노동자들의 파업 활동, 노르웨이의 비상사태 선포, 벨기에 탄광에서의 파업, 유고슬라비아와 그리스의 빨치산 활동 등에 대해 보고하면서, 그는 독일에는 참여 활동이 없어 답답해졌다. 노동자들은 파시즘의 등장을 허용했을 때처럼 지금도 자신의 힘을 신뢰하지 않았다. 물론 매우 훌륭한 인물 수천 명이 살해되었다. 그리고 수십만 명이 감히 움직일 생각도 못하고 있다. 하지만 수백만 명이 조용히 참고 있는 것은 무서운 일이었다. 그는 자신의 특사들을 통해 유포할 호소문을 구상했다. 그는 노동자들만 아니라 시민 계급도 염두에 두었으며, 평화를 사랑하고 민주주의적 입장을 지닌 국내의 모든 세력에게 민족의 구원을 위한 공동전선으로 단결해 정권에 맞설 것을 호소했다. 그가 아직 통일 정책을 믿을 수 있었다면, 이러한 말들의 장엄한 면도 근거가 있었을 것이다. 하지만 그러한 말들이 그에게는 진부해졌다. 예나 지금이나 공산당과 사민당 지도부 안에서는 헤게모니 문제가 지배적이었고, 여러 조직 간의 대립들은 사그라졌다가도 다시 살아나 이기적이지 않은 건설에 방해가 되리라는 점을 그 자신이 잘 알고 있었기 때문이었다. 당 간부들도 지하에서 계속 제거되고 있었다. 그는 연락망을 그린 종이를 펼쳤다. 감옥을 나타내는 박스에 그는 갈, 넬테, 할마이어 아래 슈테펠바우어, 에메를리히, 글로거, 그륀베르크 등의 이름을 적어 넣었다. 이들은 1941년 5월에 체포되었다. 여기서 화살표 하나가 죽음을 의미하는 다른 박스로 이어졌다. 갈과 넬테는 1941년 1월 23일 판결을 받았고 7월 25일 처형되었다. 5월 29일 덴마크 경찰은 비아트레크를 코펜하겐에서 검거했다. 중앙위원회는 그를 아른트와 드뢰게뮐러[124]의 보고에 근거해 덴마크에서 지하생활을 하는 다른 동지에게 내맡겼었다. 그와 마찬가지로 당 지도부에서 제거된 슈메어에 대해서도 더 이상 아무것도 알아낼 수 없었다. 당의 교사인 코발케[125]는 1941년 여름 네덜란드에서 베를린의 우리히에게 왔다. 그들은 메트, 벨터, 톰시크, 지크, 퀴헨마이스터,[126] 하르나크, 구도르프, 그리고 사회민주주의자인 레버, 라이히바인, 하우바흐, 로이시너, 마스 등과 마찬가지로 자신의 일을 수행했다. 공산당 세포와 사민당 세포의 결합은 자에프코브와 야코프에게 달려 있었는데, 이들도 아직 자유로워 보였다. 벨터와 비쇼프에게서 아무 소식도 오지 않아 그는 불안했다. 그들은 그의 개인적인 비호를 받고 있었다. 그들을 잃는 것은 그에게 부담이 될 것이다. 그는 체포된 사람들을 그들의 감방 앞에 세워보았다. 감옥 벽에서 그의 시선은 단두대가 있는 마당으로 미끄러져 들어갔다. 곧 단두대의 칼이 다시 떨어질 것이다.

---

124) Alfred Drögemüller(1913~1988): 독일의 정치가이자 역사가, 언론인, 반파쇼 투사. 1934년 덴마크로 망명했다가 1945년 독일로 귀국했다. 1951년 동독에서 트로츠키주의자로 체포되었다 곧 비공식적으로 복권되어 『작센신문』 편집인으로 활동했으며 동독 통일사회당 학교에서 1961년부터 독일 노동운동사를 강의했다.

125) Alfred Kowalke(1907~1944): 독일 공산당원. 반파쇼 투사.

126) Walter Küchenmeister(1897~1943): 독일 공산당원. 1933년 체포되어 고문당하고 조넨부르크 강제수용소에 수감되었다 석방된 후, 슐체 보이젠 그룹의 일원으로 저항활동을 벌이다 1943년 체포되어 처형당했다.

불안과 싸우면서 그는 전단에 글을 썼다. 당내의 지지를 잃지 않으려 노력하면서, 그는 어쩌면 좀더 높은 목적에 쓰인다고 해석될 수 있지만 조금만 바꾸면 이미 공허한 것임을 알 수 있는 구호들을 골랐다. 그는 자신이 전달하려고 하는 대부분 내용을 상부의 활동에 적합한 언어로 서술하기도 했다. 그와 견해를 같이하는 사람들이 행간을 읽을 수 있으리라고 그는 스스로를 위로했다. 적대 관계의 오물 속에 얽히든 채 남의 말에 맞장구치면서, 동시에 자신의 성실성을 위해 투쟁하면서, 다년간의 비합법 활동으로 경험을 쌓은 그는 소그룹들 내부의 활동이 만들어내는 가치를 여전히 알아보았다. 그도 사태의 요약을 통해 몇몇은 아직 포위망 속에서 견디고 있음을 입증했다. 동부에서 전쟁이 시작된 처음 몇 달 동안 당과 군대의 지도자들이 살해되어 사라지고 소련 전선에서 무기력증이 나타났을 때 그는 두려움에 사로잡혔다. 그 후 벌써 인민 대중의 용기와 희생을 통해 위협적 패배가 저지되었다. 여기 전초 기지들에서도 저 바깥의 눈밭에서와 마찬가지로 긴밀한 관계를 찾을 수만 있다면 좋을 것이다. 그는 자유로운 민족들의 자결권과 단결을 호소했으며, 가까운 사람들 사이의 분열과 갈등 앞에서 분노했다. 그는 변혁에 기여하려했다. 동시에 문장들 하나하나는 그의 충성심을 확신시켜야 했다. 지난날 사민당 국회의원이었던 자이데비츠는 1931년 당에서 제명된 뒤 프라하로 망명했다가 노르웨이로 달아났고 거기서 다시 스웨덴으로 피했으며, 이곳 스웨덴에서 브란팅이 롱모라에서 석방되도록 도왔다. 그 자이데비츠가 아른트의 대변자가 되었다는 사실이 그에게는 충격이었다. 인민전선을 구축하려고 한 이래 그는 풍크와 한패가 되었다. 그들 사이에는 적대감이 없었다. 반전 투쟁에서 노동자들에게 영향을 끼치기 위해서는 어떤 수단을 적용해야 할지 그와는 여전히 토론할 수 있었다. 하지만 자이데비츠는 소련 언론의 통신원으로서 모스크바와 끊임없이 접촉했기 때문에 아른트의 강요에 따라 그에게 손해를 끼칠지도 모르는 밀정으로 보일 수 있었다. 그는 의심 많은 인물이 되었기 때문에 신뢰에 찬 어조를 들으면 부차적인 의도를 추측했다. 또 그들이 전적으로 위선에 빠지지 않게 된 것은 그들이 간행물을 위해 수행하는 업무 때문에 서로를 존중했기 때문이었다. 그들은 밤낮으로 자료를 수집했고 이를 프리데만은 자신의 방대한 원론적 설명을 위해, 또 크라프트는 쇠너러라고 서명해 자신의 역사적 조망과 전시 작전들에 대한 주간 기록에 활용했다. 그는 자이데비츠보다 더 오래전부터 글뤼크아우프[127]를 알았다. 그는 공산당 의회분파 비서인 글뤼크아우프를 이미 베를린에서 만났다. 그가 막 당내에서 승승장구하기 시작할 때였다. 그는 자르 지역 투표를 위한 통일전선 투쟁 기간에 글뤼크아우프와 가까워졌으며, 스페인에 있는 독일 자유방송국 국장이 된 그를 국제여단이 해체된 뒤 파리에서 다시 만났다. 이야기하지 않은 모든 것, 목숨을 잃을까 두려워 건드리지 않은 모든 것이 그들 사이에 존재하지 않았다면, 틀림없이 그들은 노동운동을 파괴한 오류들을 청산할 때가 되었다는 인식에 공감하는 동료였을 것이다. 그래서 그는 또한 좌파 사민당의 보호 아래 합법적으로 스톡홀름에서 저널리스트로 살면서 린드스트룀이라는 가명으로 코민테른 신문에 글을 쓰는 것을 그만둔 글뤼크아우프와 관련해 그가 어느 편에 서 있는지, 그에게 우호적이었던 피크, 디미트로프, 에르콜리[128]의 편인지, 아니면 그를 불신

---

127) Erich Glückauf(1903~1977): 독일의 언론인, 정치가. 1922년 공산당에 입당한 뒤 1935년 프랑스, 1936년 스페인, 1940년부터 스웨덴에서 활동했고 1943년까지 스웨덴에 억류되었다가 1945년 독일로 귀국해 1971년부터 동독 통일사회당 중앙위원을 지냈다.

128) 팔미로 토글리아티Palmiro Togliatti의 가명.

하고 어쩌면 이미 그를 쓰러뜨리려고 하는 자들이 모여 있는 다른 편에서 있는지 알지 못했다. 누가 그들 편인지 그는 그저 추측하거나, 아니면 수많은 당 회의, 분파 형성을 초래한 이 회의들에 근거해 계산할 수 있을 뿐이었다. 그 자신과 마찬가지로 당시 과거의 세계가 갑작스럽게 중단된 뒤 투옥이나 살해를 모면한 사람들과 함께 그도 분파 형성에 가담했었다. 그들은 그의 앞에 등장했다. 룩스 호텔의 복도나 코민테른 건물의 어느 공간에서 그에게 소리 없이 다가왔다. 다른 사람들은 멀리 떨어져 있었다. 쾨넨[129]은 모스크바에서 이미 제거될 위협을 받다가 피크의 개입으로 위협에서 벗어나 지금은 런던에 있었다. 메르커[130]는 멕시코에 있었다. 그는 언젠가 아커만[131]과 함께 메르커가 트로츠키주의적 성향을 보인다는 죄를 뒤집어씌웠다. 하지만 그것은 오히려 생디칼리슴[132]적인 견해들이었다. 또한 그가 정치국의 가장 중요한 인물인 메르커와 대립한 것은 이 모든 음모들의 한 가지 결과였다. 아부시[133]도 멕시코에 있었다. 아부

129) Wilhelm Koenen(1886~1963): 독일의 정치인. 1920년 공산당에 입당해 1938년부터 영국에서 활동하다 1945년 귀국 후 1949년 동독 최고인민회의 위원을 지냈다.

130) Paul Merker(1894~1969): 독일의 정치인으로 1920년 공산당에 입당해 1930년 좌편향을 이유로 중앙위원회에서 축출된 뒤 1935년 다시 중앙위원회 위원으로 선출되었다. 프랑스, 멕시코 등지로 망명했다가 귀국 후 1952~56년 스파이 활동을 이유로 체포되었으나 다시 복권되었다.

131) Anton Ackermann(1905~1973): 독일의 정치인. 1926년 공산당에 입당해 1935년 공산당 중앙위원회 및 정치국 위원을 역임하고 스페인 내전에 참전한 뒤에는 소련에서 활동했다. 1949~53년 동독 외무장관을 지냈다.

132) Syndicalisme: 19세기 말에서 20세기 초에 프랑스와 이탈리아를 중심으로 일어난 무정부주의적인 노동조합 지상주의로 이론적 기반은 프랑스의 사회주의자인 프루동에게서 비롯되었다.

133) Alexander Abusch(1903~1982): 독일의 문화정책가이자 언론인. 1919년 공산당에 입당하고 1933년 프랑스로 망명했다가 1941년부터 멕시코에 거주했다. 1946년 귀국한 뒤 1961~71년 동독 내각평의회 의장 대리를 지냈다.

시는 그에게 우호적이지 않았지만 그곳에서는 아무런 손해도 끼칠 수 없었다. 또 달렘은 프랑스에 억류되어 있다가 독일 강제수용소로 끌려갔다. 이제 그에게 문제가 될 만한 사람들은 중앙위원회 혹은 소련의 당지도부에서 결정적으로 작용할 만한 판단을 내릴 수 있는 인물들뿐이었다. 하지만 자신 앞에 등장하는 모든 사람을 두고 그는 상대가 아직도 자신의 직책을 유지하고 있는지, 그가 이제 어느 그룹에 속하는지, 또 그가 그사이에 체포 대상이 되지는 않았는지 자문해야 했다. 운명의 최고 심급인 당에서의 생활과 적을 앞에 둔 전선에서의 생활에는 언제나 명예를 잃고 고문당하고 개처럼 맞아 죽게 될 가능성이 따랐다. 하지만 그것은 그에게, 또 그가 20년 가까이 함께 지낸 다른 모든 사람에게 가능한 유일한 삶이었다. 그것이 그의 혁명적 사고에 부합되는 목표들의 실현을 약속했기 때문이다. 그는 당의 형성이 이미 재앙이라고 본 사람들에게 결코 동의하지 않았을 것이다. 이 엄격한 조직은 존재해야 했다. 그리고 우월한 적에 맞선 투쟁의 형식을 찾는 과정에서는 끔찍한 논쟁들도 필요했다. 그러나 망명 초부터 목숨을 부지하기 위해 애써야만 했고, 그런 상황에서 최상의 제안들만 제시할 수는 없었다. 더 이상 열성과 헌신으로 영향력을 얻을 수는 없었으며 간계와 거짓과 배반이 알지 못하는 사이에 누구나의 핏속에 섞였다. 아니다. 알지 못하는 사이에 그랬던 것이 아니었다. 자신도 이러한 특성들을 의식적으로 이용했다는 점을 생각하며 그는 전율했다. 그는 정직한 인물로 알려졌다. 그리고 그런 인물로서 그는 디미트로프에게 존중받을 수 있었고, 뮌첸베르크를 함정에 끌어들인 밧줄을 그도 끌어당겼다. 울브리히트를 상대로는 비판을 삼갔다. 아커만이 울브리히트의 호의를 사고 있을 때에는 아커만에게 동의했다. 그렇지 않을 때에는 아커만이 코민테른에서 호감을 사려고 열성을 보이는 모습을 혐오했다. 디미트로프와 마누일스키가 아커만에게 반감을 보이는 것을 즐거운 마음으로 간파했다. 그리고 과연 자신이 비난할 수도 있는 인물들이 그를 중상하게 되면, 크렘린의 가장 내밀한 곳에까지 들어가도록 허락받은 유일한 인물로 독일 중앙위원회의 상황을 보고한 말렌코프[134]가 그를 옹호하고 나설지 자문했다. 그의 앞에는 울브리히트, 아커만, 플로린,[135] 마테른 등이 거만하게 자리 잡고 있었다. 그들은 주눅 들어 있는 것이 아니라 그 앞에 버티고 서서 그를 향해 싱글거렸다. 똑같은 위협적 상황에 처한 자들 사이에 나타나는 동지적 미소일까, 아니면 그의 배신을 알고 있다는 뜻일까. 하지만 그는 배신하지 않았다. 그는 바깥의 누구 못지않게 당의 강화를 위해 일했다. 하지만 당의 강화는 그에게 또한 당의 쇄신을 뜻하기도 했다. 당은 더 이상 서로간의 이러한 두려움이 분출되어야 하는 곳이 아니었다. 뎅엘[136]이 그에게 접근해왔다. 그는 뎅엘을 밀쳐냈다. 코민테른 집행위원회에 들어가 있는 당 대변인인 뎅엘은 민족주의적 입장을 띠고 있었으며 독일적 본질에 대해 논할 수 있는 자였다. 이 점에서 뎅엘은 울브리히트와 견해가 달랐다. 하지만 울브리히트는 그를, 즉 풍크를 스웨덴으로 보내 이 지부장의 민족주의적 발언들을 조사하도록 했다. 그러나 울브리히트가 그와 피크 사이의 긴장들로 인해 자신의 집단을 강화하려고 메비스를 다시 자기편으로 끌어들이지 않았

---

134) Georgy Maksimilianovich Malenkov(1902~1988): 소련의 정치인으로 1938년부터 스탈린의 개인비서를 지냈으며, 1953~55년에는 수상을 역임했지만 1957년 모든 공직을 잃었다.

135) Wilhelm Florin(1894~1944): 독일의 정치인. 1920년에 공산당에 입당하고 1927, 1929년 중앙위원회 위원으로 선출되었다가 1933년 망명해 코민테른 집행위원을 지냈으며 1944년 모스크바에서 사망했다.

136) Philipp Dengel(1888~1948): 독일의 정치인. 1919년 공산당에 입당한 뒤 1932년 이후 주로 모스크바에서 코민테른 집행위원으로 활동했으며 1947년 귀국했다.

는지는 불확실했다. 글뤼크아우프와 자이데비츠가 취한 불분명한 태도를 보면 그 점을 대략 추론할 수 있었다. 이제 그는 그들 모두가 요구를 받는다면 자신과 맞서게 되리라고 생각했다. 첫 결혼에서 얻은 자이데비츠의 두 아들이 모스크바에서 체포되었고, 그래서 그는 당에 대한 충성을 증명해야 했다. 마테른의 옛날 방에는 이제 그가 살고 있었지만, 마테른에게서는 소식도 오지 않았다. 그는 자신이 불법 출국 이전에 마테른에게 위탁한 보고가 모스크바에서 어떻게 판정받았는지 알지 못했다. 마테른의 견해들도 종종 논쟁거리가 되었다. 그가 슈탈만에게 알리지 않고 마테른에게 보고서를 넘겨주었다는 사실은 그와 마테른에게 불리하게 해석될 수 있었다. 하지만 마테른이 그를 고발했다면 그는 이미 오래전에 임무를 잃었을 것이다. 스톡홀름에 있는 소련의 외교기관을 통해 그에게 물러나라는 지시가 전달되지 않는 한 그는 피크가 아직 그의 뒤를 밀어주고 있다는 사실에서 출발할 수 있었다. 하지만 그는 피크조차 전적으로 믿을 수 없었다. 왜냐하면 아마 피크는 단지 그가 베를린에서 자신의 당 중심을 세우게 될 것이 두려워서 그의 베를린 여행에 이의를 제기했을지도 모르기 때문이다. 그리고 그의 복종을 강요하려는 아주 강력한 수단으로 그의 아내가 이용될 수 있었다. 그는 로테를 담보물처럼 모스크바에 남겨놓아야 했다. 그녀와의 이별, 그가 돌아오기를 거부한다면 그녀에게 무슨 일이 일어날 것인지에 대한 걱정은 계속 일하도록 허락을 받았어도 가장 견디기 힘든 부담이었다. 그러나 당에서 축출되는 것은 상상할 수 없는 일이었다. 그런데 그는 언제나 이러한 가능성을 각오해야 했다. 당에 근거를 두는 것은 저 밑바닥 지하에서 활동하고 있는 그에게 생존의 전제 조건이었다. 그의 옆에는 단지 로스너, 슈탈만, 메비스, 그리고 헹케가 있을 뿐이었다. 자이데비츠는 글뤼크아우프처럼 자유롭게 움직일 수 있었으며, 자기 아내와 두 어린 아이들과 함께 살았고 노동허가증과 외국인 여권을 가지고 있었다. 대외적으로 글뤼크아우프와 자이데비츠는 광범하게 분포된 이민자들 사이에 나타났으며 여러 비정치적인 인물들과 사민주의자들과 공산당원들 사이에 자리 잡고 있었고, 정치적으로 활동하지 말라는 계율을 위반함으로써 위험을 자초하고 있었다. 하지만 그들은 아무런 방해도 받지 않고 독일 및 스웨덴 친구들과 교류했고 정보들을 받았으며, 이런저런 행사는 물론 도서관이나 학술기관들을 찾아갈 수 있었다. 완전한 은거 생활은 자신의 인격을 위축시키는 결과를 초래했다. 때때로 겨울의 짧은 빛이 커튼 틈새로 들어오는 둥 마는 둥 할 때면 그는 낮과 밤이 바뀌는 것조차 감지하지 못했고 마치 감방에 앉아 있는 듯했다. 그는 고립 상태가 죄수를 어디로 몰고 갈 수 있는지, 또 심문의 압박에 굴복하지 않으려면 의식을 얼마나 부단히 훈련해야 하는지 이해했다. 그는 그들 모두가 재판 중에 어떻게 그처럼 말도 안 되는 자백을 하게 되었는지 자문할 필요도 없었다. 감금 상태에서는 어떠한 생각도 교류할 수 없게 되는 것이다. 그럴 경우 더 이상 아무것도 검증할 수 없으며, 자신의 의심을 누구와 비추어서도 확인할 수 없었다. 감방에서는 무엇인가 이해할 수 없는 것을 가정하려는 태세가 생겨났다. 이런 상황에서는 이해할 수 없는 것도 갑자기 이해할 수 있게 되었다. 그리고 누군가 자신의 어리석은 가정이 정당하다고 주장할 경우 이는 부담을 덜어주는 일이 될 수밖에 없었다. 그는 중얼거렸다. 나한테 언제나 논란의 여지없이 정당해 보이던 국가가 나를 고발할 경우, 내가 논박할 수는 없지. 그렇게 되면 이제까지 내게 최고의 진리였던 것을 모두 폐기하는 것일 테니까. 나는 국가의 정당성을 인정함으로써 나 자신의 정당성도 인정하는 거다. 그것을 부정하게 되면 내 발밑의 발판을 제거하는 거다. 그는 생각했다. 결국 이 밀폐된 폐쇄 상태에서 벗어나 내가 추구해온 것과 일체를 이루려면 국가를 믿어야겠지. 그는 벌떡 일어나 큰 소리로 자신에게 말했다. 당이 나를 축출하게 되면 나는 망설이지 않고 당의 오류를 비난하는 거다. 그는 문으로 달려가 나무문에 귀를 댔다. 프리토프의 누이인 엘비라 구스타프손의 방은 조용했다. 독립해 사는 이 여자는 코른함 광장에 있는 맥줏집에서 경리로 하루 종일 일했다. 그녀의 두 아들인 제빵기술자 롤프와 소방관 라르스도 저녁에나 집에 왔다. 그는 천천히 책상으로 돌아갔다. 그는 생각했다. 여행하라는 명령을 받아도, 그명령에는 따르지 말아야지. 그는 자리에 앉아 서류를 파헤치며 계속 글을 썼다. 그의 자발적 구금 상태와 합법적 추방 사이에는 바른케[137]와 베르너가, 이제는 바그너와 자거까지, 진짜 감옥의 빗장이 걸린 철문 뒤에, 위아래의 정치적 차원들과 차단된 채 앉아 있었다. 메비스는 자신의 아내와 함께 살았다. 그는 얇은 창문 커튼 뒤에 서서 그녀가 딸아이를 유모차에 태우고 산보하러 가는 것을 보았다. 그녀는 디스포넨트 가를 통해 룩스 공장 옆의 공원 쪽으로 갔다. 헹케가 되벨른 가 60번지 대문에서 조심스럽게 나왔다. 헹케는 이곳 한나 구스타브손의 집에 기거했다. 헹케는 바나디스 언덕까지 걸어갔고 그곳에서 앙상한 덤불 속의 새들에게 빵조각을 던져주었다. 슈탈만은 여전히 돌아다니고 있었다. 그는 모든 은신처를 아는 유일한 인물이었다. 그는 아른트에게도, 로스너와 풍크에게도 나타났다. 매일 정확히 12시 반에 스웨덴 소식을 들었고, 1시에 독

---

137) Herbert Warnke(1902~1975): 독일의 정치인. 1923년 공산당에 입당한 뒤 1932~33년 국회의원을 지냈다. 1938년부터 스웨덴에 거주하다 1939~43년 억류되었고 전후 귀국하여 1953년 당 중앙위원, 1958년 정치국원을 역임했다.

일 소식을, 2시에 단파로 소련 소식을 들었다. 슈탈만은 자신이 풍성한 음식으로 식탁을 차리는 동안 동지들이 왜 민족 문제로 싸움질을 하는지 이해할 수 없었다. 원고들을 옆으로 치우면서 그는 단 하나의 민족 투쟁에 대해서만, 소련에서의 해방 투쟁에 대해서만 논할 수 있다고 규정했다. 그곳에서만 인민들이 아이부터 노인들까지 들고일어났으며, 그곳에서만 25년 전에 그랬듯이 모두가 거대한 공동 활동으로 단결했으며, 그곳에서만 어떤 희생도 꺼리지 않았고, 그곳에서만 고난과 고통 앞에서도 물러서지 않았던 것이다. 그는 유럽의 다른 어느 나라에서든 굴복하지 않은 소수에게는 소련의 애국전쟁을 뒷받침하는 과제 말고 다른 과제가 없으며, 침략자를 타도한 뒤에야 자기 민족을 건설하는 문제를 생각할 수 있다고 보았다. 나를 찾는 사람은 호른스 가의 링 거리 모퉁이 근처에서 만날 수 있었을 것이다. 내가 서류가방에 넣고 다니는 서류를 누군가 기다리고 있었다. 언제나 어딘가에서 누군가가 자신의 방공호에서 뭔가를 끼적거리고 설계하고 다시 부정하면서 기다렸다. 그리고 우리는 우리의 중간 행로를 부지런히 달렸으며, 구입한 신문과 책들을 배포하고 논평들을 전달하고 원고를 저 위쪽 쿵스 가에 있는 당 인쇄소로 가져가도록 했으며, 주저하지 않고 감시당하는 도시를 가로질러 태연히 다녔으며, 쇼윈도 앞에 머물렀고, 외투에서 눈을 털었고, 전차 정거장에서 다른 사람들 사이에 가방과 주머니와 자루를 들고 서 있었다. 내가 노라 반 시장에 있는 조합 건물에서 스웨덴어를 연습하던 시절 글쓰기는 아직 내게 너무도 서툰 일처럼 보였다. 또 내가 처음 글을 쓰려고 했을 때, 그곳 오두막에서, 베저 강 수로 앞에 늘어선 집들 사이의 작은 오두막들 가운데 하나에서, 글을 쓰면서 베르톨트 메르츠와 함께 이런저런 생각을 하는 일이 내게는 놀라울 정도로 친밀했었다. 세월이 한참 흘러 20년이 지난 지금, 나는 어떻게 그렇게 되었는지도 모를 만큼 능숙하게 쓰고 읽을 수 있다. 이 경우 언어의 몇 가지 층을 부단히 구분해야 했다. 우선 정치에서 쓰이며 과거의 인간적 헌신을 모두 잠식한 교만의 어휘 세계가 있었다. 또한 증권 소식 따위와 같이 뉴스를 전달하는 언어가 있었다. 이 언어에서는 여러 가지 노력들을 증대하고 감소하는 숫자 묶음으로 알아볼 수 있었다. 죽은 사람들과 대조되는 산 사람들, 방어자들과 대조되는 점령자들, 도주하는 자들과 대조되는 공격자들의 주가에서 알아볼 수 있었다. 그 속에서는 도시와 산맥과 바다를 재빨리 불러대는 가운데 비명과 한숨과 출혈 따위는 사라졌다. 그다음에는 허위들을 자신의 것으로 삼아 그것들 사이에서 헤매는 자들의 암울한 언어가 있었다. 그리고 내가 조용히 활용해 작업하는 언어가 있었다. 이 말들은 가장 찾기 어려웠다. 어머니가 표현하고자 했던 것, 그리고 파악할 수 있는 것이 점점 더 가까워질수록, 점점 더 희미하고 무기력해진 것, 손으로 건드리면 벌써 잊히고 말 듯한 것들이 이 언어에 속했다. 그래서 어머니가 속삭이며 우리를 사로잡았던 것은 모두가 아무 실체도 없게 된 듯했다. 그리고 내가 어머니의 체험들을 기억해내려고 하면, 그 체험들을 유발한 기괴한 것과 관련된 것은 거의 알아볼 수 없었다. 언제나 무수히 많은 다른 사람들에게도 닥친 사건들의 미약한 반향만이 존재했다. 어머니가 고백하듯이 자신에 대해 말한 최후의 이야기조차 몇 개의 작고 슬픈 선분과 점들만 남겼을 뿐이다. 어쩌면 그것은 우리 자신이 무엇인가를 채워 넣어야 하는 모형이며, 그것으로 좀더 거대한 것, 전체의 출발점이 파악될 수도 있을 것이다. 하지만 이 전체라는 것이야말로 파악되지 않는 것이었다. 우리가 빚지고 있는 전체, 또 그 속에서 방향을 제대로 잡기 위해 우리가 하나의 구획 속에 못 박아버린 전체와 마찬가지로 파악할 수 없는 것이었다. 그리고 다른 언어가 또 하나 있었다. 그것은 근원들로부터 유래한 꿈의 언어였다. 이 언어에는 그저 몇 마디 말 말고는 거의 이미지들밖에 없었다. 그리고 들을 수 있는 것은 우리가 말을 아직 잘하지 못하던 시기에 유래하는 소리들뿐이었다. 이 언어 속에 있는 대부분의 것은 감각들에 의해 규정되었다. 그리고 감각들은 결코 정확히 규정될 수 없기 때문에 여기서는 모든 것이 놀라움과 두려움, 기쁨과 눈물이 서로 교차되는 파장들의 변화로 이루어졌다. 생겨났다 다시 사라지는 형상들이 서로 같은 경우는 없었으며, 단지 은밀한 유사성을 지닐 뿐이었다. 이것이 흥분을 유발했고 끊임없는 비교를 부추겼다. 내 두뇌가 정원 한쪽의 담쟁이 울타리에 있는 잎사귀 하나하나, 풀잎 하나하나를 받아들인 것도, 살아 있음에 대한 지각의 강도가 그 이미지의 발광력으로 표현되지 않았다면 아무 특별한 의미도 없었을 것이다. 그리고 담장과 빈약한 배나무와 빨래 너는 데 쓰이는 버팀목들 따위가 내 뇌리에 박혔듯이, 이제 호른스 가에서는 모든 것이 너무도 명확했다. 마치 차량과 보행자들이 차가운 허공 속에 조각되어 있는 듯했다. 하가 공원 쪽에서 회갈리스 교회로 가는 길로 3번 선이 내 앞을 지나 굴러갔다. 그리고 싸락눈을 뚫고 10번 선이 미끄러져갔다. 그것은 제방과 셉스브로, 쿵스트레드고르덴, 훔레고르덴, 경기장 등을 따라 리딩외 다리 앞의 롭스텐 방향으로 갈 것이다. 얼어붙은 유리창에 입김으로 만든 구멍들 뒤에서 사람들 얼굴이 빛나고 있었다. 3시 5분 전이었다. 내가 접선 장소까지 가야하는 3시 종소리가 울리기까지 내 앞에 남아 있는 몇 분은 서서히 짧아져가는 거리 구간, 집들의 앞면, 약간씩 어긋나면서 5층까지 늘어선 창문들로 채워져 있었다. 직물 가게에 이어 리도 극장이 나왔다. 극장 입구와 사진 진열장 위에는 천막이 쳐져 있었다. 사진 진열장에서는 샤를 부아예[138]와 폴레트 고다드[139]가 내게 미소 짓고 있었다. 그다음의 아치형 쇼윈도는 텅 비어 있었다. 그 뒤의 상점은 개조 중이었다. 이어서 96번지 집에는 에바 미용실과 룬드스트룀 과일 가게가 자리 잡고 있었다. 이 건물에는 중간층까지 올라가는 벽기둥이 설치되어 있었다. 그 맞은편의 75번지 집에는 철물점이 자리 잡고 있었고 그 옆에는 스베아 전기 회사가 있었다. 이 회사의 매장들이 1층 전체를 차지했다. 이 건물 벽에는 거대한 석재 블록들이 박혀 있었다. 위층의 창문들에는 굴뚝들이 설치되어 있었고 지붕 가장자리는 장식이 된 돌출부로 받쳐져 있었다. 19세기 중엽에 만들어진 이 구역 아래쪽 맨 끝 건물은 더 풍부하게 장식되어 있었다. 창문들 위에는 백합 모양의 쇠장식이 달려 있었다. 그곳에는 약국이 자리 잡고 있었는데, 비버 조각상이 대문 아치 아래 쪼그리고 앉아 있었고 약국 이름도 비버였다. 내가 있는 쪽 모퉁이의 102번지 집도 지나간 건축양식에서 유래하는 돌출창과 기둥들을 갖추고 있었다. 그곳에서는 링 거리가 호른스 가와 교차되었다. 이바르 욘손 매뉴팩처의 쇼윈도에는 실과 재봉용품과 양말과 속옷 들이 진열되어 있었다. 나는 옆쪽의 진열장 앞에 서 있었다. 건물들 정면이 도로 끝의 건축부지까지 이어지는 그곳에서 젊은 당원 한손이 내게 다가오는 것을 보았다. 우리 가까이에는 아무도 없었다. 눈발이 멈추었고 지는 해의 불그레한 빛이 드러났다. 리본과 식탁보들을 바라보며 나는 창문턱에 얹어놓은 가방을 왼손으로 잡고 있었다. 그때 벌써 한손이 오른손으로 손잡이를 잡았고 잠시 내 옆에 머물다 가방을 들고 호른스 가 너머로 가버렸다. 가방에는 풍크가 이번에는 베그너라는 이름으로 로자 룩셈부르크의 기일을 기리며 쓴 논

---

138) Charles Boyer(1807~1978): 프랑스, 미국 영화배우. 「가스등」에 출연.
139) Paulette Goddard(1910~1990): 미국 영화배우. 「모던 타임스」에 출연.

설의 교정쇄가 들어 있었다. 그것은 마지막 교정을 위해 그에게 다시 보내야 하는 것이었다. 그 논설도 내적으로 갈등에 찬 작품이었다. 용기 넘치는가 하면 더할 바 없이 비겁하기도 하고, 필사적인 역사 감각과 강요된 날조로 가득 차 있었다. 그 혁명가의 이름을 상기시키는 것은 모험일 수도 있었다. 이 경우 풍크는 로자의 절조를 합당하게 대할 수도 있었을 것이다. 하지만 이제 로자는 그녀가 치열하게 비판했던 것에 전적으로 복무하게 되어 오히려 새로이 능욕당한 셈이었다. 그러나 그녀보다 오래 살아남은 그녀의 가까운 동료 투사들과 함께 당의 연보에서 오랜 기간 삭제된 그녀에 대해 언급하는 것만으로도 충분했을 것이다. 왜냐하면 그녀에 대해 글을 쓰는 것은 설령 그것이 그저 쓸모없는 잡담일지라도 1918년 12월 당을 설립할 때 누가 그녀 옆에 있었는지를 은밀히 지적하는 것이기 때문이었다. 그들은 악명 높은 자, 배척당한 자, 혹은 살해된 자들이었다. 브란들러,[140] 탈하이머,[141] 크니프,[142] 플리크, 에베르라인, 레멜레, 프뢸리히[143] 등 모두가 스파르타쿠스단[144] 단원이었다. 이 서클 가운데

---

140) Heinrich Brandler(1881~1967): 독일의 사회주의 정치가. 1919년 공산당에 입당하고 1928년 탈하이머와 함께 KPO(저항공산당)를 결성했다. 1933년 프랑스, 쿠바로 망명했다가 1948년 서독으로 귀국했다.

141) August Thalheimer(1884~1948): 독일의 정치가. 스파르타쿠스단 및 공산당 창당 멤버로 1923년부터 당 기관지 『적기』 주간을 맡았으며 같은 해 모스크바로 이주했다가 1928년 다시 독일로 귀국했다. 우편향을 이유로 공산당에서 출당된 후 KPO를 결성했고 1933년 이후 프랑스와 쿠바로 망명했다.

142) Johann Knief(1880~1919): 리프크네히트와 룩셈부르크의 옛 동지로 독일 공산당 창당 멤버이다.

143) Paul Frölich(1884~1953): 독일의 정치가. 공산당 창당 멤버였다. 로자 룩셈부르크의 저술을 발간했으며 1928년 우편향을 이유로 당에서 축출되었다. KPO 창당 멤버로 1932년 미국으로 망명했다가 1950년부터 서독에서 사민당원으로 활동했다.

144) Spartakusbund: 1916년부터 1918년까지 활동한 독일의 사회주의 혁명 단체. 독일 사회민주당(SPD)의 극좌 성향 당원들이 카를 리프크네히트와 로자 룩셈부르크를 중

단 한 사람, 피크만이 아직 무사했다. 그리고 과거의 정예병 가운데 유일하게 당 지도부에 있는 피크에게서 풍크는 이 짧은 글을 쓰도록 자극 받았을 수도 있다. 청년동맹 의장인 솔베이그 한손이 금색 비버가 있는 집 모퉁이 뒤로 사라졌을 때 나는 내 외투에 달 단추 몇 개를 사기 위해 잡화점으로 들어섰다. 실과 리본들을 찾고 있는 여자들 사이에서 기다렸다. 한손이 가방에 넣어 간 논문에서 풍크가 언급할 수 없었던 모든 것이 로자 룩셈부르크라는 이름을 부를 때 울려나왔다. 아내와 딸과 아들과 함께 총살당하던 레멜레가 끌려가던 모습, 중병을 앓던 에베르라인이 처형실로 끌려가던 모습, 뮌첸베르크가 가지 말라고 충고했지만 1937년 모스크바로 간 플리크의 최후, 1920년대 말 이미 당에서 축출된 다른 사람들의 실종 등등. 이들 가운데에 탈하이머가 아바나로, 프뢸리히가 런던으로 도피할 수 있었다. 룩셈부르크의 모든 동료를 몰아낸 일은 맹목적 정치 권력투쟁과 모든 배려의 말살뿐만 아니라 지식인들을 분열시킨 광기에 대한 놀라움도 환기시켰다. 그 냉철한 사람들이 설령 박해를 모면할 수 있었더라도, 최상의 인물들이 제일 먼저 당 독재의 제물이 되었던 것이다. 문화 해방을 위해 활동하는 것이 당의 과제였을 텐데, 당이 당의 창조적인 사상가들을 말살했으며 단지 형식적인 틀만을 인정했다는 것은 두려운 일이었다. 룩셈부르크 주변에 모였던 사람들은 모두 인간의 선한 능력들을 발전시키게 될 혁명을 지지했다. 파시즘이 예술과 문학의 세분화된 성과들을 공격했듯이 공산당의 핵심 세력도 지식인들의 파괴를 명령했다. 트레티야코프[145]는 이 야만에 의해 짓밟힌 수많은

심으로 결성했으며 1919년 독일 공산당(KPD)으로 발전했다.

145) Sergei Trett'yakov(1892~1939): 러시아의 전위주의 시인이자 작가, 언론인. 독일에서 브레히트 및 벤야민과 알게 되어 이들에게 영향을 끼쳤다. 1937년 모스크바에서

사람들 가운데 한 사람의 주도적 인물일 뿐이었다. 룩셈부르크의 노선을 따른 사람들이 영향력을 행사해도 좋았다면 풍크가 자유롭지 못한 상태로 그린 그림은 다른 모습을 띠었을 것이다. 이제 인터내셔널이 룩셈부르크의 이름을 기관지에 싣는 것은 어떤 이해관계 때문일지 나는 자문했다. 룩셈부르크의 저술들을 발간하도록 중앙위원회의 위임을 받았던 프뢸리히가 1928년 우편향을 이유로 당에서 축출된 이래 로자에 대해서나 그녀의 활동에 대해서는 들을 수 없었다. 그러나 그는 기록들과 차단된 채 최초의 로자 전기를 썼고 전쟁 발발 직전 프랑스 망명 중에 완결했으며 작년에 영국에서 발간했다. 궁극적으로 풍크는 스웨덴의 독자들까지 요즘 산드베리 서점의 진열장에 진열되어 있는 프뢸리히의 책에 주목하게 만들려 했다. 책 표지에서는 어둡고 예리한 용모와 투구 모양으로 올려붙인 머리를 볼 수 있었다. 당에 새로운 생명을 불어넣기 위해 이 인물을 우리 편으로 끌어들여야 한다고 말하는 것이 중요할 경우, 아마 풍크에게는 자신의 해석만으로도 만족스러웠을 것이다. 그러나 중앙위원회가 이 시점이 독일의 혁명적 전통들을 상기시키기에 적합하다고 여겼을 개연성이 더 컸다. 그리고 이를 위해서는 앞 세대 노동자 병사들 다수에게 아직 잘 알려져 있는 룩셈부르크가 이용될 수 있을 것이다. 점원 아가씨의 목소리에 나는 깜짝 놀랐다. 나는 계산대 위에 몸을 구부리고 서서 물건을 샀다. 외투에서 떨어져나간 단추를 사들고 나는 거리로, 한 무리의 인파 속으로 들어갔다. 그때 누군가 나를 향해 다가왔고, 그의 눈이 나를 바라보는 순간 그의 얼굴이 내 마음에 각인되었다.

---

체포되어 1939년 수용소에서 제거되었고 1956년 복권되었다.

그녀는 전차의 나무 벤치에 앉아, 붉은빛으로 반짝이는 눈 속을 달려가고 있었다. 언덕 위에 건설 중인 거대한 병원 구역을 바라보았다. 거기에는 창틀 안에서도 선명한 불빛이 뿜어져 나왔으며 골조와 크레인들 사이에서도 탐조등이 비치고 있었다. 전차기사는 이미 손잡이를 당겼지만, 그녀가 손짓하며 달려오는 것을 보자 차문을 열어 그녀를 태워주었다. 그녀는 가방을 꼭 끌어안았다. 넓은 반원을 그리면서 순환노선 4호차가 콘크리트 벽 앞을 덜컹거리며 지나갔다. 새로 만드는 교량용 기둥들의 숲과 벌어진 절벽 위로 스칸스툴 앞의 상점이 등대처럼 솟아 있었다. 하마르뷔 항구 너머 공원 앞 정거장에는 등불들이 더 적었다. 집들은 좀더 어두워졌다. 그리고 번쩍거리는 전차를 떠나 고틀란드 가를 따라서 쇠데르마나 가를 향해 올라가는 동안 이제 눈부시지 않게 된 그녀의 눈에는 다시 한 번 황혼에 물든 하늘이 들어왔다. 하늘과 아파트 그림자가 대조되었다. 고틀란드 가의 마지막 구역에는 작은 가게들에만 밝게 불이 켜져 있었다. 그곳에서는 구두장이 브로스테트가 구두창에 망치질을 하고 있었고, 세탁부 아나 에릭손이 다리미질을 하고 있었으며, 장사꾼 올손의 흰머리가 빵과 병, 통조림 깡통 들 사이로 나타났다. 담배 장수 헬란더는 시가 상자들을 정리했으며, 이발사 아틀라스 불프는 76-A번지 집으로 들어가는 입구 바로 옆 창문 앞에서 손님을 기다렸다. 그의 시선이 그녀에게 미치자 그녀는 카타리나 반 가 쪽으로 한 구역 더 갔다. 그 거리의 앙상한 나무들 뒤에는 발로 다져진 텅 빈 눈밭 위로 초등학교가 우뚝 서 있었다. 더 먼 곳의 낡은 목조 건물들이 있는 바이세베르크 구역은 거의 알아볼 수 없었다. 그녀는 몸을 돌려 건물 앞면에 붙어 대문 쪽으로 돌아가서는 재빨리 안으로 들어갔다. 3층으로 올라가 구스타브손이라는 이름이 붙은 문 앞에서 약속한 대로 세 번 초인종을 울렸다. 앞마루 오른쪽에는 마당 위로 양탄자를 터는 데 적합한 발코니가 하나 있었다. 마당은 방화벽과 거무스레한 공장 건물로 에워싸여 있었다. 문이 열렸다. 불을 밝히지 않은 현관에는 스벤손이라고 불리는 그가 서 있었다. 그는 그녀에게 거리 쪽으로 난 방으로 들어오라고 손짓했다. 방 한가운데에는 천장에 달린 등의 비단 갓 아래 서류로 덮인 커다란 원탁이 있었다. 그녀가 올 때마다 그는 그녀와 이야기를 나눈 적이 없었지만 그녀는 이상하게 여기지 않았다. 그녀는 자신이 독일 당의 지도자 가운데 한 사람을 대면하고 있다는 사실을 알았다. 그녀는 아무것도 물을 것이 없었다. 그저 그에게 전할 것을 전해주고, 그가 전달하려고 하는 것을 받기만 하면 되었다. 그는 의자를 가리켰다. 그녀는 의자에 앉아서 그가 가방에서 꺼낸 문건들을 다 검토할 때까지 기다렸다. 그녀는 그와 대화를 하게 되면 방해가 되리라고 느꼈을 것이다. 그녀는 아무것도 알려고 하지 않았다. 그녀는 전령일 뿐이었다. 그녀는 자신이 이 은신처에 드나들었던 사실을 부인할 것이다. 글을 쓰고 있는 그의 머리 위 술 달린 등갓은 방 안의 모든 것과 마찬가지로 갈색이었다. 모든 것이 그을리고 숯이 된 듯했다. 벽 앞에는 모호한 모습으로 소파 하나와 장이 몇 개 있었다. 커튼을 친 창문으로는 거리에서 나는 소리가 전혀 들어오지 않았다. 이곳에는 사적인 것을 위한 자리가 없었다. 하지만 그가 인쇄물을 돌려줄 때 그의 손이 떨리는 것을 보고 하마터면 그에게 말을 걸 뻔했다. 불안한 마음으로 그녀는 병적으로 창백한 그의 얼굴을 들여다보았다. 그러나 그가 곧 다시 탁자를 향해 몸을 돌리고 그저 인사차 손을 올렸을 때, 혹은 떠나라는 신호를 보냈을 때, 그녀는 가방을 들고 방을 나와 어두컴컴한 계단실을 통해 계단을 내려왔다. 그리고 바깥으로 나와서는 이발사의 가게를 다시 지나가지 않아도 되게 오른쪽으로 갔다. 우리에게는 1942년 1월의 이 도시가 전쟁 속의 도시였다. 신문판매점 앞의 얼어붙은 눈덩어리들 사이에서 이름이 바뀌어간 여러 도시들의 소식이 이 도시로 흘러들어왔다. 평범한 하루하루가 우리에게는 심장이 터지고 숨이 막히는 투쟁의 날이었으며, 눈 속에서 쓰러지고 힘없이 사라지는 날이기도 했다. 이 도시에서는 아무도 자신의 목적지를 밝히기를 꺼릴 필요가 없었지만, 우리는 여기서 변호할 수 없는 일, 우리에게 범죄와 같이 부담이 될 일에 복무하면서 변명할 태세를 갖추고 이리저리 걸어 다녔다. 우리는 이 도시에서 이방인이었으며, 멀리 떨어진 어떤 것에 속했을 뿐이었다. 우리는 은밀히 함께 모여서 그 이미지를 만들었다. 하지만 거리의 전쟁터는 언제나 이처럼 과도하게 명확한 성격을 띠었다. 우리는 벽들을 더듬었고, 그것들이 매끄러운지 혹은 단단한지를 마음속에 새겨 두었다. 대문에 달린 문패는 우리 머릿속에 각인되었다. 문의 손잡이는 우리 손에 확고하게 흔적을 남겼다. 우리 말고 아무도 우리처럼 창문들을 쳐다보지는 않았다. 집 앞의 번지수와 이름, 거리의 특징, 시곗바늘 등은 우리 생활의 요체가 되었다. 우리는 하나의 표시에서 다른 표시를 향해 움직였다. 약속 한 가지를 소홀히 하는 것, 주소 하나를 잊거나 포기하는 것은 우리의 생존을 파괴하는 것과 다름없었을 것이다. 이렇게 기다리고 계산하는 것, 이렇게 숫자를 세는 것, 이렇게 시계를 보는 것, 가까이 있는 사람들의 거동을 감지하기 위해 곁눈으로 훔쳐보는 것, 이 처럼 가방을 넘겨주기 위해 서로 옆으로 다가가는 것, 이렇게 거리를 가로질러 걸어가는 것, 이처럼 한 집에 들어서는 것, 어느 문을 떠나는 것, 이 모두가 다른 사람들에게는 아무래도 상관없고 지루한 일일 테지만, 우리에게는 과도한 긴장으로 넘치는 일이었다. 나는 아무하고도 그런 것에 대해 말할 수 없었다. 그 때문에 한 대문 번호에서 다른 대문 번호로 미끄러져가는 시선이나 행인들과의 충돌 따위가 내 생각들을 끊임없이 요동치게 만드는 위력을 발휘했다. 의자에 꼼짝도 하지 않고 앉아 기다리는 동안 나는 나 자신이 와 있는 집의 배치도를 머릿속에 새겨 넣었다. 그 사람이 책상에서 글을 쓰고 있는 방 바로 옆방은 주인집 여인의 아들들 차지였다. 그녀는 주방에 긴 의자로 잠자리를 마련해놓았다. 그녀가 도착하기 전에 사라져야 했다. 주방문은 현관을 향해 열려 있었다. 마당으로 향한 창문 뒤로 날이 점점 어두워지고 있을 것이다. 그리고 과제를 수행하고 밖으로 나설 때면 어둑한 초저녁이 되어 있을 것이다. 운동복을 입고 짧은 금발 위에 베레모를 쓴 솔베이그 한손은 종종 나와 만났다. 그녀도 플레밍 가에 살았다. 그녀의 집은 스타즈하겐의 비탈과 도로가 맞닿는 저 위쪽에 있었다. 1층 93호실인 그녀의 방에서는 마당을 가로질러 이웃집들의 출구를 통과해 프리드헴 가나 아르베타르 가로 달아날 수 있을 것이다. 원고들을 인쇄에 넘기기 위해 쿵스 가에 있는 당 건물 대문으로 들어설 때면 언제나 함정 속으로 들어가는 것만 같았다. 그리고 거의 자조적으로 그녀는 이번에도 자신이 아직 체포되지 않았다는 것을 확인했다. 우리는 슈테펠바우어, 에메를리히, 글로거, 그륀베르크가 1월 10일 사형선고를 받았다는 소식을 듣고, 스웨덴 경찰도 독일 지하조직과 우리의 접선 장소들을 찾아내려고 혈안이 되리라는 것을 알았다. 슈탈만조차 지금은 근신했다. 나만 아직 로스너를 찾아갔듯이, 한손은 아직 풍크에게 가도 되는 유일한 인물이었다. 나는 로스너에게 갈 때면 노르툴 가를 지나는 우회로를 택했다. 관측소가 있는 산 앞에서 드로트닝 가로 이어지고 그리하여 혈맥처럼 헬예안스홀름에서 하가로 향하는 국도까지 이어지며 시내를 가로질러 나가는 긴 도로에는 특이하게 모든 것을 흡수하는 깊이가 있었다. 보세 창고들로 가는 길을 따라 거대한 벽돌 건물들이 세워지기 전, 여기 언덕 가장자리의 농장에서 스트린드베리가 청년기를 보내던 시기에는 오덴 광장 저편 정원들과 초지들 너머로 시야가 탁 트여 있었다. 오늘날의 풍경 또한 스트린드베리가 산책길에 보았던 풍경과 같았다. 광장 한가운데의 매점에서 나는 매일 전선의 변화에 대해 보도하는 신문들을 구입했다. 우크라이나에서는 독일군이 주코프[146]의 군대 앞에서 도주했다. 크림에서 그들은 후퇴했다. 브랸스크에서는 시가전이 치열했다. 타간로크는 소개되었다. 내가 스트린드베리의 낡은 생가 마당에 세워진 함부르크 양조장 앞을 지날 때 높은 아치형 창문 뒤에서는 동제 빗물통들이 반짝였다. 홍콩은 일본 손에 들어갔다. 싱가포르는 화염에 싸여 있었다. 일본은 태국을 점령했다. 필리핀에는 일본 함대가 접근해갔다. 나는 노르툴 병원 앞을 지나갔다. 이 칙칙한 건물은 모든 방문객을 거부하는 듯했고 그 문은 결코 열리지 않는 듯했다. 그 안에는 버림받은 사람들, 죽음에 임박한 사람들이 누워 있었다. 넓은 마로니에 공원이 침묵으로 병원을 에워쌌다. 이어서 맞은편 거리의 이 구역 미망인을 위한 양로원을 지나갔다. 그 대문 위에 1879년이라는 연도가 새겨져 있고 울타리 받침에는 창 모양의 막대들이 박혀 있었다. 독일군은 겨울 전쟁에 대비해 충분히 무장하지 않았다. 서부에서와 마찬가지로 신속히 승리하리라고 계산했다. 여자들은 벙어리장갑과 토시와 양말을 떴다. 티모셴코[147]는 도네츠 분지에서 공세로 전환했다. 독일 제국에서는 광범한 동원이 이루어졌다. 미국의 무장은 급속히 진행되었다. 나

---

146) Georgy Konstantinovich Zhukov(1896~1974): 소련 붉은 군대의 참모장, 국방장관, 원수. 모스크바 전투(1941) 및 베를린 전투(1945)에서 승리했다.
147) Semyon Konstantinovich Timoshenko(1895~1970): 소련의 국방장관을 지낸 인물로 겨울 전쟁을 승리로 이끌었다.

는 마테우스 초등학교 정면 위쪽에서, 우리는 학교를 위해서가 아니라 생명을 위해 일해야 하며, 조국을 사랑해야 하고 조국의 명예를 위해 죽어야 한다는 구호를 보았다. 그리고 드네프로페트로프스크를 위한 전투와 관련해서는 11월의 어느 날 저녁 쿠에바 라 포티타에서 댐 건설에 대해, 또 일을 해냈다는 자부심에 대해 벌인 대화가 잠시 기억났다. 핀란드에서 양측의 손실은 심각했다. 시체들의 팔다리가 언 채로 눈 밖으로 삐져나왔다. 독일 수송열차들은 스웨덴을 통과해 굴러갔다. 내 앞쪽의 노르툴 가 끝에는 똑같이 굴뚝 달린 뾰족 지붕을 한 노란색 보세 창고 두 채가 있었다. 그곳에서는 철다리 아래로 하가로 향한 도로가 이어져 있었다. 이 도로를 통해 스트린드베리는 간선 국도를 따라 자신의 길을 끝까지 갔다. 1월 31일 나는 토요일마다 그랬듯이 노르툴 광장으로 갔다. 거기서 오후 5시에 슈탈만과 만나 로스너에게 줄 자료를 받기 위해서였다. 여기, 3호 전차 정거장에는, 내 뒤쪽으로 스트린드베리가 아직 글쓰기를 시작하지 않았을 때 보리수들을 심어놓은 골짜기가 있었다. 앞쪽으로 저 멀리 하가 공원과 스트린드베리가 누워 있는 묘지가 있었다. 여기서 인생이 흘러가는 이 느낌, 과거에서 미래로 넘어가는 느낌이 나를 엄습했다. 이 도시의 경계선에서, 전차길 앞에서 그 시인이 자신의 행로를 나누었던 정류장들 가운데 하나가 내게도 나타났다. 야전군 지휘관 슈탈만이 보세 창고 가운데 한쪽에 차려놓은 작은 카페로 나를 끌고 간 지 한참이 지났을 때에도 그런 생각은 나를 떠나지 않았다. 우리가 계획한 것은 꼭 필요한 것이었다. 수상쩍은 것이나 의심은 없었다. 하지만 우리의 대화 속에서는 어떤 다른 것, 이제 열려야 할 하나의 세계를 감지할 수 있었다. 슈탈만은 전날 저녁 베를린 스포츠궁전에서 전 유럽으로 퍼져간 연설의 문장들을 조소하듯 인용했다. 러시아인들 때문이 아니라 겨울 때문에 공격에서 방어로 전환할 수밖에 없었으며, 봄이 오면 잃어버린 것을 되찾으리라는 연설이었다. 나무 탁자 위에 작은 램프와 꽃병이 있는 방에서 그는 커피 잔 위로 숨을 몰아쉬며 웃어댔다. 그러고는 다시 진지해져서 내게 로스너에게 전할 소포를 내밀었다. 그는 다음번에는 혹시나 2주 안에 자신이 오지 않게 되더라도 놀라지 말라고 말했다. 다른 지시를 받지 못할 경우 나는 약속한 대로 이 자리에 나타나야 한다고 했다. 그는 최근 드로트닝 가 중앙수영장의 탈의실에서 누군가 자신의 옷을 뒤진 것 같다고 의심했다. 그뿐만 아니라 그는 수영하면서도 이상한 일을 겪었다고 하면서 잠시 말을 끊고 눈을 가늘게 찡그리며 나를 응시했다. 그의 눈앞에서 부하린[148]의 머리가 물 위로 떠올랐다는 것이다. 실제로 부하린은 1916년 4월 스톡홀름에 왔을 때 체포되어 흠뻑 젖은 상태로 끌려갔다고 한다. 슈탈만에게는 수영을 포기하는 것이 가장 힘들 것이다. 우물의 수반과 조각들, 그리고 타일 장식이 있는 도시 속의 오아시스인 이 수영장 앞마당을 통과해 걷는 것만으로도 그는 즐겁다고 했다. 우리는 헤어졌다. 나는 육중한 어깨에 그보다 더 넓은 외투를 걸치고 머리에는 아무것도 쓰지 않은 채 손을 주머니에 넣고 하가를 향해 걸어가는 그의 모습을 보았다. 그는 교외인 하갈룬드를 향해 걸어갔다. 그는 요즘 이곳 교외에 있는 로스티겐 7번지의 어느 스웨덴 여성 동지의 집에서 살고 있었다. 들보를 올리고 장식을 한 노동자 가옥들 가운데 한 집, 유행 지난 가구들로 가득 차고 유리 베란다와 작은 정원이 있는 그 집에

---

148) Nikolay Ivanovich Bukharin(1888~1938): 레닌의 동지로 1917~34년 소련 공산당 중앙위원회, 1924~29년 정치국 위원, 1926~29년 코민테른 의장을 역임했다. 1929년 우편향으로 출당된 뒤 1938년 모스크바 공개재판에서 처형당했다. 1988년 공식적으로 복권되었다.

서, 바로 마야 홀름의 집에서, 그는 아무도 알지 못한 안식처를 찾았다. 국도는 그의 앞으로 아주 멀리까지 훤히 뚫려 있었다. 왼쪽 언덕 위에는 카롤린 병원의 신축 건물들이 가문비나무들 사이에 세워졌다. 오른쪽으로는 브룬스비켄 호수로 내려가는 비탈 가에 서커스단이 천막을 쳤다. 붙잡아 매어놓은 낙타가 지켜보는 가운데 재주꾼들이 알록알록한 차량 앞에서 접시들로 곡예를 했다. 어릿광대 한 사람이 모닥불 위에 손을 내밀고 있었다. 왕립공원 맞은편 묘지에는 묘석들이 눈에서 줄지어 삐져나와 있었다. 까치들이 앙상한 나뭇가지 사이에서 파닥거렸다. 인도 위로 검은 옷을 입은 사람들이 나타났다. 곧 멀리서도 슈탈만을 볼 수 없을 것이다. 어떤 자동차도 다가가지 못할 것이다. 그는 아마 더 이상 직선도로가 없는 곳에서, 작은 골목과 층계들이 있는 곳에서, 판자 울타리와 생울타리 사이로, 노동자들이 여가에 조각도 하고 대패질도 해놓은 집들 사이로, 정원에서 사과나무를 가꾸고 꽃밭을 파놓은 집들 사이로 사라질 것이다. 그는 당초무늬 장식을 한 작은 집으로 숨어들어갈 것이다. 밤새 그는 따뜻한 난로 앞에서 마야가 도서관에서 그에게 가져다주는 『캉디드』를 읽거나 아니면 발자크나 졸라의 작품을 읽을 것이다. 그곳 벽에도 자작나무와 백조 그림이 걸려 있었다. 언젠가 그는 그녀에게 이 싸구려 그림들을 치우지 않으면 자기가 옷을 벗겠다고 했다. 하지만 그녀가 그 말에 따르려고 하자 곧 취소하고 그녀가 흰색 나무껍질이나 새의 모습에 애착이 간다면 그대로 놓아두라고 했다. 대머리 노인이나 콧수염을 달고 파이프를 문 사내도 더 잘 그린 것은 아니라고 했다. 그는 자신이 과자로 만든 작은 집에서 요정들과 함께 생활해야 하는 것을 후방으로 물러난 데 따른 형벌이라고 생각했다. 갑자기 그는 에브로 강가의 어느 자갈 언덕에 있는 자신의 모습을 떠올렸다. 그는 어느 여단원의 목에 권

총을 갖다 대고 방아쇠를 당겼다. 그 여단원은 앞으로 쓰러졌다. 적 앞에서 비겁했다는 이유로 그가 단독으로 사형선고를 내린 것이었다. 비겁함. 그는 정신을 잃고 있었다. 그는 비명을 질렀고 집에 가려고 했다. 그는 하갈룬드로 가는 도로로 접어들면서 노래했다. 전진, 전진, 국제여단이여, 깃발을 높이 들어라. 행진하며 그는 노래했다. 전진, 단결의 깃발을 높이 들어라. 셀룰로이드로 만든 플라밍고가 우플란드 가의 창문에 있다는 사실, 따라서 로스너가 아직 자기 방에 있다는 사실에 나는 놀랄 뻔했다. 마치 내가 그의 집이 소탕되었기를 기다리기라도 한 듯했다. 나는 그에게서 풍크의 마지막 논설을 받았다. 붉은 군대의 창군기념일을 위한 것이었다. 붉은 군대는 레닌과 지금의 위대한 영도자에 의해 창설되었고 명성을 얻게 되었다는 것이었다. 본래의 창설자들에 대해서는 한마디도 없었다. 나는 이 글을 곧 인쇄에 넘기도록 한손에게 전해주어야 했다. 소련의 마을과 도시들만 파괴된 것이 아니라 소련의 역사도 황폐화되었다. 하지만 이 나이 든 은둔자의 얼굴 표정에서 나는 그가 나의 반론을 이해하지 못하리라는 것, 그가 아직도 환각들 사이에서 전투를 벌이고 있다는 것, 또 언젠가 우리가 해명해야 할 것들에 대해 더 이상 아무것도 알지 못한다는 것을 깨달았다. 나는 자문해보았다. 이러한 날조들에 풍크도 둔감해져서 현실로 들어가는 통로를 잃었을까. 아니면 프리데만이라는 가명을 다른 사람이 고안해내었던 것일까. 슈탈만은 거짓말과 숙청이 자기방어를 위해 허용되는 수단이라고 보았다. 반면에 호단은 서부전선에 복무함으로써 모든 날조들에서 벗어나 있다고 생각했다. 그는 동물원 옆에 있는 영국 대사관 건물을 향해 걸어갔다. 붉은 탑 끝까지 사암으로 지은 영국 교회를 지나갔다. 탑 끝에서는 금빛 천사가 최후의 심판을 위해 나팔을 불고 있었다. 도로에 사람들이 보였기 때문에 그는 우선 호수의 만곡 뒤로 갔고, 갈대 사이의 얼음 위에서 뒤뚱거리는 오리들 앞 길에 서서, 다른 쪽 호숫가의 스칸센 동물원에서 나는 늑대 울음소리를 들었다. 그러고는 방향을 돌려 오한을 느끼고 기침을 하면서 흰색 별장으로 갔다. 초인종을 눌렀고 문이 열렸다. 그가 끌고 들어간 가방에는 독일 상황에 대한 그의 해석들이 가득 차 있었다. 우선은 자신이 시작할 업무에 대해 생각하는 바를 표제어 형태로 적어두었다. 미래의 행동방식에 대한 제안들, 정신 상황에 대한 평가들, 정신이라는 말은 과도하고, 사고 상태, 사고라는 말도 과도하고, 적응, 복종에 대한 평가들이 담겨 있었다. 청소년들은 어쩌면 접근할 수 있음. 애국적인 태도. 조직들 속에서 훈련됨. 동시에 탈정치화됨. 오히려 암시를 받고 있음. 또한 영도자가 오류를 범할 수 있다는 것은 꿈에도 생각하지 못함. 역사적 연관관계에 대해서는 아무것도 모름. 하지만 훈련에 대해서는 아직 개방적임. 다른 국민들과는 다름. 이들 사이에서는 수동성이 지배적이며, 비인간적 행위들에 무감각함. 눈으로 보고 있는 것을 보려고 하지 않고, 증명된 것을 믿으려 하지 않음. 맹목성은 책임 전가의 근거. 잔인함과 평화를 관련지을 모든 것을 회피함. 그 밖에 또한 인식을 방해하는 것을 파괴할 필요성이나 책임감 없이, 말할 수 있는 자유라는 낡은 개념. 이런 의미에서 도시들의 파괴가 적합했느냐, 혹은 말살의 위협이 더욱 강력한 방어의 의지와 더욱 심한 기만을 야기하게 될 것이냐 하는 질문. 전체적인 비도덕성이 새로운 도덕의 건설을 위한 기반을 마련할 수 있을 것이냐 하는 질문. 항상 반복되는 대답. 폭탄으로만 저 엄청난 폭력에 맞설 수 있으며, 단지 항복에서만 전쟁의 원인을 이해할 수 있는 전제 조건들을 찾을 수 있다는 대답. 그에 반해 전투적 유물론, 마르크스주의적 미래 신앙은 더 이상 없을 것이며, 이제 허무주의나 절망만이 존재할 뿐이라는 인식.

당사자들이 다가오게 될 것을 기다리며 하루하루 살아가기만을 원할 뿐이라는 인식. 그는 독일이 세계사에서 70년 뒤처졌다고 묘사했다. 코뮌은 아무런 영향도 끼치지 못했다는 것이다. 아직 로코코식 군주들이 지배했다. 아이들 사이의 어떤 활력도 매로 다스려짐. 지크프리트,[149] 호르스트 베셀[150] 같은 사춘기의 영웅들이 유효함. 국가 형태는 원시제국주의. 항복을 인정한 적이 없음. 7년 전쟁의 전설. 1918년의 계략에 대한 전설. 1933년 노동운동의 파국에서 공산당은 패배하지 않았다는 환상 유포. 언제나 불편한 반론들에 대한 흥분과 공격성. 본보기가 자신과 비슷해서 타인에게서 자신을 다시 발견하기 때문에 타인을 통해 자신을 사랑하는 경우에만 동일시. 영도자 숭배는 영도자의 성격이 대중들에게 이질적이어서 그들에게 강요될 경우 해명되지 않음. 호단은 언론 담당 외교관시보 테넌트와 솔직히 말할 수 있었다. 자신의 스페인 시절에 대해 침묵할 필요가 없었고, 자신의 사회주의적 관점을 부인할 필요가 없었다. 하지만 그는 정치 전선이 어떻게 보여야 할지와 관련한 자신의 생각은 전혀 드러내지 않았다. 이는 공산당원으로 간주될까 두려워서가 아니라 자기 자신의 내면에 불신이 있었기 때문이었다. 승전을 통해 파손된 것들이나 손상된 품위까지도 치유될 수 있을지 의심했기 때문이었다. 이제 그들 모두가 동맹자로서 공동의 적을 상대하는 지금 이데올로기 문제는 무의미해진 것처럼 보였지만, 호단은 노동당에 가깝고 인민동맹에서 활동한 이래로 서로 잘 알고 지낸 테넌트와 함께 있게 된 이면에는 그들

---

149) Wilhelm Siegfried(1876~1937): 독일 반유대주의 정치가. 1929년 증시 붕괴 후 유대인과 그 동료들에게 모든 책임이 있다고 주장했다.
150) Horst Wessel(1907~1930): 나치 돌격대장으로 살해된 뒤 그가 작곡한 노래가 나치의 공식 찬미가가 되었다.

이 논한 모든 것을 기만으로 만들게 될 다른 이해관계가 존재한다는 것을 알았다. 왜냐하면 호단을 내부로 끌어들이지는 않고 그저 조언자로서만 받아들인 이 거대 세력은 독일 사람들의 변화를 중요시하는 기구가 아니라 자신의 거대한 사업을 중요시하는 기구였기 때문이다. 이 사업은 스페인에서 이미 드러났듯이 전쟁의 차원에서도 계속되었다. 테넌트는 호단을 염탐이나 스파이 업무에 끌어들일 수 없다는 점, 그의 풍부한 경험과 심리학 지식들을 전쟁 포로들을 다룰 때나 진보적 망명자들 내부의 노력들을 이해할 때 유용할 수 있다는 점을 맬릿 대사에게 이해시켰다. 그리고 호단과 마찬가지로 테넌트에게도 독일 민족 전체에 대한 처벌에 반대하는 것이 중요했을 테지만, 동시에 테넌트는 누구보다 수상이 추진했던 계획들을 염두에 두어야 했다. 독일군을 굴복시켜 이들을 다시 주적으로 파악된 볼셰비즘에 맞선 투쟁에 내보내려는 수상의 의지는 제1차 세계대전이 끝난 이래 꺾이지 않았다. 그런 전제 조건들 속에서 월 4백 혹은 5백 크로네의 보수를 받는 것 말고 자기 일의 근거를 위해 무엇이 또 남아 있을 것인지 호단은 자문했다. 그 월급은 아내와 아이가 있는 호단의 생활을 쉽게 해줄 테지만, 영국인들에게 자신을 팔아먹었다는 평판도 초래할 것이다. 그는 지난해 가을부터 스토라 에싱엔의 스텐헬 거리 9번지에 살았다. 작은 에싱엔 섬에서 넘어오는 다리 바로 위쪽이었다. 그곳에서 외교관 구역까지 다니기는 쉽지 않았다. 우선 프리드헴 광장까지 56번 버스로 가야 했고, 거기서 2번 전차로 갈아타고 동물원 다리까지 30분 이상을 가야 했으며, 이곳에서 또 10분을 걸어야 했다. 때때로 그는 너무 지쳐 대기실에서 쉬면서 테넌트와 이야기하기 전에 주사를 맞아야 했다. 그의 집으로 찾아갔을 때, 인간은 비상시에 자신의 가장 훌륭한 능력들을 발전시킨다고 언제나 믿었던 그가 점점 더 자주 사고의 기형화에 대해 말하는 것을 들었다. 10여 년 동안 선전에 감염되어 두뇌가 다른 종류의 교훈에는 더 이상 접근할 수 없게 된다는 것이다. 그는 노동자들이 무엇보다 먹을 것을 원하며, 자기 나라가 어떻게 되느냐에는 무관심하다고 말했다. 어느 가장도 전력을 다해 독재에 맞서 싸우려 하지는 않으며, 여인들은 그들에게 손을 떼라고 충고하리라는 것이다. 그러나 이는 그가 지치고 힘이 빠져서 하는 소리였다. 그가 다른 사람들에게도 그런 말을 하지는 않았을 것이다. 그러는 사이에 그는 되풀이하여 과거의 확신에 차 부지런히 일하던 모습을 보이기도 했다. 그는 또 내게 독일 망명자들을 위한 문화센터를 건립하겠다는 자신의 의도도 알려주었다. 그는 그것이 당을 초월해야 한다고 말했다. 전쟁은 이제 오래가지 않을 테고, 우리는 새로운 건설을 위해 통일의 분위기 속에서 모두가 활용되리라는 것이다. 망명의 교훈에 따라 불화를 끝내고 양해를 이루지 못하게 된다면, 승전국들은 내국인들에 대한 지배력을 확장하고 사고의 전환을 위한 모든 단초를 질식시킬 것이며, 내국인들이 마침내 자신의 능력을 발전시키게 하는 대신 그들을 그저 고분고분한 도구로 남겨둘 것이다. 수세기 동안 문화적으로 이루어진 것들의 의미를 전쟁사 서술에 맞서 제시하는 과제가 실패할 경우, 이 민족은 서구만 아니라 동구에게도 점령당해, 쉽게 정복자가 될 수 있는 해방자들이 불가피하게 충돌할 때 서로 분열되어 여기서는 어느 강대 세력의 하수인으로, 저기서는 다른 강대 세력의 하수인으로 서로 맞서는 데에나 이용될 것이다. 우리들 사이에 동의가 이루어지지 않는다면, 10년 전 우리가 무너진 자리에서 다시 시작할 우리의 권리를 우리가 직접 요구하지 않는다면, 우리가 할 일은 없을 테고 군부 세력이 우리의 영향력을 막기 위해 모든 짓을 하게 되리라는 것이다. 또 그는 정치 활동가들이 자신이 떠맡고 있는 엄청난 책임을 의식하고 있다는 징후를 아직 하나도 보지 못했다고 말했다. 병으로 고통 받지 않았다면, 그의 생각은 널찍한 새집에서 더 개방적이고 더 목표 지향적이 되었을 것이다. 그의 시선은 창문을 통해 다리의 철제 아치를 넘어 공장들 사이의 릴라 에싱엔 언덕을 향해 있었으며, 그의 상태가 가장 좋을 때에는 희망의 세계를 포착하고 있는 듯했다. 그가 말했다. 국외에서 몇 해를 보냄으로써 우리는 우리가 한때 속해 있던 문명권을 아무 유보 조건 없이 판정할 수 있게 되었지. 우리가 인식했던 것은 뒤에 남은 사람들에게 이질적이고 이해하기 어려워 보일 수도 있어. 하지만 다른 생활권과 가까운 관계를 맺게 된 우리는, 적어도 피히테 같은 사람의 게르만적 쇼비니즘 이후 스스로를 선택 받은 민족이며 배타적이고 다른 모든 민족보다 우월하다고 여기는 이 민족이 획책하는 것들을 규정한 바로 그 정신병적 이미지와 단절하기에 적합하지. 그는 다시 말했다. 단지 우리만이, 1864년 이래 이 나라에서 시작된 불행의 결과들을 조망한 우리만이, 침략전쟁의 망상을 제거하도록 노력할 수 있지. 그러나 현실주의자인 그는 곧 자신의 희망을 그 성분들과 결함들로 분해했다. 이로써 그것들은 다시 회의적인 가설이 되었다. 전초선(前哨線)의 다른 측면을 알고 있던 내게도 이처럼 온갖 노력을 하고도 화해와 결속을 이루겠다는 생각은 점점 더 개연성이 없어 보였다. 내가 때때로 만난 메비스는 내게 호단에 대해 경고했다. 그는 또 내게 2월 초에도 풍크의 심부름을 더 이상 떠맡지 말라고 충고했다. 나는 도대체 누가 내게 일을 맡기는 사람인지 의아했다. 스웨덴 당의 당원이었지만 구역 세포 회합에 참가할 허락을 받지 못한 나로서는 단지 슈탈만과 로스너, 쇠테르만, 라예르[151] 혹

---

151) Fritjof Lager(1905~1973): 스웨덴 공산당 간부로 공산당 기관지 『뉘 다그*Ny Dag*』의 편집인이었다.

은 로예뷔에게서 받은 지시만을 활용할 수 있었다. 당 언론에서 선전한 행동 통일을 실제로 적용해서는 안 되었다. 사회민주주의자들과의 교류는 주도적인 간부들에게 한정되었다. 그리고 그곳에서는 무엇보다 서로를 끌어당기려 애쓰는 것, 한쪽이 다른 쪽의 지도에 복종해야 한다는 것을 강조하는 것이 중요했다. 지시사항들을 위반하고 내 양심에 따를 때, 나는 적어도 개인들에게 아직 남아 있던 공통점에 대한 믿음 때문에 그러한 일을 했다. 변절자라고 낙인찍힐 위험을 나는 감수해야 했다. 메비스가 바그녀는 영국 첩자라는 비난을 새로 제기하고 풍크가 바그녀를 보호했다는 이유로 그도 배신자라고 비난했을 때, 그는 나도 의심할 수 있었을 것이다. 나의 어긋나는 의견들을 그도 들었을 것이기 때문이다. 나는 로예뷔하고만 당이 우리에게 어떤 것이어야 하는지에 대한 생각을 말할 수 있었다. 우리 사이에는 무한한 신뢰가 있었다. 호단 앞에서조차 나는 당에 속하는 일과 이와 연관된 나의 활동에 대해 전혀 마음을 털어놓지 않았다. 우리를 이끄는 조직이 어떤 성격의 조직이며 그것이 어떤 형태로 발전하게 될지 불확실한 가운데 계속 일했기 때문에, 우리가 무조건 지지할 수 있는 일만을 하려는 갈망은 더욱 절박해졌다. 때때로 이로 인해 우리는 무기력해지기도 했다. 우리는 상부의 결정들과 차단되어 있었기 때문이다. 다른 한편 우리는 단지 당연한 일만을 시작하면 되었기 때문에 일이 쉬워지기도 했다. 풍크처럼 상부에 있는 사람은 권력이 없을 경우 공황 상태와 다름없는 혼돈에 빠질 수 있었다. 그래서 풍크는 2월 17일 화요일 저녁 자기 방 안에서 서성거리다가 더 이상 고독을 견딜 수 없어 거리로 나갔다. 그는 카타리나 반가 쪽으로 달렸다. 어두운 초등학교 건물을 지나 뒤 광장을 가로질러갔다. 그곳에서는 아이들이 챙 달린 모자를 쓰고 꼭 끼는 웃옷을 입고 나지막한 목조 건물들의 출입구를 통해 썰매를 끌고 갔고, 여자들은 긴 치마를 입고 우물에서 얼음을 깨내고 펌프 아래의 물통을 채웠으며, 마구간 앞의 마부들은 썰매에서 말들을 떼어냈다. 눈보라가 그를 향해 불어왔다. 그는 모자 쓰고 외투 입는 것을 잊어버렸다. 하지만 그는 돌아가고 싶지 않았다. 폴쿵아 가 모퉁이에서 그는 일과를 끝내고 돌아가는 인파 속에 끼어들었다. 사람들이 사방에서 거리를 따라 걸어왔다. 매일 저녁 그렇듯이 그들은 공장이나 사무실에서 나와 정류장 주변에 모였다. 내일 아침이면 그들은 다시 공장이나 사무실로 향할 것이다. 창문의 불빛에 반짝이며 흩날리는 눈송이들이 한바탕 소용돌이를 일으켰다. 이제 바깥에 나와 모두들 자그마한 구름 같은 입김을 내뿜고 있는 사람들 한가운데에 있게 되자 견디기 어려운 불안도 사라졌다. 눈발을 뚫고 움직이며 무리를 짓고 있는 다른 사람들 사이에서는 그도 일과 업무의 짐을 벗을 수 있었다. 그리고 그들 모두가 작은 불빛처럼 하나의 방을, 하나의 작은 방, 한 사람의 아내가, 남편이, 아이가 기다리는 작은 방을 마음에 담고 다니듯이, 그도 그런 방을, 도시의 다른 쪽 끝에 있는 어느 집의 작은 방을 떠올렸다. 9번 전차가 덜컹거리며 다가왔을 때 그는 사람들 틈바구니에 끼어 발판 위로 올라가서 한구석에 쭈그리고 앉아 카타리나 도로를 따라 댐을 넘고 도심의 교통 정체를 통과해 텅 비어가는 북부 구역을 거쳐 종점인 칼베리까지 갔다. 여기서는 노라 역전도로가 화물철도 지대 맞은편 전면의 높은 방호벽과 함께 도시의 경계를 이루었다. 왼쪽 골짜기에는 가파르게 떨어지는 암벽 가장자리와 운하 사이에 철도가 나 있었다. 그것은 중앙역에서 북쪽을 향해 있었다. 멀리 떨어져서 칼베리 공원 뒤쪽에는 울브순다 호수가 있었다. 호수의 얼음 한가운데는 틈이 벌어져 있었다. 화물역에서는 아치형 다리 너머로 이끌려간 차량들이 조차되고 있었다. 증기기관에서는 증기가 요란한 소리를 냈다. 신호등들이 이리저리 흔들렸다. 쇠를 박은 수레바퀴들이 하차장 위를 굴러갔다. 그는 이 부산한 모습이 좋았다. 덕분에 그의 발걸음이 가벼워졌다. 그의 앞쪽 바람 심한 도로에 115번지 집이 있었다. 그는 곧 5층 창문에서 판자 울타리 뒤의 헛간과 대형 창고, 늘어선 화물차들, 나부끼는 긴 그림자를 늘어뜨린 노동자들을 내려다보게 될 것이다. 그녀가 집에만 있다면, 바그너의 아내 프리다만 있다면. 그는 낡은 계단을 뛰어 올라가 초인종을 울렸고 집 안으로 들어갔다. 그러나 다음 날 아침 10시 45분에 초인종이 날카롭게 울렸다. 그가 알고 있는 특별한 방식이었다. 그는 격하게 두드리는 소리가 무엇을 의미하는지 알았다. 그는 침대 밑으로 기어들기 전에 햇빛이 비치는 얼음 위의 하늘을 보았다. 그리고 아직 눈부신 빛을 보면서 그의 정치 행로 맨 밑바닥에 도달했다. 좁은 침대 밑에서 그는 프리다가 문간에서 방문자들과 말하는 소리와 점점 다가오는 사내들의 목소리를 들었다. 지금까지 견뎌온 것은 헛일이었다. 모든 논쟁은 쓸모없는 것이었다. 당의 혁신을 위한 모든 계획은 무산되었다. 그가 당내에서 차지한 지위는 사라졌다. 단지 어제 저녁에도 이미 자문했던 느낌, 일이 그렇게 될 수밖에 없지 않았을까, 그가 함정에 빠지게 되지 않을까 하는 타는 듯한 느낌만 남았다. 그는 광산 기슭의 가문비나무 언덕에 자리 잡고 있는 그곳이 슈네베르크 마을이었는지 뢰스니츠 마을이었는지 확신할 수 없었다. 아마 뢰스니츠였을 것이다. 왜냐하면 그들은 차를 갈아타면서 아우에를 통과해 츠비카우 물데 강 위의 다리로 왔기 때문이다. 그 아래에는 물 밖으로 돌들이 삐져나왔고, 호숫가에는 자갈들이 있었다. 남쪽으로는 보헤미아 국경 쪽으로 산들이 솟아 있었다. 그가 여섯 살이었던 1911년이었다. 그는 배낭을 메고 골목길을 따라 학교에 갔다. 아버지가 만들어준 검은색 끈 달린 구두를 신고 있었다. 그는 먼지를 일으키고 돌을 하나 차면서 걷다가 학교 계단 앞에서 손수건으로 가죽구두를 반짝이게 닦았다. 그는 구두장이의 아들로서 구두 신은 모습을 보이고 싶어 했다. 반면에 다른 아이들은 맨발로 혹은 나막신을 신고 왔다. 그는 구두 골 속의 구두 솔기와 신발창을 확인하고 쓰다듬으면서 모루 위로 작은 망치를 치켜들던 아버지의 손을 떠올렸다. 한 세월이 지난 후 근처 고틀란드 가에 있는 구두장인 브로스테트의 가게를 지나갈 때마다 그는 멈춰 서서 세심한 동작들을 보고, 입술 사이에 못을 물고 있는 입을 구경해야 했다. 지금 그는 구두를 신지 못했다. 패배한 모습으로 그렇게 구부리고 있었기에 그의 발가락들이 경련을 일으켰다. 그는 뮌첸베르크와 함께 구두의 이 부드러움과 둥근 마무리를 이해했다. 두 사람은 손으로 하는 이 작업을 배웠다. 그들이 파리에서 돌아다닐 때 좀더 자주 구두 가게 안을 들여다보기만 했더라도 여러 가지 불화를 피할 수 있었을 것이다. 그가 노동자 청년단 조직에 가담했을 때 그는 뮌첸베르크가 그랬듯이 열일곱 살이었다. 1년 뒤 그는 자신이 쓴 기사 때문에 처음으로 체포되었다. 그것은 대통령과 바이마르 헌법을 비판하는 기사였다. 신문은 혁명적인 행위라고 칭했다. 그러나 뮌첸베르크는 그보다 열다섯 살 더 많았고, 풍크가 드레스덴 지역 그룹에 가입했을 때, 이미 오래전부터 인터내셔널 적색구호대를 이끌었다. 뮌첸베르크는 언제나 그의 앞에 있었고 선전을 주도했으며 스페인 사람들을 위한 원조를 이끌었고 그의 진로를 막거나, 중앙위원회의 이해관계가 그때그때 바뀌는 데 따라 그의 후견인이 되기도 했다. 그들은 얼마나 서로를 둘러싸고 방황하고 서로를 비방했던가. 그리고 마침내 그들은 그렇게, 한 사람은 몽타뉴 숲의 썩은 나뭇잎 속에, 한 사람은 어느 포로의 아내 침대 밑 먼지 속에 쓰러져 있었다. 하지만 오케

르베리와 홀트스텐 형사의 얼굴이 그를 비스듬히 내려다보고, 또 그가 팔꿈치로 버티고 일어났을 때 벌써 그는 새로운 삶에 대비했다. 그는 입 증될 수 없는 자신의 모든 혐의를 부인할 것이다. 가능한 한 자신의 실 명과 거주지를 밝히지 않을 것이다. 그의 방에서 부담되는 자료를 끄집 어내왔다는 점을 감안할 수 없는 한 아무 진술도 하지 않을 것이다. 그 가 멋지게 재단한 구두창 달린 헝가리제 구두를 신고 팔을 잡힌 채 기 다리는 자동차 쪽으로 끌려 나갔을 때 그의 등 뒤에서는 어느새 심연이 평탄해졌다. 그는 다시 올라갈 것이다. 그의 명예는 유지될 것이며, 그는 지도자, 결정권자가 될 것이다. 설령 저들이 그를 수년간 감옥에 가둬놓 는다 해도 아무도 그를 자신의 행로에서 끌어내릴 수 없을 것이다. 그는 자신을 방어하고 정당화할 것이며, 당내의 지위를 되찾을 것이다. 그러나 그의 체포를 알게 된 메비스, 슈탈만, 자이데비츠, 글뤼크아우프 등 다 른 사람들은, 정치 포로의 아내가 사는 집은 감시를 받고 있다는 사실을 틀림없이 알았을 그가 더 이상 독일에 투입되지 않기 위해 비겁하게 체 포되었다는 보고서를 보냈다. 그는 추방당하더라도 스스로를 청년 시절 부터 일해온 당의 일원이라고 생각했지만, 당에서 그는 이미 죽은 개였 다. 또 구역 재판소의 닫힌 문 뒤에서도 그는 범죄자로 낙인찍히고 모욕 당했다. 사회부장관 묄러의 위임을 받은 심문자들은 공산주의의 타도를 책임지고 있었다. 그들은 그가 자신의 신분을 드러내고 본격적으로 자신 의 정치 경력을 밝히자 그를 소련을 위해 일하는 스파이로만 보았다. 그 의 활동이 파쇼 독재로부터 자신의 나라를 해방시키기 위한 것이었다는 사실은, 독일 관청과 손발을 맞춰 움직이며 그들에게 자신의 정보를 넘 겨주는 정치 형사 쇠데르스트룀과 뢴과 룬드크비스트나 검사 뤼닝예르 에게는 단지 피고의 죄목만 늘려주는 것이었다. 그를 체포한 자들은 그의 말 한마디 한마디를 모두 그에게 불리하게 해석했다. 그들의 판단은 첫날부터 정해져 있었다. 그들은 끊임없이 그를 적에게 넘기겠다고 위협했다. 그들에 맞서 동요하지 않고 그는 미래에 대해 논하면서 비합법 노동운동의 패배와 정당방위의 역사를 설명했다. 독일 지하운동과의 결합이 얼마나 가치 있는지 설명했다. 그가 국내로 들어갔던 길에 대해서는 아무것도 밝히지 않았다. 단지 자신의 방이 깨끗이 비워졌다는 사실을 확신한 뒤 자신의 주소만을 말했다. 또 가까운 동료들을 감추기 위해 연락원인 솔베이그 한손의 이름을 털어놓았다. 그가 그녀를 희생시킨 것, 그리고 마침내 자기 앞에 제시된 사진 속의 여인, 독일로 떠났다는 것을 경찰들이 알고 있는 여인이 샬로테 비쇼프와 동일하다는 데 동의했다는 사실로 인해, 자신이 당 최고 집단에 속한다고 자부하던 그는 다시 배신자가 되었다. 침묵하는 법을 아는 그가 왜 그렇게 두 마디를 더 하게 되었느냐는 물음에 이제 그는 스스로에게만 답해야 했다. 한편 솔베이그 한손은 3월 22일 10시 20분에 추적자들이 그녀의 집에 쳐들어왔을 때 창밖으로 달아날 수 없었다. 스벤손의 방에서 가방을 가져왔다 이를 자기 집에 놓아두었던 프리툐프도 체포되었다. 엘비라 구스타프손, 노동자 미네우르, 구스타브라는 가명을 쓰는 스웨덴 당 직원 쇠데르만도 마찬가지로 경찰 손에 들어갔다. 법정에서의 심리는 여름이 지나도록 계속되었다. 하지만 우리는 우리 일을 계속했다. 로스너는 흔적을 지우기 위해 프리데만의 마지막 논설과 그의 서명이 있는 다른 기고문들을 간행물에 포함시켰다. 그는 자신을 이제 슈타인비힐이라고 불렀다. 그러나 자이데비츠와 메비스와 헹케는 자신의 가명을 고수하다 결국 체포되었다. 그리고 로스너는 그들의 이름을 써먹었으며, 후버나 포어렌더라는 이름을 첨가하기도 했다. 이는 코민테른 신문이 체포의 영향을 받지 않고 있다는 인상을 유발하기 위해서였다. 지칠 줄 모르고 문체와 주제를 바꾸면서 이 편집자는 자신의 상상 속 참모들과 교류했다. 나는 한 사람의 입이지만 수많은 혀로 말하는 대화의 소용돌이 속에서 구술된 것을 받아 적고 메모에 따라 논설과 상황 보고를 작성하고, 크라프트, 쇠너러, 혹은 로자 빈처라고 서명된 원고들을 연락자들에게 전달해야 했다. 그들은 그것을 인쇄소로 보냈다. 활동의 도취감은 때때로 나를 엄습할 수 있었던 불안감을 몰아내주었다. 하지만 이 은둔자의 신들린 듯한 지구력보다도 다른 동료들이 낙오하게 된 8월 중순의 사흘 동안 하마터면 체포될 뻔한 슈탈만이 내게는 좀더 미친 듯한 확신을 안겨주었다. 이는 적에게 아직 온전한 방어를 속여 보이기 위해 참호 속의 마지막 생존자들이 갖춰야만 하는 것이었다. 내가 잘 수도 없는 상태로 지친 채 새벽 시간에 내 방 안에 누워 있을 때면 그가 달아나던 모습이 나를 당혹스러운 상태에서 구제해줄 수 있었다. 원래 그들은 음모꾼이자 비밀 조직가인 슈탈만을 잡으려고 했다. 심문에서 칼레라는 그의 이름이 빈번히 등장했으며, 그에 대해 베너는 아무것도 모르는 척했던 것이다. 슈탈만은 화요일인 8월 18일 건초 시장에서 자이데비츠 옆에 서서 막 팔을 뻗어 1917년 레닌이 페트로그라드로 향하는 횡단 여행 중 구두와 옷을 샀던 베리스트룀 가게를 가리키고 있었다. 그들은 그를 먼저 잡아야 했다. 하지만 그들이 자이데비츠에게 달려들었기에 그는 과일 가게들과 화분 진열대들 사이로 피할 수 있었고, 몇 걸음 뒤에서 과일과 채소의 온갖 색깔들과 반사되는 햇빛이 어른거리는 가운데 평범한 손님으로 변해 과일과 채소를 집어보고 호각 소리가 들릴 때에는 놀란 듯이 주위를 살폈다. 그러고는 사과 봉지를 팔에 들고 좁은 골목길을 걸어 내려가 바사 가 모퉁이까지 갔고, 거기서 버스를 탔다. 그러고는 쿵스 가를 지나며 시장을 다시 한 번 살펴보았다.

경찰 순찰대의 차량이 도로가에 서 있었다. 그들은 자이데비츠를 끌고 갔고, 여전히 그를 찾고 있었다. 경찰들이 화려한 파라솔과 천막 아래의 장사꾼들에게 탐문을 했다. 작은 무리들 속에서 손짓을 하고, 여기저기를 가리켰다. 그때 콘서트하우스가 시야를 가렸다. 버스는 중앙로를 가로지르는 높은 석재 교량 위를 지나 스투레 광장을 향해 미끄러져 갔다. 이 여름날의 뜨거운 도시에서, 집들이 멀쩡하게 똑바로 서 있고 인도는 밝은 옷을 입은 사람들로 꽉 차 있는 이 도시에서 그가 할 일은 별로 없었다. 돈은 충분히 있었다. 이제 돌볼 사람도 별로 없었다. 그리고 그가 증기탕에 들어간다고 해서 갇혀 있는 사람들에게 해가 될 것도 없었다. 그가 다른 목욕탕보다도 고급스럽고 비싼 스투레 목욕탕의 대리석 마사 지대 위에서 화려한 블라우스를 입은 여자의 손으로 비누칠을 하고 때를 밀고 마사지를 받고 있으리라고 추측하기는 더 어려울 것이다. 멀지 않은 곳에 공포의 영역이 있는 걸 잘 알면서도 죽음을 전혀 두려워하지 않고, 벌거벗은 몸을 꽉꽉 주무르게 하면서, 그는 시끄럽게 울리고 김으로 뒤덮이고 흰 수건들이 날아다니는 시간에 자신을 완전히 내맡겼다.

2부

하일만이 말했다. 아 헤라클레스, 당신 도움 없이 우리가 어떻게 우리 권리를 주장할 수 있단 말인가. 코피가 물었다. 그가 힘자랑만 하고, 힘을 낭비만 한 건 아닐까. 하일만이 응수했다. 나는 우리에게 차단되어 있던 모든 것을 구현한 인물이 바로 그라고 생각해. 그의 위대성은 그의 증오, 그의 광기에 있었지. 모든 적이 말살되어야 했어. 날조자들, 중상모략꾼들은 쓸어버려야 했고. 그의 완강한 자세는 인간의 공동생활을 위협하는 모든 걸 제거하는 게 필요하다는 점을 보여주지. 동정심을 품어서는 안 됐겠지. 우리는 너무 자주 망설이고 동요했어. 좀더 일찍부터 치고 나갔어야 했는데. 나는 비명을 지르고 외치고 싶었지만 내 옆에 있는 사람들을 고려해 조용히 있었어. 그 사람들을 놀라게 할 수 있으니까. 우리가 어떤 도구를, 어떤 해방의 도구를 사용하지 않고 내버려두었담. 코피가 반박했다. 하지만 스페인에서는 3년 동안 저항하지 않았나. 서방세계의 마지막 프롤레타리아 투쟁이었어. 중국에서도 막일꾼들과 부두 노동자들이 들고일어났고. 그다음에는 프랑스인들과 일본인들에 맞서 인도차이나의 가난한 농민들이 저항했고. 그들 자신이 그러지 않으면 러시아의 누가 그들을 돕고, 누가 그들을 뒷받침하고, 누가 그들을 지지하겠어. 신전의 부조에서 떨어져 나간 그 헤라클레스는 우리 내부에 있는 거야. 우리에게는 향도성이 필요 없어. 우리를 그저 왜소하게 만들려는 신화도 필요 없고. 우리 자신만으로 충분해. 그러자 하일만이 응수했다. 우리는 오래된 역사에서 얻은 것이든, 현재의 필요를 위해 자기 손으로 만든 것이든 상관없이, 우리 자신에 대한 어떤 이미지를 만들지 않고는 살 수 없어. 그는 신과 인간의 아들인 헤라클레스가 현세적인 것과 초시간적인 것을 자신의 내부에 지니고 있었으며, 처음에는 인간이었고 다음에는 영웅이었고 그다음에 신이 되었는데, 이러한 발전이 의미하는 것은 우리가 우리 삶 속에서 자신의 한계에 맞서 부단히 싸우면서 모든 단계들을 거쳐 왔다는 것 말고 무엇이겠느냐고 주장했다. 세계의 맨 가장자리에서, 헤스페리데스[152] 옆에서, 상상력이 그 끝에 이르는 곳에서, 그러나 여전히 더 나아가려고 하는 곳에서, 그는 언제나 헤라클레스를 눈앞에 떠올리게 된다고 말했다. 헤라클레스가 마지막으로 얻어낸 불멸성이란 파괴적인 힘들에 맞서 저항한 사람들의 행위처럼 그의 행위를 잊을 수 없음을 뜻한다는 것이다. 코피는 웃으며 손사래를 치면서 그가 비극적 영웅이라고, 즉 자신에게서 안정을 찾을 수 없고 인식할 수 있는 것에 만족할 수 없으며 손에 잡을 수 없는 것으로 들어가려고 하는 인물이라고 말했다. 하일만이 반발했다. 사방에 펼쳐진 이 죽음의 춤 앞에서 넌 다시 논쟁에 빠졌군. 그리고 그들의 시선은 바깥에서 굉음이 울리는 동안 탑의 홀 안 벽들 위에 그려진 희미한 인물들 위로 미끄러져 갔다. 그

---

152) Hesperides: 그리스 신화에 나오는 여신들. 헤라클레스가 가져와야 하는 황금사과를 지키는 요정들.

인물상들은 치렁치렁한 넓은 커튼 속의 해골들에 각각 이끌려 천천히 걸으며 둔하게 몸을 돌리려 했다. 기둥들 위의 조야한 연홍색 기와들이 폭음 속에서 떨렸다. 그들과 함께 같은 공간에 있는 다른 사람들은 벽 가장자리로 좀더 가까이 밀착했다. 하일만이 계속 이야기했다. 무엇보다 그의 마음을 사로잡는 것은 헤라클레스가 괴물들에 맞서 싸우고 우리 눈앞에서 괴물들을 쓰러뜨린다는 점만 아니라 그가 음악의 신들인 뮤즈의 동맹자라는 점이라고 했다. 이 동시성에서는 장애물들만 아니라 자신의 본질을 추구하는 데에도 관계한다는 점에서 예술에 도달하는 길이 드러난다고 주장했다. 코피가 그의 말을 끊으려 하자 그는 목소리를 높였다. 운명의 여신 아난케, 섭리, 우리를 덮치고 있는 숙명 따위를 그는 내팽개치고 미리 규정된 어떤 것도 허용하지 않으려 하며, 그래서 또 언어적 표현으로 가장 멀리까지 치고 나간 인물들인 횔덜린과 랭보가 그에게 가장 가까이 갔던 인물들이었다고 말했다. 하지만 코피는 그러한 것은 단지 예술만이 완수할 수 있는 현실 날조들 가운데 하나라고 꼬집었다. 헤라클레스는 장사꾼이자 선원이었으며, 그러니까 강도이자 식민주의자였기 때문에 그렇다는 이야기였다. 그는 다만 더 높은 곳으로 나아가려 했기에 자신을 위해 약탈한 짐승들과 보물들을 정신적인 부로 승화했으며, 이처럼 물질적인 재화를 고급스러운 문화적 이익으로 둔갑시키는 것은 흔해빠진 과정이라는 것이다. 설혹 사정이 그렇다고 해도, 이 때문에 그가 우리에게서 멀어지는 것은 아니라고 하일만이 응수했다. 우리도 수많은 오류들을 겪은 다음에야 비로소 우리의 인식에 도달했기에, 그는 오류나 유토피아나 좌절, 또 그의 자만과 혼동들을 통해서도 우리와 더욱 가까워질 뿐이라는 것이다. 그리고 하일만은 악마의 플루트 연주에 맞춰 윤무에 앞장선 교황에게서 눈을 돌려 주교를 바라보았다. 주교의 예복은 회반죽 속의 보라색 얼룩으로 흩날리고 있었다. 이어서 하일만은 그들 옆에 서 있는 여자에게 눈을 돌리며, 이름이 고위 공직자를 암시하는 그녀도 우리의 예술에서 무엇을 이해해야 할지 이미 의견을 밝힌 바 있다고 말했다. 교회를 두드리는 요란한 타격 소리에 그들은 마치 제 몸 속에 숨기라도 할 듯이 고개를 움츠렸다. 그렇게 굳은 상태로 15세기 말 베를린에서 페스트를 퇴치한 사람들을 기리기 위해 벽에 그려놓은 인물들과 닮은꼴이 되었다. 완결된 것보다 생성 중인 것이 우리의 삶을 더 규정하며, 그런 점에서 자신들은 이 특사에게 이 도시에서 그들을 찾으라고 조언한 그 사람과도 연결되어 있다고 하일만이 말했다. 비쇼프는 헤라클레스에 대해 이야기할 때 헤라클레스가 단지 망명 중에만 존재할 수 있는 인물이라고 생각할 수밖에 없었다고 말했다. 그는 언제나 방랑 중이었고, 정착해 있는 인물로는 그를 생각할 수 없다는 것이다. 그녀는 이 발견욕과 정복욕, 이 조급함과 교활한 기다림, 이 분노와 그 이면의 방랑과 고통스러운 것을 영원히 끝내려는 열망, 이로 인해 낯선 곳으로 쫓겨나게 된 사람들에게서 드러난다고 말했다. 이들은 종종 돌아간다는 이야기를 하고 또 그 때문에 그들이 설혹 어떤 옴팔레[153] 같은 존재에게 갈 수밖에 없을지 몰라도 전혀 귀환을 염두에 두지 않는다는 것이다. 또 그녀는 하일만이 목표 달성보다 노력과 걸어가는 과정을 더 높이 평가할 때 염두에 둔 것은 바로 그러한 것이리라고 그에게 말했다. 이런 이유에서 추방당한 헤라클레스 같은 존재는 과거의 연관 관계에서 떨어져 나온 사람들, 아직 확고한 형태를 지니지 못한 채 그저 미래에 다른 사람들을 통해 충족되도록 준비될 수 있는 것에 관여하는 사람들에 부합된다는

---

153) Omphale: 헤라클레스를 노예로 삼아 여자 옷을 입고 바느질과 길쌈을 하도록 시킨 리디아의 여왕.

것이다. 그녀는 상병 군복을 입고 있는 그가 얼마나 젊어 보이는지, 또 그런데도 그가 얼마나 확신에 찬 모습을 보이고 있는지 생각했다. 그가 있는 자리에서 누가 그들을 불신하려 들겠는가. 하지만 열린 칼라 장식 위에 펼쳐진 이중의 날개 계급장은 바로 그들을 에워싸고 있는 치명적 위험을 암시했다. 그에게서, 즉 국방군 사령부 암호해독반에게서, 코피에게 정보들이 날아왔으며, 단파무전기의 키에 손가락을 얹어놓고 있는 코피는 그것을 전달할 것이다. 비행편대가 날아올 때 그들은 다른 도시 주민들 사이에 끼어 이 돔 속에서 은신처를 찾았다. 하지만 그들은 끔찍한 적대 관계 속에서 주민들과 분리되어 있었다. 그들의 동지들은 폭탄을 투하하는 사람들이었다. 그들에게 과제를 맡긴 동지들은 동부전선 너머에서 그들의 신호를 기다리는 사람들이었다. 하일만이 저녁에 풀어낸 스웨덴 비밀경찰의 보고, 즉 스톡홀름 그룹이 일망타진되었다는 보고를 코피는 무전기로, 비쇼프는 지하 세포들에게, 하일만은 항공성 사무실에 있는 자신의 센터 지도자에게 전할 것이다. 울부짖는 사이렌 소리 때문에 과제 수행이 지체되었다. 전에도 종종 그랬듯이 불안감을 쫓아내기 위해 하일만은 그들의 시간 개념을 확대해줄 한 가지 테마를 끄집어냈고 헤라클레스를 언급한 것이다. 얇은 피부로 덮인 해골들이 수도원장과 사제, 황제와 황후, 공작과 기사와 융커, 상인과 농부와 환전꾼과 바보 들을 팔에 안고 있었다. 또 증류기를 검사하며 들고 있는 박사도 그를 붙잡고 있는 존재를 당해낼 약초를 알지 못했고 뼈로 만든 플루트 소리에 따라 계속 원무를 추며 움직여야 했다. 마리엔 교회의 문은 활짝 열려 있었다. 한 천사의 구멍 난 머리가 파편들에 싸인 채 홀 안으로 굴러가 벽돌 바닥 위에서 아직 흔들리며 떨고 있었다. 바깥에는 모든 것이 불빛에 싸여 있었다. 다른 대피자들이 뒤쪽 회중석으로 피했지만 하일만과 코피는 입구 문턱으로 갔다. 비스듬한 맞은편 돔 천장 동판에서 불꽃이 솟아올랐다. 오른쪽에서는 엄청난 소음과 함께 알렉산더 광장 역 건물의 유리 지붕이 폭발했다. 연기가 공원 뒤 호숫가의 어두운 건물들 위에 깔려 있었다. 하일만이 말했다. 그들, 제우스와 아테네, 마차와 함께 있는 헬리오스,[154] 가이아와 알키오네우스, 그리고 헤라클레스의 사자 가죽에 달린 발도 지하실에 안전하게 자리 잡고 있어. 하일만이 휠덜린 가에 있는 그의 부모님 댁에서 지시를 받은 뒤, 그들이 페르가몬 박물관 대문 앞에 쌓여 있는 모래자루들 앞에 나타난 것은 거의 1년 전 일이었다. 지시 내용은 1937년 9월 22일 그의 친구가 출발하기 전에 그와 함께 있던 곳으로 가라는 것이었다. 그리고 그곳에서 그들은 비쇼프와 마주쳤다. 비행기 모터들의 굉음이 멀어졌다. 그들은 서늘한 돌에 얼굴을 대고 있었다. 한 줄기 열기가 스쳐지나면서 보리수나무들에 불이 붙었다. 불길은 넓은 도로 한가운데를 따라 미친 듯이 번졌다. 나무들이 하늘로 뻗어갔다. 이 8월 29일에 갑자기 가을이 왔다. 가지들은 빨갛게 타는 잎들을 떨쳐버렸다. 나무둥치들은 마치 가증스러운 이 땅에서 뿌리째 뽑혀 나가려는 듯이 뒤틀리며 돌아갔다. 양옆 무너지는 궁전들의 벽과 기둥들보다도 불타는 나무들이 하일만을 더 사로잡았다. 그는 밖으로 나가려 했다. 코피가 그를 제지하며 참으라고 경고했다. 하지만 나무들이 도와달라고 비명을 지르며 뿌리내리고 있던 땅에서 하늘로 올라가려 몸부림치는 지금 어떻게 참을 수 있단 말인가. 소방차들이 날카로운 소리를 내며 다가왔다. 호스들에서 폭포가 쏟아져 나왔다. 도대체 여기 있는 전쟁 기념비, 역사적 무기 창고, 군 통수권자들의 입상들, 황제와 왕들의 궁정, 개선행

---

154) Helios: 그리스 신화의 태양신. 기원전 5세기경 아폴론으로 대체되기 시작했다.

진 광장, 이 모두를 왜 보호해야 한단 말인가. 그리고 그의 사무실에서는 끊임없이 전신기들이 째깍거렸다. 갑자기 그는 자기 그룹이 이용하는 암호를 저들이 해독하게 되었다는 확신이 들었다. 그가 방을 떠날 때 그와 함께 일하는 트락슬이 그에게 달려와 털어놓으려고 한 것이 바로 이것이었던 게 틀림없었다. 하일만은 그의 얼굴에 나타난 이 열띤 광채를 알아차렸지만 바빠서 귀를 기울이고 싶지 않았다. 그가 말했다. 난 지금 달려간다. 하지만 코피는 그를 놓아주지 않았다. 넌 여기 있어야 돼. 그는 비쇼프가 속삭이는 소리를 들었다. 그가 대답했다. 저들이 우리 뒤를 밟고 있어요. 코피는 머리만 흔들었다. 이는 마치 그가 땅바닥에 코를 대고 킁킁거리고 있는 것처럼 이상해 보였다. 그때 비쇼프가 기압 때문에 내던져져서 팔을 벌리고 그들 위에 쓰러졌다. 그녀가 지난해 7월 26일 토요일 브레멘을 떠나 베를린으로 향한 이래 한평생이 지나간 것만 같았다. 연기는 아직 도시 위에 짙게 덮여 있었다. 철둑이 타격을 받았다. 기차는 서서히 공병대 앞을 지나 뷔르거 공원, 레 숲과 호른 숲, 그리고 벌판을 멀찌감치 에돌아갔다. 그다음 지평선 끝까지 초지로 이루어지고 작은 숲 속 농가들이 있는 오버노일란트가 나타났다. 로텐부르크 앞에서 사람들은 만원 객실에서 벌써 빵들을 꺼내고 보온병의 커피를 찻잔에 따랐다. 휴가 분위기였다. 여행 내내 먹고들 있었지만, 아무도 그녀에게 무엇을 권하지는 않았다. 그녀가 배에서 내린 것은 금요일이었다. 목요일부터 아무것도 먹지 못했다. 어떻게 그럴 수 있는지 그녀는 자문했다. 사람들은 그녀가 어딘가 자기들과 다른 인물임을 눈치챘을까. 아니면 그들 모두 스스로에게, 자신의 휴가 생각에 그처럼 몰두해 있어서 한쪽 구석에 쪼그리고 잠들어 있는 그녀에게 전혀 주의를 보내지 않았을 뿐일까. 그녀는 이 번잡한 사람들 한가운데로 끼어들었고 눈을 깜빡이며 얼굴들을 살폈다. 그리고 예전부터 친숙해 있던 것들 가운데 무엇인가를 다시 알아보려고 노력했다. 이 얼굴들에는 밤새 그들을 덮쳤던 폭풍의 흔적이 전혀 없었다. 사실 그들을 위협하는 모든 것을 그들 옆으로 지나가게 내버려두는 것이 그들의 특성이었다. 둔감해지거나 의기소침해졌다는 흔적은 조금도 찾아볼 수 없었다. 그들은 아직은 표현 능력을 잃지 않았더라도 이미 오래전에 단조로운 폭력 때문에 무감각해져 있었다. 원래 그녀는 그들을 동정해야 했다. 하지만 그들은 1918년의 봉기와 박해와 학살을 마치 자신의 삶과는 무관한 것처럼 그냥 흘려보낸 자들이었다. 그들은 의용군, 향군, 경찰대 등이 자신의 안전을 보증해준다고 여긴 자들이며, 무장해제된 군대에서 검은 방위군으로 된 군대가 다시 군악대와 함께 그처럼 멋있게 행진할 때 길가에서 손을 흔들며 서 있던 자들이었다. 그들은 이 나라를 유지하는 자들, 소시민들이었다. 하지만 이 산만한 대중, 부르주아지와 프롤레타리아트 사이에 있는 이들은 무엇을 의미했을까. 항상 좀더 강한 자의 편이 되고, 항상 약자들을 배반하고 짓밟을 태세가 되어 있는 이들은 누구였던가. 그녀는 자문했다. 이들이야말로 계급들 가운데 가장 나약한 자들이 아니었던가. 또 이 나약함 때문에 그토록 부지런히 단결해 마치 이 나라의 모습을 만드는 자들인 것처럼 보이는 자들 아니었던가. 이 나라의 실질적인 비중을 이루는 이들 소시민들 사이에서 성장한 그녀는 얼마나 빈번히 이들에게 접근하려 해보았던가. 또 그들의 이해관계가 시민계급보다 오히려 노동자들의 이해관계와 훨씬 더 일치하며, 이 관리들, 점원들과 장사꾼들, 이 직원들과 월급쟁이들이 임금노동자들과 마찬가지로 착취당한다고 그들을 설득하려 해보았지만, 그럴 때면 그저 이처럼 무뚝뚝하게 거부당했을 뿐이다. 니더작센의 낮은 평야와 하펠란트를 지나 달려가는 기차 안에서 그녀는 때때로 잠이 들었다가 몽롱한 상태로 땀에 젖은 채 깨어나 이처럼 끊임없이 먹고 마시는 모습을 보았다. 그 유쾌한 웃음과 속삭임 뒤에는 그녀에게 적대적인 것, 뒤집을 수 없는 질서인 듯이 나타나는 모든 것이 자리 잡고 있었다. 그것은 그 모두가 청산될 때까지 그녀가 그토록 오랫동안 견뎌야 했던 질서였다. 레르터 역에서 그녀는 정오에 친척을 찾아가려고 시내 전차를 타고 노이쾰른으로 향했다. 집에는 아무도 없었다. 그녀는 이웃집 문을 두드렸다. 그 집 문도 열리지 않았다. 하지만 그곳 계단참에는 물이 담긴 에나멜 통이 하나 있었다. 아마 방화용이었을 것이다. 충분하지는 못했지만 그녀는 여기서 몸을 씻을 수 있을 듯했다. 맨 위층이었다. 누군가가 올라오면 그녀는 나무 계단이 삐걱거리는 소리를 듣게 될 것이다. 옷을 벗었다. 덧입은 웃옷과 두 겹의 내의를 벗었다. 얼굴과 목에 물을 적시자 개운해졌다. 식사보다 물이 더 필요했었다. 마침내 그녀는 숨을 내쉴 수 있게 되었고 좀더 자유롭게 움직일 수 있었다. 그녀 위의 비스듬한 벽에는 철제 레일에 고정된 천창이 열려 있었다. 그녀는 허리를 펴고 녹슨 가장자리를 잡고 몸을 지탱해 밖을 내다보았다. 막달레넨 교회의 첨탑, 보헤미아 교회의 양파 모양 지붕 등과 더불어 아지랑이에 파묻힌 지붕들 너머로 하젠 벌판까지, 그리고 주거 구역 깊숙이 파고들어 온 서쪽의 비행장과 남쪽의 텔토 수로 가의 숲과 오두막 단지들까지 바라보았다. 주위를 둘러보면서 그녀는 자신이 도착했다는 사실, 이곳 자신의 도시에 와 있다는 사실을 실감했다. 그녀를 짓눌렀던 모든 것, 이질적인 모든 것이 사라졌다. 그런 다음 그녀는 그 아래 도로에서 자신과 같은 사람들 사이에 끼어들었다. 여기서 그녀가 마주친 것은 천박하고 윤곽 없는 얼굴들이 아니라 그녀도 알고 있는 아주 친숙한 모습들이었다. 그녀는 언니 집에 가려 했다. 하지만 언니가 지금 어디 사는지 알 수 없었다. 이 구역에 있으리라고 추측했다. 그들은 어린 시절부터 이곳에 살았기 때문이다. 그녀는 비어스탠드에서 맥아제 맥주를 한 잔 마시면서 셸 출판사에서 나온 두껍고 누런 주소록을 빌려 뒤적였다. 언니 이름을 찾아보았지만 찾지 못했고 대신 어머니의 이름을 발견했다. 언니가 결혼했다는 생각이 떠올랐다. 남편은 시멘트 노동자 아니면 도공이었던가. 아니 화부였다. 그때 그녀는 그 이름을 기억해냈다. 그리고 그 이름을 찾았다. 겨우 몇 블록 떨어진 헤르만 가에 살고 있었다. 하지만 헤르만 가는 멀었고 먼지투성이였으며 찌는 듯했다. 녹아버린 아스팔트에 구두 뒷굽이 들러붙었다. 가방은 옷가지로 꽉 차 있었다. 이 때문에 의심을 살 수도 있을 것이다. 하지만 아무도 그녀를 살펴보지는 않았다. 이곳에는 가방과 보따리를 들고 다니는 사람들이 널려 있었다. 주로 여자와 노인, 아이들뿐이다. 젊은 남자들은 토요일 오후에도, 일요일에도 다른 곳에서 할 일들이 있었다. 그들은 여기서 끌려갔다. 예전에 그들은 저기 볼링장 앞에 있었다. 혹은 운동장으로 가는 길에, 경계도로 앞에 있었다. 그곳 문간에는 여자들이 나란히 서 있었다. 몇몇 가게들에 걸린 작은 갈고리 십자가 깃발들이 겉돌아 보였다. 오히려 벽들에 붙어 있는 남루한 장식이 더 호소력 있었다. 몇몇 아이들이 포도 위로 롤러스케이트를 타고 달려갔다. 다른 아이들은 문지방 위에서 구슬을 가지고 놀고 있었다. 무더위로 대부분의 창문들은 열려 있었다. 여기저기서 누군가 쿠션을 받치고 난간 너머로 몸을 기대고 있었다. 예전과 마찬가지로 평화로웠고 단지 갈색 셔츠를 입고 혁대, 버클, 단검 등을 찬 몇몇 소년들만이 이 느슨하고 평범한 토요일의 분위기와 대조되었다. 유니폼을 입자 아이들에게서 노동자의 아이들 모습이 사라졌다. 그들은 소시민적 영웅숭배에 공략당했다. 그들은 이제 어린 프롤레타리아가 아니라 이미 작은 반신(半神)들이었다. 암암리에 진행되는 불쾌한 투쟁의 다른 흔적들은 담장들에, 지하 창문의 당초무늬 창살 위에, 그을음 얼룩과 빗물받이 도랑 사이에서 드러났다. 활자들, 말들 위에 흰색이 조잡하게 덧칠되어 있었다. 종종 그것들이 삐져나오기도 했고, 평화니 반대니 하는 말, 혹은 K 자나 P 자 따위를 알아볼 수 있었다. 건물 기초 부분에도 지시용 화살표로 방공호들을 가리키는 흰 선들이 그어져 있었다. 어느새 그녀는 언니가 사는 집 앞에 도착했다. 그리고 오래 밟아 낡아버린 계단을 올라갔다. 문손잡이도 닳아 있었고, 문 앞 양탄자 역시 해져 있었으며, 명패는 부서져 있었다. 초인종을 울리자 언니가 나타나 천천히 문을 열고는 손잡이를 꽉 잡은 채 어두운 현관에 꼼짝하지 않고 서 있었다. 한참 후에 언니가 너로구나 하고 말했다. 그녀는 놀라지 않았느냐고 물었다. 언니가 말했다. 지난 몇 주 동안 되풀이해서 네 꿈을 꿨어. 네가 옛날에 입던 거친 모직 외투를 입고 서 있었어. 그러고는 그녀 뒤에서 한 아이가 나타나자 이분이 잉에 이모야, 라고 말했다. 7년도 더 전에 그녀가 도피한 뒤에 태어난 언니의 아들이었다. 그때 일단 도와줄 태세를 보이던 그녀의 눈초리 속에서 공포의 빛이 깜빡거리기 시작했다. 이웃집 문이 이미 열렸고 누군가 거기 서서 호기심 어린 눈으로 바라보고 있었다. 그때 형부도 나타났다. 그는 수위였다. 이웃집 여자가 세탁장으로 가고 싶은데, 세탁장에 가려 할 때마다 늘 들어갈 수 없다고 말했다. 형부가 마침 토요일이고 드디어 휴일이라고 말했다. 그는 방문객이 누군지 금방 알아차렸다. 그는 이웃집 여자에게 세탁장을 열어주기 위해 그녀와 함께 마당으로 내려갔다. 언니는 그녀에게 당장 떠나야 한다고 말했다. 그자들이 이미 이곳에도 한 번 왔으며, 그녀에 대해 들은 것이 있는지 물었다고 했다. 언니는 그녀가 스웨덴에 산다는 것만 알 뿐이라고 말했고, 그들은 그게 아니라 그녀가 스웨덴을 떠났다고 알려주었다고 했다. 마침내 공포를 극복할 수 있었다. 그들은 그녀에게 먹을 것을 주고 쉬게 했고, 슈피텔 시장 앞에 사는 동무들에게 그녀를 보냈다. 그 동무들이 어쩌면 그녀를 재워줄 수도 있어서였다. 언니와 다음 날 만날 장소를 정했다. 하지만 이 집에 다시는 나타나서는 안 된다고 했다. 나중에도 언니와 형부는 늘 도움을 주었다. 그녀를 위해 『민족의 파수꾼』에 광고를 맡겨주었다. 그 광고는 오랫동안 나오지 않았다. 광고 문구가 조사를 받았고, 다음에는 들어오는 답장도 모두 조사받았기 때문이었다. 언니는 그녀 대신 심부름을 떠맡았다. 그녀가 하는 일은 특히 중요하게 여겨질 수밖에 없었다. 언제나 이 소란스러운 일에서 벗어나는 것, 그저 불법적인 일과 관련된 일은 하지 않는 것이 중요했다. 그녀는 언니를 이해했다. 또 수많은 다른 사람들, 수백, 수천 명이 심문받지 않도록 주의해야 했다. 하지만 그들은 그러한 순응과 비겁함을 견딜 수 없었기에, 그들을 사로잡는 마비 상태를 타파할 용기도 냈고, 불안한 가운데 위험을 무릅쓰기도 했다. 또 쪽지를 전달하는 일부터 쫓기는 사람을 숨겨주는 일까지 포함하는 조직망에 끼어들기도 했다. 그리하여 그녀는 이제 몇 달 전부터 이미 부스터하우스 가에 있는 어느 가족의 집에서 살았다. 그것은 쾨페니크 가와 미하엘 키르히 가 사이로 지나는 작은 구석 도로였다. 그녀의 이름은 이제 이름가르트 마리아 셰퍼였고 신분증도 하나 가지고 있었다. 그것은 네덜란드에서 온 당 대리인 크뇌헬[155]이 그녀의 사진과 지문으로 위조한 것이었다. 지난겨울 가택수색 중 그녀가

---

155) Wilhelm Knöchel(1901~1044): 독일의 반파쇼 투사로 1919년 사민당에 가입하고 1923년 공산당으로 이적했다. 1936년 암스테르담에 비합법 독일 공산당 서부 지구당 지도부를 건설하고, 루르 지역에서 저항운동을 조직하다 1943년 게슈타포에 체포되어 1944년 처형되었다.

마침 일주일에 두 번씩 청소하던 슈퍼텔 시장 앞의 어느 집에 있을 때, 그자들은 그 증명서를 돋보기로 검사했다. 경찰은 그녀에게 어디서 일하느냐고 물었다. 그녀는 마리엔펠데의 다임러 벤츠 회사에서 일한다고 답했다. 일요일이었다. 바깥에서 공장에 문의할 수는 없었다. 우리가 언제 한 번 다시 오겠소 하고 경찰관이 말했다. 그녀는 비록 임금이 필요했고 또 받아서 숙박료 대신 내놓곤 했던 고기도 필요했지만 그 뒤로 그곳에 두 번 다시 나타나지 않았다. 고기는 그 집 사람들이 지하실에서 기르는 집토끼 고기였다. 그녀는 그 남편이 체포되었는지 알지 못했다. 그의 아내가 떨고 있던 모습이 아직도 생생했다. 왜 아내가 떨고 있느냐는 질문을 들었다. 남편은 그녀가 중병을 앓고 있다고 대답했다. 하지만 부스터 하우스 가에서도 그녀는 오래 머물 수 없을 것이다. 그곳에는 세입자들이 너무 많았고 방문객도 너무 많이 찾아왔다. 그곳에는 라인하르트라는 화가가 한 사람 있었다. 그가 그녀에게 교대 근무로 무슨 일을 하느냐고 물었다. 우리는 탄약통 주머니를 만들어요. 그럼 어디서요, 그건 어떤 모양인가요. 그녀는 군사기밀이라 말할 수 없다고 답했다. 구역 관리자도 곧잘 올라왔다. 왜 당신 여자 친구는 늘 그렇게 조용하냐고 그녀의 집주인에게 물을 수도 있었다. 혹은 도발하기 위해 여기서는 영국 라디오 방송도 들리느냐고 물을 수도 있었다. 도시 전체가 촘촘한 덤불숲이었다. 하지만 그녀는 자신이 어떻게 계속 일을 해나갈 수 있는지 더 이상 자문하지 않았다. 빽빽한 덤불과 장애물과 함정들이 있었지만 그녀는 늘 똑바로 서서 걸었다. 그리고 그녀 주변의 다른 인물들도 그렇게 했다. 어머니만은 걱정거리였다. 언니는 어머니에게 그녀가 왔다는 사실을 알리지 않을 수 없었다. 어머니는 그녀를 보려 했고 몇 번 동물원에서 그녀와 만났다. 마지막에는 어머니가 벤치에서 그녀를 껴안았다. 그녀는 어머니를 떼어내야 했다. 사람들이 어느새 울고 있는 여자를 주목하기 시작했다. 그녀는 어머니가 견디지 못하리라는 점을 알았다. 체포되면 어머니는 자기 딸이 스웨덴에 있다고 고집할 수 없을 것이며 고문을 받으면 모든 것을 인정할 것이다. 더 이상은 만나지 않았다. 하지만 공공장소에서 절망이 폭발하는 것은 이상한 일이 아니었다. 최근 영화관에서 주간뉴스 중 한 여자가 비명을 지르며 벌떡 일어났다. 자기 아들을 잃어버린 여자였다. 불이 켜지고 소란 속에서 그 여자는 끌려갔다. 한 병사가 그 여자를 가게 해주라고 외쳤다. 화약 폭풍과 돌 비 때문에 도시도 황폐한 원시 세계였지만, 이곳도 사정은 마찬가지였다. 이로 인해 그들 모두는, 촘촘하게 정비된 이 조직은 강력해졌다. 그녀는 크뇌헬을 통해 중앙위원회의 대표자인 코발케와 만났다. 그를 거쳐 우리히 그룹과 접하게 되었다. 그녀는 루뵈에 있는 교회 앞에서 풍크와 이야기하는 동안 다른 생활을 하던 시기에 자신이 일단 베를린에 가기만 하면 모든 것이 잘되리라고 얼마나 확신했는지 기억했다. 그리고 그녀가 그토록 가고 싶어 했던 곳에 오는 일도 순식간에 이루어졌다. 이는 스톡홀름에서도 일상과 기만적 평화의 두툼한 껍질 아래에서 집요하고 긴밀하게 얽힌 다른 투쟁이 존재했던 것과 마찬가지였다. 또 사람들은 은밀히 서로를 알아보았다. 여기서는 하나의 신호만으로, 다른 사람들이 감지할 수 없는 하나의 표시만으로 서로 만났다. 전쟁 중인 이 거대 도시에서 적이 코앞에 있는데도 이렇게 서로를 알아보는 것이 어려워지지 않고 오히려 더 쉬워졌다는 것은 기이한 일이었다. 아마 이제 예전보다 감각들이 더 예민해졌기 때문일 것이다. 엘리자베트 슈마허를 방문하도록 허락받기 전에 블라이프트로이가에 있는 어느 카페에서 그녀 어머니와 만나도록 약속이 되었다. 벨벳을 댄 가구들이 있는 음침하고 작은 방이었다. 방위군 제복을 입은 한 남자가 몇 차례 그녀 앞을 지나가며 그녀를 살펴보았다. 그 여자는 대화 중에 그녀에게 파울 브라운[156]이라는 이름을 아느냐고 물었다. 그녀가 답했다. 예, 우리 『적기』 편집국의 해외 담당관이 그런 이름이었지요. 이 만남 이후 그녀는 모렌 가에 있는 크셀리우스 서점으로 가서 과학 문헌 코너에서 인종학 관련 책에 대해 물으라는 지시를 받았다. 그녀는 책들을 뒤적였지만 아무 일도 일어나지 않았다. 하지만 며칠 뒤 그녀는 엘리자베트에게 초대를 받았다. 엘리자베트는 서점에서 일하는 브라운이 그녀를 알아보았다고 그녀에게 말했다. 나중에 그녀는 그의 본명이 구도르프라는 것을 알았다. 그때 그녀는 이미 오래전에 슈마허의 검사를 받았기에 그 카페에서는 스톡홀름에서 가져온 자료를 전달할 수 있었다. 엄격한 상호 감시와 요구받기 전에는 아무것도 시도해서는 안 된다는 금지령을 아는 것은 그들을 지하에서 서로 묶어주는 신뢰를 유지하는 데 도움이 되었다. 어떤 이방인도, 그들에게 속하지 않는 자는 아무도 이곳에 파고들 수 없을 것이다. 그래서 그녀가 보기에 이 나라의 새로운 건설과 변혁을 위한 능력과 강인함, 내적인 견고함은 단지 소수인 듯 보이지만 자신의 행위들을 통해 수많은 다른 사람들에게 다가가 영향을 주는 사람들, 그들에게 적어도 저항해야 한다는 생각을 전해주는 사람들에게서 나오는 듯했다. 언젠가 그녀는 지크의 집에 있었다. 그녀는 이를 잘못이라고 생각했다. 사람들이 그처럼 자주 거주지에서 만나는 것은 경솔한 일이라고 여겨졌다. 하지만 그들은 그녀의 말에 귀를 기울이려 들지 않았다. 거기서 그들, 구도르프, 하르나크 가족, 슈마허 가족, 쿠크호프 가족, 하일만, 코피 등은 밤새 함께 앉아 있었다. 마치 자신의 도시에 계속

---

156) Paul Braun: 반파쇼 투사이자 저널리스트인 빌헬름 구도르프Wilhelm Guddorf의 가명.

삶으로써 그들은 다칠 수 없다고 상상하며 위로받는 듯했고, 몇 년씩 망명 생활을 한 사람들에게만 혼자 있으라는 계율이 적용되는 듯했다. 다름 아니라 비합법 신문의 인쇄를 주도하는 지크에게는 완벽한 보안을 기대했지만, 슈테틴 역에서 일하는 그는 아마 자신의 철도원 제복으로 일종의 보호색을 갖추었다고 믿었을 것이다. 그래도 수동 인쇄기를 감출 때, 원고들을 운반할 때, 신문, 전단, 플래카드, 풀로 붙이는 쪽지들 따위의 배달을 조직할 때, 그에게 일이 잘못된 적은 없었다. 브리츠에 있는 트렙토 운하 옆 오두막 단지에 그들은 별장을 하나 가지고 있었다. 거기서 『내부 전선』『평화 투사*Der Friedenskämpfer*』 등의 문건들이 인쇄되었다. 그녀는 팔 근육에서 기계 손잡이의 움직임을 느꼈다. 그 신문들은 군수업체들에 배포되었다. 그것들은 유럽의 모든 언어로 인쇄되었으며, 강제노동을 하는 사람들을 대상으로 삼았다. 이들 가운데 몇몇 사람은 번역을 도왔다. 나중에는 그곳 브리츠에 무전기가 들어왔다. 코피는 그곳에서 속성으로 교육을 받았다. 루도와 오라니엔부르크에서도 지크는 대피구역을 활용할 수 있었다. 그녀는 하르나크, 슈마허, 쿠크호프 등의 원고를 들고 언제나 도시를 가로질러 차를 탔으며, 지크, 크뇌헬, 코발케, 스웨덴에서 온 벨터, 그들의 친지인 아이젠블레터 및 슈퇴베[157] 등과 만났다. 이들 모두의 아지트들은 노이쾰른에 있었다. 그녀는 세포 구성원들을 위해 준비한 정보업무용 텍스트 작성을 마무리했다. 밤이면 그녀는 쪽지를 붙이고, 글자를 벽과 울타리에 그려놓고 달아나는 일에 끼었다. 그녀는 그러한 행동들이 적들의 홍수 같은 선전에 비춰볼 때 결코 사소해 보이리라고는 생각하지 않았다. 오히려 평화(Frieden), 자유(Freiheit), 진보

---

157) Ilse Stöbe(1911~1944): 1930년부터 반파쇼 투쟁에 가담한 독일 언론인으로 외무부 정보과에서 일하며 1931년부터 소련에 정보를 제공했으며 1942년 체포되어 처형되었다.

(Fortschritt)를 나타내는 삼중의 F자는 그녀에게 흘려 넘길 수 없는 의미로 가득 차 있었다. 그리고 어제 니더쇠네바이데 화물역 앞에서 경찰대에 체포되었더라도 그것은 그녀에게 아무 일도 아니었을 것이다. 아이젠블레터, 톰시크, 우리히, 메트 등이 2월에 체포되어 고문당했다. 남자들은 브란덴부르크 감옥에서, 여자 동지는 라벤스브뤼크에서 고문당했으며, 에메를리히, 글로거, 그륀베르크, 슈테펠바우어 등이 5월 21일 플뢰첸제에서 처형되었다. 그래도 그녀는 의기소침해지지 않았다. 오히려 그녀는 전단들, 지금도 무엇인가를 말하고 아직 어떤 지침들을 제공해야 할 이 유일한 문건, 이 짧고 파편적인 문건을 퍼뜨리기 위해 더욱더 노력하겠다고 다짐했다. 그녀는 두 젊은 남자들의 마음속에서 의기소침해지는 낌새를 감지하고 그들을 보호해줄 수 있다는 듯이 팔로 감쌌다. 그들은 그녀보다 훨씬 젊었다. 그녀는 이미 지난 전쟁에서 자기편을 선택했다. 너희들 두려워해선 안 돼. 그녀가 말했다. 일단 어떤 일을 하기로 결심하면, 언제까지고 그걸 고수할 태세가 돼야지. 하일만과 코피는 가까이에서 시한폭탄이 폭발하는 잔향 때문에 그녀의 말을 들을 수 없었다. 그들은 마비된 채 누워 있었고 그녀의 무게 밑에서 파편에 파묻혀버렸다고 믿었다. 아주 아름다운 여름이었다. 그들은 마치 저 교외의 칼스호르스트에서 휴가를 보내는 듯했다. 그곳에서는 귀뚜라미들이 울었고, 무전기 신호에 맞춰 새들이 지저귀었다. 그들이 암호 숫자들을 통해 군대의 규모, 집결 장소, 이동, 무기의 양과 종류, 비행기 유형, 방어 중심부, 참모 숙소 등을 동부의 공격 부대에 알렸을 때, 그리고 동맹자의 호출을 헤드폰으로 들었을 때, 아직 추적 대상이 아니었다. 그러다 우크라이나를 지나 볼가로, 크림을 지나 코카서스로 진격해가는 동안, 세바스토폴을 위한 새로운 전투 중에, 하리코프 근교에서 벌어진 소련의 반격 중에 그들

을 에워싼 포위망이 좁혀졌다. 그들은 다시 시내로, 수시로 바뀌는 그들의 은신처로 숨어야 했다. 코피는 힐데[158]가 그의 부모님 댁인 보르지히발트의 오두막에 머물고 있어서 안심이 되었다. 그는 그녀가 정원의 짙은 녹색 속에 앉아 있는 모습을 보았다. 머리는 매끄럽게 뒤로 빗질해 넘기고, 두 손은 임신 중인 배 위에 얹고 있었다. 아이가 태어날 때까지는 아직 석 달을 기다려야 했다. 하지만 그들이 그를 찾아내더라도 그 상태의 힐데를 괴롭힐 수는 없을 것이다. 아니다. 그들은 그녀를 데려와 피투성이로 부풀어 오른 그의 얼굴 앞에 세울 것이다. 아내의 배에 칼끝을 갖다 대고 그에게 진술을 강요할 것이다. 그는 벌떡 일어섰다. 이제 그도 떠나려 했다. 다만 그 순간 어디로 갈지 몰랐다. 가장 유용한 도구가 있는 곳, 하르나크나 쿠크호프에게, 에리카 브로크도르프[159]나 쇼트뮐러[160]에게로 가야 했다. 근래에는 너무 자주 기계에 결함과 파손이 생겼다. 그 자신이 부주의해서 가장 좋은 송신기를 직류 소켓 대신 교류에 연결해 태워버렸다. 그가 자신의 주파수를 맞춘 뒤 전파 탐지 차량이 접근해오기까지는 언제나 몇 분밖에 남지 않았다. 그가 빠질 함정은 어디에나 있었다. 하일만은 성급히 송신되는 암호 조합들을 마태 교회 광장 앞에 있는 자신의 지휘부에서 함께 들었다. 그를 최고의 암호해독가로 여기는 나치 추종자들 사이에서 첩보 용어들을 해독하는 일에 종사하는 척함으로써 그럴 수 있었다. 이 첩보 용어들은 동부에서 확인되었듯이 군의 모든 계

158) Hilde Copi(1909~1943): 한스 코피의 아내로 1941년에 결혼하고 슐체 보이젠 그룹에서 활동했으며 1942년 체포되어 1943년 처형되었다.

159) Erika von Brockdorff(1910~1943): 독일 공산당원. 반파쇼 저항운동을 위해 자료 수집 활동 중 1942년 체포되어 1943년 처형되었다.

160) Oda Schottmüller(1905~1943): 베를린 예술학교 출신의 체조 교사. 슈마허 부부와 친교를 맺었으며 슐체 보이젠 그룹의 일원이었다. 1942년 체포되어 1943년 처형되었다.

획적 움직임을 적에게 알려주었고, 모든 기습 술책을 방해했다. 진군을 위태롭게 하고 지난겨울의 패배에 복수하겠다는 최고 통수권자의 맹세를 무산시키려는 이 반역자들은 확실히 모든 지도부에 앉아 있었다. 뛰쳐나가기 전에 작별을 위해 서로 손을 잡고 있는 그들은 자신을 결코 스파이라고 여기지 않을 것이다. 그들은 전장 한가운데의 매복 초소에 있었고, 엄청난 책임을 떠맡고 있었다. 그들의 보고에 조국의 노예화가 아직 얼마나 더 지속될 것인지가 달려 있었다. 신속하게 바뀐 송출 지점들은 그들이 붉은 예배당이라고 부르며 충성을 맹세한 어느 예배당 안의 장비들에 정확히 맞춰진 지점들과 일치했다. 국면전환은 이미 확연했다. 코카서스 고원으로 들어간 침략군은 거의 바쿠의 유전 지대로까지 밀려가 30만 명이 스탈린그라드 근처 볼가 강가에 집결했으며, 측면으로부터 압박을 받았다. 침략군의 공격선은 단절되었다. 그들은 이제 일어섰고 서로 맞잡은 가장 가까운 동지들의 손을 느꼈다. 그들은 더 이상 머물 수 없었다. 하지만 그들은 자신이 가을의 폭풍 속에서도, 눈 속에서도, 적이 패망하는 데 기여했다고 말할 수 있을 것이다.


경보는 아직 사라지지 않았다. 전차와 버스들은 다니지 않았다. 그들은 황폐한 곳을 지나서 달려야 했다. 소방차들과 철거 부대를 지나 하일만은 시청 방향으로, 비쇼프는 클로스터 가 아래로, 코피는 보리수나무들이 횃불처럼 타고 있는 곳으로 달렸다. 그때 그들, 훔볼트 형제는 안락의자에 주저앉아 있었다. 한 사람은 지구본을 잡고 버티고 있었고, 또한 사람은 무릎에 책을 펼치고 앉아 황폐해진 모습을 꿈꾸듯이 응시했다. 그들 위에서는 대학 건물의 복공을 따라 반짝이는 헬멧과 도끼를 든 사람들이 불길에 휩싸인 채 기어 올라갔다. 활 모양의 물줄기가 위로 솟아올랐다. 불빛이 하늘을 둥그렇게 움켜쥐었다. 세 사람의 몸은 한발씩 앞으로 나아갔다. 숨은 헐떡였고 심장은 망치질했다. 불타는 공기가 열린 입으로 들어갔고 탁해진 공기는 목구멍으로 씩씩거리며 나왔다. 세 사람의 두뇌는 이미 그다음의 도약과 추락을 모두 계산하며 다음의 전환을 준비했다. 하일만의 구두창이 규칙적으로 슐로스 광장의 포도를 때렸다. 넵툰브루넨 앞에서 누군가 그림자처럼 그의 앞을 지나갔다. 코피의 굽힌 팔은 기관차의 피스톤처럼 앞뒤로 흔들렸다. 비쇼프는 소리 없이 야노비츠 다리를 향해 날아갔다. 그녀는 양말만 신고 있었다. 구두를 어디서 잃어버렸는지 알 수 없었다. 프란최지셰 가에서 하일만은 두 주교좌성당을 향해, 잔다르멘 시장에 있는 이 쌍둥이 건물을 향해 몸을 돌려 불타는 도로를 떠났다. 동물원으로 들어가려고 한 코피는 자기 앞으로 자기 몸의 사신(使臣)처럼 검은 그림자를 길게 드리우면서, 황량한 도로테엔 가를 통과하는 우회로로 접어들었다. 그을린 지붕틀이 남아 있는 검고 거대한 의회 건물을 지났고, 다음에는 개선로로 들어섰다. 이곳의 기둥 받침에서는 프로이센 전통의 우상들이 그를 맞이했다. 하일만은 라이프치히 가의 협곡으로 들어섰다. 코피의 숨소리가 씩씩거렸다. 그는 거인이었다. 선사시대의 괴물처럼 덤불을 지나 흙더미와 풀을 넘어 서둘러 앞으로 나아갔다. 가는 쇠테 안경 뒤의 두 눈은 가늘게 뜨고 있었다. 그의 얼굴, 이 해골 같은 모습은 비쇼프의 망막에 아직도 새겨져 있었다. 브뤼켄 가를 뒤로하며 그녀는 쾨페니크 가로 갔다. 그녀는 교회 문 앞에서 두 사람이 그녀에게서 얼굴을 돌리던 모습을 자꾸 떠올릴 수밖에 없었다. 군모 아래의 창백하고 아이 같은 얼굴과 뺨에 깊은 상처가 난 마른 얼굴이었다. 입의 윤곽은 예리했고, 머리칼은 솟아올라 있었다. 이제 그녀는 연무로 가득 찬 부스터하우스 가에 접근할 수도 있었지만 거기서 경찰차를 보았다. 그녀의 근육과 힘줄은 그녀를 벌써 네안더 가로, 남쪽으로, 노이쾰른으로 몰고 갔다. 그곳은 그녀가 태어날 때부터 친숙해진 곳이었다. 포츠담 광장을 밟는 하일만의 발길이 느려졌다. 별 모양으로 뻗어가는 도로 뒤의 연기 속에서 그는 마태 교회를 보았다. 코피는 끔찍한 피로감에 빠져들고 옆구리에 찌르는 듯한 통증을 느끼며 뤼초 둑 난간 위로 몸을 구부렸다. 아직도 란트베어 수로의 밋밋하게 흐르는 물 위에서는 로자의 시체가 떠다니고 있는 듯했다. 그때 그자들이 뒤에서 다가와 그의 좌우에 붙었다. 사복경찰 두 명이었다. 그에게 증명서를 요구했다. 지멘스사의 선반공 신분증이었다. 그것은 사실이었다. 그런데 경보가 울리고 있는데 여기서 뭘 하고 있느냐고 물었다. 아침반에 가야 한다고 답했다. 일요일 아침에 아침반이냐고 그들이 물었다. 우리는 요즘 바쁘게 일한다고 그가 말했다. 그러면 좀 멀리 가야겠다고 그들이 말했다. 그는 동물원 역으로 가서 기차가 다시 다닐 때까지 기다리려 한다고 답했다. 그러려면 오래 걸릴 것이라고 말하며 그들은 그에게 서류를 돌려주었다. 그들의 친절에 그는 놀랐다. 네놈들이 누구를 대면하고 있는지 안다면. 그의 마음속에는 어떤 나약함이 존재했다. 그는 그들이 자신을 체포하기를 바랐다. 이렇게 계속 도망 다니느니 차라리 끝장을 보았으면. 하지만 그들은 이미 가버렸고 심지어 그에게 손짓까지 했다. 그는 헤라클레스 다리 위로 몸을 끌고 갔다. 그때 스팀팔로스[161]의 늪에서처럼 찰랑거리는 소리가 났다. 히드라가 기둥 받침 앞에서 구불거리며 올라왔다. 독수리의 날개가 그를

---

161) Stymphalos: 헤라클레스의 여섯째 과업 무대. 헤라클레스는 스팀팔로스 사람들을 잡아먹는 사나운 새들을 퇴치한다.

스쳤다. 혼자 타우엔치엔 가까지 가는 것은 그에게 끝이 없는 길처럼 보였다. 아직 그는 뉘른베르크 가, 슈피헤른 가, 그리고 빌머스도르프 전체를 관통하는 카이저 로를 지나 송신기가 있는 프리데나우의 브로크도르프의 집에까지 가야 했다. 비쇼프는 오라니엔 광장에서 코트부스 토어 광장까지 그리 멀지 않은 거리만 가면 되었다. 하일만은 제복에서 먼지를 떨면서 자신의 사무실로 올라가는 계단을 밟았다. 그가 들어섰을 때 트락슬이 그를 향하면서 글자들로 가득 찬 종이 한 장을 내밀었다. 그는 즉시 저들이 열쇠를 찾았다는 것을 알았다. 길게 끄는 사이렌 소리를 들으며 비쇼프는 코트부스 토어 앞에 서 있었다. 여기서는 헤르만 가로 가는 도중에 있는 라이네 가까지 지하철을 타고 갈 수 있을 것이다. 플랫폼에서 그녀는 이곳으로 피해왔다가 새로운 공격이 두려워 밤새 축축하고 곰팡내 나는 지하도에서 지낸 여러 사람들 사이에 끼어 있었다. 희미한 불빛 속에서 모양새 없이 외투와 덮개 아래에 서로 밀착해 누워 있던 그들은 동굴 속에서 조용히 무감각하게 피난처를 찾는 음침한 짐승 무리 같았을 것이다. 하일만은 보지 않아도 그 종이가 지난번 그러니까 1941년 10월 10일 동지들이 끔찍할 정도로 부주의하게 브뤼셀의 연락소에 보낸 무선통신문을 담고 있는 것임을 알 수 있었다. 한 달 전 벨기에 센터가 날아가버린 뒤 그는 그의 우두머리인 보크가 종종 그의 그룹 지도자들의 주소를 의미하는 숫자 구성에 대해 추측하고 있는 것을 보았다. 증거들을 빼돌리는 것은 불가능했다. 하르나크는 이제 프레데리치아 가에서 살지 않고 티어가르텐의 보이르쉬 가에서 살았다. 그리고 쿠크호프는 카이저 로에서 프리데나우의 빌헬름스회어 가로 옮겼다. 슐체 보이젠[162]만은 알

---

162) Harro Schulze Boysen(1909~1942): 반파쇼 저항운동가. 나치 집권 직전 『적Der Gegner』을 발행하고 1933년 체포되어 고문당했다. 석방 후에는 조종사 과정을 밟아

텐부르크 로에 머무는 것이 좋다고 생각했다. 그의 방이 기록에서처럼 3층이 아니라 5층에 있기 때문이었다. 3층에는 방위군 장교가 살고 있었는데, 이는 추적자를 오도할 수 있을 것이다. 하지만 그들 모두는 텍스트가 해독되면 자신들이 체포되는 건 시간문제라는 걸 알았다. 기껏해야 몇 시간 지연되는 게 고작일 것이다. 자신의 동료가 벌겋게 상기된 얼굴로 주소들과 함께 코로, 볼프, 바우어라는 가명을 통해 알아낸 실명을 읽어주었을 때, 하일만은 며칠 전에 품었던 의심을 확인할 수 있었다. 즉 그들은 포위되어 있었으며, 저들은 가능한 한 많은 그룹 구성원들을 일망타진할 시점만을 기다리고 있었던 것이다. 물론 어서 일어나 동지들에게 경고하러 가야 한다는 것이 처음 든 생각이었다. 하지만 순식간에 하일만의 마음속에서는 얽히고설킨 생각들이 펼쳐졌고, 이는 냉정하고 차분한 반응을 불러일으켰을 뿐이다. 우선 그는 말없이 믿지 못하겠다는 투로, 조금도 떨지 않으면서 종이에 적힌 내용을 읽어야 했다. 시선들이 그를 향했다. 어쩌면 그의 상상이었을 뿐인지도 모른다. 어쩌면 그들은 그의 가담에 대해 아직 아무것도 모를 수도 있었다. 그는 이것이 위조라고 말했다. 여기엔 고위 공직자와 저명인사들이 거론되어 있다고 했다. 그러자 그들은 그에게 세 핵심 인물의 배경을 설명해주었다. 그는 더 이상 귀를 기울이지 않았다. 그저 저들이 자신을 강철 채찍으로 다루어도, 자외선이 비치는 감방 안에서 몇 주일을 보낸 뒤에도 자신이 입을 열지 않을 수 있을 것인지 자문해보았을 뿐이다. 하일만은 하르나크를 5년 전

---

제국항공성 정보부에서 일하면서 전쟁 발발 전부터 후제만, 퀴헨마이스터 등 공산주의자들과 접촉했다. 하르나크, 지크, 구도르프 등과 붉은 예배당으로 알려진 저항 단체를 결성하고 1938년 소련과 접촉, 1941년부터 소련에 정보를 제공하다 1942년 체포되어 처형당했다.

부터 알았다. 당시에는 코피와 지금은 스웨덴에 살고 있는 그의 친구와 함께 공부를 했다. 당시 하르나크의 정치경제학 강의에 들어갔을 때 그는 열다섯 살이었다. 그 후 열일곱 살에 그는 외국학부에 들어가 위장을 위해 하우스호퍼[163]에게서 신비주의적 민족주의 지리정치학을 몇 학기 배웠다. 하우스호퍼는 그를 애제자라고 부르기도 했다. 하지만 그의 스승은 지금 경제성의 참사관으로 있는 하르나크였다. 착취자들이 엄청나게 우월한 지위를 차지하고 있는 계급투쟁을 그는 코피와 함께 지내면서 알게 되었다. 자본의 지배로부터 노골적인 파쇼 폭력에 이를 수 있는 메커니즘에 대한 설명은 하르나크에게서 들었다. 프롤레타리아트는 20여 년간 궁핍과 모멸로 인해 너무 마취되어 자신의 권력 상실과 그로 인해 야기되는 더 심각한 노예화를 이제 이해할 수 없게 되었다. 코피에게는 모든 것이 단순하고 직선적이었다. 이미 학교에서, 샤르펜베르크 기숙학교에서, 코피는 당에 들어갔고 테겔의 소년단 그룹을 이끌었으며, 기숙사의 닭장 속에 다락방을 하나 만들고 거기서 마르크스주의 고전 이론가들의 사진 아래에서 친구들에게 마야콥스키[164]와 베데킨트[165]의 시를 낭독해주었고, 그들에게 『국가와 혁명』과 자본주의 최고 단계로서의 『제국주의』를 설명했다. 교사가 의심쩍은 눈으로 들여다보았을 때에는 벽에 걸려 있는 사람, 온 얼굴에 수염이 나 있는 마르크스를 자기 할아버지라고 불렀다. 일요일이면 그는 자기 어머니의 아이스크림 가게 일을 보았다. 그 후 1932년에 이미 바이마르공화국 체제에서 공산주의자라는 이유

---

163) Karl Haushofer(1869~1946): 독일의 장성이자 정치지리학자.

164) Vladimir Vladimirovich Mayakovsky(1893~1930): 러시아의 미래파 혁명 시인.

165) Frank Wedekind(1864~1918): 독일의 극작가이자 배우. 학교의 훈육과 부르주아적 위선에 맞서 성적으로 도발적인 작품을 썼다.

로 학교에서 쫓겨나자 금속 기술을 배웠고, 다음 해에 감옥에 들어간 최초의 인물들 속에 포함되었다. 전단을 살포했다는 이유로 그는 열두 달을 감옥에서 보냈다. 감옥에서 나오자마자 코피는 다시 비합법 활동을 벌였다. 노동자의 아들인 코피에게는 의심이 없었다. 하일만에게는 관념론에서부터 현실까지가 먼 걸음이었다. 새로 생겨나는 유물론적 세계관 속에는 낭만주의와 고상한 마음이 되풀이해 파고들었다. 시민적인 부모님 혹은 상상 속의 안락과 정치 투쟁의 혼란 사이에 갈등이 있었다. 그의 반항은 우선 모든 불의와 억압을 겨냥했다. 멀리 나아갈수록 그의 공감은 더욱 격렬해졌고, 마침내 그는 불행이 가장 가까이 있는 곳, 가장 큰 곳에 자신의 힘을 쏟아 넣기에 이르렀다. 하르나크, 쿠크호프, 구도르프, 슈마허, 슐체 보이젠 등과, 때로는 이 사람과 때로는 저 사람과 교대로 밤늦게까지 대화하면서 그는 다른 이들 또한 내적 대립을 겪으며 행동으로 옮겨갔다는 점을 명백히 알게 되었다. 아무도 코피의 경우처럼 어린 시절부터 갈 길이 미리 정해져 있지 않았다. 그들은 출생과 모순을 이루는 가운데 엄중한 결단을 내렸다. 그들은 자신의 휴머니즘적, 학술적, 평화주의적 혹은 예술적 배경으로 인해 시민적 자유주의의 붕괴에 특히 더 민감하게 되었다. 그들은 그 시민적 자유주의로 위장된 채 시작된 치욕에 맞서 저항할 필요성을 확신했다. 아마 처음에는 하일만도 그들을 존경하고 찬탄하려는 충동으로 그들과 가까워지려 애썼을 것이다. 그러나 지극히 사소한 행동들, 치밀한 계획들, 집요한 확인 절차 등을 통해 그 자신도 포함된 그들 모두가 역사적 힘들에 복무하고 있음을 깨닫게 되었다. 또 그들이 이러한 역사적 힘들에 자신을 내맡겼듯이 그에게도 더 이상 후퇴는 존재하지 않았다. 그들 모두는 자신이 어디에 쓰이는지 알았다. 이로 인해 그들은 거의 익명의 존재가 되었다. 그는 갑자기 이론에서 실천에 도달했다. 그들의 수가 그렇게 적다고 해서 그는 이상하게 생각하지 않았다. 그들은 사실 소수일 수밖에 없었다. 너무 많은 사람들의 나약함 때문에 그들은 그런 위치를 차지할 수밖에 없었던 것이다. 기만의 희생물이 된 대중이 없었다면 그 잔인한 사태는 벌어질 수도 없었고 이에 맞서는 사람들 대부분을 뿌리 뽑는 것도 불가능했을 것이다. 아무튼 그들은 그렇게 존재함으로써 말살되지 않는 어떤 생명력을 증명했다. 그리고 이제 그들은 다시 그렇게 소수가 아니었다. 전쟁 초 약 30만 명이 수용소와 감옥에 앉아 있었다. 그들은 이들의 해방을 위해, 조련사들의 명령을 수행하며 시들어가는 수백만 명의 해방을 위해 활동했다. 하르나크는 그들이 역사의 한 가지 원칙을 구현했다는 점을 그에게 설명했다. 그에 반해 슐체 보이젠에게는 자신의 결단이 있을 뿐이었다. 슐체 보이젠의 인격적인 무게가 그를 끌어들였다. 두 사람은 적의 사령부 중심에서 일했다. 그들의 자제심과 위장술은 완벽했으며, 그래서 그들은 활동을 늘리면서 계급도 올랐다. 한 사람은 고급행정관이 되었고 다른 한 사람은 중위가 되었다. 하르나크가 언제나 삼가고 기다리고 검증하는 인물이라면, 슐체 보이젠은 뛰어난 판단력을 지니고 어떤 어려움도 일소해버렸으며, 비록 모든 징후가 그 반대를 말해도 민중 봉기에 대한 믿음을 버리지 않았다. 운동선수이자 조종사인 그는 턱이 뾰족한 얼굴과 금발과 하늘색 눈을 갖고 있어서 외모로 보면 찬양받는 북방인 유형의 본보기였지만, 게르만 제국의 몰락을 위해 가장 지칠 줄 모르고 노력한 인물이었다. 해군 중령의 아들이자 티르피츠[166) 장군의 조카인 그는 장교단과 식민주의 전통에 뿌리를 두고 독일청년단의 정신으로 성장

---

166) Alfred von Tirpitz(1849~1930): 독일 해군 대장으로 제1차 세계대전 직전 해군 함대 건설을 주창한 인물이다.

했으며 사회주의 독일 국가를 염두에 두었다. 스무 살이 되던 1930년까지 그는 법학과 경제학을 공부하면서 범유럽적 이념들에 사로잡혀 있었지만, 점증하는 쇼비니즘적 광기를 보며 국제주의로 넘어갔다. 자신의 관점을 바꾸자 그에게는 새로운 문학 및 새로운 사람들과 함께 새로운 혁명적 세계가 급속도로 열렸다. 그리고 이미 그에게는 하나의 논단이 필요했다. 1932년 그는 『적Der Gegner』이라는 간행물을 발행했다. 여기서 그는 위협적인 파쇼적 파괴에 맞선 통일을 호소했다. 노동자당들은 이를 인정하려 들지 않았다. 그는 시간이 너무 짧으리라는 것을 알았다. 그는 그저 시작만 할 수 있을 뿐이었고 하나의 그룹을 만들 수 있을 뿐이었다. 이 그룹은 나중에 모든 것을 잃어버린 듯 보일 때 저항을 계속하게 될 것이다. 파시즘의 승리 직후 그도 1만여 명 가운데 한 명으로 체포되었다. 수용소에서의 경험, 심한 고문, 가까운 친구들의 살해 등은 물론 저항에 필요한 증오를 불붙였다. 하지만 그는 자신의 태도를 규정한 것이 과학적 발견들이었다는 점을 잊지 않았다. 영향력 있는 인물들의 노력으로 석방된 날부터 그는 자신의 출신 배경이 되는 집단의 의도가 바로 그 집단에 맞서게끔 공작을 벌였다. 그는 조국의 이름으로 저질러진 범죄를 극복할 수 있기 위해 참모부와 정부에까지 미치는 그의 연줄을 이용했다. 그는 조종사 훈련을 받았다. 외견상 공명심에 불타는 이 장교를 높이 평가한 원수 자신의 도움을 받아 항공성으로 자리를 옮겼다. 항공성에서는 전쟁용 무장 상태를 파악할 수 있는 자료를 손에 넣을 수 있었다. 중심 타격이 소련을 향하리라는 점을 알게 되자 그는 소련에 자신의 정보를 전달했다. 평화조약 기간에도 그는 늘 동부에서 전쟁이 계속되리라고 생각했다. 그리고 공격 준비를 무산시키기 위해 할 수 있는 모든 일을 함으로써 그는 참고 단념해야 한다는 이 시기 공산당원들의 테제를 논박했다. 최초의 노동자 국가가 살아남는 것이 조국의 변혁을 실현하기 위한 전제 조건이었기 때문에 그는 소련을 도왔다. 공산당에 들어가지는 않았다. 주도자들 가운데에는 구도르프가 유일한 당원이었다. 그들은 그처럼 당과 얽히지 않음으로써 자신들이 모든 진보 세력과 함께 가기 위해 열려 있다는 점을 암시하려는 듯했다. 그들은 종종 미래의 국가 형태에 대해 토론했다. 아직 수백만 외국 강제노동자들의 봉기를 믿고 있는 슐체 보이젠은 소비에트 독일, 평의회 공화국에 대해 말했다. 다른 사람들은 사회민주주의에 대해 말했다. 하지만 민중들의 참여 징후가 없는 한, 그 실현 가능성은 생각할 수 없었다. 그들은 일종의 전위대였다. 그러나 당의 전위대는 아니었다. 당의 전위대로 등장했다면, 그들은 불신을 샀을 것이다. 당들, 특히 지하투쟁을 견뎌낸 당들은 헤게모니를 요구할 수 있을 것이다. 하지만 그들에게 중요한 것은 언젠가 새로운 국가를 세우게 될 때 그런 역할을 하도록 공산당을 유지하는 것이 아니었다. 그들의 목표는 더 포괄적이었다. 그들은 일종의 통일운동을 원했다. 스톡홀름에서 전달된 풍크의 글을 통해 그들은 망명 중인 당내에도 모든 저항 그룹들을 묶어낼 하나의 전선을 위한 당을 만들려는 노력이 존재한다는 사실을 확인하게 되었다. 우선 그들은 애국적 도덕의 옹호자가 되는 것으로 충분했다. 이는 국제주의를 배제하는 것이 아니었다. 그들은 혁명가들이었지만, 사회적 조건들은 지루하고 참을성 있는 준비를 요구했다. 조직이 확대되기 전에, 투쟁은 자신의 제국주의 정부를 약화하는 것을 목표로 했다. 정부의 권력이 손상되었다는 것을 보여준다면 소요가 일어날 수도 있을 것이다. 하지만 통일정당에 이르려면, 몰락하게 된 인민의 모든 계층을 끌어당길 수 있게 해줄 하나의 강령에 도달하려면 아직 멀었다. 결속의 필요성을 놓고 논의가 되풀이해 맴돌았다. 결속이 이루어지지 않을 경우 그들의 작업은 모두 헛될 수밖에 없을 것이다. 그들은 소련의 몰락을 희망하는 서방의 동맹자들, 독일군에게 동부에서의 활동 공간을 충분히 마련해주기 위해 침공을 지연하고 있는 동맹자들이, 승리를 향해 진군해올 경우 독일을 자신의 이해관계에 종속시키려 들리라는 것을 알았다. 그때 단결된 힘이 없다면 주권을 방어하지 못할 것이다. 하일만에게는 종종 이 모든 생각과 계획들이 근거 없는 것으로 보였다. 하지만 그들의 고립 상태에서는 그것들도 필요했다. 단지 그들만이, 이 소수만이 언젠가 지극히 절박한 것이 될 과제를 다룰 수 있었다. 그들은 독일의 사회주의가 서방 세력들에게는 허용되지 않고 소련의 보호 아래에서만 건설되는 시점에 어떤 일이 일어날 것이냐는 물음에 아직 답을 마련하지 못했다. 생각의 날개를 펼치는 동안, 수많은 의도와 온갖 방향에서 다가오는 요구들을 서로 결합하고, 아무도 속이지 않고, 새로운 신조를 전할 본보기를 찾기 위해, 지도부가 보여야 할 인내력과 온갖 다양한 노력들에 대한 환상이 그에게 밀려왔다. 하지만 이미 확인된 인내심은 모든 불확실성을 극복했다. 그것은 불굴의 자세를 천명하는 것이었다. 또한 그들이 고립 상태에서 접할 수도 있는 비난, 즉 그들이 환상적이고 비현실적인 기대에 몸을 내맡기고 있다는 비난은 타당하지 않았다. 왜냐하면 그들은 얻을 수 있는 정보들을 통해, 독일군이 지금은 여러 성과들을 자랑하고 있지만, 독일군의 공격이 수그러들고, 지칠 것이며, 후퇴하고 패배할 수밖에 없다는 것을 알았기 때문이다. 다만 견뎌내고 세포들을 강화하는 것이 중요했을 뿐이다. 하일만에게는 그들이 하나의 작은 섬 위에 있는 것처럼 보일지 몰라도, 사방의 시가지나 공장에 있는 사람들에게 눈을 돌리기만 하면, 그는 이미 다시 그들의 계획이 서로 조화를 이루고 거대한 협력 속에서 작동하는 것을 볼 수 있었다. 두들겨 맞고 불구가 된 이 모든 사람들에 대한 생각만이 그를 짓눌렀다. 물론 민중들도 움직이게 될 때에야 비로소 그들의 행위는 진리가 될 것이다. 갑자기 그는 그들이 언젠가 페르가몬 부조 앞에서 벌인 토론을 생각해냈다. 그리고 변혁은 저 아래에 있는 그들, 땅에서, 먼지에서, 자갈에서 기어 나온 그들에 의해 이루어질 수밖에 없다는 점, 그들이 이미 이룩한 것을 내버린다면 모든 것이 다시 무너지게 되리라는 점을 인식했다. 당시 그들은 자신을 정복자라고 생각했고, 문화재들을 자신의 것이라고 주장했으며, 그토록 많은 지식과 그토록 많은 정신적 성과물들을 활용할 수 있는 자신들이 인간의 창조물들을 경멸하는 놈들에게 결코 복종할 수 없다고 믿었다. 하지만 놈들은 그들보다 우월했으며, 그들은 놈들에게 잡혀 비방을 받을 수밖에 없을 것이다. 하일만은 트락슬과 보크의 눈을 들여다보았다. 그들의 눈에서는 다가오는 체포에 대한 탐욕을 읽을 수 있었다. 하지만 어떤 동료정신도 읽을 수 있었는데, 이 때문에 그는 속이 뒤틀릴 것 같았다. 그들이 아직 그의 목을 움켜쥐지 않은 것은 그들이 아직은 자신들의 잔인한 세계에 그가 속한다고 여기는 것을 의미하는 듯했다. 그는 아직 집행유예 상태였다. 그는 몰래 밖으로 나가 슐체 보이젠에게 전화할 좋은 기회를 기다리기만 하면 되었다. 침착함을 유지한 데다 합목적성이 무엇인지 알고 있었던 덕분에 그는 이곳 살인자들 사이에 서 있고, 그들과 같은 인물인 척하고, 그들과 농담할 수 있는 힘을 얻을 수 있었다. 바로 지금, 그들이 이처럼 절망적인 상황에 빠져 있을 때, 최대한 넓은 시야를 가진 사람들이 가능한 한 오래 버텨야만 할 것이다. 아직 광범한 보호책을 강구할 수 없다는 점, 당 지도부와 동지들은 멀리 떨어져 있으며 그들 자신이 방어 전투에 얽혀 있다는 점을 염두에 둬야 할 것이다. 해방이 오기 전에 더 많은 사람들이 쓰러질 것이다. 그리고 이제 그의 운이 다 되었다고 해도, 그는 이 순간 목숨을 잃는 수천 명 가운데 한 명일 뿐이리라. 그는 밖으로 나갔다. 전화를 찾았다. 하지만 슐체 보이젠도, 그의 아내 리베르타스[167]도 집에 없었다. 급히 전화해달라는 메모와 함께 그는 자신의 사무실 전화번호, 이 비밀 사무실의 번호를 여자아이에게 남겼다. 그 번호를 말하는 것만으로도 그의 목은 날아갈 수 있었다. 하르나크와 쿠크호프에게도 연락하려고 했다. 답이 없었다. 그는 다시 겨자색 널빤지를 댄 방, 웅성거리는 소리와 타자 소리가 나는 사무실 안의 허수아비들 사이로 돌아가 있었다.


이리 오세요, 내가 도울게요. 비쇼프가 보따리까지 들고 힘겹게 걷고 있는 여자에게 말하며 여자에게서 아이를 받았다. 그녀는 라이네 가의 지하철 종점에서 나와 인파 속에 섞여 성 토마스 묘지 담장을 지나 요나스 가로 갔다. 발을 끄는 소리들만 들렸다. 사람들은 먼지 때문에 잿빛이었다. 아무도 말을 할 수 없었다. 방공호 속에서 보낸 몇 시간 동안의 불안은 그들이 흩어졌을 때 그들을 기다리고 있을지도 모르는 것에 대한 두려움으로 바뀌었다. 아이를 팔에 안자 그녀는 자신이 더 안전하다고 느꼈다. 알텐브라크 가에 있는 그 여자 노동자의 집에 가기 위해 그들은 요나스 가를 통과해 갔다. 그곳에서 비쇼프는 누군가를 만나야 한다면서 지크가 사는 아파트 문으로 들어섰다. 뒷마당 전면 주위에는 특

---

167) Libertas Schulze Boysen(1912~1942): 언론인. 1936년 하로 슐체 보이젠과 결혼하고 1942년 9월 체포되어 12월 플뢰첸제에서 처형되었다.

이한 정적이 감돌았다. 아무도 드나들지 않았다. 마치 계단으로 가는 모든 문이 닫히고 빗장을 걸어놓은 것 같았다. 아이가 깨어나 작게 우는 소리를 냈다. 감시받고 있다고 느낀 그녀는 재빨리 지쳐서 벽에 기대고 있는 여자에게 돌아가 여자를 데리고 그 자리를 떴다. 감히 돌아보지 못했다. 그리고 계단참에서 여자가 지하실에서 기어 나온 사람들 사이에 끼어 계단으로 올라가는 것을 도와주고 노이쾰른 전차역에 다가갔을 때에도 그녀는 여전히 위기감에서 벗어나지 못했다. 잘레 가에서 그녀는 우선 36번지를 지나쳐 갔다. 건물 안에서 사람들이 오가는지 확인한 다음 대문을 향해 돌아갔다. 하지만 그녀는 계속 걸어가야 했다. 경찰이, 나이 든 순경이, 그녀를 잡고 누구냐고 물었기 때문이다. 그는 그녀를 전혀 모르겠다고 말했다. 그때 그녀는 바로 웃을 수 있었으며, 아이가 어른된다고 말했다. 아무튼 그녀는 그를 잘 기억하지만, 이 구역에서 그를 본지는 벌써 한 10년쯤 된다고 말했다. 그가 고개를 끄덕였다. 그녀의 목에 유령이 앉아 있는 듯했다. 그래도 그녀는 마치 안전하다는 듯이 행동했다. 그는 찢어진 양말을 신고 있는 그녀의 발을 가리켰고, 다시 고개를 끄덕였다. 그래, 이 모든 게 제발 좀 지나갔으면 좋겠구먼. 경고는 그녀에게 충분했을 것이다. 하지만 경고가 도움이 되지 않는 순간이 있었다. 계획한 일을 하다가 죽게 되더라도 상관없이 그것을 수행해야 하는 순간이 있는 것이다. 그래서 그녀는 몇 군데 골목을 지나 다시 일제가 사는 집으로 갔다. 에리카 브로크도르프는 코피를 부엌으로 데리고 들어갔다. 부엌에는 커피가 마련되어 있었다. 다른 때에는 안정감과 강인함으로 넘치던 그녀의 얼굴이 마스크처럼 긴장하고 있었다. 넓은 이마와 둥근 턱은 돌로 만든 것 같았다. 여기서는 더 이상 무전을 보낼 수 없을 거라고 그녀가 말했다. 무선 탐지 차량들이 코앞에 있으며, 회슬러[168]가 분대의 호출부호를 수신기로 듣고 있다고 했다. 낙하산으로 뛰어내려 1주일 전부터 브로크도르프의 집에 기거하고 있는 이 소련 출신 스페인 전사가 옆방에서 나왔다. 장비를 치워야 하며 당장 쿠크호프에게 가서 위험을 알려야 한다고 했다. 하지만 코피는 그저 기침을 할 뿐이었다. 그의 얼굴에서는 땀이 흘러내렸다. 그는 쉬어야겠다고 말하고 침실로 들어가 침대에 몸을 던졌다. 그의 옆 작은 침대에서 아이가 자고 있었다. 당신 지금 쉬면 안 돼요. 에리카가 말하며 그에게 커피 잔을 건네주었다. 그는 커피를 단숨에 비웠다. 당신이 가야 합니다. 우린 이제 경보 해제 후의 번잡한 틈을 타서 가방을 집 밖으로 옮겨야 해요. 회슬러는 헤드폰을 치우고 침대 가에 쪼그리고 앉아 귀를 기울였다. 손에는 권총을 들고 있었다. 그러고는 장비를 꾸렸다. 에리카는 코피의 어깨를 추켜올렸다. 난 못하겠는데요. 그가 말했다. 당신이 해야 해요. 그녀가 말했다. 그러고는 벌써 아이를 안고 시트에 감쌌다. 보크가 몇 주간의 노력 끝에 해독한 명단에는 일제 슈퇴베도 포함되어 있었다. 보크는 입맛을 다셨다. 하일만은 보크가 샴페인 병마개를 벌써 뽑아내려 한다고 생각했다. 하지만 만일 그가 외무부의 이 여자 스파이, 이 악명 높은 알타와 더불어 낚아챌 수 있는 자를 기다리기 위해 지금 자제하지 못한다면, 보안 업무의 우두머리가 아니었을 것이며, 뛰어난 수학자도, 공명심 많은 관리도 아니었을 것이다. 이제 그는 모두를 손아귀에 넣고 있었다. 다만 자신과 같은 방에서 일하는 하일만에 대해서만 아직 아무것도 모르는 듯했다. 하일만의 눈길은 벽에 있는 달력을 향했다. 전자시계가 자정을 가리켰다. 기계적으

---

168) Albert Hössler(1910~1942): 1929년 독일 공산당에 가입하고 1933년 체코로 망명했다. 1937년 스페인 내전 참전 중 중상을 입고 1939년 소련으로 이주했다가 1942년 낙하산으로 독일에 귀국해 소련과 무선통신을 담당했다. 1942년 체포되어 처형되었다.

로 그는 팔을 올리고 29라는 숫자가 있는 달력 종이를 찢었다. 30자가 검은색으로 노려봤다. 달력 주위에는 압핀으로 우편엽서들이 고정되어 있었다. 휴가 간 사람들이 보낸 안부 엽서들이었다. 에펠탑, 흐라차니, 콜로세움, 세비야에 있는 어느 궁전의 금은선 세공 등의 현란한 색채가 담긴 엽서들이었다. 크렘린은 아직 없었다. 네프스키 대로[169]도 아직 없었다. 8월 29일 밤에는 쿠크호프의 45세 생일파티가 있다는 생각이 떠올랐다. 프리데나우에 있는 그의 집에서 파티를 열 예정이었다. 하지만 하일만이 다시 한 번 전화를 하러 가기 전에 보크가 러시아어 전문을 번역하라고 그를 불렀다. 코피는 그들 모두가, 아담 쿠크호프와 그레타 쿠크호프,[170] 구도르프, 하르나크 부부, 슈마허 부부, 조각가이자 무용수인 오다 쇼트뮐러, 그리고 노파인 안나 크라우스[171]가 모여 있는 것을 보았다. 안나 크라우스는 알 수 없는 이유로 종종 모임에 참석해서 조용히 입꼬리를 내리고 이야기된 단어 하나하나를 모두 검사하는 듯 보였다. 그 여자는 동프로이센의 어느 농가 출신으로 남편이 전사한 지난 전쟁 중 베를린에 왔다고 하며, 노이바벨스베르크에 살고 있었다. 재봉사인데 카드요술과 점치는 일도 한다는 이야기가 있었다. 코피가 문 안으로 들어섰을 때 그 여자의 이글거리는 눈초리가 그를 향했다. 그 여자만 그를 금방 알아보았다. 다른 사람들은 거의 경악하며 그를 응시했다. 삐져나온 귀와 헝클어진 머리칼, 검은 눈두덩을 하고 있는 그가 유령 같았기 때문이다. 이야기가 중단되었다. 쿠크호프가 그에게 다가가서 그를 안락

---

169) Newskij Prospekt: 상트페테르부르크 중심가의 화려한 거리.
170) Greta Kuckhoff: 아담 쿠크호프의 아내로 1942년 체포되어 10년형을 언도받았다.
171) Anna Krauss(1884~1943): 슐체 보이젠 그룹의 일원으로 점술을 핑계로 장교들과 관료들에게서 정보를 캐내다 1942년 체포되어 1943년 처형되었다.

의자로 데려가기까지는 한참 걸렸다. 그는 안락의자에 주저앉았다. 쿠크호프는 이제 여기엔 무전기가 없고 알렉산더 광장 앞의 그라우덴츠[172]에게 있다고 말했다. 코피는 왜 자신이 당장 그라우덴츠에게 가서 그곳에서 비상 신호를 송신하지 않는지 자문했다. 하지만 그는 움직일 수 없었다. 그는 안나 크라우스를 보기만 해도 이곳 역시 불쾌한 일이 있다는 것을 알았다. 하지만 대화가 계속되자 그는 잠이 들고 말았다. 몸이 여전히 쑤시듯이 아팠지만, 그를 이처럼 떨리고 맥 빠지는 상태에서 벗어나게 하려는 충동도 아직 있었다. 허나 탈진 상태가 좀더 심했다. 탈진 상태는 이미 카이저 로 아래로, 빌헬름스회어 가 쪽으로 한참 달리는 동안 그를 엄습했었지만, 그는 안간힘을 다해 그런 탈진에 저항했었다. 브로크도르프의 집에서 쿠크호프의 집까지는 그저 몇 걸음이었다. 그녀는 옆집에 살았다. 거기서는 아직 회슬러가 침대 위에 앉아서 단순하고 교묘한 기계를 넣어둔 작고 무거운 트렁크를 챙기고 있었다. 그는 단추 하나하나, 스위치 하나하나를 눈앞에 떠올렸다. 이쪽의 백열등, 동조기 손잡이, 가벼운 키, 저쪽의 안테나와 접지봉 세트, 수정진동자, 옥탄관들. 그는 마치 자신이 벌써 주파수를 맞추고 있는 듯했다. 하지만 곧 다시 무기력 상태에 빠졌다. 아니야, 자기는 표현주의를 지지한 적이 없었다고 쿠크호프가 말하는 소리를 들었다. 그는 예술이 현실 한가운데에 위치하며, 예술의 영역은 영혼이 아니라 인식의 명확성이며, 예술은 과학이 불완전하게 파악할 수 있을 뿐인 삶의 과정을 형상화해 명확히 만드는 과제를 지닌다고 주장했다. 소란스럽게 반론들이 제기되었다. 그러다 그

---

172) John Graudenz(1884~1942): 독일 공산당원. 1916년부터 언론 활동을 했으며 전쟁 중 슐체 보이젠 그룹 일원으로 활동했다. 1941년 소련에 정보를 제공하다 1942년 체포되어 처형당했다.

는 다시 쿠크호프의 목소리를 알아들었다. 정밀한 심리학자는 과학자가 아니라 예술가이며, 물론 자신의 경험들을 외부세계와 관련지을 줄 아는 예술가라는 소리였다. 이 말은 설득력 있게 들렸다. 하지만 비몽사몽간에 모든 것이 틀렸다는 추측이 그를 방해했다. 우람한 상체를 앞으로 숙이고 지나치게 큰 검은 눈을 지닌 넓은 얼굴을 점쟁이 여자에게 돌리고 있는 쿠크호프는 마술에 사로잡혀 있는 듯 보였다. 그는 우리가 물론 아직 예술과 정치 사이의 모순을 풀지는 못했으며, 우리가 우리 자신의 노래를 짓밟을 필요는 없지 않느냐는 마야콥스키의 문제가 우리를 괴롭혀 왔다고 말했다. 엘리자베트 슈마허와 쿠르트 슈마허[173] 사이에 앉아 두 사람의 손을 잡고 있는 오다 쇼트뮐러가 높고 약한 목소리로 자기는 그런 의심을 이해하지 못하며, 바로 마야콥스키의 경우에는 정치적 행위가 예술적 통찰과 분리될 수 없고, 사고의 파괴에 맞서는 지식인들의 투쟁이 자신들을 결합해주지 않는다면 자신들은 여기 있지 않을 것이라고 외쳤다. 그녀의 가는 목이 무거운 장식이 달린 칼라 밖으로 삐져나왔다. 그녀의 이마는 부드러운 눈썹과 한가운데에 가르마를 탄 붉은 머리 사이에서 빛났다. 쿠크호프는 머리를 이리저리 흔들며, 자기는 행동가가 아니라고 말했다. 그는 의지와 행위를 통해서가 아니라, 눈과 직관을 통해 살며, 출생의 짐으로 괴로워하고 이것이 자신의 참여를 방해한다고 주장했다. 이 때문에 그는 일종의 둔감성과 심각한 결핍을 절실히 느낀다고 털어놓았다. 하르나크의 아내인 밀드리드[174]가 거의 알아채기 어려운 영어

---

173) Kurt Schuhmacher(1905~1942): 조각가로 슐체 보이젠 그룹의 일원이었다. 소련을 위해 정보를 수집했으며 1942년 체포되어 처형당했다.

174) Mildred Harnack(1903~1942): 미국인으로 아르비트 하르나크의 아내. 1928년 독일로 이주해서 베를린 대학에서 현대 미국 문학을 강의했다. 슐체 보이젠 그룹의 일원으로 1942년 체포되어 1943년 처형당했다.

식 말투로 응수했다. 그런데 노동자와 지식인들에게 러시아에 맞서 싸우지 말라고 호소문을 쓴 당신이 그런 소리를 하는군요. 하르나크가 말했다. 우리가 시민계급 출신이라는 것은 우리 책임이 아니지요. 다만 우리가 시민계급의 가치관을 고수하는지, 아니면 정체 상태를 의미하는 것으로부터 떨어져 나왔는지는 물어야 합니다. 우리가 가지고 있는 많은 것이 그것들에서 유래하지요. 내 부친은 학자였어요. 부르주아 학자. 하지만 관청에 굽실거리는 인물은 아니었어요. 그분 덕에 내가 접하게 된 문화는 부르주아 문화였습니다. 그다음에 이 문화를 다른 문화, 노동자 계급 문화와 결합시키는 것은 내가 할 일입니다. 내가 아직 집에 있을 때, 부르주아인 부친, 부르주아인 모친과 함께 문학과 음악에 둘러싸여 법학을 접하게 되었죠. 내가 국민경제학 공부를 시작한 것은 더 이상 부모님의 업적이 아니라 내가 사는 시대의 업적이었지요. 나는 연구 덕분에 마르크스주의에 도달했어요. 연구의 휴머니즘적 기초는 아주 어린 시절 시민적 전통들 속에서 마련되었습니다. 이를 부정하는 것은 나 자신을 부정하는 것일 테지요. 하르나크는 쿠크호프에게 말했다. 당신 부친은 공장 주인이었지요. 대기업가는 아니었고, 독점자본의 요구들에 순응할 수 있는 분이 아니었어요. 당신은 보살핌 받는 외아들이었고요. 시와 드라마를 썼고, 아주 어릴 적부터 공부하기 시작했지요. 의학, 법학, 국민경제학, 문헌학, 그리고 마침내는 종종 그렇듯이 철학을 공부했어요. 그리고 이것도 당신에게는 충분하지 못했지요. 쿠크호프가 말했다. 그것들만이 아니었지요. 이탈리아, 제1차 세계대전 전의 로마는 굉장한 경험이었소. 예술과 연극, 그것은 아무 소용도 없었다오. 나는 이 엘리트의 생산물들과 관계하는 것이 언제나 주제넘은 일이라고 느꼈지요. 하르나크가 말했다. 달리 당신이 무엇을 할 수 있었겠어요. 구도르프, 저 사람은 아는 게 없으면 뭐가 되었겠어. 하르나크는 이제 쇠약해진 얼굴로 철사로 만든 의자에 쓰러진 듯 앉아 있는 구도르프에게 말했다. 당신은 우리들 가운데 처음으로 정치적인 일을 시작했지요. 그리고 그 대가를 제일 많이 치러야 했고. 당신 출신은 뭡니까. 후기부르주아지요. 부친은 대학교수이자 가톨릭 신자였고 당신을 신부로 만들려 했지요. 집을 떠났을 때 당신은 채 스무 살이 안 되었지요. 그때 당신이 자신의 입당을 출신에 대한 단절이라고 보았는지는 모르겠습니다. 하지만 지식을 산출하는 당신의 능력은 겐트라는 그 학구적인 고향, 그 유서 깊은 도시 덕을 보기도 했습니다. 책이나 예술 작품들, 음악 따위를 찾아다닐 필요도 없었지요. 그저 조금 걸어가면 문예학과 유럽의 모든 언어에 도달했고, 심지어는 방언들과 그 과거 형태까지도 접할 수 있었으니까요. 게다가 히브리어와 아랍어, 페르시아어와 중국어까지 말입니다. 그중 많은 것은 감옥에서 배웠다고 구도르프가 말했다. 그러자 하르나크가 물었다. 그 5년동안 그런 정신 활동 아니면 어떻게 당신이 버텼겠습니까. 두뇌를 둔하게 만들지 않기 위한 것이 아니라면 그 동양어들을 습득하는 일이 거기서 무슨 의미가 있었겠습니까. 코피가 중얼거렸다. 우리들 가운데 도대체 누가 부르주아 출신과 노동자 계급 출신을 구분했나요. 우리는 필요한 걸 가져왔고 우리의 확신에 따라 모였어요. 당신들은 기껏해야 인민전선을 실현하려는 데 좀더 적합했을 뿐이지요. 우리보다 부르주아적인 논쟁을 더 잘 아니까요. 이 방에는 지금 예술이나 학술적으로 교양 있는 사람이 다수지만, 전체적으로는 다른 사람들, 공장이나 작업장에 있는 사람들이 더 많아요. 비율이 그렇다고요. 당신들이 조각가, 작가, 문헌학자, 철학자로 있는 것은 좋습니다. 당신들은 정리하고 요약할 줄 알아요. 우리는 언제나 당신들을 찾았지요. 당신들 친구인 호단은 우리를 훈련시키면서 그런 것을 하지 않았거든요. 안나 크라우스가 마치 그에 대해 모든 것을 안다는 듯이 특이하게 동의하면서 코피를 향해 미소 지었다. 그러면서 그녀는 그가 오늘 밤 이미 어디선가 한 번 본 적이 있는 모습으로 머리를 흔들었다. 쿠크호프가 다시 말하기 시작하자 흰 머리칼로 둘러싸인 빈약한 머리가 흔들리며 그를 향했다. 이 나라에서는 엘리트들이 언제나 불행을 안고 다녔어요. 모든 것을 자신과 관련지었고, 누구도 자신을 대신할 수 없다고 믿었기 때문입니다. 독일 말고 달리 어디서 젊은 이들이 상부에 복무하라고 선생들을 압박했겠습니까. 독일 말고 달리 어디서 그 선택된 인간들이 그 정도로 꼬치꼬치 따지느라 자신의 개념들을 망치고 그리하여 그저 실망만을 유포했겠습니까. 자신을 극복하지 못한 사람들, 힘든 일에만 익숙한 사람들과의 이런 결합은 그저 드물게나 이루어졌지요. 이른바 정신에 대한 과대평가는 단지 소수만이 즐길 수 있고 불행의 청산에 기여하지 못한 작품들을 만들어내게 되었지요. 최상의 무리에 속하는 사람들은 그저 자신들 앞에서만 당당하지 않던가요. 쿠크호프가 물었다. 거기서 각자에게는 나라를 건설하는 일보다 자기 자신을 부각시키는 일이 더 중요하지 않았나요. 이처럼 화합이 결여되어 있었다는 점이야말로 이 나라에는 사람들을 사로잡는 대규모의 지속적 민중운동이 없었던 이유이며, 종종 그릇된 지도로 인해 거짓되고 자기파괴적인 애국주의가 생겨났고 진보의 싹들은 언제나 짓밟혔으며 이제 이 개인들만 남게 된 이유입니다. 쿠크호프는 목소리를 높였다. 그렇기는 해도 그들은 다 같이 희생할 각오가 되어 있고, 목숨을 걸고 있으며, 다른 나라에는 유례가 없이 잔인무도한 적 앞에서 자신을 기다리고 있는 것이 무엇인지도 알고 있지요. 그처럼 무자비한 충돌을 강요하는 이 나라는 얼마나 끔찍한 나라입니까. 이 나라는 양자택일의 폭력을 점점 부추겨 그것이 평범한 사람들에게서 폭발하게 되고, 이들을 충격과 함께 되풀이해 쓰러뜨립니다. 쿠크호프는 계속 주장했다. 밑바닥에서 자신의 일을 하는 사람들에 대해서는 결코 논의되지 않습니다. 그들은 그들을 이끄는 사람들과 같은 일을 겪게 됩니다. 그들은 고문실에 들어가고 단두대 아래로 가게 될 겁니다. 하지만 시체를 넘어서 민주주의에 대해, 독립에 대해, 감시와 억압으로부터의 인간 해방에 대해 토론은 계속될 겁니다. 그다음부터 쿠크호프의 말은 명확하게 알아듣기 어려웠다. 코피는 그가 말하는 중간중간 꾸벅거리며 졸았다. 쿠크호프는 어느 책에 대해 말했다. 그는 이 소설, 즉 어느 독일인의 소설에 자신의 생활 경험 전체를 쏟아 넣으려 했다고 말했다. 그리고 거기서, 4백 쪽 되는 그 책에서는 하인 바르나바스만이 진리를 말한다고 설명했다. 바르나바스는 저들이 자신의 배신을 감추기 위해 배신자들을 꾸며냈다는 중요한 말을 한다는 것이다. 그 사람들 가운데 누가 견뎌낼까요. 슈퇴베가 물었다. 그들은 창문을 열 수 있도록 램프를 꺼놓았다. 마당 뒤에는 바로 전차역 육교가 있었다. 높은 벽돌담에는 창고들로 가는 아치형 대문이 있었다. 때때로 불이 꺼진 기차가 덜컹거리며 지나갔다. 공기는 숨 막힐 듯이 후텁지근했다. 탐조등 불빛들이 여전히 구름을 뚫고 제각각 맴돌았다. 비쇼프는 숨 막히는 반사불빛 속에서 일제 슈퇴베의 얼굴을 가까이서 보았다. 불거진 광대뼈와 뾰족한 코, 강한 턱, 머리칼은 그녀의 이마 위로 헝클어져 있었다. 구도르프는 아무것도 포기하지 않을 거예요. 슈퇴베가 말했다. 그 사람에게서는 감옥에서도 수용소에서도 아무것도 알아내지 못했지요. 하르나크 부부도 마찬가지예요. 밀드리드가 더 강해요. 이 사람들은 아무것도 털어놓지 않을 겁니다. 쿠크호프나 슈마허의 경우에는 확신할 수 없어요. 사실 이들은 일관된 발전을 통해서가 아니라 파국을 통해 우리에게 왔거든요. 이들의 아내들도 매우 현명합니다. 그 사람들은 남편들이 당과 가까워지도록 했어요. 하지만 내게도 당에 속한다는 게 중요하지는 않아요. 우리는 당을 위해 우리 권한 내에 있는 일을 합니다. 다만 내게는 그 사람들의 무엇인가가 우리의 중요한 결의들과는 결합될 수 없어 보여요. 그 사람들의 예술은 우리의 의무들과 대립하며, 독자적인 생명을 유지하지요. 자신을 부정하는 게 중요할 때 억압이 되지 않는 겁니다. 그 사람들은 비합법 상태에 익숙해지려 할지도 모르지만, 예술이 자신에게 제기하는 요구들에 갑자기 굴복할 수밖에 없지요. 비쇼프는 직업적 소속이 지하생활을 견디기 위한 강인함의 정도를 규정한다고는 믿지 않는다고 말했다. 그리고 이런 문제로 구분을 하려 드는 것은 만인의 동일한 요구와 동일한 책임이라는 원칙에 모순된다고 주장했다. 슈퇴베는 헌신하겠다는 예술가들의 의지를 의심한다는 뜻이 아니라고 답했다. 심지어 그들이 다른 사람들보다도 더 자신의 헌신을 천명했지만, 그들과 있을 때에는 안심할 수 없다고 했다. 그들이 자신의 의도를 언제나 당이 규정하는 것과는 달리 이리 굴리고 저리 돌려보아야 하고 언제라도 내던질 수도 있는 어떤 제안들처럼 제시한다는 인상을 떨쳐버릴 수 없기 때문이라는 것이다. 그래서 그들은 그런 행동방식으로 인해 고독에 빠지고 어쩌면 그런 와중에 전체적인 활동 감각을 잃을 수도 있으리라고 보았다. 그녀는 계속 말했다. 그 사람들은 우리보다 더 위험에 처해 있고, 그래서 우리에게 위험할 수 있어요. 조금도 주저해서는 안 되는 상황 속에 자신의 갈등을 끌어들이기 때문이지요. 하지만 그녀는 다시 자신의 말에 의문을 제기하고 싶다고 했다. 슈마허의 예술은 이미 오래전에 퇴폐적인 것이라고 선언되었고 그는 작업 금지 명령을 받았지만 그래도 그는 망명할 생각을 한 적이 없고 여기서 싸우기 위해 남아 있으며, 쿠크호프는 정부를 위해 어떤 극작품이나 영화를 만들려는 유혹에 넘어가지 않았고, 이런 점에서 예술가들은 다른 사람들보다도 더 어려운 처지에 있을 것이라고 주장했다. 그들의 직업이 그들의 삶과 뗄 수 없으며 온갖 위협 속에 얽혀 들어가기 때문이라는 것이다. 또 나는 그 사람들보다 더 오래 일한 것도 아니거든요. 그녀가 말했다. 겨우 10년밖에 안 돼요. 그게 무슨 상관이겠어요. 그녀는 비쇼프의 무릎에 자기 손을 얹었다. 당신은 나보다 훨씬 먼저 시작했고, 나는 또 당신보다 열 살은 더 젊어요. 그래서 당신은 나보다 당신이 소속되어 있는 곳에 대해 훨씬 더 많이 알지요. 나이는 아무 역할도 못해요. 비쇼프가 말했다. 코피는 당신보다도 더 어리고 하일만은 겨우 열아홉 살인걸요. 내 주변의 많은 사람이 나와 비슷하게 마흔 살쯤 되었지요. 아이젠블레터, 톰시크, 지크, 코발케, 그라보브스키,[175] 후제만[176] 등이 그래요. 우리가 벌써 20년 이상 함께했으니까요. 그런데 휘프너[177] 노인과, 그 아들, 딸, 그의 사위, 손자, 3세대 모두가 거기에 속하는군요. 슈퇴베가 말했다. 그 사람들 대부분은 노동자들이고, 노동자 가족 출신이지요. 그 사람들은 일찍부터 착취와 모멸을 몸으로 겪었고, 저항하는 법을 배웠어요. 그 사람들에게는 투쟁이 희생을 치르는 것을 의미하지 않아요. 그 사람들은 해야 할 일을 합니다. 나는 잃어버릴 것이 많은 사람들에게 속하고 싶지 않아요. 비쇼프가 말

---

175) Otto Grabowski(1892~196?): 독일 공산당원으로 슐체 보이젠 그룹의 일원인 욘 지크와 불법 신문인 『내부 전선』을 발행했으며 동료들이 체포된 뒤 비쇼프와 1944년까지 신문을 제작했다.

176) Walter Husemann(1909~1943): 독일 공산당원. 당 기관지 『적기』 기자로 활동했으며 슐체 보이젠 그룹의 일원으로 『내부 전선』 제작에도 참여했다. 1942년 체포되어 1943년 처형당했다.

177) Emil Hübner(1862~1943): 독일 공산당원. 소련을 위해 정보를 수집했으며 슐체 보이젠 그룹의 일원으로 저항 활동을 했다. 1942년 체포되어 1943년 처형당했다.

했다. 이 거대한 노동자 가족들로부터 언제나 수많은 세포들이 나왔어요. 또 그들에게서 언제나 수많은 무덤들이 만들어지기도 했고요. 아이젠블레터의 집에는 자매가 열 명 있었어요. 샬로테는 열네 살에 사환이 되었고, 내가 그 여자를 청년조직에서 만났을 때는 열다섯 살이었어요. 프롤레타리아트는 굉장한 청년 부대를 가지고 있었지요. 당시 우리가 얼마나 많았는데, 오늘 여전히 남아 있는 사람은 몇이나 됩니까. 그녀는 계속했다. 우리가 스포츠클럽에서 만난 톰시크는 사민당원이었지만, 그래도 항상 우리의 통일전선에 속했어요. 슈퇴베가 말했다. 그리고 아이젠블레터와 톰시크, 이들 두 사람은 입을 열지 않았어요. 그 사람들이 아직 살아 있는 건 고문자들이 그 사람들에게서 아직 뭔가를 알아내고 싶어 하기 때문이지요. 비쇼프가 말했다. 하지만 뭔가 진행 중입니다. 오늘 밤에라도 나는 몰래 떠날 거예요. 루도에 있는 그라보브스키의 오두막에 가 있을 겁니다. 그리고 당신은 한동안 일을 중단하고 안전을 고려해서 이사를 해야 할 거예요. 당신 위치에서 노이쾰른에 산다는 건 수상한 일이지요. 슈퇴베는 웃으면서 그렇지 않고 자기는 이 지역에 어울린다고 말했다. 자기에게는 이 집들, 이 검댕과 먼지 냄새, 이 목소리들, 이 사람들이 필요하다는 것이었다. 여기 있게 되면 그녀가 직장에서 하루 종일 겪는 끔찍한 긴장이 사라진다고 했다. 그녀는 하르나크 부부나 하로와 리베르타스처럼 살 수는 없다고 말했다. 그들은 한동안 말없이 앉아 있었다. 마당 쪽으로 돌출해 있는 전면은 축축했다. 단단한 석재 뒤에서는 소곤거리고 끙끙거리는 소리가 났다. 철도 제방에서는 물줄기들이 흘러내리고 있었다. 갑자기 일제 슈퇴베의 얼굴이 역겨움으로 일그러졌다. 그녀가 말했다. 가끔 나는 우리가 인내심의 한계에까지 도달했다고 생각해요. 용기를 잃어서가 아니라 우리가 수행하는 이중의 일이 우리를 스스로에게 낯설게

만들기 때문이지요. 많은 세월이 지났는데 자유의 왕국이 언젠가는 올
거라고 자신에게 말하는 걸로는 더 이상 충분하지 않아요. 계속되는 과
도 상태가 우리를 늙고 떨리게 만들어요. 나는 수시로 내가 나 자신을
관찰하고 있는 모습을 보게 돼요. 나는 국외자가 되었고, 나 자신을 국
외자로 보는 겁니다. 나는 부주의하지 않으며, 내가 이 모든 일을 무엇 때
문에 하는지 알고 있어요. 그러나 셸리하[178]가 내게 정보를 가져오고 그
것을 또 내가 하르나크에게 해독하도록 전달할 때면, 아직 얼마나 더 해
야 하는지 자문할 수밖에 없어요. 그리고 나서 내가 리베르타스를 선전성
안에 있는 문화영화센터에서 만나 그 여자의 날카로운 웃음을 듣게 되면,
그 여자의 마음도 찢어져 있다는 것을 느낍니다. 하로가 장교들 사이에서
훈장들을 달고 돌아다닐 때에도 그 사람의 용기조차 그저 허풍이지요.
비쇼프가 말했다. 당신은 휴가를 좀 받아야 되겠군요. 슈퇴베가 답했다.
나는 우대 받는 사람들의 이 잔치 분위기 속에 있는 것이 역겨워요. 내
가 여행 허가를 받았다는 것, 아마 스위스일 수도 있는데, 그게 신경 쓰
입니다. 비쇼프는 일제 슈퇴베가 무슨 뜻으로 말했는지 알았다. 일제는
언제나 눈에 띄지 않았고 침착했으며, 우아할 수도 있었지만 내성적인
성격이었다. 그렇게 조심스럽지 않았다면 스무 살에 벌써 『베를리너 타
게블라트Berliner Tageblatt』[179]에서 테오도어 볼프[180]의 비서가 되지는 못

---

178) Rudolf von Scheliha(1897~1942): 독일의 외교관이자 반파쇼 저항 투사. 소련 스파
    이로 고발당해 1942년 처형되었다.
179) 1872년 루돌프 모세Rudolf Mosse가 발행한 신문. 1933년부터 당국의 통제를 받다
    1939년 폐간되었다.
180) Theodor Wolff(1868~1943): 독일의 작가이자 영향력 있는 언론인. 1906년 사촌인
    루돌프 모세의 권유로 『베를리너 타게블라트』 주간을 맡아 자유민주주의적인 입장에
    서 신문을 발행했다. 나치 집권 후 스위스, 이탈리아 등지로 망명하던 중 체포되어 강
    제수용소에 억류되었다가 병사했다.

했을 것이다. 자제심이 없었다면 그녀가 5년 전부터 비밀 협상들, 정부 계획들, 주축국들 사이의 협정, 그리고 지난 6월, 소련 공격 날짜 등에 관한 정보들을 전해줄 수는 없었을 것이다. 슈퇴베가 말했다. 당신은 슐체 보이젠이 혁명에 대해 너무 많이 말해서, 하르나크와 구도르프가 최근에 그 사람과 싸우게 된 걸 알지요? 여기서, 이 조용히 엎드려 사는 사람들 사이에서 어떻게 혁명이 일어날 수 있겠어요. 우선 이 나라가 부서져야 합니다. 완전히 부서져야지요. 여기서는 단지 폭력을 통해서만 새로운 것이 이루어질 수 있어요. 그 사람들은 자신의 삶을 바꿀 수밖에 없어야 합니다. 붉은 군대 없이는 우리의 간부들도 아무것도 할 수 없어요. 비쇼프가 말했다. 나는 아직 슈마허와 쿠크호프를 생각해요. 그 사람들이 호소문에 쓴 것은 더할 나위 없이 소중해요. 슈퇴베가 응수했다. 지식인 서클에는 그것들이 동지를 끌어들일 수 있지만, 우리에게 줄 수 있는 것은 별로 없어요. 그리고 그 사람들 사이에서 이 매체가 찾아야 할 건 뭐지요. 예언을 찾는 그 사람들의 성향은 이미 그 사람들이 오래 전부터 더 이상 예견 능력을 잃었다는 걸 증명하지 않나요. 비쇼프는 그녀의 말에 동의하고 싶지 않았다. 우리 모두가 실패하게 되면 그 사람들이 어떻게 반응하게 될지 우리가 자문해보기는 하더라도, 그 사람들이 우리 편에 섰다는 점을 잊어서는 안 되지요. 슈퇴베가 말했다. 그 사람들은 분명히 그랬어요. 그 사람들은 우리처럼 파시즘에 맞서 싸웁니다. 하지만 우리가 원하는 사회에서 그 사람들이 제 갈 길을 갈 수 있을까요. 인민전선에서도 언제나 우리는 자신의 특권들을 결코 포기하려 하지 않은 저 사람들과 맞서다가 결국 우리끼리 홀로 서게 되지 않았던가요. 비쇼프가 응수했다. 어디선가 우리는 시작해야지요. 대립을 넘어설 수 있다는 데에서 출발해야 합니다. 하르나크, 구도르프, 그 밖의 수많은 사람들이 그런 걸 위해 일하지요. 그리고 시민계급 출신의 수많은 사람들은 종종 의식하지도 못한 채 그런 일을 하기도 합니다. 그 사람들은 이제까지 몰랐던 그런 위험들에 자신을 드러냄으로써 한 걸음 크게 내디딘 겁니다. 그러다 보면 결국 모든 것이 화합을 이루지요. 말을 하게 되는 사람의 사정도 우리보다 더 낫지는 않을 겁니다. 그리고 침묵하는 사람은 공동의 업무 덕분에 그럴 수 있지요. 많은 사람들이 바로 그런 믿음을 잃어버립니다. 왜 죽는지도 모르면서 죽어야 한다는 것은 불행한 일이에요. 다른 사람들은, 아마 우리 주위에서 죽음이 너무 자주 찾아오기 때문이겠지만, 이제 죽음을 두려워하지 않아요. 그리고 그녀는 아주 가까운 엠스 가에 있는 자신의 작은 작업장에서 아마 전단을 인쇄하고 있을 그라세[181]를 생각했다. 그것은 월요일 아침 크노르 브렘제 회사,[182] 하세 운트 브레데 회사,[183] 브란덴부르크 모터 공장, AEG 변압기 공장 등에 살포할 것이었다. 지크가 그 옆에 서서 잉크도 마르지 않은 종이를 읽고 있을지 모른다. 그는 어느 독일계 기계공의 아들로 디트로이트에서 태어났다. 스무 살에 포드 사와 패커드 사의 컨베이어 벨트 앞에서 일했고, 야간대학에서 교육학을 공부했다. 비쇼프는 그를 1928년 베를린의 『적기』 편집실에서 처음 만났다. 아하, 지크프리트 네벨, 당신이군요. 그녀는 이런 이름으로 발표된 보도들을 이미 한동안 읽었었다. 그는 생산

---

181) Herbert Grasse(1910~1942): 독일 공산당원. 1933년부터 공산당의 저항 활동에 참여했다. 1936년 체포되었다가 1939년 석방된 후 다시 저항 활동을 했으며 슐체 보이젠 그룹의 일원으로 『내부전선』 등의 비합법 문서를 인쇄했다. 1942년 체포되자 자살했다.

182) Knorr Bremse: 1905년 설립된 제동기 제조사. 오늘날에도 건재함.

183) Hasse und Wrede: 1897년 설립된 기계 공장. 1994년 이래 크노르 브렘제 회사의 자회사가 되었다.

공장들에서 일이 어떻게 진행되는지 알았으며, 그곳에서 어떻게 자신의 입장을 관철시킬 수 있는지도 알았다. 그는 넓은 바지 주머니에 손을 넣고 있었다. 요즘에는 철도원 제복을 입고 태평하게 뒤뚱거리며 돌아다녔다. 그리고 운수사무장으로서 군수품 열차들과 병력 수송 차량을 소통이 막힌 구간들로 밀어 넣곤 했다. 그녀는 슐체[184]를 생각했다. 슐체의 집안에도 자매가 열 명이나 있었다. 슐체는 포메른 출신이었다. 황제의 해군에서 무전병으로 근무했다. 음울했지만 건장했으며, 수병위원회에서 곧장 신생 공산당에 들어갔다. 나중에는 소련에서 다시 한 번 통신학교를 다녔다. 그는 코피에게 속성으로 기술을 가르쳤고, 기술적인 어려움이 있을 때면 그를 도왔다. 그가 무전기를 사용하지는 않았다. 제국우체국 운전기사였던 그는 인쇄된 전단들을 챙겨서 배포 장소에 갖다놓았다. 그리고 코발케, 그는 그녀와 노동자 극장에 있었다. 대본을 작성했고, 목수로서 무대장치를 만들었다. 그녀가 온 직후 네덜란드에서 베를린으로 왔으며, 중앙위원회의 위임을 받아 브레멘, 단치히, 라이프치히, 루르 지역 등지로 종종 여행을 했다. 코발케는 그물, 당의 그물을 짜는 사람들 가운데 한 명이었다. 그는 후제만과 함께 슐체 보이젠 그룹과의 연결망을 만들어냈다. 어떤 일을 하든 그 뒤에는 당이 있었다. 청년동맹의 지도자였던 후제만도, 당시 그녀와 함께, 또 프리츠와 함께 선전선동부에 있었으며, 1933년 지하로 들어갔다. 3년 뒤 체포되어 부헨발트로 이송되었다. 1938년 말에 석방되었고 즉시 비합법 활동으로 돌아갔다. 후제만의 성정은 부드러웠다. 그는 자기 주위의 모든 것을 평온하게 만들었다. 평온

---

184) Kurt Schulze(1894~1942): 독일 공산당원. 슐체 보이젠 그룹의 일원으로 반파쇼 활동에 참여했다. 체포 후 자살을 기도했으나 실패하고 1942년 플뢰첸제에서 교수형을 당했다.

함은 그의 목소리에서, 그의 짐승 같은 갈색 눈에서 나왔다. 심지어 수용소에서도 그는 평화 구역을 하나 만들 수 있었다. 아니 늪으로부터 마술처럼 불러냈다고 할 수 있다. 그는 도서관을 관리할 수 있게 되었고, 덕분에 포로들 사이의 접선을 주선할 수 있었다. 그가 석방된 뒤 책 따위는 끝장났다. 모든 것이 끝났다. 그다음 회슬러, 그는 바이믈러[185] 대대에서 싸웠다. 부상을 입자 파리를 거쳐 모스크바로 갔고, 비행기로 독일 후방에 돌아왔다. 이 넓고 빛나는 얼굴. 그리고 휘프너 집안사람들의 얼굴들. 그녀는 주형 제작 장인인 휘프너 노인을 떠올렸다. 흰 뾰족 수염과 뻣뻣한 흰색 머리칼. 그만 해도 베벨과 리프크네히트를 알았다. 그는 1918년 12월 말에 아들 막스[186]와 아르투르, 딸 프리다,[187] 사위 베졸레크[188]와 함께 당에 가입했다. 그들은 지금 막스와 프리다가 운영하는 사진관 뒷방에 안전하게 앉아 있었다. 아마 크뇌헬도 그곳 작업실에 있을 것이다. 그곳에서 그들은 증명서와 식품카드를 만들어냈다. 그녀도 카드를 받으러 그곳을 한 번 지나가야 할 것이다. 회슬러는 브로크도르프가 자기 집에서 지내게 해주기 전 처음에는 그곳에서 숙소를 찾았다. 아, 이 얼굴들. 비쇼프는 일제의 두 손을 잡았다. 그렇게 그들은 이 누추하고 어두운 방에서 마주 보고 앉아 있었다. 역에서는 추진 기관이 다가오는

---

185) Hans Beimler(1895~1936): 독일의 공산당원. 스페인 내전 초 조직 활동을 했으나 마드리드에서 불명확한 정황 속에서 전사했다.

186) Max Hübner(1891~?): 1919년 독일 공산당에 가입하고 슐체 보이젠 그룹에서 저항 활동을 하다 1942년 체포되어 6년간 징역을 언도받았으나 1945년 브란덴부르크-괴르덴 교도소에서 소련군에 의해 석방되었다.

187) Frida Wesolek(1887~1943): 독일 공산당원. 슐체 보이젠 그룹의 일원이었다. 소련을 위해 부친인 휘프너와 정보를 수집하다 1942년 체포되어 1943년 처형당했다.

188) Stanislaus Wesolek(1882~1843): 독일 공산당원. 슐체 보이젠 그룹의 일원이었다. 장인인 휘프너와 소련을 위한 정보를 수집하다 1942년 체포되어 1943년 처형당했다.

소리가 들렸다. 쇠바퀴들이 점점 더 빠르게 침목들 위에서 덜컹거렸다. 검은색 종이를 붙여놓은 창문들 뒤의 기차에는 이미 아침 작업반에 출근하는 많은 사람들이 타고 있었다. 비쇼프가 말했다. 프리츠는 내가 국내에 있다는 소식을 받았어요. 이 소식이 7년간의 감옥 생활을 한 그에게 새로운 힘이 되겠지요. 일제는 친구인 헤른슈타트[189]가 낙하산을 타고 소련에서 오기를 기다린다고 말했다. 그리고 그들은 일어섰고 서로 포옹했다. 잡히지 말아요. 비쇼프가 떠나며 말했다. 회슬러는 사진관 뒤의 작은 방으로 들어섰다. 일흔아홉 살인 휘프너가 벽 쪽의 의자에 허리를 세우고 똑바로 앉아 있었다. 코 위에 코안경을 끼우고, 무거운 손으로 지팡이 손잡이를 움켜쥐고 있었다. 탁자에서는 램프의 녹색 도자기 갓 아래에서 크뇌헬과 베졸레크가 여권을 하나 만들어내고 있었다. 그들은 잠시 회슬러를 돌아보며 인사로 소리 없이 웃으며 입을 찡긋했다. 막스는 방금 들어온 그에게서 트렁크를 받고 그것을 어디로 가져갈지 그와 상의했다. 프리다가 암실에서 내다보았다. 그녀의 아들인 요하네스[190]와 발터는 앞방과 현관에서 망을 보았다. 회슬러는 이마에서 땀을 닦고 짧은 머리칼을 쓰다듬었다. 나이 든 주물노동자는 밑에 있는 상자 안을 뒤져 맥주 몇 병을 탁자 위에 꺼내놓았다. 그러고는 자기 자리에서 꼼짝도 하지 않았다. 탁자에 앉아 있는 사람들은 괘념하지 않았다. 막스가 회슬러를 작은 벤치 쪽으로 가도록 해주었고 그는 그 위에 앉아 몸을 죽 폈다. 회슬러를 지하철까지 데려다주면서 아이를 데리고 있던 에리카 브로크도

---

189) Rudolf Herrnstadt(1903~1966): 독일 공산당원. 바르샤바와 모스크바에서 망명 생활을 했으며 1951~53년 통일사회당(SED)의 중앙기관지인 『새 독일』의 주간을 맡았다.

190) Johannes Wesolek(1907~?): 프리다와 슈타니슬라우스의 아들로 방송 기사로 일했다. 1919년 독일 공산당 청년동맹에 가입하고 1942년 체포되어 반역음모죄로 징역 6년을 언도받았으며 1945년 소련군에 의해 석방되었다.

르프는 이제 딸을 안고 침대에 누웠다. 다섯 살짜리 딸은 편안히 숨을 쉬며 그녀에게 착 달라붙은 채 누워 있었다. 그녀 자신은 잠을 잘 수 없었다. 제발 이 어린 것에게는 아무 일도 일어나서는 안 되는데. 그녀는 소란스러운 소리에 귀를 기울였다. 그때 갑자기 안나 크라우스의 얼굴이 구름과 중첩되는 듯했다. 코피는 비몽사몽간에 그것을 보았다. 그리고 쿠크호프가 이제는 울렌슈페겔에 대해 말하는 소리를 들었다. 그는 의아스러웠다. 도대체 울렌슈페겔이 무슨 상관이람. 쿠크호프는 자기가 어떤 다른 삶을 선택할 수 있다면 그것은 울렌슈페겔의 삶과 같을 것이라고 말했다. 그는 언젠가 울렌슈페겔의 무덤을 찾아 묄른에 갔지만 그것을 찾지 못했다고 했다. 하지만 이 악당이 이 세상에 존재했었던 것은 틀림없다고 주장했다. 단지 살아 있는 사람만이 그런 흔적들을 남길 수 있기 때문이라는 것이다. 쿠크호프가 말했다. 그러니까 이 촌사람 울렌슈페겔은 파우스트의 지식을 갖추었지만, 이 박사처럼 자신을 탈피하길 열망하지 않고 현존하는 것 속에서 고통과 궁핍과 자유 투쟁을 감당하며 움직였지요. 그는 삶의 모든 국면에서 어떤 법칙적인 것을 보았어요. 또 그것들을 벗어나는 것이 불가능했기 때문에 그것들에 즐겁게 자신을 내맡기는 것이 최선이었던 겁니다. 모든 것은 죽음으로 귀결되었습니다. 그는 사람들이 즐겁게 죽을 수 있도록 간계를 통해 죽음의 조수가 됨으로써, 이 결정적인 것도 자신의 감각에 따라 바꾸려 했던 겁니다. 그때 안나 크라우스가 벌떡 일어났다. 아직 신호가 울리기 이전임이 분명했다. 전화벨이 요란하게 울리는 동안 하르나크는 안락의자의 팔걸이 위에 주먹을 올려놓고 있었다. 오다는 쿠르트와 엘리자베트 슈마허를 끌어안았다. 구도르프는 양어깨 사이에 머리를 더욱 깊이 파묻었다. 회슬러는 한가운데에 불빛이 비치는 탁자에서 일하는 사람들과 더불어 그 방을 다시 한 번 살펴보았다. 그는 그들의 신중한 동작, 크뇌헬의 눈에 끼운 코안경, 그림자 밖으로 나와 빛나는 노인의 머리칼, 그의 안경 유리 위의 반짝임 등을 보았다. 또 그는 요하네스가 문기둥에 기대서서 그 어리고 주의 깊은 얼굴로 자기를 바라보는 것도 보았다. 그리고 요하네스는 생각했다. 언제고 내가 이것을 묘사할 수 있으면, 내가 그럴 수만 있다면, 여기 있는 사람들이 이룩한 것을 틀림없이 이해할 수 있을 텐데. 하지만 지금은 끝까지 이루어질 수 있는 것이 아무것도 없었다. 어떤 생각도, 어떤 작품도, 어떤 삶도 없었다. 모든 것이 너무 성급하고 무의미하게 중단될 것이다. 그저 그들에게 일어나, 나가, 떠나, 여기서 떠나라고 외치게 만드는 두려움만 아직 남아 있었다.

하일만이 누군가에게 보내는 글. 촘촘한 직조물로부터 우리가 겪은 것을 알 수 있게 해줄 몇 가지를 끄집어내려는 시도. 나는 수많은 것에 대해 알고 있다고 믿었지만, 지금은 모든 것이 뒤죽박죽으로 얽혀 있어서 그저 몇 가지 실마리만을 잡을 수 있을 뿐이야. 너는 네 위치에서 좀 더 폭넓게 조망할 수 있게 되고, 언젠가 내 글이 네 손에 들어가면, 그 연관 관계들을 해석할 수 있을 거야. 코피는 우리가 지금 와 있는 감옥에 나보다 더 익숙해. 사실 그는 우리가 아직 우리 인생의 프리즈[191]에서 함께 헤라클레스를 찾기 전에 이미 감옥에 한 번 들어온 적 있었지. 우리는 서로 만나지 않고 있어. 더 이상 마당을 도는 일도 없어. 아직 우

191) 건물의 외벽이나 실내 벽 등에 장식으로 두르는 길고 좁은 띠를 나타낸다. 여기서는 페르가몬의 부조를 지칭한다.

리가 밟아야 할 유일한 행로에서나 다시 만날 테지. 저 바깥, 3구역 마당에서, 나지막한 건물, 벽돌, 앞쪽으로 난 네 개의 창문, 둥근 아치, 이 창에도 다른 것들처럼 창살이 있어. 지금 있는 곳에서 좌우로 난 방들로 들어가는 두 개의 대문. 8월 30일 아침 일찍, 1942년이었지. 내가 연도를 말하는 것은 내가 쓰는 것이 아무튼 네 손에 들어갈 때까지 아직 많은 시간이 흐르게 될 수도 있고, 그러면 연도를 쉽게 구분할 수 없기 때문이야. 일요일이었지. 따뜻하고, 밝고, 휴가 기간처럼 모든 것이 자유로웠어. 라이히 가 아래로 달려갔어. 너는 그 한가운데에 두 줄로 늘어선 나무들을 기억할 거야. 슈토이벤 광장, 노이 베스트엔트 지하철 역, 사방의 대로들, 물푸레나무, 플라타너스, 느릅나무, 아카시아, 미색으로 칠한 새집들 사이의 이 골짜기, 향기 나는 이 녹색의 심연. 조금 더 가면 알텐부르크 로 모퉁이에 작센 광장이라는 선술집이 있지. 우리는 죽을 때까지 그곳에 앉아 있던 링엘나츠[192]를 생각하지 않고는 그 집을 그냥 지나간 적이 없었어. 그래도 코피는 그를, 크고 둥근 코와 튀어나온 턱을 하고 중얼거리며 비틀거리던 이 작은 인물, 나무로 깎아 만든 것 같은 인물을 만났었지. 나는 이미 열 살 때 그의 시를 좋아했지만, 그가 아직 살아 있을 때 내가 시내에 있었다 하더라도 그에게 감히 말을 걸지는 못했을 거야. 환상적인 과거의 화랑에서 나온 또 한 명의 인물이었어. 우리에게는 이제 모든 것이 과거지사지. 하룻밤이 아직 남았을 뿐. 계속 가보자. 알텐부르크 로 19번지. 우리는 고층건물 구역들이 솟아나는 것을 보았었지. 슈판다우 국도로 이어지는 지대가 여기서 언덕을 이루기 시작했어. 그곳에는 슈프레 강 사구의 모래밭이 있었어. 수갱들은 지하수까지

192) Joachim Ringelnatz(1883~1934): 독일 작가, 화가, 카바레 예술가. 나치 집권 후 그의 작품들은 압류되어 소각되었고, 출연이 금지되었다.

도달했고, 지하실은 기둥들로 받쳐져 있었어. 우리는 루발트 쪽으로, 골프장들을 지나 퓌르스텐브룬과 지멘스슈타트 방향으로 배회하면서, 그곳을 지나갔지. 5층을 올라가 맨 위층으로 갔어. 창문에서는 슈판다우 쪽으로 시야가 트여 있었어. 이중박공창이 밝아서 그녀의 모습은 거의 사라져버렸지. 그녀는 내게 금방 문을 열어주고 문 뒤에 서서 기다렸어. 아직은 네게 그녀의 얼굴을 묘사해줄 수 없어. 지금 그녀는 내게서 겨우 몇 발자국 떨어져 있지만 만날 수는 없어. 그녀 혼자 비명 지르는 소리를 들었어. 다른 사람들은 아무 소리도 내지 않았지. 그 밖에는 무섭도록 조용했어. 전에는 저녁이면 그래도 삐걱거리는 문소리, 철제로 된 통로 위에서 울리는 소리가 들렸어. 다음번에 문이 열릴 때면 말이야. 그렇게 나는 들어갔지. 눈부시게 하얀 방이었어. 숨이 찼어. 휠덜린 가에서 왔거든. 아직 그곳에 살았지. 부모님 댁에. 우리가 일하기 시작한 이후로도 내 방 안에서는 아무것도 바뀌지 않았어. 그저 책들만 늘어났지. 특히 경제학, 역사, 정치학 등의 전문서적들이 늘어났어. 어머니는 그 모두에 대해 아무것도 모르셨어. 하지만 아버지는 아셨어. 너는 우리가 언젠가 논쟁했던 것을 기억하겠지. 아버지에게는 네가 수상해 보였어. 코피도 아버지에게 수상해 보였고. 아버지는 너희들과 내가 교제하는 것을 막으려 했지. 그때 내가 누굴 끌어들였는지 아니. 바로 랭보야. 왜 그랬는지는 이제 모르겠어. 리베르타스는 뒤쪽 불빛 속으로 들어갔지. 그녀는 이 길고 얇아 속옷 같은 의상을 잘 입었지. 목과 어깨와 가슴을 많이 드러낸 것이었어. 나는 그녀에게 키스한 적이 없었어. 우리는 늘 도덕주의자였지. 우리는 감각의 자유에 대해 말했어. 혁명을 위해 사는 사람은 몸과 마음을 다해 혁명에 헌신해야 한다고 믿었고, 감각들은 아무것도 그냥 내버려두어서는 안 된다고 믿었어. 또 우리는 얼마나 감동을 받았었는지. 우리는 이 특이한 순결 상태에서 벗어나지 않았어. 휠덜린과 랭보를 끌어들여도 내 충동들은 그 경계선을 넘어설 수 없었어. 아마 나는 아이로 머물렀을 거야. 아니, 나는 갈망을 느꼈어. 하지만 한 가지 요구 조건이 있었는데, 그것은 아주 수준 높은 것이었고, 그래서 나는 어중간한 임시 방편에 굴복하고 싶지 않았어. 우리가 이 도시를 헤매고 다닌 지도 벌써 5년이 되었지만, 그 당시에도 이미 거기 빈민가에서, 리니엔 가의 셋째 혹은 넷째 닭장에서, 아직 가스등을 쓰던 곳, 물도 경계석 앞의 어느 펌프에서 길어오던 곳에서, 때로는 젊은 노동자들 가운데 누군가 자기 방도 없이 자신의 여자 친구와 짚더미 속에 누워 있던 곳에서, 우리는 이 염소 우리 안으로 기어들어가는 일 말고 따로 할 일이 있었지. 너희들이 언젠가 나를 비난한 것은 순결이나 종교적 성향 때문이 아니었어. 나를 압도한 것은 언제나 다른 욕구였을 뿐이야. 저 밑바닥에서, 정의의 공동체 밑바닥에서 함께 일하고 싶은 욕구였을 뿐이지. 그것을 나는 달리 표현하지 못하겠어. 지금은 이 질서가 어떤 모습을 지녀야 할지 전혀 알 수 없어. 비록 내가 일하면서 현시대에서 가능한 한 앞서나가 자리 잡고 있지만, 나는 아마 여전히 푸리에,[193] 루이 블랑[194] 블랑키[195] 옆의 어딘가에 있겠지. 마찬가지로 나는 독일을 위해 싸웠고, 이제 독일에 굴복했지만, 이 나라에 대한 내 생각과 관련해 무엇인가를 말할 수도 없어. 사실 이 나라는 나라로서는 더 이상 현존하지 않아. 이제 다시 만들어내야 하

193) Charles Fourier(1772~1837): 프랑스의 초기 사회주의자. 예리하게 자본주의를 비판하고 보편적 조화와 에로스적 친화력을 강조했다.
194) Louis Blanc(1811~1882): 프랑스의 언론인이자 역사가. 소시민적 사회주의자로서 계급 화해의 관점을 대변했다.
195) Louis-Auguste Blanqui(1805~1881): 프랑스의 혁명가. 여러 비밀 단체들을 조직했으며 모두 36년을 감옥과 유형지에서 보냈다.

지. 좀더 정확히 말하면 이 나라는 여러 개인들 속에 존재하는데, 이들 가운데 대부분이 사라졌고, 소수만이 살아남게 될 거야. 또 이 나라는 오래전부터 해외로 나가 있는 너희들 속에 현존하지. 너희들은 낯선 곳에서 이 나라의 무엇인가를 전파하고 또 언젠가는 다시 가져오겠지. 이제 끝장이 난 우리들 대다수는 방향을 제시할 만한 신조조차 남기지 못하는군. 우리가 잡으려 했던 것은 입증되지 않았어. 우리는 그것에 대해 어중간한 것만 말할 수 있었어. 우리들 가운데에는 과학자와 예술가들이 있었지. 그들의 정신도 세상 사람들에게 우리의 계획을 확신시키기에는 충분하지 못했어. 그중에는 조각가도 한 명 있었지만 그의 작품은 보잘것없었어. 또 작가도 한 명 있었는데, 그의 시와 소설은 문학사 속에 들어가지 못할 거야. 하지만 그들은 아마 무사히 남아서 너희들을 풍성하게 할 뭔가를 남겨줄 사람들 못지않게 열정적으로 일했어. 이로써 내가 말하려는 것은 인식 가능한 척도들에 비춰서만 그들의 업적들이 평가되는 것은 아니라는 점, 언젠가 그들의 삶의 무게를 증명하게 될 새로운 저울을 찾아야 한다는 점이지. 몇 달 전까지만 해도 나는 앞으로 나타나게 될 것에 대해 아무것도 알지 못한다는 것이 애석하다고 느꼈었어. 이제는 내가 올바르다고 여기는 것 말고 다른 일은 결코 하지 않았다는 사실만으로도 만족스러워. 비록 이 순간 벌써 그 올바른 것이 희미해지기는 해도 말이야. 그녀에게 서둘러 갔지. 그 마지막 일요일 해 뜰 무렵이었어. 그녀의 얼굴, 네게 그것을 묘사해볼게. 그녀의 얼굴은 통통하고 균형 잡혀 있었어. 입은 크고 풍만했고 눈은 빛났어. 또 시선 속에는 뭔가 기다리는 듯한 것이 있었어. 파마한 머리는 옆으로 부드럽게 흘러내렸고, 한 타래를 이마 쪽으로 빗어놓았어. 그것은 아무 의미도 없어. 우리에게 가장 중요한 것에 관해 그렇게 말할 것이 없다고 단정하면 당혹스러울 수도 있지. 하지만 그에 맞서서 우리 내부에 그러한 것이 있다는 것, 우리의 삶 속에 우리 자신을 알아볼 수 있게 해주는 무게중심이 있다는 것을 깨닫게 되지. 그리고 이 모두가 곧 끝나게 되더라도, 나의 경우 20년도 채 안 되는 세월이지만, 우리의 교양은 과거의 것과 미래의 것을 모두 포괄하는, 그 거대한 흐름 속에 우리 인생의 짧은 구간을 포함하고 있는 어떤 다른 시간 개념을 이용할 수 있지. 창문 앞 그녀의 얼굴은 펠트 천을 가위로 잘라놓은 것 같았어. 처마 밑 돌출부에서는 안테나를 볼 수 있었지. 그것을 통해 우리의 신호가 멀리 송신되었고 동지들의 호출이 우리에게 들어왔지. 두려운 위협이 우리를 서로 가깝게 만드는 듯했어. 그녀의 모습은 내게 참기 어려운 역광 속에서 나타났어. 하지만 나를 육체적 존재와 묶어놓으려고 하는 것에 내가 굴복했다면, 바로 절대적인 것에 도달한 이때 다시 모든 게 얼마나 초라해지고, 또 수치심이 얼마나 나를 압도했을까. 나는 아마 지금 이 순간까지도 그 수치심을 느낄 수밖에 없을 거야. 언제나 그랬듯이 중요한 것은 책임의 문제였지. 우리가 사소한 실수만 해도 떠맡아야 했던 책임이 문제였어. 하로는 밤중에 체포되었지. 내가 그에게 경고하려고 전화를 건 게 그와 나 자신을 팔아먹게 된 거야. 그리고 지금 내 마음속에서 평범하게 죽자는 소망이 승리를 거두었다면 나는 그와 나를 다시 한 번 팔아먹었을 테지. 손에 잡을 수 있는 것은 모두 실체가 없게 되었고, 존속하는 것은 파악할 수 없는 것뿐이었어. 그 속에서 우리는 우리 자신을 극복했었지. 나보다 열 살 위인 리베르타스는 이제 나보다도 훨씬 어려 보였어. 그녀는 아이였어. 나는 그 종말을 보았어. 그녀는 그때까지도 무슨 일이 일어났는지 제대로 파악하지 못했어. 그녀는 계속 살아갈 수 있다고 믿었지. 그녀는 나를 마비시키는 짓을 했어. 그녀는 여전히 아무도 자신을 건드릴 수 없다는 생각에 사로잡혀 있었고 그래서 트렁크를 쌌어. 우리의 파멸을 목전에 두고 그녀는 양말과 비단 속옷과 장신구와 화장도구 들을 꾸렸지. 전화로 바덴에 있는 친척 랑엔슈타인 백작부인을 방문하겠다고 알렸어. 그녀는 고급 귀족 출신이었지. 오라니엔 근처 리벤베르크 성이 그녀 가문의 거처였어. 그녀의 아버지 오일렌부르크 후작은 영국에 있었어. 그녀의 언니 오토라는 스웨덴에 살았는데, 더글러스 집안으로 시집갔지. 그녀는 그에게서 도움을 기대했어. 독일 제국 고관들과 친교를 맺고 있는 군 수뇌부의 아르히발트 백작은 자신의 교분을 이용할 수도 있을 거야. 동료들이 부담스러운 자료를 처분하고 무전기를 없애고 자신이나 가족을 위해 은신처를 찾으려고 서두르는 것을 보고 있는 동안, 그녀는 내게 자신의 가족사를 이야기했어. 브란덴부르크의 숲에서 스웨덴과 독일의 봉건영주들이 하던 사냥에 대해, 8세기에 유래하는 노상강도 기사의 은신처 랑엔슈타인 성에 대해 이야기했어. 그곳은 더글러스 일족이 차지하고 있었어. 오 헤라클레스, 당신 뺨은 정말 차갑군요. 그녀가 내 얼굴을 쓰다듬으며 말했지. 하지만 나를 이해해줘. 내가 이 이야기를 하는 것은 그녀가 어떤 길을 갈 수밖에 없었는지, 그녀가 어떻게 넉 달도 되지 않는 기간에 완전한 삶을 되찾고, 성숙해졌는지 내가 알기 때문이야. 아니야. 그저 그 상태로 머물 수밖에 없지. 바뀔 여지가 없어. 전에만 해도 그녀가 석벽을 통해 비명을 지르고 나를 부르는 것을 들었지만, 그녀는 그때까지도 여전히 탈출할 수 있으리라는 믿음 속에서 살았어. 안할트 역에서 그녀가 자유로웠던 마지막 순간, 트렁크를 가지고 이미 기차 안에 있던 순간이 그녀에게는 그저 중단되었다가 다시 계속된 한 여행의 출발과도 같았지. 그녀의 언니가 스웨덴에서 왔어. 그녀의 어머니와 스웨덴 대사가 정부에, 원수에게 소개되었지. 원수는 그래도 그녀의 결혼입회인이었는데 그녀를 난관 속에 내버려두지는 않을 테니까. 외교기관 전체가 그녀를 위해 일했어. 12월 중순의 판결조차 아직 그녀에게서 반전의 희망을 앗아갈 수는 없었어. 바깥의 미결감옥 복도에서 때때로 그녀의 웃음소리를 들을 수 있었지. 이 복도들, 여기서는 속삭여 말한 암시들이 소용돌이치지. 그것들은 우리가 마취 상태로 간수들의 팔에 매달려 있을 때면 우리 귀에 들어온다네. 이 담벽들, 이것들을 통해 한마디의 목소리로, 발걸음의 리듬으로, 드물게는 한 단어로 이루어진 메시지가 파고들어오고, 우리는 극도로 민감해진 감각으로 그것을 이해하는 거야. 우리들 각자가 빠져든 심연에 대해, 우리가 맛보는 돌 같은 난관에 대해서는 할 이야기가 많아. 이것은 우리의 사상적인 노력을 통해 때때로 이미 반죽처럼 구멍투성이가 되는 듯 보이지. 그 속에 손가락을 넣어 저을 수 있을 것만 같아. 하지만 손은 그것이 단단하다는 걸 느끼는 거야. 그러면 혼란스러운 느낌이 일어나지. 아무튼, 지난 몇 달간 내게 학습은 여전히 대부분 사용되지 않은 두뇌 능력들을 훈련하는 것이었는데, 그 가운데 특이한 점은 언제나 하나의 통찰, 하나의 깨달음이 나타날 때와 꼭 마찬가지로 갑자기 다시 사라졌다는 거였어. 너는 예전에 우리가 이런 식으로 사고 능력을 훈련한 걸 아직 잊지 않고 있겠지. 우리는 대개 하나의 꿈에서 출발해 이제까지의 모든 걸 초월하는 어떤 환상들에 도달했지. 좀더 이야기해야 할 다른 것들로 다시 돌아오기 전에, 나는 우리에게 속하는 이 지루하지만 매우 표현력 있는 소재를 간단히 다루기로 하겠어. 그것에 대해 얼마나 많은 글을 썼든 간에, 엄밀히 말해 예컨대 횔덜린이나 랭보처럼 이 환상들에 근거해 쓴 것만이 유지될 수 있어. 우리는 꿈속에서 보는 일에 대해 말했지. 어떻게 완전한 어둠 속에서 그처럼 밝은 빛을 내는 색채들이 우리 내부에서 생겨날 수 있는지 자문해보았어. 그것들은 빛에 대한 우리의 지식에서 생겨나지. 아니까 보는 거야. 빛 자극들은 더 이상 존재하지 않아. 단지 회상될 뿐이야. 우리는 꿈속에 모든 개별 상태에서 선명하고 엄밀한 이 원초적 형상들이 존재한다고 단정했어. 그다음 그 위에 매우 다양하게 직관적으로 배열되고 특정한 경험 그룹들에 속하는 반영물들이 자리 잡지. 이것들은 다양한 감정중추들 속에서 침전되거나 혹은 오히려 헤엄쳐 다니고 흘러 다니고 정자가 난자로 몰려가듯 몰려가며 지속적인 생산을 초래해. 각각의 감정세포는 그것들을 받아들일 수 있는 듯 보이며, 늘 다시 변한 자극들을 통해 새로운 현상들을 유발하지. 동일한 성격의 것은 결코 등장하지 않아. 유동하기 때문이야. 전혀 등장하지 않아. 하지만 한 영역에 언제나 유사한 것이 등장하지. 목표지향성에 따라, 기본 모델에 충동이 파고드는 정도에 따라 그럴 수 있어. 그리고 때로는 독창적 형상이 나타나는 일도 일어날 수 있어. 그럴 경우 그 위에 있던 모든 것이 순식간에 씻겨나가고 말지. 그러나 꿈속에서 아직 우리와 가까웠던 것 가운데 어떤 것을 다시 보려는 소망을 느낄 수 있을 때, 그것은 어떤 사람일 수도, 한 장소일 수도 있는데, 그럴 경우에도 이미 우리의 길은 차단되지. 그러한 소망은 단지 비몽사몽 상태 속에서만 나타날 수 있어. 왜냐하면 깨어 있을 때만 우리는 반복하고 심사숙고하려 하고, 꿈속에서는 어떤 것도 다시 볼 수 없기 때문이지. 다시 불확실한 것이 주도적일 때에만 기대의 감정이 나타날 수 있어. 그리고 이러한 기대가 잠자는 사람의 소망에 의해 건드려진 것 가까이에 다가가는 조합들과 상황들을 형성하지. 내가 보낸 밤들은 오랜 기간 뇌우가 몰아치고 전기가 통하는 하나의 여명이 되어버렸어. 또 그 속에서는 어렴풋이 깨어 있다가 갑자기 완전히 깨게 될 것을 기대했지. 그런 밤이면 나는 그 포기했던 날 아침처럼 다시 그녀 앞에 서게 되기를 종종 원했어. 내 계획들 가운데 어느 것도 유지될 수 없었다는 점, 비록 전반적인 파괴 속에서 상호 희생만을 치유라고 인식하려 드는 자기기만과는 반대되는 방식이기는 해도, 나 또한 자신을 속였다는 점을 고백하기 위해서였어. 앞에서 내가 언급한 절대적인 것은 거의 황홀한 절정을 뜻했던 거야. 말하자면 삶의 일회성에 대한 인식을 뜻하는 거지. 이 일회성은 다른 삶과 마주할 때면 더욱 강렬해지는 것이지. 너희들이 나를 몽상가라고 여기는 것은 당연해. 나는 이제야 비로소 알았지만, 8월 30일 일요일 아침 내 마음속에는 어떤 성자의 요소가 존재했던 거야. 하로를 위해, 리베르타스를 위해, 다른 사람들 모두를 위해 나 자신을 희생하려 들었던 것 같아. 나는 내 태도가 내 결심들 전체의 결과라고 여겼어. 한발 한발 이행해온 노선에서 벗어나고 싶지 않았어. 나는, 내게 언제나 나 자신의 의지에 대한 증거였던 내 행동들의 보답을 조금도 받고 싶지 않았지. 그러나 지하 감옥 바닥에는 내가 더럽다고 여긴 것만이 아직 존재했어. 나는 그녀가, 그 아이 같은 여자가 지저분하게 더렵혀진 모습을 보았어. 그리고 나의 진정한 사랑은 그녀의 파괴와 관련된 것이었어. 그녀를 그처럼 심히 비참하고 굴욕적인 모습으로 상상했기에, 나는 꿈의 영역에 다가갔어. 하지만 그녀는 내게 잘 나타나지 않았어. 언제나 다른 것, 터무니없는 것이 떠올랐지. 우리는 꿈속에서 얼마나 소모적으로 낭비를 하던가. 거대한 도시들과 경관들이 재현되지. 때로는 유령같이 아름답고 때로는 원시적인 두려움을 자아내지. 사실 배설물들, 악취 나는 산들, 혈액, 신경경련의 세계로 가득 찬 채 나는 거기 누워 있었어. 하지만 내게 호통을 치는 사람의 얼굴을 나는 알지 못했어. 그런데 그와 같은 세계는 왜 탄생했을까. 왜 그 세계에서 꽃들이 피어났을까. 왜 그 세계는 마법에 걸렸을까. 모든 것이 곧 사라질 뿐인데 무슨 목적으로 그랬을까. 너는 계속

묻겠지. 하지만 글을 쓸 때에는 똑같은 게 아닐까. 너를 해방시키는 것이 너를 일종의 소용돌이 속으로 끌고 들어가고, 너는 그 속에서 네가 찾으려는 척하는 명확성을 찾아내기보다 오히려 길을 잃지 않니. 우리는 그런 질문을 이미 예전에 던지지 않았니. 창조적인 것은 의미에 대해 묻지 않는다고, 그것은 궁극적으로 목적 없이 진행되며 그렇게 진행될 수밖에 없다고 우리는 답하지 않았니. 아마 우리 꿈속의 수많은 과정들이, 이처럼 탄생 이전의 움직임들을 암시하는 것들이, 모체로 돌아가려는 충동에서 유래한다는 것은 맞는 말일 거야. 태아로서 우리는 우리가 도달하게 될 현실에 대해 아직 아무것도 상상할 수 없었어. 그와 마찬가지로 우리는 그러한 현실을 체험한 후 우리의 현실 바깥에 있는 죽음에 대해 생각할 수 없어. 그래서 우리는 죽음 앞에서 다시 자궁 속의 생명체와도 같아. 우리는 아무것도 몰랐고, 다시 아무것도 모르게 되는 거야. 그래서 동일한 거지. 우리는 자궁 속의 잠을 갈망하고 또한 죽음을 갈망하기도 하지. 왜냐하면 태어나지 않은 상태에서 우리는 죽음도 내포하고 있는 순환 과정에 아직 직접 속해 있기 때문이야. 그러다 그 바깥에서 우리는 이전과 이후에 대한 이해력을 잃게 되지. 우리는 그저 여기 있는 존재일 뿐이야. 많은 사람들이 여기서 정력을 모두 발산하려고 하는 것은 이상하지 않은 일이야. 나는 언제나 우리 앞에서 살고 활동했던 사람들에 대한 관계들을 옹호해. 그리고 그 속에서 우리는 하나였다고 믿어. 우리는 앞 사람들에 대해 개방적임으로써 또한 우리 뒤에 오는 사람들도 가치 있다고 인정하게 되지. 이 밤이 끝나가는 지금 나는 내가 꿈과 죽음에 대해 쓰는 동안 나 자신의 죽음을 잊었다는 것을 알겠어. 이제 죽음이 다시 명치 속을 파헤치듯이 눈앞에 와 있군. 아마 누군가 내가 어떻게 죽었는지, 우리 모두가 어떻게 죽었는지 너에게 묘사해줄 테지. 이제 문이 열리고 우리가 나막신을 신고 삼베 저고리를 입은 채 형장으로 끌려가리라는 기대가 벌써 압도적이군. 자기가 있었던 지역을 다시 한 번 눈으로 보고 싶을 것 같아. 거기서 특별히 일어난 일을 다시 한 번 보고 싶은 거야. 하지만 이제 시작되는 모든 것은 꿈의 메커니즘과 모순되지. 꿈속에서만 너는 보존된 것의 정확성을 꿰뚫어볼 수 있어. 의식은 그것을 그저 가설적 척도로만 측량할 수 있을 뿐이야. 꿈에서와 꿈을 붙잡으려는 시도에서는 두 개의 완전히 다른 방법이 적용되지. 꿈속에는 전혀 피할 수 없는 것, 자체 내에 머무는 것이 존재해. 깨어 있는 상태에서 보면 단지 꿈속에서는 모든 것이 다를 수도 있으리라고 여기는 가정이 있을 뿐이야. 특히 한 달 전 그녀가 저 질퍽한 자유 속으로 풀려나기를 희망하며 우리를 배반했고 적에게 자신을 팔아넘겼다는 이야기를 우리가 들었을 때, 종종 그렇듯이 그녀의 얼굴은 위선적인 모습을 띠게 되었지. 그녀를 생각하면 구토가 났어. 하지만 잠 속에서 그녀는 정말로 내게 왔어. 그녀는 순결했고 순진하게 미소 지었어. 그리고 나는 곧 그녀를 전혀 비난하지 않게 되었어. 또 내 생각에 아무도 그녀를 경멸하지 않았을 거야. 우리는 풀잎이 아주 좁은 돌 틈으로도 한결같이 솟아나듯이, 아직 성장의 힘을 지니고 있는 한 그것을 방해하려는 모든 것을 뚫고 나오는 생명이 그녀의 내면에 있다는 것을 이해했지. 나는 배신이 모든 해악들 가운데 최악의 것이고, 또 엄격하게 유지되는 신뢰야말로 우리의 의도를 실현하기 위한 전제 조건이라고 여겼지만, 그녀를 모든 윤리적 계율에서 해방시켜주었어. 우리들 중에는 그것을 고수하는 사람들도 얼마든지 있었어. 그녀가 무슨 소리를 했든 그것은 우리의 죽음에 결코 어떤 부담도 될 수 없었어. 그리고 이 점이 가장 두려운 일이었는데, 그렇다고 해서 그녀가 죽음에서 구제된 것은 아니었지. 오늘 밤까지 나는 그녀가 죽음을 모면하기를 바랐어. 사실 나는 우리가 그처럼 내밀하게 계획하고 그처럼 조심스레 건설했던 모든 것이 나의 이런 소망 때문에 무력해진다는 것을 알아. 내가 이 정의의 왕국을 무력하게 만드는 거야. 단 한 사람의 초라한 목숨 때문에 정의의 왕국을 위해 투쟁하는 수백만 명을 난관 속에 버려두는 거지. 우리는 언젠가 헤트비히 구역의 묘지에서 꿈을 견딜 수 있는 것은 우리가 자는 동안 무감각 상태에 빠져 있기 때문이라는 이야기를 했지. 꿈은 비록 육체적인 것 속에 깊이 자리 잡고 있지만, 우리는 꿈에서 육체적 고통을 지각하지 못해. 온갖 고통들이 현존하지만, 결코 그것들 때문에 우리가 놀라지는 않아. 우리는 네가 살던 짧고 좁은 거리를 벗어났어. 우리 뒤쪽에서는 슈테틴 역에서 열차가 굴러가고 있었지. 우리는 커다란 어려움에 다가갈 때면 언제나 우선 우리 환경에 익숙해지도록 했어. 우리 주변의 집들을 그 처마들이나 그 이력과 더불어 살폈어. 확실한 도로의 특징들이 우리 생각을 뒷받침해주었지. 아, 그것들이 이제는 확실하지 않아. 우리는 알지 못하는 것을 파악할 수 있게 만들려고 노력했어. 꿈에서 나는 생각을 배우려고 고생하는 하나의 육체였어. 말을 만들어낼 수도 있을 이 그르렁 소리, 이 웅얼거림은 우리가 오래전부터 유일한 언어로서 지각하는 소음들에 상응하는 것이야. 어쩌면 우리가 꿈의 언어 속에서, 이 영혼의 언어 속에서 살았다고 말할 수도 있겠지. 그리고 이 언어가 어떤 도덕도, 어떤 책임도 알지 못하기에 나는 우리들 가운데 가장 나약하고 가장 유아적인 이 여자에게 다시 가까이 갈 수 있었어. 우리는 누더기 속의 피부를 보고, 그것을 그냥 받아들여. 하지만 이마 위의 부드러운 반사광, 어떤 제스처의 우아함을 보며 우리는 눈물을 흘리게 되고, 그 때문에 잠에서 깨어나게 돼. 그녀는 바덴의 어느 성으로 자신을 데려다줄 기차, 달려가는 기차 밖으로 추락했어. 이제 그녀는 돌바닥 위에 쪼그리고 앉아 있지. 그녀도 마지막 편지를 쓸 필기구를 받았어. 그래서 우리 모두는 기독교도적인 영혼처럼 육체적인 껍질을, 영혼을 둘러싼 모든 것을 벗어버리는 우리의 소식 속에서 하나가 되었지. 그러나 어느 감방에 내던져졌든 삶은 꿈이 아니야. 나는 그리스도가 아니야. 나는 현세에 살고 있어. 우리 모두가 그랬듯이 나도 징벌을 받는 사이에 내 거처의 가장 내밀한 곳으로 달아났지. 이미 오래전 가을과 겨울에 녹색 이파리들은 떨어져버렸지만 나는 아직 잎이 무성한 이 가로수 길을 환각 속에서 만들어내는 거야. 아마 나뭇가지들에는 눈이 내려 있겠지. 그리고 우리가 내다보는 6층 창문 아래의 비스듬한 지붕 위에도 눈이 쌓였겠지. 시간이 우리 앞에서 이제 미친 듯이 빨리 지나더라도, 그 때문에 최후의 순간까지 우리 의식의 현실 파악 능력 가운데 빼앗기는 것은 아무것도 없을 거야. 오히려 능력이 더 늘어날 테고, 아무에게도 이제는 쓸모없을 테니, 우리는 더욱 통찰력을 갖추게 될 테지. 또 자는 동안 이 거대한 구조물이 생겨나듯이, 깨어 있을 때는 무수한 원천으로부터 언제나 현재적인 단 하나의 전체로 융합되는 물질세계의 반영들이 내게 나타나지. 거대한 질서 속에서 이 모사상과 꿈의 관계는 인류 전체와 개인의 관계와 같아. 사고의 뿌리에서 야기된 과정들은 우리에게 여전히 수수께끼로 남아 있지. 우리 바깥의 연관 관계들을 포착하기 위해 우리의 지식욕은 우선 얼마나 더 커야 하는지. 밤에 본 것은 전적으로 우리의 소유물이지만 다른 사람들 모두가 관여하는 것은 우리와 분리되지. 하지만 모든 행위의 효과들이 각자에게 아직 느껴질 수 있는 한에서만 그렇지. 물론 각 개인에 대해서만 그래. 각자는 자신에게 관계되는 것을 받아들이고, 그것을 자신의 내부에서 개조하고, 거기서 자신이 끄집어내는 결론들과 더불어 자신의 무엇인가를 다른 사람들에게 돌려주지. 나는 왜 우리가 목격하는 고통을 꿈에서는 느끼지 못하느냐는 물음에 답하기 위해 이런 생각을 하는 거야. 근본적으로 꿈에서나 깨어 있을 때나 동일한 만남이 이루어지지. 두뇌보다 더 크지 않은 꿈의 세계는 바깥에서 이미 우리 주위에 있던 것을 다시 한 번 수행하고, 우리가 가담할 수 있는 모든 것의 차원들을 우리에게 전달해주지. 하지만 바깥에서는 가려내고 분리하고 분해하고 돌려놓는 능력이 우리에게 주어지는데 반해, 꿈에서는 명백한 목적 없이 우리 내부의 생명에 자양분을 제공할 뿐인 이 모든 것이 우리에게 닥쳐오지. 우리는 꿈꾸는 동안 눈앞에서 고통에 직면하면서도 무감각한 상태로 있는데, 여기서는 우리의 깨어 있는 삶을 규정하는 도덕적 윤리적 특성들의 부재가 드러나는 거야. 하지만 본능적 불안이나 도주의 충동처럼 우리 자신과 관련된 것은 꿈속에도 현존하지. 우리는 바깥에서 우리에게 닥쳐오는 위험들을 피하기 위해 점점 더 깊이 우리의 내면으로 들어가려고 해. 박해자들이 우리를 추적하고 있고, 그들이 곧 나타날 수 있다는 것을 우리가 예감하는 가운데, 늘 불충분한 보호망들 뒤에서 이미 그들이 나타나는 거야. 또 모든 것이 우리를 겨냥하고 있고 우리가 원초적인 의미의 공격에 내맡겨져 있기 때문에 그것들은 그처럼 독특한 무게를 지니는 것이지. 깨어 있는 상태로 나가게 되면 우리는 스스로에게 벌써 낯설어지지. 그리고 우리 모두가 살고 있는 총체적 고통 속에 들어서게 되는 거야. 여기서도 우리는 우리와 가장 가까운 사람의 육체적 고통을 느낄 수 없지만, 총체적 고통에 대한 의식으로 인해 우리는 연민을 느끼고 도우려 노력하게 되지. 그리고 그것이 허사가 되어 우리와 가장 가까웠던 사람이 눈앞에서 찢기게 될 때, 절망이 너무 커져서 우리는 자신의 목숨을 끊으려 하지. 우리의 무기력 상태가 궁극적으로 소멸되어야 우리는 평화를 얻기 때문이야. 따라서 꿈속에서 우리는 책임을 지며 참여하려는 우리의 자아를 잃게 되고, 깨어 있을 때면 다시 우리는 우리의 가장 내밀한 진실들에 접근할 수 없게 되지. 오랫동안 혼자 있을 경우, 내면에서는 타인들과의 어떤 소통을 추구하지 않는 언어가 주도하게 돼. 이제 나 자신의 외부에 존재하고 내가 다시는 보지 못할 것을 바라보기 때문에 현기증이 나를 엄습하지. 이처럼 외부 현실에 자신을 내맡기는 것은 꿈을 탐구하는 것과 유사해. 우리가 두 경우에 하나의 세계에서 완전히 다른 세계를 바라보기 때문이야. 나는 내 내면에서 일종의 소란, 바닥 모를 혼란을 보았어. 바깥에서는 격리 상태들 뒤에서 이제 다른 환각이 펼쳐지고 있어. 그 속에서는 너도 어디선가 네 갈 길을 가고 있겠지. 서로 미친 듯이 충돌하는 흐름들 사이에서 말이야. 나는 도시들, 나라들, 대륙들을 알아보지. 이 말은 그것들을 알지 못한다는 거야. 그것들을 그저 상상하는 거지. 이 현상들을 기억하는 데 능숙하고 다른 사람들이 그것을 두고 한 설명들에 익숙한 덕분에 나는 세계의 현실 속에 설정된 어떤 외연을 얻게 돼. 나는 내 주위의 장벽들을 파괴하고, 내 말 가운데 다른 사람들의 마음에서도 메아리치고 있는 것, 또 그 속에서 나의 본질 가운데 일부가 계속 존속하고 언제라도 일깨워질 수 있는 그런 것 가운데 무엇인가를 이해하는 것이 그토록 어려웠기 때문에 어지러워. 이제 꿈에 대해서는 그만 이야기하겠어. 다시는 잠들지 않을 테니까. 바깥에서의 우리 노력이 보잘것없었다는 점에 대해서만 내가 할 수 있는 한 이야기하겠어. 그런데 바로 이렇게 있어서 나는 정말 행복했어. 몇 주째 내게서 멀어져 있던 그녀가 다시 내 옆에 있게 되었다는 것을 알고, 또 비록 슬픔은 끝이 없지만 우리가 아직 몇 걸음 함께 걷게 되리라는 걸 알게 되었기 때문이야. 우리 모두 가운데 가장 나약했던 그녀에게서는 우리 행동의 밑바닥에 있는,

그러다 삶에 엄청난 명확성을 부여하는, 그런 분열이 가장 분명하게 드러났어. 그녀의 생활방식 속에 들어 있는 모든 것이 우리가 추구하던 것과 대립했지. 그녀는 전혀 이해할 수 없는 것을 선의로 수행했어. 활력 때문에 그녀는 자신을 파멸시킬 일에 발을 들여놓았어. 그녀는 마지막까지도 자신의 행위가 자신에게 아무 해도 끼칠 수 없다고 생각했어. 누구나, 철천지원수까지도, 그녀가 모든 것 가운데 최상의 것을 원할 뿐이라는 점을 이해해야 한다고 믿었기 때문이지. 그래서 그녀의 순교는 더욱 생각해볼 만하게 되었어. 그 점에서 하로는 그녀와 비슷했어. 그의 목표도 드높았기 때문에 그는 평범한 일로는 상처받지 않았지. 또 그가 자신을 다소 초현세적이라고 생각하지 않았다면, 또는 적어도 집행유예를 받았다고 믿지 않았다면, 어떻게 그런 투쟁에 가담할 수 있었겠어. 자신이 언젠가 시작한 일을 통해 그도 점점 더 광범하고 깊숙한 결과들 속에 휘말려 들어갔고, 마침내 그는 모든 개인적 동기를 잃어버렸으며, 그에게는 그저 폭력적인 법칙성만이 존재했지. 이런 과정은 수많은 다른 사람들의 경우에도 이루어졌어. 아직 우리가 살아 있었을 때 그러한 것이 우리를 이념 논쟁으로 끌고 들어갔고 우리에게 자신에 대한 의심을 야기했지. 또 우리는 각자가 최선을 다하고 있다는 것을 알았지만, 한동안 불화에 빠져 있었어. 하지만 그런 상태가 지나가자 우리들 사이에는 동지 관계만이 유지되었어. 먼 곳의 부지런한 당 일꾼들에게도 틀림없이 사정은 똑같을 거야. 그들도 자신의 노선에 충실함으로써 우리보다 더 나아가지는 못했고, 우리와 마찬가지로 그들도 어떤 완성된 것, 모범적인 것에 도달하지는 못했고, 오히려 적대 관계들의 창살 속에서 헤매고 있어. 그러나 우리가 그랬듯이 그들이 자신에게 부여한 규율은 공유할 수 있는 것이 아니며, 그 속에서는 현실이 꿈에 승리했지. 또 여러모로 리베르타스가 우리의 관심사에 가장 가까이 접근했을 수도 있어. 미래의 국가 체제에 대한 우리의 대화에서 그녀는 무언가를 처음 보고 자신의 발견을 선언하는 사람처럼 기쁜 마음으로 되풀이하여 우리에게 로자의 글들을 읽어주었거든. 아마 우리는 다르게 생각하는 사람들의 자유가 없으면 자유는 없다는 생각을 중요시하는 사람들 가운데 한 명이 그녀임을 알아야 했을 거야. 처음 체포된 우리 열한 사람이 현실의 감방 안에 있는 모습을 그렇게 보면, 우리가 처해 있던 고립 상태가 사라지고 말지. 우리는 외부세계에 아무것도 알리지 못한 채 죽게 되더라도, 잊혔다고는 생각하지 않을 거야. 우리가 사슬에 묶인 채 장갑차에 태워져 도시의 소음을 뚫고 온 것은 겨우 몇 시간밖에 되지 않아. 다양한 나이로 독일사의 상이한 영역에서 온 여덟 남자와 세 여자는 따로 이송되었지. 우리는 서로 마주 보며 작은 벤치에 앉아 있었어. 총들이 우리를 겨냥하고 있었고 어떤 말을 해도 개머리판으로 묵살되었을 거야. 하지만 우리의 시선들 사이에서 방전된 것은 동의의 언어였지. 우리의 친구는 그래도 아내가 수감된 채로 출산한 자기 아이를 보았어. 그리고 여러 사람이 이 시간에 아마 자신의 마음속에서는 더 이상 나이 먹을 수 없는 자기 아이들에게, 또 우리의 운명을 계속 짊어지고 가야 하는 자신의 연인에게 글을 쓰고 있을 거야. 우리가 글을 쓰도록 허락받은 것도 여기 우리들 사이에도 아직 인간성의 잔재가 존재한다는 인상을 유발하려는 규정에 포함되는 것이지. 그래서 나는 부모님께 편지를 썼어. 하지만 이것은 고별 편지야. 아, 헤라클레스. 빛은 희미하고 연필은 뭉툭하군. 나는 이 모든 것을 다르게 쓰려 했는데. 하지만 시간이 너무 짧아. 종이도 다 되었고.

그러나 하일만은 하루 종일 더 기다려야 했다. 아침 5시에 신부가 그에게 왔고 편지를 받아갔다. 그의 가족을 아는 푈하우[196]는 이미 프린츠 알브레히트 가의 감옥에 있는 그를 방문했으며, 종종 리베르타스, 아르비트와 밀드리드 하르나크, 슈마허와 쿠크호프에게도 머물렀다. 푈하우는 리베르타스가 원했기에 리베르타스와 함께 기도했고, 다른 사람들에게는 그들이 원하는 대로 기도문을 낭송했다. 그때까지도 리베르타스는 비밀경찰 본부의 감방들이 예전의 공예학교 건물에 자리 잡았다는 이유로 아직 웃을 수 있었다. 그녀의 부친이 그 학교 교장이었기 때문이다. 그녀는 부친의 집 높은 곳에서 떨어진 이야기를 되풀이했다. 어린 시절 소묘반 학생으로 그녀는 그 집 계단을 오르내리며 커다란 창문들 앞을 지나 뛰어다니곤 했다. 그 창문들 뒤에서는 프린츠 공원의 유적들과 함께 궁정을 볼 수 있었다. 언젠가 폰타네[197]는 소설 『에피 브리스트』에서 여주인공이 황량한 마지막 거처에서 그 공원을 바라보는 모습을 그렸다. 그 교도소 소속 신부는 포로들에게 최소한의 고통을 덜어줄 가능성을 감지했다. 예컨대 엄지를 비틀고 장딴지를 조이는 고문으로 상처 입은 하르나크는 플라톤의 『소크라테스의 변명』과 괴테의 『파우스트』서장을 들을 수 있었다. 또 그날 아침까지도 수갑을 찬 채 부풀어 오른 손을 쳐드는 하르나크에게 밀드리드는 처형을 면하리라고 말함으로써 그를 위로하려 했다. 하지만 푈하우는 전시재판관 뢰더가, 늙은 아이 얼굴을 한 이 잔인한 고발자가, 금고형을 사형으로 바꾸려 하는 것을 알았다.

---

196) Harald Poelchau(1903~1972): 독일의 신부이자 종교적 사회주의자. 부인과 함께 나치에 맞서 감옥 안팎에서 많은 사람들을 도왔다.

197) Theodor Fontane(1819~1898): 독일의 작가. 면허 받은 약사이기도 했다. 시적 리얼리즘의 대표 작가로 평가된다.

체포되어 있던 몇 달 동안 약해진 그녀의 풍성한 금발은 하얗게 세었다. 필하우는 이미 그녀가 특이하게 무감각해졌고 접근할 수 없었으며 자신의 종말을 준비했다는 점을 알았다. 이 감방에서 저 감방으로 다니며 그는 자신의 드높은 목표에서 극심한 굴욕 상태로 내던져진 그들의 전령이 되어 생명의 신호를 전달했다. 그는 그들 한 사람 한 사람을 그 지옥 같은 상태에서 만났다. 쿠크호프는 거꾸로 매달린 채 머리에 자루를 뒤집어쓰고 있었다. 코피는 기절 상태에서 깨어나도록 사람들이 그에게 퍼부은 물, 그 웅덩이 속에 푸르스름하게 갈라진 피부로 벌거벗은 채 있었다. 하일만은 해골처럼 말랐지만 고문 받고도 자백하지 않았다는 승리감으로 굳건히 버티고 있었다. 영혼을 보살피는 필하우가 자신의 직업을 수행하기 위해 배운 것은 이미 오래전에 다른 인식들로 대체되었다. 그도 포로들의 정치관을 공유한 것은 아니었다. 하지만 그들이 자신에게 진리를 의미하는 것을 굽힘 없이 추구하는 모습은 그를 사로잡았다. 그는 설령 자신의 목숨이 위태롭게 될지라도 하일만의 마지막 소망을 들어주지 않을 수 없었을 것이다. 고문당한 사람들 사이에서 오랜 시간을 보낸 뒤, 그에게는 자신이 믿었던 신에 대한 봉사가 인간의 품위에 대한 봉사로 변했다. 그 자신도 한 사람의 포로로 살고 있는 이 세계에서는 모든 것이 똥과 오줌과 김나는 피 웅덩이 속에서 사라졌기에, 그는 어디선가 그래도 일종의 속죄로 인식될 것이 틀림없는 자신의 행위를 고수했다. 빽빽하게 글을 적은 종이들을 그는 자신의 신부복 아래 감추었다. 그리고 살해 순간까지 독일인의 질서 감각에 따르기 위해 마지막 인사로 허용된 편지들을 묶어서 간수에게 넘겼다. 이 편지들도 감시자들과 재판관들의 세계에서는 이상하게 보일 것이 틀림없는 어떤 불굴의 자세를 말해주었다. 이날 12월 22일 오전 그는 자신의 집무실 십자가 아래 앉아 있었다.

그리고 가는 눈발이 떨어지고 있는 잿빛 하늘을 내다보며, 그가 오늘 저녁에도 돌보아야 할 사람들이 자신의 길을 꿋꿋이 가도록 기도했다. 그들은 이제 열한 개 감방에서 기다리고 있었다. 여섯 개 감방에 또 다른 사람들이 있었다. 그들을 돌보는 것은 부흐홀츠[198] 신부 책임이었다. 이들이 먼저 처형장으로 갈 것이다. 오늘 오후와 저녁에 집행될 열일곱 명의 처형에는 시간이 촉박해 서둘러야 했다. 전에는 대개 기요틴을 썼다. 오늘도 앞의 여섯 사람은 단두대 아래 서게 될 것이다. 그가 돌보는 집단의 여자들도 마찬가지일 것이다. 그러나 남자들은 교수형을 당할 것이다. 어제 최고사령관의 지시가 내려왔다. 여덟 명의 남자는 아직 자신이 교수대에서 볼품없이 죽으리라는 것을 알지 못했다. 밤중에 고기 매다는 갈고리가 달린 굵은 철제 레일 하나가 처형장 측면 벽에 설치되었다. 그는 벽들을 닦고 방을 가로지르는 커튼에 추가해 발코니에 커튼을 치는 모습을 보았다. 사형을 감독하고 진단서를 교부해야 하는 검사는 그와 함께 순번을 돌았으며, 사형집행인도 지시사항을 받았다. 필하우는 여러 차례 형 집행에 참석했었다. 집행은 대개 눈에 띄지 않게 새벽이나 늦은 저녁에 진행되었다. 그러나 이번에는 3구역 전체에서 무겁고 둔탁한 긴장을 느낄 수 있었다. 황량하고 창문도 없는 1층 사형수 감방에서는 누군가 목을 매달려고 시도하지 못하도록 난방기를 치워놓았다. 그 안에는 통이 하나 있을 뿐이고 희미한 등불이 환기구 속에서 밤낮으로 타고 있었다. 이 사형수 감방만 아니라 그 위쪽 4층까지의 통로 앞 감방들에서도 동요가 일어났다. 문짝 두드리는 소리가 울렸고 난간 너머로 누가 떨어지지 못하도록 채광 뜰 위에 쳐놓은 철조망을 통해 이리저리 서둘러

198) Peter Buchholz(1888~1963): 반나치 저항운동에 가담한 가톨릭 신학자. 필하우와 함께 수감자들을 도왔다.

가는 간수들을 볼 수 있었다. 푈하우는 몇 차례 관리실 건물에서 뛰어나와 벽돌 창고를 지나 십자 모양의 3구역 건물로 가서 준비 상황을 알아보았다. 판결 받은 사람들에게 마지막 식사가 제공되었다. 따뜻한 식사는 이제 나오지 않았다. 소시지가 든 빵 한 조각과 커피 한 잔, 담배 한 대가 배급되었을 뿐이다. 편지 쓸 때처럼 식사를 하기 위해 그들의 수갑은 풀어주었다. 그들이 식사하는 동안 간수들은 문을 열어둔 채 서 있었다. 지나가면서 그는 움직이지 않고 자신의 식판 앞에 앉아 있는 사람들에게 말을 걸어야 했다. 종종 그랬듯이 그는 우선 기력을 돋우는 것이 필요하다고 말했다. 한 사람, 셸리하만이 그를 향해 쟁반을 던졌다. 셸리하는 외무부의 귀족 고문관이었으며, 아무도 그가 수년간 자신의 여비서 슈퇴베의 도움으로 적에게 극히 중요한 정보들을 넘겨주었으리라고는 생각하지 못했다. 양철 쟁반은 푈하우의 바로 옆을 지나 벽에 요란하게 부딪쳤다. 그는 간수가 셸리하를 두들겨 패지 못하게 했다. 오후 3시에 처음 여섯 사람이 한 줄로 끌려나와 마당에 들어섰다. 이제 나이 든 사형집행자가 10년 넘게 해온 자기 일을 처리하기 위해 감방에 들어갔다. 가위 하나와 밧줄 한 다발을 바구니 안에 들고 있었다. 다시 앞쪽으로 수갑을 채운 수인의 손을 간수가 풀어주고 수인의 저고리를 벗겼을 때, 사형집행자는 끊임없이 혀로 자기 입술을 핥으면서 기이하게 매달려 있는 맨손들을 등 뒤로 신중하게 묶었다. 사형집행자는 칼라 없는 저고리 위로 목이 드러나도록 여자들의 머리칼을 짧게 깎았다. 푈하우는 지금 또 무엇을 할 수 있을지 결코 자문하지 않았다. 어떤 위로도 이 차분하고 둔중하고 동시에 만족스러운 일처리의 상대가 될 수 없었을 것이다. 그리고 특이한 것은 버림받은 남자들과 여자들도 참을성 있게 이 노인에게 복종했다는 점이다. 사형집행자는 푈하우가 혼자서 수인들과 각각 몇

분씩 보내기 전에 감방에 들어올 수 있었다. 노인은 4분의 3 길이의 기름 묻은 모호한 색 덧저고리를 입고 있었다. 그의 모습에서 그가 방금 여섯 사람의 목을 베었다는 것을 알아볼 수는 없었다. 하노버 출신이며 모아비트의 발트 가에 사는 뢰트거[199]라는 이름의 이 노인은 곧잘 자신의 일에 대해 성직자의 과제와 다름없는 소명처럼 말했다. 그가 자신의 희생자를 상대할 때면 온화함이 그를 엄습하는 듯했다. 장밋빛으로 매끈히 면도한 그의 얼굴은 호의로 빛났다. 그는 상대방의 뺨을 쓰다듬고 손가락 끝으로 턱을 가볍게 눌렀다. 나중에 뽑아낼 금니가 있는지 치아를 조사하기 위해서였다. 그는 조사 결과를 자신의 목록에 기입했고 곧 다시 보자고 친절하게 인사했다. 위쪽 높은 곳에서 유리 천장을 통해 들어오던 빛이 희미해지더니 곧 선명한 백열전구 뒤에서 완전히 사라졌다. 일제 슈퇴베와 엘리자베트 슈마허는 신부가 감방에 들어서자 등을 돌렸다. 그들은 그에게 아무런 할 말이 없었다. 반면에 리베르타스는 그의 발 앞에 몸을 던졌다. 그녀의 머리는 풍성한 머리칼을 잃어버려 작아졌다. 그녀의 눈에서는 눈물이 쏟아져 나왔다. 뻣뻣하게 뒤로 돌아간 그녀의 팔을 잡고 그녀를 부축해 세우고 무릎을 꿇고 있는 그녀를 위해 무엇인가를 기도하는 것이 그에게는 수치스러워 보였다. 당신들을 이곳에 이처럼 비참하게 내버려두고, 간수들을 제압하지 못하고, 싸우다 당신들 편에서 죽지 못하는 내가 도대체 무슨 기독교인이란 말인가 하고 그는 외치고 싶었을 것이다. 하지만 그는 성호만을 그으며 기도문을 중얼거리다가 돌아 나갔다. 그런 다음 그는 그래도 「오르페우스의 근원적 말씀」[200]을 읽어달라는 하르나크의 청을 들어줄 수 있었다. 그의 세계관과 다른 세계관을 지닌 이 학

---

199) Wilhelm Röttger(1894~1946): 나치 시절 독일의 사형집행인.
200) 괴테의 시 「오르페우스의 근원적 말씀Urworte, orphisch」을 지칭하는 듯하다.

자는 눈을 감고 있었다. 하르나크의 얼굴은 긴장이 풀려 있었고 입술은
그 말씀에 따라 움직였다. 그러나 실제로 읽고 있는 그에게는 그 말들이
점점 낯설게 되어 멀어져 갔고 마침내 그것이 그에게는 그저 풀벌레 소리
처럼 울릴 뿐이었다. 다시 그는 이 말의 가장 순수한 상태를 요구하는 그
들이 가장 더러운 목소리들로 짓눌리게 된 치욕에 관하여 비명을 지르고
싶었을 것이다. 하지만 그가 낭독을 마쳤을 때 하르나크는 감사하는 눈으
로 다정하게 그를 바라보았다. 그는 수치심에 사로잡힌 채 하르나크를 떠
났다. 이제 급해졌다. 동쪽 건물의 문을 통해 벌써 보초들이 발을 질질
끌며 보조를 맞춰 들어왔다. 그는 아직 다른 사람들에게도 가야 했다. 슈
마허에게는 더 이상 말을 할 수 없었다. 하지만 조각가인 슈마허는 리멘
슈나이더,[201] 파이트 슈토스[202]와 외르크 라트게프[203] 옆에 자신이 있다
는 데 스스로 위안을 찾을 수 있었다. 그들은 모두 자신의 재능을 가지
고 인민해방 전쟁에 가담했던 것이다. 그는 하일만에게 그의 글을 자신
이 잘 보관하고 있으며 언젠가 그것을 받을 사람에게 보내도록 하겠다고
다시 한 번 말했다. 그리고 복도로 나섰을 때 그는 슈마허가 감방에서
외치는 소리를 들었다. 슈마허는 자기 아내의 이름을 불렀고, 그녀는 옆
감방에서 슈마허의 이름을 불렀다. 그는 기다리면서 그들이 자신의 삶
전체인 서로를 부르는 것을 들었다. 병사들이 팔꿈치로 거리를 맞추며

---

201) Tilman Riemenschneider(1460~1531): 16세기 독일의 저명한 조각가. 농민전쟁 중
　　농민 편에 가담했으며 전쟁 패배 후 포로로 잡혀 감옥에서 고문을 당했다.
202) Veit Stoß(1447~1533): 종교개혁 시대 독일의 저명한 조각가. 문서 위조가 드러나 양
　　쪽 뺨에 낙인이 찍혔다.
203) Jörg Ratgeb(1480~1526): 15세기 말 이탈리아에서 르네상스 예술을 배운 독일의 화
　　가. 뒤러, 그뤼네발트, 보슈 등의 영향을 받아 자신의 독특한 표현 스타일을 만들었다.
　　농노와 결혼했고, 1525년 농민전쟁에 가담했다가 농민들의 패배로 처형당했다.

정렬하고 있는 동안 그는 이렇게 오가는 이중창을 들었다. 그것은 벽돌 때문에 반쯤 약해졌지만, 교회의 모든 기도를 틀림없이 침묵하게 만들었을 것이다. 그다음에 그가 찾아간 나머지 사람들은 그에게 등을 돌렸다. 코피만이 그에게 마치 용기를 내야 하는 것이 그라는 듯이 틀림없이 나아질 것이라고 말했다. 이제 그의 시간은 끝났다. 문의 빗장이 걸렸고 하사관이 병사들 앞으로 다가갔으며, 그들에게 조용히 명령을 내렸다. 덜그럭거리는 무기를 든 그들이 움직이기 시작해 여자들 감방으로 들어가는 문 앞에 자리를 잡고 섰다. 간수들이 문 세 개를 열고 각자 여자 한 사람씩 어깨를 잡고 밖으로 데리고 나왔다. 철모를 쓴 병사들이 앞뒤로 경호를 하고 뢸하우와 감독관 슈바르츠가 따르는 가운데 여자들은 소매 없이 목을 깊이 판 자루 모양의 저고리를 입고, 복도와 동쪽 대문을 통해 걸어갔다. 이제 모두 조용했다. 그저 느슨하게 맨발에 걸려 있는 나막신의 달그락거리는 소리만이 긴 복도에 메아리쳤다. 사방에 퍼져 있는 살랑거리는 소리 속에서 그저 가볍게 스치는 소리만 들렸다. 쌓인 눈 속에 검은 오솔길이 나 있는 마당을 가로질러 나지막한 건물로 가는 몇몇 발소리였다. 어스름 속에서 감시탑을 알아볼 수 있었다. 감시탑은 플뢰첸제 감옥 시설이 있는 구역들 위로 솟아올라 있었다. 왼쪽에는 철조망으로 마무리가 된 높은 장벽이 있었는데, 이 장벽은 군집해 있는 오두막들 및 슈판다우 수로와 다른 쪽 숲을 향한 시야를 차단했다. 그는 손에 성서를 들고 대기실 시멘트 바닥 위에 서서 여자들을 마주 보고 있었다. 마당으로 가는 문은 닫혔다. 아치형 창문은 안에서 철제 셔터로 닫혀 있었다. 발코니가 합각머리 지붕 아래로 나 있었다. 옆문의 틈새를 통해 강한 빛이 밀려왔다. 간수들이 여자들의 팔을 꽉 잡고 있었다. 병사들은 총을 발 옆에 세워두고 있었다. 옆문이 열렸다. 검사의 조수가 나타났다.

슈바르츠가 자신의 목록에 따라 해당되는 여자들의 이름을 불렀다. 배석자는 불린 이름을 자신의 서류에 있는 이름과 비교했다. 첫째로 리베르타스가 불려 들어갔다. 슈바르츠는 뒤로 묶인 팔을 잡고 그녀를 눈부시게 밝은 곳으로 밀어 넣었다. 푈하우가 따라갔다. 그들 뒤에서 문이 닫혔다. 방 가운데에는 한 벽에서 다른 벽까지 검은 커튼이 높직이 쳐져 있었다. 오른쪽의 검은색 작은 천을 덮어놓은 탁자 앞에 검사가 앉았다. 그 뒤의 구석에는 사형집행자가 커튼 줄을 손으로 잡고 서 있었다. 커튼 솔기 아래 바닥은 젖어 있었다. 여섯 사람을 처형한 후 그 뒤 공간을 청소해놓기는 했지만, 답답하고 들큼한 냄새를 맡을 수 있었다. 배석자는 검사 옆에 섰다. 푈하우와 슈바르츠는 여자를 그들 한가운데에 있게 했다. 검사가 판결문을 읽었다. 그는 검은색 제복을 입고 검은색 검사 두건을 쓰고 있었다. 배석자는 어두운 옷을 입고 있었다. 신부는 자신의 기도에 자신이 끌어낼 수 있는 모든 열정을 쏟아 넣으려 했다. 하지만 리베르타스가 비명을 지르기 시작했다. 나를 풀어주세요. 나를 살려주세요, 하고 그녀는 비명을 질렀다. 그러자 이제 모든 것이 신속히 진행되어 그가 큰 소리로 하는 기도는 일의 속도를 따라가지 못했다. 사형집행자가 줄을 한 번에 잡아당겨 가운데 있는 커튼을 열어젖혔다. 커튼이 찌직 소리를 내며 반으로 나뉘어 양쪽으로 벌어졌다. 셔츠 바람에 누더기 바지를 장화 속에 넣고 있는 세 명의 조수가 뒤에서 튀어나와 여자에게 달려들었으며, 다리를 버둥거리는 여자를 머리 쪽에 구멍이 난 채 똑바로 세워져 있는 널빤지 쪽으로 눌렀고, 돌쩌귀를 이용해 널빤지를 돌렸으며, 나무로 된 이 멍에를 받침대 위에 내려놓았다. 그러자 벌써 위에 감춰져 있던 곳에서 날이 비스듬히 난 커다란 도끼가 휙 소리를 내며 떨어졌고, 머리가 몸에서 분리되어 피로 뒤덮인 채 버드나무 바구니 속에 떨어졌다. 목에서는 아직 피가 맥박 치며 솟구쳤다. 피로 얼룩진 흰색 저고리를 입은 한 남자가 나타나 시간을 알렸고, 검사는 처형된 여자의 이름을 자신의 명부에 체크한 후 사망진단서에 시각을 기입했다. 사형집행자가 벌써 검은색 커튼을 다시 치고 조수들이 그 뒤에서 아직 움찔거리는 몸을 판자로 된 짧은 상자 속에 던지고, 머리를 벽 앞의 물통 위에서 헹궈 시체의 다리 사이에 놓는 동안, 다음 사람을 불러들이라는 명령이 떨어졌다. 그다음은 일제 슈퇴베였다. 푈하우가 신부 제스처를 취하며 그녀에게 다가가자 그녀가 기도는 더 이상 필요 없다고 날카롭게 외쳤다. 그녀는 똑바로 서 있었다. 작고 각진 얼굴의 그녀는 입을 다물었고 커튼이 찌직 소리를 내며 열릴 때 저항하지 않았다. 그리고 몇 초 후 예리한 칼날이 멍에 속에 있는 그녀의 목을 통과해 나무 틈 속으로 깊숙이 떨어졌다. 엘리자베트는 마치 신부가 자신의 직책을 수행하는 것을 방해하지 않으려는 듯이 거의 호의적으로 그가 말하도록 내버려두었다. 그녀도 움직이지 않고 서 있었다. 숨 막히는 증기 냄새를 맡으면서 도살되는 가축이 그것을 두려워하듯이 그녀는 콧방울만 벌름거렸다. 이제 푈하우는 벌써 규칙적인 일의 진행 과정에 무감각해졌다. 열리는 커튼의 끔찍한 소음 뒤에는 앞으로 젖혀지는 널빤지의 삐걱 소리와 닫히는 멍에의 철커덕 소리, 떨어지는 칼날의 둔탁한 충격, 다시 들어 올려지는 칼날의 쩔그렁 소리가 이어졌다. 칼날에서는 아직 피가 떨어지고 있었다. 바깥에서는 도시의 온갖 사람들의 숨소리, 목소리, 온갖 탈것들과 기계들의 소음이 그를 압도했다. 사형장 방향으로 마당을 가로질러 간 지 이제 겨우 반시간밖에 지나지 않았다. 이제 그는 남자들을 데리러 가기 위해 다시 3번 건물로 들어갔다. 병사들도 돌아와서 복도에 대오를 이루었다. 감독관 슈바르츠는 포로들을 감방에서 데리고 나오도록 했다. 슈바르츠는 신부가 무기력해진 것을 보았다. 그는 신부가 무엇인가를 말하도록 기다렸다. 슈바르츠는 이제 감방 문 앞에 서 있는 남자들을 관찰했다. 그들의 얼굴은 거의 알아볼 수 없었다. 푸르스름한 침실 램프가 타고 있었기 때문이었다. 벌거벗은 상체들이 잉크색 심해 속에서 헤엄치는 듯했다. 몇 사람의 바지는 잔뜩 내려가 있었다. 다른 사람들의 바지 끈은 몸에 꼭 조여 있었다. 한 사람은 갈비뼈가 불거져 나왔고, 또 다른 사람 가슴은 검은 털로 덮여 있었다. 젖꼭지가 일렬로 늘어서 있었고, 한 사람의 것만 더 높이 나 있었다. 그는 거의 머리 하나만큼 키가 더 컸다. 그의 이름은 코피였다. 슈바르츠에게는 아직 그들이 이름을 가진 존재였다. 물론 그것은 그가 알던 것이라고 할 수 있는 이름이 아니었다. 단지 어제 그에게 넘겨진 종이쪽지 위의 이름들일 뿐이었다. 신부가 아무것도 말하지 않았기 때문에 그는 이름들을 순서대로 큰 소리로 부르기 시작했다. 각자의 이름을 부르면 불린 사람은 대답해야만 했다. 모든 것이 질서정연하게 진행되었다. 그가 자신의 행동에 관해 언젠가 해명을 해야 한다면 그는 그들의 이름을 부름으로써 그들의 생명을 또 한 번 확인했노라고 말할 수 있을 것이다. 그는 그들에게 사형을 선고하지 않았다. 오히려 그는 그들이 아직 살아 있을 때 그들을 걱정해주었다. 그는 그들을 보살펴주었다. 그들에게 마지막 식사를 가져다준 것이다. 그들의 변기통을 비워주었다. 밤이면 그는 더러워진 바지들을 세탁할 것이다. 또 그가 사망진단서에 서명을 해야 하더라도 그는 단지 그들의 죽음을 확인했을 뿐이며 그가 그들의 죽음에 책임이 있는 것은 아니었다. 그는 이 침묵하고 있는 사이비 성직자보다 오히려 자신이 끝까지 그 남자들 편에 섰다고 말할 수 있을 것이다. 그리고 신부가 그래도 여전히 아무것도 하지 않자 그는 스스로 용기를 내기 위해 저리 출발, 하고 무뚝뚝하게 외쳤다. 그러자 하사가 명령했다.

그리고 나막신들이 돌길 위에서 덜그럭거렸다. 위쪽에서는 감방 문 전체에서 주먹으로 두드리는 소란이 일어났다. 거칠고 일치단결된 노도 같았다. 그 가운데 한 사람, 이중 이름을 가진 그룹 지도자가 그쪽을 향해 외쳤다. 우리는 살아온 것과 똑같이 죽는다. 7시 반에 그들은 처형장 대기실에 가 있었다. 이번에는 좀더 번거로울 것이다. 교수형에는 시간이 더 걸렸다. 각자 20분씩 매달아둔 다음에야 끌어내릴 수 있었다. 조수들도 숙달이 되지 않았다. 교수형 판결을 알려줄 경우 어쩌면 소란이 일어날지도 모른다. 하지만 뢰트거는 지원군을 얻었다. 보조 사형집행관 로젤리프가 온 것이다. 조수들은 평화 시에 푸줏간 숙련공들이었으며, 그래서 비슷한 업무에 익숙해 있었다. 그들은 교수형 집행을 틀림없이 해낼 것이다. 배석자가 문으로 가서 문을 열었다. 그는 손짓만 했을 뿐이며 병사들이 수인들을 총 개머리판으로 밀쳐 넣었다. 한 곳에 몰린 채 그들은 모두 검은 커튼 앞에 서 있었다. 수인들이 일렬로 정렬했다. 슈바르츠는 이제 다시 그들 앞에 서서 강렬한 불빛 속에서 그들 얼굴의 온갖 주름과 상처와 피가 흘러내린 종기 따위와, 상체에 난 깊고 둥근 화상 흔적과 딱지가 앉거나 곪은 상처들을 보았다. 다시 한 번 이름을 읽고 대답하는 절차가 이루어졌다. 그가 소리쳤다. 하일만, 호르스트. 여기요, 하고 호명된 사람이 낭랑한 목소리로 답했다. 저자는 정말 뼈와 가죽밖에 없군, 하고 그가 생각했다. 저 사람 목이 부러지지 않도록 특별하게 목을 매달아야겠네. 코피, 한스. 그는 처음으로 코피의 이름에 주목하게 되었다. 깊고 그늘진 눈두덩이 속의 눈은 근시들이 그렇듯 가늘게 뜨고 있었다. 그의 안경은 이미 오래전에 빼앗겼다. 그의 아내는 아직 바르님 가의 감옥에 있을 것이다. 11월에 아이를 낳았고, 그녀 역시 이 자리에 오기 전에 그래도 몇 달 동안 아이에게 젖을 먹이도록 허락을 받았다. 슐체, 쿠르트. 직업은 자동차 운전사로 우체국에 고용되어 있었다. 이 노동자의 얼굴은 쇠약해졌어도 여전히 힘차 보였다. 그는 어떤 범죄를 저질렀을까. 그라우덴츠, 요하네스. 눈 밑과 뺨의 피부가 축 처져 있었다. 슈바르츠는 그의 목에서 동맥의 어두운 부분이 뛰는 것을 보았다. 하르나크, 아르비트. 그는 정화된 모습으로 자신에게 속삭이듯 답했다. 셸리하, 루돌프. 하지만 이 자는 대답을 하지 않고 열에서 뛰쳐나와 문으로 달려갔다. 병사들이 이미 그에게 덮쳤고 그를 다시 끌고 왔다. 누군가 그의 배를 한 대 쳐서 그의 몸이 앞으로 꺾였다. 그의 이름 뒤에도 검사는 파란 색연필로 체크를 했다. 그에게는 그들 모두가 이미 죽은 사람이었다. 슈바르츠에게도 엄밀히 말해 그들은 이미 끝난 사람들이었다. 그는 이제 그들과 아무것도 할 일이 없었다. 벌써 그들을 잊어버리고 있었다. 다만 한스 코피라는 이름은 어떤 이유에서인지 그의 마음속에 남아 있었다. 커튼 아래에서는 몇 줄기 불그레한 물이 새어나왔다. 그들은 위쪽에서 호스로 방을 씻어냈고 기요틴을 문질러 닦았고, 벌거벗은 채 더럽혀진 여자들의 몸과 부릅뜬 채 빛을 잃은 눈, 피투성이로 입이 열린 머리가 담긴 상자들을 옆방으로 치웠고, 위쪽의 레일에 여덟 개의 갈고리를 설치했다. 오후에 로젤리프가 그에게 진행 과정에 대해 알려주었다. 이번에는 커튼이 가운데에서 조금만 열릴 것이다. 판결 받은 사람 각자를 한 명씩 뒤로 데려가게 될 것이다. 그들은 왼쪽에서부터 교수형을 시작할 것이며, 레일에 고정된 짧은 커튼을 한 부분씩 당겨서 다음 사람이 처형된 사람을 보지 못하게 할 것이다. 숙련공들은 사형집행자가 푸줏간 갈고리에 걸게 될 밧줄을 가지고 벌써 장난을 치고 있었다. 그들은 처형이 이루어질 때마다 30마르크를 받았다. 사형집행자는 80마르크까지 받았다. 예전에 손도끼로 머리를 자를 때 뢰트거는 3백 마르크를 받았다. 그는 부유한 사람이었다. 이 명예직 말고도 대규모 운수업을 경영하고 있었다. 처형의 증인으로 배석하는 슈바르츠는 고작 10마르크의 특별수당을 받았다. 하지만 그는 동료들에게 미움을 받으며 눈에 띄고 싶지 않았다. 아무튼 그에게는 돈이 들어왔고, 오늘 기대할 수 있는 식료품 특별 배급은 마침 잘되었다. 내일이면 그는 성탄절 휴가를 가게 될 것이기 때문이다. 그는 성탄절 저녁에는 바이센제의 랑한스 가 143번지의 가족들 곁에 있었다. 랑한스. 이 말이 그의 마음속에 파고들었다. 키다리 한스. 이제 그가 랑한스 가를 지나갈 때면 언제나 그 키다리 한스를 생각할 수밖에 없을 것이다. 그는 코피의 얼굴을 쳐다보았다. 커튼이 열리기를 거기서 기다리는 것이 어떤 것인지 상상해보려고 했다. 계속하시오, 하고 검사가 소리쳤다. 그가 다음 이름을 읽을 때에는 혼동이 일어났다. 슐체 보이젠, 하로. 검사는 그 그룹의 지도자가 소리쳐 대답한 다음에도 그의 이름을 되풀이했다. 슈마허, 쿠르트. 이 이름은 명단에 있는 마지막 이름이었다. 슈바르츠는 그들이 나이에 따라 기록되었다고 생각했다. 여자들의 경우 가장 젊은 사람이 제일 먼저 처형되었다. 하일만과 코피가 가장 젊었다. 하일만은 아직 성년도 되지 않았다. 하지만 출생 일자를 읽을 때 그는 슐체가 가장 연장자로 1894년생인 것을 알았다. 그는 이미 지난 세계대전에 참전했었다. 그리고 까다로운 이름을 가진 자는 1909년생이었으며, 하르나크는 1901년생이었다. 아무도 그들을 구분하려고 신경 쓰지 않았다. 그들은 모두 같은 세대로 간주되었으며, 또 그들은 모두 서로 똑같았다. 그들의 얼굴은 모두 완성된 얼굴, 자신의 삶을 마무리한 사람들의 얼굴이었다. 이제 그들이 쉰 살쯤 되었느냐 아니면 마흔 살쯤 되었느냐는 중요하지 않았다. 그들을 그처럼 서로 비슷하게 만든 것은 이 자부심과 확신의 특이한 표현이었다. 검사가 판결문을 읽었다. 그리고 그가 교수형을 선언하자 슐체 보이젠이 자신들은 단두형을 받을 권한이 있다고 외쳤다. 하지만 그때 벌써 뢰트거는 자기 쪽 구석에서부터 커튼 한가운데를 열었다. 배석자가 하일만에게 다가가 그를 커튼 사이로 데리고 갔다. 세 명의 숙련공은 축축한 바닥 위를 미끄러져 그에게 다가가서 그를 데리고 갔다. 신부가 그들을 따라갔고, 그 뒤에서 커튼이 닫혔다. 쮈하우는 숙련공들이 사형수를 레일에 달린 커다란 첫번째 이동식 갈고리 아래로 데려가 그를 앞쪽으로 돌려놓는 모습을 보았다. 그의 뒤에는 방 넓이에 맞춰 높직한 철제 천창에까지 올라가는 세 개의 계단 가장자리에 발판이 있었고, 사형집행자는 거기에 올라갔다. 뢰트거는 별로 할 일이 없었다. 기요틴의 칼날이 떨어지게 하는 단추만을 눌렀듯이, 숙련공들이 그에게 사형수를 마지막으로 처리하도록 준비해주었다. 로젤리프는 삼베로 만든 올가미를 사형수 머리 위로 밀었다. 밧줄은 코와 입술에 걸렸다. 숙련공들이 밧줄을 아래로 당겨 목에 제대로 갖다놓았다. 쮈하우가 큰 소리로 기도했다. 숙련공이 가벼운 몸을 높이 들어 올리자 뢰트거가 그 위로 두 손을 뻗었다. 로젤리프가 그에게 밧줄 위쪽의 올가미를 건네주었고, 그는 그것을 갈고리에 걸었다. 숙련공들이 사형수의 몸을 떨어뜨렸다. 그들은 버둥거리는 다리에 매달렸다. 척추에서 딱 소리가 나는 것을 들을 수 있었다. 얼굴은 검푸르게 변했다. 안구가 튀어나왔다. 크게 벌어진 입안에서 몇 초 동안 혀가 이리저리 미친 듯이 움직였다. 쮈하우는 여전히 기도하고 있었다. 교수형 당한 자의 몸과 다리에서 경련이 일어났다. 지저분한 저고리를 입은 의사가 그의 가슴에 청진기를 갖다 댔다. 의사는 앞에 쳐놓은 짧은 커튼을 몇 차례 옆으로 밀고 청진을 했다. 쮈하우가 나갈 때에도 커튼 아래에서는 여전히 움직임이 있었다. 이어서 의사의 신호에 따라 코피가 커튼 사이로 떠밀려 왔다. 그를 따라온 쮈하우에게 그는 힐데에게 안부를 전해달라고 말했다. 그리고 이제 일어나는 일은 모두 이미 익숙한 것이었다. 의사는 한스 코피의 사망 시각을 20시 21분이라고 보고했다. 슈바르츠에게는 코피가 커튼 뒤로 사라진 다음 죽을 때까지의 시간이 영원한 것처럼 보였다. 그는 하르나크가 끌려갈 때 신부가 하르나크에게 뭔가 특이한 말을 하는 것을 들었다. 태양은 옛날처럼 울린다느니 하는 이야기였다. 셀리하는 비명을 질렀고 발버둥을 쳤다. 한 무리의 병사들이 그에게 매달렸다. 올가미를 제대로 걸 수 없어서 사형 집행자들은 저주를 퍼부었다. 쿵쾅거리고 비벼대는 발소리가 한참 났지만 마침내 의사가 다시 나타나 그가 죽었다고 알렸다. 이제 저녁 9시가 지났다. 슐체 보이젠은 목에 줄이 걸리기 전에 너희들이 최후의 심판은 아니라고 외쳤다. 그리고 슈마허는 숙련공들에 앞서 교수대로 갔다. 그는 가장 오래 기다려야 했지만, 이제 드디어 죽었을 것이다. 커튼과 그 뒤의 장막까지 치웠을 때 진한 악취가 퍼졌다. 그들 모두가 레일 아래 매달려 있었다. 목은 길게 늘어졌고 머리는 꺾여 있었다. 그들은 더 이상 알아볼 수 없었다. 단지 그들의 순번에 따라서만 아직 슈바르츠는 그들의 이름을 부를 수 있었을 것이다. 하지만 그들의 이름도 이미 허공에서 사라졌다. 마지막 사형수 슈마허는 아직 가볍게 이리저리 흔들렸다. 그의 다리는 아직 떨리고 있었다. 냄새를 더 이상 견딜 수 없어 슈바르츠는 사망 진단을 확인한 후 시체들에서 흠뻑 젖은 바지를 벗기는 일에 착수했다. 그다음 그는 그것들을 손수레에 담아 세탁실로 밀고 갔다.


이제 오래갈 수는 없었다. 연합군은 파리를 점령했고 붉은 군대는 루마니아, 불가리아까지 진군했다. 동부 도처에서 독일 동맹군은 도주했다. 베를린은 연기 나는 폐허였다. 하지만 여기 베를린 교외 부흐 지구에서는 늦여름의 평화가 넘쳤다. 2년 전부터 이미 비쇼프는 판케 강가의 오두막 단지에서 살았다. 나무 울타리 뒤로는 저 멀리 말효와 호엔쉰하우젠에 이르기까지 하수 관개 농장이 펼쳐졌다. 따뜻한 날 안개 속에는 직선으로 뻗은 수로며, 도랑, 길 들과 함께 평지가 늘어져 있었다. 고향을 잃은 가족들이 분할지의 오두막들에 몰려 살았다. 많은 사람들이 아침 일찍 기차를 타고 시내로 갔다. 사람들은 되풀이해서 불타버린 건물 사이에서 시내의 도로를 치웠고, 폐허 속에 아직도 남아 있는 일터로 갔으며, 저녁이면 폭탄이 떨어지기 전에 자신의 오두막으로 돌아갔다. 어떤 파괴도 부지런한 잿빛 추적자 무리들의 지속적 활동을 막을 수 없었다. 어떤 패배나 후퇴도 그들이 추적해낸 최후의 인물을 죽을 때까지 고문하는 것을 방해하지 않았다. 이 두 해 동안의 기간은 단조로웠다. 돌이켜보면 그 기간은 비쇼프의 그룹이 제거되는 것으로 끝난 그 이전의 한 해보다 짧아 보였다. 자신이 남았다는 것에 그녀는 놀라지 않았다. 그녀는 자신이 눈에 잘 띄지 않은 덕분에 살아남았다는 것을 알았다. 그리고 그녀는 계속해서 눈에 띄지 않을 수 있을 것이다. 7월까지는 그녀도 시내에서 일했다. 그녀는 1주일에 몇 번씩 집들을 청소했다. 파편더미 속에도 집들이 있었다. 아니면 적어도 정돈할 만한 방들이 있었다. 도시 위에 무엇이 쏟아져 내렸든 간에 모든 벽이 다 타격을 받은 것은 아니며, 자신의 지하실과 방공호에서 기어 나온 사람들은 종종 여전히 한두 층, 집 한 채, 심지어 한 구역 전체에서 거처를 찾을 수 있었다. 그리고 외곽지구의 여러 별장들은 고스란히 남아 있기도 했다. 특히 그곳에서 그녀는 한때 스톡홀름에서 그랬듯이 쓸고 닦았다. 그녀는 앞치마와 머릿수건을 두르고 바구니에 걸레와 먼지떨이를 담아 다니는 청소부였다. 하지만 그녀는 6월 말에 있던 곳에는 더 이상 갈 수 없었다. 이제 그곳에도 불벼락이 떨어졌기 때문이 아니라 극히 가까운 범위로 위험이 다가왔기 때문이었다. 이제 그녀는 여기 교외에서 이웃 여자들의 요리나 아이 보기를 도왔다. 그녀는 이름가르트 셰퍼로 알려져 있었고, 아직 아무도 그녀의 이름을 의심해 찾아오지는 않았다. 그녀는 자신도 가담했던 엄청난 노력을 생각할 때면 그러한 노력이 약한 고리가 없는 사슬로부터 나온다는 것을 알았다. 그 사슬은 끊어지지 않았다. 사슬은 타격을 받았고, 수천 명이 살해된 후 적들은 사슬이 파괴되었다고 보고했다. 하지만 사슬로 결합된 힘은 여전히 존속했다. 며칠 전인 1944년 9월 18일 자에프코브, 야코프, 베스틀라인이 처형됨으로써 아마 모든 지도 간부가 사망했을 것이다. 하지만 조직은 여전히 존재했다. 투쟁을 계속하는 사람들의 도움이 없었다면 그녀는 그 두 해를 견딜 수 없었을 것이다. 전령이자 전단 인쇄자이자 배포자인 그녀는 가장 가까운 동료들을 앗아간 그 일을 결코 중단하지 않았다. 그 일을 계속함으로써 사슬의 힘은 줄어들지 않고 유지되었다. 그녀가 일제와 헤어진 다음 날 아침에 모르는 남자가 루도의 오두막 문을 두드렸다. 그는 떠나기 전에 새로운 숙소의 주소를 말해주었다. 알고 있는 접선 장소가 더 이상 없었던 그해 가을 그녀는 곧 다른 세포로 들어갔다. 가을과 겨울에는 반격이 다시 증가했고, 봄에 스탈린그라드에서 항복하고 로스토프와 하리코프에서 철병한 이후 독일이 승리하리라는 생각이 사라지고 수백만 노예 노동자들 사이에서 소요가 일어나자, 대부분의 군수산업체에는 3인조 그룹들이 형성되었다. 이 그룹들은 정치적으로 계몽된 종업원들에게 접근했고, 그들에게서 파업 활동이 시작되곤 했다. 서로 구분된 작은 그룹들로 나뉨으로써, 자에프코브는 1942년 9월 조직 지도부를 직접 넘겨받을 수 있었다. 그는 우리히 그룹이 무너진 뒤 바로 뛰어들었고, 10월 초에는 함부르크에서 도피해온 야코프와 베스틀라인이 그에게 가담했다. 나중에 그들은 여름까지 행동 통일을 준비했으며, 파괴될 지경에 몰리기 전에 공동 전선의 기반을 마련했다. 공동 전선은 10년 전부터 가장 일관성 있고 진보적인 계획들의 목표가 되어 있었다. 적들이 자신의 뿌리를 위협하는 것들을 뿌리 뽑을 만큼 여전히 강하다는 사실을 그들은 결코 제약이라고 보지 않았다. 누군가 제거되면 그 자리를 다른 사람들이 채웠다. 비쇼프는 고급 기능을 맡은 사람과 하부에서 자신의 일을 하는 사람을 구분하려 하지 않았다. 사슬에서는 모두 똑같이 가치 있는 존재였다. 누가 죽게 되든 똑같이 심각한 것이었다. 그녀가 새로운 그룹에 적응하는 데에는 별로 어려움이 없었다. 그녀가 떠맡은 책임은 나눌 수 있는 것이 아니었다. 그녀는 북부 지역 접선 장소들 사이에 정보를 전달했다. 그녀는 수동식 인쇄기로 호소문을 제작했고 그것을 오라니엔부르크의 하인켈 공장,[204] 비텐아우 기계 공장, 그리고 지멘스슈타트 등에 있는 믿을 만한 사람들에게 배포했다. 1943년 그녀는 스웨덴의 어떤 연락원과 접촉했고, 그는 스톡홀름으로 보고서를 전할 수 있었다. 그녀는 이 늦여름 저녁 오두막 앞의 벤치에서 생각했다. 아마 그처럼 열성적으로 활동함으로써 그녀는 2년 전 9월 그녀를 압도할 것만 같았던 고통을 잊고자 했을 뿐인지도 모른다. 그녀는 이 속수무책의 고통을 되풀이하여 밀쳐냈고, 그들이 행한 일들 가운데 아무것도 헛되지 않았고 자신도 언제나 목숨을 버릴 태세가 되어 있다고 스스로에게 말했었다. 하지만 이제 그녀는 자신만이 여전히 살아

---

204) Heinkel Werke: 독일의 대규모 비행기 제조 공장. 특히 오라니엔부르크에 있던 이 공장에서는 작센하우젠 강제수용소에서 온 대규모 포로들이 노예 노동에 투입되었다.

있으며, 바로 자신이 죽은 사람들의 얼굴과 죽은 사람들의 이 목소리 그리고 그들과 함께 걸어간 이 길들을 기억하고 있는 몇 사람 가운데 하나라는 생각에 사로잡혔다. 일제와 헤어진 그날 밤부터 시체들이 그녀 주위에 쌓였다. 그녀는 자신이 평정심을 유지하며 끈질기게 일하리라고 확신했다. 하지만 자기 일이 완수된 것을 보지 못하는 사람들을 생각하며 그녀는 한동안 고통스러워했다. 그녀는 싸우다 죽은 사람들이 얼마나 빠르게 잊히는지 알았다. 지난 전쟁 이후 혁명가들이 그렇게 잊혔다. 또 지금도 이 전쟁이 끝나면, 비밀을 지키면서 죽음을 받아들인 사람들 역시 그럴 것이다. 다가오는 평화 시절에도 여전히 살아갈 준비를 하는 적들은 이미 자신들과 관련해 전해질 수 있는 모든 사실을 축소하고 왜곡하고 경멸하며 강대국들과의 전쟁 속에서 그런 것은 그다지 중요하지 않은 것이라고 설명하고 있었다. 그래서 그녀는 동료들의 삶과 죽음에 대해 알게 된 모든 것을 작은 노트에 기록해서 매번 나무딸기 덤불 밑에 파묻어두었다. 그것은 비록 그들이 해낸 일들을 전혀 포괄하지 못하는 빈곤한 메모와 자료들일 뿐이었지만 그래도 그녀에게 그들의 불멸성을 어느 정도 보장해주었다. 아마 그녀는 그것을 언젠가 보완할 수 있을 것이다. 금장으로 이름을 새긴 커다란 묘비만으로는 충분할 수 없을 터이기 때문이다. 그녀는 묘비에 어떤 말이 새겨질지 전혀 알지 못했다. 독일을 위해 죽었다. 이 말은 무명용사들의 묘비에도 새겨질 것이다. 더 나은 세계를 위해 죽었다. 하지만 격정은 그들에게 낯설었다. 필요한 일을 위해 죽었다. 러시아에서도 수백만 명이 필요한 일을 위해 죽었다. 여기 이 몇 사람은 그녀가 알던 사람들이었다. 그들을 생각할 때면 그녀의 생각은 다른 사람들까지 모두 포함했다. 하지만 각자 온전한 전기 한 권씩이 어울릴 만한 사람들에 대해 무엇을 말할 수 있겠는가. 그들은 어디서 왔고,

어떻게 죽을 때의 그들과 같은 존재가 되었던가. 이미 10년, 20년 전부터 함께했던 사람들조차 그녀는 그저 공동의 업무 때문에 알게 되었을 뿐이다. 그녀가 사생활, 가족 관계, 중고등학교와 대학 시절 등을 포함한 배경들에 대해 아는 일은 드물었다. 모든 것이 그저 하나의 거대한 연관 관계, 즉 사회적 현실이라는 연관 관계 속에 설정되었다. 그 속에서 그들은 서로 만났고, 그 속에서 결심하고 행동했다. 서로간의 친밀함, 우정, 심지어는 애정까지도 이 같은 상호의존에 의해 규정되었다는 점도 그처럼 재현하기 어려운 특수한 면이었다. 사람들이 아직 공개적으로 자신을 드러낼 수 있었던 예전에도 이미 모든 것은 당에 복무하는 것이었다. 사람들은 언제나 당의 결정에 따를 태세가 되어 있었다. 그리고 무엇인가를 탐구할 경우 이는 특정한 서클에서 이루어졌지만, 이 서클은 다시 더 광범한 공동체에 동화되었다. 다른 상황에서라면 우정의 본질이랄 수 있는 신뢰성은 그 모든 사적 논의들과 더불어 다른 어떤 것, 그러니까 좀 더 광범한 의미의 신뢰로 대체되었다. 그것은 흔히 결함이나 개성의 위축으로 이해될 수도 있었다. 하지만 그 같은 신뢰를 통해 각 개인이 어려움을 참고 버틸 수 있는 특성을 길러냈다. 개인은 물론 자신의 특성들을 유지할 수 있었다. 하지만 그것들은 그들이 서로 공유하는 것 속에서만 실현되었다. 그녀는 슈마허, 쿠크호프, 쇼트뮐러, 혹은 리베르타스가 예술을 통한 인간의 완성에 대해 말하는 것을 들었다. 또 그들의 인격은 중대한 시련을 겪었을 수도 있다. 하지만 그들은 결국 자신의 의도들을 하나의 공동 계획에 결합시켰다. 그들은 어떤 사람을 다른 사람과 차별하지 않고, 서로에게 적응하고, 서로를 배려하며, 자신의 지식을 모든 사람을 위해 활용하는 법을 배우는 능력에 따라 각자를 판단했듯이, 예술과 과학도 언제나 혁명적인 전체 세계의 구성 요소들로만 보았다. 그녀는 젊은 하일만을, 또 지멘스 사에서 하루 종일 일하고 밤이면 이 무전기에서 저 무전기로 달려갔던 선반공 코피를 생각했다. 그녀는 그들과 나눈 이야기를 생각해내려고 했다. 그리고 장황한 이야기 끝에 언제나 당면 과제에 주목하게 되었다는 생각이 떠오르자 미소를 지을 수밖에 없었다. 하일만이 언젠가 정신적 창조물의 저수지라고 칭한 환상의 갤러리에 있는 것들에 다가가기 전에 당면 과제를 해결해야 했던 것이다. 일제 슈퇴베는 별로 말이 없었고, 말의 대가들을 그다지 중요시하지 않았다. 일제는 주변에서 너무 많은 작가, 언론인, 연극과 영화에 종사하는 사람들이 적의 편을 택하거나, 더 경멸스럽게도 나약함이나 무분별함으로 인해 적에게 넘어가는 것을 보았다. 비쇼프는 나라를 떠난 많은 사람들이 이룩한 문화의 가치에 대해 말하면서 일제를 설득하지 못했다. 비쇼프는 일제의 칼칼하고 다소 경멸하는 듯한 웃음소리와, 그들의 주된 공로는 도망쳤다는 데 있다는 그녀의 논평을 들었다. 마지막 날 밤 일제는 벽과 전단에 적힌 구호들에 대해 말했다. 그것들은 그처럼 쫓기는 상황에서 문학을 대신하는 것이었다. 이제 최대한 빨리 의사소통하는 것만이 중요했기 때문에 오래 생각할 필요가 없는 말들, 직접 인상을 남기고 해명하고 안내해줄 말들이 사용되었다. 나중에 비쇼프는 몇몇 사람들이 죽음에 직면해 괴테의 글을 몇 줄 듣고자 했다는 이야기를 들었다. 비쇼프 자신은 나는 공산주의자로서 죽는다고 외치는 것을 더 좋아했을 것이다. 그러나 오히려 그녀는 그런 순간에 자신이 침묵하게 되리라고 생각했다. 그들 이후에도 오래 남을 시가 있었다. 벽에 붙인 전단은 곧 떨어져버렸다. 하지만 그녀가 보기에 버림받은 그들에게는 『파우스트』에 쓰여 있는 것과 욘 지크가 자신의 작은 가방 아래 칸에 넣어둔 스탬프에 새겨놓은 문구 사이에 더 이상 차이가 없는 것 같았다. 그녀는 종종 이 손가방을 들고 길모퉁이나 승강장에 가져다놓았다. 그녀가 가고 나면, 그곳에는 저항하라는 문구가 남았다. 그것은 신속히 지워지지만 다른 돌 위에 다시 등장하는 짧은 말이었다. 언젠가 지크의 죽음을 알게 되었을 때 그녀는 그 작은 가방을 들고 밤새도록 거리를 돌아다녔다. 그녀는 저항하라는 말을 포도 위에 인쇄했다. 스탬프에 반복해서 검은색을 칠했고, 시내에 이 저항하라는 흔적을 남겼으며, 마치 자신도 체포되기를 원하는 듯이 더 이상 주변을 돌아보지도 않았다. 이 가방은 지크가 남긴 유일한 것이었다. 그녀는 그것을 오래 관리했다. 이제 그것은 하리의 집에 감춰두었다. 하리라는 이름 뒤에는 그녀가 오래전부터 알고 있던 재단사 골츠[205]가 숨어 있었다. 1933년 직후 그는 거의 6년 동안 루카우 교도소에 들어가 있었으며, 석방된 뒤에는 당 지도부의 밀사가 되었다. 가끔 그 가방을 들고 스탬프의 문구를 거리에 새기는 시간이 그녀에게는 일종의 추도 시간이었다. 후대에 남길 유산을 위해 한 인간이 어떤 대가를 치렀는지 늘 물어야 했다. 자동차 조립공, 포장공, 자동차 운전기사, 기자, 야간학교 교사, 조합원, 당의 요원 등으로서 끊임없이 적의 발판을 무너뜨리던 지크는 고문 아래 계속되는 고통 말고 얻을 것이 아무것도 없다는 것을 깨닫자 스스로 목숨을 끊었다. 경찰서 안 자신의 감방에서 1942년 10월 15일 목을 맸다. 인쇄공 그라세도 그와 마찬가지로 단호했다. 챙 달린 모자와 멜빵바지 차림에, 자전거를 타고, 일요일, 피헬스베르더[206]에서, 아래쪽으로 흰 핸들 위에 깊숙이 구부린 채, 가토 도로를 따라 달리는 그라세. 하플 강 제방 앞의 그라세. 그들은 텐트를 쳐놓

---

205) Fritz Goltz: 독일 공산당원. 반파쇼 저항 활동을 했으며 1944년 여름의 검거 선풍을 피해 공산당 구역 조직을 재건하려 시도한 인물이다.
206) Pichelswerder: 베를린 슈판다우 지구의 하플 강에 있는 반도.

았다. 그곳엔 코발케와 후제만, 그리고 프리츠도 있었다. 그리고 보트 안에서, 천천히 규칙적으로 노를 젓는다. 치켜든 노에서 물이 떨어진다. 그라세는 시를 인용했다. 사실 그는 즐겨 시를 읽기도 했다. 그 점도 그녀는 일제에게 말하려고 했다. 그녀는 그의 입술이 움직이는 것을 보았다. 눈부신 일요일이었다. 어디선가 가곡과 선동극을 위해 그의 손으로 초안을 만들어야 했다. 이마가 훤한 그, 기타 연주자이자 가수였던 그는 지크가 죽은 지 9일 뒤 알렉산더 광장 앞의 심문 감방 6층 창문에서 뛰어내렸다. 그는 단두대 아래에 들어가는 것보다 스스로를 부숴버리는 쪽을 택했던 것이다. 후제만도 심문 중 열린 창문 밖으로 몸을 던지려고 시도했고, 관리들 가운데 한 사람을 끌고 떨어지려고 했지만 저지당했으며, 1943년 5월 처형될 때까지 또 반년 동안 고문을 당했다. 그들이 후제만을 단두대로 끌고 갔을 때, 그의 팔과 다리는 부서져 있었다. 다른 사람들의 행방에 대해서는 겨울에야 겨우 소식을 들을 수 있었다. 전에 갈과 넬테가 처형당할 때에는 그래도 사망 일자를 알리는 흰 테두리의 연분홍색 쪽지를 광고탑에서 읽을 수 있었다. 이제는 모든 소식이 차단되었다. 단지 회슬러의 소식만 알 수 있었다. 지크가 죽고 나서 며칠 뒤, 그들은 도주했던 일에 대한 보복으로 회슬러를 감방에서 때려죽였다. 그는 서른두 살이었다. 부모는 작센에서 섬유노동자로 일했다. 소년 시절에 그는 이미 가족의 생계에 보탬이 되려고 농가에서 일했고, 다음에는 삼림노동자 겸 정원사 조수로 일했다. 1928년 입당했고, 1933년 잠시 체포되었다가 체코슬로바키아로 탈출했고, 비합법적으로 귀국했으며, 1935년 모스크바로 파견되었고, 1937년 3월 스페인으로 갔다. 과달라하라 근처에서 부상당한 뒤 스페인과 파리에서 자유방송을 위해 일했다. 부상은 1939년에야 소련에서 겨우 완치되었다. 그 후 첼리야빈스크의 트랙터 공장에서 일했다. 오스카가 그의 당원 이름이었다. 오스카, 바이믈러 대대의 중대장. 오스카, 1942년 8월 초 낙하산으로 독일 전선 후방에 착륙. 오스카, 두 달 뒤 입에 몽둥이를 문 채 지하 감방 깊숙한 곳에서 피살. 그녀는 회슬러, 그라세, 지크, 후제만을 생각할 때 그들이 무엇을 남겼는지 살폈다. 무전기에서 그녀는 회슬러를 보았다. 그가 공수해온 것이었다. 처음에는 슈마허에게, 다음에는 휘프너의 집으로 가져갔다. 몇 주 동안 그는 코피와 함께 브로크도르프의 집과, 쇼트뮐러의 집에서 그 무전기를 사용했다. 늘 모스 키 위에서 경련하는 손가락. 이제 바이센슈타이너[207]가 그것을 보관하고 있었다. 코피의 작업 동료인 지멘스 사의 슈바이서가 그래도 9월 초 휘프너의 가게에서 그것을 가져올 수 있었다. 닳고 흠집이 난 가방이었다. 욘 지크의 가방보다 크지 않았다. 그라세의 공장에 있는 조그만 검정색 수동 인쇄기도 마찬가지로 눈에 띄지 않는 것이었다. 비쇼프는 그라세가 손잡이를 잡고 판목을 내리누르는 모습을 보았다. 또 지크가 칼라에 날개 달린 바퀴 모양의 휘장을 달고 휘파람을 불며 그 초라한 가방을 이리저리 흔드는 것을 보았다. 이 눈에 띄지 않는 물건들이 그들의 작업장이었다. 그녀와 나란히 걸어간 그들은 비록 겸손했고 불멸성을 요구한 적도 없었지만, 그들의 행위가 그들의 삶을 가득 채웠다. 빨리, 서둘러서 그들에 관해, 그들을 잊어버리지 않게 해줄 무엇인가를 말해야 했다. 그녀는 그들의 일과 그들의 투쟁이 지닌 영향력을 알았지만, 그것에 관해서는 노트에 아무것도 기록해둘 수 없었다. 또한 그들의 죽음에 대해서도 아무것도 말할 수 없었다. 그들의 죽음은 은밀

207) Richard Weissensteiner(1907~1943): 오스트리아 출신의 독일 공산당원. 1939년 한스 코피와 알게 된 후 슐체 보이젠 그룹의 일원이 되었으며 1942년 체포되어 1943년 처형당했다.

히 이루어졌다. 지크는 자신의 감방에서 혼자 죽었다. 그라세는 포도 위에 떨어져 부서졌다는 이야기만 전해졌다. 그리고 하수인들이 회슬러를 난도질했을 때 그의 옆에는 아무도 없었다. 그녀는 자문해보았다. 지크와 그라세는 다음번 고문에서는 더 이상 견딜 수 없다는 것, 공포 때문에 말을 할 수밖에 없다는 것을 감지하고, 아무도 희생시키지 않기 위해 자살했을까. 또 회슬러도 아마 놈들이 달려들게 만들어 자신이 배반하지 않고 흥분 상태에서 죽을 수 있도록 놈들을 자극했을까. 9월 첫 주 동안 불확실성은 마비 상태를 초래했다. 그녀는 숨었다. 그녀는 추적자들이 아직 그룹의 규모를 알지 못한다는 사실을 눈치챘다. 그들은 마음대로 다룰 수 있는 자들이 체포되기를 기다렸다. 그 후 5일간, 9월 3일까지, 그들은 리베르타스를 풀어놓았다. 그들은 리베르타스에게 그녀의 남편이 출장 중이라고 말했다. 하르나크 부부는 쿠얼란트 모래 해안으로 가 어느 어촌에 머물렀다. 쿠크호프는 프라하에 체류했다. 하일만은 횔덜린 가의 자기 방에 있었다. 9월 5일에야 그들은 하일만을 체포했다. 그 사이에 아르비트 하르나크와 밀드레드 하르나크가 잡혀왔다. 불법체류에 익숙하지 않은 쿠크호프는 12일에 손쉽게 체포되었다. 베를린에 머물렀던 그레타도 마찬가지였다. 하지만 그룹의 지도자 모두를 체포하기 전에 이미 저들은 리베르타스에게서 충분한 정보를 얻었다. 봄이 지나고 여름이 되어서야 비로소 비쇼프는 스웨덴의 친지를 통해 사건의 전말을 낱낱이 알게 되었다. 비쇼프는 그 사실을 알고 나서 단결에 대한 자신의 관념이 파괴되는 것만 같았다. 하지만 그녀는 점차 이 비밀들에 대해서도 납득할 수 있었다. 그렇더라도 지금까지, 부흐의 이 가을 저녁 푸근한 공기 속에서 정원 울타리 앞의 나무 벤치에 앉아 지평선까지 안개가 긴 들판을 바라보는 가운데에도, 그녀는 그 충격의 여파를 느꼈다. 다른 사람들도 마찬가지일 거라고 그녀는 확신했다. 최소한 한스 코피와 힐데 코피, 오다 쇼트뮐러와 에리카 브로크도르프는, 고문도 받지 않았으면서 단지 자신이 풀려나기 위해 정보를 제공한 리베르타스 때문에 체포되었다. 또 쿠크호프가 한 말 때문에 지크가 체포되었다고 한다. 슈마허도 저들이 사진을 내밀었을 때 경솔하게 회슬러를 희생시켰고, 슐체 보이젠도 안나 크라우스를 배신했다는 비난을 받았다. 쿠크호프와 슈마허가 나중에 자신의 고백을 철회하고, 아무 말도 하지 않은 다른 사람들과 마찬가지로 법정에서 자신의 행위를 고백한 것은 전혀 도움이 되지 않았다. 죽음이 공동체의 일이 될 수 있느냐, 또 다양한 죽음과 증대하는 잔인성이 각자를 더욱더 고독 속으로 내몰지는 않았느냐 하는 물음이 남아 있었다. 브로크도르프는 재판관의 얼굴을 향해 웃었고 기요틴 앞에서도 사형집행자에게 곧 비누가 되는 것은 자신에게 아무것도 아니라고 외쳤다고 한다. 또 후제만이 자기 아버지에게 쓴 편지, 최후의 검증 시험으로서의 죽음에 대해 쓴 편지도 알려졌다. 증오로 가득 찬 자부심, 영웅적 이상주의 등으로 넘쳐나는 그런 증거들이 조용한 자제심에 대해 말하는 다른 유물들과 나란히 존재했다. 예컨대 가장 가까운 친구들에게도 자신이 그저 정치적 식견이 없는 영매일 뿐이라고 속인 여자가 그룹의 핵심 정보원이었다는 사실이 재판 과정에서 드러났다. 예언자인 척하면서 그녀는 여러 고위층 인사들의 신뢰를 얻었고 그들의 비밀을 빼낼 수 있었다. 그녀는 소리쳐대는 재판관에게 20년 이상 당원이었다고 태연히 인정했다. 이미 전설이 되고 있는 그런 소식들은 어떤 진실의 가변성, 증명 불가능성을 암시했다. 모든 것이 간접적으로 전해졌고, 증인들은 죽었다. 1942년 11월과 12월 비쇼프가 포로들 가운데 누가 처형되었는지 아직 모르고 있었을 때, 그들이 하나의 전체이며 전체로 간주될 수 있다고 믿었던 것이 그녀에게는 때때로 그들 모두 일종의 망상에 빠져 있었던 것처럼 보였다. 이런 종류의 관념들은, 개인의 죽음 정도는 가볍게 여기는 마음 없이는, 또 수많은 사람들이 함께 걸어가는, 게다가 공동의 죽음을 포함하기도 하는 그 길에 대한 믿음 없이는 등장할 수 없었을 모든 혁명 운동의 배후에 자리 잡고 있었다. 올봄과 여름에 그녀는 아마 그들이 소수였기 때문에, 민중들이 그들을 따르지 않았기 때문에 실패한 것이라고 생각했다. 하지만 이렇게 말할 수도 있을 것이다. 즉 그럴수록 그들의 대담성은 더욱 커졌으며, 그들은 비록 결함을 안고 망설이고 주저했지만, 그래도 아무 일도 하지 않은 사람들보다는 더 강했다고. 마지막으로 그녀는 8월 30일 밤 자신이 일제 슈퇴베에게 한 말, 즉 적의 손에서 이렇게 약해지는 것은 이해해야 하고, 단지 투쟁에 가담했다는 것이 결정적이며, 그들이 맞이한 죽음 때문에 그들의 패배는 용서 받는다는 말을 다시 기억했다. 자신의 삶도 포함되었던 그 사슬에 약한 고리같은 건 없었고 그녀는 확신했다. 이때 그녀는 각자가 자신이 할 수 있는 모든 것을, 즉 자신의 가장 강한 면을 내놓았다는 사실부터 생각하기 시작했다. 누가 다른 사람보다 더 많은 일을 수행할 수 있느냐, 또는 더 많이 알고 있느냐는 아무래도 상관없었다. 일단 결속을 이루면, 전체의 힘은 모두에게 분배되었다. 그녀는 자문했다. 하지만 배반하고 만 사람들이 죽음을 앞두고도 강한 모습으로 남았던 사람들과 여전히 함께 존재할 수 있을까. 벤치 위에서, 어둠이 깔려오고 오두막이 조용해졌을 때, 많은 사람들이 밤을 지내기 위해 은신처로 들어갔을 때, 그녀는 긍정하며 고개를 끄덕였다. 올여름 그녀는 어떤 원칙들에 따라 통일이 이루어질 것이며, 누구를 받아들일 수 있고, 누가 거부되어야 하느냐는 물음을 두고 많은 이야기를 나누었다. 하지만 저항의 태세를 입증한 사람이라면 누구나 구성원으로 간주해야 한다는 대답 말고 다른 대답은 결코 찾지 못했다. 공산주의자든, 사민주의자든, 당이 없든, 노동자든 아니면 지식인이든, 중간층 출신이든 아니면 부르주아 출신이든, 모두가 전선에 들어가야 했다. 그리고 그로부터 새로운 나라가 생길 수 있을 것이다. 그녀 자신은 불타는 집게와 손톱 고문에 쓰는 나무 쐐기를 들고 적들이 다가오는 순간을 감당할 수 있다고 어떻게 주장할 수 있었겠는가. 수감자들이 사실상 어떻게 반응했는지, 어떤 유혹들에 희생되었고, 마지막의 극단적 상황을 넘어서도록 그들을 도운 것이 어떤 특성들이었는지 그녀가 어떻게 말할 수 있었겠는가. 1942년 10월까지 구도르프와 자에프코브 그룹 사이에는 아직 접선이 있었다. 1918년 병사위원회에 속했으며, 1920년부터 당원이었고, 제국의회 국회의원까지 지낸 쉰 살의 베스틀라인은 지도 세포에 특별한 중요성을 부여했다. 10월의 이 첫 주에는 혁명당, 노동자 계급 전위대의 필요성이 논의되었다. 그리고 그동안 범한 과오에 대한 평가에서는 엄격한 경계 설정을 소홀히 한 점, 다른 그룹들과의 공동 작업으로 규율이 느슨해진 점 등이 지적되었다. 그리고 당파들 사이의 공통점 대신 대립들이 거론되고, 직업 혁명가가 필요하다는 요구가 제기되고, 조직이 날아가게 된 책임을 대개 부르주아 서클 출신의 활동가들에게 돌림으로써, 비쇼프에게는 이미 과거지사가 된 단계가 다시 초래된 것 같았다. 구도르프, 자에프코브, 야코프, 베스틀라인 등은 모두 1920년대에 검증되었고 오랜 기간을 감옥과 강제수용소에서 보냈는데, 이들과 더불어 지하투쟁에 적합한 새 지도부가 생겨난 것처럼 보였다. 하지만 10월 10일에 이미 구도르프는 야코프와 베스틀라인을 만나러 가는 길에 체포되고, 또 17일에는 베스틀라인도 체포되었다. 비쇼프는 이날 휘프너의 사진관에 있었고, 크뇌헬에게서 식료 카드와 도시 철도 여행 허가증을 받고 있었다. 그때 요하네스 베졸레크가 경찰이 베스틀라인을 체포했다는 소식을 가지고 왔다. 그 다음 날에는 사진관도 습격당했다. 크뇌헬만 피할 수 있었고 그 후 사라 져버렸다. 비쇼프의 눈에 그날까지 그 작은 작업실은 얼마나 평화로웠던 가. 녹색 램프 아래 책상에서 작업은 조심스럽게 진행되었다. 노인은 자기 의자에 앉아 있었고, 요하네스와 발터는 망을 보았다. 그리고 회슬러, 그 가 에리카 브로크도르프와 그녀의 아이를 찾는 대신 그곳에 머물러 있었 다면, 그의 체포는 그래도 몇 주 미룰 수 있었을 것이다. 그러고 나서 다 음 해 8월까지 어떤 일이 일어났는지 정리하기 위해서 비쇼프는 우선 이 빈약한 자료들을 종합해야만 했다. 그 자료들은 언제나 그녀에게 그날 자신이 도대체 무슨 일을 했는지, 12월 22일 목요일에 살해된 사람들의 명예를 지킬 수 있는 무언가를 했는지 물을 수밖에 없도록 만들었다. 하 지만 이 일상적인 것들, 아직 살아 있다는 이 친숙한 사실, 어떤 기차 여 행, 어떤 전단 배포, 아니면 그저 이처럼 은신처에 누워 있는 일 따위 말 고는 다른 어떤 것도 찾을 수 없었다. 그녀는 리베르타스에게도 얼마나 사소한 존재였던가. 중립국 스웨덴 출신인 룬드그렌[208]은 절망 상태에서 육체적 정신적 힘들이 마모된다는 것을 무시한 채 리베르타스의 반응을 심판했고, 귀족들이 그녀를 감옥에서 풀어주려고 하자 다른 사형수들에 대한 모독이라고 보았다. 스웨덴 군 수뇌인 더글러스 백작은 대원수가 리 베르타스를 돕도록 해달라고 원수에게 청원했다. 그는 스웨덴 상류 인사 들에게서 우호적인 분위기를 감지할 수 있었고, 사실 심문의 지휘를 맡게 되었지만, 몹시 원한에 찬 법관 뢰더를 검사로 임명하면서 어떻게 그의 살인 욕구를 억누를 수 있었겠는가. 그는 재판을 피고들의 처형 쪽으로

---

208) Arvid Lundgren: 스웨덴 사민당원. 제2차 세계대전 중 주베를린 스웨덴 대사의 운전 기사로 공산주의 저항운동에 협력했다.

몰아갈 수밖에 없었다. 그러나 그는 대사와 가족들에게 성탄절까지도 리베르타스가 곧 석방되리라고 아부의 말을 했고, 그래서 리베르타스의 어머니는 처형이 이루어진 다음 날에도 모아비트 감옥에 있는 딸을 위해 크리스마스트리를 보내주었다. 룬드그렌에게 이는 죽음에 이르기까지 특권을 위해 투쟁했다는 하나의 징표일 뿐이었다. 하지만 그도 결국 비쇼프와의 대화에서 이 모두가 리베르타스와는 더 이상 아무 관계도 없었다는 점을 인정했다. 리베르타스가 마지막까지 자신의 행동에 자신조차 속았다고 여겼을지, 아니면 피할 수 없는 일 앞에서 자신과 화해할 수 있었는지 알 수는 없었지만, 그녀가 결국 다른 사람들과 함께 걸어간 발걸음만은 중요했다. 그녀가 사형집행관에게 목숨을 애원했다는 말이 맞더라도, 이 또한 아무 상관없는 일이었다. 그녀에게 아무런 자비도 베풀어주지 않았기 때문이다. 또 단두대 널빤지 위에서 그녀는 2월 16일 화요일 나라를 위해 목숨을 바친 밀드리드 하르나크와 구분되지 않았다. 밀드리드는 경탄의 어조로 신부에게 나라를 정말 사랑했노라고 말했다. 목요일인 5월 13일 부흐에 사과나무꽃이 피었을 때, 구도르프, 브로크도르프, 후제만, 퀴헨마이스터, 리트마이스터[209]가 단두대에 올랐다. 금속노동자인 퀴헨마이스터는 독학으로 작가가 되었는데, 비쇼프는 그 역시 알고 있었다. 그는 슈마허의 서클에 속해 있었다. 비쇼프는 뮌처[210]와 사보나롤라[211]에 대

---

209) John Rittmeister(1898~1943): 독일의 의사로 스위스에 거주하며 1933년 이후 파쇼 독일에 맞서 선동 활동을 했으며, 1938년 스위스에서 추방당한 뒤 베를린에서 1941년 슐체 보이젠과 알게 되어 그룹의 일원으로 활동하다 1942년 체포되어 1943년 처형당했다.

210) Thomas Müntzer(1489~1525): 16세기 독일의 혁명적 성직자. 농민전쟁에서 농민군의 지도자였으며 패배 후 처형당했다.

211) Girolamo Savonarola(1452~1498): 15세기 이탈리아의 종교개혁가. 1497년 파문당하고 1498년 처형당했다.

한 그의 글들을 읽었다. 그는 육체적 긴장과 지적 성취를 결합한 유산을 남긴 여러 사람들 가운데 한 명이었다. 의사이자 정신병리학자인 리트마이스터도 자신의 죽음을 통해 이미 오래전부터 계급 없는 동맹이 존재했고, 이 동맹은 더 이상 깨어지지 않았다는 점을 증명했다. 목요일인 8월 5일에는 쿠크호프, 힐데 코피, 안나 크라우스, 오다 쇼트뮐러, 에밀 휘프너, 그리고 슈타니슬라우스 베졸레크와 프리다 베졸레크가 플뢰첸제 처형장으로 끌려갔다. 막스 휘프너와 요하네스와 발터는 아직 감옥에 있었다. 힐데가 남긴 아이는 생후 아홉 달이 되었으며, 아이의 이름은 아버지처럼 한스였다. 1942년 12월 8일 아침 그녀는 코피를 마지막으로 보았다. 포대기로 감싼 젖먹이와 함께 그녀는 바르님 가 여자 감방의 황량한 면회실에 들어섰다. 코피는 손에 수갑을 찬 채 책상 뒤에 서 있었다. 그의 옆에는 간수들이 있었다. 그들은 서로 바라보았다. 그가 눈을 감았다. 그녀는 안경을 쓰지 않은 그가 자기 아이를 볼 수 있도록 그에게 좀더 가까이 가게 해달라고 청했다. 한동안 그들은 말없이 넓은 책상 앞에서 마주 보고 서 있었다. 그녀는 포대기를 젖혀서 그에게 아이를 보여주었다. 아이가 울기 시작했다. 2미터 가까이 되는 그는 앞으로 몸을 깊이 숙였다. 아이를 보면서 그는 동요하기 시작했다. 간수들이 그를 뒤로 잡아당겼다. 쿠크호프의 아들 울레는 다섯 살이었다. 또 에리카 브로크도르프의 딸은 여섯 살이었다. 퀴헨마이스터는 어린 아들을 하나 남겼다. 슈타니슬라우스와 프리다 베졸레크는 아들 하나와 딸 하나를 남겼다. 그리고 모스크바에 있는 비쇼프의 딸은 곧 성년이 된다. 그녀가 딸과 헤어졌을 때에는 언젠가 다시 만나리라는 희망이 아직 있었다. 다른 사람들은 영원히 자식들과 헤어져야 했다. 아들과 헤어지는 이 고통은 하늘을 향해 비명을 지르게 했다. 어떤 위로도 소용이 없는 이별이었다. 그리고 이 이별 앞에서는 어떤 과오도, 어떤 책임도 더 이상 존속할 수 없었다. 단지 고통만이 아직 남아 있었다. 그토록 많은 사람들이 겪어야 했던 끔찍한 단절에 대한 생각 때문에라도 휠하우 신부는 자신이 목격한 것을 전달했다. 그는 자신의 친구이자 국립박물관의 예술교육자인 사민주의자 라이히바인에게 그것을 들려주었다. 그리고 비쇼프는 올해 라이히바인의 집에 드나들면서 그 이야기를 들었다. 그녀는 지난 두 해라는 기간이 희미해지고 짧아졌음을 다시 알아차렸다. 그녀는 종종 동지들의 마지막 순간을 생각했고, 그래서 신부의 말을 일종의 확인처럼 받아들였으며 마치 자신이 현장에 있었던 것만 같았다. 엄밀히 말해 죽음은 그녀가 베를린에 왔을 때부터가 아니라, 그 전에도 이미, 스톡홀름에서 특이하게 기다려야 했던 기간에도, 또 작은 화물선으로 여행하던 시기에도 그녀의 마음속에 늘 현존하는 것이었다. 그래서 각각의 죽음이 그녀 자신의 죽음 감정 속으로 스며들었고, 그녀에게서 떨어져 나간 각자를 그녀는 계속 마음속에 품고 다녔다. 그리하여 죽은 사람들로 가득 찬 그녀에게 자신의 죽음은 하나의 공동의 죽음으로 나타날 수밖에 없었다. 이제 자에프코브와 야코프와 베스틀라인까지 죽었고, 라이히바인과 다른 사민주의 동지들이 지하 감옥에서 죽음을 기다리고 있었기에, 그녀 자신도 이 모든 영혼들과 대화하며 저세상으로 가는 대기실에 있는 듯했다. 그들은 서서히 노랗게 물드는 나뭇잎이 있고, 관개시설을 갖춘 넓은 들판이 있고, 전투기 편대의 메아리가 울려 퍼지게 될 별밤이 있는 저 바깥에서 한때 그녀와 함께 돌아다녔었다. 그녀의 딸이 살아 있다는 사실, 프리츠가 아직도 살아 있으며 이제 작센하우젠 수용소에 있어서, 그녀가 종종 오라니엔부르크에 일이 있을 때면 한 정거장을 더 가서 철조망 뒤의 막사들을 본다는 사실, 수많은 젊은 투쟁 동지들이 아직도 살아 있다는 사실, 이미 거의 죽은 셈인 그녀와 죽은 사람들의 시대에 시작된 일을 계승하게 될 새로운 세대가 성장한다는 사실, 그러한 것들로 인해 그녀는 아직 숨을 쉬고 있다는 것을 의식했다. 그녀는 9월의 공기를 깊이 들이마셨다. 그 속에는 이미 가벼운 원한이 들어 있었으며, 그 속으로 남쪽으로부터 사이렌 소리가 울려왔다. 그녀는 벤치에 그대로 앉아 또 무엇을 노트에 적어 넣을 것인지 곰곰이 생각했다. 1월에는 벨터가, 끝없는 숲과 붉은색 목조 주택과 바다와 섬, 작은 감옥들이 있는 저 스웨덴을 알게 된 그가 추적자들의 손에 잡혔다. 그가 잘란트에 있었기 때문에 그녀는 그를 더 이상 만나지 못했었다. 올해 4월 19일 저들은 슈투트가르트 교도소에서 그의 멋진 머리를 잘랐다. 그리고 1943년 2월에는 코발케를 체포했고 브란덴부르크에서 1944년 3월 6일 그를 죽이기 전에 1년 동안이나 고문했다. 1943년 9월 8일 할마이어가 플뢰첸제에서 단두대로 끌려갔다. 브란덴부르크에서는 젊은 시절의 친구 톰시크가 한 달쯤 전인 8월 17일 스스로 목숨을 끊었다. 그리고 8월 21에는 메트와 우리히가 그의 뒤를 따랐다. 그것은 단 하루에 일어난 죽음 같았다. 그녀는 방금 전까지 일제 슈퇴베의 손을 자기 손으로 잡고 있었다. 방금 전까지 그녀는 하일만과 코피와 악수하고 있었다. 바로 방금 전까지 리베르타스의 눈은 이글거리고 있었다. 방금 힐데는 젖먹이를 가슴에서 떼어냈다. 그들은 모두 이미 잠들어 있다. 죽으러 가는 길을 수없이 동반한 신부에게는 8월 5일 사형선고를 받은 사람들의 행렬이 마치 성서 속의 행렬처럼 보였다. 덥고 밝은 저녁이었다. 여자 네 사람이 먼저 나갔다. 잠시 동안 투명하고 푸른 하늘을 쳐다보는 그들은 얼마나 서로 달랐던가. 그러나 그들은 또 얼마나 같은 숙명 속에 묶여 있었던가. 오다 쇼트뮐러가 맨발로 앞장서 갔다. 그녀는 가는 목을 폈다. 마치 창백한 피부가 기대 때문에 떨리는 듯했다. 뒤로 팔이 묶여 있었지만 그녀의 동작은 느슨하고 흔들거렸다. 그녀는 무중력 상태에 있는 것처럼 보였다. 그녀의 발가락들은 거친 검은색 모래를 그저 스치기만 했고 날기라도 하듯이 솟아올랐다. 지빠귀가 노래했다. 오다 뒤를 힐데 코피가 따라갔다. 그녀의 얼굴은 경직된 미소를 짓고 있었다. 그녀의 이가 반짝였다. 깊이 파인 저고리밖으로 쇄골이 심하게 삐져나왔다. 그녀의 뺨 위로 눈물이 흘러내릴 때, 그것은 아이를 버림받게 한 모든 어머니들의 눈물이었다. 그녀의 뒤를 따르는 프리다 베졸레크의 몸은 육중했다. 그녀의 나막신 바닥이 바닥에서 먼지를 일으켰다. 그녀의 코는 그늘진 표정 속에 투박하게 자리 잡고 있었다. 등 뒤로는 큰 손으로 주먹을 쥐고 있었다. 안나 크라우스는 점토색이 되어 있었다. 단지 그녀의 청록색 눈길만이 풍상에 시달려 주름진 얼굴의 잿빛을 깨고 나왔다. 그녀의 뒤로 쿠크호프가 따라갔다. 그의 이마는 듬성듬성한 머리칼 속에서 넓고 둥근 모습이었다. 크고 검은 눈이 그의 얼굴을 압도했다. 얼굴에서 입은 그저 비스듬한 선분 같았다. 헐렁한바지 속의 움츠러든 몸을 반점과 줄무늬가 덮고 있었다. 마치 그의 피부가 넝마처럼 늘어져 있는 듯 보였다. 하지만 그의 태도는 예언자의 태도였다. 슈타니슬라우스 베졸레크는 움푹 들어간 관자놀이와, 협골궁과 늑골의 예리한 모서리, 매듭진 근육과 힘줄 덩어리, 팔의 굵은 핏줄 등으로 인해 사로잡혀 혹사당하고 쇠약해진 거인과도 같았다. 끝으로 주물공 에밀휘프너가 있었다. 여든 살인 그의 일생은 봉기와 전쟁으로 가득 차 있었다. 그것은 노동자 투쟁의 역사와 동일한 일생이기도 했다. 그는 다소 뻣뻣한 다리로 지팡이도 없이 걸어갔다. 힘든 모습을 드러내지 않고 싶어했다. 벌거벗은 윗몸을 똑바로 세웠다. 그의 짧고 뻣뻣한 머리칼이 반짝였다. 앞으로 삐져나온 턱에는 짧게 자른 흰 수염이 나 있었다. 그들이 걸어간 구간은 얼마나 짧았던가. 하지만 그들이 피를 섞게 된 그 나지막하고 거칠게 담장을 친 건물까지 가는 길은 어떤 나들이였던가. 가장 훌륭한 인물들의 죽음으로 이 나라는 머리를 잃어버렸다. 그리고 살인자들은 벌써 시체를 자신의 목적에 계속 이용해먹기 위해 분장할 준비를 했다. 그들은 자신에게 여전히 어떤 식으로든 해를 끼치려 하는 최후의 인물들, 반대파 장교들, 사민주의 애국자들을 해치웠다. 도시 위의 하늘이 찢어지며 산산조각 나고 붉게 물드는 동안 비쇼프는 자신이 유일한 증인으로 남게 된 이 국면을 암시해주는 제반 노선들을 정리하려고 했다. 그 출발점은 스톡홀름 시절이었다. 예전부터 베너와 친했던 야코프와 스웨덴 대사관의 운전기사 룬드그렌은 1943년 여름 스웨덴 그룹의 당면 상황에 대한 보고를 통해 이미 새로운 동맹의 단초들을 암시했었다. 야코프는 골츠를 통해 비쇼프를 룬드그렌과 연결해주었다. 7월에 그녀는 하수 관개 농장들 북동쪽에 있는 자미트 호수 앞에서 처음 룬드그렌과 만났다. 그녀가 들은 것은 지난 몇 달 동안 벌어진 일에 비춰볼 때 그녀에게 동떨어지고 사소하고 중요하지 않아 보였다. 그녀는 베너가 반년 동안 갇혀서 심문받은 후 1년의 징역형을, 그를 도운 한손은 9개월의 금고형을, 나머지 체포된 사람들, 자이데비츠, 헹케와 메비스는 좀더 짧은 금고형을 선고받았다는 이야기를 들었다. 헹케라는 말에 그녀는 귀를 기울였다. 하지만 슈탈만이라는 이름이 없자 그녀는 더 이상 묻지 않았다. 잡지 『세계*Die Welt*』는 5월 코민테른이 해체될 때까지 발간되었으며, 모스크바에 있는 자유독일국민위원회가 옹호한 통일운동의 대변지 『정치 정보*die Politische Information*』로 대체되었다. 이 잡지에는 무사히 남은 슈타이니츠[212)]와 글

---

212) Wolfgang Steinitz(1905~1965): 독일의 언어학자로 사민당원이었다가 공산당원으로 변신했다. 1934년부터 소련, 1937년부터 스웨덴에 망명했으며 전후 훔볼트 대학에서

뤼크아우프와 더불어 자이데비츠, 메비스와 헹케, 베르너와 바르케가 글을 썼다. 지금은 모두 석방되었으며, 가을에는 구금에서 풀려난 바그너와 자거도 왔다. 하지만 베너는 팔룬의 교도소에서 한 해를 보낸 뒤 스메스보 수용소로 이송되었다. 독일 통일을 위해 가장 집요하게 앞장서 싸운 그를 스웨덴 당국과 지난날의 동지들은 이제 정치 활동에서 배제해버렸다. 처음에는 그 문제에 대해 상론하지 않았다. 왜냐하면 베너가 스톡홀름의 비밀 재판에서 자신의 동료인 한손과 그녀, 즉 비쇼프와 슈탈만을 희생시켰다는 소문이 있었기 때문이었다. 그러나 그 후 야코프가 이 의혹을 추적했다. 대사관의 요구에 따라 스웨덴으로 가야 했던 룬드그렌을 통해 그에게 새로운 정보들이 들어왔는데, 이를 통해 그는 베너가 아무도 배반하지 않았고 이미 알려진 것만을 자백했으며, 그가 말했다고 하는 것들은 다른 동지들을 은폐하기 위한 것이었다고 추측했다. 하지만 메비스가 부추긴 이 비난은 체포된 사람들의 변호사인 브란팅이 추가로 알려준 바를 통해 나중에 희미해지긴 했지만 베너를 따라다녔다. 브란팅의 이야기로는 메비스가 베너보다도 더 장황하게 슈탈만에 대해, 그의 배경과 계획에 대해 털어놓았으며, 게다가 독일 비밀경찰과 직접 접촉했던 심문관들에게 벨터가 자르 지역에 머물고 있다는 정보까지 흘렸다는 것이다. 하지만 스톡홀름에서 체포하려고 가장 혈안이었던 비합법 활동가인 당 재무 담당자도 코민테른 기관지 편집인도 체포되지 않았으므로, 그런 자백을 대가로 그들이 침묵했다고 다시 전제해야 했다. 가을과 겨울의 다른 절박한 과제들이 눈앞에 다가왔기에 스웨덴 사건은 곧 잊혔다. 하지만 그것들은 행동 동기를 거의 알 수 없고, 증거는 빈약해

교수로 재직했고 1954~59년 동독 통일사회당 중앙위원을 지냈다.

거부감이나 공감으로 종종 날조되며, 각자가 책임지지 못하는 상태에 빠질 수 있으며, 책임을 진 사람도 곧 자기가 원래 무엇을 이야기했거나 의도했는지 모르게 되는 그런 중간 영역에서 야기된 징후들이었을 뿐이다. 부하린이 자기 아들에 대한 우상숭배 수준의 사랑 때문에, 쿠크호프가 자기 아이가 성장한 것을 볼 수 있어야 한다는 생각으로 혼미해져서, 리베르타스가 삶의 행복을 고수할 수 있다는 망상 때문에 그랬듯이, 메비스도 자신의 가족에게 돌아가겠다는 욕구 때문에 갑자기 한 사람의 평범하고 남을 맹신하는 이웃 사람이 되어 밀정에게 자신의 걱정거리를 털어놓았을 수도 있다. 언젠가 야코프가 비쇼프에게 말해준 바에 따르면, 메비스는 베너가 행동 통일 속에서 사민주의자들에게 너무 많은 권력을 부여할 변절자이고 그래서 어떤 일이 있어도 배제해야 할 인물이라고 보았다. 당은 주도적 지위를 얻는다는 당의 목표에서 벗어나서는 안 되는데, 왜냐하면 그렇지 않을 경우 지난 전쟁 직후와 똑같은 일이 일어나서 사민주의에 의해 뒷받침되는 자본의 새로운 지배에 힘이 실리게 되기 때문이라는 것이었다. 이제 중앙위원회 대리인으로 당의 스웨덴 지부를 이끌고 있는 메비스로부터 룬드그렌을 통해 야코프와 자에프코브에게 지시사항들이 전달되었다. 그리고 그것은 1943년 11월 1일의 단결을 위한 공식적 호소에 따라 영향력 있는 사민주의자들과의 결합 강화에 관련된 것이었다. 베를린 그룹에게 이것은 예전부터 하급 단계에서 존재했으며 때때로 전술적인 고려로 덮어두기도 했지만 라이히바인, 하우바흐, 로이시너, 마스, 레버 등과 다시 관계를 맺음으로써 봄에 이미 계승된 노선을 확증해주는 것일 뿐이었다. 이 해 6월까지 비쇼프는 라이히바인의 집과 때로는 로이시너의 집에서도 쓸고 닦고 쓰레기를 치우고, 파편들을 쓰레기더미로 옮기고 쓰러진 정원수들을 난롯불에 쓰기 위해 쪼개고,

한 방에서 다른 방으로 이사하는 일을 하고, 식료품을 사들여 요리를 했다. 그녀는 언제나 그랬듯이 조수이자 잡역부이자 청소부로 사건들의 가장자리에 자리 잡고 있었다. 하지만 그녀는 사건들의 중심에 있다고 주장할 수도 있었을 것이다. 이미 아이 때부터, 젊은 시절부터 그렇게 살아온 터였다. 그녀는 결코 다른 것을 원하지 않았다. 사람들이 비쇼프에 대한 이야기를 하면 그녀는 언제나 그 자리에 있었다. 지난날의 문화동맹 의장이었던 프리츠는 그렇게 생각했다. 하지만 다른 사람들은 행동을 계획하고 그 실행을 명령했다. 겨울 내내 텔만을 바우첸 교도소에서 석방시킬 준비들을 했다. 스웨덴 파발우편을 이용할 수 있었던 룬드그렌은 야코프에게 당 지도부의 지시사항들을 전해주었다. 지금은 영사관과 무역대표부가 자리 잡고 있는 네덜란드 대사관 건물 지하실에 은신해 있던 야코프는 드레스덴 당 본부에서 작성된 감옥 설계도를 연구했다. 비쇼프는 이 일이 얼마나 쉽게 이야기되는가 하고 생각했다. 실제로 이 모든 것이 그처럼 쉽게 당연한 듯이 이야기되었다. 나중에 언젠가 그녀는 교사가 될 것이다. 전쟁이 끝나면 곧 그녀는 학생들에게 그 시절이 어떠했는지 설명하기 위해 교육을 받을 것이다. 학생들은 대리석으로 된 커다란 기념 현판 앞에 서게 될 것이다. 그리고 그녀는 그들에게 그 금장 이름 뒤에 감춰진 것에 대해 무엇이든 명확히 해주려고 노력할 것이다. 아마 그 이름들은 알파벳 순서로 길게 늘어선 명단 속에서 찾아내야 할 것이다. 그녀는 학생들이 그 이름들 하나하나를 한 자씩 읽은 다음에는 다시 잊지 않기를 바랐다. 학생들이 그 이름들을 알아볼 수 있도록, 각 개인의 모습, 얼굴, 행동이 손에 잡힐 듯이 드러나야 한다. 하지만 룬드그렌의 외모를 어떻게 묘사해야 할까. 그녀는 그의 키가 컸고, 피부는 흰색이었으며, 금발이었다는 것만 말할 수 있을 것이다. 또 그를 지하 그룹으로 이끌어간 것이 무엇인지 그녀에게 물으면, 그녀는 그저 노이크란츠[213)의 책 한 권, 『베딩의 바리케이드*Barrikaden am Wedding*』였다고 답할 수 있을 것이다. 룬드그렌은 청년 시절에 그 책을 읽고 너무 감명 받아 베를린 노동자들과 한편이 되려 했다. 그래서 그는 스웨덴 대사관 운전사로 지원했다. 실제로 한 권의 책이 한 인간을 행동하도록 만들 수 있는지 학생들이 그녀에게 묻는다면, 그녀는 한 사람의 마음속에 있는 행동 충동을 일깨워낸 책들을 전부 열거할 것이다. 확실히 그녀는 그런 책들에 대해 오래 이야기할 것이다. 그리고 아마 누군가 이 분야에서 얻은 경험을 말하게 될 것이다. 이로써 이미 많은 것이 달성될 것이다. 룬드그렌은 1943년 봄 베를린에 왔을 때 곧 쾨슬린 가로 가는 길을 물었다. 그는 몇 번지를 찾느냐는 질문을 받았다. 그는 단지 그 거리를 보고 싶을 뿐이라고 말했다. 그다음 그는 1929년 5월 바리케이드가 쳐졌던 거리를 보았다. 이제 다시 스톡홀름에 머물고 있고, 독일로 돌아오면 당장 체포될 터인지라 돌아올 수 없는 이 룬드그렌은 드레스덴과 베를린 사이를, 또 스웨덴 대사관과 티어가르텐에 있는 네덜란드 거주지 사이를 비밀 서류를 가지고 공용차로 오갔다. 그는 바우첸에도 있었다. 교도소·앞을 지나갈 때면 그는 대문의 위치와 담의 높이를 기억해두었다. 저지당할 경우 그는 길을 잘못 들었다고 말했을 것이다. 하지만 그는 외교관의 면책특권이 없어서 그저 스웨덴 운전사임을 증명할 수 있을 뿐이었다. 훗날 평화 시절에 그녀의 학생들은 그것이 얼마나 대담한 일이었는지 어

---

213) Klaus Neukrantz(1897~1941): 독일의 사회주의 작가로 여러 직업의 노동자로 일했으며 1923년 공산당에 입당했다. 1928년 프롤레타리아 혁명작가동맹에 가입했고 1933년 나치에 체포되었다. 하지만 정신병자 수용시설로 이송된 뒤의 행적은 알려진 것이 없다. 소설 『베딩의 바리케이드』(1931)는 그의 대표작으로 1929년 베를린 5월 1일 투쟁 사건을 그린 것이다.

떻게 이해할까. 이러한 사건들은 또한 모험처럼 묘사될 수도 없을 것이다. 긴장을 통해 학생들의 관심을 얻어서도 안 될 것이다. 객관적인 묘사들을 통해 학생들이 관심을 갖도록 해야 할 것이다. 또 1944년 1월 30일 베스틀라인이 플뢰첸제 구역 공습 때 다행히도 구금 상태에서 탈출할 수 있었다고 말할 경우 그녀는 아마 학생들이 작문에서 그런 상황을 상상하며, 몸이 묶인 채, 죄수복을 입고, 파괴된 건물들 사이에서, 방호 시설을 뚫고, 그다음에는 도시를 가로질러 달아나고, 이제는 존재하는지조차 알지 못하는 은신처를 찾는 것이 도대체 어떻게 가능한지 생각해보도록 할 것이다. 2월에는 라이히바인과 레버의 도움으로, 부헨발트에서 브라이트샤이트²¹⁴⁾를 석방시키려는 행동이 4월로 확정되는 단계까지 계획들은 진척되었다. 사민당 의원으로서 인민전선을 옹호했던 브라이트샤이트는 전쟁이 발발했을 때 프랑스에 억류되어 있었고 정복자들에 의해 아를에서 독일 수용소로 끌려갔다. 비쇼프는 1944년 봄 그러한 일을 기도하기 위한 어떤 전제 조건들이 존재했었는지 학생들에게 설명해야 할 것이다. 베스틀라인이 다시 지도 그룹에 들어온 일, 베를린과 다른 지역 비합법 세포들의 성장, 수도에만 72개의 비합법 세포들이 있었고 40개의 동맹 그룹들이 있었다는 사실, 그리고 60군데가 넘는 다른 장소에 거점이 있었다는 점, 오데사 함락, 우크라이나를 가로지르는 붉은 군대의 진격, 점점 가까이 오는 자유독일방송 전파들, 스웨덴 지부 지도부와의 규칙적인 접촉, 새로운 기계로 더 많은 부수의 전단과 신문을 인쇄하고 이로써 더 많은 민중들에게 다가갈 가능성 등등, 이 모두가 곧 광범한 전선 형성이 이루어지리라는 생각으로 귀결되었다. 4월

---

214) Rudolf Breitscheid(1874~1944): 1933년 이전 독일 사민당 국회의원. 1933년 스위스로 망명했으며 1941년 프랑스에서 체포되어 부헨발트 강제수용소에서 살해되었다.

초 자에프코브는 드레스덴에 며칠 머물렀다. 계획의 세부 사항들을 교도소 내부의 협력자가 데리고 있는 분대와 협의하기 위해서였다. 마당에서 순찰을 도는 동안 특정한 시간에 텔만을 데리고 나오면, 자동차에 무장한 사람들과 함께 기다리던 룬드그렌이 데리고 간다는 계획이었다. 하지만 갑자기 엄중해진 교도소의 감시, 또 4월 16일 텔만의 딸이 체포되고, 곧이어 그의 아내가 체포되어 두 사람이 라벤스브뤼크 수용소로 넘겨진 일이 탈출 계획을 방해했다. 그리고 5월과 6월, 크림에서 독일군이 철수하고 서부에서 연합군의 침공이 시작된 뒤, 두 정당 지도자들의 만남은 모든 활동의 전면에 부각되었다. 이는 또한 5월 31일 베스틀라인이 다시 체포됨으로써 빛을 보지 못하게 되었다. 그들은 베스틀라인을 브란덴부르크 교도소로 데려갔다. 그곳에는 플뢰첸제에서처럼 고문당하는 사람들을 돌봐주고 그들의 죽음에 대해 알려줄 수 있는 사람이 아무도 없었다. 또 그곳에서는 사형집행자가 사형선고 낭독도 없이 그저 벽에 낙서해놓은 판결문에 따라 이제 알아볼 수도 없는 사람들을 단두대 아래로 던졌다. 비쇼프는 다시 자신의 한계점에 도달했다. 6월에는 전선이 형성되지도 않았고 봉기가 일어나지도 않았다. 야코프와 자에프코브가 라이히바인, 로이시너, 하우바흐, 마스, 레버 등과 이 나라의 재건을 위한 공동 계획을 구상하기 위해 아직 남아 있던 기간은 7월 4일 끝나고 말았다. 6월 22일에 이루어진 마지막 만남에는 비쇼프도 있었다. 회의실이 아니라 부엌에 있었다. 그녀는 그때까지 라이히바인의 집에서 예술품들로 가득 찬 방을 정돈했다. 그리고 협상 중 휴식 시간에 다음 만날 날인 7월 4일 레버의 집에서 작성할 행동 통일 선언문에 대해 들었다. 하지만 레버에게 가는 길에 그들은 경찰대에 체포되었다. 야코프와 자에프코브는 브란덴부르크로, 라이히바인, 마스, 레버는 플뢰첸제로 갔다.

슈타우펜베르크[215)]와 함께 전선을 군대의 서클에까지 확대하는 일을 준비했던 하우바흐와 로이시너도 봉기를 꾀했던 장교들과 함께 7월 20일 이후 그곳으로 이송되었다. 비쇼프는 또 한 번 유일하게 체포를 모면했다. 그리고 그녀는 중요하지 않은 자신이 계획가와 조직가들보다 더 오래 남게 되어 수치를 느꼈다. 그림자들이 그녀를 에워쌌다. 이제 그녀도 그들 사이에 앉아 있게 될 것이다. 그리고 더 이상 그녀가 할 일은 없을 것이다. 암울하게 그녀 주위에 서 있는 그들이 침묵할 수밖에 없는데, 어떻게 그녀가 여전히 자신의 목소리를 높일 수 있겠는가. 그녀는 그들이 아직 살아 있을 때 이미 그들에게서 그들의 죽음을 응시했었다. 그들이 여름에 곧 있을 평화조약에 대한, 또 노동자 정당들의 공조에 대한 자신의 희망을 이야기했을 때, 죽음은 그들의 모습 속에 새겨져 있었다. 자에프코브가 그녀에게 정권이 몰락한 뒤 가장 시급한 조치들을 구술해주었을 때, 또 그녀가 타자기에서 고개를 들어 상한 이가 있는 그의 입과 피곤해 빨개진 그의 눈을 쳐다보았을 때, 그녀는 자에프코브의 죽음을 보았다. 라이히바인이 머리를 비스듬히 기울이고 손가락 끝으로 목제 아프리카 조각상을 쓰다듬었을 때, 그녀는 라이히바인의 죽음을 보았다. 레버가 창문 쪽에서 그녀를 향해 상처로 찢어진 그의 얼굴을 돌렸을 때, 그녀는 레버의 죽음을 보았다. 그의 얼굴에서는 무엇보다 4년간의 수용소 생활을, 그 가운데 1년간의 암실 생활을 엿볼 수 있었다. 야코프가 손으로 부드러운 머리칼을 파헤치면서 스톡홀름으로 보낼 그들의 보고서에 무엇을 덧붙여야 할지 심사숙고할 때, 그녀는 야코프의 죽음을 보았다. 정원에서 보내고 있는 이날 밤, 도시가 점점 더 잿더미로 되어가는 동안,

---

215) Claus Graf Schenk von Stauffenberg(1908~1944): 제2차 세계대전 중 참모부 장교로 히틀러 암살을 시도했다 사살된 인물이다.

그녀의 마음속에는 그저 답답함만이 남아 있었다. 처음으로 그녀는 사슬의 힘이 아직도 지탱될 수 있는지 의심했다. 파멸의 광란에 빠져 있는 적을 여전히 돕고 있는 대중들, 교훈을 얻을 줄 모르는 대중들 한가운데에 그녀와 같은 사람은 이제 소수밖에 없었다. 한때 그녀는 이 소수가 다수로 간주되어야 한다고 믿었다. 하지만 그들은 점점 더 소수가 되었고, 이제는 수천, 수백, 마침내는 수십 명만 남게 되었다. 이 나라를 새로운 모습으로 만들어줄 수도 있었을 거의 모든 사람이 사라진 지금 이 나라는 어찌 될 것인가.

9월 29일 로이시너가 죽었다. 그는 쪽지를 하나 남겼다. 거기에는 통일을 이루라고 쓰여 있었다. 10월 20일에는 라이히바인과 마스가, 1월 5일에는 레버가 단두대에 올랐다. 그리고 25일에는 에스터베겐 수용소에 있던 시절부터 결핵을 앓던 하우바흐가 중환자로 들것에 실려 단두대로 갔다. 그들 모두가 쟁취코자 했던 통일은 이 시기 스톡홀름에 더 이상 존재하지 않았다. 테러는 통일의 근거를 제공했지만, 아무 탈이 없자 통일을 위한 투쟁은 그들을 분열시켰다. 지하에서 그들은 서로 단결했고, 공개된 곳에서는 서로 속이고 배신했다. 서로 이해하고 단합하기 위해서는 직접적 위험이 필요한 듯했다. 그리고 조금 덜 위험한 시기에는 그저 미움과 분열만이 존재할 수 있는 듯했다. 적들에게 포위된 채 그들은 마지막 순간에 교육과 훈련을 새로 시작하기 위해 무엇을 해야 할지 토론했다. 아무도 그들의 일을 방해하지 않았기에 그들은 곧 문화 전체를 다루었다. 당시 사건들 한가운데에 있을 때 우리는 그저 그것들이 적대 관계들로 가득 차 있다는 것만을 알았을 뿐이며, 아직 전체를 조망하지는 못했다. 우리의 역사에 대한 이미지를 얻기 위해서는 우선 빈약한 근거 지점들 사이에 선분을 긋고 깊은 구멍들을 건너 결합을 꾀해야 했다. 하지만 이 경우 우리는 우리의 하루하루를 진보의 의식 속에서 체험했고, 발밑에 기반을 갖고 있다고 믿었다. 또 우리는 우리에게 모든 사건을 다양한 측면에서 설명해주려는 목소리들에 긴장하며 귀를 기울였다. 이 해 가을과 겨울에는 모든 희망이 곧 실현되리라는 전망과 전쟁이 끝나는 시간은 화해 불가능한 새로운 투쟁의 출발이 되리라는 예상 사이의 불안한 모순에 부딪쳤다. 1944년 1월에 설립된 문화동맹 내부의 불화만 아니라 국내에 머물다 그곳에서 죽은 사람들과 이제 국외에서 나라의 지도를 떠맡을 태세인 사람들 사이의 균열도 동요를 야기했다. 더욱이 당내에서는 나의 당원 자격과 호단에 대한 나의 이해가 결합될 수 없는 것으로 간주되기도 했다. 그는 동맹 설립자 가운데 한 명이었고, 10월에 탈퇴할 때까지 의장이었으며, 창립 축하 행사에서는 규약을 제출하기도 했다. 당시 독일에서 반격의 세포들이 강화되고 공동 행동이 시작되었을 때, 망명지의 반파쇼 세력도 정치적 입장과 무관하게 결속해야 했다. 당의 경계선을 넘어 확장된 문화는 이를 위한 수단으로 적합해 보였다. 물론 모두가 참여하게 될 문화가 도대체 존재할 수 있는지도 이미 수상쩍은 것이었거니와, 이 문화의 이름으로 자행된 정복 원정, 약탈, 노예화, 인간 말살에 비춰볼 때 하나의 독일 문화라는 명칭은 모험이었다. 독일에서는 어떠한 도덕적 힘도 세상에 드러나지 않았다. 또 오래전에 민족 전체가 재앙에 대한 책임을 지게 되었다. 그리하여 계획 중인 동맹에 대해 무엇인가 알려지게 되었을 때 스웨덴 쪽에서도, 공감을 일깨우려는 시도만이 중요하리라는 소리가 나왔다. 아무도 파괴적 강대 권력에 맞서는 소수의 저항에 귀를 기울이지 않았다. 단지 특사들의 보고를 받은 간부들만이 어떤 일이 수행되었고, 어떤 대가를 치렀는지 알았다. 그리고 이제 국내에도 문화 개념을 새롭게 살려낼 능력 있는 사람들이 아직 존재한다는 증거를 제시하는 것이 중요했지만, 그들의 이름과 활동은 비밀에 부쳐야 했다. 여기서 자기 나라의 확고한 인도주의 전통에 대해 완전히 확신하며 말할 수 있는 사람들, 하지만 이 나라에서 쫓겨나 10년 전부터 망명 생활을 하는 사람들은 도대체 누구였단 말인가. 그들은 어떤 인식을 통해 민족적 가치 폄하에 맞서 존속하고 있는 민족적 재화를 제시할 수 있었던가. 호단에게 이 문화는 처음부터 무자비하게 다루는 전체의 표면일 뿐이었다. 이 독일은, 사실 유럽 전체가, 이미 파국 앞에서 부패와 비겁함과 배신의 반영물에 지나지 않았다. 그리고 뿌리 뽑힌 개인들, 이 진흙 속에서 이제 제 갈 길을 가지 못하는 사람들은 더 이상 존재하지 않는 하나의 이미지에 매달렸다. 그는 그 구상에 참여하여 활동할 때 이 동맹이 내적 연속성을 보여준다는 자신의 목적을 단지 짧은 기간 동안에만 충족시킬 수 있다는 점, 또 그것이 곧 오늘날에도 여전히 효력을 지니는 단 하나의 관심사, 즉 정치에 유용하다는 관심사에 굴복하리라는 점을 알았다. 몇몇 사람들은 아직도 문화의 자립적 가치를 믿으려 했지만 문화는 하나의 핑계고 일종의 전술적 단계로서, 행동의 영역에 도달하기 위해 그로부터 재빨리 달아날 수도 있었다. 호단 자신은 문화를 영향력과 헤게모니를 위한 투쟁 속의 합당한 무기라고 인식하기에 충분할 만큼 현실 정치가였다. 또 자신의 민주주의 국가 건설을 열망하는 동료 투사들이 자신의 신뢰성을 강화하기 위해 문화재를 들먹일 때 그는 그들을 비난하지 않았다. 그러나 문화 가운데 국내에 아직 무엇이 존재할지 아는 사람들에게 그것을 물어볼 수는 없었다. 그리고 국외의 다른 사람들은 끊임없이 혁신되고 미래를 가리켜 보이는 문화를 추론케 해줄 만한 것을 겨우 조금 만들어낼 뿐이었다. 호단에게 문화는 문학, 조형예술, 음악, 그리고 철학의 영역을 훨씬 넘어서는 것이었다. 이 영역에 국제적으로 중요한 작품들이 있더라도, 그는 그 시대 고유의 경험들에 대한 표현들이 없어 아쉬워했다. 오래전부터 나라 없는 문화의 본질에 대해 논의해왔다. 망명 작가들은 역사적 탐구, 유토피아, 비가적인 회고 들을 보여주었다. 종종 고대나 구약으로 위장된 비유들, 명상들, 사상 유희의 세계로 도피하는 것들도 있었다. 마치 자신이 들어서게 된 상황에 대해 해명하기를 피하는 듯했다. 아니면 소심함과 혼란이 체험의 가공을 방해하는 듯했다. 이 체험들에는 편지와 일기가 그래도 가장 가까이 다가갔다. 하지만 그것들을 유배 상황과 씨름하는 데 적용할 수는 없었다. 음악과 회화는 그 자체의 형식 문제에 몰두해 있었다. 그리고 철학은 우리를 직접 압박하는 것과 아무 관계도 없는 문제들을 다루고 있었다. 그래서 호단은 망명의 한 가지 결과이기도 한 결함에 대해 말할 수 있을 뿐이었다. 그 결함이란 오늘날 우리 문화에 타당한 것이 접근하기 어려운 것, 동떨어진 것, 묵살되는 것 속에서 진행되고 있다는 점을 의미했다. 그는 문화 담당자 업무에 거부감을 가지고 접근했다. 그의 눈에는 가장 굴욕적인 상황에 처해 있는 사람들만이 아직 도덕과 윤리를 대변할 수 있었다. 그가 보기에 보호받는 지역들에서 생산된 대부분의 것은 잃어버린 것의 대용품 혹은 옛 문화의 파편더미였다. 그것으로는 동면을 하는 것도 불가능했고, 더구나 새 출발을 하는 것은 꿈도 꿀 수 없는 일이었다. 국외에는 흩어져 있는 작은 그룹들이 있었고, 국내에는 쫓기는 사람들이 있었다. 국내에 있는 사람들 이야기를 아무도 경청하지 않듯이, 국외에서는 수많은 최상의 인물들이 궁핍과 참상 속에서 파멸해

갔다. 쇠약증과 체념, 기만과 굴복을 끌어들이지 않고, 또 국내 문화가 파괴되고 그 나머지는 파묻힐 수밖에 없도록 한 그릇된 결정들을 끌어들이지 않고, 하나의 독일 문화를 말하는 것은 거짓말이었을 것이다. 어떤 이상적 세계상을 품고 외국에 나갔다가 다시 돌아와 자리를 잡기만 하면 그러한 세계상이 새로이 이식될 수 있으리라고 믿는 사람들과는 벌써 갈등이 생겨났다. 호단은 자신의 노선을 고수하고 자신의 뜻에 따라 한 나라를 만들려고 하는 사람들에게 반대하지 않았다. 왜냐하면 자기 나름으로 옳다고 여기는 것을 그들에게 강요하려 드는 힘 있는 자들에 맞서 자신을 유지할 수 있으려면, 그들은 그렇게 고집스럽고 집요해야 했기 때문이다. 그는 그래도 그들에게 우호적으로, 하지만 흔한 경멸감을 품고, 문화재의 장신구를 걸어주었다. 미래 독일 국가 체제의 모습과 관련해 시작되는 알력을 대중들 앞에서 감추기 위해서였다. 1943년 11월 1일 자유독일국민위원회는 스웨덴 망명자들의 집회를 소집했다. 『정치정보』 표지에 이름이 실린 서명자들에는 베너를 제외하고 스웨덴 지하에서 살다가 이제 합법 활동으로 돌아온 모든 사람이 처음으로 들어가 있었다. 모스크바의 에리히 바이네르트[216]와 프린스턴의 토마스 만이 동서를 결합하면서, 광범한 민족적 인민전선의 출범을 호소했다. 하지만 자유독일 문화동맹이 결성되었을 때 테헤란 회담에서는 이미 독일의 운명이 결정되어 있었다. 동맹 내의 주도적 정치가들은 자신을 대신해 결정적 투쟁을 수행한 세력들에 의존함으로써, 민중 봉기가 이루어질 경우,

---

216) Erich Weinert(1890~1953): 독일의 시인이자 배우. 독일 공산당원으로 당 기관지 『적기』를 위해 일했으며 1933년 망명해서 1937~39년 스페인 내전에 국제여단의 일원으로 참전했고 1942년 자유독일국민위원회 의장을 지냈다. 1946년 동독으로 귀국해서 1950년 독일예술원 창립 멤버가 되었다.

아마 자신의 계획이 구현되는 것을 볼 수 없었을 것이다. 그런데 그들 가운데 몇몇은 1945년 봄까지도 민중 봉기를 염두에 두었다. 지난 10년 동안 되풀이하여 협력을 주도하려고 한 것은 공산당이었듯이, 종전이 눈앞에 다가온 지금 국내의 변혁을 달성할 수 있게 해줄 공동 전선을 이루자고 요구한 것도 공산당이었다. 당의 연결망을 확장하고 동맹자들을 끌어들이려는 지난 수년간의 전체 활동들은 이러한 타개책을 겨냥했다. 즉내부로부터의 파시즘 진압을 목표로 한 것이었다. 이런 일이 이루어질 경우에만 주권 국가가 생겨날 수 있을 것이다. 또한 공산당 입장에서 이 국가는 1935년 브뤼셀 회담에서 윤곽을 잡은 것과 마찬가지로 민주공화국이었다. 아직 독일 내부의 간부들과 접촉이 있던 시기에, 민중들로 하여금 군사적 굴복 이전에 독재에 맞서 봉기하고 자립에 대한 요구를 보장받도록 하는 것이 모든 안내와 모든 구호와 계획 들의 목적이었다. 호단은 국민위원회의 영향력에 대한 공산주의자들의 확신을 공유하지 않았다. 그는 생각을 바꾸게 된 전쟁 포로들의 진술을 높이 평가하지 않았다. 자이들리츠와 파울루스[217] 장군, 그리고 자유방송에 등장한 병사들의 진술은 내부의 변화를 그렇게 빨리 증명해주지 못했다. 오히려 호단에게는 그것들이 승리의 열광 상태에서 추락함으로써 생긴 충격의 결과처럼 보였다. 역사적 인식에 도달하려면 오랜 과정이 필요할 것이다. 그는 또 아직 사용되지 않은 민중 내부의 힘도 믿지 않았다. 하지만 지도부가 지칠 때면 도덕적 해이와 패배주의의 위기에 의해 야기된 간접적반항의 자세, 일종의 수동적 변혁을 생각할 수 있었다. 그러나 이는 총체적 해체기의 요구들을 감당할 수 없을 것이다. 런던에 있는 우파 사민주

---

217) Friedrich Paulus(1890~1957): 독일의 원수. 1943년 스탈린그라드에서 항복했다. 1953년부터 사망할 때까지 동독에 거주했다.

의자들의 수뇌부는 서방 세력들의 향후 통제에만 의존했다. 호단은 그러한 우파 사민주의자들의 기대에도 동의하지 않았기 때문에, 설혹 통일전선이 다시 깨지고 전래된 문화가 결합 불가능한 부분들로 와해되더라도, 통일전선을 지지했다. 전선과 통일된 문화는 그에게 국내 세력들이 우파 사민주의 세력에게 호응할 수 있다는 최소한의 전망이 존재하는 한 타당할 수도 있는 가설이었다. 하지만 독일 고전 문화의 유산을 넘겨받으려고 하는 사람들이 파괴된 나라에 돌아오면 문화 부재 상태의 상속자가 될 수밖에 없으리라는 생각이 그의 머리를 떠나지 않았다. 왜냐하면 그들은 건설을 위해 필요한 모든 것을 폐허에서 발굴해내야 할 것이기 때문이다. 국내 상황에 대한 침묵의 많은 부분은 전문가들조차 적들의 요새 속에서 버텨온 사람들을 충분히 알지 못했다는 데 기인했다. 베너, 메비스, 바른케, 헹케, 자이데비츠, 글뤼크아우프조차 그때그때의 그룹 형성과 이탈과 새로운 결속들에 대해 보고서를 통해 그들에게 전달된 것 이상을 말할 수 없었다. 그리고 이는 세력 관계들을 계산하는 데 충분하지 못했다. 저항의 규모와 계획들의 진행 과정, 당 세포들의 수, 접선 장소의 교체 등에 대한 암시들만 있었다. 온전한 결합을 기대할 수는 없었다. 또한 테헤란에서 결의된 서부 공격이 이루어지지 않는 가운데 봄이 지나는 동안 그러한 공격이 국내에서 싸우는 사람들에게는 그들의 이름을 대리석판에 새기고 그들을 화환으로 기리는 것 이상의 일을 해줄 수 없으리라는 확신이 늘어났다. 소련에서의 인명 손실과 폴란드 수용소들에서의 대량 학살에 대해 알고 있는 간부들에게 독일 지하 활동의 희생자들은 거대한 죽음의 일부였다. 그들, 당의 위원들과 기술자들은 죽은 사람들을 보지 말고 자신이 해결하도록 위임받은 당면 과제들을 바라보아야 했다. 공산주의자들과 사민주의자들은 비록 나중에는 유지하기 어려웠지만 그래도 행동 통일을 이루었다. 1920년대부터 그들과 친밀했던 호단은 가을에 사건의 진행 과정을 달리 해석하게 되었다. 즉 아래로부터 건설하기 시작하는 것이 다시 한 번, 그것도 예전보다 더 심각한 결과를 초래하며 실패했다는 점을 확인하게 된 것이다. 또 당면 과제는 외부로부터, 위로부터 명령받으리라는 점도 확인했다. 그는 그들, 헌신적으로 활동했던 사람들을 어떻게 기리고 망각에서 구제할 수 있을지 심사숙고했다. 그가 생각하는 문화 속에서는 예술 및 과학 활동이 물질적 개입과 대등하게 다루어졌다. 그는 임명식 연설에서 전단들과 사보타지 활동, 비밀 회합들과 포로들의 용기, 끊임없는 계획들, 석방 시도 등에 대해 말하고자 했을 것이다. 한 나라의 극단적인 몰락 속에서 이 정당방위와, 이 공동의 행동과, 이 끈기 속에 그래도 여전히 문화가 담겨 있다는 점을 설명하기 위해서였다. 하지만 하나의 민족을 이룩하고자 하는 다른 사람들은 좀더 일관된 논조를 요구했다. 품위를 되찾게 될 하나의 독일에는 무기력하게 된 독일 정신의 부활이 필요했던 것이다. 모스크바와 런던의 문화 단체들에서 헤르더[218]와 레싱,[219] 괴테와 클라이스트,[220] 바흐, 하이든과 슈베르트, 아이헨도르프[221]와 뫼리케[222] 등이 어떤 정화된 나라의 전망을 위해 기초가 되었듯이, 스톡홀름에 고립되어 있던 독일인들도 그들의 시인과 사상가들을 끌어들였다. 그리고 우리는

---

218) Johann Gottfried Herder(1744~1803): 18세기의 독일 작가. 특히 민중문학과 문화 비판적인 저술들로 괴테 등에게 영향을 주었다.

219) Gotthold Ephraim Lessing(1729~1781): 18세기의 독일 계몽주의 극작가로 독일 시민극의 초석을 다졌다.

220) Heinrich von Kleist(1777~1811): 독일 낭만주의와 고전주의 시대의 작가.

221) Joseph von Eichendorff(1788~1857): 독일 낭만주의 시대의 작가.

222) Eduard Mörike(1804~1875): 독일 낭만주의와 사실주의 시대의 소설가, 시인.

그러한 것을 받아들일 수밖에 없었다. 점령 세력들 아래서 분열될 위험이 증대하는 상황에서 자결의 권리를 요구할 수 있는 하나의 독일을 상기하는 데 모든 것이 달려 있는 시대였기 때문이다. 동맹의 규약에는 민주주의의 이미지에 포함되는 여타의 자유 개념들 가운데 특히 언론의 자유가 강조되었다. 그것은 모든 사람을 하나로 결합시키는 것이었으며, 곧 5백 명 이상의 회원을 갖게 될 동맹은 그로 인해 중요성을 띠게 되었다. 1944년 1월까지도 비당원과 자유주의자들, 사민주의자들과 공산주의자들이 비록 견해차는 있더라도 반파쇼 전선으로 결합되는 것이 우리에게는 가능해 보였다. 아마 각자의 문제와 갈등에 관여하는 가운데 호단이 모든 의도에 여전히 인간적인 특징을 부여한 것은 그의 착각이었다고 할 수 있을 것이다. 그가 자신의 직책을 내려놓은 지 두 달 후 동맹에서도 축출되었을 때에는, 마치 인간적인 노력들이 익명의 권력 정치 앞에 굴복한 것처럼 여겨졌다. 이제까지는 사민주의자들의 불확실한 미래관에 비할 때 공산주의자들의 제안이 우월하다는 점이 입증되었다. 그들이 자기 당의 지배권을 요구하지 않을수록 더욱 그랬다. 그들은 자의식을 가지고 행동할 수 있었다. 왜냐하면 그들은 투쟁 중 주도적 역할을 맡았고, 그들 뒤에는 전쟁의 주된 부담을 떠안은 붉은 군대가 있었기 때문이다. 또한 좌파 사민주의자들이 이미 재산 몰수와 사회화를 논하면서 군대와의 동맹을 반대한 데 반해, 그들은 전제 조건이 결여되어 있는 한 사회주의의 선전을 자제했다. 임시의회에 비교할 수 있다는 국민위원회에서는 병사들로 대표되는 모든 계층의 의견이 제시될 수 있듯이, 국민들과의 논쟁도 이루어져야 한다는 것이었다. 즉 그에 따르면, 가능한 한 넓은 범위의 국민들에게 다가가는 것이 중요했고, 그래서 정치적인 강령은 아직 확정되어서는 안 된다는 것이다. 그들은 파시즘 타도와 전쟁 종식을 위한 노력 이외의 다른 노력들을, 앞으로 일어날 해방운동 속에서 민족적 관심사들에 점차 사회적 의미를 부여할 수 있을 때까지, 거부해야 한다고 보았다. 수많은 사회민주주의자들이 그랬듯이 공산주의자들의 테제를 의심할 이유는 없었다. 물론 서로 우열을 다투어야 하겠지만, 각자는 동등하게 노력할 권한을 가지고 전선에 참가했다. 이 전선을 위해서는 각자가 책임을 지게 될 것이며, 끔찍한 파괴 이후 우리가 처하게 될 상황은 당시 우리에게 단지 단결과 과거 계급적 사고의 종말을 약속할 수 있었을 뿐이다. 국민위원회가 독일 전쟁 포로들의 교육을 떠맡았듯이 문화동맹은 점령된 스칸디나비아 제국들에서 스웨덴으로 도피해온 병사들을 상대로 하는 일의 토대가 되었다. 그런데 바로 단합을 입증하게 해주어야 할 이러한 계획이 분열의 계기가 되었다. 거의 의식하지 못하는 가운데, 처음에는 독재 치하에서 성장해 잘못 교육받은, 민주 독일 국가의 미래 시민들을 우려했지만, 나중에는 언젠가 정부 관직을 맡게 될, 또 이제 훨씬 더 광범한 교육 과제들을 수행할 사람들의 하부 조직원들을 끌어당기는 일이 중요해졌다. 당에 소속되지 않고 독일로 돌아갈 생각을 하지 않으면서 독일 망명자들과 스웨덴 지식인들의 존경을 받았던 호단은 동맹을 그 의도처럼 중립 상태로 유지하는 데 적합했다. 그가 영국 대사관 언론부의 독일 문제 고문으로 고용되었다는 점이 처음에는 그에게 부담이 되지 않았다. 공산주의자들이 모스크바의 국민위원회와 결합되어 있다고 비난받을 수 없었던 것과 마찬가지였다. 동서가 공동의 적에 맞서 동맹을 맺고 있었던 것이다. 1월 28일 호단은 격분한 청중들 앞에서, 아직 단결의 분위기 속에서, 오랜 명예훼손 끝에 독일이 되찾아야 할 문화를 주창했다. 평생 동안 황제와 장군들의 지배 아래, 바이마르 재정자본 정부 아래, 끝으로 야만 정부 아래 그의 나라에서 야기된 폭력에 맞서 투쟁했고, 그래서 그는 독일 문화의 혁신을 위한 노력에 대해 말할 수 있었다. 어깨를 추켜올리고 창백한 얼굴로 이마에 땀을 흘리면서 그는 연단에 서 있었다. 그리고 우선 1백 년밖에 안 되는 기간에 세계를 공략한 독일, 되풀이하여 포위와 생활공간의 위협과 적대적 음모의 전설을 내세우고, 조약들을 파기하고, 책임을 다른 나라들에 떠넘기고, 자신은 선택되었으며 패배할 수 없는 나라라고 자랑해온 독일, 또 철저히 패배하여 다시는 다른 민족들에 맞서 일어설 수 없어야 할 독일에 대해 이야기했다. 또 그는 양심의 거리낌 없이 이 나라를 그래도 소중히 여겨야 한다고, 자포자기 상태로 몰아가서는 안 된다고, 문명권에서는 언젠가 다시 독일이 필요해질 것이기 때문이라고 덧붙일 수 있었다. 그는 이 나라에서 도대체 어떻게 다시 문화가 생겨날 수 있느냐고 물었다. 그러고는 저항해온 사람들을 꼽았다. 그는 문화란 저항이며 반항이라고 규정했다. 반항의 강도는 억압의 정도에 비춰 측량할 수 있다고 설명했다. 반격의 의지가 현존하는 한 문화도 현존한다고 주장했다. 침묵과 순응 속에서는 문화가 사라지고 단지 예식과 제식만이 존재한다는 것이다. 그는 엄청난 강대 권력 앞에서 몇 백 명만이 아직 계속해서 반항하더라도 이는 문화가 현존하고 있음을 증명한다고 단언했다. 또 지금 동부 지역의 수용소들에서 자행되는 말살 행위에 비춰볼 때 그러한 태도는 얼마나 높이 평가해야 할 것이냐고 역설했다. 그가 말했다. 우리에게 들어오는 숫자들은 불확실합니다. 1만 2천, 1만 6천, 4만이라고 합니다. 매번 말입니다. 우리 정부들이 침묵하는 동안 그곳에서 유대인들은 연기로 사라집니다. 동요가 일어났다. 그것은 불가능해. 그건 사실이 아니오. 외치는 소리를 들을 수 있었다. 그는 계속했다. 그런 토양에서 우리 문화가 성장해야 합니다. 어떻게 그러한 야수성에 도달할 수 있었는지 그가 설명하려고 했을 때, 또 그 이유로 권위에 대한 신봉과 무조건적 복종, 독일 민족의 군사적 이상 등을 지적했을 때, 위계질서 속에서 교육받은 당 간부들 사이에서 비난이 일었다. 권위에 대한 경외심, 엄격한 의무 수행의 의지, 군사적 규율은 그들의 체질이 되어 있었다. 그들은 바로 그러한 특성들이 새로운 본보기에 이르는 길을 개척해줄 수 있다고 생각했다. 그는 독일인들이 기대감 속에서 자신의 좌절에 대한 책임을 다른 사람들에게서 찾을 수도 있다고 말했다. 또 새로운 신념의 형성을 위한 역할을 해내는 것은, 오랜 기간 매우 다양한 나라들의 본질에 대해 알게 된 망명자들의 과제라고 주장했다. 이런 주장은 대다수 사람들의 견해와 충돌하지 않았다. 하지만 이어서 그가 독일이 하나의 유럽공동체에 편입되어야 할 필요가 있다고 말하자 웅성거림과 야유가 일었다. 어떤 유럽, 어떤 공동체가 예상되느냐는 물음 소리가 커졌다. 많은 사람들이 손가락 관절들이 하얗게 변하도록 주먹을 움켜쥐었다. 1년 뒤에야, 독일의 분할만 아니라 전 대륙을 가로지르는 경계선 긋기가 결정된 얄타 회담 이후에야 비로소 왜 그날 저녁 동의가 아니라 불신이 싹텄는지 드러났다. 공산주의 정치가들은 서방 세력들이 독일의 사회주의화를 용납하지 않으리라는 점, 또 그들이 의도한 사회민주주의는 소련의 비호 아래에서만 생겨날 수 있으리라는 점을 알았다. 처칠은 자신이 볼셰비즘에 맞선 싸움을 그만두지 않으리라는 것을 감추지 않았다. 또 런던의 포겔[223]과 올렌하우어[224] 그룹의 사민주의자들은 처칠에게 동조했다. 이는 충돌이 불가피하다는 것

---

223) Johann Vogel(1881~1945): 독일 사민당원. 1920년부터 국회의원을 지냈으며 1933년 당의장을 역임했다. 공산당과의 통일전선에 반대했고 1940년 영국으로 이주한 뒤 종전기에도 공산주의자들과의 협력을 거부했다.
224) Erich Ollenhauer(1901~1963): 사민주의 독일 정치가. 1933~46년까지 망명 생활을 했으며 1952년 당의장을 지냈다.

을 의미했다. 1944년 1월 소련군이 독일로 밀려오고 이 과정에서 그들이 피를 흘리기를 제국주의 서방이 바랐을 때, 공산당은 이미 국민전선 속에서 위치를 확보하기 위한 노력을 배가했다. 공산주의자들은 우파 사민주의자들이 반파쇼 세력들을 기만했다고 비난했다. 반면에 반대쪽에서는 공산주의자들이 국민위원회를 통해 단지 공산주의만을 독일에 끌어들이려 하고 인민전선을 그들의 주도권 아래 종속시킬 생각만 한다고 의심했다. 이 모두가 1944년 1월에는 아직 별로 언급되지 않았다. 단지 정치적인 일과 관련된 사람만이 그것을 감지할 수 있었을 뿐이다. 비록 호단은 독일 지하운동 속에서 싹트고 있는 민주주의를 발현하는 일에 전력을 다했지만, 그는 인간적 약점과 오류들을 간파하고 인식할 줄 아는 인물이었다. 또 바로 이 때문에 그는 갑자기 침묵하게 되었다. 질식 발작이 찾아올 것을 걱정해서 나는 재빨리 주사기가 든 상자를 열었다. 하지만 그가 한순간 침묵했던 것은 대립하는 이데올로기에 따르는 군대가 독일에서 서로 충돌하게 되는 상상 때문이었다. 이성적 해결을 위해 동맹이 결성되었지만, 그러한 해결은 불쾌한 방식으로 그에게서 멀어져 갔다. 그리고 그가 이제 자신의 말이 공허함을 느꼈을 때, 이는 적대적인 두 체제가 서로 대립하며, 이제는 유례없는 권력 확산 원칙만이 중요하고, 이 경우 민중들은 더 이상 문젯거리도 되지 않으리라는 인식 때문만은 아니었다. 그것은 또한 남성들이 생각해내고, 남성들이 마지막 파국까지 이끌어간 질서 속에서 이루어져온 저지할 수 없는 격세유전적 축적물 전체에 대한 인식 때문이기도 했다. 어떠한 두뇌도 어떤 변화를 야기하기에는 충분하지 못했다. 이제까지의 사회 형식들 가운데 어느 것도 남성적인 필사적 행동의 모델을 깨고 그것을 공익에 대한 감각으로 대체할 수 없었다. 물론 한 세대에 걸쳐 일어난 두 차례의 전 세계적 섬멸 전쟁은 남성들의 광포한 행위를 결코 끝낼 수 없었다. 사실 여성들도 이 무분별한 상태에 함께 끌려들어갔고, 그들에게 주입된 후진적인 사고에 매달렸으며, 폭군들의 뮤즈로, 영웅의 어머니로 이 우민화에 가담했다. 남성들과 마찬가지로 여성들도 그들에 의해 야기된 고통과 공포의 부담을 떠안아야 했다. 하지만 남성들은 일을 추진하는 쪽이었고, 여성들은 비굴한 상태로 뒤따랐다. 이 남성적인 영역으로 이루어진 세계 속에서, 매우 잔인한 살상이 이루어진 이 세계 속에서도 예술적인 성찰이 존재한다는 사실을 아는 것은 위안이 되지 못했다. 점점 더 좁아지는 이 자유의 공간에서 아직도 실현 가능한 것은 무기력 상태뿐이라고 할 수 있었다. 호단은 거의 속삭이듯이 겸손한 느낌을 자아내며 주제를 스웨덴 문화에 속하는 사람들과 경험을 교환하고자 하는 독일 망명자들의 소망에 국한했다. 이는 아마 당면 업무에 대한 새로운 관점을 야기할 수도 있을 것이다. 또 호단의 그러한 태도는 그의 눈앞에서 결합불가능성이 드러남으로써 현기증이 유발된 탓도 있었다. 또 그는 숨을 쉴 때마다 병마와 싸우며 취하게 된 집요한 자세로 두 손으로 연단 가장자리를 짚은 채 다시 한 번 자신의 인도주의적 현실주의를 위해 분발했다. 그의 모습을 보면 절망을 생각하는 것이 경멸스러워졌다. 그의 앞에는 강력한 공산주의 분파가 앉아 있었다. 그 구성원들은 이 나라 각지에서 온 사람들이었다. 그들은 아직 독일 사회민주주의자들처럼 수도에 머물러서는 안 되었기에, 그들의 참석은 특별히 중요했다. 그들은 이제 은둔해 있을 필요가 없었지만, 그들의 등장은 수년간의 비합법 활동 기간에 발전한 반항의 특징을 띠고 있었다. 그들 가운데 베너는 없었다. 베너의 친구 바그너와 몇몇 다른 사람들도 없었다. 이는 그들이 자신의 그룹을 당 노선에서 벗어난 자들로부터 정화했다는 것을 증명해주었다. 이는 타당했다. 왜냐하면 아무리 통일을 위해 노력하더라도 권력 문제도 중요했기 때문이다. 극소수만이 베너가 당에서 축출되었다는 사실을 알았다. 아마 그 당시 스메스보 격리수용소에서 정원사로 일하며 장미 밭을 돌보고 있던 베너 자신도 그 사실을 전혀 몰랐을 것이다. 메비스는 베너가 격리되어 있다는 사실을 해명할 필요가 없었다. 그 책임은 스웨덴의 명령권자들에게 있었기 때문이다. 그는 자신의 경쟁자와 분리되었고 이제 모스크바 중앙위원회의 지시에 따라 아무 제한 없이 지구당을 이끌어갈 수 있었다. 그래야 했다. 하나의 전선을 유지하는 것은 가장 신뢰할 만하고 가장 강고한 사람들이 전면에서 있을 때에만 가능했다. 공산주의자들은 언제나 전위대였다. 그들은 결코 굴복하지 않았고 가장 큰 희생을 치렀다. 망명지에서도 독일에서도, 또 모든 점령지에서도 상황은 그러했다. 그들은 자신의 지위를 방어해야 했으며, 전쟁이 끝났을 때 그들의 조직들이 행동 능력을 갖는다는 것이 중요했다. 그들은 지하활동을 통해 쟁취한 것을 빼앗길 수 없었다. 공산주의 인터내셔널은 지난해에 해체되었다. 각국의 당들에 좀더 행동의 자유를 주고 그들의 독자적 결정 능력을 강화하기 위해서였다. 하지만 국제주의는 계속 유지될 것이다. 어려운 시험들이 있었다. 오랜 기간 그들은 전술상 대외적으로 침묵할 수밖에 없었다. 그러나 그들은 자신의 목표에서 일탈한 적이 없었다. 이제 그들은 수많은 퇴보적 노력들이 주도권을 얻지 못하게 할 필요가 있었다. 이곳 해외에서는 사민주의자들이 수적으로 그들보다 우세했지만, 단결을 보여줄 수 있었던 것은 그들이었다. 단호함과 단결이 그들의 표정에 쓰여 있었다. 호단에게 그것은 오히려 평준화처럼 여겨졌다. 단결은 논쟁에서 그들에게 유용했다. 이로써 그들의 의견은 열 배로 효력을 발휘할 수 있었다. 반면에 사민주의자들의 견해는 여러 갈래로 나뉘었다. 공산주의자들 사이에는 폐쇄성이 존재했다면, 사민주의 그룹에서는 언제나 어떤 막연하고 유동적인 것이 발산되었다. 하지만 다른 경우에는 정확성을 요구하던 호단이 공개적인 논증과 이 지속적인 탐색을 완결된 판단보다 좋아하기 시작했다. 그는 공산주의자들도 오랜 논쟁 끝에 자신의 입장에 도달했으며, 그다음 그것을 공동으로 지지한다는 점을 알았다. 하지만 이제 사민주의자들이 수행하는 것과 같은 이런 식의 스펙트럼 분석을 통해서만 신뢰할 만한 것을 찾을 수 있는 것처럼 보였다. 그는 공산당에서 멀어졌다. 거기서는 의심이 벌써 공격으로 해석되었고, 다른 평가는 당장 법정 논쟁으로 귀결될 수 있었기 때문이었다. 사민주의자들은 그들의 분파가 다양하게 구성되어 있다는 점을 비밀로 하지 않았다. 또 각 개인이 무엇을 대변하는지 결코 논하지 않았다. 타르노프, 슈테헤르트, 하이니히, 블라흐슈타인[225] 등은 조합운동 출신이었다. 예전에 그들은 급진파에 속해 있었다. 그러나 지금은 일부 보수적인 런던 지도부 뒤에 있었고 공산주의에 대한 적대 관계에서는 이들과 일치했다. 그리고 반파쇼적 태도를 통해서만 이 지도부와 구분되었다. 이 반파쇼적 태도는 물론 공산주의자들의 눈에 전혀 구속력이 없는 것이었다. 공산주의자들이 보기에 그들은 지난 제1차 세계대전 후 민중의 편에 섰지만 이들의 권리를 위해 싸우기 위해서가 아니라

---

225) Fritz Tarnow(1880~1951): 독일 사민당원. 1928년 국회의원이 되었으며 1933년 덴마크, 1940년 스웨덴으로 망명했다. 1944년에 설립된 예술연맹 이사를 지냈다.

Kurt Stechert(1906~1958): 금속노동자이자 저널리스트이며 독일 사민당원으로 1933년 체코, 1936년 스웨덴으로 망명했다.

Kurt Heinig(1886~1956): 독일 사민당원으로 1940년 스웨덴으로 망명해서 저널리스트로 활동했고 전후 스웨덴에 남았다.

Peter Blachstein(1911~1977): 독일 사민당원으로 1936년 스페인에서 활동하다 억류되었으며, 1940년 스웨덴으로 이주했다. 제2차 세계대전 종전 무렵 베너, 바그너 등과 함께 서고에서 노동자로 일했고 1947년 서독으로 귀국해 1953~68년 사민당 연방의회 의원을 지냈다.

이들을 산업과 자본의 권력에 내맡기기 위해서 그러했던 사민주의자들과 똑같았다. 한쪽은 반파쇼 통일전선을 인정하지 않겠지만, 또 한편 노년층 조합주의자인 크렙스[226]와 무그라우어[227]처럼 공산당과 협력하려는 다른 사람들도 있었다. 두 그룹은 노동자들을 위해 노력할 것이다. 한편으로는 가능한 한 아직 존재하는 것을 넘겨받을 수 있기 위해, 또 독일 노동자 전선을 조합들의 재건을 위한 기초로 삼기 위해서이며, 또 한편으로는 파시즘의 등장으로 귀결된 모든 것을 제거하고 새로운 사회조직들을 만들어내려는 의도로 그럴 것이다. 타르노프와 슈테헤르트는 사민주의 언론인들 가운데 가장 유명한 인물들이었다. 원래 당 그룹 전체가 하나의 지식인 센터로 구성되어 있었다. 발행된 책과 신문 및 잡지로 전파된 기사들의 양만으로는 사민주의자들이 공산주의 이론과 지시들 모두를 압도했다. 스트셀레비치, 프리틀렌더, 뤼크, 프리케, 쾨팅,[228]

---

226) Martin Krebs(1892~1971): 조합운동가. 1933년부터 비합법 활동으로 수차례 체포되고 1935년 체코, 1938년 스웨덴으로 망명했다가 1946년 서독으로 귀국 후 정치활동을 했다.

227) Hans Mugrauer(1899~?): 독일 사민당원. 1938년 스웨덴으로 망명했다가 전후 서독으로 귀국해서 IG 광산의 이사로 일했다.

228) Willy Strzelewicz(1905~1986): 독일 공산당원이었으나 사민당으로 이적했다. 1940년 스웨덴으로 이주해서 저널리스트로 활동했고 1954년 괴팅엔 대학에서 교육학을 강의했다.
Otto Friedländer(1897~1954): 언론인이자 독일 사민당원. 1933년 프라하, 1938년 노르웨이, 1940년 스웨덴으로 이주했다.
Fritz Rück(1895~1959): 독일 공산당원이자 작가, 언론인. 1932년 스위스, 1937년 스웨덴으로 망명해서 망명지에서 노동운동을 하다 1950년 독일로 귀국했다.
Fritz Fricke(1894~1961): 노조 간부이자 독일 사민당원. 1933년 체코, 1938년 스웨덴으로 망명해서 언론 활동을 하다 종전 후 서독으로 귀국해 조합 교양사업을 주도했다.
Egon Koetting(1914~?): 오토 슈트라서의 나치 운동 조직 '검은 전선'의 일원. 1941년부터 스웨덴에서 저널리스트로 활동했다. 자유독일 문화동맹(FDKB) 일원이었으며 1950년 서독으로 귀국했다.

엔데를레, 센데[229] 등의 필자가 있었고, 빌리 브란트와 프리츠 바우어[230]
가 있었다. 또한 문학사가 베렌트존,[231] 빈 『신 자유 신문Neue Freie
Presse』의 전 발행인 베네딕트,[232] 사회민주주의에 가까웠던 케테 함부르
거와 막스 타우[233] 등의 독립사회주의자들이 있었다. 센데, 스트셀레비
치, 뤼크, 엔데를레 등은 한때 공산당원이었다. 엔데를레는 1928년 출당
되었고, 스트셀레비치는 체코슬로바키아에서 인민사회당으로 넘어갔다.
블라흐슈타인과 브란트는 사회주의 노동당 출신이었다. 블라흐슈타인은
스페인에 있었으며, 그곳에서 혁명사회주의청년단에 속해 있었고 닌[234]

---

229) August Enderle(1887~1959): 독일 사민당원에서 독립사민당, 공산당으로 이적했다
　　가 1928년 공산당에서 출당 조치 되었다. 1934년 스웨덴으로 망명했으며 자유독일 예
　　술가 동맹 회원으로 활약했고 1945년 브레멘에서 노동조합 재건 활동을 벌였다.
　　Stefan Szende(1901~1985): 헝가리 공산당원이었으며 1929년부터는 오스트리아 공
　　산당원이었다. 1933년 체포되어 2년간 수감되었으며 1935년 체코, 1937년 스웨덴으
　　로 이주했다. 사회주의 노동자당을 사회민주당과 접근시키려 했으며 자유독일 예술가
　　동맹 일원이었다. 전후 스웨덴에 남았다.
230) Willy Brandt(1913~1992): 독일 사회민주주의 정치가. 1930년대에는 사회주의 노동
　　자당원이었다. 노르웨이 및 스웨덴으로 망명했으며 사회민주당원으로 자유독일 예술가
　　동맹 일원이기도 했다. 1945년 이후 독일로 귀국해 1969~74년 서독 총리를 지냈다.
　　Fritz Bauer(1903~1968): 법학도이자 독일 사민당원. 1933~36년 강제수용소에서
　　생활했다. 덴마크, 스웨덴으로 망명했으며 전후 브라운슈바이크 및 헤센에서 고등검
　　찰청 검사장을 지냈다.
231) Walter Arthur Berendsohn(1894~1984): 함부르크에서 스칸디나비아 문학 강사로
　　일했고 1933년 덴마크, 1943년 스웨덴으로 망명했다. 자유독일 예술가 동맹 및 사회
　　민주당 일원이었다.
232) Ernst Benedikt(1882~1973): 오스트리아 언론인이자 화가. 『신 자유 신문Neue
　　Freie Presse』 발행인이다. 1938~39년 게슈타포에 체포되었다가 스웨덴으로 망명했
　　으며 1962년 오스트리아로 귀국했다.
233) Käte Hamburger(1896~?): 독문학자로 1934년 프랑스, 이어서 스웨덴으로 망명했
　　으며 슈투트가르트 대학에서 독문학 교수로 일했다.
　　Max Tau(1897~1976): 카시러 출판사 편집인. 1933년 노르웨이, 1942년 스웨덴으로
　　망명했으며 1946년 오슬로 대학에서 문학사를 강의했다.
234) Andrés Nin(1892~1937): 스페인의 혁명가. 1911년 스페인 사회당원이 됐으며 1921년

과 그 추종자들에 맞선 활동을 벌이다 체포되었으나 내전 직전 공산당의 감옥에서 프랑스로 탈출했다. 그들 모두는 정치적 갈등과 반목 속에서 입장을 확립했으며, 1930년대 후반의 경험들에 따라 소련에 대한 입장을 바꾸었다. 상당수는 전쟁이 확대됨에 따라 다시 소련을 이해할 자세가 되기도 했지만, 여기저기서 배척당한 이 사회주의자들, 개량주의자들, 마르크스주의자들 모두에게 사민당은 그들의 다면적 활동을 위한 공동의 출발점이 되었다. 현지의 사민주의 언론은 그들에게 개방되어 있었지만, 공산주의 작가들은 단지 국민위원회의 기관지인 『정치 정보』에만 의존했다. 스트셀레비치, 이 우아한 변증법 이론가는 실로 지적인 인물로, 작은 손을 지녔고, 가볍게 쉰 목소리를 냈다. 그는 사민주의 언론인들 가운데 가장 기동성 있는 인물이었다. 하지만 호단은 프리틀렌더도 높이 평가했다. 그는 대담한 것, 괴기한 것에 대한 감각을 가졌으며, 공산주의자들이 감히 따라 할 수 없을 만큼 상궤를 벗어나거나 갈 데까지 갈 수 있었다. 공산당에서는 또한 글뤼크아우프와 자이데비츠처럼 극히 자립적인 작가들도 엄격히 지시 사항들에 따랐다. 공산당은 당에 직접 복무하라고 선전했으며, 힘들고 무미건조한 진지함이 지배했다. 하지만 사민당은 노동자당들 중에서 거의 지식인들만 모였다는 점, 사민주의 분파가 일반적으로 학자들로만 구성되어 있었다는 점이 특이했다. 아마 이는 일종의 문화동맹을 뜻할 테지만, 이것이 불충분하다는 점은 확연히 드러났을 것이다. 그 모임을 한번 들여다보면 빈곤한 점에서는 소시민들에게 어느 모로도 뒤지지 않는 교양 시민들이 회의장을 지배한다는 사실을 알 수 있었다. 프롤레타리아적 요소는 오래전부터 병영 술집과 작업장, 공장 들

---

이후 소련에 머물며 트로츠키 편에서 스탈린에 맞서다 1930년 소련에서 추방당했다. 1935년 마우린과 함께 좌파 혁명당을 건설했으나 1947년 체포되어 처형당했다.

에서 문화 활동을 수행하던 예술가들에게 국한되어 있었다. 그들은 이런 식으로 자신들의 교육 과정에서 다루어지지 않은 회화와 음악, 문학과 과학의 소재를 얻었다. 또 그들 가운데 아직 완전히 낙담하지 않은 몇몇은, 동맹이 그들에게 일종의 발판이 될 것이며, 그것에 근거해 그들의 직업, 그들의 특수한 지식과 재능들을 활용할 수 있으리라는 희미하고 막연한 희망을 품고 있었다. 그들 모두 자신이 무엇을 수행했고, 어떻게 발전했는지 자문하지 않고, 도대체 어떻게 연명할 수 있었는지 물었다. 설령 그들이 운 좋게 그릴 수 있는 몇 점의 그림으로 전시회에 참여할 수 있게 되거나, 몇 차례 거절당한 뒤 실제로 한 번쯤 잡지에 논문을 한 편 싣게 되었다고 해도, 그들을 둘러싼 침묵은 거대했고, 그래서 그들은 잊힌 인물인 셈이었기 때문이다. 단지 그 때문에 그들은 이 겨울철 금요일 밤 얄라 광장 앞의 시립학교에 앉아 서로 자신이 아직 살아 있다는 사실을 증명하고 있었던 것이다. 예전에 그들은 지원금을 수령할 때나, 리다르홀름의 막사에서 외국인 여권 만료일을 연장하기 위해 줄을 서서 기다릴 때 만나거나, 아니면 스투레 광장 주위나 쿵스 가의 카페들에서 때때로 만났다. 이제 그들은 처음으로 거의 전원이 모였다. 하지만 그들이 어떤 공동체를 이룰 것 같지는 않았다. 망명은 사람들을 모으지 않고 각자를 뿌리 뽑힌 상태로 혼자 있게 했기 때문이다. 대다수의 경우 이미 상당히 녹초가 되어 공동체를 이룰 능력은 이제 없었다. 물론 많은 사람이 시내에 거주하게 되었다. 하지만 일단 망명길에 들어서면, 그들은 망명에서 벗어날 수 없었다. 그들은 출생지를 따지는 일이 더 이상 없다는 사실, 얻을 수 있는 최상의 것이 머리 위에 지붕이 있는 것이라는 사실 혹은 궁색하게 겨우 살아가는 일이라는 사실에 만족했다. 또 그들은 이곳에 머물게 되리라는 것을 알았다. 그들이 뒤에 두고 온 것은 영원히 사라진 것이었다. 호단의 뒤를 이어 토마스 만에 대해 말하게 될 베렌트 존은 스웨덴에서 교수직을 찾지 못했다. 그는 문서고의 노동자로 하루하루를 보냈다. 물리학자 리제 마이트너[235])는 어느 실험실에선가 허접한 일을 했다. 망명한 독일 의사들 가운데에는 단치히 할당량에 포함된 치트론만이 유일하게 개업 허가를 받았다. 하지만 그는 단지 망명자들만 진료할 수 있었다. 린드너는 떠돌이 의사 노릇을 했으며, 자신의 의료 기구를 남루한 가방에 넣고 언제라도 돈 없는 환자를 도우러 달려갈 태세였다. 음악 분야에서도 스웨덴은 자체의 절대적 주권을 요구했다. 작곡가 글라저와 홀레바, 피아니스트 슈템펠, 엥렌더, 피셔,[236]) 클링어, 가수 슈필가, 슈탈, 리빙 등은 콘서트홀을 찾지 못했다. 음악학자 엠스하이머[237])에게는 할 일이 없었다. 사정이 가장 나쁜 것은 극장이 없는 배우와 연출가들이었다. 그 자리에는 아르페, 비너, 트렙테, 그라이트[238])가 앉아

---

235) Lise Meitner(1878~1968): 독일의 핵물리학자. 스웨덴으로 망명했다가 1960년부터는 영국에 거주했다.

236) Werner Wolf Glaser(1910~2006): 독일의 작곡가이자 음악 교육가로 1933년 망명했다가 1943년 이후 스웨덴에 거주했다.
   Hans Holewa(1905~?): 오스트리아의 음악가로 1937년부터 스웨덴에 거주했다.
   Maxim Stempel(1898~1972): 지휘자 겸 음악평론가. 1937년부터 스웨덴에 거주했다.
   Richard Engländer(1889~1966): 음악학자. 1939년 스웨덴으로 망명하여 1948년부터 웁살라 대학에서 음악사를 강의했다.
   Annie Fischer(1914~1995): 유대계 헝가리 피아니스트. 1940년 스웨덴으로 망명하여 학살을 모면했다.

237) Ernst Emsheimer(1904~1989): 독일의 음악사학자. 1932~34년 레닌그라드에 있는 국립음악원에서 일했으며 스웨덴으로 망명하여 스톡홀름의 인종학 박물관에서 일하고 전후에는 스톡홀름의 음악사 박물관장으로 재직했다.

238) Verner Arpe(1902~?): 독일의 배우 겸 연출가. 1937년 스웨덴으로 이주했다. 자유무대의 창설 멤버로 1948년 스웨덴 국적을 취득했다.
   Peter Winner(1910~?): 오스트리아의 배우. 1939년 스웨덴으로 망명했으며 자유무대 창설 멤버였다.

있었으며, 연설이 끝나 한 장면을 공연할 수 있을 때를 기다리고 있었다.
그곳에는 조각가 헬비히[239]도 있었다. 그의 입가는 씰룩거렸다. 지난 전쟁
중에 건물더미에 파묻혔던 사고의 후유증이었다. 그곳에는 톰브로크[240]
도 헝클어진 머리를 하고 혼자 중얼거리고 있었다. 또 화가 루빈슈타인[241]
도 있었다. 그녀는 독일의 교도소를 탈출해 소련으로 달아났고, 소련의
교도소에서 독일로 추방되었지만, 화물열차에서 달아나 리가를 거쳐 스
웨덴에 도착했다. 그곳에는 로잘린데도 있었다. 나는 그녀의 연갈색 얼굴
이 기이하게 물결치며 흔들리는 사람들 속에서 나타났다 사라지는 것을
보았다. 융달과 마티스, 테엔, 함마르와 군나르 뮈르달[242] 등 행사를 개

---

Curt Trepte(1901~1967): 연출가 겸 배우로 독일 공산당원이었다. 1938년 스웨덴으
로 망명해서 스톡홀름 자유무대를 주도했으며 전후 동베를린 예술원에서 일했다.

Hermann Greid(1892~1975): 오스트리아의 배우 겸 연출자로 1933년부터 스웨덴에
거주했다. 1935~36년 소련, 1936~40년 스웨덴, 1940~41년 헬싱키, 1942년 다시
스톡홀름으로 이주했으며 스웨덴 평화운동을 주도했다.

239) Karl Helbig(1897~1951): 독일의 조각가. 1935년에 스웨덴으로 망명했으며 자유독
일 예술가동맹원이었다.

240) Hans Tombrock(1895~1966): 독일의 화가. 1936년 스웨덴으로 망명해서 1939년
브레히트와 친교를 맺었으며 1946년 독일로 귀국해서는 1949년 바이마르의 건축 및
조형예술 학교에서 교사로 일하다 1953년 서독으로 이주했다.

241) Hilde Rubinstein(1904~1997): 독일의 화가 겸 작가로 공산당원이었다. 1933년 반
역음모죄로 체포되었다가 1935년 스웨덴, 1936~37년 소련으로 망명했다. 소련에서
트로츠키주의 활동 죄로 독일로 추방당했으며 다시 스웨덴으로 돌아와 독일계 언론에
서 기자로 일했다.

242) Arnold Ljundahl: 스웨덴의 작가로 브레히트와 친교를 맺었다.

Henry Peter Matthis(1892~1988): 스웨덴 작가.

Einar Tegen: 스웨덴 철학 교수. 1938년부터 망명자 지원을 위한 스톡홀름 중앙위원
회 위원장을 지냈다. 자유독일 예술가동맹 창립 멤버이기도 하다.

Gillis Hammar: 스웨덴인으로 무국적 강제수용소 희생자들 및 스웨덴으로 망명한 이
주자들을 지원했다.

Gunnar Myrdal(1898~1987): 스웨덴의 경제학자이자 정치가. 미국 인종 문제 및 세
계 가난에 관한 연구로 1974년 노벨상을 수상했다.

최한 몇몇 스웨덴 사람들의 참석은 문화생활과의 연결을 약속하는 듯
보였다. 하지만 그들은 추방객들에게 비록 몇 명뿐이지만 아직 그들을
생각하는 사람들이 있다는 것을 보여주기 위해 추방객들의 서클에 들어
섰을 뿐인 듯했고, 곧 다시 접할 수 없게 될 영역들로 사라졌다. 호단은
그곳의 답답한 공기 속에서 그의 앞에 쭈그리고 앉아 있는 망명자들 모
두에게 관심을 보이는 듯했다. 하지만 그는 특히 휴가를 받아 수용소에
서 나온 몇몇 군인 망명자들에게 주목했다. 그들 가운데 몇몇은 바른케
그룹에 가까워진 사람들이었다. 그는 이 열성적이고 유연한 얼굴들을 바
라보았다. 그는 그들의 숙소로 찾아갔을 때 이미 그들을 만났다. 탈영하
겠다는 그들의 결심은 새로운 생활 태도를 향한 첫걸음이었다. 하지만
독재자의 손아귀에서 벗어나자 다시 새로운 정치적 영향을 받게 된 그들
이 제 갈 길을 찾을 수 있을지 그는 자문해보았다. 그가 젊은이들과의
교류를 통해 경험을 쌓은 심리학자였기에, 그에게는 여럿이 이미 신뢰를
보였다. 그들의 삶을 좌우하는 문제들, 그들 자신의 양심과의 충돌이 관
건이었다. 그는 이데올로기적 결정들을 아직 건드리지 않으려고 했으며,
종종 무의식적으로 그들을 괴롭히는 탈영으로 인한 죄책감을 우선 해소
해주고, 새로운 도덕 기반이 그들의 내면에서 생겨나도록 하고, 자유로운
선택의 가치에 대한 그들의 감각을 강화시키려 했다. 하지만 당 간부들
에게는 그들을 실천적 목적에 끌어들이는 일이 더 중요할 수밖에 없었
다. 어린 시절부터 다른 민족에 대한 이해와는 차단되어 있었고, 낡은 이
상이 깨어진 다음에 남은 빈 공간에서 출발한 그들은 다시 어떤 소속감
을 찾아야 했다. 대규모 단체에서 받은 교육과 그들 자신의 애국주의, 헌
신하는 자세 등이 아직 그들 마음속에 남아 있었기에 어떤 기능을 맡지
못함으로써 그들이 수동적으로 되기 전에 활용할 수 있어야 했다. 갑자

기 새로운 인간들이 다시 나타났다는 사실, 낡은 연관 관계로부터 떨어져 나온 인간들이 나타났다는 사실에 호단은 감명을 받았다. 1918년에도 그랬고, 1920년대에도 그랬으며, 1936년 스페인이 불렀을 때에도 그들은 자발적으로 나타났다. 어떤 경고도 어떤 명령도 필요 없었다. 그러나 당시 그들은 사회 변화를 위해 투쟁할 태세가 되어 있었지만, 이제 그들은 산만한 인식들에 이끌려 왔다. 그들은 선구자가 되기에는 파시즘의 교리에 병들어 너무 무지했다. 그런데 공산당 조직가들은 이미 그들을 선구자로 간주하려 했다. 그들이 원한 것은 강요에서 벗어나 자기 자신을 되찾는 것이었으며, 이 불확정 상태에서 그들이 금방 다른 것들을 맹세하거나 다른 것에 복종해서는 안 되었다. 그럼에도 불구하고 호단은 1944년 봄 자신의 새 거처인 스토라 에싱엔의 스텐헬스 거리에 있는 저택에서 이제 상당수가 수용소에서 풀려난 탈영병들을 자기편으로 끌어들이는 과정에서 일어난 갈등을 거의 거론하지 않았다. 여름에, 서부전선의 공격 이후 군대들이 독일에 접근하는 정도에 따라 비로소 논쟁은 격화되고 날카로워졌다. 공산주의자들도 이제 당의 집회 장소를 스톡홀름으로 옮길 수 있었다. 그곳에서 회담도 열렸고 전직 병사들과 정규 모임도 이루어졌다. 위원회와 단체들이 결성되었다. 학습 과정과 주간지들이 있었다. 그리고 곧 인민의 지배로 귀결될 혁명운동을 지지하는 행동주의 추종자들이 생겨났다. 문화동맹의 첫 행사는 대중들의 눈에 띄지 않고, 기껏해야 언론의 몇몇 경멸적 논평만 받으며 지나갔다. 동맹 내부에서 수행된 일도 단지 몇 사람만 알았다. 대부분의 사람들이 나중에 그날 저녁을 돌이켜볼 때, 그날의 마지막 행사였던 연극 공연이 마음속에 남았다고 느꼈다. 또 그들은 피아노 옆에 거의 공간이 없는 작은 무대 위에 어떻게 밤의 호수 위쪽으로 뤼틀리 평원과 더구나 그 주위의 얼음 덮인 높은 암벽과 계단과 사다리까지 만들어놓을 수 있었는지 말할 수 없을 것이다. 기술보다는 오히려 가난한 사람들의 상상력이야말로 그들을 고트하르트 산맥 기슭으로, 두 겹의 달무리에 둘러싸인 달빛 아래로 옮겨놓고 그들로 하여금 자유를 맹세하고 민중국가 건설에 참여하도록 만든 것이었다. 머리칼을 나부끼는 그라이트는 슈타우파허[243]로서 훌륭한 시간을 보냈다. 트렙테는 힘차게 멜히탈 역할을 했다. 그리고 비너가 맡은 신부는 많은 사람들을 감동시킬 수 있었다. 무장한 사람들이 높은 곳에서 내려오고 저 밑바닥에서 기어올라 왔을 때, 사람들은 이것이 정말 실러의 작품인지 의아해하며 물었다. 왜냐하면 그 작품을 기억한 사람은 소수였고, 오히려 그것이 이곳에 불법적으로, 말하자면 시대의 궁핍에 어울리게, 모여 앉아 있는 그들을 위해 쓴 것처럼 보였기 때문이다. 불모의 해안과 힘없는 자의 눈물을 비롯한 한 구절 한 구절이 모두 짓밟힌 나라의 동포인 그들을 향한 것이었다. 새로운 동맹에 대한 뢰셀만의 모든 맹세와 슈타우파허의 마지막 경고는 눈으로 질척한 거리로까지 그렇게 퍼져나갔다. 여름까지는 공동 전선에 대한 믿음 속에서 살 수 있었다. 그러나 곧 전선은 경계선이 되었다. 한편에서는 사람들이 기다리는 입장을 취했다. 다른 편에서는 전선이 마르크스주의 국가 개념들과 뒤섞였다. 독일에 대한 군사적 압력이 강화됨에 따라, 서방 세력이 우파 사민주의의 지지를 받아 승전 직후 공산주의에 맞선 투쟁을 계속해서 벌이게 되리라는 사실이 점점 더 분명해졌다. 동맹은 단지 전쟁이 끝나는 날까지만 지속될 것이다. 지하운동 세력이 전멸하고 시민계급 저항 세력의 가장 큰 부분이 파괴됨에 따라 통일전선과 통일된 독일 국가를 위해 노

---

243) 슈타우파허, 멜히탈, 뢰셀만: 실러의 희곡 「빌헬름 텔」의 등장인물들.

력하는 것은 망명지의 공산주의 정치가들뿐이었다. 그들과 협력하려는 사민주의자들이 점점 더 줄어듦에 따라 전선의 모습은 공산당이 부여하는 특징을 띨 수밖에 없었다. 이제 반파쇼 혁명전선에 대해 언급할 경우이는 국내의 발전 과정이 불확실한 상황에서 그저 희망사항이 아니었다. 그것은 오히려 이미 드러나는 제국주의와 사회주의 세력 사이의 확대된 계급투쟁을 통해 규정되는 것이었다. 이러한 대결을 위해 공산주의자들은 자신의 위치를 확보해야 했다. 아직 단결할 태세인 누구라도 같은 편으로 끌어들일 필요성 때문에 동맹의 활동들에 대한 이데올로기의 간섭이 정당화되었다. 문화동맹이 당 위에 위치해야 한다는 것은 가능한 한 많은 사람들을 문화의 통일성을 유지하는 과제와 결합하려는 노력과 모순되는 것이 아니었다. 반면에 동맹의 정치화를 두려워하는 사람들의 체념은 일방적인 정치, 즉 반동적 정치에 기여했다. 이는 동맹의 기반을 끝장낼 수도 있었다. 독립을 유지하고자 했던 호단은 갑자기 고립 상태에 빠졌고, 변절자, 심지어 배신자 소리를 들을 수밖에 없었다. 가을에, 기록문과 논쟁문들로 덮인 그의 큰 책상 앞에서 그를 보았을 때, 나는 종종 그가 쿠에바 라 포티타의 유카 강 앞 별장에서 돈키호테 이야기를 연작으로 그린 벽화에 둘러싸여 직원과 환자들 사이의 불화에 대한 보고를 정리하고 해결책을 찾던 모습을 생각하지 않을 수 없었다. 당시 그는 이미 완전히 상이한 두 가지 생활 태도 사이의 단절이 시작되었다고 느꼈는데, 이제는 완전한 단절이 이루어진 셈이었다. 그가 보기에는, 사회적 사유가 개인적 책임과 결합되어 있듯이, 어떤 입장을 취한다는 것은 자신의 판단 속에 그 근거를 지닐 때에만 가치를 지닐 수 있었다. 수백만 명을 죽음으로 몰아간 이 나라에는 의심하는 능력을 가진 사람들, 자기 아버지의 세계나 가부장의 명령에 더 이상 순종하지 않으려는 사람들이 필요했다. 그는 민족전선을 위해 투쟁한 사람들의 편에 설 수 없었다. 그는 민족적인 것 모두에 대해 거부감을 느꼈다. 특히 그것이 자체의 쇼비니즘 때문에 파멸한 나라와 관련될 경우 그러했다. 그는 또 소련 공산당이 훼손된 그 암울한 기억에서 벗어나지 못했다. 인민해방전쟁의 영웅주의 때문에 인간 경멸의 시대를 잊을 수는 없었다. 그는 자기 당의 도그마들을 새로운 세대들에게 적용하려는 사람들을 신뢰할 수 없었다. 해방 이후에는 절대주의의 어떤 요소도 존재해서는 안 되며, 이제 다가와야 할 것은 오직 자기검증의 시기가 되어야 한다고 보았다. 하지만 사정은 급했다. 매우 소규모인 병사 그룹들과 토론하고, 나라를 종횡으로 가로질러 여행하고, 숲 속에 있거나 농사를 짓고 있거나 막사에 있는 그들을 찾고, 아직 동요하는 개인들에게 긴 편지를 쓰고, 파시즘에 도달할 수밖에 없었던 과정을 그들에게 설명하려면, 공산주의자들에게는 인내심이 필요했다. 그들 젊은이들은 보호받을 수 없었다. 그들은 탈영 직후 반격에 동원되어야 했다. 이웃 나라들이 기습당할 때 그 현장에 있던 바로 그들이 이제 더 이상 영도자의 명령에 동의하지 않는다는 것을 보여주어야 했으며, 바로 그들에게서 반정부 투쟁이 나와야 했다. 이러한 점이 명백해지면 그것은 국민들에게 깊은 인상을 남길 것이다. 자기 나라 군인들이 노동자와 형제들에게 호소한다면 최후의 순간에 나라를 근본적으로 바꿀 수 있을 것이다. 이제 10여 명밖에 남지 않은 당 간부들의 노력은, 지하투쟁에서 희생된 모든 것을 무가치한 것으로 만들려는 강대국들의 완강한 태도에 맞서, 혁신이 이루어질 수 있도록 역사의 행로를 바로잡고자 하는 것이었다. 당 간부들은 백 명이든 2백 명이든 접할 수 있는 사람들에게 그들에게 기대하는 것이 무엇인지 분명히 하고, 타격을 받은 그들에게 그들 자신의 고갈되지 않은 힘을 확신시키고, 각자의 마음속에서 스스로가, 바로 자신이 중요하다는 의식, 미래가 자신의 행위에 달려 있다는 의식을 일깨우려 노력했다. 호단은 단지 젊은 사람들이 무엇을 해야 할지, 또 그들이 무엇을 잘못했는지 주입받는 모습을 보았을 뿐이며, 사람들이 지난날에도 이미 그랬듯이, 다만 다른 분위기 속에서, 그들의 양심에 호소하는 것을 보았을 뿐이다. 예전에는 잘못된 것이었는데, 이제는 옳은 것이라고들 했다. 하지만 그들이 어떻게 이를 구분할 수 있겠는가. 그러나 몇몇 망설이는 사람들에게 바른케가 이편이든 저편이든 선택을 하라고 최후의 통첩을 보냈기 때문에 호단이 문화동맹과 결별한 것은 아니었다. 오히려 베너의 출당 때문이었다. 베너는 8월에 드디어 수용소에서 풀려났고 산업도시인 보로스의 어느 섬유 공장에서 일거리를 찾았다. 베너가 통일운동에 참여할 수 없게 배제되었다는 사실을 통해 그는 공산당이 전선에서의 주도적 역할과 자체의 확고한 노선을 고집하리라는 것을 확인했다. 베너는 사민주의자들과 공산주의자들을 결합시킬 수 있겠지만, 사민주의를 유리하게 하여 공산주의의 헤게모니를 위협할 수도 있으리라는 것이었다. 그러나 몇몇 탈영자들에게 보낸 바른케의 글은 이미 독일의 민주화가 단지 서방 세력의 도움을 통해서만 가능하리라는 호단의 발언에서 나오는 결론이었다. 이미 늦가을에는 연합국들이 공동의 목표로 결합되어 있다는 말을 더 이상 할 수 없었다. 그래서 영미의 이해관계에 따른 해결을 염두에 둔 호단은 파시즘을 청산하고 사회주의를 건설할 국가를 원하는 사람들의 눈에 파쇼적인 과거를 은폐하고 재산 관계를 건드리지 않게 될 독일을 옹호하는 인물로 보일 수밖에 없었다.

탈영병들은 견해차의 이유를 이해하지 못했다. 그들은 호단과 바른케의 논거 사이에서 이리저리 동요했으며, 결국 동맹의 분열 이후에는 과거와의 분리만 아니라 미래의 전망 부재까지도 포함하는 혼란에 빠졌다. 몇몇은 아직 호단과 민주주의적 인도주의적 원칙들에 대한 그의 설명에 의지하려고 했다. 다른 사람들은 바른케의 주위에 모였다. 바른케는 그들을 노동운동의 역사, 조합과 국제주의의 본질 등과 친숙해지게 만들려 했다. 하지만 대부분은 단결이 이루어지지 않는다는 데 실망해 정치적 전략에 두려움을 느꼈다. 이 당 간부와 심리학자의 견해는 서로 결합될 수도 있었을 것이다. 앞으로 나아갈 생각을 하도록 하려면 도덕적 지도만 아니라 실천적 지도도 필요했기 때문이다. 하지만 1945년 봄 독일이 점령 지구들로 분할될 예정이었을 때에는 단지 제때에 특정한 위치를 차지하려는 경쟁만이 존재했다. 부르주아 언론들은 서방 세계의 싸움에 불을 붙였고, 서방 세계의 우월성이 미래의 발전에 결정적이라고 칭송했으며, 붉은 군대의 진군을 거의 잊어버리도록 만들었다. 사민주의자들 가운데에는 브란트가 가장 오랫동안 통일된 사회주의 정당이라는 사상을 고수했다. 그는 자기 당내의 경향들과, 독일에 중공업과 금융기관들의 권력을 복권시키려고 하는 연합국들을 향해 감히 경고했던 유일한 인물이었다. 하지만 소련, 영국, 미국 군대가 독일 땅에 접근할 때 어떻게 통일이 이루어질 수 있을지는 의문이었다. 브란트가 생각했던 광범한 민주주의적 동맹 속에서는 공산주의자들이 소수파였을 것이다. 공산주의자들의 생각에 따르면 통일정당은 비합법 투쟁에서 전위대를 이루었던 사람들이 주도해야 할 것이다. 이런 생각은 서부 독일 쪽에서는 합의에 이를 수 없을 것이다. 사회주의를 배제하고 더욱 엄격히 공산주의자들과의 분리를 꾀하려는 당 지도부에서 브란트는 아무것도 달성할 수 없을 것이다. 공산주의자들은 1918년의 오류를 반복하지 않을 것이다. 오히려 곧 그들이 활용할 수 있는 지역에서 자신들의 주도권을 공고히 할 것이다. 사민당은 지난 제1차 세계대전 직후처럼 시민사회 내부에서 새로운 발전 과정을 준비할 것이다. 공산주의자들은 정치적 와해로 점철된 사반세기를 극복하고 사회주의가 탄생하도록 통일을 강요할 것이다. 이제 망명객들은 통일된 문화의 관념조차 잃어버렸지만, 동맹은 정치적으로 적극적인 사람들에게 유용했다. 망명은 자신이 어디에 속하는지 모르는 사람들만을 무기력하게 했으며, 자신의 소속을 잊지 않은 다른 사람들에게는 새 출발을 위한 중간 상태를 의미했다는 점이 다시 드러났다. 이들에게 동맹은 그들의 인내가 갖는 의미를 확인시켰다. 그들은 이제 추방당한 자신들이 자기 나라의 문화를 잊지 않게 했다는 점을 논거로 삼을 수 있었다. 그들은 이 문화의 전통들을 그것에 어울리게 될 사회 질서 속에 결합시켜 넣을 권한이 있었다. 반면에 길을 잃었던 사람들은 자신의 문화를 이제 가지고 있지 않았다. 국외에 머물게 될 그들에게는 망명이 끝남과 더불어 망명의 치명적 효과가 시작되었다. 단지 극소수만이 자신의 생존의 의미를 확인시키는 것이 무엇인지 알게 될 것이다. 예전의 당 일꾼들에게는 그들이 해외에 머무는 기간에 숙고했던 모든 것을 실현하는 일이 부각되었다. 또 예상되는 충돌들은 어쩌면 끔찍한 성격을 띨 테지만, 그들이 훈련을 통해 대비해온 과정의 일부가 될 것이다. 그들은 독일의 혁명적 변혁에 대한 희망으로 더 이상 아무도 자기편으로 끌어들이지 못했지만, 혁신된 문화의 과제들을 확신함으로써 그들 자신이 예나 지금이나 초당파적이라고 칭한 동맹에 최후의 자극을 가했다. 지도부가 교체되고 점점 시민계급 출신들에게 버림받아 동맹은 그 조직을 잃었지만 가장 생산적인 시기를 맞이했다. 어떤 특수한 독일 문화로는 아무 일도 시작할 수 없었던 내게, 새로 생겨나는 혁명적이고 보편적인 문화에 대한 예감은 유혹적이었다. 그것은 일상의 절망 상태를 넘어서도록 나를 도와주었다. 조합신문들에 쓴 기사들과 어쩌다 문학잡지에 낸 글의 원고료로 근근이 살아가면서 나는 이제 나의 경험을 말로 표현할 발판을 확대할 수 있었고 또 문학적으로 사회학적으로, 시각적으로 정치적으로, 새로운 공동생활에 이르는 통로를 열어주게 될 수많은 노력들을 목격할 수 있었다. 전쟁이 끝나는 날까지의 짧은 기간에 우리는 기이한 행복감에 사로잡혀 있었다. 꾸려놓은 트렁크 옆에 앉아 있는 정치가들도 온 세상이 겪은 고통을 의식하면 그래도 화해가 이루어지리라는 생각에 빠져들었다. 그런데 이제 건재했던 미국은 이미 유럽으로 다가와 영국과 프랑스의 제국주의 유산을 이어받고, 대담하고 활발하게 시체 냄새 속으로 걸어 들어왔으며, 우리가 아직 바로잡고 싶어 하는 모든 것을 허물어버리려 했다. 아마 우리는 마지막 몇 주 동안을 달리 견딜 수 없어서 그토록 기대를 부풀렸을 것이다. 헹케와 호단을 포함한 소수만이 우리 모두가 알고 있는 것을 반대의 관점에서 말했다. 즉 독일에는 1918년에 나타났던 충동들이 전혀 현존하지 않는다는 것, 패전국에서는 모든 것이 승전 세력들에게 위임되어 있다는 것, 절대복종의 체질을 가진 이 민족은 충성을 맹세한 지배자들이 마지막 숨을 글그렁거릴 때까지 그들 옆에서 기다리다가 더 강한 자들이 오면 그들에게 손짓을 하고 아무 일도 없었다는 듯이 그들에게 봉사하게 되리라고 말했다. 밑바닥부터 타락한 이 나라를 생각할 때면 호단은 역겨움이 엄습함을 느꼈다. 반면에 헹케는 유물론적인 변혁의 가능성에서 출발했다. 호단에게 독일은 스탠리와 리빙스턴이 마주한 아프리카보다 더 암울한 지역이었다. 경제학자인 헹케에게 독일은 개간과 경작을 위한 들판이었다. 호단은 자신이 스페인에서 우리에게 묘사해주었던 1차 5개년 계획의 열광에서 멀어져 있었다. 그 계획은 이제 유럽 한가운데에서 다른 간판 아래 다시 수행될 수 있을 것이다. 그는 냉담한 경멸감을 품고 당면한 대전환의 이념을 거부했다. 그는 정신적 장애인이 하루 이틀 만에 치료되지 않듯이 병든 나라도 그럴 수 없으며, 우선 과거의 모든 것에 대한 검증이 이루어져야 한다고 말했다. 그러자 우리는 과거가 아니라 미래를 지향하며, 모범적인 태도를 통해 사람들을 재교육하고, 새로운 세대들을 우리 쪽으로 끌어들일 것이며, 낡고 마모된 것은 쓰레기더미에 어울린다는 반론이 나왔다. 그러한 검증이 진행되는 과정에서 민주주의적인 자유들이 구상되리라고 호단이 계속해서 말했다. 하지만 그러한 자유들이 시장의 자유 및 부를 축적할 자유와 병존하는 희미한 흔적만 이룰 때 무슨 가치가 있느냐는 반론이 제기되었다. 호단이 말했다. 사회주의적 질서를 만들어내려면 자네들처럼 고립된 상태에서는 폭력적인 조치를 취해야 할 걸세. 공산주의자들은, 이러한 폭력이 정의에 기여할 테지만, 다른 쪽의 폭력은 사람들을 계급에 묶어놓고 노동자들을 억압하고 여러 나라와 대륙을 독점에 예속시키고 점점 더 거대해지는 전쟁 세력으로 몰아가므로 파괴적이라고 응수했다. 소련은 더 이상 노동자들의 본보기가 될 수 없으며, 곧 노동자들은 어떤 체제가 자신에게 가장 유리한 조건들을 제공할 것인지 식별할 수 있을 것이고, 임금과 식사와 여가시간과 소비재를 요구할 테고, 이데올로기에 설득되지 않을 것이라고 자유주의자들과 인도주의자들이 주장했다. 공산주의자들은 산업에 대해 스스로 결정하려 할 것이며, 생산을 자신의 손안에 장악할 것이고, 다시는 타인의 지배를 위해 뼈 빠지게 일하려고 하지 않을 것이라고 맞섰다. 반대쪽은 사회주의 치하에서는 생산수단이 부족할 테고, 도움도 받을 수 없을 것이며, 소련이 파괴된 것들을 복구하려면 수년이 걸릴 테지만, 서방에서는 화폐가 몰려오고 상품 교역이 이루어지며 도시들이 건설될 테고 개인적인 창의력이 제한 없이 발전할 수 있을 것이라고 주장했다. 자신의 능력으로 달성할 수 있는 것은 온갖 선물들보다 더 오래 지속될 수 있다는 점을 우리 나름으로 확인하며 논쟁을 끝냈다. 그렇기는 하지만 당시 전쟁이 끝나기 전 동맹의 분열, 전선의 분열에는 누가 책임을 져야 할 것인지 자문했을 때 나는 양쪽이 그들에게 가능한 것, 또 그들의 진리 개념에 의해 규정되었던 것을 수행했다고만 대답할 수 있었을 것이다. 한참 후 언젠가 나는 그토록 열광적으로, 또 절망적으로 수행한 모든 것들 가운데 여전히 존속하고 있는 것이 무엇인지 조사해볼 것이다. 그리고 이렇게 돌아볼 경우 나는 우리가 5월 8일 이미 환호 속에서 일종의 불협화음을 들었다는 점, 우리에게는 안도의 외침이 엄밀히 말해 패배에 대한 경악의 표현인 듯했다는 점, 그리고 우리가 이제 온갖 실패한 노력들의 한가운데에 서 있다는 점 등을 확인하게 될 것이다. 또 나는 우리가 당시 부단히 결단을 요구하는 엄중한 목소리를 이미 제대로 냈으며, 먼 미래에도 이 목소리를 제대로 유지하리라는 점을 알게 될 것이다. 왜냐하면 자신의 호소를 고수하도록 몰아간 것은 그에 반대하는 자들이 말했듯이 기만이나 망상이 아니라 분명한 인식이었기 때문이다. 모든 경고를 압도하고 곧 경고들을 깔아뭉개며 우리를 덮치게 될 폭력 앞에서, 결단을 미루는 것은 불가능했다. 이제자신이 어느 편에 서야 하는지 모르는 사람은 마모되었다. 그렇다고 그사람이 죽었다는 것은 아니다. 그 반대로 그처럼 우유부단한 상태로도잘살 수 있었다. 하지만 그런 사람은 비열한 짓을 위한 연결고리가 되었다. 그렇게 끌려 다님으로써 새로운 파괴욕의 방조자가 되었다. 내 경험을 해석할 수 있기 위해 도달해야 할 먼 거리에서 보면 나는 그러한 단계의 종말에서 나오는 충격을 느끼게 될 것이다. 시간 개념에 대해 이야기하는 것은 예전에도 종종 우리의 관심사였다. 하지만 다시 한 번 많은 시간이 지나간다 해도, 당시 전쟁이 숙명적으로 끝났을 때 내게 그랬던 것처럼, 끊임없이 흘러가는 이 변화를 얼마나 깊이 느낄 수 있을까. 나는 망명 기간을 묘사하려는 지루한 노력에서 벗어나, 계속되는 오류와 불화들을 모두 알아감에 따라 한때 우리 모두의 길이 갈라졌을 때 나를 엄습했던 것과 유사한 피로감에 빠질 것이다. 항상 되풀이하여 현재는 갑자기 과거의 돌이킬 수 없는 것을 내 앞에 제시할 것이다. 그리고 경험한 것들이 추체험된 것에 의해 충족될 수 있느냐, 추후의 인식들에 의해 규정된 회상이 아무튼 아직도 원래의 상황들에 상응하느냐 하는 물음과 직면케 할 것이다. 나는 내가 방금 전까지 생각해낸 것이 고리타분해지고, 다가오는 불행으로 뒤덮이는 것을 볼 것이다. 그리고 1945년 5월까지도 우리에게 있던 솔직성 대신에 편협성과 폐쇄성이 나타날 것이다. 하지만 미래적 통찰에 근거해 과거의 것을 해명하는, 나의 오랜 기다림의 감각은 그래도 남아 있을 것이다. 그리고 이 경우 아마 당시의 나를 이해하는 것은 그다지 중요하지 않을 것이다. 오히려 그것을 생각하고 있는 현재의 나에게 더 가까이 다가가는 것이 중요할 것이다. 왜냐하면 우리가 끊임없이 기획하고 시야에서 놓치고 새로운 방식으로 재발견하는 것이 시간의 본질이기 때문이다. 이러한 과정에서 우리에게는 모든 개별 사안들을 탐구하는 과제가 부과되는 것이다. 그리고 글쓰기는 이러한 과제를 이행할 수 있게 해주는 활동일 것이다. 또 그것을 통해 나는 실천가들과 구분될 것이다. 반성과 행동 사이에는 여러 날이 지나야 할 것이다. 그 후로 수십 년이 지나게 될 수도 있을 것이다. 또한 끝나가는 작품의 경우 외적인 요구들이 점점 분명해지고 원래 계획은 이미 그것과 거의 분리된 것처럼 보이게 되듯이, 1945년 5월의 시간은 다양한 인상들로 점철되어 있었다. 망명은 끝났다. 이제는 그래도 우리에게 기댈 곳이 있는 듯했지만, 어딘가에서 확고한 자리를 잡는 것이 관건인 지금 발판이 사라지는 듯했다. 아직 우리는 우리의 희망을 고수하려 했다. 희망이 없다면 우리는 더 이상 나아갈 수 없을 터이기 때문이다. 또 나는 그 후로 설령 모든 징후가 그 희망과 대립할지라도, 우리가 되풀이하여 이 희망을 움켜쥐고 그것을 결코 어리석은 것이라고 칭하지 않으리라는 점, 이 희망이란 다름 아니라 생명력 자체일 뿐이기 때문에 언제나 희망이 좌절보다 더 강했다는 점을 알게 될 것이다. 때로는 정치가 우리의 사고와 우리의 표현 능력을 마모시키는 듯했고, 우리가 정치에 관여하게 되면 그 속에 얽힐 수밖에 없는 듯했다. 탈영자들이 자신의 결의를 글로 쓰면 그들의 말은 경련을 일으켰다. 이는 내게 허락된 금속 공장 신문의 한 난을 이미 오래전에 되풀이하여 논의된 것들로 매주 채울 때마다 나 또한 느낀 것이었다. 하지만 우리는 일단 대결을 위해 이용되기에 이르렀고 대결에서 벗어날 수 없었기에, 또 우리의 생존이 대결에 달려 있었기에, 우리가 우리 자신의 것이라고 간주했지만 실은 다른 사람들의 것이었던 설명들을 계속해서 억지로 받아들였다. 우리가 자유로운 생각으로 자립적인 방식으로 그런 견해에 도달했다고 생각할 때조차 우리는 곧 다시 기본 원칙들과 부딪쳤다. 모든 것이 우리 앞에 완성된 형태로 정리되어 존재했다. 호단은 내게 가치 있는 것을 찾아내려면 이 모든 정치적 연루 상태를 떨쳐버리려 노력해야 한다고 말했다. 그는 전직 병사들에게도 스스로 생각하고 요즘 점점 많이 쓰이는 말처럼 자아를 실현하라고 충고했다. 하지만 정치적 관점들의 혼선 속에서 우리가 길을 잃을지라도, 바깥에서 서로 충돌하는 힘들로부터 거리를 두는 것은 우리에게 더 큰 탈선처럼 보였을 것이다. 우리는 갈 길을 찾고 자신의 일을 위한 기반을 찾아야 했다. 우리는 정치를 통과해 가야 했다. 문제를 흐리는 이 방해 요인은 조용한 수공업에 종사하던 내 아버지에게 갑자기 타격을 가한 대기업의 세계와 마찬가지로 회피할 수 없었다. 파시즘에 사로잡히고 뒤늦게 각성하게 된 내 세대의 다른 사람들보다 나는 붕괴에 더 잘 대비했다. 모든 것이 맞아 들어갔다. 프롤레타리아라는 내 출신, 내 정치적 결론과 행동들은 나를 혁명당으로 이끌어갔다. 하지만 나는 이제 입당과 더불어 내가 가고자 한 방향을 겨우 암시한 듯했다. 자신을 해방시키려는 사람들의 방향인 이 방향은 오래전부터 구상되어 있었다. 그러한 목표, 변화된 세계 속의 해방운동들의 목표에 우리가 어떻게 도달할 것인지 우리는 아직 알지 못했다. 사회주의적 통일이 이루어지지 못했다는 사실 때문에 우리는 불확실한 상태에 빠져들었다. 근본적인 변혁들, 완전히 새로운 조직 형식들을 우리는 눈앞에서 목격했었다. 댐이 폭파되고 모든 것이 무너지던 5월에 나는 내가 얼마나 유토피아적으로 생각했었는지, 정치적으로 얼마나 비현실주의적으로 생각했었는지 이해했다. 그에 반해 정치가들은 자제심을 갖고 규율 있게 달성할 수 있는 것, 가능한 것과 관계했다. 그들에게는 자신의 귀환을 기다렸던 하루하루가 무한한 것이 되었다. 다시 한 번 그들은 비합법 활동으로 들어가고, 자기 나라로 가기 위해 비밀 통로를 찾을 수밖에 없었다. 서방의 감시자들이 파시즘에 맞섰던 사람들에게 그들의 나라를 폐쇄한 것이다. 새로운 전쟁이 서서히 뜨거워지며 시작되었다. 웃음소리와 평화의 노래들이 미처 사라지기도 전에 자본주의와 사회주의는 서로 맞섰다. 그 뒤를 잇는 일들은 돌이켜보면 축소되어 보일 것이다. 산산조각 나고 환상과 불안으로 점철된 우리들의 나날은 단지 숨 막히고 무기력한 느낌만을 남겨놓을 것이다. 모든 것이 다른 징후 속에 빠져들 것이다. 방금 전까지만 해도 아직 우리의 활동 조건을 이루었던 것, 즉 통일과 이해와 공동의 노력들이 그 반대로 전도되면서 갑자기 출세를 위한 전제 조건이 될 것이다. 전선의 붕괴를 통해, 유럽과 독일의 분할을 통해 비로소 오랜 투쟁의 요구 가운데 무엇인가를 실현할 가능성이 생겨날 것이다. 그와 아울러 한쪽은 흥하고 한쪽은 망하는 분열은 수십 년간 우리의 삶을 암울하게 할 재앙의 토대를 놓게 될 것이다. 아래로부터, 검증된 사람들의 의지에 의해서가 아니라, 중앙의 강력한 승리자들에 의해 발전이 규정될 것이다. 사회주의를 위한 아무 준비도 없고 암담한 정치적 후진성이 지배하는 곳에서 사회주의가 건설되고, 반면에 공산당들이 강화되고 민중들이 반파쇼 세력 편에 섰던 곳에서는 출세 지향자들과 투기꾼들이 진입할 토양이 마련되는 것을 목격할 것이다. 서방이니 동방이니 하는 가증스러운 개념들이 우리에게 강요될 것이다. 우리는 그것들에 따라 방향을 설정하고 그것들과 더불어 살아가는 법을 배워야 할 것이다. 어느 때보다도 우리는 우리가 선택하는 쪽을 편들어야 할 테고, 분단의 난관 속에서 우리의 확신을 순수하게 유지하기는 어느 때보다도 더 힘들게 될 것이다. 새로운 시대의 출발과 더불어 우리의 윤리적 도덕적 척도들은 끊임없이 검증받게 될 것이다. 개인으로서의 우리는 우리 세계를 규정하는 완전한 권력의 폐해들과 모순에 빠질 것이기 때문이다. 우리가 극복했다고 믿은 것이 우리를 다시한 번 경악케 할 것이다. 우리들 가운데 많은 사람들에게 닥쳤던 금치산선고가 새로이 승리를 구가할 테고, 우리의 정치적 관념들과 결코 결합되어서는 안 될 순교의 정신을 불러일으킬 것이다. 그러나 민주주의의 허울 아래 미국이 자리 잡은 곳에서는 파괴의 광기가 쌓여갔다. 당시에는 아직 진보운동의 열기 속에서 몇몇 파쇼 지도자들이 법정에 섰다. 마치 평화가 그들의 처벌과 관련 있다는 점을 보여주어야 하는 듯했다. 그들은 법정에 창백한 모습으로 서 있었다. 기능을 박탈당한 그들은 쓸어 모아놓은 벌레들 같았다. 그들 가운데 10여 명이 교수형을 당했다고 해서 그들의 살인 행위가 속죄된 것은 아니었다. 그들의 잔인한 짓들은 해명되지 않은 채로 남았다. 아직도 파시즘이 무엇을 남겨놓았는지 묻기에는 모든 것이 너무 김빠지고, 너무 먼지투성이고, 너무 냉담했다. 또 서방의 민주주의자들도 그러한 문제를 결코 부각하려고 하지 않았다. 파시스트들에게는 관용을 베풀었다. 그들은 동맹자로 이용되었다. 그들의 목표는 지금 서방 세계가 추구하는 것과 동일한 것이었다. 그들은 공산주의에 맞선 투쟁에 함께 나설 수 있을 것이다. 후방에서는 파시즘과 싸웠던 사람이 제거되었다. 새로운 주인들에게 길을 닦아준 그들은 조롱받고 학살당했다. 서방의 노동자 병사들은 아직 그들과 마찬가지로 유럽 해방전쟁을 수행한 소련의 병사들에 맞서 파병되지 않을 것이다. 아직 그들은 명령을 기다리며 새로 그어진 국경선 앞에 서 있을 것이다. 당분간은 엄청난 원폭 투하만으로 충분할 것이다. 이때 이미 패배한 황인종 수십만 명이 순식간에 소멸했다는 사실은 아무것도 아니었다. 이 원폭 투하는 동방의 피 흘리는 거인에게 자신에게 할당된 영향권을 넘어서려는 생각이 떠오를 때면 자신이 누구와 상대하고 있는지 알아야 한다는 경고의 의미를 지니는 것이었다. 이 새로운 폭탄을 통해 미합중국은 자신의 세계 제국을 건설했다. 자본주의의 군사적 우위를 따라잡으려면 사회주의는 끝없는 결핍을 대가로 치러야 할 것이다. 사회주의는, 오랜 고통의 시간을 극복하려면 평화가 필요했지만, 똑같이 미친 폭발물들을 생산해내는 데 노력을 기울여야 할 것이다. 돈의 지배 앞에서 노동은 초라해 보일 것이다. 서구의 매수된 언론은 동구의 가난을 사회주의 계획경제의 결함

탓으로 돌릴 것이다. 자본주의 국가들은 분주히 발전하는 데 반해 사회주의는 가난한 상태에 머물 것이다. 인위적 과잉 혹은 투기적 분주함은 이데올로기적 노력들을 경멸스러운 것으로 만들 것이다. 시장에서의 무한한 가능성들 때문에 정치적 엄격성은 인간에게 적대적인 것으로 나타나게 될 것이다. 한 무리의 정보원들이 이제 생겨나는 사회주의적 진보를 잠식해버릴 것이다. 어디서도 사회주의는 성공한 것으로 나타나서는 안 될 것이다. 사회주의가 꾀하는 자기방어는 사회주의의 치욕을 감추는 장막이라고 부를 것이다. 그리고 벌써 자본가들은 유럽의 분할에서 소비에트 블록에 너무 많은 자리를 양보했다고 후회할 것이다. 그들은 자신이 왜 종전 직후 공산주의에 대항해 원정을 벌이지 않았는지 자문할 것이다. 아마 그들은 방금 끝난 살육에 이어 새로운 전쟁을 또 수행할 수는 없다고 믿었을 것이다. 또한 민중들의 반감에 대한 두려움도 어딘가에 있었을 것이다. 다른 대륙들을 약탈하고 파괴하면서 그들은 유럽을 위해 민주주의적인 품위를 내보였으며, 이로써 그들은 모든 사람이 그들의 최후 승리를 향한 행진에 자발적으로 따르도록 만들려고 할 것이다. 우리는 처음에는 억제되지만 이어서 점점 더 고통스러워지는 이 투쟁을 보게 될 것이다. 아직 땅에 스며들지도 않았고, 또 불타버린 흙에는 스며들 수도 없는 유혈과 끔찍한 힘의 탕진 이후에 여전히 남아 있는 최후의 힘들을 이렇게 낭비하는 모습을 보게 될 것이다. 우리가 보게 될 것은 제강소들의 미친 듯한 부활일 것이다. 우리는 기계들, 터빈들, 컨베이어 벨트들, 광산 수갱탑의 바퀴들이 작동하는 소리를 듣게 될 것이다. 우리는 지난날 그곳에 앉아 있던 사람들이 공장과 은행의 감독위원회에 들어가는 것을 보게 될 것이다. 그들은 깨끗한 조끼를 입고 점잖게 뒤로 빼며 미소 지을 것이다. 그리고 그들에게 맞서 감히 무엇인가를 말하는 사람을 질서 유지 세력들은 침묵하게 만들 것이다. 책임감 넘치는 엘리트들의 미소 짓는 군상만이 눈에 띌 것이다. 내가 1945년 5월과 더불어 끝난 시대에 대해 무엇인가를 묘사하려고 시도할 때마다 그 결과들이 내게 밀려올 것이다. 죽음으로 점철되었던 경험들 위에는 현란한 색채를 띠고 오래전부터 다시 고문과 방화와 살인으로 넘쳐나는 미래가 겹쳐질 것이다. 과거의 모든 희망은 늘 나중에 사라져버린 의도에 의해 말살되어야 할 것처럼 보일 것이다. 하지만 우리가 희망했던 대로 되지는 않더라도, 희망과 관련해 변하는 것은 아무것도 없을 것이다. 희망은 남아 있을 것이다. 유토피아는 필수적일 것이다. 나중에도 희망들은 수없이 다시 불타오를 것이며, 우월한 적들에 의해 질식되더라도, 다시 새롭게 일깨워질 것이다. 그리고 희망의 영역은 우리 시대보다 더 넓어질 것이며, 전 대륙으로 확산될 것이다. 항의와 반격의 충동은 마비되지 않을 것이다. 과거의 일이 바뀔 수 없듯이, 희망도 불변으로 남을 것이다. 그리고 한때 우리가 젊었을 때 그처럼 불타는 희망을 품었던 사람들은, 우리가 다시 이 희망들을 불러일으키면, 그것을 통해 존중받게 될 것이다. 원래 그들은 침묵하고 있었고, 침묵 속에서 그들의 행위는 이루어졌다. 단지 자는 동안에만 그들은 때때로 소리를 지를 수 있었을 뿐이며, 깨어나기도 전에 손으로 입을 막았다. 우리가 살고 있는 현실과 아울러 언젠가 내 글쓰기의 발판이 될 현재를 바꿔놓고 규정했던 그들은 결코 자신의 이름을 가진 적이 없었다. 그들은 암호와 가명으로 자신을 감춰왔다. 내가 그들 사이에서 겪은 바를 묘사하게 될 때, 그들은 이 그림자 같은 면모를 유지할 것이다. 글쓰기를 통해 나는 그들이 나와 친숙해지도록 만들려고 할 것이다. 하지만 그들은 어떤 불쾌한 면을 지닐 것이다. 몇 사람들 앞에서 나는 그들이 내게 불러일으켰던 두려움을 떨쳐버리지 못할 것이다. 그들이 나를 사살할 수도 있었을 터이기 때문이다. 글쓰기를 통해 나는 그들로 하여금 말하도록 만들 것이다. 나는 그들이 내게 말하지 않았던 것을 쓸 것이다. 나는 그들에게 물은 적이 없었던 것을 묻게 될 것이다. 나는 비밀리에 움직이는 그들에게 그들의 진짜 이름을 돌려줄 것이다. 나는 뒷날의 내 경험과 뒷날 그들의 행위에 대한 지식을 통해 그들에게 접근할 것이다. 그러고도 내가 여전히 다시 착각을 할 경우 이는 기만을 내포하고 있는 그들의 본성과 일치할 것이다. 나는 속삭이고 웅얼거린 그들의 독백과 그들의 악몽들을 밝혀낼 것이다. 그들 자신은 그 속에서 아마 자신을 알아보지 못할 것이다. 하지만 나는 한때 희미해진 그들의 얼굴에서 그들의 삶의 징후를 읽어낼 수 있을 때를 애타게 기다렸듯이, 나 자신을 인식할 것이다. 허나 내가 그들을 다시 만나게 될 때 그들은 공포로 나와 결합되어 있었던 때보다 내게 더 낯설 것이다. 그리고 그들은 만일 솔직할 수 있다면, 내가 침묵에 근거해서 그들에 대해 알았던 것보다 더 많은 것을 내게 말해줄 수 없을 것이다. 그러나 대부분의 사람들은 더 이상 만날 수 없을 것이다. 우리가 1945년 5월 파멸로부터 무사히 빠져나왔다는 것을 아직 믿지 못하면서 삶의 새로운 단계에 들어섰을 때, 많은 사람들은 이미 죽었다. 그들을 생각하면 슬픔이 나를 엄습할 것이다. 밤낮으로 그들은 나를 따라다닐 것이며, 이미 다시 광란에 빠져 있는 이 새로운 세계를 가로질러 걸어갈 때마다 나는 그들이 용기를 내고 인내심을 발휘할 수 있었던 힘을 어디서 얻었는지 자문하게 될 것이다. 그리고 유일한 해답은 어느 지하 감방에나 여전히 존재하고 있는 이 떨리는, 끈질긴, 대범한 희망일 것이다. 자신을 슈탈만이라고 칭한 일러는 헤어질 때 입을 삐죽이며 웃을 것이다. 그는 하갈룬드에 있는 여성 노동자 마야 홀름의 집에서 발각되지 않고 있었다. 그는 동료들과 함께 자기 나라로 돌아가기 전에 다시 한 번 나와 함께 시내를 배회하고, 중앙수영장의 푸른 물에 뛰어들 것이고, 콘티넨탈 호텔에서 아침 식사를 하고, 넉넉하게 팁을 나눠줄 것이다. 그리고 내가 그에게서 마지막으로 보게 될 것은 그의 아시아계 눈이 이렇게 깜빡이는 모습일 것이다. 몇 달 전 코민테른의 은둔자 로스너는 스웨덴을 떠났다. 우리는 우플란드 가에 있는 아마추어 복서와 웨이트리스의 부엌에서 그를 위한 환송연을 벌였다. 우리는 식탁 둘레에 빽빽하게 앉아 있었다. 슈탈만, 솔베이그 한손, 헹케, 라예르, 쇠데르만 등이 참석했다. 파티는 지하활동가들 가운데 가장 끈기 있고 가장 뛰어났던 그 인물만을 위한 것이 아니라 음모의 승리를 기리는 것이기도 했다. 페테르손이 자기 택시의 짐칸에 그를 태웠을 때, 그리고 그를 자유항에서 레닌그라드로 데려갈 배 위에서 그가 몸을 지탱하도록 우리가 그의 지팡이를 밀어 넣어주었을 때, 그의 얼굴에는 눈물이 흘러내렸다. 호단은 파멸의 길로 들어설 것이다. 전선이 갈릴 때 진영들 사이에 끼었으나, 아직 여전히 사회주의자였고, 볼셰비키로서의 과거에 사로잡혀 있었으며, 병사위원회의 일원이자 스페인에서의 투사였던 그는 나중에 요구된 사민주의자 역할을 아직 해낼 수 없을 것이다. 또한 옛 이상들이 소련에 의해 왜곡되는 데 너무 실망하고, 아무에게도 얼마나 심한지 보여주려고 하지 않은 병으로 쇠진했기에, 그에게 새로운 시작은 더 이상 가능하지 않을 것이다. 그래도 그는 아직 한두 해 견딜 것이다. 재산도 없고, 의사로서는 이미 오래전에 스웨덴 관청에 의해 사망 처분을 받은 그는 가족을 부양하기 위해 무역대표부의 환심을 사려 애를 쓸 것이다. 1946년 12월 17일 새벽 시간에 질식 발작이 그를 덮치게 되고, 한 번 더 주사기를 채웠지만, 다시 상자에 돌려놓고, 무릎을 꿇고 앞으로 쓰러지고, 땀범벅이 되어 죽은 채로 발견될 때까지, 그는 견본 트렁크를 든 채 쉬지 않고 돌아다닐 테고, 트렁크의 무게로 주저앉았다가 다시 몸을 일으킬 것이다. 내가 비쇼프를 다시 만날 때까지는 아직 오래 기다려야 할 것이다. 또 그녀의 말에 귀를 기울이며 아마 그녀를 성자에 비유하고 싶은 유혹에 빠질 것이다. 아무도 그처럼 겸손하게 자신이 걸어온 길에 대해 말하지는 않을 것이기 때문이다. 그녀는 프리츠를 다시 잃었다. 전쟁이 끝나기 며칠 전 노이엔가메 구역에서 소개(疏開)된 다른 포로들과 함께 그가 탄 배가 뤼베크 만에서 영국 비행기에 의해 침몰했던 것이다. 그녀는 새로 닦인 시끄러운 도로 위를 눈에 띄지 않게 돌아다닐 것이며, 아직 상당 기간을 그토록 많은 사람들을 잃은 고통을 안고 다녀야 할 것이다. 그리고 내가 하일만과 코피 소식을 들었을 때 종이 위의 내 손은 마비될 것이다. 나는 땅의 아들과 딸들이 쟁취한 것을 늘 빼앗아가려고 하는 권력자들에 맞서 들고일어나는 모습을 보여주는 프리츠 앞에 갈 것이다. 코피의 부모님과 내 부모님을 나는 파편 더미 속에서 볼 것이다. 공장과 부두와 광산에서는 파이프 소리와 굉음들이 울릴 것이다. 금고문이 닫히고, 감옥 문들이 덜컹거리고, 그 주위에는 징을 박은 구두들이 계속해서 소음을 낼 것이다. 기관총 사격 소리가 날 것이다. 돌들이 허공을 가르고 날아가고, 불과 피가 솟구칠 것이다. 수염투성이의 얼굴들, 이마 위에 작은 램프를 달고 있는 주름 잡힌 얼굴들, 이를 번쩍이는 검은 얼굴들, 모피로 만든 모자 아래의 누런 얼굴들, 아직 거의 아이처럼 젊은 얼굴들이 밀려오고 다시 안개 속으로 가라앉을 것이다. 그리고 저 위에서 무거운 무기를 끌고 가며, 서로 깔아뭉개고, 갈기갈기 찢었듯이, 위를 향해 반항했던 그들은 오랜 투쟁으로 눈이 멀어 서로를 기습하고, 서로 목을 조르고, 짓밟을 것이다. 하일만은 랭보를 인용할 것이며, 코피는 「공산당 선언」에 대해 말할 것이다. 그리고 사람들의 소용돌이 속에 한 자리가 비어 있을 테고, 그곳에 사자의 앞발이 누구라도 잡을 수 있게 매달려 있을 것이다. 그리고 그 아래에서 서로 그만두지 않는 한 그들은 사자 모피에 달린 앞발을 보지 못할 것이다. 그리고 그 빈자리를 채울 어떤 뛰어난 사람도 오지 않을 것이다. 그들은 이 유일한 기술을, 그들에게 얹힌 끔찍한 압력을 마침내 치워버릴 수 있게 해줄 동작을, 이처럼 손을 치켜들고 흔드는 동작을 스스로 익혀야 할 것이다.

# 잔혹 시대의 저항적 리얼리즘

1

한 편의 예술 작품이 누군가의 몸속 깊이 스며들어 그 사람의 영혼을 뒤흔들고 삶을 근본적으로 바꿔놓는다면, 이는 의미심장한 사건이라 할 만하다. 그 파장이 어디까지 미칠지는 예단하기 어렵다. 페터 바이스의 소설 『저항의 미학』은 그런 사건을 일으키기에 충분한 에너지를 내장하고 있다. 장면 전환을 나타내는 단락 구분이나 직접화법에 쓰이는 따옴표조차 일체 없는 빡빡한 글쓰기 내지 편집 방식으로 인해 독자의 일차적 몰입이 쉽지는 않다. 하지만 일단 작품 세계에 한 걸음 들어서서 이야기의 흐름에 몸을 맡기면, 다른 어떤 소설이나 역사 기술 혹은 미학 교과서에서도 대면하기 어려운 통찰과 각성의 짜릿함을 맛볼 수 있다. 특히 비판, 저항, 진보, 민중, 조직, 사민당, 공산당 따위의 좌파적 기표들에 대한 원천적 거부증이 심하지 않은 독자라면 좋은 책 읽기의 각별한 효능을 실감하게 될 것이다. 바이스 자신은 리얼리즘이라는 말을 선호하지 않았지만, 나는 그 효능의 원천이 무엇보다 당대의 잔혹에 맞서는 저항적 리얼리즘에 있다고 본다.


2


이때 '당대'의 의미는 다층적이다. 그것은 우선 『저항의 미학』이 다루는 파시즘 시대를 의미할 수 있다. 나치 체제가 패권주의의 야만적 본성을 바닥까지 드러내 보였다는 데에는 이의를 제기하기 어려울 것이다. 『저항의 미학』은 나치 체제의 잔혹성을 선명한 핏자국처럼 묘사한다. 특히 슐체 보이젠 그룹 저항운동가들의 처형 장면은 독자들의 뇌리에서 쉽게 지워지지 않을 것이다. 유대인 대량 학살은 이미 몇 세대 지나간 과거사지만, 인종차별과 학살, 약자에 대한 억압과 착취는 지금도 세부 양태만 바뀐 가운데 인류 사회가 풀어야 할 숙제로 남아 있다. 이 점에서 파시즘 극복 문제는 당대성을 잃지 않고 있다.

『저항의 미학』이 독자들을 만나기 시작한 1970년대 말 혹은 1980년대 초까지는 아직 현실사회주의 체제가 엄존했다. 서구에서는 68혁명의 열기가 뜨거웠고, 늦게나마 서독에서도 파쇼 잔재 청산의 움직임이 소란스럽게 펼쳐졌다. 허나 바이스의 기록극 「수사」가 폭로하는 바에 따르면 예컨대 1960년대 전반 프랑크푸르트에서 열린 아우슈비츠 재판 법정에 피고로 선 인물들은 말단 하수인들이었고, 학살 체제를 주도한 지배자들은 서독 사회 곳곳에서 건재한 채 경제부흥을 부르짖으며 사회 권력을 틀어쥐고 있었다. 아도르노는 이미 오래전부터 파시즘 이후의 서구를 겨냥해 총체적 지배 관계 내지 관리되는 사회를 거론하고 있었다. 동구 현실사회주의 체제도 따사로운 자유와 평등의 나라와는 거리가 멀었다. 1956년 헝가리와 1968년 체코의 민중 저항은 사회주의 종주국 소련의 탱크 아래 무자비하게 진압되었다. 혁명 또는 해방 이후의 환멸과 새로운 억압은 희곡 「마라/사드」에서 읽을 수 있는 것처럼 바이스에게 본질적인 당면 문제였으며, 그래서 파시즘 시대는 그의 당대와 그리 이질적인 것도 아니었다.

『저항의 미학』이 나온 지 이제 30년 이상의 시간이 흘렀다. 그사이에 동구 현실사회주의 체제는 무너졌고, 우리 사회의 이데올로기 지형역시 심대한 지각변동을 겪었다. 1980년대까지의 비장했던 민족·민중·계급 논의는 경쟁력, 성장, 취업, 평가 따위의 각박한 신자유주의적 광고문구들에 밀려났다. 고급스러운 문화담론 부문에서도 '재현불가능성'이니 '총체성에 맞선 전쟁'이니, '거대담론에 대한 거부'니 하는 포스트주의의 공세가 압도적이었다. 리얼리즘이라는 말을 꺼내는 것조차 쉽지 않은일이 되었다. 허나 상부구조의 화려한 변화는 지금도 대세를 이루며 토대 차원에서 무자비하게 진행되고 있는 양극화의 잔혹성에 어울리는 것도, 그것에 저항하는 것도 아니었다. 아직 강고하게 존속하는 시대적 잔혹과 이에 대한 냉소적 이데올로기 대응 사이의 격차로 인해, 잔혹에 진지하게 맞서는 해방 서사『저항의 미학』은 오늘 우리에게도 현재적이다.

3

『저항의 미학』이 드러내주는 잔혹성이 파쇼의 폭력에 제한되었다면, 그 효과 면에서 「수사」를 넘어설 수 없었을 것이다. 『저항의 미학』은 그보다 반파쇼 저항운동 내부의 잔혹성을 솔직하게 털어놓는 데 더 무게를 둔다. 당의 명령에 따라 스웨덴에서 국내로 잠입하는 비쇼프는 당내 주도권을 위한 암투를 섬세하게 감지한다. 특히 남자들에게 당은 성장의 발판이다. 그들도 당을 위해 최선을 다하려 하지만 이때 그들은 특권을 위해 서로 싸운다. "불의와 착취에 맞선 투쟁 뒤에는 남자들 간의 투쟁이 있었다. 그리고 이 투쟁은 외부의 적에 맞선 투쟁만큼이나 광포하게 진행되었다."

코민테른의 특사로 스웨덴에 파견된 베너는 그 투쟁의 한가운데에 처해 있다. 그는 항상 자신이 속한 그룹이 당내에서 어떤 권력 위치에 있는지, 어느새 당에 의해 체포 대상이 되지는 않았는지 의심한다. "운명의 최고 심급인 당에서의 생활과 적을 앞에 둔 전선에서의 생활에는 언제나 명예를 잃고 고문당하고 개처럼 맞아 죽게 될 가능성이 따랐다." 그런 상황을 만드는 주체들 가운데에는 베너 자신도 포함되어 있다. "간계와 거짓과 배반이 알지 못하는 사이에 누구나의 핏속에 섞였다. 아니다. 알지 못하는 사이에 그랬던 것이 아니었다. 자신도 이러한 특성들을 의식적으로 이용했다는 점을 생각하며 그는 전율했다."

반파쇼 투쟁의 전위대로서 불굴의 자세로 싸우며 가장 큰 희생을 치른 공산주의자들의 당이 혁명적 작가이자 활동가인 트레티야코프를 비롯해 무수한 지식인들을 파괴했다. 저항운동가들 사이에는 분열과 배신이 언제라도 파고들 수 있었다. "서로 이해하고 단합하기 위해서는 직접적 위험이 필요한 듯했다. 그리고 조금 덜 위험한 시기에는 그저 미움과 분열만이 존재할 수 있는 듯했다."

공산당 내에서는 의심이 벌써 공격으로 해석되었고, 다른 평가는 당장 법정 논쟁으로 귀결될 수 있었다. 그래서 반파쇼 운동의 통일을 위해 헌신해온 호단도, 베너도 당에서 멀어지거나 축출되고 만다.『저항의 미학』은 반파쇼 운동 내부에서 벌어지는 이 배신과 분열과 박해야말로 파시스트들의 무자비한 고문과 학살 못지않게 참담한 현실임을 감추지 않으며, 이 점에서 그 리얼리즘 정신을 인정할 만하다. 또 그것이 파시즘 시대 공산당 조직에서만 볼 수 있었던 특수 현상이 아니라, 이 시대 우리들 사이에서도 얼마든지 재연될 수 있는 일반적 정치 생리 구조가 아닌지 되짚어보도록 하는 것도『저항의 미학』의 주요 독서 효과가 될 수 있다.

4

반파쇼 운동의 폭력과 잔혹성을 그 내부의 시선으로 들여다보는 점에서『저항의 미학』은 반성적 성격을 띤다. 반성적 성격은 시대적 잔혹의 책임 문제를 다룰 때에도 확인된다. 일인칭 화자 '나'의 아버지는 나치의 배후 기업들을 실명으로 거명하면서, 동시에 나치의 야만을 중단시키지 못했다는 점에서 '우리(노동자들)'의 책임을 인정한다. 노동운동이 분열로 와해되어 약점이 전면적으로 드러나게 되었다는 것이다. "그래서 우리는 저 만족할 줄 모르는 놈들의 손을 핥고 놈들의 도축물이 된 거야."

그는 우리의 수가 놈들보다 훨씬 더 많기 때문에 우리의 비겁함과 나약함은 더욱 중대하다고 역설한다.

이러한 반성적 시선은 운동을 배신한 인물을 바라볼 때에도 냉정하고 무자비한 단죄보다 흡인력 있는 이해를 유발한다. 자신의 구명을 위해 동지들을 파시스트들에게 팔아넘긴 리베르타스를 하일만은 유서에서 비난하지도 경멸하지도 않게 된다. 오히려 그는 초라한 한 사람의 목숨을 위해 자신들이 추구해온 정의의 왕국을 무력하게 만드는 짓임을 의식하면서도 그녀가 살아남기를 바란다.

비쇼프 또한 리베르타스를 비롯해 파시스트들에게 체포된 인물들의 실수와 배신을 받아들인다. 적의 손안에서 약해지는 것은 이해해야 하고, 단지 투쟁에 가담했다는 것이 결정적이며, 그들이 맞이한 죽음이 그들의 패배를 용서한다는 것이다. "그녀 자신은 불타는 집게와 손톱 고문에 쓰는 나무 쐐기를 들고 적들이 다가오는 순간을 감당할 수 있다고 어떻게 주장할 수 있었겠는가. 수감자들이 사실상 어떻게 반응했는지, 어떤 유혹들에 희생되었고, 마지막의 극단적 상황을 넘어서도록 그들을 도운 것이 어떤 특성들이었는지 그녀가 어떻게 말할 수 있었겠는가."

이 도덕적 입장은 정치적 판단에도 영향을 준다. 비쇼프는 반파쇼 행동의 통일을 위해 누구를 받아들일 것이냐는 물음에 저항의 태세를 입증한 사람이라면 누구라도 구성원으로 받아들여야 한다고 답한다. 공산당원이든, 사민당원이든, 당이 없든, 노동자든, 지식인이든, 중간층 출신이든 부르주아 출신이든 모두가 전선에 들어가야 한다는 것이다.

반성적 태도는 파쇼 군대에서 탈영한 병사들을 대하는 호단의 문제의식에서도 잘 드러난다. 공산주의자들은 탈영병들을 당장 반격에 동원하고 싶어 했다. 이들이 반정부 투쟁에 나설 경우 그 파급 효과가 적지 않을 것이기 때문인데, 그래서 그들이 중요하며 미래가 그들에게 달려 있다는 의식을 일깨우려 노력한다. 그러나 이때 호단은 "단지 젊은 사람들이 무엇을 해야 할지, 또 그들이 무엇을 잘못했는지 주입받는 모습을 보았을 뿐이며, 사람들이 지난날에도 이미 그랬듯이, 다만 다른 분위기 속에서, 그들의 양심에 호소하는 것을 보았을 뿐이다." 이러한 시각 차이와 그에 따르는 문제들은 언제라도 우리에게도 닥쳐올 수 있을 듯하다. 어느 한쪽의 관점에서 다른 쪽을 단순히 부정하지 않고, 양쪽의 근거를 펼쳐 보여준다는 점에서, 『저항의 미학』은 대화적 혹은 논쟁적 성격을 지니기도 한다.


5


페터 지마는 동질 집단 내부의 대화는 위장된 독백에 지나지 않는다고 지적한다. 하지만 사민당과 공산당, 혹은 공산당원들 사이의 논쟁들은 종종 서로 화해할 수 없는 섬멸적 비판의 수준으로 치닫기도 하며, 경우에 따라 의견 차이는 정치적 박해나 처형으로까지 이어지기도 한다. 그래서 그들의 논쟁을 동질적 반파쇼 운동 세력 내부의 위장된 독백이라고 하기 어렵다.

반면에 노동자 출신 작가 '나'와 부르주아 작가 보위에 사이의 대화는 '나' 혹은 우리의 의식 지평을 넓혀주는 생산적 대화라고 할 만하다. '나'는 글쓰기를 통해 계급의식과 사회의식을 갖게 된다. '나'에게는 "언젠가 삶의 태도를 형성하게 해줄 자료 수집"이 중요했다. 또 "자신이 생산하는 것을 아무것도 차지하지 못하는 노동자로서 나는 글을 쓸 때 비로소 고유한 가치가 생겨나는 것을 깨달았다." 반면에 보위에에게 시 쓰기는 자신을 "아래로 끌어내리려는 것을 극복하려는" 시도이다. 그녀는 시가 적어도 어느 순간에는 외부세계의 살인적 질서들보다 우월한 어떤 힘을 지니고 있음을 증명하려 한다. 그녀는 끔찍한 두려움을 표현하는 능력으로 자신의 글쓰기를 결산하는 소설 『칼로카인』에서 두 개의 강력한 집단으로-나뉜 무자비한 세계를 묘사하면서 고통스럽게 진리를 탐구하며, 구제불능의 이성으로 날조된 이 삶을 거부한다. 그 대가로 그녀는 절망적인 상황 속에서 자살을 택한다. 그녀는 예술과 정치 사이의 극복할 수 없는 간극을 생각한다. 반면에 '나'는 예술과 정치의 뗄 수 없는 관계를 전제한다. 두 사람의 문학은 전혀 다른 배경과 지향점을 지니는 듯하다. 그럼에도 보위에의 '음울한 자아'는 "작가가 되려는 젊은 노동자의 이론적으로 구성된 삶 전체를 넘어서버렸다. 그녀의 표현들 가운데 내게는 때때로 정신의 산물에 지나지 않는다고 여겨졌던 것, 감정에 치우친 것으로 보였던 것이 나의 합리적 체계를 흔들어놓았다." 이러한 흔들림이 해방운동 내부의 잔인성에 대한 반성을 야기하며, 그로 인해 『저항의 미학』은 거칠고 삭막한 이데올로기의 선전물로 굳어버리지 않고 미세한 의미와 가치들에도 세심한 눈길을 보내게 되었다고 여겨진다.

　　세심한 반성적 시선과는 별도로, 『저항의 미학』 전체를 일관하는 미학적 기조, 즉 피지배자의 관점에서 인류의 문화유산을 해석하고 평가하는 흐름은 3권에서도 계속된다. 여기서는 불굴의 코민테른 전사 슈탈만의 체험을 빌려 앙코르와트가 집중적으로 다루어진다. 그에 따르면 앙코르와트 유적은 "한 지배 체제가 만들어낸 공포의 대칭꼴"로서 "모든 개인을 한 계급의 통치 아래 복종시키는" "최초의 전체주의 도시"다. 건축물의 벽면에 새겨진 병사들은 "높은 분들의 명령에 따라 서로 충돌하는 기계들"이다. 이들이 수행하는 전쟁은 "왕의 가계 경영에 포함"되는 노예사냥에 필요했다. 이들은 똑같은 자세로 죽음을 향해 함께 나아갔지만, 왕들은 죽음을 넘어서 있었다. "백성들이 규율 속에서만 살았던 것에 반해 왕들은 초현세적인 방탕에 몰두했다." 그렇게 만들어진 예술의 감성은 잔인한 것이다. 그것의 숭고함은 노역을 통해, "인간을 마모"시키면서 얻어낸 것이다. "그 예술은 어떤 고통들을 통해 그것이 가능했는지 묻지 않았다."

'나'의 가장 중요한 멘토 호단은 뒤러의 「멜랑콜리아」를 논제로 삼아, 좀더 일반적인 관점에서 예술의 본질을 천착한다. 그에 따르면 예술은 철학과 이데올로기가 중단되는 곳에서 시작된다. 예술의 원천은 모든 생명체에 내재하며 생명력을 회복시키는 수수께끼 같은 힘 엔텔레케이아다. 또한 예술은 "감지한 모든 것을 시각과 청각, 시공간적 방향 설정의 중심인 두뇌 속에 보존하고 그것을 신경 자극에 의해 우리가 다가갈 수 있도록 만드는 기억의 기능에 귀속된다." 나아가 호단은 예술이 삶에 참여하여 자포자기하는 태도에 맞서 끊임없이 투쟁하며 변화의 관점에서 상황을 조명하려는 충동을 내포하는 점에서 인도주의와 동일하다고 본다. 시대의 지배적 흐름에 맞선 저항, 잔혹의 책임과 저항에 대한 기억, 그리고 현재의 야만을 넘어서도록 부추기며 끊임없이 다시 샘솟는 희망, 이러한 힘들이 '저항의 미학'을 엮어낸다.

6

나치의 무한 폭력에 맞선 저항 운동의 규모는 미미해 보인다. 『저항의 미학』 3권의 주요 무대인 스웨덴에서 활동하는 조직원들은 베너와 메비스, 슈탈만과 로스너, 비쇼프와 헹케, '나'와 한손 등 극소수에 지나지 않는다. 독일 국내의 가장 중요한 저항 조직인 슐체 보이젠 그룹 역시 그보다 별로 더 큰 규모는 아니다. 박해당하는 수많은 사람들은 "가장 싼 비용으로 도살될 가축 떼"가 되어 그들을 말살하는 기계장치를 향해 몰려갔다. 박해를 모면한 자들은 그들을 무심히 외면함으로써 말살에 동의하고 가담했다. 이들은 수동적으로 전쟁에 끌려들어간 것이 아니었다. 그들은 자신에게 어떤 책임도 없다고 생각하지만, 그것은 "그들의 전쟁"일 수밖에 없었다. 그들은 자신이 야기한 재앙에 대해 깊이 생각하지 않았으며, 그 재앙을 "자신에게 상기시킬 수도 있는 모든 것을 물리치는 능력"을 발휘해 전쟁의 잔혹성에 무감각해질 수 있었다. 그들에게서는 어떤 조직적 저항도 나올 수 없었다.

그러나 『저항의 미학』은 무수히 많은 사람들을 학살한 권력이 작동했다는 사실이 아니라, 그 속에서 어떤 사람들은 그 권력에 맞서 저항했다는 사실이 본질적이라고 단언한다. 저항하는 사람들이 별로 눈에 띄지 않았다는 것이 아니라, "그들이 아무튼 존재했다는 점, 그들이 박해를 피했다는 점, 그들이 함정에 빠지지 않았다는 점, 그들이 서로 소통하며 공동으로 계획을 세우기 위해 은밀한 통로들을 찾았다는 점"이야말로 생각할 가치가 있다는 것이다. "결정적인 것은 몇몇 소수가 조직을 갖고 있다는 점, 작은 세포들이 이제 확대되리라는 점이었다. 중요한 것, 모든 것을 무색하게 만드는 것은 끊임없는 파열과 붕괴가 아니라, 꿍음과 비명과 신음 소리 한가운데에서 견디려는 노력이었다."

슐체 보이젠 그룹의 첩보 활동은 소수가 최대한 효율적으로 파시즘에 저항하는 방법이었다고 할 수 있다. 실제 전쟁사에서 그들의 활동이 나치 독일에 얼마나 타격을 가했는지에 대해서는 평가가 분분할 수 있으나, 그들이 연합국에 제공한 정보들이 무의미하지는 않았을 것이다. 이를 위해 그들은 가혹하게 고문당하고 교수대나 단두대에 오르는 수난을 감당해야만 했다. 이 시기에는 금방 떨어지고 마는 전단 한 장을 벽에 붙이기 위해서, 혹은 곧 지워질 '저항하라'라는 한마디를 길모퉁이나 승강장에 찍어놓기 위해서조차 목숨을 걸어야 했다. '저항하라'라는 구호를 새기기 위한 도구 가방의 주인 지크가 감옥에서 죽었다는 소식을 듣자, 비쇼프는 밤새 그의 가방을 들고 거리를 가로지르며 저항하라는 흔적을 시내에 남긴다. 이때 그녀는 "마치 자신도 체포되기를 원하는 듯이 더이상 주변을 돌아보지도 않았다." 그 후 그녀는 종종 그 가방을 들고 스탬프를 거리에 새겼는데, 이는 그녀에게 "일종의 추도 시간이었다."

스웨덴 조직의 지도부가 일망타진되자 코민테른 신문의 편집자 로스너는 홀로 여러 사람의 이름을 빌려 문체와 주제를 바꿔가며 지칠 줄 모르고 논설과 상황 보고를 작성한다. 저항 매체가 체포의 영향을 받지 않고 있다는 인상을 유발하기 위해서다. 그는 전쟁이 끝날 때까지 신들린 듯한 지구력으로 체포되지 않은 채 신문 발행을 책임진다. 그가 스웨덴을 떠날 때 '나'와 슈탈만, 헹케, 한손, 쇠데르만, 페테르손 등 동지들이 환송연 자리를 만든다. "파티는 지하활동가들 가운데 가장 끈기 있고 가장 뛰어났던 그 인물만을 위한 것이 아니라 음모의 승리를 기리는 것이기도 했다. 페테르손이 자기 택시의 짐칸에 그를 태웠을 때, 그리고 그를 자유항에서 레닌그라드로 데려갈 배 위에서 그가 몸을 지탱하도록 우리가 그의 지팡이를 밀어 넣어주었을 때, 그의 얼굴에는 눈물이 흘러내렸다." 나는 단두대와 교수대에서 희생된 리베르타스나 하일만 혹은 코피의 모습과 비쇼프가 들고 다닌 지크의 스탬프 가방 못지않게 로스너의 눈물도 잊을 수 없을 것 같다. 절망적 상황에 맞서서 한 사람이 어떻게 끈질기게 저항할 수 있는지를 볼 수 있었기 때문이다.

## 7

익명으로 싸우는 것은 조직적 저항운동가들의 기본적인 생존 방식
이었다. 베너는 풍크로, 메비스는 아른트로 활동했다. 슈탈만의 본명은
일러였다. "원래 그들은 침묵하고 있었고, 침묵 속에서 그들의 행위는 이
루어졌다. 단지 자는 동안에만 그들은 때때로 소리를 지를 수 있었을 뿐
이며, 깨어나기도 전에 손으로 입을 막았다."

그들은 이름 없이 암호와 가명으로 자신을 감춰왔다. '나'의 글쓰기
는 그들로 하여금 말하게 만들려는 것이자, 비밀리에 움직이는 그들에게
그들의 진짜 이름을 돌려주려는 것이기도 하다. "나는 속삭이고 웅얼거
린 그들의 독백과 그들의 악몽들을 밝혀낼 것이다."

비쇼프는 싸우다 죽은 이들을 사람들이 너무 쉽게 잊게 된다는 것
을 깨닫고, 동료들의 삶과 죽음에 대해 알게 된 것을 모두 작은 노트에
기록해 보관한다. 적들은 종전 후에도 살아갈 준비를 하며 자신의 잘못
들을 축소하고 왜곡하고 있었다. 그뿐만 아니라 "당의 위원들과 기술자
들은 죽은 사람들을 보지 말고 자신이 해결하도록 위임받은 당면 과제
들을 바라보아야 했다." 망각에 맞서 비쇼프는 언젠가 교사가 되어 학생
들에게 그 시절이 어떠했는지 설명하겠다고 계획한다. 소설 바깥의 현실
에서 그녀는 동독 통일사회당 중앙위원회의 마르크스-레닌주의 연구소
에서 독일노동운동사 집필에 가담했다.

하일만은 유서에서 자신과 함께 싸웠던 예술가들에 대해 말한다.
"그중에는 조각가도 한 명 있었지만 그의 작품은 보잘것없었어. 또 작가
도 한 명 있었는데, 그의 시와 소설은 문학사 속에 들어가지 못할 거야.
하지만 그들은 아마 무사히 남아서 너희들을 풍성하게 할 뭔가를 남겨

줄 사람들 못지않게 열정적으로 일했어. 이로써 내가 말하려는 것은 인식 가능한 척도들에 비춰서만 그들의 업적들이 평가되는 것은 아니라는 점, 언젠가 그들의 삶의 무게를 증명하게 될 새로운 저울을 찾아야 한다는 점이지."

이렇게 새로운 저울을 찾는 일은 곧 슬라보예 지젝이 말하는 '실패한 시도들의 사후적 구원'이라고 할 수 있을 것이다. 그것은 지배 세력의 승리 행진 속에서 억눌렸던 해방의 은폐된 잠재력을 드러내 보이는 일, 과거사의 의미를 소급하여 바꾸고 새롭게 읽어내는 일이기도 하다. 반파쇼 저항운동가들의 잊힌 이름들과 함께 그들의 투쟁과 처절한 희생 과정을 복원해놓은 『저항의 미학』이야말로 이러한 사후적 구원 작업의 기념비적 성과물이다.


8


『저항의 미학』 3권의 마지막 부분은 1945년 종전 시기와 그 이후 독일의 분단 상황을 암울한 어조로 그려놓는다. 당의 조직과 전략을 맡았던 두뇌들은 이미 극소수만 남고 모두 검거되어 처형당했다. "가장 훌륭한 인물들의 죽음으로 이 나라는 머리를 잃어버렸다. 그리고 살인자들은 벌써 시체를 자신의 목적에 계속 이용해먹기 위해 분장할 준비를 했다."

파시스트들은 관대한 처분을 받아 공산주의에 맞선 투쟁의 동맹자로 이용된다. 반면에 파시즘에 맞서 싸웠던 사람들, 즉 "새로운 주인들에게 길을 닦아준 그들은 조롱받고 학살당했다." 원폭 투하를 통해 미국은 자신의 세계 제국을 건설하며, 미국의 군사적 우위에 대응하기 위해 사회주의는 미친 폭발물들을 생산하는 데 힘을 쏟을 수밖에 없다. 자본의 지배 앞에서 노동은 초라해 보일 것이다. "서구의 매수된 언론은 동구의 가난을 사회주의 계획경제의 결함 탓으로 돌릴 것이다." 한동안은 억제되지만 점점 고통스럽게 펼쳐지는 동서 혹은 자본과 노동의 투쟁을 목격하게 될 것이다. "아직 땅에 스며들지도 않았고, 또 불타버린 흙에는 스며들 수도 없는 유혈과 끔찍한 힘의 탕진 이후에 여전히 남아 있는 최후의 힘들을 이렇게 낭비하는 모습을 보게 될 것이다."

전후의 이 절망적인 상황 앞에서도 『저항의 미학』은 좌절보다 희망의 힘이 더 근원적이라고 단언한다. "나는 그 후로 설령 모든 징후가 그 희망과 대립할지라도, 우리가 되풀이하여 이 희망을 움켜쥐고 그것을 결코 어리석은 것이라고 칭하지 않으리라는 점, 이 희망이란 다름 아니라 생명력 자체일 뿐이기 때문에 언제나 희망이 좌절보다 더 강했다는 점을 알게 될 것이다." 그래서 『저항의 미학』은 우리가 희망한 것이 이루어지지 않더라도, 희망들은 여전히 남아 있을 것이며, 막강한 적들에 의해 질식되어도 새롭게 일깨워지고 다시 타오를 것이며, 희망의 영역은 더 넓어질 것이라고 말한다.

희망이 생명력 자체라는 막막한 논거만으로 그토록 긍정적인 확신에 도달하기는 어려울 것이다. 『저항의 미학』에서 우리는 이 긍정적 확신의 현실적 근거를 충분히 확인할 수 있다. 희망의 빛은 무엇보다 저항운동 내부의 냉혹한 권력게임에 빠지지 않고 무조건 운동에 헌신하는 인물들로부터 발산된다. 코피나 하일만 혹은 하르나크 부부 등 슐체 보이젠을 중심으로 하는 국내의 저항 조직 구성원들에게 출세나 권력을 향한 암투 따위는 아예 논의거리조차 못된다. 인터내셔널 기관지를 만들어내는 로스너의 끈질긴 잠복 활동, 비합법 신분으로 스톡홀름을 종횡으로 누비는 슈탈만의 대범한 행보 뒤에서 어떤 은밀한 권력욕을 파헤쳐내는 것도 별 의미 없어 보인다. 특히 비쇼프에게서 '나'는 어떤 성자의 모습을 보게 되는데, "아무도 그처럼 겸손하게 자신이 걸어온 길에 대해 말하지는 않을 것이기 때문이다." 파시즘만 아니라 저항 세력 내부에서도 자행되는 잔혹 한가운데에서도 이처럼 해방운동에 성자처럼 헌신하는 이들을 만날 수 있기에, 우리는 그놈이 다 그놈이라는 추상적 상대주의나 정치허무주의에 빠지지 않고 정의와 가치에 대해 진지하게 고민할 근거를 얻게 된다.

9

비쇼프의 성자적인 면모는 '겸손함'이라는 한마디 말로 실감하기 어렵다. 비쇼프는 당내 남성들 사이에서 벌어지는 권력투쟁을 명확히 의식한다. 그것이 파시스트들과의 싸움 이상으로 격렬하다는 점을 잘 안다. 그들도 모두 당을 위해 일한다고 자처하지만, 동시에 당을 출세의 발판으로 활용한다. 하지만 그녀는 당내 권력투쟁에 얽히지 않고 일하는 인물들도 있다는 점에 대해서도 알 만큼 안다. 이들과 마찬가지로 그녀는 자신이 어느 위치에서 일하느냐에 연연하지 않는다. 청소부로, 잡역부로, 파출부로 일하면서 전령으로, 전단 인쇄자이자 배포자로, 남의 눈에 잘 띄지 않게 사건의 가장자리에 자리 잡고 있었다. 그러면서 그녀는 사건의 중심에 있다고 주장할 수도 있었다. "사람들이 비쇼프에 대한 이야기를 하면 그녀는 언제나 그 자리에 있었다." 그녀는 조직 활동을 위해 항상 목숨을 바칠 태세가 되어 있었으나, 남의 눈의 띄지 않는 덕분에 수 차례의 대량 검거에서도 살아남는다. 비쇼프는 중요하지 않은 자신이 당의 계획가와 조직가들보다 더 오래 남게 되어 수치를 느낀다. 죽음은 그녀의 마음속에 늘 현존하는 것이었다. 함께 일하던 동지들 한 사람 한 사람의 죽음이 "그녀 자신의 죽음 감정 속으로 스며들었고" "죽은 사람들로 가득 찬 그녀에게 자신의 죽음은 하나의 공동의 죽음으로 나타날 수밖에 없었다." 겸손함 못지않게, 이처럼 '공동의 죽음'으로까지 나타나는, 파시즘에 저항하다 죽어간 사람들과의 연대감이야말로 비쇼프의 성 자적 면모를 만들어낸다.

감옥에서 일하는 필하우 신부는 사형수들 편에 선다. 자신의 믿음을 지키기 위해 끔찍한 고문을 견뎌내는 사형수들을 지켜보면서, 그는 신에게 봉사하는 대신 인간의 품위에 봉사하기로 작심한다. 사형수들을 위해 기도하는 자신의 모습에서 수치심을 느끼면서, 목숨의 위험을 무릅쓰고 그들을 돕게 된다. "당신들을 이곳에 이처럼 비참하게 내버려두고, 간수들을 제압하지 못하고, 싸우다 당신들 편에서 죽지 못하는 내가 도대체 무슨 기독교인이란 말인가 하고 그는 외치고 싶었을 것이다." 그가 느끼는 수치심 역시 비쇼프가 체험하는 '공동의 죽음'과 동질적인 연대감이라고 할 수 있다.

수난당하는 사람들과의 연대감은 '나'의 어머니에게서 몸으로 표현된다. 독일인이면서도 어머니는 추방당한 유대인들과 함께 감방에 머문다. 한 감방에 1백 명 이상이 갇혀 있었다. 변기는 넘쳐나고, 사람들은 눕지도 못한 채 비몽사몽간에 서 있었다. 몇몇 노인이 죽자 그 시신이 서 있는 사람들 발 사이를 통과해 문 쪽으로 밀려가는 상황이었다. 어머니는 "밀착된 채 땀에 젖은 그 육체들 가운데 하나"였다. "부패한 입김이 어머니에게는 만발하는 꽃 같았다. 어머니는 냄새를 깊숙이 들이마셨다. 어머니는 이러한 유기체 속에서 살았고 이러한 폐쇄 상태에서 나가려 하지 않았을 것이다. 이들과 분리된다는 것은 어머니에게는 타락이자 몰락이었을 것이다." 이 감방에서 일주일을 보낸 후 수용소로 갈 사람들과 같은 줄에 서 있는 어머니를 아버지가 끌어냈다.

학살의 참상을 목격하며 어머니는 자폐증에 빠진다. 작가 보위에는 어머니의 자폐증이 정신장애가 아니라고 이해한다. 그녀의 해석에 따르면 어머니는 다른 사람들이 이해하지 못하는 끔찍한 진리를 마음속에 담고 있으며, 어머니를 침묵에서 끌어내 일상으로 돌아오게 하려는 시도는 어머니로 하여금 꿈속에서 함께 살고 있는 사람들, 즉 수난당하는 사람들을 속이고 버리도록 유혹하는 것이다. 그래서 어머니는 일상으로 돌아오지 못하지만, 목격자 혹은 증인으로서 보호받아야 한다는 것이다.

'나' 역시 어머니의 침묵을 단순한 장애로 대하지 않고 그 의미를 이해하려 노력하며, 어머니의 죽음을 한 사람의 죽음이 아니라 "인간의 바다가 죽어가는" 것으로 받아들인다. 보위에의 해석은 어머니의 환각에 대한 묘사로 뒷받침되기도 한다. 보위에가 죽은 후 어머니는 보위에를 비롯해 수많은 사람들이 무덤에서 살아나 하늘로 올라가는 모습을 보며 운다. 어머니의 자폐증과 환각 그리고 울음은 수난당한 사람들과의 연대를 떠나서는 이해하기 어렵다.


## 10


『저항의 미학』은 읽기 만만한 텍스트가 아니다. 방대하고 빡빡하다는 외형적 특이성 때문만은 아니다. 작품 전체를 지배하는 문제의식의 세계사적 무게감이 마음 편한 접근을 불허한다. 허나 저항운동 내부의 부끄럽고 잔혹한 면을 거리낌 없이 드러내면서도, 절대적 폭력 앞에서의 저항이 어떻게 가능하고 어떤 의미를 지닐 수 있는지 지극히 진지한 어조로 풀어냄으로써, 해방운동을 비현실적으로 미화하지 않으면서 동시에 역사허무주의를 넘어서는 점에서 현대 리얼리즘의 고전으로 손색이 없어 보인다. 그렇다고 『저항의 미학』이 현대 리얼리즘 문학의 유일하거나 완벽한 정답이라는 이야기는 전혀 아니다. 적대 관계의 한 축인 파시즘 쪽을 바깥에서만 바라보고 그 내부로 들어가지 못함으로써, 적대 상황에 대한 총체적 접근이 이루어지지 못하고 극적 긴장도 떨어진다는 점, 근본적 적대 상황과 관련해 대화 구조를 만들어내지는 못하고 있다는 점에서 다소 아쉬움이 남는다. 이런 아쉬움을 압도하고도 남을 진지한 문제의식 때문에, 이 시대의 진보적인 지식인, 노동자, 정치인, 활동가라면 주저하지 말고 『저항의 미학』을 한번 만나보길 진심으로 추천하는 바다.

**작가 연보**

1916      11월 8일 베를린 근교 노바베스(오늘날의 노이바벨스베르크)에서
               출생. 아버지는 헝가리 유대인으로, 1차 세계대전 참전 후 체코슬
               로바키아 국적을 취득한 방직공장주. 어머니는 스위스 바젤 태생
               의 배우였으며, 첫번째 결혼에서 낳은 두 아들을 데리고 아버지와
               재혼.

1919      브레멘으로 이주.

1929      베를린 노이 베스텐트로 이주. 인문계고등학교 진학.

1933      상업학교로 전학.

1934      여동생 마그리트 베아트리체Magrit Beatrice 사망. 초현실주의적 미술
               작품 창작.

1935      히틀러 체제가 강화되면서 가족과 함께 런던으로 이주. 사진전문
               학교에서 수강.

1936      런던의 주차장 공간에서 첫 번째 미술전시회. 방직 공장 경영을 맡
               게 된 아버지를 따라 보헤미아의 바른스도르프로 이주.

| 1937 | 미술창작과 문학 습작 병행. 도보여행으로 몬타뇰라에 있는 헤르만 헤세를 방문하여 그곳에서 여름을 지낸 후, 헤세의 주선으로 가을에 프라하 미술대학에 입학. |
|---|---|
| 1938 | 브뤼헐과 보스의 영향을 받은 작품으로 프라하 미술대학 전시회에서 수상. 친구들과 함께 스위스의 테신에 있는 헤르만 헤세를 다시 방문하여, 장기간 체류. 급료를 받고 그의 단편소설에 그림을 그려주기도 함. 1월 10일 독일군이 주데텐란트를 점령하자 가족들은 스웨덴으로 이주. |
| 1939 | 부모를 따라 스웨덴으로 이주. 1942년까지 아버지의 방직 공장에서 직물 인쇄와 문양 도안을 맡음. |
| 1940 | 정신과의사이며 성과학연구자인 막스 호단Max Hodann과 만남. |
| 1941 | 스웨덴에서의 첫번째 미술 전시회 개최. 5개월 동안 심리치료를 받음. |
| 1943 | 스웨덴 북부에서 벌목공으로 일함. 화가이자 조각가인 헬가 헨셴Helga Henschen과 결혼했으나 곧 이혼. |
| 1944 | 스웨덴어로 된 첫번째 산문집 『섬에서 섬으로Från ö till ö』 탈고(1947년 스톡홀름에서 출간). |
| 1946 | 스웨덴 국적 취득. |
| 1947 | 스웨덴의 한 일간지 특파원으로 베를린 체류. 일곱 편의 르포기사와 산문 송고(이를 한데 묶어 1948년 스톡홀름에서 『패배자들De Besegrade』이라는 제목으로 출간). |
| 1948 | 독일 주어캄프 출판사가 산문집 『추방된 자Der Vogelfreie』 출간을 거절함(이 원고는 1949년 스웨덴에서 『문서 I Dokument I』라는 제목으로 자비 출판. 1980년에 독일 주어캄프 출판사에서 싱클레어라는 필명에 『이방인Der Fremde』이라는 제목으로 출간). |
| 1949 | 방송극 「탑Der Turm」 탈고(1950년 스웨덴에서, 그리고 1967년 독일에 |

서 초연됨). 두 번째 결혼과 이혼.

**1950**  1952년까지 3년간 심리치료를 받음.

**1951**  산문집 『결투*Duellen*』 집필. (1953년 스웨덴에서 자비로 출판. 1972년 독일어판 출간.)

**1952**  초현실주의적 세부묘사가 돋보이는 중편소설 『마부의 몸의 그림자 *Der Schatten des Körpers des Kutschers*』 완성. 실험영화 제작 그룹에 가입. 이후 1960년까지 실험영화 제작과 더불어 활발한 미술 창작 활동.

**1955**  초현실주의 영화 이론서 『아방가르드 영화*Avantgardefilm*』 탈고(1956년 스웨덴어로, 1991년 독일어로 출간).

**1956**  1958년까지 몇 편의 실험, 상업 및 기록영화 감독.

**1960**  『마부의 몸의 그림자』 출간으로 독일 문단 데뷔.

**1961**  자전적 중편소설 『부모와의 이별*Abschied von den Eltern*』 출간.

**1962**  자전적 중편소설 『소실점*Fluchtpunkt*』 출간. 베를린에서 '47그룹' 모임에 참가.

**1964**  무대장식가 구닐라 팔름셰르나Gunilla Palmstierna와 재혼. 혁명가 마라와 개인주의자 사드의 허구적 만남을 소재로 한 희곡 「마라/사드Marat/Sade」가 초연되면서 전 세계적 명성을 얻음.

**1965**  '레싱 문학상' 수상. 나치의 범죄를 법정 기록극 형식으로 다룬 「수사Die Ermittlung」가 동서독과 영국의 16개 극단에서 동시 초연됨. 사회주의 지지를 공개적으로 표명.

**1966**  동독의 '독일 예술아카데미'가 수여하는 '하인리히 만 문학상' 수상. 베트남전 반대 입장을 공개적으로 표명. 영국에서 「마라/사드」가 피터 브룩의 연출로 영화화 됨.

**1967**  식민주의를 다룬 희곡 「루지타니아 도깨비의 노래Gesang vom Lusitanischen Popanz」초연. 베트남 전쟁에 대한 반전 운동 참여. 쿠바 방문.

| | |
|---|---|
| 1968 | 희곡「베트남 논쟁Viet Nam Diskurs」초연. 약 6주간 하노이를 방문하며 공개적인 연대 표명. 소련의 체코침공에 공개적 항의. 스웨덴의 '공산주의 좌파당' 입당. |
| 1970 | 운동권 학생들의 방해로「망명 중의 트로츠키Trotzki im Exil」뒤셀도르프 초연이 중단됨. 동독에서 입국 금지 조치가 내려짐. 심근경색 발병. 약 5개월간 병상에 머무르는 동안 자신의 정치, 예술 활동을 성찰하며, 산문집『회복기Rekonvaleszenz』집필. |
| 1971 | 마르크스와 휠덜린의 가상적 만남을 다룬 희곡「휠덜린Hölderlin」초연. |
| 1972 | 소설『저항의 미학Die Äthetik des Widerstands』집필을 위한 자료 조사, 인터뷰, 현장 답사 등 준비 작업 착수. |
| 1974 | 모스크바에서 열린 작가회의 참석차 소련 방문. |
| 1975 | 카프카의 소설을 극화한 희곡「소송Der Prozeß」초연.『저항의 미학』제1권 출간. |
| 1976 | 전시회 '페터 바이스-회화, 콜라주, 스케치들 1933~1966'가 유럽 5개 도시를 순회하며 개최됨. |
| 1978 | 『저항의 미학』제2권 출간. 베트남 문제를 둘러싸고 언론을 통해 공개적인 논쟁을 벌임. |
| 1980 | 화가로서의 바이스를 소개하는 미술 전시회가 독일의 보훔 박물관에서 열림. |
| 1981 | 『저항의 미학』제3권 출간. 창작활동 과정을 일기와 메모 형식으로 기술한『작업일지1971~1980Notizbucher 1971~1980』출간. |
| 1982 | '게오르크 뷔히너 문학상' 수상.『작업일지 1960~1971』출간. 희곡「새로운 소송Der neue Prozeß」초연. 5월 10일 스톡홀름에서 사망. |

# '대산세계문학총서'를 펴내며

2010년 12월 대산세계문학총서는 100권의 발간 권수를 기록하게 되었습니다. 대산세계문학총서의 발간은 앞으로도 계속될 것이고, 따라서 100이라는 숫자는 완결이 아니라 연결의 의미를 지니는 것이지만, 그 상징성을 깊이 음미하면서 발전적 전환을 모색해야 하는 계기가 된 것은 분명합니다.

대산세계문학총서를 처음 시작할 때의 기본적인 정신과 목표는 종래의 세계문학전집의 낡은 틀을 깨고 우리의 주체적인 관점과 능력을 바탕으로 세계문학의 외연을 넓힌다는 것, 이를 통해 세계문학을 바라보는 우리의 시각을 전환하고 이해를 깊이 해나갈 수 있도록 한다는 것이었다고 간추려 말할 수 있습니다. 그리고 궁극적으로는 우리의 인문학을 지속적으로 발전시켜나갈 수 있는 동력이 될 수 있기를 희망하는 것이었습니다. 이러한 기본 정신은 앞으로도 조금도 흩트리지 않고 지켜나갈 것입니다.

이 같은 정신을 토대로 대산세계문학총서는 새로운 변화의 물결 또한 외면하지 않고 적극 대응하고자 합니다. 세계화라는 바깥으로부터의 충격과 대한민국의 성장에 힘입은 주체적 위상 강화는 문화나 문학의 분야에서도 많은 성찰과 이를 바탕으로 한 발상의 전환을 요구하고 있습니다. 이제 세계문학이란 더 이상 일방적인 학습과 수용의 대상이 아니라 동등한 대화와 교류의 상대입니다. 이런 점에서 대산세계문학총서가 새롭게 표방하고자 하는 개방성과 대화성은 수동적 수용이 아니라 보다 높은 수준의 문화적 주체성 수립을 지향하는 것이며, 이것이 궁극적으로 한국문학과 문화의 세계화에 이바지하게 되리라고 믿습니다.

또한 안팎에서 밀려오는 변화의 물결에 감춰진 위험에 대해서도 우리는 주의를 게을리하지 말아야 할 것입니다. 표면적인 풍요와 번영의 이면에는 여전히, 아니 이제까지보다 더 위협적인 인간 정신의 황폐화라는 그늘이 짙게 드리워져 있는 것이 사실입니다. 대산세계문학총서는 이에 대항하는 정신의 마르지 않는 샘이 되고자 합니다.

'대산세계문학총서' 기획위원회